ZHONGGUO XIAOSHUO
100 QIANG

中国小说 100 强（1978—2022）

秉德女人

孙惠芬　著

北京联合出版公司
Beijing United Publishing Co.,Ltd.

图书在版编目（CIP）数据

秉德女人 / 孙惠芬著. -- 北京：北京联合出版公司，2023.9
（中国小说100强）
ISBN 978-7-5596-7022-9

Ⅰ.①秉… Ⅱ.①孙… Ⅲ.①长篇小说－中国－当代 Ⅳ.①I247.5

中国国家版本馆CIP数据核字(2023)第106717号

秉德女人

作　　者：孙惠芬
出 品 人：赵红仕
出版监制：张晓冬　范晓潮
责任编辑：夏应鹏
特约编辑：和庚方　郭　漫
封面设计：武　一

北京联合出版公司出版
（北京市西城区德外大街83号楼9层　100088）
北京兴星伟业印刷有限公司印刷　新华书店经销
字数322千字　650毫米×920毫米　1/16　30.5印张
2023年9月第1版　2023年9月第1次印刷
ISBN 978-7-5596-7022-9
定价：88.00元

版权所有，侵权必究
未经书面许可，不得以任何方式转载、复制、翻印本书部分或全部内容。
本书若有质量问题，请与本公司图书销售中心联系调换。
电话：010-65868687

中国小说100强(1978—2022)丛书

编委会

丛书总策划

张　明　　著名出版人
张　英　　资深媒体人

编委主任

吴义勤　　中国作协副主席
　　　　　中国小说学会会长

编　委

吴义勤　　中国作协副主席、中国小说学会会长
宗仁发　　《作家》杂志主编
谢有顺　　中山大学教授、中国小说学会副会长
顾建平　　《小说选刊》副主编
张　英　　资深媒体人
文　欢　　作家、出版人

总　序

"中国小说100强"（1978—2022）是资深出版人张明先生和腾讯读书知名记者张英先生共同策划发起的一套大型文学丛书。他们邀请我和宗仁发、谢有顺、顾建平、文欢一起组成编委会，并特邀徐晨亮参与，经过认真研讨和多轮投票最终评定了100人的入选小说家目录。由于编委们大多都是长期在中国文学现场与中国文学一路同行的一线编辑、出版家、评论家和文学记者，可以说都是最专业的文学读者，因此，本套书对专业性的追求是理所当然的，编委们的个人趣味、审美爱好虽有不同，但对作家和文学本身的尊重、对小说艺术的尊重、对文学史和阅读史的尊重，决定了丛书编选的原则、方向和基本逻辑。

从文学史的角度来说，1978年以后开启的新时期文学是中国当代文学的黄金时代，不仅涌现了一批至今享誉世界的优秀作家，而且创造了许多脍炙人口的文学经典，并某种程度上改写了20世纪中国文学史的版图。而在中国新时期文学的经典家族中，小说和小说家无疑是艺术成就最高、影响力最大的部分。"中国小说100强"（1978—2022）就是试图将这个时期的具有经典性的小说家和中国小说的经典之作完整、系统地筛选和呈现出来，并以此构成对新时期文学史的某种回顾与重读、观察与评判。呈现在读者面前的这套丛书是对1978—2022年间中国当代小说发展历程的一次全面、系统的整体性回顾与检阅，是中国当代文学经典化的重要成果，从特定的角度集中展示了中国新时期文学在小说创作方面的巨大成就。需要说明的是，与1978—2022年新时期文学繁荣兴盛的局面相比，100位作家和100本书还远远不能涵盖中国当代小说的全貌，很多堪称经典的小说也许因为各种原因并未能进入。莫言、苏童、余华等作家本来都在编委投票评定的名单里，但因为他们已与某些出版社签下了专有出版合同，不允许其他出版社另出小说集，因而只能因不可抗原因而割爱，遗珠之憾实难避免，而且文学的审美本身也是多元的，我们的判断、评价、选择也许与有些读者的认知和判断是冲突的，但我们绝无把自己的标准强加于别人的意思。我们呈现的只是我们观察中国这个时期当代小说的一个角度、一种标准，我们坚持文学性、学术性、专业性、民间性，注重作家个体的生活体验、叙事能力和艺术功力，我们突破代际局限，老、中、青小说家都平等对待，王蒙、冯骥才、梁晓声、铁凝、阿来等名家名作蔚为大观，徐则臣、阿乙、弋舟、鲁敏、林森等新人新作也是目不暇接，我们特别关注文学的新生力量，尤其是近10年作品多次获国家大奖、市场人气爆棚的新生代小说家，我们禀持包容、开放、多元的审美立场，无论是专注用现实题材传达个人迥异驳杂人生经验、用心用情书写和表现时代精神的现实主义作家，还是执着于艺术探索和个体风格的实验性作家，在丛书里都是一视同仁。我们坚信我们是忠实于自己的艺术理想、艺术原则和艺术良心的，但我们并不认为自己的角度和标准是唯一的，我们期待并尊重各种各样的观察角度和文学判断。

当然，编选和出版"中国小说100强"（1978—2022）这套大型丛书，除了上述对文学史、小说史成就的整体呈现这一追求之外，我们还有更深远、更宏大的学术目标，那就是全力推进中国当代文学"经典化"的历程和"全民阅读·书香中国"建设。

从1949年发端的中国当代文学已经有了70多年的发展历程，但对这70多年文学的评价一直存在巨大的分歧，"极端的否定"与"极端的肯定"常常让我们看不到当代文学的真相。有人认为中国当代文学达到了前所未有的高度和水平。王蒙先生在法兰克福书展上就说：中国当代文学现在是有史以来最繁荣的时期。余秋雨、刘再复甚至认为中国当代文学的成就远远超过了现代文学。也有人极端否定中国当代文学，认为中国当代文学都是垃圾。他们认为现代文学要远远超过当代文学，中国当代文学连与现代文学比较的资格都没有。比如说，相对于鲁（迅）、郭（沫若）、茅（盾）、巴（金）、老（舍）、曹（禺）这样大师级的人物，中国当代作家都是渺小的侏儒，根本不能相提并论，两者比较就是对大师的亵渎。应该说，与对中国当代文学的肯定之声相比，对当代文学的否定和轻视显然更成气候、更为普遍也更有市场。尽管否定者各自的角度和出发点不同，但中国当代作家、作品与中外文学大师、文学经典之间不可比拟的巨大距离却是唱衰中国当代文学者的主要论据。这种判断通常沿着两个逻辑展开：一是对中外文学大师精神价值、道德价值和人格价值的夸大与拔高，对文学大师的不证自明的宗教化、神性化的崇拜。二是对文学经典的神秘化、神圣化、绝对化、空洞化的理解与阐释。在此，我们看到了一个非常有趣的悖论：当谈论经典作家和文学大师时我们总是仰视而崇拜，他们的局限我们要么视而不见要么宽容原谅，但当我们谈论身边作家和身边作品时，我们总是专注于其弱点和局限，反而对其优点视而不见。问题还不在于这种姿态本身的厚此薄彼与伦理偏见，而是这种姿态背后所蕴含的"当代虚无主义"。这种"虚无主义"的最大后果就是对当代作家作品"经典化"的阻滞，对当代文学经典化历程的阻隔与拖延。一方面，我们视当下作家作品为"无物",拒绝对其进行"经典化"的工作,另一方面又以早就完全"经典化"了的大师和经典来作为贬低当下泥沙俱下的文学现实的依据。这种不在同一个层面上的比较,不仅毫无意义,而且只能使得文学评价上的不公正以及各种偏激的怪论愈演愈烈。

其实,说中国当代文学如何不堪或如何优秀都没有说服力。关键是要进行"经典化"的工作,只有"经典化"的工作完成了才有可能比较客观地对当代的作家作品形成文学史的判断。对当代的"经典化"不是对过往经典、大师的否定,也不是对当代文学唱赞歌,而是要建立一个既立足文学史又与时俱进并与当代文学发展同步的认识评价体系和筛选体系。当然,我们也要承认,"经典化"问题是一个非常复杂的问题,并不是凭热情和冲动一下子就能完成的,但我们至少应该完成认识论上的"转变"并真正启动这样一个"过程"。

现在媒体上流行一些对于中国当代文学经典化冷嘲热讽的稀奇古怪的言论,其核心一是否定中国当代文学有经典、有大师,其二是否定批评界、学术界有关"经典化"的主张,认为在一个无经典的时代,"经典"是怎么"化"也"化"不出来的,"经典化"是一个实实在在的"伪命题"。其实,对于文学,每个人有不同的判断、不同的理解这很正常,每一种观点也都值得尊重。但是,在"经典"和"经典化"这个问题上,我却不能不说,上述观点存在对"经典"和"经典化"的双重误解,因而具有严重的误导性和危害性。

首先,就"经典"而言,否定中国当代文学早就不是什么新鲜事,对当代文学的虚无主义态度在很多人那里早已根深蒂固。我不想争论这背后的是与非,也不想分析这种观点背后的社会基础与人性基础。我只想指出,这种观点单从学理层面上看就已陷入了三个巨大误区:

第一个误区,是对经典的神圣化和神秘化的误区。很多人把经典想象为一个绝对的、神圣的、遥远的文学存在,觉得文学经典就是一个绝对的、乌托邦化的、十全十美的、所有人都喜欢的东西。这其实是为了阻隔当代文学和"经典"这个词发生关系。因为经典既然是绝对的、神圣的、乌托邦的、十全十美的，那我们今天哪一部作品会有这样的特性呢？如果回顾一下人类文学史，有这样特性的作品好像也没有。事实上，没有一部作品可以十全十美，也没有一部作品能让所有人喜欢。在这个问题上，我们应该明确的是，"经典"不是十全十美、无可挑剔的代名词，在人类文学史上似乎并不存在毫无缺点并能被任何人所认同的"经典"。因此，对每一个时代来说，"经典"并不是指那些高不可攀的神圣的、神秘的存在，只不过是那些比较优秀、能被比较多的人喜爱的作品而已。从这个意义上说，当今中国文坛谈论"经典"时那种神圣化、莫测高深的乌托邦姿态，不过是遮蔽和否定当代文学的一种不自觉的方式，他们假定了一种遥远、神秘、绝对、完美的"经典形象"，并以对此一本正经的信仰、崇拜和无限拔高，建立了一整套关于中国当代文学的伦理话语体系与道德话语体系，从而充满正义感地宣判着中国当代文学的死刑。

第二个误区，是经典会自动呈现的误区。很多人会说，是金子总是会发光的。但对文学来说，文学经典的产生有着特殊性，即，它不是一个"标签"，它一定是在阅读的意义上才会产生意义和价值的，也只有在阅读的意义上才能够实现价值，没有被阅读的作品没有被发现的作品就没有价值，就不会发光。而且经典的价值本身也不是固定不变的。如果一个作品的价值一开始就是固定不变的，那这个作品的价值就一定是有限的。经典一定会在不同的时代面对不同的读者呈现出完全不同的价值。这也是所谓文学永恒性的来源。也就是说，文学的永恒性不是指它的某一个意义、某一个价值的永恒，而是指它具有意义、价值的永恒再生性，它可以不断地延伸价值，可以不断地被创造、不断地被发现，这才是经典价值的根本。所以说，经典不但不会自动呈现，而且一定要在读者的阅读或者阐释、评价中才会呈现其价值。

第三个误区，是经典命名权的误区。很多人把经典的命名视为一种特殊权力。这有两个层面的问题：一，是现代人还是后代人具有命名权；二，是权威还是普通人具有命名权。说一个时代的作品是经典，是当代人说了算还是后代人说了算？从理论上来说当然是后代人说了算。我们宁愿把一切交给时间。但是，时间本身是不可信的，它不是客观的，是意识形态化的。某种意义上，时间确会消除文学的很多污染包括意识形态的污染，时间会让我们更清楚地看清模糊的、被掩盖的真相，但是时间同时也会使文学的现场感和鲜活性受到磨损与侵蚀，甚至时间本身也难逃意识形态的污染。此外，如果把一切交给时间，还有一个前提，那就是对后代的读者要有足够的信任，要相信他们能够完成对我们这个时代文学的经典化使命。但我们对后代的读者，其实是没有信心的。我们今天已经陷入了严重的阅读危机，我们怎么能寄希望后代人有更大的阅读热情呢？幻想后代的人用考古的方式对我们这个时代的文学进行经典命名，这现实吗？我不相信后人对我们身处时代"考古"式的阐释会比我们亲历的"经验"更可靠，也不相信，后人对我们身处时代文学的理解会比我们亲历者更准确。我觉得，一部被后代命名为"经典"的作品，在它所处的时代也一定会是被认可为"经典"的作品，我不相信，在当代默默无闻的作品在后代会被"考古"挖掘为"经典"。也许有人会举张爱玲、钱钟书、沈从文的例子，但我要说的是，他们的文学价值早在他们生活的时代就已被认可了，只不过很长时间由于意识形态的原因我们的文学史不谈及他们罢了。此外，在经典命名的问题上，我们还要回答的是当代作家究竟为谁写作的问题。当代作家是为同代人写作还是为后代人写作？幻想同代人不阅读、不接受的作品后代人会接受，这本身就是非常乌托邦的。更何况，当代作家所表现的经验以及对世界的认识，是当代人更能理解还是后代人更能理解？当然是当代人更能理解当代作家所表达的生活和经验，更能够产生共鸣。因此，从这个角度来说，当代人对一个时代经典的命名显然比后代人更重要。第二个层面，就是普通人、普通读者和权威的关系。理论上，我们都相信文学权威对一个时代文学经典命名的重要性，权威当然更有价值。但我们又不能够迷信文学权威。如果把一个时代文学经典的命名权仅仅交给几个权威，那也是非常危险的。这个危险表现在什么地方呢？就是几个人的错误会放大为整个时代的错误，几个人的偏见会放大为整个时代的偏见。我们有很多这样的文学史教训。在这个问题上，我们既要相信权威又不能迷信权威，我们要追求文学经典评价的民主化、民主性。对一个时代文学的判断应该是全体阅读者共同参与的民主化的过程，各种文学声音都应该能够有效地发出。这个时代的文学阅读，最理想的状态应该是一种互补性的阅读。为什么叫"互补性的阅读"？因为一个批评家再敬业，再劳动模范，一个人也读不过来所有的作品。举个例子：现在我们一年有5000部以上的长篇小说，一个批评家如果很敬业，每天在家读二十四小时，他能读多少部？一天读一部，一年也只能读三百部。但他一个人读不完，不等于我们整个时代的读者都读不完。这就需要互补性阅读。所有的读者互补性地读完所有作品。在所有作品都被阅读过的情况下，所有的声音都能发出来的情况下，各种声音的碰撞、妥协、对话，就会形成对这个时代文学比较客观、科学的判断。因此，文学的经典不是由某一个"权威"命名的，而是由一个时代所有的阅读者共同命名的，可以说，每一个阅读者都是一个命名者，他都有对经典进行命名的使命、责任和"权力"。而作为一个文学研究者或一个文学出版者，参与当代文学的进程，参与当代文学经典的筛选、淘洗和确立过程，更是一种义不容辞的责任和使命。说到底，"经典"是主观的，"经典"的确立是一个持续不断的"过程"，"经典"的价值是逐步呈现的，对于一部经典作品来说，它的当代认可、当代评价是不可或缺的。尽管这种认可和评价也许有偏颇，但是没有这种认可和评价，它就无法从浩如烟海的文本世界中突围而出，它就会永久地被埋没。从这个意义上说，在当代任何一部能够被阅读、谈论的文本都是幸运的，这是它变成"经典"的必要洗礼和必然路径。

　　总之，我们所提倡的"经典化"不是要简单地呈现一种结果，不是要简单地对一个时代的文学作品排座次，不是要武断地指出某部作品是"经典"，某部作品不是"经典"，不是要颁发一个"谁是经典"的荣誉证书，而是要进入一个发现文学价值、感受文学价值、呈现文学价值的过程。所谓"经典化"的"化"实际上就是文学价值影响人的精神生活的过程，就是通过文学阅读发现和呈现文学价值的过程。可以说，文学的经典化过程，既是一个历史化的过程，更是一个当代化的过程。文学的经典化时时刻刻都在进行着，它需要当代人的积极参与和实践。因此，哪怕你是一个对当代文学的虚无主义者，你可以不承认当代文学有经典，但只要你还承认有文学，你还需要和相信文学，还承认当代文学对人的精神生活具有影响力，你就不应该否定当代文学经典化的重要性。没有这个"经典化"，当代文学就不会进入和影响当代人的生活，就失去了存在的意义。每一个人，哪怕你是权威，你也不能以自己的好恶剥夺他人阅读文学和享受文学的权利。

　　从这个意义上说，当代文学的经典化当然是一个真命题而不是一个伪命题。在一个资讯泛滥的时代，给读者以经典的指引是文学界、出版界共同的责任，而这也是我们编辑出版这套书的意义所在。

　　最后，感谢张明和张英先生为本套书付出的辛劳，感谢北京立丰天文化传播有限公司、北京金圣典文化有限公司的资金支持，感谢全体编委和北京联合出版公司各位编辑，感谢所有对本套丛书的出版给予大力支持的作家和他们的家人。

　　是为序。

吴义勤

2022年冬于北京

第一部____1

第二部____109

第三部____207

第四部____319

第五部____400

第一部

第一章

秉德女人第一次被曹宇环压在身子底下那会儿,秉德抱着孩子就站在自家草房屋外。屋子没有窗户,泥墙一直到顶,隔着泥墙,秉德疯狗一样发出愤怒的喘息。起初,屋子里的秉德女人癫狂得像只疯狗,因为她并不知道身上的男人是别的男人。秉德半月二十天才回来一回,每回都是深更半夜,她总是在癫狂地抓他咬他发泄一通对他的怨恨之后,再无声无息地顺从。可这回,她疯狗一样的发泄不等进行一半,就听见门外传来另一只疯狗呼呼的喘息,夹杂着孩子的哭声。秉德女人本能地向外挣脱,一撮硬撅撅的胡楂扎疼了她的腮帮,接着,一个瓮声瓮气的声音热咕隆咚冲进她的耳膜:"不害怕,孩子秉德抱在外面呢。现在,你是我的!我的!你早就该是我的,青堆子湾曹大公子曹宇环的。"

愣怔片刻,秉德女人立即就软了,像散在地上的一摊稀粥,任对方怎么揉搓都没有反应。曹宇环焦急之下,一颠一颠地墩着身子喊着粗话，恨不能把所有的器官都变成勺子，去舀这地上的稀粥。

击垮秉德女人的，不是眼看着把老婆让出去的她的混蛋男人秉德，也不是明目张胆霸占别人女人的混蛋曹宇环，而是"青堆子湾"四个字。那是她的娘家，她已经三年没回了！三年前，她是青堆子湾有名的大小姐！命运一步之差走了岔道，让她鬼使神差做了穷胡子秉德女人。"青堆子湾"四个字，可以说剜了她的心、抽了她的筋，以至于第二天早上，饥饿的孩子从炕沿爬到地上，去舔泥地上的唾沫，她都没能爬起来阻止。

胡子头儿曹宇环说得没错，王乃容大小姐和曹大公子曹宇环是有过姻缘的。曹宇环的爹是青堆子湾一带最有名的有钱人，有房有地有买卖，大号曹掌柜的。为了让其后代不仅有房有地，还要有学问，他早就瞄上一早一晚在渔市街扇扇子的王先生了。王先生的女儿刚刚生下两个月，曹掌柜就搬出青堆子湾有名的金铁嘴到家里送彩礼。说媒的和送彩礼的一起到达，怎么说都有些不讲礼数了，可一贯知书达理、文绉绉的王先生不但不生气，尖下巴反而乐得圆了底边儿，看着炕头褯裤里踢蹬腿的女儿呵呵笑着说："王乃容大小姐有福了。"

谁知，这个比王乃容大八岁的曹掌柜的儿子，是个"小反上"，恐吓他爹，要是逼他念书他就去死，坚决不上学堂。十四岁那年，还在安东街看中一个锡匠女儿，非要他爹把她娶回家里。曹掌柜拧不过儿子，让自己在青堆子湾一带大丢了脸面，同时也让王先生大丢了脸面，王先生发誓决不再和有钱无信的人家联姻。可倒好，几年之后，曹家从青堆子湾搬走，他王家大小姐出落成大姑娘，每天穿过渔市街到绸缎庄学刺绣，让秉德这个打家劫舍的二胡子撞了大运。他躲避追捕时，冲进绸缎庄后边的绣坊，慌忙中将正在埋头刺绣的王乃容一起裹到绸布里，被一股少女身上的香气蛊惑，还不待追捕的马蹄声走远，就把王乃容生生扶上大马拉回乡下，把她睡成了秉德女人。

秉德喝多了酒，在草林岗胡子窝咋咋呼呼讲自己如何有艳福，一个穷胡子如何娶了青堆子湾有名的大小姐，结果，消息不胫而走，传到当了胡子头儿的曹宇环耳朵里。有一天，曹宇环在山林里找到了秉德，非要他带自己回家一趟。

秉德女人用了三天时间，才在一袋地瓜的支持下，一点点恢复了元气。她不知道地瓜是秉德抢回来的还是曹宇环拿来的，那天秉德把孩子撂下被曹宇环揪走时，连句话都没来得及说。吃饱了地瓜，奶头上有了哄孩子的奶水，秉德女人眼睛里就有了水汪汪的泪水。在秋天透明的日光下，泪水和奶水就像钻石上的星星，闪闪烁烁。要是后边的日子里不发生别的事情，她此生也许就只是一个奶水和着泪水，在家里地里埋埋汰汰侍弄日子的野女人了。可是老天有时像一个饥饿时总想捉弄奶头的孩子，它捉弄了她。这个日子，男人秉德再一次回来了。他很少白天回来。他不管什么时候回来，都是风风火火、粗手粗脚，身子里像装了头骡子，可这次，他轻手轻脚、小心翼翼，轻轻从马背上取下一个奇怪的纸箱，又轻轻把它放到坑洼不平的草屋里。正等他撕开纸箱封条，他却一转身撕开了她的衣服，把她拖死狗似的拖到炕上。等他泄出牲畜一样粗野的力气和乌七八糟的漫骂，将一口恶狠狠的唾沫吐到地上，那个被牛皮纸裹着的物体就静悄悄地、带着一种讥笑的表情横在她的眼前了。

这个讥笑秉德女人的物体不是别的，是一架梳妆台，上边有一面一尺见方的镜子，深棕色的木框儿，下面有两个带着铜环拉手的抽屉。见梳妆台，秉德女人锁骨抖了一下，这是这年头青堆子湾有钱人家最时兴的陪嫁，她的母亲就有。这显然不是秉德买的，像他这种一小就没吃没穿，差不多和鸡鸭一块儿长大的乡下大老粗，永远不会知道女人还会需要这等东西，而另一个男人却了解她的需要。想到这一节，就像在那男人身下听到"青堆子湾"四个字一样，秉德女人立即被一股暖流弄成一摊稀粥。她努力去回忆那男人的模样，可那天夜色太黑，她什么都没看清。她没看清那男人的模样，那男人却让她看清了自己的模样。秉德女人映在镜子里的样子简直就是个魔鬼，牛奶一样鲜嫩的肌肤早已不见，刺刺戗戗的头发像屋檐上的雀窝。她已经有三年没照镜子了，青堆子湾最有派头的大小姐就是这副模样，她根本不敢相信。

那个下晌，在彻底否定了镜子里的人是那个名叫王乃容的大小姐之后，在一种本能的不甘的驱使下，她拖着有气无力的身子，烧了一锅水，站在堂屋，把饭盆当脸盆，浑身上下好一通淋洗。她在清洗自己时，完全忘了身在何处，看着孩子泥鳅一样玩耍着被她溅在泥地上的水，仿佛看一只不知道从哪儿弄来的小兽。洗干身子擦干头，从炕头手巾杆上拽下一块绸布裹住身体，趴到炕上，秉德女人昏天黑地地大哭了一场。

秉德女人嫁秉德时，除了手上的戒指，这块绸布是她唯一的嫁妆。它五尺长四尺宽，淡蓝颜色；它在她的肩上随风飘动，就像青堆子湾南边大海里的水，一涌一涌随波逐浪。那是一块绣品，她到绸缎庄学刺绣，绣的就是这块布。王乃容本不喜欢刺绣，那细针一经捏在指尖就指尖冒汗。在爹妈逼她很小就学针线活儿时，更多的时候，她偷偷跑出来到渔市街的店铺里闲逛，到渔市码头的吊桥上远眺大海。她有一双街上女人没有的从没包裹过的大脚，甩着这双大脚板子在渔市街扑腾，她度过了无忧无虑的童年。糖果店的玄奶奶有她永远吃不完的软糖，周大饼子店里的周大叔把枣花饼当成她未来的小女婿赠送她，嘎巴嘎巴嚼小枣儿就成了她最开心的事。而中街杂货铺里，有一个比她大三岁的金枝姐姐会编六股辫子，把六股辫子网进簪网，用银制簪锥高高别在脑后，一朵蜡梅盛开在头顶，便要多展耀有多展耀了。王乃容放弃好玩的事儿，宁愿让指尖冒汗学刺绣，都因为她父亲和两个丹麦传教士做了朋友。

这两个传教士是父子俩，街上人叫他们大麦小麦——他们白润细腻的皮肤，确实就像吃多了麦子中最精华的养分。做父亲的牛高马大，一脸络腮胡子，高高的鼻梁就像渔市码头上的吊桥；做儿子的鼻梁倒不高，可那一双蓝幽幽的眼睛，与雨后海滩上的蟹子洞毫无二致。街上人路遇他们，往往老远就躲开，唯有她的父亲主动亲近，不但亲近，还动辄就把他们领到家里。他们会说流利的中国话，只不过听起来嘴里像含了鱼丸一样别别扭扭。一段时间以来，她家正屋的八仙桌上，时不时就举行"鱼丸"宴。王乃容倒并不讨厌这两个外国人，尤其是那个差不多和她同龄的小麦。他羞怯的目光很像一个女孩儿，两个大人海阔天空时，他蟹子洞一样的蓝眼睛就静静地望着窗外。有一天，他让她看到了一个连教书匠父亲都没看到过的东西——一张世界地图。那是一个秋凉的下午，在两个父亲讲着一些莫名其妙的话时，他把她引到渔市码头吊桥下边，从衣兜里掏出一张硬纸抻开给她看。他说他叫艾迪，他在图上指给她看他们的国家和他们远道而来的路线。他说，他们坐大船在那片蓝蓝的大海上航行了两个多月，途中停靠的码头就有几十个。这个下午，凉风阵阵的码头就这样成了她永远的忧伤。关于轮船和航行，和王乃容本是有些渊源的。她祖上由富贵人家变成如今靠教书为生的一般有钱人家，就是害在远行的船上。她的太爷拥有青堆子湾半个码头时，为了宠幸爱读书的小老婆，列了一张长长的书单，交给一个在青堆子湾停靠的船老大。可一年过去，那艘船音讯杳无。第二年，太爷又把书单交给另一条船的船老大。想不到第三年，两艘船在同一时间靠岸，同时送来了书卷。为了支付两份书钱，她的太爷卖掉了一半家产。这个故事，王先生在儿女面前之所以只字不提，也许是不想触动祖宗的伤痛。可当大海、航船、远方这样的字眼儿第一次在王乃容眼前出现时，就像在洞穴中打开一道天窗，那光立即就吸引了她。

在此之前，王乃容从父亲教给弟弟的三字经里知道地球很大，是圆的，"曰黄道，曰所躔，曰赤道，当中权"，却从不知道这圆的地球上有那么多水，通过水，可以到达任何一个国家，尤其不知道青堆子湾的水就通着那些国家。在她父亲给她规划的人生里，除了识几个字，好好做针线活，嫁个好人家生儿育女，从没有什么大船、大海，从没有千里迢迢的风景。她父亲指给她的唯一风景，就是那双大脚板子。她父亲不让女儿裹脚，是听了大麦的话。大麦说，将一个孩童的脚生生裹住，是中国传统礼俗中最违背人性道德的，他就一天天看住她母亲，坚决不让她把裹脚布缠到女儿脚上。大麦说，女人在西方跟男人拥有同样的自由，做父亲的除了给予，没有任何剥夺她天性的权利。他就睁一只眼闭一只眼，把整日扑腾着大脚板子的女儿"放逐"到大街上。

那一天，给她地图看的艾迪告诉她，在大海上，他看到了那么多好看的风景：一丈多高的海浪、成群结队的鸥鸟、差不多和船一样大的鲸鱼、比海盗的眼睛还要明亮的天上的星星。虽然不知道什么是海盗，海盗的眼睛为什么明亮，可摸着扑扑直跳的心窝发了一会儿呆，看着辽阔的海面，王乃容从兜里掏出一张纸，依目测的比例，用苇秸当笔，复制了这张地图，并在地图空白部分，升上了无数颗小小的星星。

从此,对着这张地图,她没日没夜地做起了梦。在她的梦里,那比海盗眼睛还要明亮的星星,是镶满了渔市街珠宝店的宝石。她一摇晃,那宝石就纷纷落到她的脚下。要不是父亲后来逼着她跟他一起上教堂,去读大麦送的那本砖头一样的《旧约全书》,要不是父亲在那砖头一样厚的书的扉页上写了一句莫名其妙的话——"为终生的食物而劳累",她也许一辈子就做做梦而已。可是,她偏偏读懂了那句话,依她的理解,父亲是说这本《旧约全书》,不过是一本告诉人们如何为终生的食物而劳累的书。她为什么要去读那样的书呢?她为什么要为终生的食物而劳累呢?她为什么不可以坐船去看看大海,去看看镶着宝石的星空呢?这么跟自己较劲,就觉得那些梦不再是梦,而是她近在眼前的现实了。

被娇宠坏了的王家大小姐,那时是多么心高气傲啊。

从不爱做针线活的她选择学刺绣,就是向父亲"为终生的食物而劳累"发起的反抗。刺绣不是食物,刺绣也不劳累,最重要的一点,刺绣是慢工活,她可以以此逃避跟父亲走进南大坡下的小教堂。父亲每天都要领她和弟弟们上教堂。那时,她可是太得意了,在一块淡蓝的绸布上放大她心中的地图,每一针穿下去,都凉飕飕的,仿佛扎透的正是那个秋凉之日的忧伤,是父亲那本砖头一样的《旧约全书》,是那"为终生的食物而劳累"的咒语。

在秉德到来之前的所有日子,王乃容可以说随心所欲,想做什么就做什么。一听弟弟们跟父亲背古书,她就赶紧逃跑,蓝色大布长袍,包着灯笼一样肥肥的黑布裤,颠着一双比三寸金莲大两寸还多的大脚板子,在渔市街上招摇。街上人对她的大脚板子连连叹息,有人说:"王先生疯了,自从认识那大鼻子外国人就疯了,宠孩子都不知道该怎么宠了。"也有人说:"他哪是才疯?曹掌柜斩断和王家那门亲事那天他就疯了。"

然而，这个被说成疯子的父亲做梦都不曾想到，他学会了尊重女儿的权利，不剥夺女儿的自由，却有一个叫申秉德的匪胡子来剥夺。这匪胡子剥夺她女儿的，不是一时的自由，而是一辈子的自由。

说起来也是命定，那天，绸缎庄来了个买被面的阔嘴老奶，店家双二婶指东指西她都看不中，偏看中那深棕色和墨绿色的。双二婶问为什么不买鲜亮颜色，她撇着嘴神秘兮兮说："新新几天还不弄出个崽子。"

在绸缎庄刺绣，最开心的事就是常能听到女孩子家不该听到的话。说那话的人大多是已婚女人，她们挑逗未婚女子就跟占了什么便宜似的。王乃容和双二婶的两个闺女从不让占便宜，总是目不转睛地干活。可这一天，双二婶的两个闺女都给表亲的闺女当伴娘去了，老奶阔嘴一咧就过开了嘴瘾："王小姐绣的是哪家男人啊？"三个女孩子在一起是一面墙，一个女孩子就成了一个没遮挡的靶子。她腮帮忽地热了起来，手里的针也抽不动了，木呆呆地看着挂在架上花花绿绿的丝线，直到那丝线架子一晃之后被一个人扑倒下来。

王乃容被秉德扑倒在地没喊也没叫，还在绸布底下，王乃容就不再是女儿身了。秉德扑倒时不小心将手伸进了她的大襟衣裳，于是一个饿鬼就开始在惊魂未定中顺藤摸瓜了。王乃容完全没有反应，只觉得一只耗子七手八脚爬上了她的身，随后，当她下身的缅裆裤被耗子的一只脚一抖一抖蹬掉，一个硬硬的东西尖锐地进入她，她的反抗就已经是一块巨石下的蚂蚁，毫无意义了。倒是她那一汪蓄满春情的泉眼一经打开，她便看到了一艘船。那是一艘金色的船，上面有高高矮矮的桅杆，它在拥有无数船只的海湾里冲撞，最后向她驶来。船上只有她和艾迪，他们先是在一方狭小的绣坊里行驶，之后便远离了绣坊，在双二婶一阵呜呜嗷嗷的吵骂声中被强行移上大马，再之后，在一块绸布的围卷下，一浪一浪离开波涛汹涌的渔市街，奔向了远方。

秉德把女人搭上马背往外走，并不知道把她送到哪里。他没有家业，他十三岁被二叔从周庄撵出来，就一直在外面游荡。他先后加入过十几个匪胡帮，却一直业绩平平。他总是在干出一件漂亮的事情之后再因为喝酒把事情搞砸，这回他遭追捕，就是因为喝酒。他在寇半沟抢了一匹马，骑上马背的快活让他忘乎所以，跑到徐大棒子领地和人比酒，结果在他烂醉如泥时，他的马被徐大棒子的喽啰们烤了马肉。醒酒之后，他杀了一个喽啰，便被一路追捕，一直追到青堆子湾。

躲过一劫还有了意外收获，算他好运，可要是回到草林岗胡子窝，这马背上的女人就没他的份儿了。秉德这么想着，走出了十几里山路，不知不觉就走到了他的家——周庄。周庄后山有个看山用的草铺窝棚，他特别想家时，曾一个人偷偷回去在这窝棚里住过几个晚上。

在那个搭在半山腰的草窝棚里，秉德用干草当床铺和被子，把王乃容一次又一次地睡了，用尽了长成男人以来所有的力气。在此当中，他倒是不乏温柔，伸着他那馋猫一样的舌头，把大梦初醒后拼命反抗的小女子抚弄到百依百顺——王乃容彻底绝望，是在第四天的午后，她一次次逃跑都没成功，最后她再也不想跑了。第一次逃跑，是来到草窝棚的第二个夜晚。对她而言，刚过去的那个夜晚和连着的白天都是黑色的。她惊魂未定，不相信发生的一切都是真的，她被秉德死死看守了一夜一天。之后的又一个晚上，秉德累成了一摊狗屎，趴在草秧里呼呼大睡，王乃容穿上衣裳，悄悄走出充满干粪气味的窝棚，在夕阳的余晖里一斜一斜拐下山岗。可是走出不到两里地，天就黑了，当时正有一个村庄横在眼前，无数只狗闻风狂叫，吓得她只有一路小跑回到原地。第二次逃跑也许算不上是逃跑，秉德不知从哪里弄来地瓜、萝卜让她吃。她坚决不吃，只顾哭泣，无奈之下他把她抱上马背，送她回家。可是走到能望见青堆子湾的十字路口，王乃容奋力跳下马再也不走了。在靠近她日思夜想的家的瞬间，她不期然看到一个可怕的事实：她已经不再是原来那个骄傲风光的大小姐了。她不能就这么回去，她得想想。渔市街上的人们会怎么看她，那个艾迪会怎么看她，她统统没有把握。她的临阵迟疑，给了胡子秉德什么样的力量只有天知道，在把她再次掳进草窝棚后，秉德竟弃她于不顾，倾倒的一堵墙似的，咚的一声扑进草秧里号啕大哭。

王乃容的迟疑，其中没有丁点对秉德的温情，秉德误解了。倒是秉德误解之后的号啕大哭，让王乃容看到了一个男人的柔弱。她见过父亲那样的男人，肚子里边存放着无穷的人生道理，除了对她的任性没有办法，对任何事情都有办法。他在街上悠闲地扇着扇子，就能替很多人想出办法。她见过绸缎庄双二婶男人那样的男人，他拖着一辆独轮车往返于码头和渔市街之间，虽然永远地不声不响，弄不好还因喝酒吃双二婶的唾沫，可他往屋里搬布料时，大头儿朝下的瓜子脸上永远有一对笑眯眯的酒坑，好像那布料里装着无数小酒壶。她见过周大饼子店周大叔那样的男人，他烀饼子时身边就坐着他的哑巴儿子，可他响在街头、喇叭一样的叫卖声呼应着他猴子一样的鬼脸儿，好像他的饼子里烀进了不尽的快乐。王乃容身边的男人，都是女人的天，双二婶的男人倒是窝囊了一些，可他总归不会塌了天似的号啕大哭。秉德塌了天似的哭声把身下的须草都带哭了，发出唢呐一样呜呜啊啊的声音。王乃容心头的憎恨，顿时像一根折在河里的水草，被一股突来的激流浮动。为了震慑这根浮动的水草，三天来一口食没进的王乃容，拿起草堆上的地瓜，大口小口吃了起来。

接下来一连两天相安无事。王乃容吃饱之后迅速眼睛发直,不久就昏睡过去,任日头慢慢地升起又落下,星星高兴地聚了又散。醒来时,秉德正默默地坐在身旁,眼睛直勾勾地盯着她出神。阳光从窝棚门口溜进来,把他的后背衬出一个亮亮的轮廓,像镶了金边的糖纸。要是扒了他身上脏得冒油的衣裳,要是把他的头发用洋胰子好好洗洗,再刮刮脸,他是一个比她见过的所有男人都好看的帅小伙儿。他长方脸、方下巴,额头开阔、发际笔直,他鼻翼和嘴角间有一条俏皮的纹线,使他看上去不显得那么可恶,甚至有些可爱。可事实证明他就是可恶的,他不可能有干净衣裳穿,也不可能好好洗头刮脸,他就是街上人们常讲的那种匪胡子,四处偷抢,风餐露宿。现在,他抢占了她、毁坏了她,他毁坏了她所有的一切……天大的仇恨又一次涌上来,她的心在发抖。可就在这时,一摞衣裳梦一样出现在她的眼前。

那是各种花色的绸缎袄罩和裤子,还有三双绣花鞋。它们整齐地摞放在一个绣着荷花的包袱里。看到熟悉的包袱,王乃容忽地爬起来,动作的迅速像皮肉突然触到一团火。她一件件打开衣裳,打开衣裳里边叠压的花边香囊,她眼睛里的火光蓦地窜了出来,直扑向眼前的男人,又挠又抓地追问这些衣服是怎么来的。

"从你家拿的,俺已经告诉你爹妈,说你答应嫁给俺。"

命运又一次吞噬了王乃容,她快气疯了,哇哇大哭,拳打脚踢,一声声地嘶喊着:"谁说俺要嫁给你啊?""俺爹妈怎么能答应俺嫁给你这个混蛋啊?""那衣裳肯定是你从俺家抢来的!"此时,王大小姐恨不得把眼前这个男人撕碎了,混蛋的秉德却一动不动,老老实实让她打让她踢,听她疯喊。这时,王乃容突然松开秉德,转过身,扑向那些衣服。那些衣服静静地看着她,它们像是横亘在命运尽头的一摞纸幡,僵硬而死板。看着看着,她真的有些害怕了。不行,俺要回家。

她念叨着，唯恐来不及似的抓起那些衣服。她想，只要回到父母身边，只要和父母在一起，别人怎么看他，那个艾迪怎么看她，她根本就不在乎了。她将衣裳一件件塞进包袱，包上那块绸布，爬起来头也不回地走出窝棚。这期间秉德没拦没拽，任她甩动乱蓬蓬的头发，一颤一颤走下山岗，就在那颤颤的头发快要消失在谷底时，后面传来秉德震颤了整个山谷和村庄的一嗓子："回来——"

王乃容根本不去理睬，可是，稍后不久，另一个声音的响起，让她不得不停下脚步，那是他父亲的声音，它写在纸上。

秉德呼哧呼哧追赶上来，亮开她父亲写下的亲笔信，只有几个字，可是在王乃容那里，它传达出来的声音比任何声音都令人震撼。它震撼的不是山谷和村庄，而是她仅有十六岁的心。他父亲的毛笔楷书赫然醒目：

乃容，永远不要回头。这是上帝的旨意。

王鸿膺

一年以后，秉德女人就要生产，秉德的二婶上山帮侄媳接生。她告诉侄媳，秉德上她的娘家根本没有动手抢劫，他一五一十讲了来龙去脉，并说他养不起他们的女儿，要是他们同意，他马上就把她送回。可是她的父亲毫无此意，拿起笔就写了那封信。二婶还告诉侄媳，她母亲看了他父亲写的信当场就昏厥过去，不久就生了急疮咽了气；说她家发生的事，尤其是他父亲的做法，在渔市街上被人传成了笑话。秉德女人听此消息，也差一点儿昏死过去，要不是秉德二婶狠咬她的脚后跟，她会像她的母亲一样命归西天。从西天回来的秉德女人欲哭无泪，看着秉德二婶，说了句透着风寒的话：王鸿膺疯了。

第二章

  秉德女人洗净身子之后做了两件事。一件，是打开衣裳包，抖落出她最喜欢的印花布袄和衬在这件布袄里边的胸兜，一件一件穿上。这个衣裳包她一直没动过，三年来她穿着秉德弄回家来的破袄过冬入夏，外表看上去连一个乡下女人都不如，仿佛这是她成为秉德女人的确凿证据，用这证据抗拒着命运对她的不公。娘家对她见死不救的时候，她索性走得更远，比想象更彻底地埋葬她的过去。倒是唯有一件东西她始终搁在身边——那块绸布。她把它挂在毛巾杆上，动辄就打开来细细地看，之后将它长时间抚在肩上和胳膊上，仿佛那里有一条通向以往大小姐派头的潜流——那上边确有许多弯曲的河道，是她画出但还没有绣出的线条。这些未完成的线条，预示着那些河流变成了死水，她曾经的梦想已经被死水阻断了！这阻断的河流在一日日风干的同时，也在一日日让她的心变得坚硬、麻木……现在，她把漂亮的衣服穿到身上，却要把那块没有绣完地图的绸布小心翼翼放进包袱，压到那只没有柜盖的破柜里，这么做，仿佛是在遵循某种宿命的安排。那个日子，秉德女人做的另一件事，是把正在泥地上玩耍的孩子抱到炕上，擦净脸蛋和指缝里的泥土，用被子将他围住，让他坐直坐正，再从被垛上扯过一块缝了千层旧布的尿布，轻轻地撸下右手中指上的戒指放到尿布上，之后将尿布慢慢拖到左侧，和孩子并排放在她的面前。她端坐着，直直地盯了一会儿戒指，再盯一会儿那张泥鳅似的鼻涕邋遢的小脸儿，她说："老大、老二，今天听妈妈给你们说个话儿。"朦胧中,她父亲把她和两个兄弟叫到面前说话的情景再现了。她和两个兄弟小的时候,她的父亲就常常招他们坐到一起来听他说话,教导他们如何好好学习重振家业。可把戒指叫成老大,连她自己都没想到。她的头生孩子,就是秉德二婶帮助接产的第一个孩子,活了不到九个月就死了,死因是他吞了这枚戒指。那天她往秕糠里掺兑槐花,摘了戒指随手放在了灶台上,沾着槐花的戒指就被饥饿的孩子当成食物抓进了嘴里。还不会说话的孩子在炕上趴了三天三夜,小小的肚皮肿得白亮白亮,像只皮鼓,死后卷在豆秸里烧,那爆裂的肚皮发出的声音震天动地。从烧焦的死灰中扒出戒指,秉德女人哭得昏天黑地。七七过后重新戴到手上,不久她就大病了一场,上吐下泻浑身抖成一团。秉德二婶找来南王庄会算命驱邪的姜水婆,在她的戒指上洒了一层姜水,迅速得救。依姜水婆的说法,这孩子虽死了,可他的魂儿还活着,他就趴在她的戒指上,想妈妈时就出来打灾。秉德女人从此就觉得这孩子一直活着。只是三年来,她两次生产,却还不习惯当妈妈,一想到死去的孩子就浑身发冷,对老二也就不会那么热,仿佛孩子们是一块冰砖,会将她垒进一个无底的冰窖。现在,有一面镜子真真切切照出了她冰窖一样的生活,她反而不怕冷了;现在,她自称一声"妈妈",反而有了一股说不出的暖意。那暖意在她身体里,在她后脊梁的骨缝里,仿佛从石缝里拱出的春芽。她学着父亲庄严的口气:"孩子,你们都看到了,妈妈命不好,妈妈不想活了,可为了你们,妈妈得活下去。"

接下来,秉德女人照着镜子,把三年没上后脑勺的长发卷成发髻,用豆棍当银锥别上,戴上老大,抱了老二,一颠一颠下山去了。

漫长的三年里,这窝居东山山腰的秉德夫妇给周庄带来了前所未有的恐惧和好奇。人们多年都在传讲匪胡子的故事,传讲秉德当了匪胡子的故事，大人吓唬不听话的孩子，常说："再哭，再哭秉德来了！"可秉德带着抢来的有钱人家的大小姐真就来了，在周庄后山腰的草窝棚里安了家，大人们把孩子护在臂弯却再也不敢说什么了。那窝藏在臂弯里的感情不仅仅是害怕，说起来有些复杂：一个满身绫罗绸缎的黄花女子，被匪胡子弄成山野女人，那些娶不起儿媳妇的爹妈，对老实巴交的儿子不免陡增怨怒，怨他们没能以秉德为榜样；而一石粮就嫁了女儿的穷苦人家，则获得某种平衡似的吁出长长一口气。他们远远地观望、偷偷地议论，一惊一炸一身身冷汗又一阵阵背心发热。因为秉德总是夜出夜归，秉德女人又从不在村里露面，不能接近真相的猜想便仿佛长在苞米棒上的叶子，一层一层反而使里面的米粒越涨越大格外诱人了。秉德二婶二叔倒是时常去后山看看，可他们十分克制，回村从不在人群里说三道四。

　　关于秉德的十三岁之前，并没留下多么恶劣的印象。他夹杂在一群夏天一条裤衩冬天一件破袄的臭小子中间，总是哭哭啼啼，好像他那过早死去的爹妈给他准备了一缸哭不完的眼泪。他那被穷困追撵的二叔，正是厌烦了这不祥的眼泪，一个冬天的早上，给了他一件全家最厚的棉袄，打发他上路。那件最厚的棉袄，被他二婶当成洗刷愧疚的证明，一年一年总不忘提起时，人们记忆的柜子里放进的却不是棉袄，而是无声的叹息，是对灾荒年月深深的憎恨，也包括对不幸的、窝囊的秉德深深的可怜。直到有一天从外面传回消息，说秉德当了胡子，很长时间没人相信。可是那传讲越来越多，有养蚕人说亲眼看见秉德随一帮人上山抢蚕，当秉德抢回一个女人在山上过起日子，这苞米棒外面的叶子，一点点地，也就包裹出了一个颗粒饱满的新的秉德形象了。

　　这一天，裹在苞米叶子里的苞米终于破壳而出了，他虽不是秉德，却比秉德更让人震动。第一个看到秉德女人的，是周地主家的把头刘长喜，他立即往秉德二婶家跑，仿佛最有权知道消息的应该是她的亲人。刘长喜靠着忠厚的品行深受周地主信任，秋收都结束了，还留他在山上干些可有可无的零活儿。他一边跑，一边大声喊叫："秉，秉，秉德家的下山啦——胡子老婆下山啦——"因为声音是一路发散的，当秉德二婶闻讯来到街上，全街的女人也都拥到街脖子上了。大凡这种事总是女人跑在前边，周地主老婆，周地主家的大儿媳妇、二儿媳妇，刘二两家的，光棍罗锅的妈和嫂子，苦匠王德全的女人。他们惊虚虚的样子就像太阳从西边冒出来。

朝他们走来的这个女人，显然让大家惊呆了。她根本不是她们平素远远望着的野女人，而是名副其实的大小姐，故事里下凡人间的仙女。虽然这不是秉德女人第一次进村，可前两次根本谈不上是进村：一次是孩子落草大出血，秉德二婶让儿子把她抬回家在热炕头上烙了一夜；另一次，就是她的儿子死了之后，按姜水婆的指点，扎个纸人在街上送魂，她披头散发一路低着头，没人看清她的脸。她确实不是一般的俊俏，可她的俊俏不在她的大眼睛、双眼皮儿上，也不在她粉红盈盈的额头上，而在长长的脖子、挺拔的腰身上。她的腰身高粱秸一样高挑笔直，她的脖子葱背一样光洁鲜亮，那由此伸展出来的一张脸就不再是一棒苞米，而是颤动在半空的一穗饱满的高粱，有了某种说不清的傲慢。

周庄是一个很小的村庄，不过二十几户人家，它们缀在一片弯曲的田野两侧，就像老佛爷手中的一串念珠。可是慈悲的佛爷并不慈悲，同拴在一条线上的念珠，却被他捻出了完全不同的成色。有的人家青砖灰瓦、房屋开阔、院墙高筑，有的人家却泥墙草顶、屋檐矮小、门庭裸露。向着这条街一步步走近，秉德女人并不知道自己的傲慢如何伤害了街上的人们，她其实根本不知道自己傲慢。她眯起眼睛，微微地笑着，仿佛在说，三年了，没下山看看大家伙儿，实在是太失礼了。她第一个挨近的是光棍罗锅的妈，她轻叫一声大婶，对方没应，之后她把目光移向了光棍的嫂子，那嫂子面色蜡黄，见她走近赶紧低头。于是她越过她们，她看到了周大地主的两个儿媳妇。她们站在一堆女人前边，眼巴巴地瞅着她。这一回，她不等走近，远远地就叫了声嫂子，并且放大了声音，可是抢站在人群前边的两个女人突然地，像接到什么指令似的赶紧转身，把她们矮胖的婆婆让到前边。秉德女人收回了脸上的笑，但并没有收回脚步，她的脚步就像射出弓弦的箭，已经没有回头的可能，她只有面无表情地从人们身边走过。她的脚步僵硬、沉重，她想到夜里被曹宇环压住身子时在屋外大叫的孩子——现在，在村人们眼里，她不光是个胡子女人，一定还是个下烂货，这在临来之前根本想象不到。可是，不管心和脚步如何沉重，她的脖子都越发梗得笔直。当秉德二婶接过她怀里的孩子引她进门时，她目视二婶屋门，头都没回。

　　下山之旅遭到意外的冷落，秉德女人一蹶不振，很长时间再也没有下山之念了。她的二婶告诉她，要想和村里人打成一片，坚决不能再穿小姐衣裳，也不能仰着脖走路。她可以不穿小姐衣裳，也可以不仰着脖走路，可她就是不想再下山了。她不下山，不是害怕怎么做村里人都不买账，而是秉德二婶寒酸的家境，让她不想再看第二眼。在此之前，那个生孩子的晚上大出血，二叔二婶把她接到过家里，可是她昏睡不醒，压根儿没睁开眼睛。而那许多个风和日丽的白天，二婶二叔帮她盘炕、加固泥墙、换棚顶苫草，她都以为他们的家多么殷实、多么铺腾，怎么都料想不到空空的屋檐下只有一口敞口儿的大锅，只有两口装着地瓜梗儿的敞口儿瓦缸，粮仓粮屯颗粒无有，并且，两个大小伙子和爹妈挤在一铺炕上。她最不能忍受的,是秉德二婶在她面前的低三下四,好像有朝一日,她或者秉德会成为他们的救星。

"侄媳妇,你婶子这几年可是劳碌了,四个儿子两个结婚、两个没结,又是连年旱灾,真是要了俺的命,不定什么时候还得秉德救济呢。"

这让她想起三年来二叔二婶帮她时,拿起地瓜、土豆就生啃不休的样子。那时,她还以为他们是故作姿态,故意让她这个野女人感到他们并不嫌弃她。还在青堆子湾游手好闲时,她听说过乡下人如何穷,但从没亲眼看到过。现在,她自己就是穷人,可正因为自己穷,秉德的二叔二婶才是她心里结结实实的靠山。不承想这靠山是虚的,压根儿就不存在,它不但不存在,还漏出了一个深深的空洞。拒绝向空洞观望,使她再也不想下山了。然而不向空洞观望,秉德女人却有了对另一种东西的观望。那东西不是别的,是一种扰人的情绪,它来自屋子里那架梳妆台,它让她凭空生出某种渴望。当这种渴望变成眼神里的凄楚,通过梳妆台上那面镜子映照出来时,心情不知怎么就毛躁起来、慌乱起来。有时,这情绪需要她从那面镜子前走开,来到窝棚东边阔大的山野,当然也是因为她答应过孩子要好好活下去。她必须把自己放逐到山野,为过冬准备取暖的烧草。在野地里,拾了草之后,眼看着对面白亮的山野小道,她常常一头晌一下晌坐着发呆……

如果没有这股恼人的气流,也许就没有她曾经重整旗鼓走下村庄的勇气,可那勇气遭到阻挡又缩回来,变成一种越来越深入的折磨人的忧伤,一直无雪的冬天和狂风大作的春天也就变得格外难熬了。

这期间秉德回来过几次,每一次,狼吞虎咽在女人身体上掠夺一番之后,都爬起来点亮松明灯,捧住女人的脸看了又看,看够了,捏住她的下巴,将她推远,呼号道:"混账曹宇环有没有再来?啊?俺非杀了他——"有一回,是大年三十晚上,他从外面拿回来一麻袋印有供花的白面饽饽和一卷供蜡,将饽饽五个一组、五个一组地摆在屋子中央,点上蜡烛,逼女人跪下守灯说话,"守着灯,告诉俺,曹宇环到底有没有来过?"她不说话,他就薅住她的头发大发雷霆,"你骗不了俺,你在心里等他!俺告诉你,俺不走啦,俺再也不走啦——"可是他在家里只住了三天。大年初三,孩子皴裂的手指开始化脓,呜哇乱叫,叫得他心烦,天一黑又要骑马走人。临走之前,他发狠说要把梳妆台砸碎,把女人所有好看的衣裳烧掉,可雷声大雨点小。他举起梳妆台往山下扔,刚刚举起,那梳妆台又轻轻弹回地面,仿佛他的身体里有一块巨大磁铁吸住了它。这时,他孩子似的呜呜哭起来,边哭边说:"俺为什么要遇到你,为什么啊?!"

要是不遇上这个女人,秉德可以不必贪生也不必怕死,生与死都是无牵无挂,更不用忍受这不清不白的一腔妒火。本来,他是草林岗匪胡窝里最不起眼的一个,可愣是因为一个女人招惹了司令,让他声名鹊起。他之所以不敢毁掉梳妆台,都因为曹司令提前有话:"要是哪一天发现它不在了,俺就点了你天灯。"他不怕曹司令点他天灯,这种妒火中烧的日子他已经受够了,他只怕没有他这一母一子没法活命!曹司令可以随便玩女人,取悦女人也花样翻新,他却不会再随便娶什么女人。秉德也不是不可以杀他,秉德已经摸到他的司令部两回了,可最终还是罢了手。曹司令那一呼百应的喽啰们绝不会放过他,那样的结果,殊途同归。秉德一次次不能自控的歇斯底里,不但使秉德女人本已难熬的日子更加难熬,还让那扰人的情绪像隐在冻土里的草根一样,赤裸裸伸展在光天化日之下了。

那扰人的情绪,不是别的,是她在想念曹宇环,他了解她的过去!只有曹宇环,才能让她回到过去。

在新一年春天到来之后的大半年时光里，秉德女人被一种莫名其妙的疾病折磨。她不能听声音，不管什么声音，鸟叫、狗叫、鸡叫、马叫，还有孩子哭，任何一种声音传到耳畔，她都神经质地心慌意乱，一连好多个夜晚大睁着眼睛彻夜不眠。这之后，她不得不再一次走下山坡，来到终日为土地忙活着的人们中间。

那个春夏之交的日子，秉德女人让村里不下田的女人们大饱了眼福。人们风传她有一双从没包过的大脚板子，说她能仰脖走路多亏这双大脚板子。她就在人们目光的追逐下，把穿着布底鞋的大脚抬了起来。为了跟乡亲们热络，她甚至讲起了她父亲为了不让母亲给她包脚，天天半夜掀被窝检查的过程，人们在终于明白她为什么能从半山腰往家担水的同时，也为这不幸女人的不幸找到了缘由——脚是福的根，女人的脚越小越能扎得深，她父亲从根儿上就拔了她的福分。可是这个没有福分的女人偏爱往福地里蹭，那个上午，她在屯街上站了没多一会儿，就去了地主周成官家。她抱着孩子毫不犹豫走出人群的样子，仿佛早有准备。这让人们有些意外，尤其她的二婶，"看不出还是个攀高枝儿的人哪"。乡村最通行的交往法则，是鱼找鱼虾找虾老鳖找王八，她一个没房没地的穷光蛋，竟敢攀上地主。可是，当她在周成官家大门口站住，一遍又一遍抚摸大门上的拉环时，人们不免又改变了说法：这才是真正的鱼找鱼虾找虾呢，人家是有钱人家的大小姐。

周家的青砖灰瓦房，前院高高的门过和宽宽的木门，木门上巨大的从狮子嘴里吐出来的铜制拉环，带给秉德女人什么样的感受，没人知道。早在她第一次下山时就被它吸引过，她突然梗脖不再回头，正是为了掩饰怦然心动。在这里，她有回家的感觉。她家就是这样的房子、这样的木门、这样的拉环，所不同的是她家的拉环外边包了层银，显得锃锃亮。秉德女人抱着孩子，在大门口站了很久，把拉环拿到孩子手里让他轻轻地摸。

"是不是又揣上了啊，看你的身量？"周家大儿媳妇克让家的从院子迎出来，指着秉德女人肥大的衣襟问，语气里有着火辣辣的热情。以前，她知道敬而远之的道理，可不知道，要想远必得先敬的道理。明白这个道理，还多亏她的公公。他的公公周成官经常往返于周庄和青堆子湾之间，听了太多不敬就遭到恶报的故事：一个糖果店的老板对一个痞里痞气的人爱搭不理，当夜就被端了老窝；大染坊拒染一块二尺不到的小布料，第三天那染缸就被生生砸碎。于是他在饭桌上不厌其烦地教导子女："人怕咬狗怕敬，要想过平安日子，必须先敬后远。"

听到这热辣辣的询问，秉德女人脸上飞过少有的红晕，她确实怀孕了。为了不让人看出腰身，她用一件肥大的满是补丁的偏襟大袄包裹了自己，可克让家的还是看出来了。她不但看出来了，还拍起了自己的肚子，娇滴滴地噘着嘴道："嗨，俺和你一样，怀上了。俺就馋酸，可怎么办，恨不能跳到酸梨缸里。"

周家的外观和她青堆子湾的家一样，内里倒是略有不同。她家有八仙桌、太师椅、书柜，周家没有；周家只有枣木躺箱老柜、春凳、长条高桌、挂在墙上的水银镜。在她看来，这已经相当豪华阔绰了，那阔绰的家一样的感觉已经是一场梦了。周家炕席是新的，地面是平的，门窗的木头是亮的，尤其周家的柜子上，有雕着花纹的香几，香几上有青底蓝花花瓶，还有一只只放在圆盘子里的漱口盂。看到这些，秉德女人突然有些眼晕，头重脚轻，脚后跟踩着的仿佛不是地，而是棉花。要不是周成官矮胖的女人及时用厌恶的表情制止了她，或者说提醒了她，很难说她会不会瘫软地坐下来再也不走了。

"秉德家的，你看看……"

秉德女人愣了一下，回了回神，顺胖女人手指的方向往下看，一泡水一样的稀屎正从孩子开裆裤腿往下流。情急之下，她又是抓又是捧，弄得两手绿黄，一阵手忙脚乱之后，她只有灰溜溜抱起孩子落荒而逃。

如果说贫穷是一眼不能望穿的空洞，那么富裕就是一条不能走近的堤坝，那堤坝一经打开，喷溅的力量便势不可当。那喷溅之物不是胖女人充满厌恶的眼神，而是克让家的那句漫不经心的话，"俺就馋酸，可怎么办，恨不能跳到酸梨缸里"。在秉德女人回到山上之后，这句话如同一股汹涌澎湃的洪涛，横冲直撞向她袭来，将她身体里一直坚不可摧的堤坝冲出一道口子，随之而来的，是没日没夜的对山楂、酸梨、酸枣这些只有青堆子湾店铺里才有的东西的焦渴想念，是抠心挖肝的饥饿和难以克服的胃疼。她先是馋，当馋得不到满足时，又一步一步挖掘了饿。从周成官家回来的那个正午，她把孩子放到屋里，静静地坐了一会儿，由于两天没有正经吃东西，她浑身无力。她在呼呼的喘息中静静地回忆一上午见到的面孔，罗锅嫂子、克让家的、胖女人。回忆这些面孔，主要是为了找出令她愉悦的瞬间，以清除胖女人那令人不快的厌恶的眼神，就这样，克让家的那乖乖地噘着小嘴儿的样子浮在眼前了。浮现那张小嘴儿，喉口于是就有一股酸水翻涌上来。开始，秉德女人并没在意，像以往那样，到外面撸一把野草放到嘴里嚼。为了把秉德拿回家来的食物留给孩子，她三年来像牲口一样，嚼了太多的野草，咂了太多的苞米秆和草梗了，春、夏、秋是水分充足的，冬天和初春就是那种枯瘦干瘪的，再干再瘪她都能咂出不尽的甘甜。可是那天上午，嚼着野草，吞咽着口水，翻上来的酸水不但没压下去，反而咕咚咕咚冒了上来，冲进她的嗓眼，流进她的牙缝……

就是这时，对某种东西的渴望，对某种有着酸汁甜浆之物的渴望，便再也无法阻挡了。

馋欲是一只生在秉德女人身体里的虫子，它不但钻破了多日来她对声音的敏感，使任何狗叫鸡叫都不能引起失眠症，还钻破了她对饥饿的抵抗能力，她就像一个有着使不完力气的男人，终日奔波在起伏不平的山野之间。因为季节尚早，梨枣之类的野果还没成熟，有时，她把孩子绑在家里，走很远的山野小道，去山岗后坡的另一座山谷，到那里寻找长在地上的酸姜、刺芽子、细甜谷等各种带有酸甜味儿的野菜。更多的时候，她则拖着孩子，趴在后坡挑水吃的一个水沟旁，在潮湿的沼泽处挖掘生在地下的地蝗、水蝎。不管是酸姜还是野菜，蝗虫还是水蝎，她都要现场解决。酸姜，野菜洗都不洗，手一撸就送进嘴里，而地蝗和水蝎，她则在离家时就带上了洋火和干草，一缕烟在潮湿的沟边袅袅飘落时，她的嘴巴和脸上往往就有了一撇一撇的烟灰。就是这个她吃了两只地蝗、一只水蝎的日子，她的野居生活中迎来了一个不速之客。

那是一个下响，秉德女人感到有些累了，拖着日益沉重的身子早早回到了窝棚。为了进屋就能躺下睡觉，她在窝棚外秉德自制的茅坑里撒了泡尿，之后一只手提着裤子，一只手牵着孩子，用脑袋去拱门帘。门帘刚刚拱开，就听站在帘子底下的孩子鬼掐了似的嗷叫一声，之后大哭，这时，秉德女人发现了坐在土炕中央的男人和炕下那匹瘦马。

孩子哭，是他在低矮的角度先看见了马腿。

她本能地抱起孩子，向后退了一步，她没问你是谁，惊吓使她已经丧失了问话的能力。而男人看见她，眯起他那厚厚的眼皮，开始了带有神秘意味的打量。他的眼球黑幽幽的，像野地里常能见到的一种野葡萄，那黑幽幽的光从她的脸上划过，奔向了她隆起的肚子、沾有烂泥的鞋子，最后落到她的嘴上。他膀大腰粗，黑长的头发披散着，古铜色的脸上布满了高粱米粒似的麻坑，短短的上唇上，有两撮炊帚一样的胡须。看见胡须，秉德女人不由得抖了一下，一只手下意识拽住撅在肚子上的袄襟，之后目光缓慢移向墙边的梳妆台。谁知，就在她看到梳妆台时，心口钻进兔子似的扑腾起来，脸也一阵阵热起来，一种从未有过的羞愧和紧张彻底缚住了她，她恨不能脚下裂开一道地缝，让她钻进去。脚下没有裂缝，她只有这么腆着肚子呆呆地站在他的眼前。这时，只见男人收回打量的目光，面无表情地从炕上委下来，小心翼翼地错过她和孩子，把马从屋子里牵出去。这时候，马咴咴地大叫两声，把她胸前的孩子吓得浑身直抖。她正紧紧搂住孩子肩膀，就听哗啦一声，一只沉沉的布袋从门口溜进来，不久，瓜嗒瓜嗒的马蹄声就一程程消失在山北边了。

秉德女人愣怔了一会儿，之后转身冲出窝棚，朝山谷撕心裂肺地大喊了一声："曹宇环——"再之后，她放下孩子，匍匐在窝棚外边的泥地上，无声地抽泣起来。

山野静极了，无边的旷野在经历一次洗劫之后，仿佛陷入万古深渊，秉德女人的抽泣变成一股气流，深沉而遥远。然而，她的抽泣刚刚变成一股深沉而遥远的气流，突破她的嘴唇，一种更遥远的响动顺着她身下的地面来了。它起先是扑通扑通，之后是哐啦哐啦，再之后就是踢踢踏踏。她吞下一口气，蓦地爬起，某种隐秘的兴奋让她动作迅速、反应机敏，可她刚刚在泥地上坐直起来，一队黑压压的人就来到她的眼前。

"骑马的大胡子往哪儿去了？"

秉德女人没有吱声，只是搂过孩子，摇摇头。可是刚摇完头，另一个尖锐的声音灌进了她的耳朵："刚刚还听到马叫，到处都是马蹄印，不信你没看见！"

秉德女人还是摇头。她的坚决使窝棚前的空气陷入一阵令人窒息的寂静。很快，这寂静被打破，被一种嘎巴嘎巴烧豆一样的声响打破，它们来自身后的窝棚。随着声响越来越大，一团黑影纷纷散去，回头一望，窝棚顶上金色的秫草在微风中冒着滚滚浓烟，很快，火花就飞向了天空。秉德女人仰着脸，局外人似的愣愣地看着。看着看着，突然，她像想起什么似的冲进屋子。当她连滚带爬地从屋中抢出衣裳包和梳妆台，还有那只沉沉的布袋，窝棚已经是一个没有顶棚的泥桩子了。和泥桩子面对面站在那里，她的额头滚下了豆粒大的汗珠子。

第三章

秉德女人第三次下山，一手布包一手梳妆台，拖着沉重的脚步，刚会走路的孩子跌跌撞撞跟在后边。周庄好多人都看见了后山的大火，人们正惊魂未定地注视着山岗，随时准备溜进家门，插上门闩。周庄自古以来一直没有凶光血案，国与国的战争、清军巢匪、匪胡子间相互厮杀，都是听来的故事，正因为如此，胡子秉德住回山腰，才弄得人们一惊一炸小题大做。现在，人们终于发现这绝不是小题，一支马帮队走过之处就燃起了大火，抢劫的人被人抢劫，这可怕的现实把周地主灌输给人们的"敬"烧得一干二净，以至秉德女人走进村庄时，看到她的人马上退回家门，像躲瘟神一样唯恐躲避不及，包括秉德的二婶二叔。秉德女人的样子虽然狼狈，可她的脸上呈现出少有的笃定。她一路目不斜视，耳不旁闻，她在秉德二婶家门口放下东西，牵着孩子推开屋门，从怀里掏出十几块银元拍到炕沿上，她的语气沉着而坚定："叔，婶，帮俺在村里买间草房。"

两个老人从没见过这么多闪着亮光的银钱，连夜就把事情办成。第二天，当人们知道秉德女人想在村子里安家落户时，她已经是罗锅嫂子东屋的新主人了。

多亏那满满一袋银钱，没有它就没有秉德女人如此勇敢的举动。有钱能使鬼推磨，可如果一个从没见过钱的人突然有钱，也绝不会知道如何使鬼推磨。秉德女人买了罗锅嫂子的两间房子之后，第一件事就是去敲周家的大门，她要雇周成官家的马车进城。当着围观的村邻们，秉德女人故意抬高嗓门儿："俺要进城一趟，回趟娘家。"

说来奇怪，青堆子湾和周庄之间的距离永远不变，可在没钱的时候，在窝居山上还是一个野人的时候，那青堆子湾好像远在天边，今生今世都回不去了。一夜之间，那距离就像一个抻长之后缩回来的面筋，一下子就缩短了，不但青堆子湾近在眼前，连父母的面孔、兄弟们的面孔都近在眼前了。

这看上去是钱的作用，实际上还是命运的转折让她有了心情。

所谓青堆子湾，其实就是上街通着下街、下街通着渔市街、渔市街通着海港码头的一条直线，在那条线的最前方，黄海北岸的海湾里，曾有一个常年泛着青绿的泥堆子，于是取名青堆子湾。因为地处黄海北岸，海港码头直通日本、朝鲜以及我国的烟台和上海，这里一百年前就商人云集、繁荣异常。一路上，秉德女人一直都很平静，她平静地仰着头，平静地看着前方，在一个长长的下坡路上，她甚至打起了盹儿。可是，当马车走到渔市街路口，车把式掉头问她再往哪儿走时，她睁开眼睛看了看，竟哇的一声大哭起来，哭声之粗烈响亮，就像她胸腔里装了颗炮仗。

被泥土日子严密包裹着的委屈冲撞出来，秉德女人的回家之旅并不像想象的那么顺畅，马车不得不在路口停下十几分钟。渔市街喧嚷依旧，热闹依旧，周大叔的大饼子店撑出了一个半截草棚，棚子底下多了桌子，也多了更多的吃客。玄奶奶糖果店的店面还那么大，玄奶奶却不见了，替她看店的是她长了一双风流眼的大儿媳妇。绸缎庄门脸和以前一样，上边挂满了绸缎，长长的缎面挡住了店门，也挡住了双二婶半个身子。因为裹了一件破旧大袄，穿了一双破旧布鞋，因为头上的发髻松垮垮别在脑后，从周大叔手上接过一打饼子，从玄奶奶的儿媳妇那里买来二斤软糖，居然没有被认出来。她从他们店前走过，似乎就是一个土里土气的乡巴佬、农妇。不过，她一点儿也没为此难过，她反而不愿意让他们认出自己——哭过一场之后，她身体里某种敏感的东西被抽走了，她仿佛变成了局外人，她觉得和这里没有半点关系了。即使回到她那已经稍显破旧的院门口，看到安静的院落、门过、木门、木门上的包银拉环，她也没有任何感觉。倒是当屋子里迎出一个颧骨高高的丑女人，这女人斜着眼，挡一个乞丐似的把她挡在门外时，某种敏感的东西又回来了。

离家三年，大兄弟介夫娶了媳妇，这个变化并不意外，他一小就订了娃娃亲，意外的是兄弟媳妇挡住她坚决不让进的态度："你是谁？"秉德女人扫了一眼，突然愤怒起来，拧着眉大声道："别挡俺，俺是你大姑姐姐。"

父亲木雕一样坐在太师椅上，见到女儿十分平静，甚至对她的到来视而不见。父亲剪掉了辫子，光而平的头发泛着白楂，一副怪怪的模样。她上前怯怯地叫了声"爹"，父亲一动不动，稍后便把眼睛转向窗外，朝窗外木呆呆地看着，这让她很没面子，因为兄弟媳妇就在面前。

谁知，这个外表丑陋的女人听她叫爹，知道她真的是大姑姐姐时，变了一个人似的立即热情起来，不但一迭声地喊她"姐姐"，还掀开西屋门帘直往她的屋子引。在她的炕沿上还不等坐稳，她就舔着翻翘嘴唇，跟她讲起了家里的事。那家里的事，都是些和公公有关的事。她说她刚进王家时，公公成天皱着眉头，捧着经书一遍遍叹气，直到传教士大麦把介夫送去北平外国人学校，才有了笑脸。可很快，匪胡子又烧了下街教堂，撵走了大麦小麦，家里受到连累，私塾再也开不起来，也不敢看经书，公公又像傻子一样，一天天盯着窗户发呆。直到有一天，听说一个叫孙中山的人在南方搞起三民革命，男人们和西洋人一样都剪了辫子，要成立中华民国，公公才又露出笑脸。他跟着风潮不但自己剪掉辫子，还逼着在渔市街盐铺当管账先生的介翁也剪掉辫子，可是他高兴得成天在屋子里大呼小叫的样子，实在叫人害怕。

得知介夫有了出息，秉德女人心里很是舒坦，当然，最让她舒坦的还是眼前这个女人。她是湾北一个船家的闺女，满族人，乡下叫在旗的。她脸不怎么好看，高颧骨厚眼皮翻翘嘴，可不知是因为太寂寞需要有人说话，还是对大姑姐这个角色怀有天然的好感，她让秉德女人感到了一丝来自娘家的温暖。秉德女人甚至让她想起已逝的母亲，因为在她说到公公大呼小叫时，目光里闪烁着深深的只有亲人才有的忧虑。

在秉德女人的记忆里，她的父亲从来就不是一个喜怒无常的人，他被湾里人说成疯子，是指他和传教士的交往，她更是没有见过父亲大呼小叫。曾经，她三次向青堆子湾逃跑，想回到父母身边，回到原来的她，父亲的一封信阻止了她。现在，她回来了，却发现家已经不是原来的那个家，她也无法回到原来的那个她了。母亲不在，父亲又变成了一个完全陌生的人，她看到自己和这个家真的没有半点关系了。如果说那封阻止她回家的信是王母娘娘在牛郎织女间划出的那道银河，一河之隔，把她和这里的一切隔在了两岸，那么现在，父亲冷冷的样子，就是一座挡在眼前的山，她连仰头向上望一眼的愿望都没有了。此时，她最想做的，就是赶紧离开，回到她的周庄。

然而，就在她从西屋出来，就要推开风门的一瞬，东屋里传来父亲沙哑的声音："回来，把属于你的东西给我拿走！"

秉德女人返回里屋时，根本不知道父亲在说什么，因为她从不知道这个家还有属于自己的东西。倒是父亲一反常态，收回木呆呆的眼神，弓着腰身在红木大柜里翻找起来。当父亲把一些属于她的东西拿出来，金、银、珍珠项链，金、银手镯，镂花漱口盂和印花花瓶，她的眼窝一下子湿了，一双黑不溜秋、粗粗糙糙的手从腰间抽出来，都不知道该往哪里伸了。那个镂花漱口盂，是她一小最心爱的东西，那上边的荷花，她用纸和铅笔印过无数次，父亲还惦记着把最心爱的东西送给自己，一丝温情一下子就撩拨了麻木已久的心。她往前凑了凑，伸手握住漱口盂，她慢慢抬起眼睛，把目光扫向父亲，然而就是这一扫，她刚握住漱口盂的手抖了一下——父亲脸上露出了她多年不曾见过的疼爱的表情！这时，那个光滑的心爱的物体一不小心就从指缝间滑落，啪嚓一声，碎瓷满地。

踩着满地碎片，从屋子里往外走时，她已经是泪光盈盈、大汗淋漓了。

实际上，刚从窗玻璃上看到女儿从外面走来那一瞬，做父亲的心就已经开始碎裂了，只是他伪装了自己而已。要不是这些值钱的东西必须交给女儿，从物质上做一些补偿，他是不会喊那一嗓子的。当年匪胡子秉德拿刀逼他，要他写出"乃容，永远不要回头"这句话，本已经相当残酷了，可为了保护女儿性命，让她永远别动逃跑之念，他不得不又缀上"这是上帝的旨意"。眼看着那封信被秉德拿走，他死的心都有了，结果他的老婆死了，他却活了下来。他活了下来，从没停止过对女儿的思念，可是他不敢有半点表示，比如让他的儿子们到乡下找她，因为他不知道那个匪胡子会做出什么歹毒的事情。他接受大麦的思想，不让女儿裹脚，放逐女儿在渔市街上疯跑，确实违背了传统风俗，可他太爱她了，是大麦的思想符合了他当时不愿意女儿身心受罪的情感。谁知，他反而让女儿受了大罪，酿成了塌天大祸。一种肉体的痛苦像蚕茧抽丝一样层层叠叠无以复加时，另一种精神上的困惑又让他挥之不去，那困惑是：既然他王鸿膺从带来上帝的人那里接受了上帝，那上帝为什么还要如此惩罚他？为什么？精神上的困惑无法解脱，他就像疯子一样张牙舞爪、大呼小叫，最后，不得不又回到上帝面前，向他忏悔自己的罪恶。上帝不语，久而久之，他便真的相信了这一切都是上帝的旨意。然而，女儿的大脚板消失在屋门口那一瞬，他知道真正的解脱根本就不存在。

虽然父亲的温情让秉德女人有说不出的难过，可离开家门，她一直没有回头。她让车把式把车再次赶到渔市街。

秉德女人为自己置办的家不算殷实，却也超过周庄许多人家。俗话说揣金揣银，不如摊上门好亲戚。她的娘家虽不如从前，可瘦死的骆驼比马大，她离开娘家时，父亲还给了她十几块银钱。在渔市街上，她把这些钱全部花掉，糖果、饼干、丝毯、棉被、米面、咸盐。她还在瓷器店补买了一个镂花漱口盂，还给自己买了一个别头的银制簪锥。虽然住罗锅嫂子的东屋，不能太让对方眼馋，可隔三岔五就有一顿高粱米米汤流进她和孩子的肚子里，怎么说都算一个中等人家了。

罗锅哥哥原是个扎纸匠，靠给死人扎车马花圈，盖了四间泥房，却在给一个上吊的屈死鬼扎纸活时，忘了扎一把剪掉上吊绳子的剪刀，就得了一种怪病，终日不停地喘，不停地咳嗽。那空空的咳嗽一经冲出嗓眼，他就觉得有人掐了他的脖子，喘不上气。他搬倒了药铺、花尽了积蓄都没能治好，躺了三年不曾干活。秉德女人买房的银钱让他重获治疗的希望，却想不到另一种煎熬接踵而至，那是不时飘进屋里来的高粱米的香气。

屯街上所有人家都在受着这种煎熬。又是一年无雨，老天差不多让周庄的所有人都吃糠咽菜了。周成官原先一天供长工两顿饭，现在一顿都不供了；秉德二婶把秉德女人给她的一块赏银都握出了水，也没舍得去青堆子湾把它变成高粱，来让一家人喝一次稀粥。这煎熬熬得不仅仅是肚子里那条馋虫，还有人心里那条馋虫，秉德二叔动辄就向在生活中束手无策的女人发火："女人拉出崽子，就得有办法，你看看人家秉德女人。"

秉德二叔一辈子都在企图享受女人，他和别的男人不一样，从不喜欢孩子。因为他是母亲唯一一个儿子，父亲又早早过世，跟母亲拐筐要饭的他十八岁还睡在母亲怀里，他贪恋的永远是肚皮暄软的女人，而不是瘦了吧唧的崽子。可他的不幸在于，他对女人的贪恋反而让他生出一个又一个瘦了吧唧的崽子，他们瞪着狼一样的小眼睛在三间草房里滴溜溜瞅着他时，一些年来他就怨气冲天。老大、老二刚过十二岁，他就把他们过房①给远房亲戚，剩下老三、老四两条光棍，自然也就成了他折磨女人的有利武器。秉德二婶生性懦弱，可逼急了也会说一句："有本事你也去抢个有钱人家的大小姐啊！"

秉德女人并不是个乐善好施的人，一小受父亲娇宠的她很少关心别人。可突然降临的满足感就像雨季的水湾，积满的雨水自然要涨溢

---

① 过房：送给别的没有儿子的人家当儿子。

出来，隔三岔五，她总要来到罗锅嫂子家和屯西的二婶家，把高粱米稀粥分散出去。不但如此，听说和她差前差后生了孩子的克让家的没有奶水，主动上门要求做孩子的奶妈。

秉德女人的身体里，好像埋藏了一眼深井，蓄满了无限的奶水，只要有足够的食物，它们就恣肆汪洋、滔滔不绝。它们一遍遍弄湿她身上的夹袄，它们让昔日用一条老狗将她拒之门外的周成官，一有机会就把一双滴溜溜的小眼睛盯在她湿漉漉的胸脯上，使他的儿媳克让家的暗自流泪。

村里谁都知道周成官和儿媳妇之间的龌龊事儿。周成官家大儿子周克让是个少一根腰椎的瘫子，五岁那年跟妈妈坐马车上青堆子湾逛街，在渔市街熙攘的人群里与妈妈走散，不幸掉到渔市码头吊桥下摔成残疾。仗着有钱有势，他为儿子娶了史家沟田木匠的闺女。娶亲的当天晚上，看着如花似玉的女子关进瘫儿子的洞房，一种可怕的不甘折磨得他一夜未睡。几天后，把瘫儿子和老婆打发上青堆子湾剧院看戏后，他就用他健康的腰肢和大腿，干了他想干的好事儿。就像有钱人的腰包总要鼓起来，被健康和权威征服，克让家的一日日志得意满，不但看公公的目光不一样了，看婆婆的目光也不一样了，那不敬的目光向婆婆泄露了秘密的同时，那秘密也就被一个怨妇泄了满坦。这不但没有阻止两个人的淫欲，反而让他们更加变本加厉。他那倔强的瘫儿子一气之下喝了毒药，灌了两桶井水保住性命，从此变成痴呆。这反倒给他的父亲创造了天赐良机，能够心安理得地干他不干净的勾当。

一脚踏进这不干净的勾当里，秉德女人对就要发生的事情毫无知觉。那是一个春天里细雨绵绵的黄昏，趁老二、老三在铺满稗秸的粮囤里睡着，她披着蓑衣急匆匆来到周家。周成官头戴黑色瓜皮帽，身穿黑色马褂，就站在大门口，打一声招呼之后，小眼睛一瞬间有些发直。他每每看到她湿漉漉的胸脯，眼睛就有些发直，这让不明真相的秉德女人一次又一次受到鼓舞，以为是自己的好心感动了他。可是，就在她从克让家的怀里抱过孩子，揭开衣襟露出她鼓涨涨的奶头，让孩子咕咚咕咚饱抽了一顿之后，一件事情发生了。周家婆婆和大儿媳克让家的一齐从堂屋冲进来，撕开她的衣襟，捉住她的奶头大骂："婊子，勾引男人的婊子。"她进门时并没看出两个女人有什么异样，她不明白这是为什么。她在护住奶头的本能撕扯中推开胖女人后，突然发现大开着的木门外，周成官眨巴着色眯眯的眼睛，痴呆呆站在那里。

浇了一身污水、一身雨水，秉德女人大病了一场，浑身先是发冷，后是发热，持续高烧起了一嘴水泡。她把隐身戒指里的老大放到嘴边，跟他说了那么多求救的话。要是此时秉德不从外面回来，她烧退了也许就没事了，大不了把多余奶水挤进碗里喂了鸡鸭，至于她的名声是不是臭了，她并不在乎。可是就在这时，秉德回来了。这还是到村里落户以来秉德第一次回来，他从没离家这么长时间。在村子里找到女人时，秉德其实喜不自胜。参与了一场与清军的作战后，他本以为政府早把他的家铲除了，往人们指着的家门走去时，他最想望的事不是和女人之间的痛快，而是女人怀抱的温暖——一天天又躲又藏九死一生，他对女人有了新的理解，女人对男人的重要不是身体，而是女人让男人有了温暖的家。可是还不等到家，还不等多年梦想的已经置于屯街里的家展现眼前，他就被地主婆堵住："秉德侄子，可好好管管老婆，不能叫她在男人不在家时攀高枝儿呀。"

这话在短暂的回家之路纠结了怎样的力量只有天知道，它显然迅速将秉德对家的需要让位给对女人身体的需要了，那需要根本不是简单的发泄，而是对一个肮脏不洁的肉体声嘶力竭的羞辱和踩躏。尤其是显示富人风格的漱口盂、花瓶等各种摆设展现在眼前，让他联想到地主婆"攀高枝儿"的说法，更是不可遏制。当时，秉德女人正在院子里刮孩子尿布上的干屎，高烧导致的身体虚弱，已使她三天没上河套了，被秉德抓起时，她还以为是风旋了她，天旋地转。当被倒悬着扔到土炕上，一阵剧烈的疼痛震荡了后脑勺，她已经是一只撸掉了全身鸡毛的白条鸡了。他冲她的奶头狠狠地抡着拳头，冲她的下体狠狠抡着穿鞋的大脚，直到从那里冒出来的奶水变成了红色，那块为他孕育过三个孩子的毛草地发面饽饽一样肿胀起来，他才罢休。可刚刚停止了拳打脚踢，他又从裤裆里掏出那个红头涨脸的家伙，硬生生地朝那肿胀的地方刺去，并一头叫驴似的大骂着不要脸的臭婊子、不要脸的臭婊子。

秉德女人好几天才能下地，下体的疼痛让她两腿不敢并拢，走起路来一扭一扭像只就要生蛋的鸭子。而她肿得恍如烂掉的樱桃似的奶头，根本无法捂在衣裳里，一捂就触了火似的，钻心地疼。然而，由奶头引来的羞辱，又使她对自己的奶头生出了前所未有的抵触和厌恶，仿佛只有狠狠地捂住它们，让它们钻心剜肺地疼才更解气。为了阻止身体里源源不断的神秘的奶水，她一遍又一遍往上面涂抹东西，饭糊、地瓜泥、土豆泥，可全不管用。那白白的汤汁不知羞耻地从烂桃的裂缝里汩汩流淌时，她撸下戒指，把它放到炕上，让两个孩子并排坐着——新生儿是个女孩，才三个月，根本坐不起来，但秉德女人把她绑在炕头的被垛上，愣是让她对着她。她说："老大、老二、老三，妈妈今儿个有话说，你们都看见了。"说着，把眼睛移向戒指，"老大，你都看见了，妈妈奶旺，妈妈好心，想把奶水送给需要它的人，可好心不得好报。你们看着，都是这奶水惹的祸，不怪妈妈。"

不管事实怎样，秉德女人的丑闻迅速家喻户晓，播散它的不是周家那对愚蠢的婆媳，她们清楚家丑不可外扬的道理。她们的过激举动不过是一时冲动，事后她们已经很后悔了，因为秉德当天晚上就进了周家，揪住地主婆逼问那高枝儿到底是谁，是不是周成官。都快五十岁的胖女人吓得又是下跪又是磕头，连说自己说瞎话，再也不敢了。播散秉德女人丑闻的，自然是邻居罗锅嫂子，一堵泥墙之隔，她什么都听见了。伺候一个病男人的压抑，正需要从另一个人的不幸中找到出口。她第二天到秉德二婶家讲，秉德二婶又到周家二媳妇那里核实。一直不受周成官重视、住回娘家三个月都没人去叫的二媳妇自然就如获至宝，见缝下蛆，到处扩散。到传出去的消息再从另一个渠道传回来，以丰满的枝叶证实着事实的确凿时，秉德二婶终于忍不住，来找侄媳妇上了一课。

  她表情严肃、语气硬朗，一扫以往在侄媳面前的小心翼翼、低三下四，一进门就坐定炕头，完全就是一个做婆婆的派头。其实，从秉德女人第二次下山进了周地主家那回，她的嘴就开始痒痒了，只是碍于面子。她先说申家祖上的家风，她的老奶奶婆二十五岁就守了寡，活到七十三岁死去，就没沾过一点腥气，官家给她立了又高又大的贞节牌坊，在高丽城山的山坡上，十里八村无人不知。之后又说申家和周家的关系。周家那些地的一大半，原来都是申家的，她的老奶奶婆守寡守了三儿两女，领三个儿子在一小块地里种姜发了家，一年买一亩、一年买一亩，总共买了七十多亩土地。可到她的奶奶婆这辈，出了个败家的儿子，就是秉德的二爷爷，他带领妯娌三个一起抽大烟，四杆大烟枪直瞪瞪把家给抽败亡了，地一点点地又都卖给了周家。秉德爷爷看不得自个儿的地成了别人家的地，一气之下领着大儿子、小儿子去了北大荒，留下二儿子守着三间草房和仅存的一亩半地。虽然秉德二叔是个懒汉，只顾下种不知锄草下粪，连年收成不好，可秉德爷爷临走时老泪纵横给儿子们立下规矩：就是要饭，也上外面要，绝不能进周家，不能让申家人再丢脸面。这虽是懒人的规矩，可在秉德女人没进村之前，谁也没有破过。就是秉德爹妈饿死，大大爷把秉德送回来那年春天，全村人都上周家借粮，他的二叔也没有登门。虽说秉德女人登周家的门是送奶而不是要饭，可最终的结果是你被人家占了便宜。你被人家男人占了便宜还不够，还被人家女人占了便宜！

因为身子总有隐秘的疼痛，秉德女人只能躺在炕上聆听婶婆婆漫长无边的训话。因此，在后来很长一段时间里，婶婆婆那张枣核一样的脸，都像倒挂在风中的松明灯似的，忽亮忽灭。它亮时，能照见她上身被人占了便宜留下的赤裸裸的伤疤和下体被秉德蹂躏结下的紫色淤痕，因为听婶婆婆的语气，她完全是罪有应得，是秉德打得轻了。它灭时，那黑灰的空白里就有一条藤蔓在渐渐清晰，老奶奶婆、奶奶婆、秉德二爷爷、秉德爷爷、秉德，他们不过是一些人名而已，他们穿缀在岁月里就像风沙穿梭在原野上，有起有落。可是，他们一经一个老女人的嘴吐出来，就变成了一根扯不断理还乱的有关祖宗的藤蔓了。婶婆婆在训话结束前，指着鼻涕邋遢的两个孩子，一字一顿地说："你以为这两个鼻涕鬼是谁，是老申家的根、老申家的后人！他们不是野种！你以为你是谁，你是老申家媳妇，你做什么都不能忘了祖宗脸面！"

寻着一条藤蔓，摸到了它的茎、它的叶、它的根，秉德女人落荒以来第一次细细地端详起她的孩子。老二大脑门塌鼻子宽下巴，一哭起来，鼻窝和嘴角间就有了一条酷似秉德的俏皮的纹线。老三高脸腮粗眉毛尖下巴，脸形不像秉德，可一急着吃奶就气急败坏的样子，和秉德着急时十分相似。他们本是从她身上掉下来的肉，是她的孩子，可是他们确实就是申家这条藤蔓上的瓜。有了这个发现，秉德女人给孩子喂饭喂奶，把他们抱在怀里，胸脯被他们埋埋汰汰的小手抓挠时，一种嫌恶之感便油然而生。那感觉就像她怀里不小心跳进了癞蛤蟆，她因此常常无缘无故朝他们亮起巴掌。如果不是这时候秉德又一次回来，以一种前所未有的温情打动了她，很难说她会不会迫害他们。

那是一个让秉德女人一辈子都不能忘记的日子，它的降临，如同一个冻僵在冰窟里的人眼看着一束熊熊燃烧的火把的降临。那确实是一个数九隆冬的日子，秉德女人在南河套的温泉里洗完最后一件衣裳刚刚站起，就发现村里自家两间草房的烟囱上冒出炊烟。她以为锁在屋里的两个孩子弄起了火灾，便端着衣裳深一步浅一步地往家赶。走进家门，只见秉德蹲在灶坑下拉风箱，而他的怀里，两个孩子的小脸正映着锅底坑里探出来的红红的火光。

自始至终，他都没和她说一句话，可是仅仅他把孩子揽在怀里笨笨的样子，他把锅里烀好的地瓜捡到盆里憨憨的举动，他夜里上炕时，掀开被窝，把她的奶头和下体统统看一遍那粗粗的叹息，就足够让一个活得牲畜都不如的女人变成一块化掉了的糖稀了。要是他能在干那事儿时轻轻抽动，完事之后搂住她的腰，对着她的耳朵轻轻地说一声"对不起"，那她就不是化掉的糖稀，而是一片升腾在晨光里的云了。

在晨光透过黄表纸照进窗户，照得花瓶、漱口盂、梳妆台哪哪都有了荧荧亮光时，秉德女人从炕上坐起来，目光平静地看着秉德说："给老二、老三起个名吧，他们还没有名哪。"

这是秉德女人嫁给秉德以来——如果被抢亲也算嫁的话，她跟秉德说的第一句温顺的话。

秉德温顺地看着他，没有言语，似乎起名的事不归他管。

秉德女人沉思一会儿，想起了父亲为孙中山成立中华民国大呼小叫，一连串名字立即脱口而出，"老大叫承山，老二叫承中，老三叫承华,再生一个,不管男女都叫承民。"

说出这样的名字,都是她一段时间以来一直惦着父亲的缘故,可这时,秉德更加温顺地接住话:"俺在外面有了一个野孩子,是青堆子湾照相馆许老板闺女的,都怀上两个月了。"

盯住秉德厚嘴唇边俏皮的纹线,她愣愣地看了一会儿,但很快,她明白了什么似的眨了眨眼皮,说:"什么时候生下来,就把承民抱回来吧。"

第四章

秉德的温顺并不是经过冷静分析之后的一次认错,他从不分析事物,从十三岁离家那天起,他就已经学会对任何事情都不做深思熟虑了,因为他的前方是茫茫荒野无尽空无,思什么虑什么全没有用。他在山野里走了五天,饿得就要昏死时,到放牛小子手里抢夺的第一块窝头,凭的就是本能的呼唤。后来他遇到了从长白山下来的同伙,后来他和同伙加入专门蒙面抢劫的"青面帮",再后来"青面帮"因为分配不公解散。他凭着开阔的眼界找到辽南名匪曹司令的分部——盖县土门沟的草林岗胡子窝,以至那天喝多了酒逞能,惹火了曹司令的对手徐大棒子,被撵闯进绸缎庄……这林林总总,秉德无不听命于直觉的呼唤,那直觉仿佛老辈人常说的凡人看不见的鬼灯,躲藏在他身体里偷偷指引着他。可这一点儿也不证明他没有细微的感情,年头岁尾想念周庄,一个人偷偷跑到半山腰的窝棚住上几天。看到周庄一日三餐袅袅升起的炊烟,每次他都喉口发紧,恨不能变成一只蜥蜴爬到山下，藏到二婶家的草垛空……尤其抢了女人之后，尤其抢来的女人被曹司令糟蹋了之后。那时，看着太阳落山，火烧云布满天际，他心口有一团火烧云在拼命燎舔，弄得他疯狗一样狂躁不安。他不能听窝里的人讲曹司令，有任务路过青堆子湾的渔市街；他不能去看百货店里的镜子，它们像一把尖刀剜着他的心、割着他的肉。直到他闯下了一桩大祸，他穿一身抢来的灰呢制服，勾引了青堆子湾许记照相馆许老板的闺女。他勾引的办法，就是向正在街头晾晒衣裳的女子送去一架梳妆台。他学曹司令霸占女人心的招法，为的是医治心里的伤痛。不承想他没有玩女人的命，那女子是个头脑偏执的傻瓜蛋，害了相思，天天魂不守舍。和清军打仗时，秉德躲进照相馆生生被她父亲揪住，那父亲告诉他：要是不把他闺女肚子里的孩子接走，他就把他的相片公布出去。如果是蒙面强奸，就什么灾祸都不会发生，他的灾祸在于，他想弄出感情！可他遇到的女子又不是他老婆，他的老婆不管贵了贱了都无动于衷。他的灾祸还在于，曹司令对部下有个非常严格的规定，谁要背着他玩女人让他知道，他就杀了谁。

　　说起来，秉德的温顺并不是为了乞求，依他的性情，把孩子往炕上一放，女人伺候也得伺候、不侍候也得伺候。然而在被偏执女人缠上之后，他终于明白什么样的女人才是好女人了，好女人的标准就是她从不给男人施加压力。他的老婆就从没给他施加过压力，不管回不回来，不管他回来拿不拿东西，不管她心里惦不惦记曹司令，她从没想离开这个家，遇上他秉德，本就倒了大霉，可她从无怨言……就是这样的醒悟，使一缕善良的光辉溜进了他的脑壳：让这样一个女人替自己养一个野种，实在太不公平。

　　秉德女人没觉得不公平，是她花掉了曹宇环三十块银元。虽然秉德已经将攀高枝的事忘得一干二净，但她清楚在她的心底里那根真正的高枝儿是谁。在婶婆婆为她树起的申家的祖威里,这是不被允许的。为此,她不但一日日心平气和,把自己未孕的腰身伪装起来,用缝好的布袋在上边裹进一些谷糠,还让婶婆婆帮忙买了一块就要奄奄一息的赵老太太的地,开始和男人一样下田耕种。

  这是买了地之后迎来的第一个播种季节,因为不会备垄、不会按种、不会下粪,秉德女人请来了懒汉二叔,在二叔的口授下进行操作。她的动作虽然有些笨拙,已经隆起的腰身让她转动起来有些困难,但她肯于起早贪黑,俗话说不怕慢就怕站。周庄没有女人下地,这辽南一带方圆几十里也很少有女人下地,她们的小脚就像一把锥子,一扎进地里就左摇右晃。秉德女人有一双比任何女人都大的脚板儿,秉德女人还有一颗比任何女人都大的雄心,那就是,绝不能让周家人看了申家的笑话。最初,因为她的地就在周家的地边,动辄就想起周家人对她的伤害,她常常把两个孩子都抱到田间地头,奶水肿胀的时候,让他们一人一个奶头大口吮吸,故意眼馋周家。后来当真把周家人诱惑出来,却不一样了。有一天,克让家的抱着孩子一颠一颠穿过地垄过来了,她先是叫了声"嫂子",之后把瘦屎屎的黄毛小子放到秉德女人怀里,说:"俺对不起你,俺男人不中用,心里头就屈得慌,你可千万别记恨俺,你行行好吧,你行了好早晚儿也会有钱有地有把头。"克让家说的不过是一句恭维话,可当秉德女人把黄毛小子奶了,看着饱撑撑的孩子,克让家的又重复一遍那句话,"你行好早晚儿也会有钱有地有把头"。整整一个春天,秉德女人都变了一个人似的斗志昂扬起来,尤其懒汉二叔受她勤劳的启发,不厌其烦地念叨起她的老老奶奶婆如何如何能干,为申家攒下多少多少土地,她真就觉得自己就是那个申家的祖宗了。

秉德女人的雄心，别人不曾发现，却逃不过周成官的眼睛。他五十六岁，继承父业在村里当家作主已经四十多年了，他就从没见过这么一个能干的女人。她好像总有使不完的劲儿，她好像压根儿就不是一个有钱人家的大小姐，而是一个富人家的老妈子，问题是她身体里总有冒不完的奶水！他对她的敬，其实就是从这腔奶水开始的。他知道什么地方湿了地皮，那里就有一眼掘不干的深井，他盯着她，是奇怪这藏着一眼深井的女人如何就落到了秉德这个杂水名下。他的老婆是个窝窝囊囊的尿腻；他的二儿媳倒是眼精手快，可嘴大牙大，丑得你不想看第二眼；他的大儿媳不傻也不丑，有心眼又有模样，可你就是想不到她那俊模样后边藏了一眼干井。没水的地方就容易起火，一场干火把他的家丑扬了出去，他让把头刘长喜上渔市街抓了三服泻火中药。想不到这火越泻越旺，秉德女人竟然在他家地边买地了！在周庄，除了秉德二叔和赵老太太，所有人家都是他的佃户，那赵老太太的地，本以为非他莫属，想不到让秉德女人抢了先。她抢了赵家的地不说，还把这眼深井置于他的眼皮底下，让他的儿媳迈出家门去向她就犯了！

一块心病在周成官心里埋了一春一夏一秋一冬，终于在秉德女人生出一个又白又胖的丫头片子时，赶着马车，拉了两匹大布、两斗苞米，在媒人老三黄的引领下进了秉德的家门。

秉德女人解下裹卷在肚皮上厚厚的布袋，是个月光如水的晚上。这个晚上后半夜一点，秉德把一个带着奶腥味儿的孩子递进了她的怀抱。他轻手轻脚，坚决不让点灯，因为不让点灯，那个冬夜里的月光透进窗户，就显得格外明亮。对于月光的记忆，主要源于孩子进家后一直不哭带来的惊吓，她担心孩子被秉德捂死，就冲着透进来的月光去扒孩子的眼睛。秉德却一点都不担心，抹一下挂在胡楂上的霜，呼呼喘着说:"没,没事儿,俺给灌了迷魂药,过了夜就好。"果然如此,鸡刚叫第三遍,一声脆生生的哭声就震破了天际。三个小时之后,周成官一行人马又满脸喜庆地推开了院门。

从门缝里看见周成官和身后的布匹、谷物,秉德两口子吓得脸色一阵煞白,一夜的惊吓和忙碌,他们还没来得及造出一个血淋淋的现场呢。秉德女人甚至差一点儿就蹿出堂屋,迎出屋门,当她反应过来,急慌慌脱掉脚上的鞋,找块布片把头包上,囫囵个钻到被窝,老三黄和周成官已经揭开堂屋的风门了。

来人自然没进坐月子女人的屋,他们只在堂屋里站了一会儿,把所有物品卸下之后,媒人说:"秉德兄弟,你今儿个交好运了。周家要和你们结干亲了,是男的,周东家就认干孙子,是女的,周东家就认干孙女,这是认亲礼。"

秉德根本不相信这年月还有什么好运,他也不把结一门地主的干亲当作交了好运,他一个穷胡子要是交了这样的好运,说不定有多少厄运在等着,可周成官的诚恳还是感动了他。周成官倚住风门,点燃烟袋锅,捋了一把胡子,脑壳上的辫子在脖子上缠了一圈,这使他看起来有些滑稽可笑。他压低声音说:"没别的意思,你祖上出过一个有德行的女人,眼下,这个女人现世了,她就是你老婆。她很了不起,跟你家结干亲,是看好这个根。"

秉德不置可否,这时,只听里屋女人喊道:"谢谢周东家高看,是个丫头片子,干孙女儿——"

周成官一行人走后,秉德女人揭开裹在夹被里的丫头片子,嘴压在她红扑扑的嘴唇上,深深地亲了一口。那些从她自己身上掉下来的骨肉,她从没动过亲的念头,这孩子干净,又白又胖,这孩子给她带来了好运!在秉德女人那里,这好运不是两匹大布、两斗谷物,而是她在这个早上赢得的重视。然而她高兴，秉德却不高兴，秉德的脸色一程程就阴了下来，他扯下隔开堂屋和里屋的门帘，语气凌厉地说："别叫俺再听到有人说你攀高枝儿，俺申秉德最讨厌女人攀高枝儿。"

"是他攀咱，又不是咱攀他。"秉德女人理直气壮。

"他为什么攀咱？"

秉德女人非常清楚秉德的意思，但她坚决不顺着秉德的意思："你说为什么？还不是因为怕你。这年月，哪个富人不怕胡子。"

秉德终于无语。

虽然与周成官结了干亲，秉德女人却再也没登周家的门，俗语说干亲干亲，全仗水来淋。有身体里旺盛的奶水，她从不怀疑即使坐在家里也能淋湿周家这门亲戚，克让家的抱着孩子，颠三寸金莲差不多一天两回；逢到端午节、重阳节，胖地主婆还要拐着鸡蛋亲自登门，颠三倒四说些不着调的感谢话，什么多亏你帮了老溅爷子，你奶头只管奶孩子，可千万不能让老爷子看见，他不是个好东西。得知不去周家正合了两个女人的心意，秉德女人更是心安理得打发自己的日子。她的日子，曾经最重要的部分是家外那些地。她以地里的庄稼为中心，孩子几乎就是她的拖累，可有了承民之后，那最重要的部分似乎发生了转变，家里的孩子变成了她的中心。

三个孩子和两个孩子确实不同，两个孩子可以一手一个，三个总有些不便，主要还是她不舍得把那白胖的承民抱到外面晒，她太疼惜这个丫头片子了。黑幽幽的小眼睛骨碌碌一转，她心瓣上就仿佛钳开一道缝隙，一缕阳光蓦地就照射进来。她不知这是为什么？她是承中、承华的亲妈，是承民的后妈，可有了承民，她觉得这些年来，自己一直都是前两个孩子的后妈，因为她从没像对待承民那样对待过他们。

自从这个孩子进家,她拿起了多年不拿的针线。那天街上来了一个送货郎,卖针头线脑。她买了一包绣针、一包缝针、一个绣花绷子、几轴丝线,为承民做起了衣裳、绣起了金鱼兜兜,并且那奶头除了给克让家的孩子留着,一天一天都含在承民嘴里。为了改掉这奇怪的毛病,秉德女人曾烧锅热水,把承中、承华彻彻底底洗了个澡,让他们像承民那样,干干净净对着自己,可是刚从澡盆捞出来,一股说不出的厌恶就涌上心头。他们鼻子、嘴里很快就流出黏乎乎的鼻涕和口水,这一下子就勾她想起她在后山当野人时的时光。

　　秉德女人不喜欢老二承中、老三承华,实际上是不喜欢温习她那野人一样的过去,承民用她黑幽幽、水灵灵的小眼睛,划开了她的现在和过去。她划开她的现在和过去,又没有让她遭受生孩子的痛苦和磨难。最让她难以忘怀的就是秉德奇迹般蹲在灶坑烧火的那个夜晚,在此之前,她是一头牲口,而不是人。是远在别人肚子里的承民,让她第一次尝到了人的滋味,是承民,让周家人再也不敢小瞧她——说真的,要不是肚子里根本没有孩子,她不但不会有汪汪的奶水,她也不敢那么使力气种地。然而,任何事情都要付出代价,秉德女人把一腔心血倾注到家里和孩子身上,她又不得不用一日三餐高粱米饭来让另两个小伙子为她效劳。他们是秉德二叔的两个儿子,也就是秉德的两个堂兄弟,一个叫秉东,一个叫秉西。他们像他的爹一样,都不怎么勤快,二十好几了还打着光棍,可正因为打光棍,他们才更愿意被一个年轻嫂子支使,而秉德女人对两个小叔子可以随意支使,克让家的和村里人便不难看到,一个有钱有势有把头的人家正在冒头儿。

　　一段时间以来,人们一直在传说清军如何打击匪胡子,克让家的为了表示对干亲家的关心,一天过来传一舌头,今天说公公亲眼看见青堆子湾有匪胡子被打死,明天又说公公的朋友亲眼看见在土门沟一棵老槐树上，挂了血淋淋的人头，弄得秉德女人心绪不宁、彻夜不眠。这一天，秉德终于在后半夜回来了，没有听到他拴马匹的声音，但他走进院门还是撞着了什么，进门后他轻手轻脚。自从有了承民，他就习惯轻手轻脚，好像有了一个野孩子，他就软了骨头。和以往一样，他不用点灯，脱光衣裳往地上一扔就钻进被窝。秉德女人主动往炕边挪了挪，躲过孩子，并伸手搂住他的背，顺后背去抚摸他因剪了辫子而光滑的脖子，这在以往从未有过。经历过各种传闻的惊吓，她曾无数次地想过，她的身边可以没有秉德，可她的日子万万不能没有秉德。她的主动显然让秉德无比喜悦，一股粗鲁的激情迅速把她席卷了。她配合他，她向他彻底打开，她把奶头送到他的嘴里，让他吮吸得浑身酥软，在他一会儿高山一会儿大海波涛万丈时，她甚至迎来了身体里从未有过的快活和舒服，而那快活和舒服从无数个地方向一个地方挤压，使她不得不发出一种"哎哟哎哟"的声音。可她的声音刚刚着地，只听秉德在一阵野兽般的狂叫中，夹杂了重重的鼻音，狠狠地叫了声"嫂子！"。

秉德女人彻底傻了眼，嫂子？秉德怎么会叫自己嫂子？一阵从头到脚的战栗之后，秉德女人挣脱着爬起来，而这时，那个叫她"嫂子"的秉德已经跳到地上，捧着衣裳冲出了门外。第二天，当帮她干活的两个堂兄弟只剩下一个时，她才知道自己造了什么样的孽。

其实，那个叫秉东的家伙早就有偷嫂子的意思了。早在她生第一个孩子大出血，二婶二叔拖不动拉不动，把他叫出来上山抬她那天，那想法就像春天的蛇一样抬了头——他看见了嫂子血淋淋的身子。当有一天嫂子的奶头和胸脯毫不忌讳地暴露在他的眼前时，一场有计划的行动就揭开了帷幕。他把辫子盘到头上，他甚至偷偷学会了抽烟，让自己像秉德那样喘息中带着烟味儿。

那天早上，秉德女人把孩子们喂好，一个人把梳妆台拿到堂屋，关起门，对着镜子不解地看着自己的身体。她先是解开衣襟看自己的奶头，它涨膨膨的，发面饽饽一样颤动，之后她又把镜子扳倒，对着自己可耻的下身静静地照了好一会儿。曾经，她心疼过它们，可怜过它们，它们长在她的身上从没得过好，可是现在，她开始嫌弃它们、憎恨它们了，它们居然对着不是自己男人的男人还能生出快活。一想夜晚里的快活，她就恨不能用刀将它们从身体里剜出去。下不得手，她只有扶起梳妆台，来到里屋，撸下戒指，把它放到炕头，让四个孩子一齐坐好，拖着哭腔说："孩子，妈妈对不起你爹，可妈不是有心，你们都看到了。"

这场从天而降的灾祸对秉德女人的打击，就像一场严霜对地瓜叶子的打击，秉德女人一连好几天都抬不起头。她上茅坑不敢走出屋门，拿草做饭不敢走出院门，她觉得全村人的眼睛都在盯着她。然而这并不是灾难的结束，有一天，在她不得不上院外草垛抽草时，她看见秉西滚球似的从屯街滚过来，大喊道："秉东跳井了，就，就屯街当央那眼老井。"

蒙在鼓里的人们议论纷纷，说什么的都有，有说兄弟俩闹不和的，因为一度有媒人上门提媒提的是弟弟而不是哥哥，也有说受不了秉德家干活太累，因为谁都知道他比他爹还懒，他不但懒，还馋，不干活就没有高粱米粥喝，两股劲纠缠到一起就不想活了。这些猜测根本不能成立，又馋又懒的人绝不会有想死的尊严，可那年月，没人愿意为一个不想干活的混混儿分心。秉德二婶抱着死尸在井沿大哭时，大家伙儿好言相劝，说人懒到这种地步，活着也还不如死了好，没什么好心疼的。还说生死是天命，剩一个儿子，就容易说媳妇啦！只有秉德女人沉沉地站在一旁，冷冷地看着秉东水淋淋的身体，在心里说道：

你不死，俺也不会告诉秉德。

第五章

　　秉东死后，秉西再也没上秉德家干活，好像他清楚哥哥的死因，不愿意重蹈哥哥覆辙。他把自家的一亩半地间了苗喂了粪，一天早上借口上青堆子湾赶集，就再也没有回来。失去一个儿子，并且是一个懒儿子，秉德二婶哭完了，堵塞的心还真的放了亮，觉得人们说的有理，她剩下的儿子，兴许很快就会有儿媳妇。谁知，一眨眼工夫，另一个儿子也没影儿了，秉德二婶简直就塌了天，死的心都有了。一些时候，蹲在灶坑，看那些细碎的草屑在锅顶上飘摇，不由得就想起当年男人把秉德撵走的情景，她男人对着空粮囤大声呼号；"秉德，你走吧，这个家养不起你——"这时，她就觉得这是老天对他们的报应。他们撵走了秉德，结果秉德回村里建起了家业，自个儿养了一大帮儿子，却走的走、亡的亡。当然更多时候，她的注意力还是放在秉德女人身上。她在想，为什么两个儿子出事都出在帮她家干活的时候，她把他们怎么啦？她无非别的女人多些奶水，她的奶水到底把他们怎么啦？！这么想来想去，自然想不出个结果，于是这个侄媳妇的家就成了她每天必去的场所了。

　　最初，秉德女人很不适应，她同情婶婆婆，她甚至都想好了把最后剩下的几块银钱给她，帮她买些过年的米面和盐，可是她受不了她直勾勾盯住她胸脯的眼神儿。那眼神儿根本不是她的眼神儿，仿佛是秉东的眼神儿！她不但把她罪恶的身体剥露在光天化日之下，还让她觉得有一个鬼的影子，像灶坑里的火苗一样跟在她身前身后。为了摆脱鬼影，再也没人支使了的那个秋天，她把婶婆婆安排在家里替她哄孩子，一个人上山收粮。这种远离，反而使那眼神儿在更广大的空间里扩散，它们藏在每个站立着的苞米棵子里，藏在沟谷边每一个起伏的土坎上，一有风吹草动，就哗啦啦浮上了她的肩头，她恨不能赶紧回家或钻进地缝。因为婶婆婆变成了一缕无形的鬼影，再也不是从前那个她可依赖的对象，无奈之下只有求助于干亲。她跟克让家的讲了，克让家的跟公公要了辆马车到南王庄去找姜水婆，她才获得真正的解放。那姜水婆翻转着又白又大的眼球，阴森森地看着她，指着她的胸脯说："你这里被一个死鬼惦记上了，他天天想你。"秉德女人不由得毛骨悚然，"那俺该怎么办？""他也不想怎么样，他只想你那个死鬼儿子去和他做做伴儿，他太孤单了。"于是在干亲周成官的帮助下，搞了一个合葬仪式，他们让罗锅哥哥扎了一个活灵活现的纸人，让他穿上秉德女人亲手缝的衣裳，之后把秉东的坟地打开，把纸人埋在旁边。在做这一切时，姜水婆有一个严肃的要求，秉德女人绝不能到场，她必须把自己严严实实关在家里三天三夜。

原本只是一个外人不知内幕的灾难，不承想却变成了无人不晓的阴阳纠缠的麻烦。虽然人们并不知道秉德女人究竟和秉东做了什么，但"这是一个不祥女人"的说法，就像臭水沟里的蚊蝇一样，四处乱飞。她上周家，就搅起一场婆媳风波；一对好端端的小伙子上了她家，又弄出一出阴阳好戏。好在旋风的中心往往是平静的，秉德女人并不知道这些。驱散了那些无处不在的鬼影之后，她陷进了两桩人情的打理中。一桩，是周成官家，因为周家在她危难之时帮了大忙，而克让的孩子一日日长大，浇淋干亲的奶水不再紧要，她便没日没夜地为周家的孩子赶制绣花鞋和衣裳；另一桩，则是婶婆婆家。她一直就欠着他们，她落荒之后还能活着，多亏了这对好心的老人。如今，他们的两个儿子都不在了，不管是不是因为她，她都有推卸不掉的责任。她不但把仅剩的两块银钱给了他们，还当掉了父亲给她的一串珍珠项链，为秉德二叔置办了一辆马车，让一个懒汉终于有了一个可以栖身的地方。

坐着马车上干亲家送礼，还是转过年之后的早春三月。日子就像风箱里那个忽进忽出的长柄，呼啦呼啦之间，就把寒冬料峭的大地拉出了一条潺潺细流，积成了一段叮咚作响的岁月。踏着岁月的节奏，用刚做好的肥腰大布长袄裹住已有三个月的身孕，用香粉盖住脸腮深层里边际不清的斑痕，她显得气定神闲。这还是与周家结亲以来她第一次主动上门。她之所以不顾婶婆婆的叮嘱勇往直前，是近一年来的所经所见，让她看到有一门好亲戚的重要。要是没有周家的帮助，她很难说能否摆脱鬼影的纠缠。而秉德二叔之所以破了有史以来申家人不登周家门的禁忌，都是因为他拥有了一辆马车。对周家来说，一辆马车实在不算什么，可对于懒了一辈子、穷了一辈子的秉德二叔，这足以让他体会到他就是高枝儿的自信。

从秉德家到周成官家，不过从东到西隔了七八个院落，可马车绕过村西人家，从村西转回来绕到村东，再从村东转回来绕到周家，鞭杆抽打马背的响声震动了整个屯街。秉德女人的确有些张扬了，三个孩子都穿着新崭崭的蓝色对襟长褂，他们的头都梳得溜光锃亮，而从来都把发髻放在颈窝上的她，这一次高高地盘在了头顶。现在，只有她知道这么做的重要，老实遭人欺，你腰杆挺直了，旁人看你才直！你要是挺直了腰杆去亲近另一个挺直的腰杆，那就是直上加直了。周家备了一桌丰盛的酒席，听说秉德女人要来换礼，周成官给全家人开了个会，要求所有人都必须礼貌周到，不得有半点怠慢。外面风传胡子被清军打散窜到乡间，专门跟富人作对，如果不能敬而远之，那就必须近而敬之。一群从没见过大鱼大肉的孩子动了手，把桌子弄得杯盘狼藉；秉德二叔两杯酒下肚，嘴就瓢，那双从来都不聚光的小眼睛瞅着周成官痴呆呆地笑。秉德女人没怎么动筷，她只顾一件又一件展示她的手艺，绣花饭兜，贴身布兜，单、棉绣花袄罩，大小不一的绣花布鞋，逗得婆媳们穿了脱、脱了穿，在里屋一阵忙乱。有那么一会儿，周成官解开紧身马褂衣扣，放出捂在那里热滔滔的汗气，大声冲里屋喊："侄媳妇唉，秉德多长时间没回来啦？"秉德女人闻声赶紧来到外屋，支吾了半晌没出声儿，这时，就见周成官俨然一个长者似的看着她，语重心长地说："侄媳妇啊，现在是中华民国的天下了，俺可听说外面抓人抓得厉害，前儿个，下河口的黄保长还来找过俺，说要领人到家里堵，要是真堵俺可挡不住。你看，改天咱们是不是去拜访一下？"

秉德女人愣住，生满斑痕的脸腮抖了一下，心随之也慌跳起来。然而不等她说出话来，秉德二叔就在一旁说话了："还不赶紧答应，见庙不拜早晚要坏。俺早就说当匪胡子没准成。"说完，颤巍巍举起酒碗，冲周成官道："谢谢干亲家，谢谢啦！"

下河口在周庄的西边，从一道开阔的山谷上去，翻过秉德女人曾去挖过酸姜、野菜的小山儿，再蹚过一条不宽的河道就到了。因为山道起伏不平，周成官赶的是一辆牛车而不是马车。一辆牛车在慢悠悠晃荡，秉德女人倒是看到了春天里她熟悉的风景，刚刚含苞的老姑花①，刚刚冒芽的榆树、柞树，刚刚拱出地皮的酸姜、蕨菜。曾几何时，

---

① 老姑花：辽南山野一种类似蒲公英的紫茎紫花的植物。

她没有牵挂，害口馋酸就疯子一样跑遍山野，现在，心里边装着天大的事，看到酸姜她毫无感觉。现在，她是村里有身份人家的亲戚。坐着周成官亲自赶的牛车，那些山花、绿树、野菜便变成了向她点头哈腰的角色。直到进了黄保长的院子，秉德女人的心情都是不错的。有手头包袱里的金银首饰，有身边远近知名的周地主，她不信她那一点事儿就办不成，无非是睁一只眼闭一只眼而已，无非是以此权威讨要一点贿赂而已。在青堆子湾的绸缎庄学刺绣，常听双二叔讲谁谁贿赂渔市码头总管免了多少税。这个乡下的总管黄保长家，四间正房、两间耳房，院子并不是很大，却干干净净草刺儿没有，仿佛早知有人来倾心打扫过。令秉德女人奇怪的是，进了这干干净净的院子，居然没有女人迎出来，只有黄保长老老实实坐在正屋的木椅上。他是一个天庭饱满、地阁方圆的矮个儿老头。他已经剪了辫子，戴一顶绸缎绣顶的瓜皮帽，一缕黑亮的胡须使他坐定的样子很有几分威严。他问了有关秉德的几个问题，比如他有没有往家送过银子，有没有窝藏过一个脸上有疤痕的人，有没有照过相片，最近一回回来是什么时候。秉德女人一一回答，这时周成官在一边说起了小话："黄保长开开恩，她是俺们亲戚。"黄保长立即绷住脸，冲周成官说"没你的事你出去"。周成官出去时，秉德女人打开手边的包袱，向炕当央推了推，笑看着黄保长说："保长，帮帮俺一个无能的女子，俺拉扯了三个孩子，俺现在又揣上了。"秉德女人做这一切时不慌不忙、非常镇定，可是黄保长根本不睬她推出的包袱，阴森着脸，嘴一撇，不假思索道："金银珠宝救不了你家秉德，俺黄某人不好这个。俺好什么，这十里八村还没有不知道的。你既然来了，就定然是知道，俺把老婆孩子都赶走了，还不赶紧开怀，让俺看看你到底有多少奶水。"

就像陷进沼泽地的马崽，秉德女人的腿根一下子就软了。她本能地抬起胳膊抱住胸脯，她一边在心里狠骂一句"你个老不死的"，一边笑着看他，央求说："黄保长行行好，俺奶水只奶秉德孩子，俺可不敢。"这是一句软中带硬的话，它硬到什么程度黄保长心领神会，她是想让他知道秉德不会饶了他。可就是这句话，顶了黄保长心肝肺儿似的让他起了愤怒，他离开木椅，来到秉德女人跟前。秉德女人没动，她想喊周成官，但想了想没喊出来，她任他掀开她的衣裳露出她的胸脯。和秉德的命相比，她的奶水也许不重要了，没有秉德活着，那奶水不知得喂多少虎狼呢。这个没有一点色眯相的老不死的居然真就趴在她的奶头上哑了起来。她虽揣着孩子，可她的奶水还相当充盈，怪就怪在她永远有源源不断的奶水。秉德女人开始还是清醒的，觉得自己是在为秉德献身，可胸脯上一阵抽筋儿般的疼痛之后，一只手不知怎么就握成了拳头朝老不死的裤裆使去。老不死的早有准备，用腕子轻轻一摁，她就变成一条攥在他手心儿里的鸡条了。

　　一只鸡似的一瘸一拐离开黄家，秉德女人恶狠狠地回望了一眼，就这一眼，差一点儿让她的心碎成了八瓣。黄保长迎着她的目光，捋着胡须不无得意地说："谢谢你亲自上门，秉德早就见了阎王爷。他不但帮不了你，他还要在地下骂你呢。"更让她心碎的事儿是，听说秉德死了，周成官窝藏了好几个春秋的歹念，立即像解了绳索的狼狗一样冲撞出来，把牛车赶过了河，上了山。在一个无人的山洼里，他朝秉德女人动起了手。起初，他还假装向秉德女人赔不是，说他之所以领她来，以为她早清楚黄保长的喜好，他吃遍了十里八村女人们的奶，他的女人和儿女都气死了却不敢吱声，他周成官对不起侄媳妇。可牛车一停，他就摇身一变，甩了头上的瓜皮帽，一张色眯眯的老脸立即现了原形。当然他运气不佳并没得逞，此时，秉德女人胳膊肘不知从哪聚来了一股劲儿，她拽住他的衣襟使劲往地上翻。当她随他一起掉到地上，她一把握住了他裆里的东西，盯着他一字一板地说："答应俺，不动手就饶了你，俺光脚的不怕穿鞋的，你有房有地有后人。"

周成官从地上爬起时，老泪纵横，说他根本不是个坏人，他和黄保长根本不一样。他说他要是坏人早就雇个丫环玩了，还用得着到山上抢？他是真的稀罕佺媳妇，从她第一回上家里给孩子喂奶那会儿就稀罕上了。

一双奶子不断地惹祸，秉德女人在第四个孩子生出，喂了六个月的奶之后，为自己做了两件事。一件，是铰下八尺大布，将它锁了边一层一层缠到胸脯上。她缠过身子，但那时缠的是肚皮，是为了让肚子一天天隆起来，现在，她是为了让那对总是招招摇摇的奶子一天天瘪下去。另一件，半夜用镐头在自家院子里刨出马蹄一样的声音，伪造了一个秉德依然活着的现场。做第一件事时，她像以往一样，当着她所有孩子的面——承山、承中、承华、承民，现在，又多了个承国。承山躲在她的戒指里，承中、承华眨巴着黑黝黝的小眼睛，其余两个，咧着小嘴，目光发愣。她说："妈对不起你们，不能再让你们摸奶了，也不能让你们咂奶了。"做第二件事，秉德女人是当着罗锅嫂子的面，这个可怜的女人每天都要在墙头那边探头探脑，不时地送给她愁眉不展的笑。当秉德女人也愁眉不展时，她就把那锁着的眉头打开，兴致盎然地通过秉德二婶，向村里传播她知道的和她猜想的有关秉德女人的一切。那天早上，秉德女人抽冷子闯进她已经没有多少草药味的家，抖着肩膀，以担惊受怕的口气说："嫂子，你夜里都听见了吧，可千万不能出去说啊，抓胡子都抓疯了，他还回来。你说一旦有人追来不是吓坏了孩子，他就从来不为老婆孩子着想。"

秉德还活着的消息在周庄传出，最害怕的就是周成官了。他害怕，不是怕秉德回来报复他，都在一个村子里，他相信秉德女人不会把他供出去，而是怕他报复了黄保长。没有黄保长这地头蛇和上边的关系，他那一百五十亩地的税不知还要增加多少银子。黄保长没有地，也没有多少钱，可不知为什么他就是能拿住上边的人。因此周成官以干亲的名义，又给秉德女人送了两匹大布、两斗苞米，与前一次不同的是，这一次，大布染了颜色，是那种光彩夺目的红。

这之后一连好多年相安无事，因为就在第二年夏天，辽南一带发了一场百年不遇的大水，周庄除了屯街上高处的房子，前后左右的大田全部遭淹，当年颗粒无收。转过年春天，小苗刚刚出土就遭了虫害，卷在庄稼叶子里的虫子像传说中那些无赖匪胡子，吃得心满意足之后，躲到了人们看不见的地方，撇下一片苍茫大地光光净净。而接下来的一年，庄稼眼看就要抽穗了，庄户人眼看就要有指望了，可一场昏天黑地的大风只刮了两个小时，就把所有庄稼拦腰折断。在连年的灾害面前，秉德是死了还是活着，根本没人关心；秉德女人奶水是旺还是不旺，也根本没人在意。因为大多人家都拐起筐拉起棍要饭去了，而总能借出粮食的周成官这年头自顾不暇，已经关门闭户。罗锅的妈领着罗锅，罗锅嫂子搀着瘦得纸人一样的男人，临走前抱头痛哭。秉德女人银钱早就花尽，珠宝送了黄家，靠着当年打的那点粮食和周成官送来的两斗谷物打发了一秋一冬，再就弹尽粮绝。身前身后四个孩子叽哇乱叫时，她让二叔赶车上青堆子湾找到一家寿衣店，贱卖了那匹红色大布，买了二十斤苞米。掺了草梗，细水长流吃了一个月，又逼二叔杀了那匹瘦骨嶙峋的老马，一锅骨头汤肉汤引来了全村常年足不出户的老人。两天不到，她就不得不硬着头皮回一次娘家，向父亲伸手了。可这时，她的小弟介翁已经娶妻生子，有了一帮拖累。周庄和青堆子湾又是拴在一条绳子上的蚂蚱，乡村遭了灾，城里的粮食就贵。

父亲从柜子往外数钱时,口里一遍遍咕哝着上帝保佑,倒了好几回手,才舍出只够买一石苞米的银钱。有了一石苞米,却没有柴草把它们煮熟,那辆车已用来烀了马肉,于是她只有将粮食磨碎让一家人生吃。没有柴草,粮食可以生吃,可是数九隆冬没有取暖之火却难以熬过,眼看着承国冻得眼睛发直、肩头发僵,秉德女人去敲了好几回周家的门。见周家毫无声息,连那只大黄狗都无力叫了,秉德女人就在另一个月黑风高的夜里,爬过周家厢房南边的一截矮墙,摸到周家畜圈边装草的耳房,偷了周家两捆干草。在她踩着矮墙里边的洼坑爬上墙头,眼睛看到扔在墙外那两捆白花花的干草时,她本已经就要成功了,不承想还不等跳,圈里的马打了声响鼻,接着,狗也有气无力地叫了起来。惊吓中,她要是扔了草只身逃跑,什么事儿都不会发生,可她偏偏死死拽着两捆草,于是一顿没头没脑的拳打脚踢就在所难免了。连年的饥荒,周家对所存之物已是相当警觉了。秉德女人一声没叫,只抱着头静静地看着天上的繁星,那一刻她以为她要死了,她会坐着大船上很远很远的地方去了,因为她后脑勺裂开了似的疼。她没死,周家小儿子周克卿发现躺在血泊中的贼竟然是秉德女人,惊叫一声立即住手,愣怔了好长时间,才把她和两捆草一起扶上肩头。在就要到自家门口时,秉德女人说了一句比挨打更让她难过的话:"你可千万不能告诉你爹,俺求你啦。"

那个冬天的腊月,带着一身血淋淋的冻疮,秉德女人以为这一家人肯定完蛋了,因为她没有任何能力为孩子们取暖。她打开破旧的木柜,清出那里冬夏所有的衣裳,除了那件第一次穿着下山的印花布袄,所有衣裳都穿到孩子身上,那里只剩那块绣着地图的绸布和一个曾经装过银钱的布袋。这绸布和布袋,倒是给了她一些温馨的回忆。正是那遥远的、梦一样不再完整的回忆,印证了老天对她不公的同时,一寸一寸廓清了她眼下糟糕的现实。那现实是，她今生不但坐不了船周游不了世界，而且连这个矮趴趴的屋子都走不出去了。她今生不但再也见不到送梳妆台和银子的男人，而且连照照镜子的时光都不会有了。虽然二婶二叔都为她着急，可他们害了哮喘病已经卧床不起，正一声连一声地叫唤着呢；虽然承中和承华知道家里冷，日头一出来就手扯手到荒野拾草，可那地皮已经是开了膛的猪，被扒了一层又一层了，而两个小一点的孩子承民、承国，陷进烂泥的蜘蛛似的撕扯着她身上的伤口。

等待死神降临的日子漫长极了，时间的流动像一根针在无边的布缝上穿越，一码一码行进去的，是刺骨的尖细的疼痛。秉德女人知道，这被缝在骨头里的每一针疼，都是靠近死神的针码，就像严冬将河水封住时那一个个尖尖的冰碴儿。在她还有知觉的时光里，她内心充满恐惧。她一方面害怕自己死在孩子前头，她不知道他们当中要是有一个还能喊"妈妈"，却没人应会怎么样；一方面又害怕死在孩子后边，老大承山临死前的揪心场面记忆犹新。为了不去目睹那残酷的场面，她把已经没有多少气息的孩子统统放在自己身上，上边放了一床破旧的棉被，之后把自己蒙在黑暗里，用干裂的嘴唇亲着手上的戒指，静静地倾听着那个掐断申家血脉的死神的脚步。

像以往很多时候一样，秉德回来还是在深更半夜。三年前的十月，他因为参加了反苛捐杂税的革命军，焚烧高阳、明阳等地事苛人头税的自治会所，痛击清军，名字被列入捕拿名单。他逃过了一次又一次清军的追捕，从蚊子嘴逃到盖子头，又从盖子头逃到花园口，到最后从海上随北伐军南下山东，曹司令带领的三部兵团已经只剩十几人了，窝藏在山东淄博一座山下，休整后返回辽东半岛。三年来，曹司令以维持地方治安为名在当地招兵买马，养精蓄锐，又扩成两个兵团，在日本租借地夹心子用高价购买枪支弹药，一路全副武装打道回府。三年没有回家的秉德已与从前大不一样了，他不再是匪胡子，而成为中华民国一名正牌的革命军了。因为在花园口那一仗立了功，曹司令给他配备了一柄雪亮的战刀。那一场被人们传说他已经送命的仗打得真是爽快，他的辫子和帽子都被敌人挑了，一阵冰凉的刀刃掠过脖颈，他滚下马背都躺到战友的血泊中了，奇怪的是他毫发无损，又奇迹般地站了起来。当他重上战马挥起敌人的长刀，转瞬间十几个敌人都死于他的刀下。秉德怕吓着老婆孩子，把别在身后的刀鞘摘下放在堂屋灶台，他进门没有急着脱衣上炕，而是在地当央直僵僵地站着，因为他发现睡在炕上的人滚成了一个球，他不知该从哪儿下手，最后只能轻轻咳了一声。

秉德女人压根儿就没睡着，一声轻咳让她吓了一跳，一个球蓦地炸开了，随之，她嗷叫了一声："鬼——"

"俺不是鬼，俺是秉德。"他上前抱住了她，顺手也抱住了一堆孩子。

听说是秉德，秉德女人打了个激灵，仰脸看了看，当她确认眼前的人确实是秉德而不是鬼，哇的一声，山洪咆哮似的大哭起来。

第六章

就像一注血充进了干瘪的血管，秉德的意外回来，给申家的日子带来了生的希望。他不但用一个男人旺盛的体温焐热了承中、承华、承民和承国，而且用一种从未有过的愧疚的语气焐热了女人的心，"苦了你了，俺人在江湖身不由己"，还从褡裢里掏出一堆糖果和铜钱，让孩子们迅速有了活气。他虽然没能恣肆汪洋地在女人伤痕累累的身体里泄掉积蓄了三年的欲望，却恣肆汪洋地在女人怨怒的目光里挥洒了积蓄三年的激情。他告诉女人，清政府三年前灭亡，他跟曹司令去了外面，如今他们杀回来，已是正牌革命军，再也不用天天躲在山里了。他虽剪了辫子，可头发很长，毛茸茸披散在肩头，厚嘴唇紧抿着，两块铆在一起的钢块一样，铮铮闪亮。看着他，秉德女人两个凹下去的眼窝湿了又湿。不用别的，单单是他人回来了，把孩子救活了，就已经是吉星高照了，如今，他居然一反常态地看着她的眼睛说话——他从来没有这么看着她的眼睛说话。她早就知道现在是中华民国的天下，可她不知道，他再也不必当匪胡子躲来藏去了。如果说他的行为是旱天急雨，那么他的话就是晴空劈雷老天开眼了。她用孙中山的"山"字给孩子起名，用"中华民国"四个字给孩子起名，不过是脑袋里没词儿的突发奇想，并不知道中华民国好在哪里。现在，她似乎知道了，它好就好在她再也不用做匪胡子女人了。

高兴是发自内心的，可秉德女人并没一下子抖擞起来，她的体力在漫长的三年里消耗太大，恢复起来还相当难。需要恢复的也许不仅仅是体力，还有心情。她常能想起那个把秉东误以为是秉德的晚上的快活，因为没过几天，秉德二婶二叔直僵僵死在炕上。秉德一再问秉东秉西去了哪里，秉东为什么会掉到井里，秉西为什么会扔了老人。她编造了一些谎言和跟在谎言后面的无数谎言，却发现，那谎言能盖住事情真相，却盖不住她那已被弄脏的下体。秉德每晚都要点亮油灯，在四个孩子睡着之后，掀开被子往那里细细探看。她也常常想起为救秉德，她的奶头如何被黄保长那张臭嘴抽疼的往事。因为听说秉德活着，已经成为革命军，跟青堆子湾新政府有瓜葛，黄保长和周成官在年根儿上搞了一次联合拜访。他们颤动着头上的帽子，一进门就满脸带笑点头哈腰，他们敬的本是秉德，可自始至终都不忘夸秉德娶了个好女人他们走后，秉德鼓着眼珠子盯住她久久不动，那怪异的眼神仿佛早就看破了发生的一切。

实际上，最影响秉德女人心情的还不是这些，而是另一个人，曹司令。这个人自从第一天被秉德提起，就不断有人提起，那天黄保长和周成官就说过，"秉德老侄有眼光没跟错，终于跟曹宇环走了正道"。外面讨饭回来的罗锅嫂子，一进门就隔着墙头冲她探过脑袋："听说曹胡子回来了，你家秉德呢？"

在秉德背刀骑马、穿着一身束腰夹袄动辄就在屯街上招摇过市的日子里，秉德女人虽然家外有草、家里有粮，可她的眼仁里始终罩着一片乌云。那个冬天，秉德从外面拉回来一车柞树干柴和一麻袋金灿灿的小米，秉德女人的奶头又一天天鼓涨起来，奶盘四周一天比一天发紧，只是她很少抚摸它们，哪怕是隔着衣裳。偶尔地，实在涨疼得不行，她不得不躲到犄角旮旯打开衣襟看一看，只要看到它们，看到它们蓬勃而透明地朝她仰着头的样子，一股怜惜之情不由得奔涌上来，一瞬间就热泪盈眶。这时，像一只偏执的专爱往草垛缝里钻的鸭子，她抱住梳妆台，先是从镜子里大胆而细致地打量，之后手忙脚乱地去翻柜子，当她终于翻出那个装银钱的布袋，立即得到宝贝似的把它卷成一个卷儿，放到两乳之间的沟谷里，抱住胳膊紧紧地夹住。

古人的话一点没错，饱暖生闲事，可这一瞬间生出的闲事，往往又长时间地让秉德女人在秉德和孩子面前抬不起头。有一天，她打开衣襟，还不等把奶头贴上镜子，承中那张阴着的小脸儿就提前映进了镜框。承中是个任何情况下都永远阴着脸的孩子，她大可不必在意，可已有十岁的他，严肃起来完全一副爷们儿的样子，她立即合了衣襟，用那双罪恶的手去抚弄怀中的小脸儿。然而，就像狗改不了吃屎、贼改不了偷人，这丝毫不能阻止那短瞬的手忙脚乱的事情的发生。到后来，为了安全，她居然把那个布袋带到山上。

又一个春天开始了，热滔滔从大地上蒸腾出的阳气，使依然把租来的土地当成唯一希望的庄稼人再一次走向了山野，秉德女人也不例外。她把布袋装在偏襟大袄的内襟里，翻一垄地到了地头，就把它掏出来，贴到脸上，之后冲青堆子湾方向长久伫立。地里翻地的人多，她没法把布袋卷成卷儿送进胸脯，即使这样，也还是被克让家的发现了。

"傻呆呆老往一个地方看，看什么呀？"

那个布谷鸟在山野里重又叫起来的春天，克让家的其实早就被她吸引了目光。在周家关门闭户的几年里，这个女人已经是受尽委屈、苦不堪言了。她从没爱过她的男人，她怀了公公的孩子，心里头喜欢的却是把头刘长喜。刘长喜恭顺善良，性情里没有半点霸道之气，可水灾蝗灾给公公带来的恐慌铸就了一把大锁，把所有的把头都锁在了门外，从此她就像一只热锅上的蚂蚁，在几丈见方的院子里团团乱转。转到这面，是婆婆那张忽明忽暗紫丢丢的老脸；转到那边，是二妯娌那张因长久嫉恨而走了形的歪桃脸。借口看秉德女人，其实是看又被公公请回来的把头刘长喜，她一语道破秉德女人的天机，其实是自己心里装了个神秘天机。然而秉德女人可是吓坏了，赶紧收起布袋，惶惶地说："没看什么，俺歇一会儿。"

虽然那日益乖张的举止受到克让家的的阻止，可是就像河里的水遇到沙丘，它会迅速找到另一个方向，这方向恰恰就是克让家的给的，她说："女人这辈子，要是能听到自个儿稀罕的男人说一句暖心的话，哪怕是一句，死了也能闭上眼啊。"

这句话指引的方向,是秉德女人把自己打扮得花枝招展向青堆子湾开拔,当然其勇气的鼓起,还得感谢在周庄一日日传讲开来的有关曹宇环的故事。其父购买高岭宋家一份地产和房屋,搬家时卖主变卦,卧在马车前边赖着不起,他敢作敢为,毅然夺过鞭杆驱车前行,把卖主吓跑。在一次庙会上,他把一个偷吃烧饼不交钱的巡警打翻在地。在曹宇环夺取胜利得以现身后,有关他的传说全是正面的,这不能不让秉德女人更加疯狂。她拿出寒冷年月也没舍得拿出来的印花夹袄,借回她送给克让家的做大了的绣花圆口布鞋,以干亲家从没给孩子们照张合影为由,从周成官那儿要了马车,去了一趟青堆子湾。

　　秉德女人和克让家的的热络多么合乎周成官的心意,只有周成官知道。死而复生、在周庄屯街上的秉德早就让他坐立不安了。这真是天赐良机,周成官虽因诱骗秉德女人的事心有余悸,没有亲驾马车,可他把鞭杆交到刘长喜手里时,比原来苍老许多的脸上却笑出了一脸褶子。当然,秉德女人心里想着的事终是没能办成,青堆子湾太大了,她不知道她要找的人隐藏在哪里。她本可以向秉德打听,可在秉德面前,她根本不能提曹宇环一个字。那天,她觉得迎面而来的每个大个子都像又都不是,关键是,当马车径直把她们和她们的一群孩子送到照相馆,照相馆门口一个年轻女子不经意的眼神儿,让她立即止步,猛一转身躲到旁边的杂货铺。对承民的喜欢,居然使她忘记了不该忘记的事情,承民是秉德和许记照相馆闺女生的野种。那个上午,秉德女人的失踪,恰恰成全了克让家的的好事,克让家的把所有孩子弄到马车上,让刘长喜拉着在渔市街上上下下好一通逛。都晌午歪了,他们才又回到照相馆门口。这时,不但秉德女人对照相失去了兴趣,就连克让家的也失去了兴趣,在克让家的不停的埋怨声中打道回府,秉德女人心底那点儿念想已经消失得无影无踪了,她甚至都不知道她进城来到底是为了什么。

　　就像一摊积在土道上的雨水，掘一条沟把它放出去，那积水处也就一天天干爽起来。虽然没能见到要见的人，但经历一趟糊里糊涂的青堆子湾的折腾，秉德女人终于安定下来。其实，那天马车刚驶进来来往往的人流，她就有些后悔了，那么大的地方，她怎么可能找到他！与其这样大海捞针，还不如在家耐心等待。如果他真是克让家的说的那种稀罕她的男人，终归还会到乡下找她。这放掉雨水的水沟其实是一条后悔的暗道，有了这条暗道，秉德女人再也不神经兮兮了，她把那个一直带在身边的布袋放进木柜，偶尔上山干活，再也不东张西望。收了心，并不意味着那心不在，而是她把它放到了另一个地方，比如打扫房前屋后的烂草淤泥，擦洗屋子里的木柜、梳妆台、花瓶、漱口盂，比如给孩子缝补衣裳和鞋子，给自己浆洗褪旧的夹袄和夹裤。一场险些夺去全家性命的饥荒使她学会节俭，秉德交到手里的那几块铜钱她一直没动，要既节俭又看上去不拖拖沓沓，就只有学母亲把外衣浆硬，叠出板板正正的线条。母亲当年浆衣裳用的是苞米粉子儿，没有苞米粉子儿，她就从稀粥里撇出上边那层稀稀的水一样的糊糊，只要布纹上有一层黏糊的东西板着，人穿到身上就精神好看。

　　由于把心放到了烦琐的日子里，那烦琐就结出了一颗又青又涩的苦果。她的孩子一天天长大，老二承中已经十二，老三承华也已十岁，别人家十二岁的孩子都能挑动一担水了，可她一逼承中挑水，他就横眉立目。她十岁时，都能替母亲做针线活和洗衣裳了，可逼承华帮着擦柜洗碗，她哭叫着坚决不干。他们是不是像了申家懒惰的祖宗并不要紧，要紧的是他们一天天跟她治气。承中要是不得不在她目光的逼视下去了井台，那么用不了一会儿就会有人找上门来，说他把人家鸭子打了个半死，要是问他打鸭子的理由，很少说话的他会崩豆子样蹦出几个字："它把水甩到俺裤腿儿上了。"随着时光的推移，她发现曾经鼻涕邋遢的承中越来越像个二流子、大板先生，他不干活的理由往往是怕弄脏了衣裳。可气的是，最该怕弄脏衣裳的女孩子承华，一天到晚拱到泥土里，不是在院墙边没完没了地挖坑，就是在屯街水道沟里打滚，赤着一双没经包扎的脚板子活像个假小子。当她拖着埋埋汰汰的脚丫子，一头小猪一样把满身臭泥带回来，挨了她的巴掌时，她往往指着妈妈的鼻子大喊大叫："你就打死俺吧，你有承民不就得了！"

早在领他们上青堆子湾照相馆的时候，早在去周成官家吃那顿结亲饭的时候，早在一次次把他们弄到一起给他们开会的时候，她就发现了他们的没有教养、无拘无束，就发现了他们目光中的敌意和散漫，可她从不知道竟然会到如此地步。在用心建造这个从饥荒中挺过来的家时，一连好多年秉德女人都伤心欲绝，因为她无法控制自己对承民的偏向。她那粉嘟嘟的小脸儿永远盈盈透明，她不管穿什么衣裳都永远干干净净，不但如此，她身上还散发着一种淡淡的槐花一样的香气，只要她一不留意把疼爱的目光投到这孩子身上，或者有时控制不住要教她认字，承中和承华必在身后给她惹一场很难收拾的大祸，不是把一盆粥扳倒在地，就是把一盆脏水倒进锅里。她不得不把他们拖过来，发出划破玻璃似的嗓音，气急败坏冲他们喊道："人，快念，这是人——"。

那时，她肚子里又揣了一个孩子，接二连三的麻烦让她疲劳不堪，到第五个孩子承信出生，她恨不能偷偷把他掐死在血泊中。

曾经，她之所以被秉德抢，是因为她迷恋一张地图，是她心里有一个周游世界的美梦，要是不到绸缎庄绣那张地图，就没有她如今的命运。如今，她有了这样不堪细想的命运，却早就把曾经的美梦忘得一干二净了。原本,她要建设家园,是她心里装着一个男人;为等待那个男人,她才发动孩子全民皆兵。可眼下,当她在发动中一不小心挖掘出埋藏在那一颗颗幼小心灵里的仇恨时,她又把那个男人忘到了九霄云外。在这样的日子里,秉德女人最爱过的时光是秉德没回来的夜晚。一段时间以来,秉德回来的次数越来越少,说花园口一带有一帮盗贼从海上来。她常常在晚上给他们训话,她因为养了鸡鸭和猪,活儿太多,她上炕时,孩子们往往早就睡了。即使睡了,她也要把他们叫醒,就像以往有过的那样,撸下手上的戒指放到炕上。以往召集孩子,都是检讨自己,现在不是。现在,她要教育孩子,她把戒指放在孩子们对面而不是他们旁边,她就像一个看管长工把头的大地主,手里拿着扫炕笤帚,指着承中、承华鼻尖儿,压低嗓门道:"当着你大哥的面,给妈妈赔个不是,你们大哥在看着呢。"这样的时候,承中、承华从没认过错,他们困得眼睛都睁不开了,只要点一下头就可以倒头大睡了,可他们就是不点头,有一次,承中一气之下还把戒指扔到柜空里。生气的秉德女人于是过了这个夜晚等着下一个夜晚,而在那个连接着夜晚的劳作的白天,她常常陷入一种无助的忧伤。她一面干着活,一面发呆地看着在屯街上撒野的两个崽子,看着看着,就流出伤心的泪水。

　　一个陌生男人,就是在她婆娑迷蒙的泪光里向她走来的。最初,她以为是秉德,秉德好长一段时间不再骑马而改步行了。像秉德一样,来人有一个高高的个头儿、宽宽的肩膀,所不同的是,他的头上没有长发,腰间没有腰带,身后也没有刀鞘。他穿了一双长筒皮靴,在罗锅的指点下,迈着大步向她走来时,他满脸带笑。秉德女人心口扑通扑通跳开了,一些碎片样的记忆顿时涌到她的眼前,她在脑中搜寻着曹宇环的模样,显然不对,他一脸麻子不说,眼神是阴冷的。这时,另一个埋藏在记忆深处的影像一下子闪现出来。他闪现出来,源于他脚上那双黑亮的皮靴,它们让她想起那个外国人艾迪。当发现来人竟是那个外国人艾迪,一股血顿时涌上了她的脸。她放下正在梳理的须草,两手举着慢慢站起,可屁股刚刚离地又坐了回去,因为这时,陌生人高声大嗓喊道:"姐!"

"艾迪——"秉德女人热泪盈眶。

"姐,我不是艾迪,我是你兄弟介夫。"

"你——你是介夫?"

对于秉德女人,这个名字消失得实在太久了。十几年前,她还是青堆子湾王家大小姐时,他们天天在一起。虽然她不愿意读书,也不愿意随他们和父亲一起去教堂,可在她天天跑绸缎庄的日子里,他总是陪她走过那段穿越渔市街的石板路。她昂首挺胸的样子之所以被人们铭记,都因为她身边还有一个昂首挺胸的小圣人。他们是一奶同胞,他聪明、听话、好学,一小就想当圣人,不像她聪明是聪明,却贪玩调皮,脑袋尽装些不着边际的事儿。就像结在一根藤上的两个瓜,分别在属于自己的藤蔓上攀爬、成长,到有一天瓜熟蒂落,裂开来,却发现里边装的是完全不一样的瓢。他衣领高高竖着,衬着他洁净的脖子、尊贵的下巴颏儿,而她,不想为食物而劳累,反而陷进深井,一刻也没有停止为食物而劳累。在短暂的时间里闪回往事,羞愧和一种诉说不清的东西蒙住了她的眼,她不但看不清他的面孔,连他脚上的皮靴也碎成了片片。

那一天,要不是介夫兄弟要求看看姐姐的孩子,秉德女人压根儿就没想把孩子送给当舅舅的看,她的空空荡荡的家已经够让她寒碜了,她不想让没有教养的承中、承华在舅舅面前更加寒碜。说来奇怪,这两个从不听话的孩子,那天的表现让秉德女人大大意外。他们不但轻轻一喊就跑回家来，听说来人是舅舅，还脆生生地喊着"舅舅"。当他们的舅舅问他们想不想出去念书，从来没有笑脸的承中居然露出大板牙羞怯地笑了，鸡啄米似的一个劲儿点头。不知是被他们感动，还是被别的什么感动，秉德女人竟一抽一抽地抖着肩膀，不出声地哭了起来。

"姐，我已经从燕京大学毕业开始教书了，这是我留给外甥念书的钱，青堆子湾成立学堂，一定把他们送出去上学，让他们多学知识成为有用之材，将来好为国家服务。"

兄弟介夫走后，秉德女人好长时间回不过神。关于送孩子念书，她从来没有想过。一些年来，她像一头老母猪，在猪窝里拱拱蹭蹭把猪崽带大，对付了这一天再想着下一天，对付了崽子们的吃喝拉撒，还得对付风霜雪雨、天灾人祸，她从没为更远的事情想过。现在，秉德女人心里有了更远的事情，那远，不仅仅是青堆子湾，而是国家。把孩子送到青堆子湾读书，为的是更远的将来，他们的孩子成为有用之材，好为国家服务。她虽不知道国家是怎么回事，但她知道孩子的舅舅是怎么回事，他那身正派雅致的派头太像给她地图看的艾迪了，让孩子在更远的将来坐上大船，畅游大海，替她去看一丈多高的海浪、成群结队的海鸥、比船还大的鲸鱼，实在是老天的照应。这么想着，秉德女人从周成官家借来剃头推子，把承中、承国全剃了光头，之后打开那块被她塞在柜子里的绸布，顺着路线查找哪里是青堆子湾、哪里是太平洋、哪里是地中海、哪里是丹麦。那代表着青堆子湾那块浅绿的丝线，因为受潮已经有了黑黑的斑点，可空白部分那几颗星星依然耀眼。

承中真正走进学堂是那一年的秋天。秉德听说舅哥儿来家里串门，并扔了钱要供孩子上学,兴奋得好长时间睡不着觉。那年去王家,丈人的眼神他至今不忘,要不是丈人看他的眼神里充满鄙视,他真的打算把他闺女送回去,用刀逼着丈人写出那张字条,是那鄙视的眼神刺激了他,是想让丈人知道匪胡子也照样能娶你教书匠的闺女。他没上过学,不懂得读书的好处,他也不知道王介夫念书的燕京大学是一所什么样的学校,他兴奋,是王家终于承认了他这门亲戚——孩子的舅舅登门认亲,就等于不再记恨他当年的行为。尽管长期的流浪山野、独往独来,他早就淡泊了对亲情的渴望,可这东西就像身后的炉火,只要挨近它,你就没法不感到暖和。他同意让承中上学,与其说是想让孩子学什么,不如说是为了向丈人示好。那一天下了一场急雨,道边的庄稼在风中抖着湿漉漉的叶子。秉德让承中坐自行车前杠,让女人坐自行车后座,在浅浅的泥泞中一路风驰电掣向青堆子湾驶去,溅起了又一场急雨。因为是第一次坐车,秉德女人揪住秉德裤带吓出一身冷汗,承中大张着嘴巴直往秉德怀里贴的样子,仿佛马上就要掉进前边的泥坑。而秉德,后边有老婆揪他裤带,前边有孩子蹭他下巴颏儿,他觉得脚后跟里的血从没这么畅快过。

  秉德奔的不是学堂而是丈人家,这么做,他没和女人商量。因为秉德女人对秉德当年把刀架在父亲脖子上逼出那封信的隐情点滴不知,拐出渔市街,明白男人的意图后,她也没有丝毫反对。即使男人一进门向父亲跪下,重重地叫声"爹",父亲不应,男人不得不从地上爬起来退了出去,她也没有任何察觉。在她看来,秉德把她掳到乡下,父亲当然平不下这口气。所以,在父亲的脸渐渐恢复平静以后,她看着父亲,一字一板地说:"爹,俺和秉德决定送承中念书。"

  父亲没有接话,只是伸出他青筋突起的手,轻轻抚弄着承中的后脑勺,面无表情地念道:"这是上帝的旨意。"

见父亲抚弄承中,秉德女人欣喜地说:"俺又生了一个,现在你有三个外孙子了。"

父亲看了女儿一眼,眼角慢慢洇出一丝亮晶晶的东西。

听说秉德出了匪胡子窝,归了革命军,他曾暗自长吁了一口气。正因为知道女婿不再打打抢抢,他才敢让介夫独自去周庄。他告诉介夫,他老了,帮不了闺女了,当兄弟的一定负起这个责任,供她的孩子上学。他让介夫供闺女的孩子上学,仅仅是为了闺女,并非对闺女的孩子有什么感情,可就想不到,当真见到闺女的孩子,听闺女说自己已有三个外孙子,心里会升腾起什么样的暖流。

秉德送儿子上学,这件事给周庄带来了前所未有的震动,最受震动的不是周成官,而是他的大儿媳克让家的。她的儿子和秉德的闺女接了干亲,她暗自就有了攀比,可她不知道她的公公只认种地,他的公公把地当成了命根子,有钱置地,绝不会用来供孩子上学。她天天饭桌上使性子拉着个脸时,公公就说:"人家是沾了娘舅的光,你有有本事的娘舅吗?"再说西院的罗锅,他哥哥有病,从七八岁开始就一天到晚汗珠子摔八瓣给周成官当把头,看到承中神仙一样一早一晚大步流星飞翔在东山岗,眼珠子鼓灵灵的样子仿佛也要跟着去飞。他飞不起来,就不厌其烦地在屯街上说:"谁看见他舅舅了,就俺看见了,那天是俺送他上秉德家的,穿大皮靴走道咯噔咯噔可带劲啦。"弄得村里人很长一段时间都在传讲这神奇的舅舅。

人们传讲秉德女人孩子的舅舅,不过是希望交一个屋巴掉馅饼儿的好运。在那个灾难年景刚过,田野到处一片金黄,有了五谷丰登气象的新一年的深秋,在那个有了一年好收成,佃户们交了租,粮仓粮囤都有了一点种子留到第二年的初春,一切迹象都表明好运才刚刚抬头。很长一段时间，村里人有事没事，都眼巴巴望着东山岗，期待着那里走出来一个陌生的亲戚，细一打量，原来是自家娘舅。然而对某种东西的长期传讲和盼望，无形中就包装了秉德女人。她从河里洗衣裳回来，挑水的人们会在屯街慢慢等待；她从家里端盆草灰出来，在草垛旁拿草的女人会停下来张望。秉德女人还是原来的秉德女人，只不过服饰上有了稍微改变。她原来无论冬夏，只穿一件打着补丁的黑色夹袄，现在，那夹袄里边衬进了白色衬袄，领口和袖口露出了白色的边儿。在人们眼里，那从领口和袖口里露出来的白边释放着看不见的底气，散发着看不见的炫耀。它们像贴在糖纸上的银屑，不但使她从上到下都闪闪发光，还让她在村子里拥有了前所未有的地位。除了周成官家，村里所有十岁以下的孩子都剃了光头。此时，人们完全忘了"她是一个不祥女人"的说法，刘二两家闺女嫁到徐家炉，生孩子时居然找到秉德女人，非要她接生，说她接生的孩子保准有出息。而那个巫里巫气的姜水婆，儿子娶亲时竟把秉德女人请去，说要想后人有出息，必须让秉德女人去坐喜床，光坐还不行，必须把手上的戒指撸下来放在喜床上。说秉德女人日子的好转，都多亏有一个附在戒指上的儿子在保佑。神奇的是，在姜水婆家，把戒指撸到喜床上，那戒指真的显灵了，它在床褥上蹦了两下突然就不见了，害得入席的人到处寻找，结果，居然在新娘地下的柜空里找到。戒指把喜气送到了姜水婆家犄角旮旯，消息不胫而走。有一天，村里来了一个锔锅锔盆的轱辘匠，锔完锅盆之余，用细铜丝打戒指换苞米、高粱，女人们纷纷端出苞米和高粱。

一场打戒指的运动席卷周庄和周庄外面的村庄时，一场以秉德女人为中心的招魂运动也开始了，因为人们从姜水婆那里了解到，光有戒指根本没用，秉德女人的戒指上有她儿子的鬼魂。你没有儿子的鬼魂,又不能把儿子掐死,就只有一批一批来秉德女人家招魂,希望她儿子的鬼魂也附到她们的戒指上。恰恰这时,周成官又从外面带回消息,说上边有令,女人再也不用包小脚了,已包了的立马解除,还没包的坚决不允许包了。为了向秉德女人讨好,他在发布消息时故意提到秉德女人多么有远见,她就没给两个女儿包小脚。能预见未来的光环于是霞光一样打在了秉德女人身上。

有了有本事的娘舅,有了一个保佑兴旺的戒指,有了能够预见未来的本领,秉德女人的腰杆越来越直了。其实,最让她腰杆挺直的还不是这些,而是听秉德讲,他参加的那一股革命军已自动解散,曹宇环跑到朝鲜去做起了生意,让秉德一伙人在青堆子湾和大孤山一带开的两个曹家烟草店铺帮他巡逻守候。男人做了曹宇环的护卫,曹宇环自然也就成了她说不出口的亲戚了。这所有的一切,并没让她忘乎所以,那些招魂的人送来的米粮她颗粒不收,某个日子,她还装满秉德从青堆子湾买回来的两升小米,穿着浆洗得板板正正的衣裳,让周成官亲自赶着马车,去下河口黄保长家走了一趟。毫无疑问,这是给两个乡间地头蛇男人重新做人的机会。周成官非常知趣,一路上规矩得就像一个老夫子,而黄保长几乎把她当成了男人,连说"爷们儿爷们儿你来啦",之后喊出屋里女人,叫把两升小米倒出,装上两升黄豆,送行时,连往她胸脯瞅一眼都没敢。

第七章

然而,日子就像通向青堆子湾的那条土道,上一个高坡,立即就有低洼在等着。半年不到，大闺女承华就和邻家罗锅闹出事来。承中上学之后，总爱趴在水沟里吃土的承华身边没了照应，都快三十岁了还没娶亲的罗锅就惦记上了。在招魂的人们一拨一拨把申家弄得热热闹闹，无人理睬一个无用男人和一个无用孩子时，罗锅就把承华引到村外的苞米地里，掏出比他的背要直上一百倍的家伙让她玩。这个长在男人身上的肉乎乎的东西实在很好玩，承华按罗锅的指点把它拿在手里上下撸动，没一会儿那里就喷出饭糊糊一样黏糊糊的浆水儿来。她尤其爱看罗锅在那东西喷浆时脸上的表情，嘴一咧一咧、脸一歪一歪，就像挨了暴打。在家里，承华从来都是挨妈妈打的主儿，她能这么不费劲地就打了别人，让他啊啊大叫，那昏天暗地没有意思的日子瞬间就有了意思。她差不多天天都跟罗锅到山上演练，有一天，罗锅告诉她，她身上也有一个好玩的地方，是一个洞，能把他那个东西装进去，承华不信，就脱了衣裳让他找，果然找到了，可他把那东西放进去，在她身上上下颠动，一股钻心的疼痛让她发出惊人的惨叫，当罗锅因惊吓从她身上爬起时，她的两腿之间已流出了一大摊血。拖着血淋淋的身体回到家里，秉德女人的头一瞬间就炸开了，她才十一岁，肯定不是女人来红。因为害怕，不等追问，承华就原告实述。在隔开两家的草垛边堵住罗锅问个究竟，罗锅并没否认，他不但不否认，还流出一泡浑黄的眼泪。

  自做了罗锅邻居以来，秉德女人从没正经看过他一眼，他见人总是先低下头，即使那天他把孩子舅舅送来也是一样。可就这一眼，让秉德女人陡生哀怜，他抖着弓一样弯曲的后背，抖着他那因为对挺直充满渴望而伸长出来的下巴，露出了只有老光棍才有的可怜巴巴的表情。这表情让她想起灾荒年月去周成官家偷草那个晚上，他不过是个饥寒之人。

一个饥寒之人毁了闺女的一生,秉德女人的后背顿时背上了沉重的石板。在辽南乡下,要是哪个女孩子身子不洁,将一辈子嫁不出去。好在还没有旁人知道。

背着后背上的石板,秉德女人一刻都不能掉以轻心。她常常正坐在灶坑烧火,忽地一个念头想起承华,立即起身跑到大街上,当她从草垛空里找到她的身影再转身回来,灶坑里的火居然窜出舌头,正往坐在草囤里的承信那里爬。在她一天天急三火四,仿佛屁股后边总有扑不完的火时,秉德又在青堆子湾一带闹出事来再次逃跑。

秉德常年入匪,习惯过要么在人群里打打杀杀、要么就躲到山里睡大觉的日子,这么一天天在店铺前后转着看着,他浑身的骨骼大卸八块一样难受,提不起精神。就在店里不忙的工夫,秉德逛了一趟青云楼。这是青堆子湾最大的窑子楼,养了十几个漂亮女子。可还不等从那个风流女子身上爬起来,店主曹宇环的妹夫就哭哭啼啼跑来,说就在他走的工夫,来了一帮蒙面人,把店里所有的大烟土都抢走了。秉德听后,塞一块洋线给青云楼老鸨,受惊的野马似的一脚炝出去,再也没回曹家烟馆。事后人们才发现,抢劫者是另两个和秉德轮班巡逻的雇警。于是人们就明白,秉德正是合伙者,他们是"监守自窃"。曹家店铺派人到周庄摸到秉德女人家,在家里家外房前屋后好一顿翻也没翻出东西,临走时跟秉德女人说:"你要是知道线索,就赶紧供出来。要不,等曹司令回来,抓不着申秉德,非拿你儿子抵债。"

原以为秉德给曹宇环当护卫,也算摊了门好亲戚,想不到转眼间变成了仇人。闺女的事再大,也不过是名誉上的事,不同于儿子,它涉及身家性命,秉德女人从此就关心起曹宇环是不是回了青堆子湾的消息了。她从上渔市街赶集的人们那里打听,回娘家让弟弟介翁帮忙打听,当终于从走街串巷的轱辘匠那里知道,曹宇环两天前就回来了,正到处找申秉德时，第二天，秉德女人求周成官的马车，拉上承华和其他三个孩子，上了一趟青堆子湾。

  那时五月刚过，地里的小苗刚刚出土，山野一片浅绿，周成官因为获得了在秉德女人面前重新做人的机会，一路上扬鞭催马、趾高气扬，瓜皮帽斜翘在耳牙上，像只就要展翅高飞的大雁。在经历了一些事情，他从骨子里看清秉德女人不是个简单女人之后，他再也不用拿秉德这个砝码来决定和秉德女人关系的亲疏了。比如眼下，秉德跑了，他最该远离与秉德有关的是非之人，可他一如既往。秉德女人一路无心体会周成官的好意，因为她不知道该如何向曹宇环求情，她虽把自己打扮得干净利落、面容姣好，但她不知道他会不会看在自己的面子上饶了秉德、饶了儿子。要是他看了她娇好的面子，提出必须以睡她为代价，她不知该怎么办。为了男人，为了儿子，睡就睡了，可她如何向男人交代呢？曾经，她确实和克让家的以照相的名义出来找过曹宇环，可那仅仅是一时冲动，没有更多的想法；现在，当想到和心里惦记着的男人睡觉是为了救自己的男人和儿子，许多说不清的滋味都泛上了心头。

  曹家烟馆不在渔市街上，是靠近天后宫庙的一个孤零零的地方，叫春草堂。它高耸于渔市街后边洼下去的大市场对面，比渔市街上任何一家店铺都显眼华堂。曹宇环的父亲曾是穷光蛋，清末只身从山东蓬莱闯关东来，落脚青堆子湾，靠勤奋苦干，成为广大地主争相雇用的长工。地主蒋家有一病女，怕未嫁夭亡不能进葬祖坟，便在众人的商议下嫁了其父，谁知婚后女愈，发挥了祖上的经商天赋，和丈夫开起银匠铺，靠往银首饰里掺假获得暴利渐有积蓄，买房置地，一直从青堆子湾扩展到大孤山地界。曹宇环做起匪胡子有了恶名之后，其父恐遭到富人报复，变卖家产从青堆子湾搬到大孤山，隐姓埋名做了多年小本生意。谁知一晃之间，世道变迁，曹宇环从地下翻到地上，杀回青堆子湾，将昔日的威风光昭于天下了。可以说，这是曹宇环孝敬家父的重大礼物。虽然第一笔生意就遭到抢劫，但曹宇环根本没在意，自朝鲜回来，他放出声来抓捕逃跑的秉德们，可私底下的策略是坚决不找了，他不相信他们能永远在这块地面上消失。于是重雇了巡警，偶尔下晌人少，便拿把椅子坐定店铺门口东张西望。

　　马车停在渔市街转弯处，秉德女人抱着小的领着大的，朝周成官指的方向走去，承华则紧随其后。第一眼看到曹宇环，他正坐在店铺门口的藤椅上抽烟，手托着长长的烟杆，嘴唇轻轻往上一翘吐着烟圈，黑黑的头发在鬓角上闪闪发光，上边盖顶翻边礼帽。秉德女人一眼认出他，是他那张阴森森没有表情的脸。山上草窝棚真正看清他的那个日子，他的脸就是这么阴森森的没有表情。秉德女人一路准备好了的话一瞬间卡在了嗓子眼儿。她的心扑扑慌跳了两下，挪着碎步往前走着，在他那一脸细密的麻子呈现眼前时，她眼睑低下来，羞答答地看着自己的衣襟。她希望对方能从她的样子上认出她来，可站了好一会儿，身后的承华都有些着急了，对方还是没认出来。

　　"曹司令"，秉德女人费了好大的劲才吐出这三个字。他曾跟她说她是他的女人。

　　曹宇环眼皮向上翻了翻，吐了一口烟，看了看她怀里的承信，又把目光移到身旁的承民和承国，还有身后的承华。不知道是什么东西刺激了他的嗓子，他咳了一下，朝地上重重地吐了口痰，之后手伸到马褂外襟的兜里，掏出一块洋钱塞给承民："老子遭了抢，没那么多钱给你们，快走吧！"

　　秉德女人眉头皱了一下，吞了口气说："曹司令，都是秉德不好，俺来给你谢罪了。你要俺怎么都行，就是别杀秉德和俺儿，看在你……

不,看在俺拖儿带女的分儿上。"

秉德女人想说看在你送过俺梳妆台的分儿上,但还是改了口。

听秉德女人这么说,曹宇环唇上的两撇扫帚须翕动起来,但很快变得僵硬,野葡萄一样黑幽幽的眼仁从孩子身上移到秉德女人身上,目光由刚才的厌烦转为激动,继而又被一种说不清的野蛮和高傲取代。他慢慢从椅子上站起来,把烟袋锅往布鞋底上轻轻地敲了敲,压低声音说:"找俺求情的应该是王家大小姐,而不是秉德女人。秉德是个混蛋!你是谁?"

秉德女人挪了挪脚,把孩子换到右胳膊上:"俺是秉德女人,可,可你当初给俺送过梳妆台,你还说……"就像狗急了总要跳墙,秉德女人终于忍不住说了句蠢话,曹宇环唇上的胡须立即竖起来,黑葡萄被谁击碎似的喷溅出愤怒的光,他哼了一声,冷笑道:"俺从没给什么人送过梳妆台。俺压根儿就不认得你,还不赶紧走?"

秉德女人显然惊呆了,曹宇环可以说她的面子不好使,却不可以说不认得她,尤其不可以说没送过梳妆台。秉德女人的目光有些涣散,但很快它们又聚集起来,直勾勾地盯向曹宇环。她希望在进一步的盯视中能使事情有什么转机,就像在山窝棚那回……这转机还真的来了,但它不是一袋银子,而是一个劈雷击身一样的打击,因为看着看着,她突然发现,他那击碎了浆果一样愤怒的目光那么像一个人,这个人就在她的身后。当她转身看向身后,从承华那里得到印证,她抱孩子的胳膊一下子软下来,怀里的承信扑通一声摔到地上。跌落的孩子哇哇大哭时,所有的孩子都跟着哭了起来。

那天,从青堆子湾回来,周成官的马车没有直接赶回周庄,他在秉德女人的驱使下越过了回周庄的岔道,往高丽城山方向赶去。秉德女人一路无话,只用手不时地指着前边,那意思是往前走,再往前走。

而周成官早在渔市街拐弯处看到了她不被搭理的遭遇，任她在车上指指点点。直到把车赶到高丽城山下一片槐树林里，她才让他停下来。

车停下来，她把孩子们放到车上，让周成官跟着自己走。因为是初春，树林里的荆棘还只是一些矮矮的小苗，而槐树不但长出密集而丰腴的叶子，枝头已经有了一串串粉绿色的花骨朵在等待开放。周成官不知道秉德女人要干什么，有些紧张，曾经在另一个山洼里被她握住家伙的场景他一直不忘，他以为曹胡子把她惹恼了，她想抓他撒气。在一块被烂叶覆盖的暄软的空地上，秉德女人站住，转过身，朝周成官仰起脸，眼神杵在他的眼睛里："你说过你稀罕俺，可是真的？"

周成官愣住了，不知道该怎么答复，脸上的褶子抻开又聚拢。

"你想说你没说过那样的话？"秉德女人脸色越来越难看，眼里泛上一泓亮汪汪的东西。

"不，不，俺说过，俺到死都稀罕你，可俺再也不敢了，俺再也不敢了。"

这时，只见秉德女人一粒一粒解偏衣襟上的扣子，脱掉夹袄，脱掉里边的衬袄，露出白花花的身子和紫樱头样的奶头。看到这一节，周成官简直吓坏了，连说"不行啊侄媳妇你是俺侄媳妇啊"。可是这么说着，秉德女人已经赤裸着上身向他走来，当她面馃馃一样的奶子撞到他的眼前，他竟再也受不了了，猛地将她扑倒在地，连吃带喝收拾起这送到嘴边的美味来。

所谓连吃带喝，是说他先是吃了她的奶，在她两个暄软的奶头轻轻一咂，就有甜滋滋的奶水冲到他的嗓子眼儿。这奶水他想得太久了，它冲到他嗓子眼儿，又转回来流到舌尖时，他嗓子眼里有股咸咸的东西迎接出来，与它汇合。之后喝了她的泪，她脸上的泪水像沙滩上的河道，从眼角里流出来，把她搽粉的脸冲出一个个支汊。顺着支汊咕嘟咕嘟喝去，他混浊的老泪也汇入了那些支汊。美中不足的是他的下体，那曾经受到窝囊的家伙，终于拥有了腰杆挺直的机会，却愣头巴脑找不到门路，当它终于在女人的引领下破门而入，却像一个早就等待点燃的炮仗，"砰"一声就爆开了，将他的美餐草草收了场。

收场之后，秉德女人很长时间没有爬起。她赤裸着身子，看着树梢上静静的蓝天，把手上的戒指撸下来，放到肚皮上，自言自语道："承山，你都看到了，你可原谅妈。"

周成官也赶紧在一旁跟上："你也原谅俺，俺稀罕你妈。"

可这时，秉德女人忽地爬起，戴上戒指，郑重其事地看着周成官，一字一顿地说："周老爷你记着，就这一回，你再也别想要了。"

回家之后，秉德女人大病了一场，先是发冷，盖多少被子都哆嗦得不行，后又发热，穿一件单裤就汗流如水。罗锅嫂子闻声赶来，熬一锅桃叶水给她喝下，她又立即上吐下泻。实在没办法，就打发罗锅去南王庄找来姜水婆。姜水婆不等进屋，就抖着一块红布，蘸着姜水招呼起来："承山快回来啊，你是你妈的崽，你快回来，可不能在别人家待长了呵——"

依姜水婆的说法，秉德女人忽冷忽热，是承山的魂被大伙儿招走，她身前身后没了保护。可是听说要把魂招回来，罗锅嫂子在旁边一下子不干了。自上次打了戒指、招了魂，她搬倒药铺都没治好的男人一天一天好起来，不但能下地走路，还能在院子里干些简单的活，要是再被招回，他男人不是还得倒下！姜水婆连说不会，"承山回来了，还有秉东呢，你男人之所以好了，是他带病给秉东扎了纸活，送了纸人，是秉东救了他"。

虽然身子一天天轻松起来，可心里那块病一直都在。她的心病，绝不是她把身子给了周成官，不是。在此之前，她被秉东偷占，被黄保长抢占，意外地碰了不该碰的男人，她都觉得自己的身子是罪孽的根源，如今，她主动把身子交出去，又交得那么彻底，却没有半点有罪之感。在她忽冷忽热蜷在被子里的时候，反倒觉得瘦小的身子潮湿的下体劳苦功高了，她用手上上下下抚摩它们拿捏它们，就像小时候偶尔帮母亲干了一点活，母亲用一块糖给予奖励。她的心病，是曹宇环不但没看她面子，还说压根儿不认识他！为了医治这块心病把身子当成枪弹，可最终她发现打中了曹宇环，她的男人和儿子照样没能得救。她的心病，是她要救的人没能救成！她的心病，是她生了曹宇环的骨血，曹宇环却压根儿就不认识她！

从青堆子湾回来之后那些天，秉德女人不能看到承华，一看到她就心里发堵。可自从发生了大腿根里的流血事件，承华一反以往对她的反感，走着坐着都离不开她，她病倒之后尤其如此，一天天趴在她的头上给她梳头。头皮被一阵阵划动时，她觉得有一个脓包正从那里长出，像吊在墙头瓜蔓上的倭瓜，一日日显眼夺目。

自己的心病，只有自己来治。为了不让承中替父亲遭到报复，秉德女人坚决不让他上学了。实际上承中早就厌烦了，他希望自己读书识字不过是为了脱离泥土，当一个舅舅那样的大板先生。事实是他只要看到那些字，它们就变成一只只蚂蚁钻到他的脑子里，让他没日没夜地头疼难受，他已经逃到渔市码头玩了一个夏天了。听说可以不再上学，他当天晚上就脱了两襟上差不多钉了一百对扣子的长筒马褂，到屯街上撒欢喊叫。

为了不让跟曹宇环有关的脓包近在眼前，秉德女人先是打碎了梳妆台，之后量了一升高粱，去老三黄家请来老三黄，让他上罗锅家提亲，把承华送给罗锅当童养媳。当一连好几年都没做成一个媒的老三黄终于有机会动用他的三寸不烂之舌，罗锅和罗锅的妈妈嫂子乐的，哑巴一样半天说不出话来。

秉德家虽不富裕，可总有意外之财，还有来自远方的好亲戚。"老天爷，咱怎么就行了好，也摊了门好亲戚！"哑了半天的罗锅妈妈掩不住这么说。

可承华听说从此要去罗锅家吃住，拽着自己头发在堂屋里打滚儿哭泣，惊虚虚的大眼睛扑闪扑闪，仿佛自知这是自作自受。直到秉德女人当着罗锅的面，告诉她不到十六岁绝不让动她的身体，才勉强同意。

在那个烈日炎炎的夏日里，秉德女人做完了这两件事，就带着承中、承民、承国和承信，一天天忙碌在河套边那一亩三分地和岗梁上二婶二叔留下的一亩半地里。她一早往锅底添一把草，煮一锅稀粥，让四个孩子呼噜呼噜喝一肚子，之后放了圈里的鸡鸭，搬一块石板倚在风门上，就离开院子。这块石板是秉德二婶二叔死后从他们的院子里移过来的，是除了房子和地之外他们留下的唯一财产，她每次把它搬到门口，都仿佛看到秉德二婶二叔坐在门口。

家里有两个老人为她看门，她在山上弄地的时辰过得特别踏实。她一边在地垄里薅草，一边看庄稼拔节抽穗，心里就有一种东西像一天天疯长的庄稼一样疯长起来，那就是：即使秉德死了，她也要撑起申家的日子，也要把孩子拉扯大。在这个村子里，在周庄，她的一帮孩子是申家仅有的后人了！秉德二叔二婶都提过申家的祖宗，现在，她就是申家的祖宗！她虽没有像祖奶奶那样贤良、守贞节，但她能在眼下这个节骨眼儿上把申家的日子过下去，她就是后人好样的祖奶奶了！

然而，就像庄稼拔了一个节又要拔一个节一样，秉德女人有了这个想法,紧接着,她又有了后一个想法,而这后一个想法一旦生出,她踏实的日子一下子宣告结束。那天,她薅草累了,坐在地边细细打量身边的孩子,她最爱看的自然还是承民,她胖嘟嘟白生生的小脸虽然变瘦变黑了,可她脸上的喜庆一直都在。不管照料最小的承信多么不易,承民的笑声都银铃一样响彻山谷。她因此深得只小她一岁的承国的喜欢,两人总是勾肩搭背,你背够了我我再背你,玩起来汗津津的小脸就像庄稼的叶子,油光锃亮。他们当中,最不开心的就是承中,他虽一转眼蹿高了个子,脸上毛生生的胡须完全就是一个男子汉模样,可他惊虚虚的眼神里依然保留着孩童般的依恋和听从,不管他多么不爱干活,多么想反抗,只要她脸一板眼一瞪,他还是乖乖跟着上路。就在看到承中惊虚虚的眼神里深藏着孩童一样的依恋时,另一双惊虚虚的眼神浮现出来,那是承华。那个夏日的头晌,当秉德女人想起承华时,她的心平生第一次因为孩子揪紧了。承华比承中还小两岁,她却成了别人家的童养媳……

就像在前方平坦的坝坝上发现陷阱,秉德女人忽一阵从地边拔腿,扔下孩子们,带着小跑往村里跑去。当她深一脚浅一脚来到罗锅家时,一场必然轰动周庄的事情已经在所难免了。

所谓轰动,不是说她不经过媒人老三黄,私自就把承华拽出陈家,破了村里的规矩,遭到人们的议论和责骂,而是承华离开陈家的当晚,罗锅就疯了,脱了衣裳,露出他弯弓一样的后背,在大街上一声又一声喊着承华的名字,凄惨的音调就像秋后的乌鸦,搅得整个村庄不得安宁。不安归不安,秉德女人没有半点动摇,因为承华从陈家回到她的怀抱,搂着她的脖子央求道:"妈,俺再也不惹妈生气了,妈不能不要俺啊!"那惊悸的样子快把她的心都揉碎了。

为了让所有的孩子都像小鸡一样不离开老母鸡的保护,她事后在老三黄的引领下，上门给罗锅母亲下了一个长跪。陈家没给彩礼，她无礼可退，却在给罗锅母亲下跪时，送了句口头大礼："只要承华过了十六岁，肯定是你家媳妇。"

是不是这个大礼救了罗锅，没人知道。当天夜里他就不再疯喊了。从此，秉德女人就对斗转星移开始敏感，下来新苞米，她会想到承华又长了一岁，过了年关，她害怕罗锅来家里拜年。虽然她口头答应承华仍是罗锅媳妇，可心底里从没想接受一个上门女婿，就是决定把承华送去当童养媳那一刻也没有想过。

那一刻，不过是为了除掉曹宇环留在她生活里的脓包。

现在，在经历了那个夏日野地边对儿女们的打量之后，她居然完全忘了曹宇环这个名字，居然再也不觉得承华是一个鼓在她生活中的脓包了，由她唤起的柔肠百转反而让她感到每一天都有滋味。

然而，就像山涧溪水挡住了这边又流到那边，承华这个脓包瘪回去，却从罗锅那里长出来。大年初一他登门拜年，弯着背，伸着长长的下巴喊她丈母娘，她有一种说不出的难过，好像自己的后背也是弯的；好不容易把他打发走了，又来了他瘦得像个纸人似的母亲，她穿着前怀漏个大洞的破袄，挂着木棍，颤巍巍揭开风门喊她亲家母，她感到浑身透风，仿佛自己的衣裳也漏了大洞。

一门好亲戚是一根高枝儿，一门破亲戚就是一个深洞。这年正月，要不是周成官登门拜访，以亲戚的名义名正言顺送来一桩好事，把她从深洞里解救出来，真不知道她的心情会黑暗多久。

这还是周成官得到秉德女人身体之后的第一次上门。自从不期然摘了野果，周成官家里的糟心事就接连不断，先是把头刘长喜和克让家的在粮仓里鬼混，被二儿子克真发现，遭到克真毒打。之后是瘫儿子克让绝食五天不吃不喝，要求父亲把刘长喜撵出家门。可在周成官应了儿子的要求打发了刘长喜后，克让家的又开始寻死觅活。谁都知道做公公的和儿媳有一腿，伤过婆婆，想不到事出之后，做婆婆的完全站到媳妇一边，坚决不让打发刘长喜。一个女人做了不体面的事还要受到袒护，一直不受待见的克真家的不干了，咧着一张丑陋的大嘴呜呜嗷嗷大闹分家。儿媳闹分家在辽南一带是最大的不孝，周成官一气之下赶车离家，一走三十天不回。这一下，所有人都傻了眼，不但再也不闹了，还齐心合力走亲访友四处寻找，当克真终于从复州城的四叔家找回父亲时，一个又瘦又白的周成官给周家带回了全新的气象。从来一毛不拔的他不但大包小裹给每个女人都买了衣裳和首饰、红绿粉各色绣花夹袄、银项链银耳坠儿各种佩戴，还领回他们在外面开染坊的四叔，在正月里大摆酒宴，宴请周家所有的亲朋好友。他的想法也许只是想清理一下笼罩在周家院子上空的污浊之气，重树周家在周庄的霸主形象，可他亲自上门请秉德女人，树立的就不仅仅是他的形象，而是秉德女人在自己心目中的形象了。

　　周成官走进申家，秉德女人正在给孩子们抓虱子。每年过年，换下一堆破烂衣裳，她都把它们送到外面墙根，冻到初六俗称放水这一天，再挨件捏掐。村里拥有多年的拜年习俗，只要三十晚上放了鞭炮把祖宗请回家①，年少的就上年老的家里串门。秉德女人跟个匪胡子过日子从不讲究，没串过一回，早就遭来村人议论，"自古没有新媳妇不随俗风的，也就胡子秉德家的吧"。

　　她不去给老的拜年，老的却要亲自给她拜年，听见话音，秉德女人慌乱地藏起衣裳，下意识地去找镜子，才忽然想起梳妆台已被自己

---

① 辽南过年的一种仪式，三十晚上，男性后代必上祖坟放鞭放炮，请祖宗回家过年。

打碎，只有慌慌地捋了捋头发迎出去。

隆冬的日头在周成官缎面马褂上返出一身的暗光，他不等打开风门就噘着嘴吵嚷起来："侄媳妇还不出来迎客呀。"他的坦荡磊落让秉德女人十分受用，一边冲出屋门一边呼应道："嗨呀，这不是承民的干爷爷嘛，过年好啊。"

如果没有大半年来发生在家里的遭心事，让周成官充分感受了脸面受损的屈辱和窝囊，面对给过自己身子的秉德女人，他断不会有眼前的坦荡磊落；自然，如果没有大半年来和陈家之间的麻烦，让秉德女人充分体会了随便结亲带来的拖累，秉德女人也不会这么欢天喜地。然而正是秉德女人的意外表现，使周成官还在拉着她们全家往周家走的路上，就向她公布了一个消息："让承中和俺孙子吉家做伴上城里干活吧。"

这是周成官早在复州城就已成形的打算，要想平息家里的混乱，只有设法破坏家里的格局，而在周家目前的格局里，克让的儿子吉家是一颗重要棋子。他看上去是自己的孙子，实际上是他的儿子，这一点没有人不清楚，有他在身边晃，他的妈妈就觉得自己高人一等，就不把生了一群闺女的二媳妇看在眼里。而克真两口子要求打发刘长喜，最重要的想法不是因为他和他们的嫂子偷情，而是为了让他们的侄子也下地干活。送走吉家等于断了两方面的念想。当然还有比这更重要的想法，承中与吉家同龄，他可以为孙子找伴为借口，帮帮秉德女人。自趴在她身上吸了奶那一刻，他就决定无论如何都要帮助这个女人了。所以还不等秉德女人回过神来，周成官就向他开染坊的弟弟引见了承中："这是我的干孙子、申树全的后人，他爹不在身边，你就把他和吉家一块儿带走吧。"

周成官兄弟抬起和周成官一样干瘦的脸，用眼神的余光警觉地扫了一下承中。秉德女人两手绞着衣襟，心有些乱，她想应该好好收拾一下孩子才是。

　　周成官的兄弟名叫周成双，周庄的老人都知道他。在他父亲靠做买卖赚来的钱买了村里大部分地，成了远近有名的地主时，只有他不安心做地主的后代。十三岁那年，他把家里慢腾腾耕地的马和牛的眼睛都捅瞎了，之后去了远方。一些年关于他的消息不断传回，有的说他过高丽城山时打了一个砍柴的小孩，被人家大人打死了；有的说他当了匪胡子，杀人放火无恶不作；有的说他遇到一个抽大烟的跟着抽出烟瘾，输掉了所有衣裳，冻死在荒郊野外。有他捅瞎牛眼马眼的先例做铺垫，任何传说听来都不无可信，唯一不可信的是他三十岁上就在复州城发了家。十几年前他回来那次可是在周庄抖尽了威风，一边向人们讲述着他靠倒大烟赚来第一笔钱的发家历史，一边在大婆小婆两房女人的簇拥下，在夕阳的余晖里向人们传授各种家织布的印染知识。那时他已经拥有一个二十几间房子的大染坊，辽南一代所有染色的布匹都出自他家。正是他当年梦一样的闪回给周家带来了久久不散的光环，才使家风污浊的周成官想起重演好戏。他对哥哥的想法显然心领神会，坐在屋正中长条高桌旁摆足了派头。要是秉德二婶二叔还活着，见他在申家人面前这副模样，不知会怎么想，而秉德女人除了高兴，却什么都没想。她高兴的不是听说儿子就要进城干活，这么小就放儿子走，她还有些不舍，尤其在他的父亲得罪了曹宇环的时候。她高兴的是周家的小儿子克卿见到她直呼嫂子，热喷喷的样子仿佛根本不记得捉贼的晚上，而克让家的，自打她把戒指上的魂招给村里所有女人，出了名，就不再和她说话了，这次可倒好，不但一见面就把她搂过去，还哭脸悲悲地说："俺真想你啊。"沉浸在重修旧好的喜悦中，秉德女人对近在眼前的好事懵懵懂懂，直到站在旁边的周成官又重复了句"叫承中跟他四爷进城干活",她才有所醒悟。

"他,他才十四",秉德女人寻着周成双扫过来的余光,小心翼翼地说。

"我出去那年十三,要不是看老哥的面子,多大我都不要。这年月,我最不缺的就是人手。"

"侄媳妇,这是天大的好事。有吉家做伴,他吃过你的奶呢。"说到吃奶,周成官有些脸红,但很快他又转移了话题,"再说,那里是复州城,不是青堆子湾,没有危险。"

这时,承中挑在细细脖颈上的那颗硬邦邦的小脑袋转动开来,他先是看看周成官,又看看周成双,最后把目光移向他的妈妈:"妈,俺去,俺去当工人。"

周成官借机赶紧搂过承中,夸奖道:"好孙子,明天爷爷就打发你们走。"

一时冲动送走承华,付出了惨重的代价,在这意外到来的大好事面前,秉德女人特别慎重,她为此专程回了一趟青堆子湾征求父亲的意见。为了不让父亲操心,秉德出事,她一直没有回家。当听说外孙子早就不在青堆子湾念书,他三条相挨紧密的抬头纹蚕似的扭动了一下,放下经书好长时间没有说话。直到秉德女人分析了家境,说秉德不在,靠一亩三分地根本养不起这么多孩子,且他们又一天比一天能吃,他才长长叹了口气,说:"没个书底子,闯外可怎么行呀,愿上帝保佑。"

打发了承中,秉德女人好几天心神恍惚,儿子瘦成树条一样的后背一直在她眼前晃动。在秉德没出事之前,除了承民,她没喜欢过任何一个孩子,奇怪的是,孩子没了爹,她反而对他们一往情深了。在想念承中的日子里,她常常忆起自己被秉德抢走离家,父亲用一封信把她推向彼岸,母亲一气之下咽气的当年,女人的心再硬也比不了男人。然而,没有一个硬心肠的男人在身边撑着,秉德女人只有自己硬朗起来,因为季节不等人,很快又要打垄种地、育种下粪,没有承中这个帮手,她的活更加繁重。周成官帮了大忙,她不能求他家的牛犁,而老三黄家的驴半死不活,根本拉不动犁,她只有把承华、承民、承信留在家里,带着承国,一个用镢头备垄,一个往地里运粪。一刨一刨将沉重的镢头扬起又夯下,她柔软的腰肢就像摇曳在风中永不折断的柳条,村里没人不对她竖大拇指,"这女人没人能比,什么灾难都打不倒"。可是,这话就像一句咒语,就在它被村人广为传颂的某一天,秉德女人被两个男人打倒在大田里。

那是她备完自家的地垄,接着去备死去的二叔二婶家地垄时发生的事情。那两个男人她根本不认识,眼看着他们杀气腾腾爬上岗梁,她以为是曹宇环的喽啰,因为此时此刻,她想不起来还有什么人与她有仇。她于是下意识转回头,冲正往地里送粪的承国大喊:"承国快跑——"然而两人并没奔承国去,而是虎刺刺奔向她,怒眉立目冲她叫嚣:"这是俺老子的地,你凭什么占俺老子的地。"她愣怔片刻,突然明白过来来人是谁,他们是秉德二叔二婶过房出去的两个儿子。于是她欢喜地长吁一口气道:"可好啦,你们可回来啦。"话音刚落地,就见其中的一个向她跪下,哀求道:"秉德嫂子,你替俺妈说说公道话,俺哥过得比俺好,把这块地给俺吧,俺在史家沟过不下去啦。"这时,另一个上前抽冷子就是一脚,大声道:"你这个软骨头凭什么下跪,她又不是咱妈。"两人于是撕扯起来,秉德女人上前拉架,结果她被狠狠怂到地上,摔了个嘴啃泥。

道歉的,自然是秉德女人,而不是两个怂了她的堂兄弟。她和秉德确实该在他们的老人死后找到他们,可是那个死人遍地的灾荒年月,能有人帮着收拾尸骨就已相当不错了,谁还有心思四处打探他们的下落。接受秉德女人这样的道歉,是在她答应把二老所有的地还给他们之后。可听妈妈道歉,仅有九岁的承国绝不让歇,咬住两个叔叔的裤脚,非逼他们向妈妈赔不是:"妈妈对二爷二奶那么好,给他们买车买马,凭什么打妈妈?"

兄弟俩在要地的目的上齐心合力,一旦要到手又两心分开,伤痕累累的秉德女人本不想搅进这家产之争,可想到死去的两个老人,还是站起来为他们主了一回事儿。她找来老三黄,让他做中间人,说了句代表她心思的话:"地和房你们活着的哥仨人人有份,在秉西没回来之前,先一分为二。"

虽然被怂到地上,嘴唇上和膝盖上的瘀青好多天没能恢复,秉德女人还是隐隐地高兴:他们不是秉德的亲兄弟,毕竟是本支上的兄弟,俗话说,臭是一窝烂是一块。倒是他们两家子合住三间草房显得拥挤,一个气管炎、一个瘸子的妯娌两个,动不动就为谁占了谁的灶坑吵架拌嘴。可正因为她们打着男人旗号频繁找她评理,才让她觉得身后有一个强大的家族势力,让她不再恐惧曹宇环喽啰们的报复。

秉义是一个要强又明辨是非的男人,他和秉东、秉西都不一样,说话干脆,心直口快,他喜欢嫂子就在晚上串门时脱口而出:"俺那边两个老人死了,有三间草房,可那天回来看到你,就想起俺妈,就非回来不可了。你是咱老申家这一辈儿里最漂亮的媳妇。"当得知他漂亮的嫂子把没病没灾的亲闺女嫁了罗锅,他又挖苦道:"这事可没道理,这太没心没肺了。"他有事没事都挑一担水来,到嫂子家门槛上坐一会儿,抽一袋烟,好像这里是他小时候的家,好像要把多年寄生在外的亏失补回来。秉胜话少,在这一点上,他倒和秉东、秉西很像。

可他肯于下苦力,一分为二的几分地不够种,就到河套边去开荒栽树,哪怕能栽一棵苗的地方也不放过。在过房他的姨夫家,他也肯出苦力,可是那姨夫过房他后又生了儿子,逼他天天出苦力养活全家,却从不给他好脸色;等他娶上媳妇,又故意找碴儿和媳妇打架往外逼他。如今有了自己的家心情舒展,他干起活来一包子劲,不但从遥远的山沟挖来那么多柞树苗、桑树苗,还弄来周庄人见所未见的大茧,让它出蛾产仔,再花钱租来西山的柞林放进去,让它们长成成千上万的大茧。他从不来嫂子家,可只要有剩余时间,就注定在嫂子家的地里帮忙,他躲避她的样子,仿佛是在为自己曾经的无理要求深深后悔。

在秉义的屁股动辄就坐在了自家门槛上的时候,在秉胜的身影动辄就晃动在南甸子自家地里的时候,秉德女人心里身外常有一种说不出的滋味生出。那滋味就像冻僵的手脚焐上一块羊绒,要多暖和有多暖和。

有了这暖和,秉德女人和周成官家这门干亲的关系在渐渐疏远,闲下来打袼褙做鞋,她想的是两个兄弟家的事儿而不是周家的事儿。说起来非常奇怪,她与秉义、秉胜这两家人素不相识,可只要报了姓名,断裂多年的筋骨也能扯血带肉地长到一块儿。

好在周家人并不在意,一场不可开交的纠纷过后,他们迎来了近年少有的和谐景象。刘长喜到底被周成官打发了,克让家的之所以没闹,是多少年过去又有了第二个孩子,虽然是个丫头片子,可只有她自己知道,那是刘长喜的;克真家的历经十几年的奋斗终于在第四胎上生了个儿子,在周家并不是稀奇物,毕竟让人看到风水在流转——克让家的再也系不住周成官的心了。那一年,周成官把所有的心思都用在地里长出来的新植物上。他从复州城回来,带回一包颗粒饱满的大烟籽,这一年,他在干沙地上种出一地直挑挑的大烟。他一天到晚和长工们一道为这些大烟间苗打杈,到它的枝头开出白、红、粉各色不同的花,香味覆盖了整个周庄,他坐在地头哈哈大笑,仿佛那花是他感情受挫后的另一种开放。而这时,秉德女人和她的两个兄弟、兄弟媳妇,正你帮我、我帮你地忙碌在三家硕果累累的庄稼地里。收了所有庄稼,他们又从后土门沟抬回两块石头,合伙盘了一盘石磨。所谓合伙,是说秉义和秉胜出工出力,石磨盘好后放到秉德女人相对宽敞的院子里。他们在自盘的石磨上磨苞米、高粱,那段日子,是秉德女人落荒以来最有滋味的日子了。

有滋味的日子,是一寸一寸过的。日光从岗梁东边翻上来,越过了墙头,打上了窗户,窗玻璃上结出的霜花就在滋滋化掉,露出院子里的石磨、院外的草垛、草垛外的街道。在一方小小的窗玻璃上打量石磨、草垛、街道,秉德女人的心立时洒了朝露一样,湿漉漉一片。因为用不了多久,秉义就会越过屯街上的草垛,肩挑两桶水来到院子,把水倒进水缸,吵吵巴火说一气天气。有了石磨之后,他再也不坐门槛了,并且一天当中只在早上来一遍,说完天气,就坐在石磨上吧嗒一袋烟。越是这样,那顺着窗缝、门缝一缕缕流进来的烟味就越浓烈,秉德女人闻了心里就越是发紧。有滋味的日子,还是一尺一尺过的。秉义小坐一会儿离开后,秉德女人恨不能把所有的家务活都扔给承华、承民,赶紧离家。她离家不是追秉义而去,而是拿一些破烂布角到秉义家串门,以打袼褙为由闻他家里的烟味。在她的心洒了朝露一样湿漉漉一片的日子里,她像中了烟瘾一样片刻不能离那苦滋滋的味道,于是袼褙总也打不完。在一尺见方的袼褙一张张晾到秉义家的院子时,她会不断地向秉义家的探问一些有关秉义过去的事情,多大开始过房出去,平常爱不爱发脾气。秉义家的患有严重的气管炎,讲起话来上气不接下气,往往急得她大瞪着眼睛。秉德女人从没像现在这样急于知道秉义的一切，且不厌其烦，听一百遍都没个够，好像它们是她的前生后世，与她有什么关系。而当那些有关秉义的往事随着烟味沁进她的心窝时，那袼褙不是打厚了就是打薄了，干了一头晌等于白干了。

因为陷入对一个男人的想念已经不能自拔，恶劣事情的到来没有丝毫预兆。了解秉义的过去，熟悉秉义的秉性，这只是最初的想法，很快，她就有了另一种渴望，向秉义讲述自己。在对秉义不幸的过去有了一些了解之后，她那么想把自己的不幸向他交换，这是一种全新的渴望，它冬眠的长虫①一样从她身体里醒来，让她觉得自己是这世界上最可怜、最需要有人同情的人。一个早上，她终于向他张开了她难以张开的嘴巴，她的声音相当柔弱，她打开屋门——一段时间以来，她从未在他进院时打开屋门——"兄弟，进来坐坐"。

秉义宽宽的后背在日光里动了一下，但很快，他站起来，转过身，这一瞬，秉德女人的心一下子荡开了，因为他射过来的目光是炽烈而阴郁的，那里分明有一星蓝蓝的火苗，却被某种风头压住了，在自顾自地燎舔。秉德女人手卷在衣裳的大襟里，目光在他炽烈而阴郁的火苗里飘忽。"进来坐坐。"她的声音已经变成掉进心窝里的石子儿，只有自己能听见。可是秉义好像听见了，他离开石磨，迈开他那破了鞋头的大脚，可他的脚刚刚从石磨边迈开，一股旋风顿时席卷草叶一样席卷了秉德女人。秉义根本没有进屋，猛一用力就把秉德女人抱起来，把她连拖带拽拽到石磨东边的偏厦里，吓得鸡鸭咕呱乱叫。秉德女人想念他，只想跟他说说话，说她的不幸，不想到了一起，她一句话也说不出来。她说不出话，是因为她感到一阵天旋地转。秉义没有碰她的奶头，也没有碰她的下体，只搂住她瘫软的身子，脸在她瘦削的脸

---

① 长虫：在辽南，人们把蛇叫作长虫。

颊上轻轻地干蹭，可秉德女人觉得她的身子早已经就是他的了！有了他的怀抱，就是现在死了，也心甘情愿了！

　　如此幸福的好戏被他们不断地重复着，为了掩人耳目，秉德女人故意让孩子晚起，故意很晚才放鸡鸭出来，她还在白天故意当着秉义家的，挖苦秉义愿意一早串门的怪毛病，秉义家的一句回复让她听了格外心安理得。"他十几岁离开妈，还不是把你当成了妈。"他们重复小的幸福为的是那个就要到来的更大的幸福，他们推迟着更大幸福的到来是他们还没有选好时间和地点——他们不知道该在家里还是该在山上。他们虽然没选好地点，但时间是定了的，一定得是晚上。在此之前，秉义之所以躲避晚上，是那些个坐在门槛上的晚上他常常就不想走了。现在，他对某种欲望的躲避反而成了实现某种巨大欲望的有利条件，他们已经被那个惊天动地的晚上熬得凄苦不堪了。"就半夜吧，孩子都睡了。"选择在家，是尊重了秉德女人的考虑，以往的经验告诉她，这个时刻最安全。只不过他们没在炕上而在堂屋，秉德女人拉一床破被铺在堂屋地上，秉义光着脚悄悄地进来了。两个人先是紧紧搂住，之后开始撕扯衣裳，他们显得十分笨拙，在撕扯中不是磕绊了锅台就是碰撞了烧火棍。就在他们艰难而愉快地忙碌着，浑身的血都涌到一个地方时，风门忽的一声被谁拽开，两个黑乎乎的影子风似的灌进来，把他们分开。他们不管她，一起把秉义摁住，大嚷道："申秉德，你可算回来了，可终于抓着你了。"

　　来人把秉义当成秉德，显然就是曹宇环的喽啰，像是在脑袋上猛击一拳，秉德女人突然清醒了，可是又不能申辩他不是秉德，要是申辩，一桩丑闻就大白于天下了。秉德女人只有眼看着两团黑影把秉义拖出去，在噼里啪啦的棍棒声中抖成一团。秉义从头至尾一直没有吭声，只有肉皮和棍棒接触的声音在院子里回荡。不知过去多久，外面声音消失，鸦雀无声。秉德女人穿上衣裳走出屋子，以为秉义已经死了，扑到他的身上不出声地大哭起来。他的头发黏糊糊的，他的肩膀有水一样的东西在流淌，他的两只手死死地捂住大腿根儿。她不知道该怎么办，她把手背送到他的嘴边，想知道还喘不喘气儿，这时，只听那里发出细弱的声音："快给俺穿衣裳。"知道秉义没死，她立即止住哭声，回屋摸来衣裳，往他的腿上套，可是他的腿受了伤，根本抬不起来，他的胳膊也使不上力。就在她气喘吁吁搬着秉义血淋淋的身子乱忙一气时，院子里又晃进一个黑影。秉德女人的心霎时蹿到嗓子眼儿，她想喊，但压住了，这时，一个意外的声音镇住了她："是俺，承华女婿，俺来帮你。"

秉德女人愣了一下，顾不得多想，把裤子交给他："他不是你叔，他们打错了。他来家里串门。"

"俺知道，他们打错了，俺把他送回去，就说在街上遇到匪胡子。"

第八章

秉义的胳膊上、肩上、后腰上，到处都是绽开的皮肉，血水在有伤无伤的地方漫延，整个人就像曾经在周成官家地里看到的大烟花。第二天，拿着袼褙在秉义家看到这一切，秉德女人的心像插了尖刀一样疼痛难忍，面对被惊吓和痛苦挤压得越发喘不上气儿的秉义家的，她只有忍着。她永远都不知道秉义身上裂开的"花瓣"是周成官所为。

在周成官眼看着自家的大烟开花结果，刀尖一划，里边就淌出乳白色胶汁时，另一种黑色的胶汁已在他心里边流淌了。那时他的耳朵里灌满了各种有关秉德女人的闲话，和小叔子如何热络，那个叫秉义的小叔子如何天天不离家门。在地边看大烟花的人们冲他说这些，不过是发泄一下心中的郁闷和忧虑，虽然说起来他们都不算外来户，可毕竟他们多少年不在村里，他们一回村里就嫂子、小叔子咋咋呼呼，不禁让人想起前两个小叔子的结局。周成官受到媳妇伤害，本想从复州城娶回一个二房，他的弟弟都帮他选好了，是个盐商的闺女，可他想了想还是没要。他当时并不知道自己为什么没要，在听了那些闲话之后，他似乎知道了。他对那颗野果还有一分惦记，他是怕从此得罪了她。一股说不清的妒火在骨缝里燎舔时，他听见心里有一个声音在尖叫：她是我的女人，她的身子是我的——我的——我帮了她儿子。在此之前，他帮她的儿子，只是一种报答，从没想过别的，现在，它居然变成了融化在他心里边毒汁的一部分，铸成了一个恶毒的故意把秉义当秉德的计划。虽然为了给秉德女人留面子，雇了外村的把头，可他们下手的狠毒完全遵照了他的嘱咐。因为不知情，秉德女人从秉义家出来就去了周家，找周成官求车上青堆子湾冯记药铺。在周成官面前，秉德女人似乎拥有充分的自信。周成官坐在枣木椅子上等的就是这一刻，他没有为难她，随口答应，并应允亲自赶车，可上车不久她就觉得不对劲儿。周成官当着蜷在被子里的秉义，居然说了一句让她怎么都料想不到的话："侄媳妇，要不是看在你把身子给过俺，俺绝不会帮这个忙。"

虽然秉德女人没有遭受棍棒击打，可这句话的毒性一点都不比棍棒的毒性轻。外伤可以用药，她的这道伤却无药可治。很长一段时间，秉德女人心里都在流血。儿子在周家干活，她不敢有任何怨怒，秉义伤好之后不再理她，她说不出半个不字，她的心像夹在两块石头中间的一块湿泥，碎渣一块一块往外撒落。在那落下来的泥渣里，她第一次发现善有善报恶有恶果这粒种子，要不是她一气之下做下荒唐事，就不会遭到这样的报应，可凭什么曹宇环不认得她？凭什么他做了恶事没有报应？在她揉搓着泥渣一遍遍捂着心窝自问的时候，倒是有一个人让她再三感动——罗锅。这个她心里从没接受过的未来的女婿，一边上街上大造夜里见到两个匪胡子如何和秉义在井边厮打的舆论，一边在她和秉义之间传信儿：他的肩开始发痒了，他的腿开始结疤了。一天傍黑，他帮她推磨的时候，秉德女人瞅着他长长的下巴，小声问："你为什么帮俺，就为了承华？"罗锅却说："秉义叔稀罕你，就像俺稀罕承华。"

在那因孤单而显得越发漫长的春天、夏天以至于秋天，罗锅似乎成了秉德女人心里唯一的陪伴。虽然秉胜依然帮她种地，秉义伤好后，偶尔的也到石磨上坐坐，可她觉得他们再也不似从前了。秉胜好像清楚知道她和秉义之间发生了什么，比原来更加躲着她；秉义有时扫她一眼，目光里有一层雾一样的东西，让她感到隔膜。这时节，唯有罗锅与她心心相印、息息相通，只要秉义从街西走过来，他一准提前上门报告："秉义叔来了。"他的年龄其实和秉义相仿，但随着承华，他叫秉义"叔叔"。他的叔叔坐一会儿走了，见她闷闷不乐，他又安慰道："他心里肯定比苦苦菜还苦哪。"他准确地把握着她心情的起伏，仿佛天生懂得男女之情。不但如此，他那弓一样弯曲的后背下，窝藏了一颗善良的心。有一天，村口来了一帮收税人，他担心是来抓秉义的，急忙跑回，看秉义在不在秉德女人家，发现不在，又跑到秉义家，让秉义躲藏起来。

就像一棵遭了虫害的庄稼终于又长出新铿铿的叶子，随着时间的推移，他在秉德女人心里已不再是个罗锅，而是一个腰杆挺直的男人，那些收税人呼呼号号跟她算账时，他一直站在她的前面，那样子好像随时准备应对他们的出击。然而，与他越是息息相通，秉德女人的心就越是沉重，因为她发现承华一天比一天孤僻。她不跟罗锅说话，也不跟家里任何人说话。她倒是改掉了很小时趴墙根吃泥土的毛病，可又生出了另一种毛病，只要有空，就拎一只装满水的瓶子，学姜水婆的样子，用手蘸着水在大街上挥洒，边洒边小声嘟囔："承山回来救救俺啊救救俺"，专心致志的样子好像承山就在她手上的瓶子里。为了让她像自己这样在漫长的日子里一点点接受罗锅，秉德女人有时故意让他俩一起去河里洗衣裳或上井沿洗菜，可是承华甩着脑袋坚决不去，要去，也一定是一个人去。如此一来，秉德女人和罗锅更成了同病相怜的苦命人了。

那是八月十五的前一天，周成官拉着一匹绸缎，在黄保长的陪同下来到秉德女人家里。在一匹大红绸缎的对比下，她的屋子简陋又寒酸——打了梳妆台，她的屋子除了藏在柜子里的漱口盂和花瓶，没有任何值钱的东西，而放绸缎的炕席因为承国尿炕，席缝里长出一排黑乎乎的草芽。周成官和黄保长都穿着锦缎长袍，脚腕上绑着新绿的绑腿，他们进门时，她正在给承民梳头。尽管满心的仇恨，可她仍然装着笑脸，找块抹布擦了擦炕沿让他们坐下。周成官坐下，可黄保长没坐，他手拄一根铜箍拐棍，指着绸缎说："少夫人，你有福了，这是周东家给你的彩礼，他要娶你做小的。"

秉德女人没听明白，冷眼瞅了瞅周成官，又瞅了瞅黄保长。

"秉德死了，青堆子湾贴出告示了，周东家不嫌你身子贱，要娶你填房。"黄保长咳了一嗓子，语气里带着一丝冷笑。

秉德女人彻底傻了，要她带一帮孩子进周家，孩子们也许得了好，可她没有这个准备。她晃了晃脑袋，想使自己冷静下来。她想这是不可能的，她必须想出个法子来。可有一辈子做周成官女人这事儿在前边等着,她的身子显然救不了她。她看了看编了一根辫子的承民,又看了看在石磨上磨刀的承国,又把目光转向手上的戒指,许是戒指的神威让对方有了警觉,周成官赶紧跟出句:"也不急,要是你想好了,咱们正日定在九月十九。"说罢,他看了一眼黄保长,赶紧转身。谁知就在这时,风门轰隆一声被风刮开,接着,只见秉义拿着铁锹虎视眈眈地冲进来,放声道:"谁要是拉走俺嫂子,就叫谁去见阎王爷。"

这一对狡猾的家伙嘿嘿笑了两声,屁都没放就离开了申家,并在秉义的威胁下夹走了锦缎。可一连好几天夜里,都有一帮人在秉义家门口吵吵巴火要揍秉义,要不是这时青堆子湾又传回消息,说秉德根本没死,抓他的人砍错了头,关秉义禁闭都是有可能的。

虽然多日来受伤的心得到了抚慰,可秉义不但没和她重修旧好,反倒连她家门都不登了。秉义不登嫂子家门,不是还记着周成官马车上说的那句话,而是秉德还活着这个消息震撼了他。他从来都不是个花心的人,留恋嫂子院子里的气味,不过是想念母亲。由于他是家里的第一个孩子,两岁起母亲就再没抱过她。十岁那年被迫离家,他偷了母亲的一件衣裳藏在衣襟里,走到半路却被爹发现抽了出去,从此对衣襟上飘出来的某种气味的想念就压迫着他。上周庄来跟嫂子要地,本是为了秉胜,最后让他和秉胜一起搬回来的,就是这奇怪的气味。倒是那气味一天天深入了嫂子的身体让他沉醉,可一顿误以为他是秉德的暴打叫他彻底清醒——绝不能占了哥哥的女人。他吓唬周成官,是为哥哥报仇,而不是为了自个儿。他虽身体远离了秉德女人,可心里头的责任感在一日日萌生,不管是白天还是晚上,不管是在家里还是在山上。他都机警地支棱着那对招风耳,捕捉来自四面八方的声音,一有风吹草动,立即瞪起眼睛。

可秉德女人根本不了解这些,在一盘石磨孤独地立在院中再也没人坐它的时候，她的心就变成了两片石磨，被想念、悔恨、担心、不解磨得终日毛毛糙糙、惶惶不安。有一天，下了初冬第一场雪，门口的草垛还没扭上垛脊，秉义和秉胜一起来帮忙。扭好后，秉胜先走一步，秉德女人在草垛空终于开了口："兄弟，俺是个苦命的女人……周成官的话你不能当真……俺，俺这辈子不能忘了你。"

秉义背着草垛，也背着她，看着纷扬的大雪，语调坚定地说："你是俺嫂子，俺得为俺哥来照顾你。"

一种说不出吞不下的愁苦乌云一样笼罩心头，她的身子越发虚弱，一蹲一起眼前总是一黑一黑，而这时，有关孩子们的烦心事，就像春天里的柳树，长一根枝杈又一根枝杈。承华来了月经，把裤裆染红，惊吓得大哭不止，连说她根本没跟罗锅进苞米地。缝两条布袋教她装上草灰轮换垫到裆里，她从此一改学姜水婆的毛病，重新恢复以往惊虚虚的眼神，片刻不离地跟在母亲身后，好像她恐惧的事情终于来临。承民懂得爱美，从打碎了的梳妆台碎片中拣最大一块藏在炕席底下，每天早起都要偷偷摸出来仔细照看，可她越来越不安心哄承信，一有空就跟承国往山上跑，承信掉进粪坑好几回了。最不省心的要算承国，他挑水打草耪地从不用支使，勤快的样子像个小把头，许多活儿不用教无师自通，可他不知怎的就恋上了秉胜叔叔，大夏天村里的孩子都泡在河套里，他却跟秉胜叔叔上山放蚕。几年来，周庄添了两件新鲜东西，一个是大烟，一个是大茧。大烟吸引了村里所有人时，生长在柞树上的蚕只吸引了承国，他跟屁虫一样跟在秉胜身后，茧色小汗褂染得绿一块黄一块。秉德女人最受不了的，是他动辄就跟秉胜挑着大茧跑到青堆子湾。"你不怕坏蛋抓你？你爹惹了祸，你知道不知道？！"

承国当然知道，他早就从村人们的议论中知道，正因为知道，才更愿意自己像个大男人挺身而出。他喜欢秉胜叔叔，是因为他更像个大男人，从不耍嘴皮子，从不让自己闲着，不像秉义叔叔老爱串门说话。他喜欢秉胜叔叔最重要的一点，是他让自己看到了离开土地也能赚钱的门道，他跟秉胜上青堆子湾缫丝点儿卖了好几回大茧了。虽然一担大茧只能换几块小洋钱，可这穿过繁华街道以物换物的方式让他着迷。秉胜叔叔从管账先生那里接过钱的那一瞬，他心口像蹿进个兔子，一跳一跳直涌动；要是秉胜再在渔市街上给他买块软糖，那一跳一跳的兔子就钻进他的脑袋，变成一个棒打不散的想法了。有一天，他居然偷偷剥了地里的青苞米，上青堆子湾换回一斤软糖，秉德女人气得大发雷霆："你这不是败家吗？苞米当饭，糖有什么用，你们越来越能吃，不得算算合不合算吗？"他当然会算账，他买软糖不过是为了让承民高兴。在这个家里，他最惦记的人就是承民。见母亲发火是因为换错了东西，而不是害怕坏蛋，第二天，他就从外面推回一辆自行车，冲蹲在灶坑的母亲说："俺赊了辆自行车，跟八里庄一个姓丁的人去倒大布。"秉德女人惊吓的程度，丝毫不亚于听周成官提出要娶她，但看着隔在她和承国之间飞扬的草灰，她什么都没说。

秉德女人之所以让步，是她从秉胜和秉义的生活中清楚地看到了区别。秉胜、秉义都是五个孩子，可秉胜孩子的衣裳从来都是囫囵的，气色也比秉义的孩子好看；秉胜家锅里的汤挂着油珠，粥稠得沾碗。当然更重要的一点，是种地的税越来越大，秋后上边还要按人收粮，地里打的那点粮食根本不够吃，尤其周成官托克让家的传话，说承中在他弟弟的染坊里干出了事儿，马上就要被开除回家。秉德女人不知道这件事是不是跟周成官娶自己没成有关，但又回来一个能吃饭的半大小子，过日子的压力让她别无选择。

承国离家不久，承中就从外面回来了。两年不见，他长得更高了，直挑挑像根麻秆，可脸腮、胸脯刺楞楞的样子，活像刚从草灰里爬出来的死人，秉德女人根本不敢认。他进门一句话都没说就扑倒在炕头儿上，饭不吃水不喝，连睡了一天一夜。第二天从睡梦中醒来，问他为何被人开除，他抽搐细长的脖筋看着她，眼泪哗哗直流："那不是人干的活，一天要干二十多个小时。"

"人家吉家怎么就能干？"

"吉家从来就不干活，他是管人的，谁睡在染缸边，他就拿小棍打谁。有一天，俺把他打了。"

至于承中为什么回来，克让家的的说法完全不同。她说，承中和吉家同时看中了一个伺候四老爷的丫环，吉家让承中给这丫环捎信儿在晾布的厂房里见面，结果承中把信撕了，自个儿约了丫环，可这丫环一看是他，当场扇了他嘴巴子，并把事情闹到了四老爷那里。因为克让家的又有了一个儿子，因为这个儿子带来了充足的奶水，她在秉德女人面前说这些时眉飞色舞，仿佛这样的结果早就在她意料之中。秉德女人不关心她和承中说的到底谁真谁假，也不关心克让家的有多么得意，她只关心一点，那就是，这年头，你是下等人就做不了上等人，你自个儿没本事，再攀高枝也做不成上等人！有了这个觉悟，她比以往任何时候都更愿意亲近罗锅和罗锅哥哥一家人了，当然也是罗锅提的醒，"承中聪明，还不如叫承中跟俺哥学扎纸活儿"。

拖着虚弱的身板，带承中走进一墙之隔的西院儿，一辆满载金银山、聚宝盆的马车正待完成。罗锅哥哥的病不知什么时候好了，从十里八村送来的车马纸活扎都扎不完。就像和罗锅认识好多年，都没好好看过他一样，做邻居这么些年，打交道都是和他的老婆，秉德女人还从没正儿八经看着他的脸儿叫声"大哥"。他病歪歪喘不上气的时候，那双眼睛鼓得仿佛就要脱落的冰球，吓死人了。现在却不一样，他的眼睛陷下去了，眉骨也突出来了。当一声"大哥"叫出来，一个实心实意送孩子学徒的想法说出来时，那双陷在眉骨下面灵动的眼神儿要多精神有多精神。"俺手艺向来不外传，可大妹子你不一样，你能瞧得起俺，俺心甘情愿。"说起来他们已经是亲戚，他的兄弟和承华有了婚约，他不该话里有话。可她并不生气，脚上的泡都是自己碾的，谁叫你把承华送给陈家又夺了回来呢？谁叫你和周成官这个村里谁见谁恨的地主来往频繁呢？你这么做就难怪旁人想五想六。秉德女人蜡黄的脸颊掠过一丝红，连说"谢谢大哥"。只是承中最初有些害羞，不敢去看坐在纸马和纸人中间的陈大爷，他把假人扎成了真的，自己反倒像个假的。这一天，如果事情到此结束，秉德女人把承中留下就赶紧离开，后来的事也许不会发生。偏偏为了表示对陈家的友好，她多坐了一会儿，并在余下的时光里，三番五次提到死去的秉东，说要不是那年大哥帮忙，把承山打发去跟秉东做伴，俺就没有今天。她提秉东，不过是无话找话，可是就在她说第三遍的时候，有一股风从背后吹过来，直冲她的脖子。她感到一阵发冷，接着，手心凉了，风变成一股气向脚后跟冲去，又顺脚后跟往上顶，直顶得胸口发闷、心窝发堵。当她终于吐出那口气，她觉得自己和气一起轻飘飘飞了起来，草叶似的一点点旋离地面，之后就什么都不知道了。她自己觉得什么都不知道，可在罗锅哥哥和承中眼里，她却无所不知，她歪歪扭扭倒在身边的纸堆里，满眼凶光的样子完全变了一个人。她指着旁边一匹细脚伶仃的纸马，呜噜呜噜说："你的心好狠啊，好赖俺沾过你的身子，好赖你在俺身子底下快活过，你为什么不能来看看俺，给俺烧点纸啊？俺秉东给你干了那么多的活，你怎么就忘了啊？"

这话承中不懂，他吓得脸色比纸马还白，嗷叫着直往墙根缩。可是罗锅哥哥和嫂子听懂了，这是门口草垛空里的黄鼠狼在捣乱，它们在院门外待得太久了，知道每家每户的事，就在哪个人身体虚弱时附体，借活人的嘴说死人的话。罗锅哥哥把手伸进她的胳肢窝，从腋下摸出一个包。这时，一直没吱声的罗锅嫂子，立即从风门后找来一把剪子递给男人。罗锅哥哥接过剪子，将前尖冲着秉德女人大喝道："死老黄，俺杀了你，你再闹俺就杀了你！"话音刚落，秉德女人发疟疾一样哆嗦的身子突然不动了，眼里的凶光也随之消失。仿佛罗锅哥哥的话是乌云中的一道闪电，她猛一抽搐从另一个世界醒来，瘦削的腮上立时泪如雨下。罗锅哥哥自然不能告诉她说了什么，只说大妹子身子太虚，让黄鼠狼子打了灾，赶上十五，去秉东和承山的坟地烧烧纸就好了。可回家之后，承中向她一五一十复述一遍，得知老黄借她的口说出了她那段外人不知的窝心事，她虚弱的身子再也支撑不住，倒在炕上一病不起。

申家的坟地在村子西北方向的一块荒地上，只有两个坟包，秉东承山一个，秉德二叔二婶一个。虽然已经五天饭水不进，秉德女人还是不想错过十五这个日子。为了打起精神，她换了一套浆洗得板板正正的大袄和裤子，缠了一条只有串亲戚时才缠的黑色腿带。她从未上过申家的坟地，承山的鬼魂一直就在她的手上，后来扎一纸人与秉东合坟，姜水婆没让她到场。二叔二婶饿死那年，活人都顾不得，秉德草草把他们埋了，没搞任何祭祀仪式。要不是罗锅领路，她根本找不到坟地。要不是罗锅帮忙指认，说这块坟是你大儿子和秉东，这块坟是你叔公公和婶婆婆，她根本不知道她跟这片荒冢有什么关系。现在，她跟他们有着深刻的关系，她是他们的亲人，她来给他们送钱花了。他们人虽死了，鬼魂却没死，他们的鬼魂还惦着她。跪下烧纸时，原来想都没想的话脱口而出："秉东，嫂子给你送钱来了，你好好收着，收着和承山一块儿花。"

不知道是鬼神的帮助，还是老天开眼，那个秉德女人病怏怏的冬天，申家冰窟一样的屋子里杵进了一架天梯，踏着天梯，有一个人在向他们走来。他不是别人，而是承国。这个除了天天尿炕招来巴掌、从没吸引过秉德女人眼球的孩子，居然是一个做买卖的高手，每隔半月十天，就往被他尿过的炕上倒一袋银钱。有时，在那小袋银钱后边，往往跟着一大袋好吃的，比如软糖酥糖、烧饼麻花。因为不断给死寂的日子带来希望，只要自行车的铃声丁零零在屯街上响起，承华、承民、承信就一齐拥向大街，扎纸活的承中也不例外。而这时，秉德女人不管在干什么，都挺直了腰，两手绞在前怀的围裙里，喜滋滋地朝门口望。他仰着红通通冒汗的脸咔嚓一下打住车梯，她恨不能上前抱他亲他。据八里庄的丁有春讲，他进了市场，一转身就能赚钱。本来他们倒动的是大布，从日本租借地城子坦低价买来，再一路卖给庄河、青堆子湾和大孤山街上的布庄。可路上遇到乡村集市，他从不空行，撒泡尿的工夫，也能从这家买回一个猪崽儿再掉头卖给另一家，并且倒卖大布之余，还随手抓一些有钱女人喜欢的过膝袜子。一个十三岁的孩子，居然一出道就有超出大人的本领，叫丁有春大开眼界。他做了这么多年生意，从没把眼球移到猪崽儿和这些女人的小物件上，可就是这些小物件，往往在人最多的地方一招呼，不一会儿就卖了零售价。丁有春怀着一颗感激的心来拜见秉德女人，唾沫乱飞地向她讲述徒弟的故事，她虚弱的身体，便吹了气儿似的一日日强壮起来。

像升起在夜空中的一颗星，承华、承民一到夜里就叽叽喳喳，望着闪烁的星光，猜测承国行走的路线。他们把城子坦、青堆子湾和大孤山这样的地名想象成比一般星星亮一些的星星，把承国想象成偶尔的一颗流星，流星一过，他们立即欢呼雀跃。像普照在白昼里的一轮日头，秉德女人从此有了盼头，日影打在了墙根上，她知道这一天又过去了，再有三四天承国又要回来了。而第二天早上，天放了亮，日头油炸饼一样爬上墙头，她会冲孩子们扔脸子。"说不定承国这回能买油炸饼呢，告诉你们，谁不听话谁可就捞不着了。"有盼头的日子总是有滋味的，可这滋味和另一时的滋味完全不同。盼秉义来，她的心是满的，是心头一日日积满了苦水想向他倾述；而盼望承国，她的心是空的，那积郁已久的苦水就像开了口子的土坝，一夜之间全放空了，剩下的除了欢喜全是力气。秉德女人越来越有力气，推磨搂草，烧火做饭，浑身飘轻。她心里空，家里却越来越满起来，印着数字的月历牌儿、粉红色的蜡烛、镂着铜黄色鱼尾花的挂钟、镶着银边的梳妆台。她从不知道过去的岁月在孩子们，尤其在承国心中留下了什么，当他把一架呈新锃亮的梳妆台用自行车载回来时，她一下子就蒙了，大脑一片空白。

当然，她心里的空，正来自家里的满，满不但让她踏实，让她觉得再也不是苦命的女人，还让日子过起来飞一样快。一眨眼打了春，南甸子上传来了大雁的鸣叫，再一眨眼立了秋，草垛空和锅底坑传出蟋蟀的吟唱。盼望像一根大码的铁针，轻轻一扎，就穿透绸布一样穿透无数个日子。虽然这期间承中不愿意蹲在陈家学扎纸活，又吃不得承国那样的苦上外面跑买卖，非闹着让妈妈求他的二舅介翁，上青堆子湾最大的商号福源昌当了打杂儿的，哈不下腰出不得力，一个月拿不回家一分钱，可她从没因此而愁眉苦脸。虽然后来的日子里，承国生了一场天花，发烧不退，半个多月睁不开眼，姜水婆声言这孩子太懂事了不好养活，秉德女人也从没怀疑那根铁针将会扎出多么宽广的日月。事实上，承国神奇地挺了过来，重新骑上那辆早已属于他自己的自行车了。

家里有了个能挣钱的男人，秉德女人很少想起秉德，偶尔想起，也认为他已经死了。她因此也从不觉得承国进出青堆子湾有什么危险。可是，挂钟在墙上转了一圈又一圈，日子在日历牌上翻掉一页又一页，一连两个冬夏过去，秉德却不知不觉回到她的心里了。这当然得归功于她日益恢复的身体。手里有钱，她就肯于在猪的秕糠里掺一点粮食，猪长了膘，菜里就有了油水，她的奶头就一点点恢复了年轻时的涨满，她身体里潜藏的东西就在悄悄复活。她才三十三岁，还算年轻，十里八村三十几岁守寡的女人有的是，申家的祖奶奶二十五岁就守了寡，可别人怎么样她不知道，她一天天过下来，身体里的某些地方像长了草似的毛躁起来。那常常是在更深半夜，孩子们的喘息一旦拉锯一样响起，她皮肤上就撒了锯末似的痒痒酥酥。它们开始还只在她肚皮上和小腿上，一点点地，就深入了她的皮肉，嵌进了她的筋骨，让她身子发飘发轻，渴望有石头一样沉重的物体压下来。这时，她想起秉德，想起曹宇环，想起秉东，想起周成官，偶尔，会想起秉义。这些男人，除了秉义，都压过她，可只有那个死人给过她快活。他给她快活，是因为她把他当成了秉德。这些男人中,她曾经疯一样念过两个男人——曹宇环和秉义。念曹宇环，是梳妆台诱惑了她，她以为他比秉德懂她，会给她另一种生活，可是曹宇环后来不认识她了；她念秉义，是天长日久的来往让她恋上了他，她以为那是她最想要的男人，可秉义后来害怕了。他们只一句话，就把留在她心上的想念统统收了回去。事实上，在秉德女人夜以继日想念一块石头的夜晚，她经历过的所有男人都不让她舒坦，只有秉德例外。秉德是承国的父亲，这个她最指望的孩子流着她和秉德的骨血，但这似乎并不要紧，要紧的是秉德比任何一个男人都更在乎她的身体！他打过她也踢过她，他用松明灯照过她也揉搓过她，当时她又疼又感到委屈，可现在，疼痛不在，委屈散去，居然只剩下她所渴望的在乎，只剩下对他折磨压迫的想念。

事实证明，秉德女人想念秉德，不过是以一个寡妇的身份，悼念男人的过去。她常常在翻来覆去一夜无眠之后，收拾完碗筷，喂了鸡鸭猪，顺坑洼不平的屯街走回她曾经住过的山腰，在长满蒿草的泥堆里寻找秉德的脚印。下山十几年，她从没回去看过，那里处处都飘散着她猪狗不如的记忆。可不知为什么，家外有了对承国的盼望，身体里有了对男人的盼望，坐在半山腰上，触及从前野人一样的日子，反觉得十分美好，因为她满眼都是成双成对的蝴蝶和蜻蜓。它们不是落在一棵老苍草的叶子上，就是飞在艾蒿抖动的枝杈间。而这样的时候，她常常揭开衣襟，松开裤带，四仰八叉躺在草丛里，闭上眼睛一遍又一遍呼唤秉德的名字，直呼得眼泪从眼角慢慢涌出，直呼得秉德蝴蝶一样从远处飞来，一翩一翩落到她的身上。

有道是人不禁想、猪不禁喂，她天天念着秉德，秉德真的就回来了。只是他回来不在白天，也不在山上；只是他并没像以前那样，一进门就奔她的身子。那个大夏天的晚上，他初入家门简直把她吓坏了，他身后跟了一群剃着光头、光着白花花膀子的男人，他们震动空气使灶坑的蟑螂直往墙上爬。"别怕，俺是秉德，快做顿饭犒劳犒劳哥儿们。"他小声小气，却把被窝里的承信惊醒了。见承信嗷叫着想哭，他压低嗓子怒吼道："你哭俺揍死你。"之后所有的孩子都惊醒了。她顾不得安抚孩子，也顾不得把扣错的衣扣改过来，立马忙活在堂屋里。一群操着南腔北调语音的汉子在热咕隆咚的蒸汽里狼吞虎咽时，秉德女人战战兢兢站在一角，不但不指望秉德和她睡觉，还恨不能他们吃了饭赶紧滚蛋，因为想哭而不敢哭的承信已憋呛了嗓子。他们饭后没走，秉德从院子拿捆须草铺了灶坑，让他们倚着灶台睡一觉。他们说睡就睡着了，一个个东倒西歪活像猪圈里的猪，就连秉德也夹在中间流出了一摊口水。她从他们的语气里知道他们天亮肯定离开,于是小声告诉孩子别怕,他们一会儿就会走。天蒙蒙亮时他们离开了,秉德却没走,他把他的一群喽啰送出屋子,回过头,太阳出来时,又把家里所有的孩子都撵出屋子:"都上河里抓鱼去,天不黑不许回来。"

这是秉德女人一生一世都不能忘记的场面,秉德把孩子们撵出去,用绳头在里面把门绑上,之后逼近女人,捏了一下她的下巴后,脱去她身上的衣裳。他活动胳膊时,腋窝下扇动出一股酸臭混杂的气味,使她不得不抽了抽鼻子。他的心情看上去十分急切,他的眼仁像瘀了血,通红通红,可他动作却慢腾腾的,手在她衣扣上慢慢挪动。他用瘀了血的眼盯着她的脸、她的奶头、她奶头中间的深沟,她以为他会大声吼叫:"曹宇环这个杂种来没来啊,俺杀了他!"可是出乎她意料,他只语调低沉地问了句:"想不想俺?"

他已经相当老了,鼻尖和嘴角间的纹线像地垄一样犁在他的脸上,厚厚的上嘴唇上有一道深紫色刀疤。秉德女人眯起眼睛,故意用目光将他推远,她在想"你心里还有这个家吗"?

"你是不是以为俺死了?"

她没吱声。

"你天天望俺回来吗?"

秉德女人扭了一下头,仰脸去看一只又爬上天棚的蟑螂,因为她觉得有股酸酸的东西正冲进她的鼻腔。

这时,秉德的一只手顺她松开的裤子伸进去,勾住她的腿根儿轻轻一提,将她抱起来扔到炕上,并顺手撸下她的裤子。她从来没在大白天看见自己光溜溜的身子,慌忙从被垛上往下拽被。她以为拽也是白拽,他会疯狗一样扯飞它,连拱带爬压上她。可是,她再一次想错了,他不但眼睁睁看着她拉被遮住肚皮,还一点点委上炕,脱了裤子,虫子一样一屈一伸钻进她的被窝。贴了他黏乎乎的皮肉，秉德女人有些着急，三年来的恢复和等待已经使她身下那个泉眼在咕嘟咕嘟冒泡，它像潮沟下游的大海一样聚集了从头到脚到四肢的所有水流，等待秉德的搅动和震荡。可这时，秉德一动不动，身子硬邦邦地支棱在那儿。他看上去一动不动，她却能感到有一种东西在他心里搅动和震荡，因为他的鼻孔和嗓子眼儿发出的咕噜声就像涌动的山泉，没一会儿，就蒙住了他又黑又老的脸和厚嘴唇上的刀疤。

"俺知道你不容易，可谁叫你得罪曹宇环？"秉德女人心疼地说。这是她有生以来第一次心疼他。

秉德没有接话，只一味地抽搐。他想说没有曹宇环还有小鼻子，要不是在岫岩一带遇上气焰嚣张的小鼻子，前年春上就回来了，他抓了一个和他长得很像的二流子顶了他的命。可他妈的小鼻子来抢占东北地盘，他们匪胡子出身的人哪里能让！他们联合当地民众从北部山区到海边打了好几仗了，要不是他的哥儿们死的死伤的伤，他也许会临阵脱逃，他太想回到他的家啦！几年来他逃在岫岩的山沟里，靠抢劫维持生活，早已经够了。有家的他和原来没家的他大不一样，每想到女人的被窝，承中蹭在他下巴颏儿上的头发，他的心都酥酥发痒。可是他就是没那个命，小鼻子又骑在自己头上拉屎，打死了自己的兄弟……想到这里，秉德支棱着的脸竖起来，手掌扫帚一样横扫了一下脸上的泪水，掀起被角，猛一翻翻上了女人，那架势仿佛她就是骑人拉屎的小鼻子，因为此后他搬开了她的大腿，把硬撅撅的家伙送进她的泉眼，每抽动一下，都骂一句"驴操的小鼻子，叫你不让俺回来"。当她在他身下从未有过的"哎哟哎哟"叫唤起来时，小鼻子已经在他嘴里变成了碎成八瓣儿的混账王八蛋了。

虽然想家的柔情遭遇了不能回家的愤怒，但秉德女人快活地配合，在这个头晌和下晌，使秉德就像一匹陷进烂泥不能自拔的马崽，一次又一次跌进深渊。而那深渊一次又一次地被搅动和震荡，从不骂人的秉德女人居然像个骂街的泼妇大骂出口，骂小鼻子混账王八蛋，骂小鼻子畜生一个、骡马不如。知道小鼻子是日本人，还是小时听父亲说的。这小鼻子日本人居然挡住了秉德回家的路，她配合秉德直骂得虚汗冒尽、有气无力，两个身子散了架的石磨一样横在炕上。这时，秉德才一五一十告诉她，等孩子们回来，天黑透，他还要上路，他的喽啰们正在青堆子湾等他哪。也是这时，秉德女人才一五一十告诉他，他们的承中早不上学了，不过没关系，他们的承国已经能跑买卖赚大钱，是个顶天立地的男子汉了。

第二部

第一章

　　就像山地里的苦苦菜，只要你发现一棵，前后左右肯定会有无数棵，秉德走后，两天不到，村里就传来了有关小日本的消息，说他们的飞机轰炸了县城庄河，人已经打到青堆子湾了，就连大买卖人曹宇环都急了眼，和安东黄岭一个姓刘的勇士结义，成立了抗日救国军。能把战情说得这么清楚，是周成官家来了一个避难的女亲戚，飞机炸了她的家和她父亲开的米面铺。她虽一直没有露面，可勇士、救国军这些文绉绉的字句告诉人们，她一定是个读书人。这字句乡下人不懂，秉德女人懂，她只是不懂小日本为什么要轰炸别人的国家，不能像小麦、大麦那样安分守己。确认了这个消息，秉德女人平静没几年的日子又一次被打碎，她成天惶惶不安、心惊肉跳。她不放心的不是秉德，而是承国。秉德虽是当爹的，可他对这个家从来就没尽过责任，再说多年为匪，他练就了十八般武艺，打打杀杀总能应对，不像承国，一家人的希望都寄托在他身上，可他才是一个只有十五岁的孩子。

实际上,早在去年三月,承国就在住店时听人说起日本人发动事变的事了。他们说一个叫布衣(溥仪)的人当了皇帝,在东北成立了满洲国,不久就要改用新的钱币。买卖人不关心谁当皇帝,也不关心成立什么国,只关心改换什么钱币,一批货能不能赚个好价钱。小鼻子把大鼻子侵占中国的地盘弄到自己手里,在城子坦的渔市街划地为界,一沟之隔,一面是日本的租借地关东州,一面是中国的满洲国,从满洲进关东州虽需交关税,可倒卖物品总能赚个好价钱。谁知有一天他们载蚕丝走到貔子窝,一帮穿着黄衣裳的日本骑兵追杀过来,直把无路可逃的他和丁有春逼进苞米地。那时苞米齐腰深,地垄暄软弯曲,可他们一路穿过刀片一样划脸的苞米叶,愣是把日本兵给甩掉了。从那时起,他们知道来了日本鬼子;从那时起,他们知道蚕丝是日本鬼子禁买物品;也是从那时起,承国知道他有在苞米地里骑车的本领。

对外面发生的事,承国回家一直守口如瓶,即使最近一次在县城庄河看到挂在槐树上的五个被日本人砍掉的人头,也没流露半句。他不说,不是怕母亲担心,而是怕承民担心。在他的记忆里,他的母亲从没好好看过他,她整天像只疯张的燕子,一会儿山上一会儿家里,一阵风一阵雨,打了梳妆台之后尤其如此。别人家当妈的从不出家门,她却把孩子说扔就扔了,好不容易夜里回到身边,不是绷着脸教训他们,就是在灯影下愁眉不展。每当这个时候,承民的小手就从背后伸过来握住他。经商之后,她小手上的温度变成了眼睛里的孤单、惊恐和喜悦。承中、承华和承信每每为他回来欢呼雀跃时,孤单和惊恐都像一垛草,结结实实垛在承民的眼里,喜悦只是偶尔被风掀动的草叶,这一瞬,他的心也就草叶一样被她的喜悦掀动。因为只有这时,她山杏一样圆润的小脸儿才光彩夺目,让他不由得心花怒放。这瞬间的心花怒放，可以说是他每次离家心底里最长久的盼望，或者说从离家那一刻就在等待，就像家里人从他出门那一刻就在等待一样。为此，他回家常常吹牛，他不说外面的荒乱，却说自己如何有本事骑车钻苞米地。有一天，为了让承民相信他，他竟然真的把承民载进了苞米地。那是一个晚霞布满半个天际的黄昏，承民跟他偷偷溜出院子，坐上他的自行车。她第一次坐他的车子，手使劲扯住他的衣领，当承国呼呼隆隆冲进南甸子，在人头高的苞米地里哗啦啦掠过，她在后边大喊大叫："停下快停下——"承国坚决不停，她就用手去捅他的腋窝，致使承国经不住奇痒连人带车一起倒下，恣肆得承民发出银铃般的笑声。可是笑着笑着，她突然停下来，因为她发现自己的一只手正顶住承国硬邦邦的胸脯，而她的手腕被承国握在他湿漉漉的手里。两个人都愣住了，屏住呼吸，他们好像听到了彼此的心跳，他们的嘴唇就像他们压倒的苞米叶，抖动着一种蓬勃的渴望。然而，就在一股说不清的力量使他们就要抱到一起时，一只蝼蛄跳到他俩中间，他俩不得不舔一下嘴唇，去小题大做地逗弄起一只不知为什么事手忙脚乱的蝼蛄。虽然他们再也没去苞米地，但由于某种隐秘力量的吸引，承国吹牛的本事与日俱增，说他如何把蚕丝藏进三捆大布的布卷里，如何算账快，如何尿了大车店的床第二天一早三点就起来跑掉，承民眼睛里孤单和惊恐的草垛渐渐坍塌，被一种少女热烈而充满幻想的表情取代。

这一切，秉德女人毫无察觉。因为不知，承国报喜不报忧的做法才让她放下了原来的不安，把注意力转移到别的事情上。当然，也是那别的事情越来越迫在眉睫。比如承华，她跟罗锅的婚期已经临近，秉德把她关在屋里大行夫妻之事的第二天，罗锅就上门支支吾吾地找她说出隐情。承华为了避开这件事儿，除了用水瓶子学姜水婆保佑自己，一段时间以来还时时看她的眼色行事。为了搞清她到底是不愿嫁罗锅还是不愿嫁人，她试问过，承华的回答干脆利落，"不稀罕罗锅"。很显然，承华在长大，懂得女人嫁人是必经之路，可这让秉德女人更加心重，要是有一天她嫁的不是罗锅而是别人，罗锅必疯无疑。再比如承中，他又隔三岔五从青堆子湾回来使起了性子，进门不是蒙被躺在炕梢，就是在吃饭时把碗筷摔得当啷啷直响。经二舅介翁介绍，他在青堆子湾最大的商号福景源当打杂儿的已经两年了，拿不回钱，秉德女人从没指望，可成天哭抽抽摔筷子磕碗就没什么道理，往深处抠问才知道，原来看中了商号一个迎宾的使女，害了相思。人家是青堆子湾赵铜匠赵清洋的闺女，让人家嫁给一个乡下穷小子，几乎就是在臭水沟里扎猛子，没有可能。

所有迹象都在表明，秉德女人的日子有了一个全新的转折，这转折，不是她有可能过得更好或者更坏，而是她的孩子一个个都到了结婚年龄。她没有一丝一毫这样的准备，就像曾经把承华送到罗锅家也没有接受一个女婿的准备一样。日子大把大把过着，总有些东西在不知不觉中降临。面对突来之事，秉德女人没有惊慌失措，她先是硬着头皮去了一趟周成官家。自从那次他的弟弟回来过年请客，她再就没去过，其间在大街上碰过面，哼哼哈哈倒是打声招呼，可各自心里都缠绕着一团实心的麻球，谁也没有更加热情。秉德女人主动上门，当然有一箭双雕之意：秉德参与了打仗，承中、承国都在外面，外面的事她帮不了，总得把家里的事摆平，总得让后方稳定。再说，周成官的三儿子克卿也在做生意，不求他帮承国忙，至少也别帮了倒忙。这是她很早就有的想法，却一直没有一个恰当的借口。现在，这借口终于有了，听说周成官家有一个刚死了老婆的把头，人老实又肯出力，脾气秉性有点儿像被赶走的刘长喜，承华要是嫁了这样的人，她也就放心了。周成官当时正趴在一床草垫子上让女佣捶背——他到底没能在女佣这件事上经住诱惑，那个所谓县城里来避难的亲戚，是他经朋友之手买来的失去双亲的孤儿，人长得小巧，一看就是很灵透的样子。秉德女人当然说了通客气话，说自己嫁申家才十六岁，身边没有一个婆婆指教，过日子的礼数丝毫不懂，有得罪周老爷的地方还望海量；说转眼间周老爷膝下又有了三个胖孙子，家里人丁兴旺真是多福多贵。周成官并没被好听话哄住，偏着脑袋问，侄媳妇亲自登门到底有什么事？秉德女人一字一板说出她的想法，当探问周成官，那把头家有没有老人和孩子时，周成官嘿嘿嘿笑了起来，笑够了，干咳一声道："真没想到，你秉德女人的闺女也能给把头做后，他可是有两个孩子的老头子了。"

这是一句挖苦的话，意思是我不帮你你就是狗屎一堆，什么都不是。但秉德女人并没在意，只要周成官肯帮忙做媒，她就达到目的。她在回家的途中是兴奋的，因为她知道为了逃避罗锅，承华无论如何都会同意，而只要承华同意，辞退罗锅的办法她已经想好了。她让承华用她解下来的腿带，在厦屋里假装上吊，之后让承民找来罗锅。发现多年梦想的女人娶进家来有可能变成一个吊死鬼，胆小的罗锅从此不敢登申家家门，并托老三黄捎信，坚决不要这门亲了。

对周成官那句话的在乎，还是在承华嫁人这天。事后不久，秉德女人就领承华去周家相了亲。那个叫鞠老二的把头除了嫌承华脚大，没说出什么，承华也没说什么，但能看出她对这个大她十几岁的男人还算满意。回家的路上，她小声嘀咕："只要腰杆是直的、下巴是平的，怎么都行。"没有彩礼，只有一床被、一对绣花洋枕头的陪送，再就是承国为姐姐买的一架梳妆台。为让闺女高兴，秉德女人想在送亲这天请几挂马车，把申姓的人都拉去看看，于是跟周成官商量："周老爷能送送俺闺女吗?"周成官又是嘿嘿一笑,拖着粗粗的鼻音道:"真没想到,你秉德女人这么没分寸,俺周老爷能给一个把头送媳妇?你要是找个青堆子湾有钱人家,俺根本不用求。"

实际上,早在承国经商有了名声的时候,周成官心底里就不怎么舒坦了。周家的二百亩地,是他的父亲省吃俭用一年买一垄一年买一垄置办的,秉德爷爷把地一垄垄输给他父亲时,曾扔过一句话:"俺不行了,就看申家后人了。"申家的后人看了无数个都没那个架势,想不到出了个承国。做生意赚钱快,他要是有了钱回来置地,他周地主可就有比的了!就因为比着,他才逼克卿去做了生意。他用那样的话打击秉德女人,不过是给自己吃颗定心丸,可这句话,在秉德女人心里激起了怎样的反应只有天知道。她几乎在回来的路上,就有了一个想法,一定让承中娶个有钱人家的闺女。

在此之前,她从没跟谁比过,从没要过强。她不幸落进荒野,在荒野里挣扎,最大的愿望是怎么活下来,而不是要强。她下山来一不小心迈进了周家门槛,是觉得周家大门上的铜环像自家的铜环;她亲近周家,并在后来的日子跟周家结成干亲,你来我去地有些交往,那都是顺水行舟,根本没有更多的想法。现在,她有了想法,她不能让周成官小看她、蔑视她,她不能让周成官觉得不做他的女人就一文不值。

进攻青堆子湾赵铜匠的日子很快就到来了,自从打了梳妆台再没照过镜子的秉德女人,这个早上站在新买来的梳妆台前照了半个多时辰。多年不用的簪网拿出来套上,多年不穿的白布衬袄拿出来穿上,脸用承国买回的香胰子洗一遍再洗一遍,头用承国买回的红木梳梳一遍又梳一遍,虽然怎么收拾都不是原来的样子,眼角布满鱼尾纹,但收拾一番,坐承中的自行车一路往青堆子湾挺进,觉得自己还是十八二十三的年纪。要强总会使人精神又年轻，她在十八二十三的年纪窝在山野，从没觉得自己年轻过；要强还会使人说话直来直去不绕弯子，她在承中带领下进了赵铜匠的家门，气还没喘匀溜就说出想法："俺是王鸿膺家王乃容，这是俺儿，在福源昌商号干活，看上你家小姐了。"

黑脸膛的铜匠用奇怪的眼神看了看承中，又看了看秉德女人，沉静地说道："你是匪胡子申秉德家的？"

秉德女人有些惊讶，他居然这么快就对上了秉德。

"他是申秉德的后人？"

秉德女人不自在地点点头。

这时，铜匠咧开他那张阔嘴，也像周成官那样嘿嘿笑了起来，只不过尾音是尖细的，像在嗓子眼儿里分了岔。"我闺女虽然不是个人尖子，可怎么也不至于落到匪胡子家吧，王鸿膺疯了，我赵铜匠没疯！"

"俺，俺……"秉德女人想开脱几句，想说俺也没疯，不过是为儿子着急，可是她没说，因为赵铜匠已经从椅子上站了起来，亮出送人的架势，她只有拽住承中的手，一扭头出了赵家的门。

碰了一鼻子灰，秉德女人并不气馁，穿过渔市街，在糖果店买了糖果，当天就回了趟娘家。当时，被赵铜匠说成疯子的王鸿膺正在院里散步，见她回来冲他欢喜地笑了笑。她也曾说过王鸿膺疯了，事过多年，再听这话，不知怎么就觉得别扭。她觉得别扭，并非知道了某种真相——父亲一直都没有告诉那封信的真相，而是她在想，自己难道像了父亲——情愿由着儿女的心意？在她看来，她由了承中心意是为了让人瞧得起，不像父亲当初根本不管谁瞧得起瞧不起，父亲当初根本不了解她多么想跟艾迪去看大海！现在，经历了周成官的嗤笑、赵铜匠的嗤笑，她发现她一直安分的心不安分了，就像已经贴了地皮的落叶在一场风的吹拂下又支棱起来。她回娘家，不是想让父亲知道她支棱起的心愿，而是想让两个兄弟媳妇知道，因为她们的娘家都在青堆子湾，她们认识很多有钱人。

介翁媳妇回了娘家，只有介夫媳妇在里屋做针线活，这个高颧骨、翻翘嘴的憨厚女人，手上永远有着做不完的针线活，她每次回来，她都热火火掀开门帘，一边做活一边跟她说话。这回，她把兄弟媳妇推进她的西屋，轻轻叫了声妹子，一巴掌就把她正纳的鞋底打到炕上，开门见山道："妹子，俺求你帮个忙，帮承中找个街上有钱人家。他爹不中用，俺得让他争口气。"介夫媳妇没接她的话，看看炕上的鞋底，长长吐出一口气，可那气刚刚吐出，她的手指哆嗦了，接着，便咬住嘴唇哭泣起来。秉德女人吓坏了，半天说不出话来，这时，只见介夫媳妇嚅动着笨重的嘴唇说："姐，心刚命不强，你要强还得有命。俺娘要不是要强，让俺嫁给介夫，何至于现在活守寡。介夫五年没回来了，他来信说已经不教书，当了什么国民党兵。你甭管干什么，总得回来一趟啊！俺没有抱怨介夫的意思，俺就是说这个理儿。"

这年月，每个人都有每个人的苦楚，可秉德女人此时并不能理解介夫媳妇的苦楚。她如果是她，没个孩子拖累，有吃有喝有人养着，才不会哭哭啼啼。安慰的话说了一箩筐，越说越哭得凶，她只有冷淡淡地撤出来。

一腔热辣辣的心愿没有着地，秉德女人好长一段时间打不起精神。她打不起精神，首先因为承中掉了魂一样没有精神。承中没有精神，是为了一个女子；她没有精神，是为了一口气。这出发点的不同，使秉德女人动不动就说出愚蠢的话:"没有赵铜匠闺女还有李铜匠闺女,不信咱相貌堂堂个大小伙子就找不到个闺女。"如此以来,承中一连好多天不再回家,弄得当妈的成天没着没落。

承华嫁了人,承国不回来,承中再不回来,秉德女人的夜晚寂静而又落寞,她常常吹了灯也不躺下,坐在那里看着窗外明晃晃的月亮出神。在那水一样洒了一地的光晕里,她常常想起第一次从镜子里照到自己那鬼一样可怕的模样……因为支棱起来的不安分遭遇了冷水,秉德女人想起了十几年前被掳到乡下的委屈。如果没有她的委屈,就没有如今孩子们的委屈,承华不会嫁一个大她十几岁的把头,承中也不会因为门第低下害了相思。如今,她两个多月没有来红,一定是又怀上了,她如何才能不让孩子遭受自己那样的委屈,有个好的未来呢?

在那漫长的初秋的夜晚,秉德女人内心里不安分的草叶正在被一种说不清的东西再度点燃。如果说最初希望承中娶城里女人是为了一口气,那么现在,在这寂静的晚上,这口气在逐渐扩散,扩散成一个具体又结实的想法。到承国又从外面回来,拍到炕上一堆洋钱,一个崭新的计划便横空出世:她要翻新房子,让长大的孩子们有一个体面的家、宽敞的院落!她要让承信上学念书,让他远远离开乡村,像他大舅那样到外面闯荡。

后一个想法是承国提出来的,只不过承国的想法里还包括了承民。承民聪明,他愿意自己一个人赚钱来供她和承信念书。秉德女人没有同意,她倒不是重男轻女,而是这个家的日子还没有好到那种程度。承国很快就联系了承中曾经半途而废的那所已被日本人管制的学堂,把承信送去,很快又找来秉胜叔叔和秉义叔叔,和他们商量如何挖地基、备沙土石料。为了翻新房子,承国暂时放弃了买卖,投入一场申家前所未有的巨大工程中。

　　自三十年前，周成官在他家的四合院东西两排厢房南边，补盖了四间厢房和华堂的门过，周庄就没有谁动过土木。房场四周每天都围满了看光景的人，当拆扯房屋的烂草气味爆发出来，有关秉德女人的议论也四处溢漫。虽然偶尔也有人说一些有关她和秉义的闲话，说人家男人不在身边，可身边总有男人。虽然克让家的领着闺女里外串动，把工程每天的进展汇报给公公，使周成官在大街上溜达时眼睛里游动着妒意，但更多的人还是在夸赞秉德女人多么了不起。罗锅、罗锅的哥哥嫂子站在墙外，眼馋得啧啧啧直咂嘴。

　　为了战胜眼馋带来的痛苦，罗锅全家不但全全参加到帮忙的队伍中，在旧房拆除之后，还把秉德女人和孩子们请到自己家里睡觉。事情就是在这时露出端倪的，承中大了，绝不上别人家睡觉，自己在院子里打了个窝棚。一天晚上，为了使第二天的菜里多些油水，秉德女人就着月光去咸肉坛子里捞咸猪肉，越过一堆檩木的时候，突然听到有人在小声说话，站下来认真去看，却发现是承国和承民。两个人倚在檩木上，旁若无人地抱在一起。秉德女人发根儿立时耸直，脑袋轰的一声巨响。她来不及更多思考，冲上前就扒开他们，扇了承民一个响亮的耳光：“混账王八蛋，你们疯了啊——”因为太投入，承国、承民根本不知道身边来了人，他们已经苦苦地搂抱过许多个夜晚了。自从承国不跑买卖留在家里，他的身影一天天在眼睛里晃动，承民已经没法再坚持了，抱住承国，都是她在主动。承国在外面见过世面，知道恋上同胞姊妹多么可怕，一直痛苦地躲着她，可他越是躲，她越是寻找。为了把持住局面，承国僵硬地站着，不敢往前稍走一步，并本能地远离那个最能隐藏他们的窝棚，站在裸露的黑夜里。

承民没哭没叫，傻呆呆地看着夜色中的母亲。长这么大，母亲从没动过她一指，但她绝没因此而喜欢过母亲。在她眼里，母亲是个不折不扣的势利女人，看她漂亮好看就教她识字给她好脸色，一转脸见到姐姐立即横眉立目。母亲打了她而没打承国，这充分见出她多么势利眼——承国能往家里挣钱。替承国挨打，她倒是心甘情愿，可她绝不承认他们是混账王八蛋。

"俺不是混账王八蛋——"

怕外人听见，秉德女人没跟承民发火吵嚷，只揪着头发低声道："快给俺滚去睡觉。"虽然承民乖乖跟她回到罗锅家，但从此，秉德女人陷入天塌地陷般的痛苦中。她痛苦，不是从此承国、承民不和她说话，而是担心这伤风败俗的事儿败坏了申家的门面和名声。她和秉德没为申家创立任何门面和名声，正因为这一点，周成官才可以那样笑话她，赵铜匠才可以那样小看她。在孩子长大成家的事儿没有摆到眼前时，她从没在乎过门面和名声！现在，她在乎了，她咬着牙送承信上学，咬着牙翻新房子，为的就是创立申家的名声！关键在于，在背负旁人笑话发狠争一口气的时候，没人知道她心底的动力来自哪里——来自承国和承民！承华不中用，承中没本事，可她有两个好孩子！尤其承国，他像她的天一样撑起在她的生活里，想不到天就这么塌了下来。

在因痛苦而吃睡不好，眼前总是一明一灭的日子里，秉德女人平生第一次对承民生出反感。承民从来不笑不说话，现在，她的表情突然冰冻一样严肃起来，让她在感到生分的同时，不由得想起她的身世。为了这个野种，她用大布缠过七个月的身子，她辛辛苦苦伺候她，把她养大，她竟然这么来祸祸她。就像一粒种子在涝洼的土地里变了质发了霉，再也长不出须芽，秉德女人再也不能像以前那样喜欢承民了。

不但如此,一看她和承国挨近,心底里就有一种说不出的疼,仿佛有人抢了她最心爱的宝物。

如果不是这时几个陌生人从天而降,冲淡一时间涌出的对承民的仇恨,真不知她会不会再跟承民大打出手,有好几回错过她,牙根儿都咬得咯吱咯吱响。那是房基和墙壁都已垒好,等待上梁的前一天,秉德女人正在陈家的锅里蒸上梁用的供饽饽,老三黄龇着黄牙从街门口走进来。一开始,秉德女人以为是来给罗锅提媒的,就连罗锅妈妈也这么以为,赶紧迎出去:"哎哟,今儿个日头可是从西边出来啦,俺望你可是望了十几年了。"话音刚落,只见老三黄身后跟来两个身穿黄色制服、头戴兔耳朵帽子的陌生男人和一个面容、服饰都很熟悉的强壮汉子。秉德女人的心毫无缘由地乱了起来,赶紧直起腰,盯住老三黄,希望从他那双含笑的眼睛里看出什么信号。

"秉德家的,上边下来普查户口,秉德是不是有好多年没回来了?"

秉德女人两只手下意识护了一下她有些鼓起的肚子,灵机一动说:"他好几年没回来了,俺都不知他是死是活。"

两个兔耳朵男人看看强壮汉子,强壮汉子立即问:"那是谁在盖房,男人不在家你怎么盖房?"

这时,从外面气喘吁吁跑回来的承国走上前,大声道:"是俺盖房,俺是男人。"

"他不是秉德,他是俺儿子。"秉德女人心跳到嗓子眼儿,但她的声音是沉稳的,看不出丝毫慌恐。谁知她话音刚落,承民又在外面跟上句:"他是俺兄弟,是俺兄弟盖房。"

承民的声音太响脆了,响脆得就像暗夜里的钟声,两个兔耳朵男人不得不将目光转向她。这也许是承民最漂亮最好看的时期了,她原来圆润的小脸在凄苦中越发显得秀气文静。谁也不知这一盯之间发生了什么,兔耳朵咕咕噜噜说些什么,之后冲强壮汉子挥挥手,一帮人仓促地离开了院子。

第二章

不久就知道这是一支日本鬼子的秘密侦察队,他们打着"保护日侨"的幌子,在安东、庄河和青堆子湾一带暗插眼线,秘密侦察逮捕反抗他们的百姓。据说在寇半沟已经杀了好几个人了。其实,早在秉德女人上赵铜匠家那会儿,青堆子湾的渔市街上就挂出了日本人的招牌,原来冯记药铺边上的湾自治公所,就改成了日本当局的衙门,只是她当时心里只装着一件事,对这一切都熟视无睹。他们在每个村都暗插了眼线,周庄的眼线毫无疑问就是周成官。日本鬼子来那天,他正跑肚拉稀,一时就找了老三黄替代。这一消息不仅使秉德女人暂时放下了承国和承民的事,还急匆匆地结束了房子的建造,草草上了梁,搭了芭泥,不等芭泥干透,就苫了草,扭了脊,入冬搬家,整个屋子都潮湿一片。

这时节,村里人和周成官一样,统统得了一种怪病,毫无缘由地上吐下泻,恨不能吐出胆汁血水,拉出心肝肺,秉德女人和她的孩子们也不例外。屋子冷,墙壁上挂满冰霜,他们因跑不急而被稀屎洇湿的裤子冻成硬邦邦的冰砣,一家人躺在冷飕飕的屋子里,秉德女人想起多年前那个灾荒年月,那年月又饿又冷差点儿送了命。现在,虽盖房子吃掉了大半年的新粮,烧掉了半个草垛,花掉了一大笔钱,可囤子里的苞米还有,从旧房又扒下来一堆苦草,布袋里还剩几块没花完的钱,只要能动,他们就不至于冻死饿死,可是,她心里一点儿也不比从前更有底气。她没底气,不是肚子里还有一个孩子,小肚子抽筋一样疼痛,连往灶坑里点把火的力气都没有,而是想到秉德。要是此时秉德回来,他们一家可就全部遭殃了。

和多年前不同,在怪病把家里人统统摁到炕上奄奄一息时,秉德女人最盼的事不是秉德回来,而是他一辈子都不要回来了。她因此常常一惊一炸,一阵风吹动了挂在墙外的锄头,一声饿猪拱蹭圈门,都让她浑身抽搐一身汗湿,而承民的眼睛里,更是闪动着惊恐的火花。有一天,秉义拖着歪斜的身子过来送绿豆水,一不小心碰了风门,好久没和她说话的承民立即抱住她的胳膊,嗷叫一声:"妈呀——"

顺着承民暖春一样的亲近,在绿豆水使全家人能够从炕上坐起来时,她带领孩子们搞了一个隆重的祭典仪式。说隆重,是说她从来没给躲在戒指上的承山下过跪,磕过头。她把戒指放在炕当央的被子上,跪着冲他磕了十几个响头,边磕边说:"俺知道你灵验,你可绊住你爹的腿脚,不能让他回来祸祸这个家啊!"她没要求孩子们跟她一起下跪,可听她这么说,承国、承民、承信统统跪下,头磕得山响,跟着重复道:"你可不能让他回来祸祸这个家啊。"就在这时,秉德女人补了一句让她一辈子都在后悔的话:"俺知道你应验,可要绊住你兄弟姊妹的心,不能让他们再干出伤申家门面的丑事儿。"

冬月总也下不大的小雪动辄就覆盖了地皮,承国一早离家的车轮,在浮雪上轧出清晰的车辙;腊月总也刹不住的大风动辄就刮偏了晒衣杆,承民和承信总要为洗好的一大盆衣裳费力地将它扶正;早春的树挂挂满了山野上干枯的蒿草和秉胜亲手栽下的桑树、柞树,为新一轮播种准备农具的秉义,在帮忙盖了房子之后又恢复了一早一晚到嫂子院儿里撒一头的习惯。虽然心里总像揣了只兔子,可日子还是一天天平安地过了下来。倒是这期间死了两个人——罗锅的妈、周成官的大儿子。一头儿沾着近邻，一头儿沾着干亲，秉德女人都要跟着戴孝哭殡。罗锅家办得草率，只用苇席卷起抬到地里埋了，她和罗锅嫂子在大街上号号两声了事；周成官家可是排场又铺张，披麻戴孝的人浩浩荡荡。跟在周家送殡的队伍里，她和克让家的一样找不到悲伤的感觉，克让家的貌似哭殡，却自始至终没掉一滴眼泪。然而，就在秉德女人想悲伤却悲伤不起来的时候，一件令她悲伤的事来到眼前。棺材入土，人们争抢着在鞭炮声中往里填第一把土的当口，克让家的搂过秉德女人，小声在她耳边说："你可当心啊，日本人看中你家承民了，正要死老爷子给送去呢。"

本是承民响脆的声音惹的祸，可秉德女人偏偏认为罪过在自己，都是她赌咒让承山绊住兄弟姊妹的心，承山才施行了魔法，叫承国和承民生生分开。为了申家的门面，叫他们分开也许不是坏事，可分开之后去干的事反而更丢门面。为了惩罚自己多嘴，她在哭坟时扇了自己无数个嘴巴子，并在周家午宴正热闹的时候，径直找到周成官。

虽是白发人送黑发人，周成官没有半点悲伤之情，深抿嘴角坐在庭堂的春凳上，旁边站着扇扇子的女佣，一脸的泰然。秉德女人开门见山："周老爷，承民也是你的孙女，你可得替她说句话呀。"

周成官愣怔一下，屋子人影错动似乎没认出眼前是谁，当他醒过神来，三角眼眯成一条缝，斜斜地扫过她的胸脯："你老啦，不中用啦，你要是不老，伺候日本人的就是你了。你放心，有什么样的妈就有什么样子的闺女，她错不了。"

"你——"像在早已愈合的伤口上挨了一刀，秉德女人感到一丝麻疼后，彻底哑了口，她当时最想做的事情就是冲到周成官面前，狠狠地抽他一顿嘴巴子，之后，再狠狠抽自己一顿嘴巴子。

实际上，周成官早就为秉德女人大兴土木的事磨刀霍霍了，她可以在他家地边买地，她可以隔三岔五有事相求，她可以即使死了男人也不嫁他，她也可以生出一个能做买卖的儿子，她唯独不可以在他眼前轰轰烈烈盖房动土。三十年前，周家盖房时，他抠门儿的父亲为了省粮，出力活儿没请一个外人，他家老二、老三两个兄弟，就是死在这次为时一年的建房工程中——为了躲避搬大石块，他们趴在拉石头的马车底下，马车受到狗叫惊吓，一尥脚扬翻了车板，被当场活活砸死。他不能允许申家盖房，是不能容许申家请人盖房。她的房子盖得再好也超不过周家，她家房场终日喧喧嚷嚷的场景，却比周家当年热闹百倍。那天，两个日本警察让黄保长的侄子把想法告诉他，他喝了一锅绿豆水都没治好的怪病立即好了一半。

秉德女人自然不能对承民说实话，她只说周老爷在青堆子湾给找了个活儿，可承民是个敏感又懂事的孩子，听完后，一句话没说就低下了头。她低头显然不是明白此行的去处，而是她把此事看成是母亲成心撵她走。这越发让秉德女人难过。她难过，却不能有丝毫流露，只点灯熬夜为她刺绣一对金鱼戏水的布兜兜，为她缝制对襟袄罩。如果她留在家里长到出嫁，她会给她绣顶好看的鞋、顶好看的枕顶，现在，在什么都来不及的时候，她只有赶时间为她绣女孩子家戴在里边的布兜兜。这样的晚上，她跟她讲起了渔市街上周大叔的饼子店、双二婶的绸缎庄。说饼子店，是为了引出绸缎庄；说绸缎庄，是为了引出她由绸缎庄里划开的两段完全不同的过去。听上去是在说自己的过去，实际上是在告诉承民如何应对未来，因为那所有的过去都在指向一点，就是女人和男人。上天造女人，就是为了男人；上天造她的妈妈，就是为了她匪胡子的爹。奇怪的是，承民自始至终都不说话，好像她对这样一天早有准备。然而最后一个晚上,秉德女人突然改变了话题,她不再说男人和女人,而说起了她的要强,说起了家风和门面,说一个好的门面对申家的重要。她的话云里雾里,让承民懵懵懂懂,最后结束时,还从柜里翻出装钱的布袋,从那里掏出最后几张已被承国兑换过来的满洲纸币,揣到承民新做好的衣兜。承民制止,手把住她的手说:"留家里花,俺不用。"她用力往里塞,边塞边说:"拿着,会派上用场的。"

打发承民,是周成官儿子出殡后的第五天,应秉德女人的请求,周成官为她保密,没让村里任何人知道。于是他一大早就来到院子门口。这天北风呼啸,从草垛上刮起的草叶就像一群遭到追打的麻雀,在申家的院子里、大街上、田野里乱飞乱舞。而承民,则是落到车上的另一只孤雁,因为她的身边,除了周成官,没有任何人。承中不在家,自从赵铜匠家闺女的事没成,他上班很少回家;承国则在外面跑买卖。背着承国,是秉德女人有意的安排,他还太年轻,她不知道他要是在家会惹出什么麻烦。倒是承信在家,外面兵荒马乱,他不再上学,可为了不让他的姐姐难过,一早天还没亮她就打发他跟秉胜去山上拾草了。承民穿着她新做的蓝布对襟袄罩、黑大布裤子,头发高高绾在头顶,脸抹了腮红。她从未有过的漂亮和妖艳,就像一朵正待开放的花,却是一朵开在冬天的花,因为她的表情太严肃了,她的目光像冰一样清澈而寒冷,从上车到车赶走,没回头看她一眼。

这一天,秉德女人过得相当慌乱,就像热锅上的蚂蚁,家里家外团团乱转。她一会儿把戒指放在鼓起的肚皮上念念叨叨,一会儿又翻开柜子去看装钱的布袋。她不知该干什么,刚点着了灶坑的火又跑到门外草垛,她忘了是上午还是下午。承信回家吃饭时,她端出一钵生地瓜。直到周成官的马车停在门口,把她喊出来,指着车上铺盖说,

"快拿家去吧，耗子养儿打地洞，他妈的刚进渔市街，影儿就不见了，害得老子吃日本人唾沫"，她心里的一块石头才落了地。

虽然挨了周成官一顿臭骂，秉德女人心底里却有说不出的喜悦，要是承民顺顺服服成了日本人手下的玩物，消息就会迅速传遍十里八村，秉德家从此就门面扫地。要是承民倔性不从，皮肉难免受罪，是死是活都很难说。承民虽不是她的骨肉，可她有她身上倔强的秉性！那个只剩下她和承信的夜晚，秉德女人差不多为有承民这样一个闺女而自豪得头昏脑涨了，血管里的血在马上就要生产的肚皮上一涌一涌。是后半夜，想起承国，她奔涌的血管才一点点冷却下来。因为她不知道承国回来，会是什么反应。

等待承国的日子虽也慌乱，却是一种踏实的慌乱。说踏实，是说她再也不像热锅上的蚂蚁团团转了，她一整天都在做着一件事，和承信用盖房剩下的木桩夹猪圈。新房盖好，人有了吃睡的屋子，猪、鸡、鸭都还散放在院子里。然而干着活，她动不动就支棱起耳朵，听大街上有没有自行车的铃声。

自行车的铃声是在第二天傍黑响起的。这一天，早上天还好好的，半晌时突然起了东南风，一块块黑乎乎的云彩从东南天空中飘过来，越飘越低，刚到晌午，就下起了小雨。三月的雨倒是下不大，可黏黏糊糊的劲头格外让人心烦。院里院外泥泞一片，一大堆活路都不能动手，只能坐在湿漉漉的灶坑里缝补衣裳。听到铃声，秉德女人一动没动，静静地看着承国费力地在泥泞的院门口推车，倒是鸭子们呱呱呱叫了起来。自和承民搂抱的事暴露，他不管此行赚多少钱，进门时都沉着脸不说话。许是坏天妨碍了大布出手，承国的车上有一个长长的麻袋。许是在避雨时遇到了承中，他们打了伴儿，他刚进门，承中就在后边跟了进来。

因为心里装着承民的事，失去了应有的警觉，秉德女人没从承国、承中回来的动作中看到丝毫反常。他们把装大布的麻袋放到院子里，她坚决反对，一直嘟囔把它搬到西屋最好。可他们坚决不搬，不但不搬，承国还急匆匆从屋子里拿出一床被往麻袋上盖，这时，不祥的感觉才没头苍蝇似的扑上她的眼皮。她惊虚虚地看看盖住麻袋的被，又惊虚虚地看看承国、承中，一万个念头都在告诉她麻袋里装的是承民，承民完了，这时，只听承国说："俺爹死了。"

承国是在从城子坦回来的路上遇到秉德尸体的。那天他和丁有春夜十点多来到貔子窝大车店，怎么敲门店小二就是不开，后来弄清是他俩，把门打开，才知道南边靴子屯起了暴乱。一帮打日本的中国人自己打了起来，原因是有人当了逃兵，追小日本追到半道不追了，撒腿逃跑，于是就有人掉转了枪口，其中一个人在临死时喊"俺要回家"，死后还被割了舌头挂在树梢上。承国一听就觉得不好，他爹七八个月没回家了，听承民讲他爹最后一次回家把他的妈关在屋里一整天。第二天一早，天刚蒙蒙亮，承国就去了靴子屯，嗅着血腥味摸到死人现场，心惊胆战地翻开三具尸体辨认，果然就认出了他爹。他的舌头不在，厚厚的上下嘴唇却像两朵鸡冠花。他摘下挂在树上猪肝颜色的舌头，把它揣进父亲上衣口袋之后，把尸体装进备好的麻袋，一路疯了似的死命赶路。他没回大车店，直奔庄河、青堆子湾，靠在湾西头一个铁匠炉边，实在走不动了，就花钱打发小炉匠到福源昌找来承中。

承国的讲述，当然是磕磕巴巴的，他绕开了舌头的事，也绕开了自己人打自己人的事，一口咬定是小日本打的，以为只有这样，才能减轻母亲的痛苦。如果没有承民的惊吓，秉德女人也许会痛苦，一日夫妻百日恩，可有了承民的事儿，秉德女人的反应相当平静。她蹲下来，打开盖在秉德身上的被子，在承中、承国的帮助下，用剪子剪开麻袋。这时，就在打开麻袋，露出秉德猪肝一般乌紫的脸时，秉德女人再也不能平静了。只见一股血岩浆似的从死人嘴里、鼻孔里、耳朵里喷涌出来，它们开始是咕咚咕咚，后来是呼啦呼啦，它们各操一路沸沸扬扬的样子，就像急着回家的孩子从山野小道包围过来。秉德女人吓得一腚蹲儿坐到地上，承中、承国"妈呀妈呀"地大叫。过了好久，秉德女人才握过秉德硬僵僵的胳膊，咬住衣襟，哽哽咽咽说："秉德，俺知道你死得屈，俺知道……"

早就听说屈死鬼见了亲人七窍流血的事，秉德女人还是第一次经历，那一刻她觉得秉德活过来了，或者根本没死。她一遍遍去扒秉德的眼珠，去摸他的心窝，直到那冰凉的胸脯向她验证眼前的人确实只是一具死尸。然而承国终归没有藏住舌头的事，他藏不住，不是看见他爹七窍喷血难以自控，而是另有缘由。依承国和承中的想法，等天黑透，到山上挖个坑偷偷埋掉，因为小日本已经占领了辽南青堆子湾一带，要是知道他们把打过日本人的老子弄回家里，不定会找什么麻烦呢！尤其他们的妈妈怀了孩子，足以证明他一年之内回过家这一事实。秉德女人却不同意，她不同意，不是念着给秉德好好发送，而是想让村人知道他已经死了，想让村人知道人死了不能复活，他和这个家再也没有关系了。承国、承中在外面待过，知道事情远没有那么简单，你是抗日死的，名声迟早要传出去，万一警察署追究起来，后人没一个能免除关联。所有人都愁眉紧锁时，承国不得不将他爹的死因原告实诉，因为只有这样，只有让村里人知道他是不想打小日本才被自己人打死的，传到日本人耳朵里才会平安无事。

听说秉德是因为喊着"俺要回家"的话才被割掉舌头，秉德女人一下子背过气去，承中学着福源昌老板抢救一个昏死丫环时掐住她的人中，才把母亲掐醒过来。秉德女人醒后，没哭没叫，只是让承国从他爹衣兜里掏出舌头，把它捧在手心看了看，之后跟两个孩子说："就这么定了，没准儿你爹想用舌头救咱呢。"之后，哭声洪涛一样，浩浩荡荡冲出院子、冲到大街。

因为是死在外面的野鬼，不能进院儿，只有在街门口搭起灵棚，至于他已经进过院子，留下多大程度的不吉，姜水婆没说那么确凿。反正把一罐姜水泼到院子各个角落时，她嘴里叨叨咕咕，说秉德你要是回家来找麻烦，就把舌头留在人世，叫你永远说不出话吃不了东西。为了让秉德有回家的感觉，秉德女人决定为他做一具宽绰的棺材，可叫秉胜打量一下盖房剩下的木料，远远不够，情急之下，只有上周家去借。承民的事儿让周成官吃了苍蝇，秉德女人毫无把握，支使秉胜出门时，眼瞅地皮呆愣了好久。秉胜没一会儿就回来了，说周成官答应得非常痛快。"秉德侄子死了，俺当然得帮。"

就像俗话说的，兵来将挡水来土掩，秉德的死给周成官沉闷多日的心情带来了大好转机。想拍日本人马屁却拍了一身污糟，一段时间以来他大上肝火、心浮气躁，不得不在自家用人身上动起念头。这小女子虽然不愿他动手动脚，可她乖巧又有文化，能教家里的孩子读书识字，这等不用花钱的好事实在是打灯笼难找。因为不舍，也因为答应日本人的期限就在眼前，他多日来不能看她，一看心就堵了石块似的没缝儿。谁知天无绝人之路，秉德居然在这种时候被自己人打死了，这消息钻进他的耳眼儿，就像有人在他头上打开一扇天窗，他眼前立刻豁亮一片：他的村子里出了个抗日逃兵，这是日本人最喜欢听的故事了。他并非多么喜欢日本人，他兄弟在复州城开大染坊被他们暗算多次，可现在是日本人的天下，你得和他周旋，你不能硬碰硬！穷人可以拿命碰，有钱人就不能，听说曹宇环就投降了，和日本人穿起了一条裤子。"

有出乎意料的高兴垫底，周成官不但借了做棺材的木料，还在青堆子湾给秉德定做了一对大花圈，还把要表达的意思告诉店主，店主在花圈挽联上替他写道："反叛秉德无罪，亲日秉德有功。"只是他在送花圈时，提出一个要求，要用用秉德的舌头。

周成官拿秉德舌头去湾上干了什么，秉德女人一无所知。她虽隐隐地有些不安，但当着孩子们，她必须稳住，尤其承国已经知道承民逃跑一事，愤怒得像马驹一样东一头西一头，一会儿非去找日本人算账，一会儿非去找周成官算账。可安抚的话说了千千万，周成官第二天晚上还回舌头时，承国还是拽着他的衣领厉声道："你把承民弄到哪儿去了，你告诉俺——"秉德女人不得不以死相胁："你不松手，俺就去死！"

那一天，周成官丝毫没有和承国动气的意思，相反平静地笑了笑，压着舌根说："谢谢你老爷爷吧，是俺救了你们这帮小兔崽子。"

埋葬秉德是在把他弄回家后的第三天早上，这一天雨过天晴，屯街和田野在一片湿乎乎的雾气中透进明灿灿的日光，好像秉德愿意跟大家有一个温馨的告别。送殡的队伍虽然没有周家隆重，除了秉德这帮后人和秉义、秉胜一帮后人，没有任何远房亲戚；纸钱扔的也没有周家多，除了起杠时向天上抛撒了一把，走出屯街再就没飞出一张；午间的宴席也没有周家讲究，一人一碗地瓜捞高粱米饭，连一碗汤都没有，可从四面八方看光景的人集满了大街小巷、满山遍野。多少年来，秉德像一个故事里的鬼怪，形影不离地生存在人们生活里。人们怕他恨他却总也见不到他，他悄悄地回又悄悄地走，死了还不算，居然生生繁殖出了五个后人。眼下，又在老婆肚子里留下一个遗腹子。

虽然看不到割了舌头的他是什么样子,可在人群里听听关于遗腹子的议论,看一看那些偷偷繁殖出来的崽子是什么样子,不啻是清苦日子里不错的享受。

可以说,秉德的丧事,给村里人留下的议论要多丰富有多丰富。本来应该是老大承中打幡,不知为什么要安排承国;本来有两个女儿,不知为什么只剩下一个;本来说秉德六七年没回来,女人却怀了孩子。不但如此,从坟地回来的路上,秉德女人突然趴了下来,有气无力地叫喊着:"不好了,俺就要生啦。"

就像在一块原本就繁花似锦的绸布上又绣了一束花,在这生与死相遇的时刻,又引来了一场不可思议的混战。那天,人们用抬棺材的木杠把秉德女人抬回家,她疼得嘴唇都咬破了,在炕上抱着肚子滚来滚去,懂接生的姜水婆把一个脑袋钻到她的裆里,一遍又一遍向人们报告不祥的消息:"妈呀可不好,腿在下边。""妈呀,一个站生,当妈的可要遭罪了。"最后,她让人们送她一把剪子,把秉德女人铰得嗷嗷直叫,当哇的一声哭泣随一股血腥味冲撞出来,姜水婆大叹一口气说:"这下好了,没挡门儿的了,进出都容易了。"

姜水婆这么说,不过是铰了秉德女人胯裆,顺利拖出孩子一时高兴,可说者无心、听者留意,有人却从这话里听出另一层意思。

自秉德女人怀孕,孩子的爹到底是谁就一直在人们的猜忌之中。她当外人坚决否认秉德回来过,孩子自然就有了不明的来路。为这事,秉义老婆已经和男人闹过无数回了,非要男人承认孩子是他的。为了向老婆和外人说明自己身正不怕影子斜,秉义有意在盖了房之后恢复去嫂子家串门的习惯,可是昨天锯木头做棺材,克让家的居然跟他开起了玩笑:"大兄弟可真卖力呵,没见过这么好的小叔子。"秉义气得直咬牙根。他之所以忍住,是怕惊动了兄弟秉德。现在,秉德埋到地下,他没什么可怕的了,他冲出屋子,瞅姜水婆剪掉孩子脐带的当口,扯住后背上的衣裳一把把她掀到地上,杀鸡给猴儿看似的大吼道:"叫你嘴臭胡说八道,叫你没影瞎嘞嘞,纯是欠揍!"

姜水婆没有防备,拖着手里的脐带,眼球差点儿鼓出来。当她像一头挨了刀的猪似的躺在地上,一点点弄明白秉义话里的话,瞪时撒起野来,大叫道:"俺不行啦,你踢坏俺了,你得养活俺啊——"承中、承国上去拉她,她却给了两个孩子一人一个耳光。秉义见她欺软怕硬打两个侄子,冲上去还要去踢,两个侄子却一反手,拳头雨点一样落在秉义身上。见一家人全乱了套,老三黄绷着那张贯于教训人的脸尖声叫道:"申秉义,你太不是人啦!申秉义,你不怕惊了你嫂子的月子啊?啊!"

第三章

所有事情都发生在一个节骨眼儿上,承民逃跑,秉德死,承多生,得罪姜水婆,可是月子里的秉德女人格外平心静气,好像她终于爬过一道又深又险的沟坎,迎来一片光明开阔的坦途。那沟坎或许都是上天预定,可爬过它,她使出了浑身的气力。她用钱袋里的最后几块钱改变了承民的道路,保住了申家的门面;她以死相胁让承国在知情后慢慢接受了现实;她靠借债打发了秉德,又借秉德的舌头摆平了周成官和日本人;倒是承多的出生让她下体撕开半尺长的口子,又给申家带来一场混战,使她在给了姜水婆七尺大布的情况下,额外又赔了两只鸡。正是这场混战,让她看到一个男人在她眼前的站立——秉义原来是一个血性男人！当年听说周成官要娶她，秉义拿了镢头冲进家门，差点儿被关了禁闭，可那次之后，他畏了似的，都不敢和她说话了。现在，他终于又站起来了！秉德死了，她没了男人，这个家太需要一个像秉德那样让外人有怕头的男人了。秉义虽不是自己男人，可他毕竟是亲本家，和她是嫂子和小叔子！当然就因为这个，村里才有流言蜚语。可身正不怕影子斜，她和秉义没有任何不洁之事，她和秉义的关系是干净的！

在秉德女人坐月子的时候，她对秉义充满了感激，没有他的把握，就没有他俩的干净，没有他俩的干净，就没有她对秉德整整一个春天的盼望和等待，而没有她的盼望和等待，他就不会真的回来——她一直觉得，秉德是被她等回来的。他不回来，她就生不出眼下这个肉嘟嘟、整天瞪着锃亮小眼睛的崽子。她至今还清晰记得她天天上山找秉德脚印的日子，记得最后一次和他在大炕上的专心、放纵和欢愉。许是他们当时太专心、太放纵了，这小崽子比哪个孩子刚出生时都健壮和欢实，生出的当天就睁开了眼睛，第三天就能辨认谁是妈妈，五天就知道在一个奶头上吃奶时，用手护着另一个奶头。可以说，在秉德女人生出第六个孩子的那个春天，她感到的不仅仅是爬过一道沟坎之后的开阔宁静，还有一种从未有过的陶醉，因为除了不是自己生的承民，她从没喜欢过任何一个刚出生的孩子，也从没像模像样做过月子。能躺在炕上坐十天月子，当然得感谢下体铰的那一剪子，可这静养中迎来的心底的陶醉，使她平生第一次有了做母亲的感觉。

在这样的日子里，她常常不是在喂奶时故意把奶水喷到孩子脸上给他洗脸，让他有张承民那样白净净的小脸儿，就是在喂完奶之后，解开衣扣，把两个奶头露出来，教承华如何挤奶，如何刮掉奶头上的灰垢。秉德出殡，承多出生，承华一直留在家里侍候她。承华刚有三个月的身孕，挤奶、刮奶头都还是好几个月之后才会遇到的事，提前把未来的事拉开序幕，实是因为承华太笨，做饭刷碗她看不上，要提前打发她回婆家去，最重要的原因还是一种做母亲的陶醉。然而，有一天，承华别别扭扭搂开被锅底灰蹭得有些发亮的衣襟时，她却看到另外一幕——一只烟袋，承华的衣襟里，别着一杆木烟枪，示范动作不由得就凝在手上，而眼睛里，是承华那张灰呛呛的脸和乌紫嘴唇的由虚到实。如果不发现烟枪，她还没注意过她的脸色。秉德女人什么也没问，眼神淡淡地落到自己鼻梁上。这时，承华慢吞吞道出了真相：鞠老二从周家仓库偷了他们从城里换回来的大烟土，放在厦屋，她怀孕害口，一下子就稀罕上了，稀罕得发疯上瘾。她说，她从小就稀罕土味，她趴在墙根，吃过好多泥土，这大烟土比泥土要香一百倍。

像从锅底里抽出燃得正旺的柴火，承华的话，把秉德女人多日来的陶醉一下子抽走了，随之而来的，是一种说不出的害怕和恐惧。她并不了解大烟的威力，但秉德二婶的话她至今不忘，申家祖上曾是大有钱的，就因为出了一帮大烟鬼把家抽败亡了。承华嫁了人，已不是申家人，可谁能保证她抽穷了不向申家伸手呢？

当天下晌，秉德女人就让承信去周成官家找来鞠老二，当着承华的面把他好一顿臭骂，骂他是个白白多啃了十几年青棒子的畜生，让他赶紧把承华领回家去，并警告他，要是再偷周家大烟，根本别指望这门亲戚。

事实证明，秉德女人比以往任何时候都更在乎她给这个家创下的一切。申家除了三间房一亩三分地，实在没有什么，可越是没有她越是在乎，就像申家从来没有门面，她反而更在乎门面一样。为此在承国又一次回来时，秉德女人让他回青堆子湾找回承中，坐在炕沿，给大家训了很长时间的话，大讲大烟的危害，大讲大烟如何使祖上家业破落。她的语气虽没婶婆婆那么硬朗，可表情绝对比婶婆婆还要严肃，她甚至威胁说："你们哥儿几个，谁要是抽了大烟，俺就吞了手上戒指死给你们看。"承国为了让她放心，把身上所有衣裳都脱下来抖落，承中没抖衣裳，却用慎重的口气讲了他在青堆子湾的见闻。他说，现在青堆子湾的大烟馆已经遍地都是，一个姓高桥的日本两口子，开了一个旅馆叫高桥旅馆，里面专供有钱人抽大烟。福源昌下面几个有身份的小老板天天去吹大烟泡。

承中说高桥旅馆，不过是想让母亲知道他对此是有警觉的，不承想在描述那个日本女人时一下说漏了嘴："要不你问承国，他也看见了，那日本女人可好看啦。"

秉德女人立时竖起眼睛，逼问道："你怎么走那儿去啦？"

这时，秉德女人才知道，承国早已不倒大布了，除了茧丝，倒得最多的就是大烟土。被承中无意中揭露，承中遭到承国狠狠一拳，可是这一拳，击出了秉德女人根本不想听到的信息。承中为了替承国辩护，马上改口道："他倒大烟是倒给曹大掌柜曹宇环的，曹宇环和日本人合开的旅馆。"

实际上，早在秉德女人为秉德的事去求曹宇环的时候，曹宇环就是这对日本夫妇的合伙人了。他们在朝鲜新义州为曹宇环提供大烟贩卖，之后又随曹宇环来到安东。半年前，曹宇环在第五房老婆的规劝下抗日兴起，联合成立抗日救国军，率兵打花园口时，被日本人抓获，是高桥夫妇将他救出来的。从此，他不但放弃抗日，还把高桥夫妇从安东弄到青堆子湾，合伙做起了生意，从新义州走私大烟卖给本地商贩，承国和丁有春等一些商贩就从他们手里低价买出高价卖到城子坦。所谓旅馆，不过是个窝藏走私货物的大烟馆。

秉德女人不愿听到曹宇环，跟曹宇环抗不抗日、和不和日本人合伙做生意都没有关系，她只是不愿意知道他和自己有关系。自那次他否认送过她梳妆台，她和他其实早就没了关系，现在，在看到承华对大烟有瘾，又听到曹宇环办大烟旅馆之后，原本毫无关系的两个人居然又有了关系。曹宇环是承华的亲爹，他把对大烟的瘾头传给承华不说，还把她的儿子拉进去贩他的大烟，多年前那个后脑勺生了脓包的感觉不知不觉又回来了。然而同是脓包，带来的感觉不一样。原来，它瓜一样吊在眼皮上边，翻在心口的仅仅是厌恶、嫌弃，现在，她一天天哄孩子做饭，却有一种无法控制的慌张和惊恐，仿佛那脓包说不定什么时候就会胀破，毒水四溢。

在秉德女人害怕的毒气里，最重要的害怕不是承国也吸毒抽烟，她相信他，他是一个孝顺的孩子，才九岁就能拽住叔叔的裤脚帮她讨回公道，现在又是家里重要的支柱，他绝不会自暴自弃。她不相信的是曹宇环，要是有一天他知道了承国是秉德的儿子，天知道他会不会对他下手。为此她隔三岔五就上一趟坟地，把戒指撸到秉德坟头，在那里跪下双膝，一跪就是个把钟头。下身好了以后，她还在承国回来，知道丁有春也回来了的晚上，让承国领她去了一趟八里庄。这个隐在申家后边的丁有春，可说是申家的贵人。他和申家非亲非故，他因为一辈子不能生育，一个偶然机会在集市上遇到卖地瓜的承国，就把他视为自己儿子，带他走南闯北。好几回了，秉德女人都想让承国认他干爹，无后认义子在青堆子湾一带非常普遍，可他坚决不干，一再说："俺不能白捡人家儿子使唤。"因为不能说出曹宇环，只能在倒大烟这件事上支支吾吾，丁有春捋着稀稀的胡须哈哈大笑："女人就是短见，这年头不倒大烟还想赚钱？别操那没用的心了，想操心操点正经的，给孩子找个媳妇。"

没能直白说出自己的心事，反而讨回了又一桩心事。那个夏天，秉德女人心上好像压了两块石头，憋闷得常常喘不上气儿。为了赌一口气，她曾为承中的婚事张罗过；为了赌一口气，她抻断腰筋盖了土房，可房子刚刚盖起，又经历秉德的死、承民的走、承多的生，家里空得不能再空，钱袋里没有一分钱了。承国倒是交过两回钱，可还了周成官棺材钱，剩下一点儿都用来买了口粮。盖房、送殡几桩大事耗掉了她去年地里打的所有口粮，到孩子满月，家里几乎一粒米都没有了。都因为家里的生活太需要承国，她才宁愿去求各路神仙保佑，也不去阻止他干倒大烟的买卖，这时候要是还想给儿娶媳妇，心里真是太没底了。

　　秉德女人也确实从没想过承国的婚事，他比承中小，按年龄论，先考虑的是承中而不是他。老天帮她拆开承国和承民，她就完全忽视了承国在长大。在尊重传统礼俗的周庄，也许没有人会像她那样，在秉德的葬礼上让承国打幡，可是她这么做，不过是考虑承国在一行儿女中的威望，并不预示别的什么。丁有春那么说，她不知道是不是承国就此有了想法，在丁有春面前流露出来。

　　因为有了意外的压力，秉德女人比原来更盼望承国的回来，原来盼望，是害怕出事，是需要他从钱袋里往外倒钱，现在盼望，还包括对承国的察言观色，她想知道他到底怎么想。她这么做显然有些愚蠢了，丁有春提醒，不过是孩子到了年龄，至于他有没有那种想法都不重要。可是秉德女人控制不了自己，就像她多年前控制不了对承民的偏向一样。她想从承国的脸上和眼睛里看到，他心里只有她，绝对没有别的女人。为此，她比以往任何时候都更神经兮兮，只要外面有车铃响，不管是在灶坑烧火还是在磨道推磨，都赶紧停下，扎扎扭扭冲到大街门口，远远地迎着承国笑。本是为了观察承国脸上是不是有笑，却不由自主先送出自己的笑，要是承国没有还她一个笑脸，心里就越发没缝了，就觉得承国心里根本没有她了。

　　这件事到底在哪一个环节上转了弯改了道，没有谁能说清。原本，她在探测承国是不是着急娶亲，结果，却成了探测承国心里到底有没有她。这个转折实在太可怕了，这不但让她陷入无端的痛苦中，还让承国的痛苦没处躲没处藏。承国痛苦，当然不是像她想的，或者丁有春想的，心里装着别的女人，着急娶亲，而是他在想念承民。家里没有承民，回家没有奔头，他自然笑不出来，关键他不知道承民一个人去了哪里，钱花光时怎么活命。每当想到有一天她花光了钱没法活命，他都心如刀绞，她那银铃般的笑声、花朵一样粉嘟嘟的嘴唇都变成阴森森的呼唤和血淋淋的开放。从青堆子湾到庄河再到城子坦，他路上格外走了好多地方，只要有空，他就四处寻找，有一回在貔子窝集市上看到一个像承民的背影，上前搬一把不是，立时就想放声大哭。在大车店里，背着丁有春，他哭过好几次了。见他成天闷闷不乐，丁有春就拿他取笑："想女人了吧，哪天老叔领你去青云楼开一炮。"这一说他更加难受，因为听说城子坦的翠云楼和青堆子湾的青云楼里，大多妓女都是走投无路时被迫卖身的，一想到承民有可能去了那样的地方，心不是刀绞，而是钝疼。在他的疼没处躲没处藏，动辄就碰见母亲直勾勾的眼神时，他突然醒悟：承民是被母亲逼走的，日本鬼子看中承民不过是母亲自编的谎言，因为如果不是这样，母亲不可能在他每次回来时都莫名其妙冲他笑。于是某一天，母亲刚把他迎进家门，胳膊就被他汗津津的手拽住，他拉着她，径直进了新盖的厢房。看他急遭遭的样子，母亲以为害怕听到的事情就要出口，这时，只听承国说："妈，你说承民是不是你逼走的，你把她逼到哪里了？"

承国想的不是别的女人，而是承民，秉德女人松了口气。紧接着，这气又云遮雾绕地回来了，因为承国眼睛瞪得老大，目光被愤怒填满，语气激烈又凶蛮，他的样子仿佛她就是逼走承民的罪魁祸首。他质问她，却根本没有听她说话的耐心，她支支吾吾根本也说不出什么来，承国瞪够了眼睛扑到炕上蒙被大哭，她也只能扑通一声坐到地上，大哭起来。

　　对承民的想念，就是从母子同声的长哭中开始的。一开始，秉德女人哭，只因为受了委屈，只因为心疼承国——他身子一抽一抽的样子像条截了尾巴的泥鳅。可一点点地，当承国一声连一声喊起承民的名字，承民白净净的小脸、水汪汪的大眼睛就浮现在眼前了，承民临走那天严肃的表情、冰冷的样子就浮现在眼前了。第二天，承国苦抽着脸离开家门，承信忙着上地里薅草，家里只剩下她和小不点承多，承民的身影就像蝴蝶一样在她眼前飞舞起来。

　　实际上，早在用奶水给承多洗脸，希望他像承民一样白净好看的时候，早在承华不会做饭，动不动就烧煳了锅底，让她没完没了地挑剔训斥、暗中上火的时候，她对承民的想念就已经开始了，只是被某种不曾有过的陶醉遮蔽，还不知道而已。当想念的潮水随着承国的哭声拍打她的心窝时，她像只爱闻鱼腥的猫，一遍遍去闻承民枕过的枕头，去闻承民盖过的被子、穿过的衣裳。承民用过的所有东西，都有一股槐花的香味，闻着飘飘悠悠的槐花香味，她还伸手到炕席底下摸来摸去，承民曾在那里藏过一块梳妆台镜片，摸不到镜片，才忽地想起盖房子换了新家。当想起房场上曾经有过的混乱，秉德女人一个激灵，一下子就想起上梁前夜扇承民的那个耳光了，于是，后悔就像针尖一样一针一针扎进了她的心窝……

　　像点燃的蜡烛在一阵风的吹拂下改变了火苗的方向，那一年的夏天和秋天，秉德女人由对承民的想念而一度走进了对自己的责备。那责备就像秉胜春天里放养在山上的蚕，一点一点吞噬她耐心的同时，也一点点助长了她的暴躁，使她在那年秋天外边下来招募国兵时，与周成官大打出手。

那是秋风吹着庄稼叶子哗啦啦直响的日子，因为年景尚好，村里的人们纷纷陷入对周成官的愤恨之中。这是年复一年不断重复的两难境地，年景不好交不上租，人们愁苦，年景好了人们照样愁苦，因为在好年景里，周成官格外霸道，私自提高租金威逼佃户，暗地里积聚了忧愤的人们，一个个就像熟透了的苞米棒子蔫头耷脑。秉德女人不用交租，这个秋天心情稍稍有些抬头，为了减少和秉义之间的传闻，她没有等待小叔子们帮忙，时节刚到，就抱着承多领着承信来到地里。由于生完孩子已经是歇伏季节，由于承信也还能干，抓虫子、吓唬麻雀都还在行，她几乎大半年没有下地。把抱在怀里的承多放到地上，她憋闷的心情少有地疏朗，然而就在她对着田垄长吁出一口气时，周成官从他家地头向她走来："侄媳妇，上边下来招兵，俺把承中给报上了，你过来画个押啊。"

她开始没听清，大声反问："周老爷说什么啊——"

"上边下来招兵啦，俺报了承中，你得画个押。"

听说周成官把承中报了兵，秉德女人愣怔片刻，一股火立即袭上她的脑门。她放下承多，慢慢转身，一步一步迎上周成官，接过那张纸条，看都没看就哗哗撕碎。周成官显然没想到她的反应会这么激烈，赶紧伸手阻挡："侄媳妇不能撕，这是上边发的。"这时，秉德女人身体里不知从哪儿涌出一股力气，狠命一推，把周成官结结实实推了个嘴啃泥。紧接着，她泼妇一样扑到地上，抓住周成官的丝绸长褂扑打起来，边打边说："你害了俺承民，又来害俺承中，你凭什么抓俺儿女撒气啊——"虽然出拳不重，可她披头散发、疯疯癫癫的样子吓得周成官像一头蠢猪，呜噜呜噜一句话也说不出来。

这是一次毫无意义的发泄，它的意义也许只在秉德女人需要发泄，周成官早在用秉德的舌头向日本当局讨好时，就埋下了这样的伏笔。这伏笔并非日伪当局听说周庄抗日土匪申秉德已经投降，将秉德后人的名字记录在案，而是日本当局早把有钱有势的地主豪绅记录在案，招兵招到了周成官门下。周成官虽然并不认为这是坏事，但就像他家祖辈绝不肯花钱供孩子念书一样，绝不想把自己的孙子打发出去，于是秉德舌头留下的功绩就成了他说服黄保长、说服当局的有力条件。

周成官意外受挫，受伤的老狗一样回到家中，当晚，就派出了二儿子克真。这个十几年来一直不受父亲重视的男人，因为生了儿子在周成官面前地位陡增，在村人面前也有了派头，在秉德家门口以干咳通知主人时，声音大得不得了，就像他是县太爷驾到。秉德女人闻声推开风门吓了一跳，以为周成官派他上门报复。谁知他刚迈进门槛，就从袄兜掏出又一张字据亮到秉德女人面前，一字一顿说："这不是坏事，是老爷子费劲巴拉争取来的。老爷子把死了的秉德大哥都搬出来才报了名，报了名就是报了名，撤不掉了，要是不去，上边就派人来抓。"

克真虽没用武力报复，可他的话比什么样的报复都更有力。秉德女人伸出谷穗一样摇摆的食指，把血红色的手印摁上去，她沙哑地喊了一嗓子："承中，俺对不起你啊。"

可凡事都有它蹊跷的一面，第二天让秉义上青堆子湾把承中找回来，他居然一进院子就猛蹿了三个高，呼喊道："这把可好啦，这把可好啦。"

多年后，承中从外面领回城里女人，并穿着当兵的制服拿着枪在村子里耀武扬威，眼馋得周成官两眼直冒火花，所有人都在传播有福不用忙、无福跑断肠的人间真理。可没有人能够走到时光前边，秉德女人也不例外。等待承中上路的日子，她居然犯了早年在山腰窝棚时得过的失眠症，成宿成夜闭不上眼。早年睡不着，没有噩梦，现在睡不着，她噩梦连连，只要闭眼，承中的舌头就被割了下来，就蜻蜓一样在她掌心跳舞。为了不让它跳出掌心，她握紧拳头，可指缝里立时又鼓出两个气泡儿，定神一看，居然是承民哭得红肿不堪的眼睛。冲着承民眼睛喊她的名字，她却一闪一闪眨巴两下突然就不见了，折腾得她一夜一夜鬼哭狼嚎，身体迅速消瘦。

承中却大不一样，他比以往任何时候都更神清气爽，自从复州城回来，他一直是蔫头耷脑、目光飘浮的样子，好像人在乡下，魂还留在城里。倒是后来在青堆子湾找了工作有了笑脸，可感情受挫之后情绪再度低落，萎靡不振。实际上，只有承中自己清楚赵铜匠一家人对他的伤害到底有多大。在他和周吉家看上同一个女子，最终那女子选了周吉家的时候，他最大的愿望是娶一个城里媳妇给周吉家看看，他没能成功，有好几回都想像他爹秉德那样，偷一件值钱东西远走他乡。说真的，他早就讨厌这狗眼看人低的青堆子湾了，他早就不愿看见低头不见抬头见的赵铜匠闺女了，要不是不愿干庄稼活，他宁愿回到乡下种地。现在，不用做贼逃跑，不用回乡出大力，太谢天谢地了，他恨不能去给周成官磕九个响头。他后来真的去了周家，不过他只磕了三个头而不是九个，因为到第四个时，周克真生生把他拽起来，不无得意地说："行了行了，好处记着就行了，别把头磕破了。"

这件事情的好，其实很快就见出苗头。过了冬月进了腊月，上边下来大面积招兵，不只是富人，凡是男劳动力多的家庭都要出人。秉义、秉胜的儿子都摊上了，说要去很远的地方修铁路。这时恰好承中从外面来信，说因为他念过几天书，他当的兵不用打仗也不用干活，在一个叫鞍山的地方给打仗的人看管后勤仓库。

当然，真正见出这件事的好，还是在转过年之后的正月，这好跟承中在外面到底好不好没有关系，而是承中的当兵给家里带来了好运。这好最初听来并不觉得好，甚至觉得很不好，因为秉德女人弄不清事情的真相。正月初十，很少上门的丁有春穿着厚厚的棉袍骑车上门，屁窝不等坐热就说明来意，说他是来提亲的，女方是下河口黄保长大老婆的闺女。可以想见秉德女人听后的表情，她惊讶得如同在正转动的磨盘底下看见一只活着爬出来的虫子。在她心目中，黄保长压根儿就不是什么好东西，他欺负过她，他欺负了太多的女人，关键是，他有权有势，他家和她家就像井水和河水，根本流不到一起。她哑口，丁有春一下子就明白了她的心思，劝说道："老子是老子，闺女是闺女，听说他的闺女像她妈，活路好又不风张，从来三门不出四门不迈，再说找个有权有势的亲家，对承国也没坏处哇。"

连从不指望沾别人光的丁有春都提到沾光，秉德女人一时间有些迷糊。一方面，她不相信这件事会是真的，即便是真的，她也不知道对申家、对承国算不算好事。然而没过多久，她就知道这事是真的了。丁有春走后，承国告诉她，黄保长家里才娶了个小老婆，比闺女小一岁，急着往外打发闺女，就亲自找到丁有春。同样，没过多久，她就清楚这是一桩求之不得的好事了。她知道是好事，不仅是承国对这门亲事满心高兴，也不仅是周成官听说后往家里送了一包十五上坟用的供蜡，多年不提的干亲重被提起，而是秉义告诉她，要是和黄保长成了亲家，他家承礼和秉胜家的承欢就不至于去当劳工了。说是当兵修铁路，其实就是抓了劳工，又苦又累，谁若吃不得苦逃跑被抓，当场就打死。当从反馈的信息中得知这是一桩好事，她的态度也就逐渐明确和清晰了：同意是同意，但有个条件，必须把申家另外两个当兵的孩子送个好地方，或者给保回家。这么做一举两得，即不驳黄家面子，在黄家面前又不显得低贱屈尊。

承国把母亲的想法告诉丁有春，四天没过，对方就有了态度，那态度自然不是通过丁有春传达，而是通过秉义、秉胜的儿子。正月十五那天早上，秉德女人正在准备上坟的纸钱，忽听大街上吵吵嚷嚷，出门一看，两个黑鬼似的毛头小子正被大家围着，唾沫乱飞地向大家讲述他们如何一天干二十多个小时，如何在累得没有一点儿力气时被一个给皇军当狗腿子的人喊出来，说他们可以回家了。

虽然还没有和黄家订下婚事日期，可这一年的正月十五申家坟地冒了太多的青烟。秉义、秉胜给他们的爹妈、兄弟烧完纸，都拥到秉德坟头，而在秉德女人的支使下，承国、承信把周成官送来的一大包蜡烛统统点燃。当每一个亡灵的坟前都有一簇摇曳的烛光，一缕缕纸钱燃起的青烟不再是青烟，而是白日里的云彩了。云彩飞过之处，秉德女人和申家所有人的脸庞都那么红盈好看，仿佛申家的日子，从此有了一个全新的开头。

第四章

因为这门亲事的敲定，是以黄家帮了申家一份交易开的头，秉德女人完全忘了曾经对承国心里到底装了谁的探询，全心全意投入到对一桩婚事的准备之中——上丁有春家借钱，买木料、布料和一些小小不厌的针头线脑。她手头分文无有，却绝不想让黄家感到寒碜。这期间她没见到黄保长，也没见到未来的儿媳，都是丁有春在两家之间走动，送彩礼，商讨婚事的规模。黄家没要太多的彩礼，两铺两盖、一口躺箱柜、一张高桌、两条春凳、一面大镜子。婚期定在五月初九，这时间有些急了，承华要在这之前生孩子，可几经商量都没能再推。有钱有势人家也有有钱有势人家的难处，黄保长新纳的小老婆，是他平时赌博的庄家——外号徐疤痢眼儿的女人，住徐家炉，两人暗中眉目传情被徐疤痢眼儿发现了。有一天，徐疤痢眼儿说上青堆子湾赶集，女人约了黄保长，正在被窝里云雨欢腾，被抓了个正着。徐疤痢眼儿藏了黄保长的衣裳，把他光溜溜撵走后，把女人一顿暴打。女人一气之下当天下晌跑到黄保长家，非要黄保长娶她。黄保长的儿子们没有意见，唯有小闺女心里反对不敢说出，结果，被小老婆看出来，就成了眼中钉，非要黄保长把她打发了。拖到五月，已经是那小老婆一番让步之后的结果了。

  工程太巨大，裱西屋的墙、糊西屋的棚，做家具，做被褥，绣枕顶、鞋顶，打袼褙做鞋，只好本家、邻居齐动员。男人以会木匠活的秉胜为中心，拉木材锯木头量尺寸，这个曾经想把属于哥儿俩的地据为己有的男人，在为自己不争气的表现赌一口气，开荒养蚕使日子一天天过起来之后，似乎变得越来越有底气，人群里不用多言多语就成了核心人物："秉胜，香几用檀木还是榆木？""秉胜，柜腿儿用几分木料？"女人们倒是没有中心，大家都以秉德女人为中心，什么事都由秉德女人安排，但这一点儿也不影响事情的进程。罗锅嫂子不会绣工，可针线活好，做被做褥子针码又细又密；秉义家的和秉胜家的针线活不好，可她俩打袼褙纳鞋底都是把好手，尤其秉胜家的，因为父亲是个掌鞋的，一小就跟父亲学习用倒钩锥，纳起鞋底麻利又痛快。倒是另外两个人的到来让院子里热络的空气有些不畅，她们是周成官的两个儿媳妇。她们是富人，她们的公公挨家逼债收租时她们是扬扬得意的，罗锅嫂子看见她们，脸蓦地就扭开了，使秉德女人为分开她们费了好些心思。

在周庄，因为嫁了胡子，遇了曹宇环，又生了能做买卖的承国，日子总有外来之财资助，秉德女人既不是罗锅家那种穷人，也不是周成官家那种富人，于是她就像渔市码头上的吊桥，连接了富人和穷人。可那一天，不知是什么东西在暗中使劲，周家的两个媳妇，居然比以往任何时候都愿意往穷人堆里凑，并一扎堆就讲起他们周家的龌龊事，很快就把女人小世界烧成一锅滚开的水了。

别人家的不幸向来都是医治自己苦难的一剂良药，尤其是在周庄人心里积满了怨愤的周家。周家的不幸是这样的，吉家在复州城私自有相好的，可那女子的妈是个开窑子铺的，他的四爷坚决不同意。克真家的儿子小，闺女大，但闺女嫁人一点不比儿子娶媳妇容易。老三黄提了好几家门当户对的，一打听，不是当爹的和用人好上了，就是用人和少爷好上了，没一家干净的。她们讲别人家的用人和少爷好上了，是为了讲她们家的用人和她们的小叔子克卿好上了。经商的克卿给用人买了一枚大大的宝石戒指被周成官发现，一老一小打得不可开交。老的要砸碎小的狗脑袋，小的要切了老的狗鞭，并领走了用人，两人再也没回来。克让家的之所以在人群里大讲周家的丑事，是因为她和把头刘长喜相好，在公公面前多年失宠；克真家的之所以积极参与，是她以为生了个儿子就扭转了乾坤，最终发现她扭转的是男人的乾坤而不是自己的乾坤，克真一日日在家里有了地位，竟然像他爹那样开始斜眼看她。

就像谁也想不到会出现一个周克卿搅乱周家的日子一样,在那个秉德女人为承国筹办婚事的一个半月中,谁也没有想到,这狗咬狗的事,会使两个一直不睦的儿媳迅速步调一致,而有关周家的故事在人群里一圈一圈扩散,人人身上似乎都有一股使不完的劲儿。

申家日子好了,周家的日子就坏了,这里没有必然的联系,可是周家日子坏了,确实使秉德女人越发感到自己日子好了,越发觉得都是承中的走带来的好运!丁有春曾告诉秉德女人,黄保长肯把闺女嫁承国,一是看中承国有头脑,二是看中承中当了伪兵。为此在承国娶亲的前一天,秉德女人专程上门向周成官赔罪,向他承认她女人家一时糊涂,看不清世道,并邀请他第二天一定早些到场。周成官毫无表情,只用手指捏着长长的伸出去的烟锅。他脸色焦黄,嘴唇干干的泛着白霜,没说原谅的话,也没说去还是不去,倒是他瘫在炕上早已变形的老婆替他应承下来,"去去,侄媳妇办事,哪能不去"。

承国的婚事办得相当隆重,周庄几乎每家每户都被秉德女人请到,日子好了,总得让大家伙儿都来看看。事实上即使秉德女人不请,人们也一定会来。在周庄人心里,黄保长也和周成官一样,对他有恨有怕,纠集了一肚子说不清的情绪。正因为说不清,才要去看看黄家的闺女好不好,能不能配上承国;黄家的陪送好不好,是不是小老婆说了算,没陪送什么东西。再则,毕竟乡下的热闹事儿太少了,不想去看又根本由不得自己。看光景的目光交织在院里街外,架起来的是一道色彩斑斓的彩虹,因为这一天的天气实在是太好了,湛蓝的天上一丝云都没有,阳光从遥远的天上普照下来,把五月潮湿的水雾穿成密密麻麻的丝线,在屯街上闪烁。它们在人们的视线里几经变幻,十点半钟才一点点由虚变实,变成一座拉在马车上的粉红花轿,变成花轿后边另外两驾马车上送行的人和大包小裹各种嫁妆。黄家连人带物拉来三辆马车，可在新人走出花轿之前，最吸引人的不是人而是物。虽然那物也不是多么好的物，两铺两盖、两大包棉花、一架纺车，可在周庄老辈人的记忆里，没有陪送棉花和纺车的，这意味着此女子不像人们想象的那样是个娇小姐，而是一个能过日子的女子。这实在鼓舞了为娶她忙活了一个半月的人们，因为这让大家看到，她和申家的承国是天造地设的一对。

在这样一种情绪鼓舞下，女子下车时露出小得不能再小的三寸金莲，嗡嗡嘤嘤的议论顿时就爆成一片欢呼的声潮。就连一脸沮丧的周成官也不得不露出惊炸神情。虽然秉德家的女人没一个小脚，秉德女人也不看重女人脚小脚大，可欢呼的声潮还是反过来鼓舞了秉德女人，她把一把斧头递给儿媳，等待出轿下车的一刻，她的眼泪扑簌簌涌出了眼角。

事情就是在这一刻有了转折的，她的眼睛被泪水蒙住，看不清蒙着红盖头的儿媳，用哆嗦着的右手去抹擦眼睛，可刚刚抹完，眼睛刚刚能看清人脸，就发现从车后走过来一个女人。她眼角耷拉，面色灰紫，长长的门牙伸在嘴唇外面。她从新人怀里抢过斧子，往秉德女人怀里一推，用粗唎唎的嗓音说道："清子，俺可说好了，没有戒指不能下车啊，咱黄家的闺女可不是下贱人。"

这紫脸女人原来是亲家母，秉德女人突然傻了。丁有春是说过对方什么都不要就要一个金戒指，可家里没钱，告诉对方先欠着，一年后生了孩子再补上，对方也同意了。情急之下，秉德女人不得不撸下自己手上的戒指，冲花轿里的新人道："俺媳妇，你先戴着，俺说话算数，肯定给你买。"见婆婆有诚意，不能太不给面子，紫脸亲家母做出让步，推了一下花轿。闺女于是心领神会，掀开挡帘细声细语叫了一声"妈"，把一只细皮嫩肉的小手伸出来。然而就在这时，就在秉德女人在指尖上掉换了一下戒指的方向，准备往儿媳手指上戴时，一股风从她的脚后跟灌进来，身体立即发轻发飘，不久就什么都不知道了。

和曾经在罗锅哥哥家里一样，秉德女人什么都不知道了，可是她躺倒在人堆里，目光凶煞，眼神发直，直勾勾盯着过来扶她的承国，拖着长长的哭韵道："妈呀妈妈呀，俺是老大呀，俺要媳妇，俺还没有媳妇呀。"

见老病重犯，罗锅哥哥立即挺身而出，伸手去摸秉德女人腋窝，见那下边确有一个包，立即起身跑到厨墩上找来菜刀，凶着脸冲秉德女人大声喝道："老黄你闹甚么闹，再闹砍了你，不看看是什么火号？！快给俺滚蛋！七月十五肯定给承山送媳妇就是啦！"

听明白是黄鼠狼在以承山名义回来捣乱，所有人都屏住呼吸，亲家母这时停下脚步，阴沉的脸上顿生威严，放开粗咧咧的嗓音开始训斥。她训斥的不是黄鼠狼，而是死去的承山："俺知道你是谁，俺早就听说你啦。你死得屈，可俺告诉你，你找谁麻烦也不能找俺闺女麻烦。你要是找俺闺女麻烦，俺马上就把她领走，你就没有兄弟媳妇了，你可是听好啦！"

虽然亲家母闹腾，黄鼠狼也闹腾，有了个不快的插曲，可只要媳妇不闹腾，只要媳妇没摔了斧子抹下脸跟着马车返回，好事就还是好事。揭了盖头，露出一张水蜜桃一样新锃锃的小脸儿，杏仁一样虽不大但充满善意的眼睛，秉德女人心底里真是要多欢喜有多欢喜。亲家母刚走，媳妇就把戒指从手上撸下来交还给她，并细声细语说："俺妈没有坏心眼儿，她就是叫那个小婆子气的，她觉得她挨了欺负，不能叫俺再挨欺负。"

女人是一粒奇异的种子，她们在父母身边长大，可只要长大，到了一定年纪，就不得不随风飘落。她们永远不知道她们会落到哪里去，可不管落到哪里，她们都能迅速落地生根，比如承国媳妇，几乎是当天下晌，就在征得婆婆同意的情况下，把纺车搬进厢房，吱吱扭扭纺起了棉花。

就像一片荒芜的沙地突然开出鲜艳的花朵，最初，一个陌生女子在眼前晃动，一种陌生的声音在屋檐下院子里缭绕，秉德女人不由得被带进以往岁月，被带进在绸缎庄度过的十六岁之前。承国媳妇对某种专属于女子活路的痴迷，包括她苗条的腰身、光光溜溜的头发、套住头发的黑色簪网和银色簪锥，都太像在绸缎庄刺绣的那个她了。只不过媳妇个头矮、骨架小，不像她又高又膀，只不过媳妇的发髻盘得太低，显得有些土气。她们同是告别娘家，告别和告别可太不一样了。她的告别是那么彻底，一夜之间从前的所有生活都被大风扫去，成了无依无靠、没吃没喝的野人。而承国媳妇，不但一结婚就有房有屋，有躺箱柜、高桌和春凳，还一进门就有人疼，脚小端不动大洗衣盆，赶上承国在家，风一样就跑过去帮她。最重要的是，她可以像做闺女时一样不用操心，每天都可以把自己打扮得花枝招展，仿佛现在只是过去生活的流淌和延伸，如同一条河流的上游和下游。虽然有着显而易见的差别，可被一种全新的氛围包裹，秉德女人并没感到有什么不平衡，相反，为了不让她弄埋汰新衣裳，还坚决不让她蹲在灶坑草灰里，似乎认定命和命就是不能一样。然而，到第十二天，事情发生了奇妙的变化。承国结婚第十二天，家里来了一个人——黄保长。这一代乡村的习俗，闺女出嫁第十二天，当爹的都要登门拜访。秉德是个不着家的匪胡子，承华结婚没有爹拜访。儿媳妇的爹贪恋小老婆，匆匆把闺女打发给了门不当户不对的申家，秉德女人根本不指望他拜访，可是这一天他真的就来了。他不但来了，还一改以往装束，摘掉瓜皮帽换了礼帽，身罩一身达夫呢长袍，脚穿一双黑绒布底鞋。他进门并没有久待的意思，见闺女和秉德女人迎出去，立即站定在院子里。他一手拄着铜箍拐杖，一手叉在腰间，冲婆媳嘿嘿地笑了起来，笑够了，抽回背着的手捋着胡须道："做梦想不到咱两家能成为亲家，咱怎么就成了亲家呢？嗯？"

秉德女人不知道他是什么意思，却想起他当初欺负自己的往事，脸一瞬间有些发胀，可这时黄保长再一次说话："亲家你记着，俺黄家的闺女可不是来吃苦遭罪的，她长这么大没遭过罪，该怎么待她你应当清楚，你是聪明人。"说罢，没容秉德女人回话，一甩拐杖扬长而去。

像在豆腐里点了卤水，像在和好的白面里加了起子，它在什么时候发挥了作用产生了功效没人知道，它在秉德女人心底里慢慢聚集、发酵时，有好几天，她不能听儿媳说话。她一说话，比如提到娘家的油水和饭食，她就警觉是在挑剔申家生活，是嫌婆婆待她不好。而这时，她更不能听厢房里传出吱吱扭扭纺花的声音，一听，心里就发堵，就觉得这是黄家早已做好的扣儿——十里八村，没听说谁家嫁妆送纺车，黄家陪送纺车原来是为了将儿媳和婆婆的生活区别开来，是想让婆婆知道儿媳妇是上等人，让婆婆侍候儿媳。

卤水在秉德女人心里点成的豆腐，不是如何施展婆婆威风，用嫁鸡随鸡嫁狗随狗的话打击儿媳，也不是把她从厢房喊出来，让她和自己一同在灶坑里和田地里手忙脚乱，而是几经耐心翻找，从柜子里找出自买回家从没用过的漱口盂，把它细细的洗刷之后，在一个早上开始了漱口。要说上等人，这是上等人最该有的生活习惯，在她十六岁之前，她就是这样的上等人。当然，将这一证明身份、地位的习惯重新捡起，秉德女人耍足了派头，她从不自己拿漱口盂，每顿饭后都端坐在高桌上支使道："承国媳妇，把漱口盂拿给俺。"不但如此，她漱口时动作做得相当夸张，仰着头大张着嘴巴，呼噜呼噜把水吞进去再吐出来，当得知承国媳妇此时正站在一旁看光景似的看她，拥堵在心底的东西迅速消散，一缕阳光泼刺刺照射进来。

一缕阳光，源自两束目光，可由目光变成阳光，秉德女人过日子的心气儿顿时大增，好像她站在了青堆子湾的戏台上，四周有了观众，好像她又回到了王鸿膺家大小姐王乃容，走到哪里都有人评头论足。如今的戏台不过是自家院子，如今的观众不过只有儿媳一个，可这一点儿也不影响她的发挥，停止已久的浆洗衣裳的习惯在恢复，多年不穿的白色衬裰在衣领和袖口上闪着白光，早就缀到脖根儿的发髻又蹿到了头顶。承国买回多年一直没怎么用过的梳妆台发挥作用时，她的另一种习惯也被捡起，往绸布上刺绣。她翻出那块绣了一半的世界地图，用花绷给紧紧撑起，一有工夫，就在上边绣几针。有一天，承多上怀里扒奶吃，扯断了手上的丝线，被她一巴掌拍得嗷嗷直叫。西院的罗锅嫂子隔着墙头笑她娶了媳妇浪歪歪，还弄开了刺绣，她知道自己的观众绝不仅仅儿媳一个。

实际上，村里很多人都发现了秉德女人的变化，克让家的最是眼尖嘴辣："怎么，老黄家给了二两黄金，有了底气是不是？"

克真家的曾被漂亮嫂子伤害，对打扮深有抵触："妈呀，儿子娶媳妇，婆婆也动心开始想男人啦！"

虽然没有任何人能从她的打扮和行为中想到远在二十年前的王家大小姐的出身，可是秉德女人对此毫不在意，别人看不看出来不重要，只要承国媳妇看出来。有一天，儿媳从娘家回来，站在她身后，跷脚够着婆婆后脑勺上的簪网，用羡慕的口气说道："俺爹说你是城里人，可真是，乡下人都不会把发髻盘高。"

　　因为不经意间陷入一种身份的比较中，秉德女人完全忘了外面局势的动荡，也不知道她的儿女们在经历什么。七月初七夜里，秉胜跑来告诉她，说承国和丁有春都被警察抓去蹲了班房，在油灯下刺绣的她像听别人的事一样，好长时间没有反应。秉胜再一次重复说，他刚从青堆子湾回来，亲眼看到两个穿黄衣裳的警察把承国和丁有春抓走，要不是他躲得急，也早就挨抓，秉德女人才"妈呀"一声，扔了手上花绷，专注地盯着秉胜："怎么办啊兄弟？"

　　早在承国成亲之前，日本人就在这一带大抓经济犯了。为了掠夺这一片土地上的财富，他们层层设立关卡，禁止大烟、蚕丝、大布等物品的倒买倒卖。承国和丁有春进出青堆子湾的高桥旅馆，往往要把自行车扔到别处，把自己打扮成一个上街赶集走错屋的农民，穿着袄兜和裤兜都深不见底的衣裳，拐着紫条筐傻呵呵走进去。在日本人眼皮底下做偷税生意的曹宇环和高桥夫妇甚是狡猾，他们从不亲自出面，派几个女招待把大烟土往他们的衣兜里一揣，立时往外撵人，甩着手上的布手绢，赶苍蝇似的大叫道："走走走，不长眼看看，这儿也是你乡巴佬待的地方？"空筐掩护大烟揣出来，钻出渔市街天后宫庙旁边的胡同，有好几回，都引起了警察的注意。要不是盖房结婚欠了一屁股债，要不是没有孩子的丁有春宠孩子一样宠着承国，他们早就不想冒这个险了，因为被抓着的人没一个能免除灌辣椒水的毒刑。这一老一少每一回成功逃脱，都发狠再也不干了，可当在城子坦渔市街把大烟土卖了好价钱时，他们又像上了烟瘾的瘾君子一样，不得不重蹈覆辙。要戒掉毒瘾有一个上好的办法，就是端掉高桥旅馆，奇怪的是，当局大抓商贩禁止财富流失，却对这个打着旅馆幌子开倒卖大烟小差的场所视而不见，如此一来，已经上瘾的承国和丁有春在天后宫庙胡同里再一次被盯上，就成了顺理成章的事情了。

因为心里一直窝着黄保长小瞧申家的那句话，秉德女人第一反应不是去求黄保长，而是回娘家找她的介翁兄弟，他在湾里多年，总能找到与警察疏通关系的路子。要是介翁能帮她疏通关系救出承国，对不可一世的黄保长也是一个交代。于是在叮嘱秉胜不要告诉任何人的第二天，求他为她出车，去了一趟青堆子湾。几年来，除了介夫兄弟从外面回来主动到乡下看过她，她和娘家的来往都是灶坑里的烧火棍一头热。她与父亲和亲人的关系，除了在向他们求救时被接受，从没得到他们的主动热络，也是因此，秉德死、承国结婚，她都没有告诉他们。在山路上的霞光不合时宜地铺洒在白霜满地的原野上时，看着远方，秉德女人想得更多的是如何向父亲说起秉德的死、承国的婚事、婚后的债务。如果不让父亲看到日子的艰难，向来主张君子爱财取之有道的父亲绝不会让儿子帮一个明知故犯的外甥。可是马车拐过渔市街街口，奔向娘家门口，秉德女人却遭到了意外的打击。家里人根本不给她开门，大门上的包银拉环被她摇得山响，才见介翁媳妇出来。这个对她一直生分的兄弟媳妇，扭着小脚来到门口，隔着门缝语气冷冷地说："爹死了，你还回来干什么？"

"俺……"秉德女人心下一个痉挛，"为甚没告诉俺？"

"爹临死有话，他不想见一个叛徒的老婆，也不让你再进家门。"说罢转身离去。

像有重棒猛击过来，秉德女人转回秉胜马车时，歪歪扭扭几乎挪不动步，一向话少的秉胜吓得脸都白了，直问到底怎么了，为什么不让进。秉德女人自然什么都没说，只任眼泪油珠一样往下滚。当秉胜在迟疑中扬起鞭杆，她吞着泪咬着嘴唇说："去找高桥旅馆。"

高桥旅馆在渔市街照相馆旁边，秉德女人曾经藏过身的那家杂货铺重新改造而成。渔市街上的一切全都不是原来的模样了，烧饼店没有了，变成满洲公所收购站，双二婶的绸缎庄前挂起一个幌子，变成朝鲜冷面馆。三间平平常常的店铺外面，一行日本字就像缺胳膊少腿的蚂蚱，而蚂蚱下面，"高桥旅馆"几个中国字小小气气，一点都不显眼。找到这里，马车在大街往返了好几个来回，秉德女人拉开屋门时，妖里妖气的女招待们把她好一阵打量，见她并不是那种有钱人的样子，手中的手绢甩了起来："走错门了吧。"秉德女人挑起脖子，趾高气仰地说："俺是曹老板亲戚，有事要见他。"想见曹宇环，她并不是想让他认出她来，而只是想问问，承国从这里倒大烟犯了事，他们有没有什么办法。听说是曹宇环亲戚，女招待退回一个小屋，不久，就从那里领出一个漂亮女人。她浓施粉黛，牙齿透明，一身像旗袍又不是旗袍的连体衣裳上捆着饭兜一样的布带，腰身显得格外苗条。她高耸着脖子，目光笔直而傲慢，她傲慢的目光使秉德女人不等说话人先矮了半截。当她在傲慢目光的逼视下说出她的想法，对方的脸忽阴忽晴，一个劲摇头。女招待甩着手绢，赶苍蝇似的说："这里可不是乡巴佬待的地方，赶快走吧。"

本想在亲家面前保住身份要个面子，却不想一趟青堆子湾失掉所有身份和面子。返回周庄去下河口求黄保长的路上，秉德女人觉得自己是一根被劈光了叶子的马奶子草①，里面淌出的黏汁瞬间凝成了硬壳，使她的心僵硬板结。救女婿要紧，黄保长没说什么刺激她的话，他跑了一趟青堆子湾，不费吹灰之力就把承国、丁有春救出，路过周庄时也没进门卖弄自己的本事，可秉德女人好长一段时间都眼神发呆、

---

① 马奶子草：一种生长在辽南乡下的草本植物，一劈了叶子就流出白白的汁液。

气息消沉。事实上，救出承国之后，秉德女人心里想的，已经不是黄保长对自家势力的小瞧，也不是那个一身傲慢的漂亮女人和女招待对自己的小瞧，而是死去的父亲的小瞧。父亲说她是叛徒老婆！要是秉德死心塌地打小日本，毫无疑问将株连九族，寇半沟领头打小日本的由福连，老婆孩子全被杀了。正因为秉德半路脱逃，才有了她们一家人的今天，可她的父亲居然因此临死不见她。她从没想过要当叛徒老婆，就像她从没想过要当匪胡子老婆一样，这一点她的父亲应该清楚啊！关键是，不管怎么着，她不能连亲眼送走生养自己父亲的资格都没有啊？！母亲她就没送上……

多年之后，秉德女人才从介夫媳妇嘴里知道，父亲的死，就因为女婿秉德。那天，他去参加一位教了多年私塾的老朋友的葬礼，青堆子湾教育界和商界去了很多有识之士，他们知道国难当头，眼见着青堆子湾变成小鼻子天下，在一起偷偷议论，义愤的情绪几乎把追悼会开成控诉会。王鸿膺也参与其中，骂小日本的无耻侵略，正骂着，情绪一直处在激动状态的老政府商会会长突然站起，指着王鸿膺鼻子："你还有脸骂，你女婿是逃兵是叛徒，你知不知道？你把闺女嫁给匪胡子，你让匪胡子变成叛徒，你算个什么读书人？！"王鸿膺一听脸色顿时煞白，心窝绞痛，回家没过两小时就断了气。临死前他老泪纵横，说他一辈子最疼的就是女儿，想不到他让女儿走到这步田地，成了叛徒老婆。他说作为父亲，他无颜见她，万万不可让女儿回来。

介翁媳妇对公公的误解，给秉德女人带来了致命打击。在她因父亲的死和父亲临死之时对自己严酷的态度终日发呆时，承国到底挨没挨打、灌没灌辣椒水，她根本没问。也是承国身边有了媳妇，端汤端水都不用她，给了她沉浸在自己心事里的条件。承国只在家待了五天，就在载媳妇回娘家拜了老丈人之后重操旧业。倒是承国收拾自行车准备上路的头天晚上，秉德女人把他叫到东屋，让他对着她手上的戒指起誓：绝不再倒大烟。承国虽然没像她期望的那样起誓赌咒，但他鸡啄米似的点头的样子，还是让她看到了决心。只不过这决心是以经济损失为代价的，这之后承国几乎天天回来，只在当地倒动一些猪崽子牲口崽子之类，赚很少的钱。因为满洲政府对买卖交易严加管理，税收大幅度上调，辽南一带各大集市和市场都萧条清冷。有些时候，承国一连好几天都待在家里，不是帮媳妇摇纺车纺棉花，就是跟秉胜叔叔上山挖姜。上边不让倒蚕丝之后，脑瓜活络的秉胜，居然在河套边的桑树林里插空儿种了生姜。家外承中平安无事，家中承国无事平安，承华、承信、承多都在身边，那个干风阵阵的初秋，秉德女人又迎来了消沉之后短暂的平静。虽不知承华是否还抽大烟，可承国结婚后她再没回来，就证明无须家里接济；承信虽不是个干活的好手，手脚笨拙，可他懂事，不能念书，家里的活都靠他。听说承国结婚拉了债务，周家地里的大烟遭了虫灾，只长叶不开花，承信居然和罗锅一起去周成官家当了临时把头，蹲在大烟根儿上抓虫子。承多转眼已经三岁，小嘴干巴巴会叫嫂子，嫂子就天天把他抱在厢房看她纺花。

岁月是一条宽阔的河流，有波浪汹涌、惊涛拍岸的险境，也一定会有波澜不惊、风平浪静的走势，而从激流进入平缓，总有泥沙沉入地下。在秉德女人相对平缓的日子里，那些板结在心底的东西像卷进河中的泥沙一样沉到水底，使她的眼神儿一天比一天活泛，神情一天比一天精神。

这期间，她依然坚持每餐让承国媳妇拿漱口盂漱口，但她彻底接受了承国媳妇只纺花不做饭也不操闲心这一事实。不但如此，还找来秉义，为小脚的媳妇在茅坑里专门制作了木板蹲架，撤掉原来几条细细的木棍。木工活本是秉胜的长项，可刚求了秉胜不能老求，再说他力心大，山上活多，不像秉义那么悠闲。当然也是心里亲近秉义。自从生孩子那回秉义在姜水婆面前发神经，她一直想跟他说点什么，可家里家外的事儿，像涝季的雨一样一场跟着一场，一直没有机会。

秉义走进她的机会里，皮包骨的脸上满是欣喜，只要被嫂子找，他似乎永远有一种说不出的欣喜。他没有秉胜的脑瓜，领着五个孩子、一个病老婆，把日子过得吃了上顿没下顿，他常常想到死，可以说，能被秉德嫂子呼唤是他活着的唯一希望。虽然周成官曾经破坏了他对嫂子的看法，可随着时光的推移，嫂子在那方面好不好已不重要，重要的是他需要这份牵挂。他像以往一样，进门照例从井台挑一担水来，照例靠在磨盘上抽一袋烟，只是改掉了一进门就呼呼号号说话的习惯，似乎那话也是岁月的泥沙，早已沉进了河底。他的话沉下去了，秉德女人的话却浮上来了，她端一盆猪食倒进猪圈，在亮锃锃的日光中站起身看着秉义："兄弟、嫂子、嫂子……"在让秉义为她背了黑锅之后，她特别想告诉他，她一辈子都不能忘了他！可是不知为什么她说不出来。她发现，当着秉义的面，那话像一块面起子，它发酵了已经死在肚子里的某些东西，搅得她惶惶不安却难以启齿。她的话根本伤不了申家门风，可惶惶不安的感觉似乎在告诉她，这是一件见不得人的事。扫了一眼憋红了脸正等待下文的秉义，她不由得收回话，赶紧进了屋，致使秉义一个人掘了茅坑里的粪，从厦屋找来木板，叮叮当当钉了木架，转身走掉。

只要河流不停止流动，惊涛骇浪总要东山再起。在秉德女人稍稍感到有些平安平静的时候，上边下来大肆收购粮食，按土地的估产签订交粮契约，不管收成如何。那天正赶上罗锅娶亲，女方是史家沟一个瞎眼女子。为了助兴，秉德女人和村里女人都凑在罗锅家帮忙，承信突然从山上跑回来，说不好啦，上边来人啦。这之前大家都在传说上边要来人收粮的事儿，可一天天等着没人来也就以为是谎言。大家一起扔了瞎眼女子跑出去，只见一帮穿着黄色制服的警察狗子在周成官的引领下往南甸子走去。日本人在当地招了警察，他们狗一样听日本人使唤，就被老百姓叫成警察狗子。没出两天，周庄的土地就被这些警察狗子逐门逐户登记在册，秉德女人就得知一亩三分地的估产高得吓人。拒绝交粮的日子，周庄人鬼哭狼嚎，因为那些警察狗子拿一根半尺多宽的木杠，谁不交就把谁绑起来，用木杠打压。第一个被打压的就是秉义，他家的地在南甸子最西边，属第一家。他家总共才七分半地，却估产三百，就是把人卖了也无法凑够，他又不像秉胜还有副业，说交不上是再正常不过的事。可话刚出口，几个人就把他的手扭到后边反绑起来，让他双腿跪地，把木杠压到他的肩膀上。一根木杠把他脖子压出紫红的瘀血时，人们并没想那么多，觉得是上边在吓唬人。承信和秉胜的儿子承欢在一旁大喊大叫，秉德女人管住了自己，没让自己说话。可秉义一直不肯改口，木杠就一直压下去，秉德女人终于管不住了，她转身冲着身边的周成官，泼妇一样大骂不公平的世道，骂黑心的上边，骂不让老百姓活下去的政府。秉德女人冲周成官骂，是有些耍的意思，觉得自己和周成官沾着亲戚，耍得着，是想让周成官借她耍泼妇的当口帮她说说话。谁知她越骂，打压越厉害，后来，在周成官眼角一瞥的暗示下，一个长着鹰钩鼻子的警察居然从地边拽出一捆须草揿到秉义胯下，划一根洋火点着。围观的人开始嗷叫，秉德女人疯了似的往秉义身上扑，一直没有说话的承信和承欢也往上扑。可是几个警察挥起木杠，一个转圈就把他们打倒在地。当他们从地上爬起，试图再一次反攻，火已经把秉义那软乎乎的家伙烧成了煳苞米,黑黝黝的散发着焦煳味,他们只有往他身上撒一锨泥土把火扑灭。

第五章

没有人能抗拒上边的政策,如此惨无人道的"粮谷出荷"①政策持续了六年,从一九三八年到一九四四年,秉义以轻率的反抗给大家做了示范。如果不是秉德女人在场,也许就不会激起周成官残留在心中的愤恨,可正是秉德女人在场,那火在她心里燃烧了半辈子,什么时候想起,什么时候都心如刀绞。而在周庄,她和秉义的好,再也不是什么秘密的不可言说的事情了。只不过交粮之后的贫穷困住了大家的嘴,没有人愿意提及而已。

饥饿再一次洪水一样吞没周庄时,人们对周成官的愤恨已经达到顶点,因为所有佃户和有地的人家都交粮,唯独他家不交,或者象征性地交一石两石,于是第二年秋天刚过的一个初冬的晚上,周家的粮仓燃起了大火。火光熊熊燃烧,整个村庄都被照亮,就连罗锅家的瞎眼媳妇也说看到了火光。人们很自然就联想到纵火者是谁,可是没摁到手下谁也不敢指名道姓。其实没有任何人能想到谁是真正的纵火者。秉德女人把一盒洋火扔进周家粮仓,借的是周家人自己的手。有一天,

---

① 粮谷出荷:为日语,意为粮食出售。日伪时期在东北实行的一种逼粮制度,以估产数为准,签订"出荷"契约。秋季不管收成如何,伪官吏大批出动,夜以继日地对广大农民进行逼迫。

克真家的四儿子吉成来家里找承多玩耍，秉德女人找来一挂过年没有放净的小鞭儿，划着洋火点着。噼噼啪啪响过之后，她跟承多说，这洋火最好了，没有鞭也能点出响儿来。承多说没有鞭往哪儿点啊？她说往粮仓点呗，可惜咱家没有粮仓，要有的话，夜里钻进去点，粮仓会放一夜的鞭炮。

  周家的粮仓确实放了一夜鞭炮，可秉德女人没有丝毫兴奋和喜悦，和秉义的悲惨比，周家毁点粮食实在不算什么。那年年根，患有肺病的秉义老婆因饭食供不上躺倒在炕，没几天就闭上了眼睛。为了让绝望的秉义感受到一丝人间的温暖，在承国媳妇顶不住饿回了娘家的正月里，秉德女人做了一件比烧周家粮仓更惊天动地的大事。她把手上的戒指撸下来放到漱口盂里，把秉义叫到自家厢房，插了木门，脱光自己的衣裳让秉义抱。当然这件事惊动的不是天也不是地而是她自己，因为在此之前，她带着承信、承多和手上的承山，去了一趟秉德坟地，在那里烧香烧纸，大哭了一场。她冲地下亡灵一遍遍叨念："俺不是成心想坏申家门风啊，老祖宗——"秉义哆嗦着不敢抱她，她就拽住秉义的手往她胸脯上送。当秉义的手碰到她暄软的胸脯，终于被一种冲将出来的悲愤点燃，猛兽一样将她扑倒在地，她便撕扭着扒开秉义裤子，找到那穗黑苞米，将它握到手里轻轻揉动。尽管如此试过多次，他都没有反应，但秉德女人已经为自己的作为深感满意了，因为从此，秉义有了笑脸，从此走在腊月的寒风中，秉义灰黄的脸上有了血色。

  为了不使出阁的闺女久住娘家搞坏小老婆的心情，黄保长用马车送人的同时，送来一石苞米、二十斤小米、一坛咸猪肉和一筐鸡蛋，眼气得街上人直咂嘴巴。其实这门好亲戚一直都在发挥作用，要不是沾着黄保长，周家粮仓被烧绝不会如此老实，周家早就传出话来，说吉成点燃粮仓的洋火是秉德女人给的。

秉德女人沾了亲家光,秉义却不想一直沾嫂子的光,转过年,他就把两个闺女扔在家里,带三个儿子拉棍要饭去了。

送走秉义不久,承国媳妇生产,因为是富家闺女,秉德女人没敢自己接生,从南王庄找来姜水婆,并求秉胜用马车去下河口拉来亲家母。一个"带把儿"的小生命顶着一头黑发呱呱坠地时,承国不在身边,承多抱住秉德女人的腿,直喊又有了小兄弟。

有了孙子的日子是从灶坑里开始的,早上,五点不到,秉德女人就得起来扒灰拿草生火做饭。月子饭和一家人平常吃的饭不能一样,月子饭是小米稀粥煮鸡蛋,平常的饭是苞米糊糊拌干菜缨子和地瓜梗;月子饭一天五遍,平常的饭一天三遍。关键是亲家母自从闺女生产来到家里,就丝毫没有走的意思,不但当妈的来了,她还领来个十一岁的儿子。为了待客,一家人的饭也得分出两种,给客人的苞米糊糊不掺任何东西,还要炖小灶酸菜。因为很小离家,在家时母亲又没教她炒菜,秉德女人多年来一直是炖菜,萝卜、白菜、地瓜梗、芥菜梗统统扔到锅里。亲家母吃不惯炖菜,就一边摇晃襁褓里的孩子,一边口授炒菜技术让她实践。如此一来,灶坑就成了秉德女人须臾不能离开的战场了。因为她不但从一睁开眼就腰不抬、手不停地忙到半夜,还必须保持高度的警惕,饭凉饭热都必须让媳妇满意,菜好菜坏都不能让亲家母挑剔。他们都满意了,还得控制住小儿子承多的馋嘴,扒好的鸡蛋必须在钵子里扣得严严实实。为了方便一天五次往西屋端饭,为了承多不和亲家母领来的小儿子争吃争喝,她从南甸子挖来一盆黄泥,和好后,把承多整天关在厢房让他玩,让他做小耗子和小猫小狗。有一天,他把门捣鼓开跑回家来,正赶上扒鸡蛋,他哭叫着要吃鸡蛋,她一巴掌把他抽倒在地,心疼的泪水哗啦啦就淌出当妈妈的眼角。秉德女人本可以不必这么严格,也可以不必这么操劳。她生孩子时,没有任何人为她扒鸡蛋,也没有任何人为她操劳,可是在失去了娘家这门亲戚,得罪了周成官这门干亲,申家什么依靠都没有了的今天,能打点好亲家母,打点好黄家闺女,是她最应该做的事情了。

黄家的闺女也许满意,亲家母显然并不是十分满意,这个因为门牙过长、嘴唇包不住嘴的女人,居然有一张阴云密布总不开晴的脸,居然和所有不受宠的大老婆一样,威风不在,气焰却在,张嘴说话像吐棍儿似的又直又硬。她之所以能在申家住下,是她无处可去。在黄保长面前,她就像冬天的大葱,叶黄根枯,虽然心还不死,可想在春天的日子重新发芽完全没有可能,因为那个小老婆太风骚了,白天晚上只要有空,就和黄保长在东屋炕上癫狂,不避儿子媳妇眼目,更不避她的眼目。有时,为了气她,小老婆居然故意一迭声地狂欢乱叫,居然每天都描眉画眼不干活。从那时起,她就眼巴巴地等着闺女生产这个日子,就试图抓住这根救命稻草了。在黄家已经威风扫地,她也许从没想过在另一处树立威风,可当憋屈在心底的东西沤成一堆肥料,遇到和黄家生活水平天地之差的申家,那威风便没法不像新绿的大葱一样钻出地面了。她不但理直气壮地告诉秉德女人不吃炖菜,还管着申家的事,说她临来之前找人算过命,承国这个孩子命硬,十八岁之前,绝不能叫承国爹,要是叫了爹,就主着承国早亡;而听到承多被秉德女人打哭,她揭开西屋风门,粗声大气说:"为一个鸡蛋至于把孩子打得呜哇乱叫嘛,俺孙子鸡蛋都吃够了。"

秉德女人没有婆婆,却从半道捡来一个婆婆,又是一个挑三拣四、喝五吆六的婆婆,那段时间,她身心俱疲,不但忘了用漱口盂漱口,还忘了梳洗打扮,她根本没有时间像亲家母那样穷讲究了。这似乎是一个奇怪的圆圈，为了让亲家母高兴，她没时间讲究，可是她越不讲究，亲家母越不高兴。她终日披头散发的不小心把一根头发掉进碗里，亲家母把头发丝挑在筷梢，阴沉沉的脸要多难看有多难看。倒是万事都有个劫数，就像有秋风的肃杀必有春雨的滋润，正在秉德女人掉进一个草灰和阴云共同穿行的深渊时，一个人从外面回来，成了她的救命稻草。

这正是早在两年前就潜伏下来的那桩好事，它就像秉德女人曾经馋酸时隐藏在山野里的果实，它挂在遥远的枝头，挨近它需要跋山涉水的辛苦。那个早上，还是早春的周庄到处都有喜鹊的叫声，秉德女人家门前的草垛上，居然站了一对胖乎乎的喜鹊，叽叽喳喳冲院子叫个不停。一年四季，总有各种鸟飞过屯街，在屯街在草垛上落脚，麻雀、燕子、乌鸦、毛头鹰、老鹰、大雁，可它们会合在屯街上牛马猪狗的叫声中一起，从来分不出谁是谁。这一天秉德女人听清了，心里无端地慌跳了几下，仿佛有什么好事就要降临。现在，在她看来，最大的好事莫过于有谁来把亲家母找走。一头晌，她上街口冲西边望了好几遍了，一有车轱辘吱吱呀呀轧过来，她的心就蹿进了嗓子眼儿。可是她屡屡失望，那车不是周地主家的就是秉胜家的，再不就是别个村子路过这儿的。下半晌，喜鹊也飞走了，日影也落下了，秉德女人只有绝望地蹲在灶坑扒灰，准备做又一顿晚饭，然而这时，只见承信拖着铁锹从外面大步流星跑回来。他有事没事，总要扛着铁锹，把铁锹拖在地上，显然是有些着急："妈，俺大哥回来了。"在秉德女人心里，他们的大哥永远是藏在她戒指上的亡灵。莫名地愣神，却发现门口走进穿着一套黄衣裳的承中，后边还跟了一个陌生女子。

来的人不是接亲家母的人，恰恰因为亲家母还在家里，承中带回一个城里媳妇这桩好事，才显得更有意义，可以说是好上加好了。因为当承中当着亲家母的面,不无得意地说:"妈,她是于芝,俺给你娶回来媳妇啦。"亲家母一直以来颐指气使的眼神顿时委顿,白苍苍的,有些发蔫。

承中一小就像个大板先生,这回真就是个大板先生了。黄达夫呢军服笔挺板正,衣领钢圈一样坚挺地箍在脖子上,腰间黑亮的皮带上,别着一把手枪,脚穿高过膝盖的皮靴,使他往那一站不必说话,就透出一股威风凛凛的军人派头。而身后的女人漂亮得简直像个天仙下凡,瓜子脸、柳叶眉、细长的眼睛、白腻的皮肤、苗条的腰肢,她梳一头乡下人从没见过的直发,穿一身老绿色袍子,举手投足落落大方,使她的漂亮里有一种有别于乡下人的洋气。虽然这女人和秉德女人小时在青堆子湾见过的女人都大不相同,可她身上有一股劲儿让秉德女人看了眼前一亮,她的目光像一只冬天里趴在锅边的蚂蚁,盯在于芝的脸上一动不动。

这时,亲家母和承国媳妇脸上却在瞬间罩上一层云翳,于芝走近躺在炕上的孩子,伸手逗弄孩子的嘴唇,亲家母居然扯住垫子往炕里推去,屋里的气氛顿时有些尴尬。

一桩巨大的好事在不知不觉中降临,秉德女人觉得恍如做梦。它的好不是一种简单的好、单一的好,而是许多好加起来说不清道不明的好。承中不但带回城里媳妇,还从城里带回毛毯、军被、洗脸的洋胰子、打蚊子的洋甩子,还破了乡下人规矩,当晚就和于芝住进了她的里屋,省了娶媳妇的花费。他们回来第三天,亲家母就在承国回来之后,收起包裹知趣地离开了申家。而承中在家住下的半个月里,家里像唱大戏一样来人不断。虽然一连三顿吃糠咽菜的人们,早在黄保长送来一车粮物时就对申家的日子生出眼馋和嫉妒了,可这一点儿也没有妨碍他们挪动在大街上的脚步。事实上，看一眼申家不用花钱就娶来的城里媳妇也相当顶饿，至少在那一刻他们忘记了一切。

对于外面，人们知道的并不算少，他们没看见人们如何和日本鬼子打仗，没看见日本鬼子如何一夜之间就占领了自己的土地，可是他们听说过寇半沟抗日英雄全家被杀的事，听说过大匪胡子曹宇环抗日抗着抗着不抗了叛变了的事，还有秉德不抗日被割下的舌头、承国因倒大烟被日本人关的禁闭，还有周成官和日本狗腿子联合把秉义的阳物烧成煳苞米……他们虽见识不多，但他们知道，只有和日本人勾结才会有好日子过，可就是不知道当了日本人的兵，怎么就会好到如此程度，会拿回来毛毯、军被不说，还能带回一把手枪，领回一个城里媳妇。

瘦得皮包骨头的人们仰着干生生的脸冲承中直勾勾看时，承中的得意就像春天山野里的婆婆丁①的种子，随处飘落。他不放过任何一个来看热闹的乡亲向媳妇介绍，罗锅叔叔、秉胜婶子、老三黄爷爷，不但如此，某一天还领着天仙一样的于芝去了周成官家，让于芝跟他一道跪下来三拜九叩。他向媳妇介绍村里人，却对自己在部队里干的事只字不提，他告诉人们于芝是鞍山城里人，却对于芝父母是干什么的只字不提；偶尔有好奇的人问起，他赶紧岔开话头。于是，对感兴趣又无法知道的事情的猜想，便成了周庄人漫长春天里打发饥肠辘辘时光的重要话题了。

人们的议论无非两点：第一，那毛毯、军被是从日本兵营仓库里偷出来的，有人看见他裤带上挂着一串钥匙；第二，那女子是从窑子铺里抢出来的，有人发现那女子眉眼里有一种风尘女子的愁苦。可这

---

① 婆婆丁：蒲公英。

丝毫没有影响好事的成色。这并不是说秉德女人不知道人们怎么看，为了打击她的得意，克让家的早以关心的口气向她通了风报了信儿，也不是在经历了秉义被烧事件之后，她已把家风门面之类虚妄的东西踩在脚下，而是这时节，周成官的孙子吉家犯了事，被他的四爷从复州城打发回来了。这让秉德女人看到，这年头不管是偷是抢，不犯事就是英雄好汉。周成官领着孙子拄着木棍趔趔趄趄来到申家，就说了让秉德女人大感舒心的话："侄媳妇，老天不灭你啊！"

老天不想灭你，总会想方设法帮助你，承中确实是从日本人兵营仓库里偷的东西，可他没费吹灰之力。那个管他的日本总务长家里有个未婚妻，再住三天就要结婚了，却接到命令远跋中国。几年来他转战旅顺、大石桥、安东、鞍山一带，往家里写了无数封信，却没收到一封回信，想家时动不动就撺掇翻译喝酒，一喝醉了酒就拿翻译撒气，莫名其妙地骂他"胆小鬼、东亚病夫"。中国翻译被骂急了，就在他醉酒时把他总管大片仓库的钥匙骗下来，交给承中，让承中随便偷。承中也有一把仓库的钥匙，可谁管哪个库房都有记录，丢了东西各负其责，能借刀杀人承中当然不拒，况且又有翻译保护，况且翻译是鞍山人，他偷多少都有地方窝藏。可承中还是有所顾忌，他顾忌的不是自己，恰恰是那个日本总务长，他是一个忧郁而又温和的年轻人，承中不想坏了他的前途和性命。他尤其理解他对家中女人的想念，他就常常想起青堆子湾赵铜匠的闺女。虽然没有多偷，可承中每当看见总务长，都觉得自己对不起他，都格外给他笑脸。谁知日子久了，总务长开始喜欢承中，偶尔逛妓院，要躲过翻译偷偷把承中带上。那点男女之事用不着翻译，可像个翻译似的尾随皇军，在妓院里，承中就成了重要人物，就有了身价，就和在皇军眼里并不好看，而在他眼里娇美如玉的于芝有了第一夜。于芝本是皇仙楼最漂亮的一个，可因为她身上有一种狐臭气味,跟她有了一夜的回头客没任何人再要她。长期受回头客冷落,于芝和承中第一夜的云雨简直就是狂风暴雨,承中长期以来干蒿的根脉被酣畅淋漓浇透,他根本没有闻到任何不好的气味。得到了尽情的滋补,承中从此念着于芝,而因为有着身体的难言之隐,有一天,于芝告诉承中,不管他的家在城里还是乡村,都坚决嫁给他。

要是没有家住鞍山的翻译,他就不能因偷东西讨日本总务长喜欢;要是没有总务长的喜欢,他就去不了妓院,遇不到于芝,也不可能得到假期。他本想回家住三天就走,可那总务长却给了十几天假,并赠送他一把玩具手枪。关键的一点,于芝是鞍山一家开造纸厂的资本家姨太太的私生女,一小没有爹妈,被一个没儿没女的老太太收养。老太太死后,她就进了皇仙楼妓院,承中娶她,等于给了她一个家。不像周成官的孙子吉家,都和四爷家的丫环订了亲,却还去妓院鬼混,混也不要紧,居然跟一个日本人的狗腿子争风吃醋。那狗腿子警告他不许动他的女人,他却亮出周四老爷的招牌动手把人家打了,结果被他的四爷打发回家。说到幸运,这是秉德女人最幸运的一点,要不是日本人的狗腿子打了周成官的孙子,让当爷爷的一时生气犯了糊涂,忘了上青堆子湾日伪当局告密,承中像当年秉德那样监守自盗,早就没命了。

老天想成全谁,你走了顶头风也会变成顺风;老天想灭谁,你走了顺风也会变成顶头风。在秉德女人把顶头风走成了顺风的日子里,她不忘把承中拿回家的洋胰子分给每户一块,就像多年前她杀了老马,把全村人请回家吃马肉那样。洋胰子不顶马肉,可是也多少安慰了人们因眼气而生出的妒意。然而,顺风日子也有顺风日子的苦恼,你抚了外,却还要安内,家里有了两个媳妇,怎么说日子也不像原来那么简单了。承中走后,两个媳妇的事一点点就浮出了水面。首先是饭桌上的气氛有了改变,承国媳妇吃惯了月子饭,冷不丁跟着吃地瓜梗稀饭,吃几口就不吃了;而于芝,桌子边上坐一会儿,和承信、承多一样捧一大碗粥,可嘴唇轻轻一抿,立即碰了毒药似的推了出来。两个人都饭食不足,秉德女人就不好支使她们干活。承国媳妇夜里操心孩子睡眠不足,动不动就和孩子一起睡着了,不睡的时候,就把孩子抱到厢房,干起了她的老营生——纺花;于芝是城里人,乡下的活根本不会干,灶坑里爬出一只草虫就吓得呜哇乱叫,更不用说抱着磨棍转圈推磨和上山种地了,她一天天只待在自己的屋子里,很少出来。在情理上,秉德女人更想支使承国媳妇,毕竟她结婚一年多了,不管家里多么娇贵也还是乡下孩子,可自从进家,她就一直宠她,冷不丁不宠了她张不开嘴。最初几个月,为了让两个媳妇欢心,秉德女人谁也不支使,所有的活儿都自己干,扒灰、生火、做饭、喂猪、喂鸡、推磨,即使都晌午歪了灶坑还没点火,也不喊媳妇。可她不喊,并没像想象的那样换来她们高兴。于芝眼睛里的喜气眼看着布丝一样一点点抽走了,瓜子脸一天天板得紧;承国媳妇虽不像于芝那么明显,大伙儿逗孩子她也跟着笑,喊她吃饭也脆生生地应着,可那眼神一眨一眨间,总有一种说不清的心思流露出来。

　　事实证明,老天在给你一种好的同时也给了你不好,就像一座山有阳面就有阴面。和有钱人家结亲,娶城里媳妇,都是好事,可是她们吃不得苦、遭不得罪。秉德女人也曾是有钱人家的大小姐,可因为没有婆婆,没有一个现成的家,她从没想过逃避苦和罪。眼看着变成两个媳妇的避风港,一日日疯婆子一样累得披头散发也讨不来笑脸,有一天,秉德女人不得不找来专门爱管家务事的老三黄,让他来给两个媳妇开了个会,跟她们讲周庄的规矩。老三黄虽然掉了当门牙,说话漏风，可终于有机会盘腿坐在炕头施展权威，他的语气手擀面一样十分筋道："承中家的、承国家的，你们现在是申家的媳妇，娶了媳妇，婆婆就不能这么干了。从今往后，你俩就得轮班做饭了，一人半个月；不做饭这半个月，推碾推磨、洗洗浆浆就得挡了去。你婆婆在早也是大小姐，干了一辈子，娶了儿媳妇，她也该歇一歇了。俺老三黄就这么个想法，没什么好商量的，从明儿个开始，从大的轮。于芝是城里人，不会做庄稼饭干庄稼活，不要紧，你婆婆在前边领几天，上了道就好了。"

老三黄的话，谁也没有表示反对。第二天，于芝也拉开了做饭的架势，一早就系着新铿铿的围裙来到堂屋，跟婆婆学习如何扒灰生火、如何刷锅添水，可秉德女人后来的日子并不好过。她不好过，不是于芝太娇气，一缕烟灰从灶坑里冒出来也要老远躲着，而是一天天过下来，黄保长送来的那点粮就要见底了。承国往家里交的钱越来越少，眼看着娇滴滴的媳妇都累成泪汗不分的花脸狼了，揭开锅一看，才是一锅稀溜溜的饭水，实在难以承受。于芝后来倒是强着吃几口饭，可她的气色越来越不如从前，并且每早起来，眼泡泡都红肿得像野葡萄。倒是有一个城里媳妇比着，承国媳妇开始要强了，绝不用婆婆跟着，把孩子推给婆婆，一天天挓挲着小脚里外忙着，可因为吃得少活儿又累，她的奶水一天天见少，孩子一天天哇哇大哭时，秉德女人竟然把自己的奶头拽出来让孩子抽。可她的奶头也早不像从前，只要有一口吃的就有丰盈的奶水，孙子往往抽着抽着突然甩了奶头，哭叫起来。她难过，最难过的是日子的贫穷，要是每顿有好饭好菜，她们吃得饱，于芝干点活也不至于累哭，承国媳妇也不至于累断了奶。她难过，说到底还是心疼怀里的孙子，听不得孙子的哭。心里难过又说不出来时，秉德女人只有硬着头皮上周成官家借粮。

　　周成官断了秉义的根性，可秉德女人的一把火并没烧光周家的粮食，烧了这个粮仓还有另一个满登登的粮仓呢。虽然沾着黄保长的光周家不提点火的事，可这么拉下脸皮登周家的门，秉德女人真是下了一千遍决心。那天外面下起了小雨，她淋着雨都快走到周家门口了，又折了回来，可刚折进自家院子，看见堂屋里媳妇的身影，又立即转身。这艰难的反复，对秉德女人也许相当重要，在她原来的想法里，只想去张张嘴，并不想跟他说多少小话和软话。她觉得能屈尊上周家借粮，就已经给足了周家面子，要知道仇恨在她心里是生了根发了芽的。可再度走进周家，人还没进门，小话就汤汤水水地出了口："周老爷啊可怜可怜俺啊，俺媳妇都断了奶了啊，你说俺怎么就是过不好呢？"秉德女人知道，在自己儿子带回媳妇和物资，周家孙子却威风扫地从外面回来时，最中听的小话不是向周成官赔理认错，而是承认自己日子的穷，认了穷就是向周家认了输。谁知她认了输，周家并没给面子。周成官老眼低垂着倒是没说什么，周克真却扔过来一个冷冷的眼神，冲秉德女人说："嫂子，你是不是叫两个媳妇闹得好久没下地啦？你不上地里看看地里有多少蝗虫。这年景，谁借粮谁是傻子。"

　　后来才知道，这一年的虫灾，其实从头一年承信和罗锅帮周家在大烟地里抓虫子时就开始了，只不过当时还没漫延到别处。现在，蝗虫早已在村子里的土地上群魔乱舞了，苞米苗、地瓜苗、土豆苗在一天天减少，承信已让承国买了好几袋洋灰往地里撒了。承信是个有孝心的孩子，知道母亲在两个媳妇之间忙碌心情不好，就没有告诉她。秉德女人上南甸子只望了一眼，泪珠子就滚豆子样滚了出来。

　　蝗虫疯了似的在大地上噬咬庄稼时，也钻进秉德女人的神经，她夜里再也睡不着觉，到处都是虫子咬庄稼的声音。在那些声音肆无忌惮咬着她的夜晚里，一个个办法也带着声响在心里过滤。她打算再硬着头皮去一趟黄保长家，再硬着头皮去一趟青堆子湾兄弟那里。不管怎么说，黄家的闺女在申家，他们的外孙在哭叫，他们不能见死不救。不管怎么说，介翁和她是一奶同胞，不至于因为父亲的话而永不认她。可决心在心底里一圈圈缠着，还不等缠成一个实心的球体把她从家里推出来，下河口承国媳妇的兄弟前来报丧，说亲家母得了家气伤寒，一口气没上来，死了。承国媳妇哭天号地往家里赶，她怎么可能再跟在后边去借债呢？青堆子湾的兄弟介翁倒没把她轰出家门，因为她压根儿没有回家。承国载着她直接去的盐行，可是介翁告诉她，日本人把持了盐行，东家挣不来钱，他也半年多没开工钱了。粮价一天天上涨，家里父亲留下的那点钱，供一家五张嘴，已经非常困难了；大哥介夫寄来的钱都在大嫂手里，她怕大哥扔了她，一分也不拿出来。

虽然承国的进项可暂时不还债，用它买来一点粮，承国媳妇借母亲死的机会，和孩子在娘家多待了些时日，省了一张半嘴，可承华又抱孩子回来把那一张半嘴填上了。一天三顿吃苞米面掺槐树花和野菜，没有野菜，就到沟谷里撸一些草叶，终是没有挽住于芝离家的脚步。一个阴雨连绵的早上，于芝穿一身干净衣服从里屋出来，红肿着眼睛叫了声妈："妈，俺也回娘家去看看，等到秋天再回来。"

于芝有没有娘家，秉德女人并不确切地知道，但最初村里人的猜测她还是没有忘记，她上下细细打量了一下于芝，无可奈何地说："孩子，你走，妈不留。可妈想告诉你，没有迈不过去的坎儿，稍稍一挺，也就挺过去了，不能给自个儿留下后悔。"

于芝眼圈顿时红了，嘴唇也哆嗦起来，她咬了咬牙，转过身哭了。在她那里，做出这个决定一点儿不比她的婆婆去周家借粮容易。在乡下，有一百种不好，没人嫌她狐臭就是最大的好，走进充满粪臭味的院子和烟熏火燎的屋子，她身上的味道不知怎么就消失了，不是臭而是有些香了，她觉得自己就像掉进福坑的福人儿。虽说村里人看她的目光有猜疑的成分，可那猜疑后边是热辣辣的稀罕和眼气，刚来周庄的几天，可以说她得到了一生中从没有过的尊重和宠爱，为这，这辈子就是当牛当马她都认了。可想象的当牛做马，和真的当牛做马完全不是一回事，在想象里，没有七手八脚的虫子——承中走后，一些虫子从炕席缝里钻出来，伸展着毛茸茸的小腿甚是可怕。她可以出力干活，却受不了与虫为伍。时间长了，虫子也都能见怪不怪了，可有一样东西却是时间越长越受不了——吃那些只有畜类才吃的野菜粥。她偷偷哭过好多个夜晚了，饿得身体发虚、眼睛发黑时，被她抛在身后的皇仙楼越想越觉得温暖。至少，总有不知底细的人要她，即使没人要她，也还有一天三顿白面馎饦和鸡蛋汤，总可以睡干净的床铺，穿干净漂亮的衣裳。要是换个通风好的地方，没人再闻到她身上的狐臭，或许更好。

虽然哭成了泪人儿，于芝还是做出了走的举动。她从手头绸缎包里拿出一只绣着王字的布老虎交给婆婆，一边哭泣一边说："妈，我一小没妈，这是干妈给我的护身符，留给你啦，我永远不忘你。"

仅此一句话，秉德女人就彻底明白，她只要一走就永远不会回来了。那天早上，秉德女人没有跪下相求，也没再多说一句挽留的话，只是把护身符重新塞到她的包里，哭着告诉她："只要你心里有这个家，什么时候回来妈都要你。就是承中不要你，妈也要你。"之后求了秉胜的车，让他把她送到青堆子湾。

然而没出三天，于芝竟然在青堆子湾出了事儿。那天头半晌，承国从外面回来，一进门就"妈呀妈呀"直喊，吓得在厢房里筛秕糠的秉德女人浑身发抖。当她呵呵地应着，说妈在这儿哪，只听承国呼呼带喘说:"妈,俺看到俺嫂子了,躺在青云楼外面的石阶上,那么多人围着看,说她偷嫖客钱包,被嫖客和老鸨合伙打了,人事不省。"

尽管有过承诺,说只要于芝心里有这个家,什么时候回来她都要她,可这个消息还是让秉德女人震惊并犹豫了。她震惊,是说于芝居然没离开家门口;她犹豫,是说如果把她接回来,申家的名声可真是要多败坏有多败坏了。申家早都没什么名声了,可这涉及承中的名声——要是承国的话是真的,那承中能不能接受她无法知道。即使承中能接受,家里没粮,接回来怎么养她?那一瞬间,秉德女人恍如一只遭到追打的狗,在院子里团团乱转,竟然问起承国该怎么办。承国不语,她闷了一会儿,破口而出:"走,你妈豁出去了,怎么说她也当过咱家媳妇。"

坐在秉胜马车上,秉德女人就像一只憋足了劲儿的斗鸡,满脸涨红。那时当头的日光正泼剌剌地洒在四周大地上,使远处庄稼的叶尖和树梢有一种闪闪烁烁的红,看上去仿佛是她的脸映红了它们,而不是日光映红了它们。要不是秉胜一直干点副业,就不可能有这么便利的马车,老三黄家的驴车早就停了。即使干了点副业,秉胜的老马也饿得有气无力了,马车慢腾腾爬过八里庄那个山岗时,秉德女人恨不能跳下车步行,急得气都喘不匀了:"兄弟,能不能再快点?"

要不是承国先一步到达,于芝早被人扔到街后的阴沟里了,他护住不让动,所有看光景的人都向他投来奇怪的目光。于芝头发蓬乱,赤条条的大腿在阳光下血肉模糊。秉德女人到场时没哭没叫,她蹲下来轻轻托起她的脖子,用衣襟擦着于芝流血的嘴角,对着她的耳眼小声说:"孩子不怕,妈来了,妈接你回家。"她的想法是,悄悄把她抱上车就走。可这时于芝哭了,身子一抽一抽,嘴里发出呜呜的声音。

为了安抚于芝,秉德女人把她抱在怀里,像抱孩子那样晃了一会儿，之后才示意秉胜和承国将她抬起。可是，就在秉德女人趔趄着站起来，跟着往马车旁边挪动时，一件意想不到的事发生了，她看到了一个人——曹宇环。他正穿着金闪闪的土黄色长衫大摇大摆向青云楼走来。虽然日影西下，街面上有些暗淡，可因为迎了西下的日光，她一眼就看清了他那长满麻坑的脸、揉碎了野葡萄似的眼窝。看到曹宇环，秉德女人僵了一下，停下脚步，这时，她觉得有一个让她浑身发抖的想法从她眼前飞过。那想法一闪即逝，萤火虫一样，可她猛一个激灵追上了它，把它死死抓住。她掉回头，扑火的飞蛾似的朝曹宇环迎过去，迎到对面，扑通一声向他跪下："曹大掌柜的行行好，给俺点钱行行好，俺过不下去了。"

因为她的动作太意外太突然，不但秉胜、承国愣住了，看光景的人愣住了，曹宇环更是愣住了。他停下来，摘下头上的卷边礼帽，斜眼看了看眼前的女人，又看了看前边的马车。他显然并不知道前边发生了什么，因为毫无打发乞丐的准备，即使当着许多围观的人，他也没有出手的意思。他摆弄了一下手中的礼帽，之后迈了一个倒八步，企图躲开秉德女人。可就在他错动脚步的时候，秉德女人青蛙似的挪动身子，扑通一声趴倒在他油光锃亮的马靴上，拖着哭韵道："俺是秉德女人，你救救俺啊——俺没有男人啊——"

虽然麻坑里仍然淤积着一丝厌恶的表情，从秉德女人身下抽出左脚，还清除灰尘似的朝半空踢了两下。可不知道这句话中的哪一部分触动了他，那只脚在地面站稳时，他从衣兜里款款掏出散发着烟油子味的布袋，像十几年前在周庄半山腰那样，斜斜一甩甩到她的脚下，之后扭过身，背着她，也背着青云楼，头都没回，扬长而去。

第六章

曾经，秉德女人脱光了衣裳帮秉义挽救那穗黑苞米，不但没有半点有失门面的不洁之感，反而觉得成功地做了一件大好事。现在，她当众向曹宇环下跪要钱，在一带人的议论声中把一个窑子铺里的媳妇弄回家里，她对自己已经佩服得不得了了。尤其在曹宇环面前的灵机一动。只要有钱买粮，只要于芝能治好伤，只要一家人有吃有喝，日子还像个日子，就比什么都重要。实际上，这时节村子里也没有谁笑话她的举动，就连克让家的上门看于芝受伤的身体，也大骂狗男人的无情。

点一点那袋纸币和铜钱，总共九块八角，两块钱一石高粱，能买不足五石，苞米比高粱便宜，可是于芝和承国媳妇都不爱吃苞米，就只有两样兼买。有了钱，承国没出当月，就把媳妇接了回来。虽然同样是原来的日子，可折腾一下和没折腾以前是不一样的。这并不是说于芝遭遇挫折，心里身外遍体鳞伤，没了退路，终于安心过起贫穷日子；承国媳妇死了母亲，没人来婆家为她撑腰，秉德女人可以为所欲为，不是。而是有了一次折腾，两个媳妇都把她当成了亲娘。于芝在婆婆帮她往伤口敷药时，一枝一叶向她讲起了事情的经过，原来她并不想在青堆子湾留下，鞍山虽没有她的家，可毕竟那里她熟悉，如有可能，还可以去找承中，让他为她的生计想想办法。可在车站等车时，她的布包被一个匪胡子抢了，无奈中只有找窑子铺就地取财。那个男人看上去非常斯文，穿着一身里外都有一尺见方大兜的布衣，和她上床也不忘斯文地把脖子上的玉佩摘下来放进兜里。拿走玉佩，不是她真正想偷，而是见他玩得欢畅，故意邀宠。在鞍山，有些大商人根本不在乎这些小东西，她的同伴就常常以此邀宠。可这里不是鞍山，这个男人也不像看上去那么斯文，他也许人斯文，可肚子里装着要多残暴有多残暴的招法，发现玉佩丢失，背着老鸨，雇了两个打手把她关在一个小屋里往死里揉搓。他们轮番趴在她身上，趴够了，就扯着她的头发往墙上撞，她昏过去，才找来老鸨，让老鸨赔钱。虽然没有说出狐臭让后来的打手更加疯狂的秘密，可一席话已经让两个人的心紧紧地连在了一起，因为她唤醒了秉德女人这些年来肉体曾经遭受的所有折磨和屈辱。承国媳妇倒没有肉体上的苦痛，可她心底里的苦痛一点儿不比别人差。在和婆婆一起推磨箩面时，她告诉婆婆，她爹贪女人，当她妈的面就敢贪，她的妈妈受了她爹一辈子的气，小老婆进了家，又受小老婆的气。她妈性格不好，早先管过儿媳妇，从申家回去，小老婆和她的儿媳妇一唱一和穿了一条裤子。有一天她到河里洗衣裳，回来时发现她们把她的相片扔在房后的水道沟里，她一气之下骂了两句，两个女人就动了手，她妈当天夜里就起了疙咽了气。她说在娘家住下的这一个月里，她看够了父亲小老婆的脸子和嫂子的脸子，她们骂她的孩子是匪胡子后人，说嫁鸡随鸡为什么不快点滚蛋，要不是她爹护着她，她们早把她赶走了。虽然没说出小老婆还骂了秉德女人，骂她不知跟了多少男人，可这已经足以让秉德女人心生可怜了。当初为秉德的事，把奶头送给黄保长，伤了这个可怜的女人，也许怪不得她，可这么可怜的女人要在家里多住几天她都没容得，实在是过分。如果说对于芝的感情里有同情，那么对承国媳妇的感情里就掺杂了悔恨和自责了。然而不管是什么，这婆媳之间、媳妇与媳妇之间，在那之后好长一段日子，都像沤在一个水池里的臭麻，臭是一窝、烂是一块了。许多时候，轮上于芝饭班，承国媳妇只要孩子睡了，一定帮忙烧火，而轮上承国媳妇饭班，于芝自动就把孩子哄过去。

两个媳妇都肯干活，秉德女人轻松了不少。为了珍惜这得来不易的成果，秉德女人不但在承华第二个孩子就要生产时，舀一斗高粱，让鞠老二把承华接了回去；还在承国回来和媳妇住在一起的夜里，点亮油灯，找来早已不动的绣花绷子，用一张黄表纸摁在枕顶上，手把手教于芝描花绣花。于芝心灵手巧，一学就会，经她手描出来的荷花、金鱼活灵活现。她对丝线的颜色尤其敏感，能把鱼肚白绣得看不出任何过度，鼓灵灵的样子仿佛那金鱼就要产仔。有时承多喜欢那活了似的金鱼，夜里不睡，也跟着描，灯影下的屋子里就有些热闹非凡了。

不和谐的音调，就是从这热闹开始的。教于芝刺绣的初衷，是为了在承国媳妇有男人的夜里不让于芝孤单，可承国不是天天在家，他不在家时，婆婆灯下和于芝叽叽咕咕在一起，承国媳妇就显得有些孤单了。承国媳妇和她的妈妈不一样，她生性温和、含蓄，有话憋在肚子里不说，可她不知道，那话是长了翅膀的，它不从嘴里飞出来，就一定会从眼神里或脸色上飞出来，她的目光和脸色一天天阴沉，秉德女人和于芝都有了察觉。一天夜里，都深更半夜了，厢房里突然响起纺车的声音。秉德女人慌忙下地，来到厢房，细细抠问，油灯下的承国媳妇才眼泪吧嗒说出实情。虽然安慰的话说了一长串，可第二天再绣花，把承国媳妇拉进来，三个人的世界就无论怎样都显得不自然了，因为于芝再也不能显摆自己的手艺了。

不过这样的日子并不久长，很快，承国媳妇又怀了第二个孩子，一天天除了呕吐就是犯瞌睡，顾不得别的。而一直没有揣上孩子的于芝心里着急，从姜水婆那里弄来偏方，到河套里挖一些香蒲根子，一冬一春都在忙活烀她的肚皮。直到第二年夏天，承国媳妇第二个孩子出生，三个女人之间的不和谐音才真正唱响。

　　那时，日本当局抓经济犯的风声紧上加紧，不用说倒腾大烟大茧，就是发现谁家吃大米也要砍头掉脑袋。承国重新经商，逃过好几场劫难了。他和丁有春从不走官道，从一块苞米地钻到另一块苞米地，野狼似的。有一回下起急雨，两块地之间的河里发了大水，他掉进河里被水冲走，差一点儿被淹死，人没死，可大烟土全部冲走。还有一回，刚刚在貔子窝大车店落脚，搜捕的人就跟了进来，慌忙把货品交到合伙分赃的店老板手里，不想那老板早已背叛他们，成了警察狗子的合伙人，所有货品都被截走。连连赔钱，两个人都心灰意冷，不想再做了。丁有春腰腿不好，大半年前就洗手不干了，可为了这个家，承国一直坚持。不必约丁有春，承国往往从青堆子湾拿了货，回家住上一晚，之后从周庄出发往西走，绕三十里山道，翻过高丽城山再奔城子坦。可这一天承国不知怎么就被警察狗子盯上了，直撵到周庄村头。承国知道媳妇坐月子不能惊吓，把货品和自行车一同塞进草垛空后，直奔嫂子于芝房间。当时，秉德女人在南河套的泉眼给孙子洗尿布，于芝正躺在炕上烀肚皮，承国叫了声"嫂子"赶紧跳上炕，小声说"救救俺嫂子，有人来撵俺"。于芝在外面见过世面，机灵又沉稳，立即从被垛上抽出大被，把自己和小叔子一同蒙到被里，不过十几分钟，就听外面吵吵巴火的声音渐渐远去了，是罗锅把追赶的人支走的，说他看见那个人往下河口去了。可当天晚上，承国媳妇说什么也不让承国上炕了，不为别的，就为他那一身狐臭味。她怀疑于芝急着要孩子，勾引了承国。两口家的事原本不必让第三个人知道，偏偏于芝在被窝里救了小叔子，勾起对承中的想念，睡不着觉时坐到磨盘上望天上的月亮，所有的话都听得一清二楚。于芝让婆婆把承国和承国媳妇叫起来，很快就把事实澄清。可有人拿她身上的气味说事，拿老眼光看她，大大地伤了她的心，第二天再看承国媳妇，怎么都难做出笑脸了。

在这件事情上，秉德女人坚决站在于芝立场上，当着承国媳妇抹下脸，训斥道："承国家的，你不能因为徐家炉小婆子勾引了你爹，就以为谁都能干出来。你爹是你爹，承国是承国。"

问题就出在这句话上，秉德女人应该说"于芝是于芝，小婆子是小婆子"，可半道改岔，改到承国身上，得罪了承国媳妇的同时也得罪了于芝。因为即使于芝勾引，承国也不是黄保长那样的人的意思太明显了。那段日子，秉德女人家里的气氛凝固了一般死寂又清冷，不但两个媳妇之间不说话，媳妇和婆婆也不说话。而秉德女人，更不能主动说话。她不说话，并不是耍婆婆威风，而是你已经揭了疮疤，血和肉都正新鲜，任何道歉都只能使伤口更疼。

在申家，没有哪个女人心上没有疮疤。说起来，秉德女人心上的疮疤最深最重，不出家门有一个秉义，不出村庄有一个周成官，出了村庄还有黄保长、曹宇环。她从来没想勾引男人，可他们确实都沾过她的身子，让她到死都说不出清白的话。如今，黄保长成了亲家，曹宇环是她的救命恩人，秉义因为她遭到厄运，周成官在一条街上斜着眼睛看她……低头抬头，轻轻一拎，就是疤痕下血淋淋的脓水……在一不小心揭了媳妇疮疤的日子里，秉德女人觉得家里家外沉闷的空气里，到处都弥漫着脓水的气味，因为那些难堪的场景总是一幕幕浮现在眼前……

那是四月里一个日光温润的正午，一家人正守在苍蝇乱飞的高桌上吃饭，罗锅突然在门口喊："秉德婶子、嫂子，有客来啦——"因为曾经差点儿当了承华女婿，罗锅永远不知该叫秉德女人婶子还是嫂子。秉德女人闻声抬头，一下子愣住了，来人居然是从没登过姐姐家门的介翁兄弟。他推着自行车，一脸热滔滔的汗水，可他并没有进门的意思，只把秉德女人引到院当央，故作平静地小声说："姐，介夫回来了，叫你必须在夜里回去一趟，不能让任何人知道。"

秉德女人一路步行，挽着承信的手过了一个村庄又一个村庄，打退了一群追上来的狗时，她的脚不小心崴了，有一段小道，是承信背着她走的。凌晨四点回到家里，一家人没有一点儿睡意地迎接她进屋。这是秉德女人多年不曾温习的场景了，自十六岁离家，她从不曾在这个家里被这么热情地等待过。介翁媳妇给姐姐倒水，介夫媳妇则帮她脱鞋；介翁坐在介夫身旁，和哥哥一起在油灯下笑眯眯地看着她。虽然一看就知是介夫兄弟的回来感染了大伙儿，可秉德女人坐下时眼圈还是热了又热。可以说，这是她这辈子少有的一次感动，她得到了家人少有的款待。但还有比这更重要的，她刚委到炕上坐下，介翁就争抢着告诉她，介夫现在在南京，已经是国民党中统局的一名官员了，深得蒋介石最得力的高官陈立夫赏识，做过多次劝降共产党的特使。过不了几年，日本鬼子统统赶走，南方起来闹革命的"共匪"也被打倒，中国将是国民党的天下，大连地区就由介夫来掌管，到那时，日子就彻底好起来了。南京是什么地方，大连是什么地方，她不知道，介夫当的那个官到底是个什么官，她听了半天还是不懂，可把小日本统统赶走，她听懂了，她的心在怦怦直跳，有一股血在往脑门上涌。她似乎终于明白为什么要夜里回来，为什么家人如此兴奋。然而，这似乎并不是介夫兄弟找她回来的本意，因为说完这一切，介夫捏了捏他因刚刮胡须显得青生生的下巴颏儿，严肃而庄重地看着她，慢条斯理地说："姐，父亲不在，在咱家里，你是最大的。有一件事，必须征得你的同意，我想休妻。"

在王家，没有谁还拿一个落入乡村的匪胡子女人当一回事，介夫的话让秉德女人受宠若惊，一时间有些发蒙。当然最让她发蒙的还不是这个，而是他想休妻。她瞪大眼珠盯着介夫青生生的脸，一时说不出话来。

"我们没有感情，我从来就没爱过她，她也根本不爱我。她居然把我寄给你供孩子念书的钱昧下了，我不能要这样的妻子，我已经向主做了忏悔。"

虽然爱不爱的说法让她听来有些别扭，可秉德女人一开始并没想发作，毕竟兄弟多年没回来了，又升了高官。可是就在她迟疑着想说什么又不知该怎么说时，介夫又强调一句："姐，你知道，我和她根本就不认识，我好像从来就没认识过她。"

一瞬间，像有一只钩子伸到远处，把本已经很是遥远的往事钩了回来："俺从没给什么人送过梳妆台。俺压根儿就不认得你，还不赶紧走？"这是曹宇环在青堆子湾店铺门口对她说过的话，两句话面对的对象完全不同，可此时此刻，在秉德女人那里，它们的效果是一样的，因为她觉得心窝的某个部位在一撅一撅地疼。介夫也许从没爱过他的媳妇，可是他占了她的身子啊，只要占了她的身子，就掠走了她的心，他就不能说不认识她呀！曹宇环也是一样，他也许从来都没爱过她，可他不能说不认识她，他占了她的身子，就掠走了她的心哪！想到这里，一股说不清的愤怒顿时像决堤的洪水，从心窝往嗓子眼儿涌来："介夫俺告诉你，你敢休了老婆，俺明儿个就敢跟你上蒋介石那里告状。俺告不回你，这辈子你就算没俺这个姐姐。"这时，介夫媳妇椎心地喊了一声"姐姐"，狼嗥似的扑到八仙桌上，号哭起来。

像一个伤了崽子的母老虎，像一个护着孩子的老妈子，秉德女人怒目圆睁，她的嘴唇粗糙而干燥，她的脸因长期在太阳地里曝晒闪着紫丢丢的光，尤其她举在炕上的两只手，无论手背还是指尖，都裂着一道道黑乎乎的口子，在那里大张着嘴，呼应着她脸上的表情。

"姐，你太守旧了，我不是——"介夫似乎还想辩解。可是秉德女人根本不听，声若裂帛："俺不懂什么旧不旧新不新，俺就是不能让你把老婆用旧了说扔就扔。你拿俺当姐，俺就这么告诉你；你不拿俺当姐，咱就另说了。"说罢，气势汹汹委下炕，从介翁媳妇那里要来鞋，穿上，扯着承信的手，硬挺挺地离开家门。

尊重姐姐意见，并非王介夫多么崇尚忠孝礼仪，因为很小离家，在北平的大学接受多年西方教育，他身上的传统意识就像拔离地面的树根，已被点点松动。不管他的思想意识发生了多大变化，对姐姐的感情似乎从未改变。在他远离家乡的日日夜夜，他最想念的不是父亲也不是母亲，而是在渔市街上和自己一同玩耍着长大的姐姐。她生性活泼、顽皮好动，总有离经叛道的想法，不像他生来古板、专注、死气沉沉。正因为她和他不同，他才格外欣赏她，仿佛她就是他生命的另一面。在有了休妻想法之后，他最想告诉的就是姐姐，一方面，他相信姐姐自由的个性，最重要的，是他以为，没有任何人能像姐姐那样体会到不自由婚姻对她的伤害。当然，他也设想过姐姐会阻拦，多年深陷愚昧的乡村，姐姐也许再有个性也跳不出守旧的圈子。这样更好，他可以借机向他的姐姐、兄弟和妻子进行一次进步思想的教育，让他们懂得人该如何最大限度地争取自由，让他们知道，休妻恰恰是给了妻子做女人的自由。谁知想是一回事，做又是一回事，当他的姐姐在他面前出语惊人、大发雷霆，那一肚子进步思想不但不知跑到哪里去了，他的姐姐还没走出院门，他就在后边高高地喊了一嗓子："姐姐放心，我不休了。"

理性永远左右不了感情，介夫当时的感情，也许并不是冲他的姐姐，而是冲那个可怜的女人，他从她的哭声中产生了怜悯或者责任，或者更复杂的什么东西。可是他这一次的感情用事，在秉德女人那里造成了怎样的影响，他永远都无法知道。他不但使秉德女人从此在介夫媳妇心中有了地位，动不动就上周庄串起了亲戚，还使她在介翁两口子那里有了地位，后来他们再见她火一样热情。最重要的是，几年后，当王介夫在国民党代表大会上认识了国大代表乔榛桂，两个人一见钟情，写信回家邀请姐姐。秉德女人居然亲自去了一趟王介夫所在的沈阳，对她后来的命运有了巨大改变。

虽然此时看不到长远的以后，可走在山道上的秉德女人就像一个凯旋的英雄，她沐浴着从地平线上升起的金灿灿的霞光，一步一个脚印，浑身有着使不完的劲。道两旁的田地小苗刚刚出土，那一星铺展开来的浅绿在她眼里就像一块柔软的绸缎，而远方沟谷上茂密的野草，就像绸缎上用深绿丝线绣出来一样，茸嘟嘟厚墩墩。因为心情好，秉德女人觉得眼前的山野是自己亲手绣出来的，她在八里庄东边一片槐树林边停下来，指着刚刚吐苞的一串槐花，跟承信说："你知道吗，槐花乍开还没开出来那颜色最不好绣，不绿不黄，还不是白。"

事实上，对于秉德女人，这是一次不期而遇的治疗，因为在她冲兄弟发火时，她长期积压在心中的情绪得到了一次彻底的释放。她看上去是在帮兄弟媳妇说话，事实上是在替自己说话；她看上去是在替自己说话，事实上是在替两个媳妇说话。她是在告诉于芝，她绝不会让承中扔了她；是在告诉承国媳妇，她妈被她爹的小老婆逼上死路实在可怜。正因为这一点，她回到家里，再看到两个媳妇，便完全忘了自己曾经对她们的伤害，汗漉漉的衣裳还不等换下来，就一枝一节向她们讲起此次青堆子湾的丰功伟绩，两个媳妇听得满含热泪。

两个媳妇被婆婆感动，和婆婆之间尽释前嫌。于芝吃饭时不但抢着给婆婆盛饭，偶尔的，还找借口钻到承多被窝，挨着婆婆睡下，完全忘了保护腋窝下的狐臭；承国媳妇倒没挨着婆婆睡，可她把大儿子家树留在婆婆被窝，夸张地拍着老二说"捞不着和奶奶睡，你就委屈点吧"，语气里透着一股说不出的亲昵。

其实，她们早就盼望冷战结束了。她们一个无家可归，一个有家难归，这个家的和不和睦对她们实在太重要了。和婆婆亲近了，她们之间免不了也要亲近，当然也是秉德女人主动给她们制造了机会。七月十五鬼节，她为承山剪了纸人做媳妇，做了两套衣裳，故意让承信带两个媳妇去坟地上烧。这个在承国结婚时就通过罗锅哥哥承诺下来的事儿，早就忘得一干二净了，突然想起，都是她搜肠刮肚的结果。而据承信讲，两个媳妇在坟地上烧衣裳时哭得一塌糊涂。她们没见过承山，她们哭的都是自己的亲妈，可她们在婆婆家的坟地上哭自己的妈，居然哭着哭着抱到了一起。

有关兄弟介夫说的国民党统治天下的秘密，是在家里有了和睦景象之后才一点点想起来的，这并非此时乡间有什么与之有关的传闻。秉德女人还真的在河套里和井台边留心过，丝毫没有。在周庄，对于远方，更远的远方有什么党在打仗，在和谁打仗，在为谁争夺土地，没有人关心。除了鼻子底下的小日本儿，人们说得最多的还是自家地里的蝗虫、自家地里的粮食。然而那年秋天，蝗虫没有再一次飞到人们眼前，逼迫"粮谷出荷"的警察确实卷土重来了。他们这次来不是和周成官这样的乡间地主配合，而是在乡下成立棒子队，三五个村就成立一个棒子队。秉胜的大儿子承欢、罗锅哥哥的大儿子狗剩子都被招编，棒子队的队长、副队长，就是黄保长的侄子黄四虎和周成官的二儿子周克真，从下河口到徐家炉到南王庄再到八里庄、周庄，一个个村庄轮着催粮。

那一天寒露刚过，白霜在早起时铺撒了整个周庄的大街和与大街连接的院子，还不等鸡鸭和畜类把白霜踏破，已经有人一路踏着白霜进了秉德家门。开始，院门吱扭一声被拉响，秉德女人以为是棒子队先从她家下手，因为这是周克真报复她的最好时机，就像前一年他的父亲报复她那样。虽有黄保长的光照耀，可"粮谷出荷"是满洲政府的事，黄保长再有威风也抵不过政府的威风，有政府这把尚方宝剑做掩护，周克真要想替父亲报复她，不知情的人谁也看不出来，所以多日来秉德女人已经相当紧张了，想不出周克真会弄出什么花样。这花样终于在这个早上浩浩荡荡地展现出来，承华前边抱着一个、后边领着一个，鞠老二则一瘸一拐像条被路人打残的狗。他们一进院，打头的承华就委屈得满眼含泪，当她惊讶道"怎么大清早就回来了"，承华叫了一声"妈"，瘦得干枣一样的脸皮顿时扭曲成一块晒干的瓜皮。"妈呀，俺可过不下去了……"仔细探问，才知道棒子队在南王庄催粮时，承欢表现得过分积极，鞠老二赖着不交，周克真呼号一声，承欢立即动手往鞠老二腿上扔棒子。乍一听，秉德女人还想，这混蛋的周克真真他妈的恶毒，居然支使自家人打自家人。可当承华接着说"别人都不动手就他动手，他就像一条疯狗，人家一唤他就上……"，秉德女人的火气顿时改变了方向，她拽着承华胳膊风似的去了秉胜家，当着正在马圈里喂马的秉胜说："秉胜兄弟，你说承欢这么做对得起谁，好赖咱是一家人啊，打狗还得看主人，有谁打没有他打呀。是谁把他从劳工队里弄出来的，还不是俺这当大妈的嘛，他怎么就这么不讲情面哪？"

秉胜从不支持儿子参加棒子队，也嘱咐过承欢好多次："有谁动手没有咱动手，咱不得已进去了，当个小喽啰就是了。"可当爹的永远代替不了儿子。听儿子这么不懂事，秉胜一呼号喊出承欢，紫着脸跳出马圈，抄起倚在墙根的五尺棒子，虎刺刺朝承欢扔去，发誓不敲断他的腿绝不罢休。一个打,一个躲,躲进粪坑的承欢"妈呀妈呀"直叫,当妈的真就从屋门口走出来,呜呜嗷嗷骂起秉胜。见当妈的出来帮腔,承欢立即辩解道:"俺是上边人,当然得听上边话,俺不动手也对不起上边啊!"

听承欢一句一个"上边",秉德女人一下子急了,大叫道:"孩子,咱不能只看眼前,小日本没多长日子了,国民党都住进沈阳了,国民党来了,咱就得好了,你不能替小日本太卖命啊——"说出这句话,秉德女人被自己吓着了。也被承欢的表情吓着了,他像在荒野里发现老虎似的惊虚虚看着秉德女人,之后接话道:"这是瞎说,俺从没听说还有国民党。"

虽然不经意间说出了意外的话,可为了说明自己不是瞎说,秉德女人已经无法控制自己:"大妈从来不说瞎话,俺听俺兄弟说的,他就是国民党。"只是这么说完,在后边又跟了一句,"侄子,你可千万不能说出去啊,你是懂事的孩子。"

承欢算不上一个懂事的孩子,一小在会打卦算命的姥姥家长大,姥姥领他到处乱窜,使他也像姥姥一样,喜欢听也喜欢讲别人家的事,可事后好多年,对国民党的事他都只字不提。他不提,不是父亲的一顿棍棒打肿了他的嘴,而正是他对外面的事太敏感了。是这敏感,使他对秉德大妈说的国民党的事上了心。自打被抓修铁路半道回来,眼看堂兄弟承中有了好运往外走,他就一直大睁着眼睛在寻找属于自己的好运。进棒子队,曾让他激动得好几宿睡不着觉,觉得机会终于来了。虽然他知道催粮是所有乡下人的灾难,全村都在骂参加收粮的狗腿子,可没准儿好运就隐藏在这灾难里头,就像当初承中走谁都以为不是好事一样。动手打本家姐夫,正源于这种想法,周克真向他使眼色时,他浑身战栗,血管里的血几乎都要喷溅出来。可秉德女人揭开的秘密,像从冰窖里泼来一盆冷水,他突然清醒了。他清醒,在逼迫"出荷"的队伍来到周庄时,就故意装聋卖傻,气息蔫蔫地夹在队伍里,哑巴似的不再说一句话。老三黄抗粮大骂混账王八蛋的政府,黄保长的侄子命令他往上冲。他突然抱住肚子发出一声惨叫,以肚子疼为由在地上打滚儿,眼看着一个南王庄的愣头青用一根细木棍捅瞎了老三黄的眼。

灾难使某些年轻人成熟,也使某些年轻人疯狂,然而在这场灾难中成熟的年轻人,在下一场再下一场灾难中会变得怎样疯狂,秉德女人不能预知,也无法预知。在一场比前一年更残酷的催粮运动把周庄许多人都折磨得半死不活时,秉德女人只有一个信念:咬紧牙关,把苦日子度过去,等待那个国民党解放东北统一天下时刻的到来。她不知道沈阳在哪里,也不知道东北有多大,更不知道她的兄弟以什么方式撵走小日本,她只是坚信总有这样一天。因为这个信念,她不但没有抗粮,棒子队还没进家,她就打发承信乖乖上交。承华和鞠老二过不下去,向她提出卖了房子,带孩子跟鞠姓本家叔叔逃荒上边外。她让承国把一趟买卖赚来的钱送去当盘缠,坚决不让卖房,"人可以走,但房子不能卖,过几年日子好了再回来"。

然而,信念就像穿越在云缝里的月亮,它走着走着会被乌云遮住,使眼前的大地漆黑一片。那个由秋入冬的季节,低低地压在秉德女人心头的乌云不是别的,是村子里不断有人活活饿死:刘二两的聋子爹喝多了凉水,死在井台;周家邻居王苦匠吃多了草,噎死在草垛空;瞎了一只眼的老三黄为了把粮省给儿孙,在自家厦屋里上了吊,虽然发现早没能死成,可那鬼哭狼嚎的哭声穿过一家又一家院墙,跌跌撞撞进秉德女人的耳朵,她眼前总是一黑一黑。到了腊月,以为笼罩周庄的乌云怎么也该裂缝了、透亮了,秉德女人家的院子里突然又下起了"大雪"——秉胜家的拖着一条瘸腿来了,跟她说不好了,承玉不知跟哪个野种揣上孩子了。

承玉是秉义的大闺女,他领三个儿子逃荒,承玉就领她的妹妹在家种地过日子。一次又一次呕吐,秉胜媳妇早就看在眼里了,她们住着对门,可她天天忙活自个儿的一帮崽子忘了过问,转眼间,她已经就要生了。在把承玉弄到炕头上的那个寒冷的冬天,秉德女人一边为一家八口人的粮匀给十个人吃精打细算,一边忙活到外村给承玉找婆家。承玉过来,二闺女承翠也必得过来,如果承玉生在家里,那么这个家就是十一张嘴吃饭了。秉德女人拕挚着一双大脚板在南王庄、八里庄、下河口串动时,唇上嘴角和眼角鼓出了无数亮锃锃的水泡,一个水泡就是一个希望,南王庄死了老婆的王豆腐、八里庄三十岁没找对象的温哑巴、下河口一小被骡子踩断一条胳膊的曲老三。可无数个希望到终都水泡一样一个个破灭了,王豆腐做不起豆腐已经逃荒要饭去了,温哑巴夏天和死了哥哥的嫂子圆了房,曲老三早在去年上边下来催粮时被警察狗子铲掉了另一条胳膊,根本不能养家糊口。到后来,秉德女人那张生满水泡的嘴,就像渔市街上的臭鱼烂虾,红彤彤、血淋淋一片。

眼看着一个野孩子就要生在已有了一帮孩子的家里,眼看着婆婆一天天疯跑也跑不出结果,一天早上,承国媳妇突生一念:"妈,徐家炉的徐疤痢眼儿是不是还没有老婆?"想起黄保长的小婆子腾出个位儿,秉德女人当天就去了徐家炉,见了又矮又丑的徐疤痢眼儿。沾了黄保长亲戚他很不高兴,可听说被提亲的女子肚子里有个野种,他两眼顿时放光。他之所以把老婆撵走,不是在乎老婆跟了男人,而是在乎他的老婆不能生育。在他那里,老婆跟多少男人都不碍他的事儿,唯独不能生孩子事关重大。遮在头上的乌云终于被拨开,秉德女人为这一喜事张罗了一场酒席。

自下山以来,秉德女人杀过五头猪,都没有超过一百斤,且从来都是杀死秃撸了猪毛,当场腌进坛子里,从没烀过一片肉为大家解馋。家里娶了两个媳妇,杀猪烀肉体面体面的想法早就有了,她的猪已经有一百五十多斤了,可是她在暗暗等待承中回来。承中没有回来,猪在圈里一天天消瘦,承玉马上出嫁,秉德女人召集全家人开了一个小会,征得于芝同意,便决定在腊八那天把猪杀掉。秉德女人本不想请客,可秉义家的承玉、承翠都在这儿,不叫秉胜自然不好,尤其她告了承欢的状让他动了肝火;叫了秉胜,撇下老婆孩子也不好。要是秉胜一家来了,还有邻居罗锅和罗锅哥哥,他们对申家的事从来都是有求必应。要是叫了罗锅哥儿俩,就得叫老三黄,他对申家的事随叫随到不说,他捡回一条老命,她得让他尝尝猪肉的香味儿。可连老三黄都找了,就更该找周成官了,不管一些年来有多少恩怨,毕竟他也帮过申家,毕竟他还是村里的头目。可连一个有吃有喝的都请了,村里那些饿得一摇三晃的大人孩子就更不能扔下。如此以来,原本简简单单的杀猪宴,就搞成了一场几乎全村人都参加的热闹大席了。多年前,家里穷得揭不开锅,把秉德二叔的马杀掉烀肉也是请了全村。和这一次完全不同,那一次是大家自动上门,这一次是秉德女人派承信挨门发请。实际上,村人都知道,秉德女人之所以在这饥荒年月杀猪请客,不仅仅因为承玉终于找了人家,而是有人给她送了钱。就在她前村后村疯跑那几天,村里来了一个女人,她坐在一辆人力车上,一路打听着找到秉德女人家,进门给她留下一个包袱就走了。秉德女人回来,人们向她描述,她张口就说是她介夫兄弟的媳妇。她张罗请客,确实是因为有包袱里的钱垫底,可村里人不知道,这个女人除了带来钱还带来了什么——一段时间早已忘记了的小日本就要被国民党赶走的秘密。如果说终于给承玉找到婆家是吹开乌云的一缕风，那么介夫媳妇的到来便是一阵狂风，一瞬间吹散了所有乌云，她重新见到了那轮悬在半空的月亮。

有明晃晃的月亮照耀，那个日子，秉德女人忧愁的面容里有了一丝喜气，根本想不到还会有什么不好的事情发生。她月亮一样穿行在弥漫着香喷喷猪肉味的院子里，把目光投在人与人的缝隙，善意地躲开人们狼吞虎咽的吃相。因为杀猪请客的计划在不知不觉中滚了雪球，她把一头整猪都扔到锅里烀了，连点儿下水都没留下。即使这样，不到一袋烟工夫，堂屋里的高桌上，东屋西屋三铺炕上的方桌上也都全部光光净净了。虽然没有彻底解馋，可桌子上没了什么念想，人们自然就想起揣了野种的承玉，抹着油脂麻花的嘴唇，东屋西屋串着找承玉看，猜想到底谁才是那个野种的爹。同在一个村子，没有瞒得住的事，罗锅就私下声称他知道孩子的爹是谁。承玉一直坐在秉德女人东屋的炕头，一中午都没动筷，她委在被垛空，眼神空茫地看着窗外，没有任何表情。即使后来知道一些人挤到屋里直盯盯看她，也不动声色，仿佛她是一块木头，对眼前的一切毫无察觉。然而不久，当人们因很久不吃油水，一个个都坏了肚子急匆匆往外撤时，她从窗外收回空茫的眼神，像呛了水的鸭子似的，抻了抻脖子，歇斯底里大叫起来："周吉家，你是个大混蛋——"

一时间揭破了秘密，朝外走的人们都转过了身子，罗锅朝大家挤着眼，秉德女人却一下子傻了。人们被孩子的爹居然是周吉家震惊了，也被承玉自己道破秘密震惊了。自始至终，秉德女人都没问过承玉那个人是谁。她不问，是秉义带着三个儿子走了，家里腾出了空儿，而就在对面屋，秉胜家有一窝臭小子，她怕问出有失体面的事儿，把原本就门风扫地的申家抹得更黑。得知是周成官的孙子而不是自家侄子，秉德女人傻呆呆站在了一会儿，脸上突然生起愤怒，吉家欺负了承玉，可她觉得他欺负的不光是承玉，而是整个申姓人家。这是一个奇怪而真实的想法，她因此而急慌慌来到院子，在还未及离开的人群里寻找吉家，并像承玉那样歇斯底里喊道："周吉家，你个大混蛋，你是好小子给俺站出来——"

秉德女人喊，不过是为侄女为自己出一口气，并没指望他真的站出来。然而就在这时，已走出院门的周成官又晃晃悠悠转了回来，拉着长韵儿干咳两声，理直气壮地冲秉德女人说："你才是混蛋，不照照脸看看她是谁，俺孙子怎么能看上穷要饭的闺女——"

虽是骂了自己，可这是一句让人无话可说的话，秉德女人嘴半张着，像一只雨天里躲在池坝边的青蛙。这时，周成官的身子横晃了一下，接着说："自古母狗不调腚公狗不上身，你自个儿不管好自个腚，活该倒霉。"

因为这个老东西话里有话，秉德女人只有傻子似的再一次呆立在院子里，让所有来人都替她着急。

第七章

吉家盯上承玉，是在南河套边的桑树林里。这个他刚从复州城回来的第一个春天，野地里一缕缕升腾的阳气让他每天起来都烦躁不安，都二十二岁了，爷爷——其实是父亲，还逼他去青堆子湾日本人办的学堂念书，他认为他的后人之所以出了问题，最重要的原因是没让后人读书。可几年来在外面闯荡,心野了,吉家最烦心的事就是猪一样圈在一个屋子里念书认字。母亲不指望他念书认字,可她指望他娶妻成家,早早占上周家大院一天中光线最多的东厢房,从他叔叔手上夺回雇用把头管理土地的权力,要不是当初送出家门,这个位置早就是他的了。可正因为他出去过,见过世面,像爷爷那样当一个小地主才不是他的理想,他的理想是像他的四爷那样,出门有轿子进门有丫环,在方圆几十里的城里呼风唤雨,想要什么样的女人就有什么样的女人。虽然他被一个青棒子不该有的野心害了,沾女人闯了大祸,可这半点也不影响野心在万物复苏的春天里冒出新芽。他一天天在田边地头逛荡,那新芽顶在他的胸口,几乎使他憋闷得喘不上气儿。他从一条沟谷走到另一条沟谷,他把桑树林里刚刚返绿的树枝撅下来踩在脚下狠狠踩搓,踩够了坐下来,羡慕而又不解地看那些在田野上永不知疲倦地弓腰干活的人。承玉的身影,就是在这个时候映入他的眼帘的,她杨柳细腰,刨起地来一颤一颤像只螳螂。他最初看她,是把她当成螳螂,他在虚视的眼神里把她缩小了,用手捏住了她的腰,放她在地上爬。她一直不肯爬,还一颤一颤轻飘飘的,可这么玩味她,他心里边的烦躁不知怎么就不见了。烦躁不见了,是他在这个春天里最大的收获,可是怎么也想不到,十几天过去,当小树林的桑叶在雨水的哺育下一天天肥润长大,她在某个时辰放下镢头急匆匆来桑树林撒尿,他竟揿住她的腰,让她像螳螂一样四腿着地,收获了他离开复州湾之后第一次舒舒服服的呻叫。

　　事实上,早在一个干净洋气的小伙子在沟谷里来回逛荡时,承玉那颗少女的心就蠢蠢欲动了。她的身前身后家里家外,到处都是泥鳅一样土腥腥的臭小子,关键是,她过够了吃糠咽菜的穷日子,太想嫁个有钱人家了。嫁个有钱人家,父亲就可以不出去要饭,她的兄弟姊妹就可沾光过上好日子。周老爷说得一点没错,她上桑树林里撒尿,冲的就是周吉家,是她先向他调的腔,这是她搜肠刮肚才想出来的好点子。在她如愿以偿被摁住时,她在心里笑开了花,觉得自己一个无知女子也可以做成惊天动地的大事,也可以为申家争气!之所以周吉家坚决不娶她,她也要让孩子在肚子里长大,是以为这可以成为她嫁给周家的理由,是要以此向申家和村里人证明!她不反对大妈杀猪请客,就源于这个私心。她一直以为杀猪这天吉家能来,只要吉家来,她就会不顾一切抱住他的腿,让他承认她肚子里的孩子。在她看来,要是不能嫁给周家,那么向众人证明她怀了周家的孩子,也是体面的、了不起的。

承玉设想中体面的事,没能结出体面的果,秉德女人悲痛得一下子病倒了。她悲痛,绝不是周成官当众埋汰了她、羞辱了她,而是更深地了解了承玉的悲痛——当天夜里,承玉就以回家拿东西为由,把一件衣裳扯成布条,在周家大门的吊环上上了吊。第二天早上,当克真家的舞舞扎扎前来报信儿,秉德女人一下子扑倒在门槛上。拖着沉沉的身子送走承玉,她一腊月一正月都没能起炕。很显然,是自己祸害了承玉母子的性命。要是不逼她嫁人,要是不把她嫁给大她二十多岁的徐疤痢眼儿,承玉也许就走不上黄泉路。可她不清楚为什么自己最初会疯了一样非要把承玉嫁出去。说不清楚,其实也是清楚,都是为了那点口粮,可正因为清楚,她才觉得自己对不起承玉,也对不起秉义。

为了安慰秉德女人,罗锅嫂子、秉胜媳妇和克真家的都磨破了嘴皮,说这是命数,人怎么死是一定的,你没必要熬煎自个儿。为了强调命数,克真家的不经意间流露出她对此事早就了如指掌的细节。她说她是从八里庄雇来的把头小九子嘴里知道的,小九子打克真溜须先从她下手，四月份就把桑树林里看见的真相告诉她了。她听后之所以守口如瓶，是巴不得吉家出事，好有理由把他撵出家门。她说周家的部分权力移交给克真后，她最担心的事就是周成官把他的儿子兼孙子弄回来争夺权力，她甚至认为吉家在复州城犯事，都是周成官为了糊弄他两口子胡编出来的瞎话。了解这些，秉德女人不但得不到安慰，悲痛的心情里反而掺杂了气愤，因为这充分证明她最初想法是正确的，周家是故意欺负申家。既气愤自己又气愤周家，这汹涌的内火在五脏六腑里燃烧，躺在炕上的秉德女人浑身发紧，脑门、脖子、后背的皮肤轻轻一碰就是一道血污。找来罗锅哥哥在后背上又揪又捶，点着一绺绺黄表纸装进罐头瓶里扣到背上、额上，没一会儿，那里就抽出血糊糊的毒水，仿佛她的身体是一团巨大的棉花，已经被毒水浸透。而泡在毒水里，秉德女人一阵清醒一阵糊涂。清醒时，一遍遍念叨承玉不该死，都是她和周吉家害了她；糊涂时，她又埋怨承玉没有心眼儿，不能像承民那样半道逃跑。在她半醒半睡糊糊涂涂的时候，她脑子里装的不是承玉，而是已经走了四五年的承民，她笑盈盈偎在她的膀头，白净净的小脸贴着她的脸，有一种叫人说不出的热络。可循着这热络睁开眼睛，眼前却只有承多的身影、两个孙子的身影和两个媳妇的身影。这么清醒一阵、糊涂一阵，直到出了正月进了二月，她才能颤颤巍巍从炕上坐起来，对着窗户，看一看刚刚刮起在院子里的二月风暴。

  能躺在炕上一个多月，显然是她太累了，太想好好当一回婆婆偷偷懒了。她得了病，两个媳妇争先恐后抢着干活，然而家里有闹哄哄的孩子，家外有咕咕叫的畜类，日子里有一大堆要打理的事儿，再懒也得有时有刻。

  那是她起炕后的第二天，对着镜子，她用水抿了抿头发，换了一件多年来只有出门有事儿才穿的那身黑袄和白色衬褂，之后叫来两个媳妇，说她今天要让承信请周成官来家，跟前儿不能有人，她们必须把所有孩子都领到厢房，她不叫绝不准出来。

日头爬上门口草垛的时候，周成官就一摇一晃地拄着龙头拐杖来了。这时节往家请他，周成官一听就知道没有好事。吉家惹了祸，他当时并不知道，那天在宴席上说那一通话，不过是一时冲动，可一个好端端的闺女吊死在自家门口，他整整一个正月都没能过好。吉家一直不敢出门，夜里动辄就大喊鬼来了，搅得一家人常常深更半夜坐起来听鬼的惨叫。克让死后，老婆又瘫在炕上，克卿被用人拐跑，吉家闯了祸从外面回来，又招引一个吊死鬼，给周家蒙上满院秽气。眼看着周家的日子在一点点走下坡路，郁闷的他早就想找谁出出气了，想不到秉德女人为他创造了机会！他进门刚坐定炕沿，就脱了帽子解开袄扣，干咳两声立即唾沫飞溅："侄媳妇关门关窗的，该不是还想让俺摸你的奶子吧？"

秉德女人对周成官的话早有准备，她也和周成官一样坐在炕沿上，眯缝着眼盯着他笑吟吟道："周老爷，俺的奶子肯定还是暄的，可俺实在对不起啦，你家里招了死鬼，气象不好，很快就要败亡了，没人稀得沾你，就别臭美了。"

这话捅了周成官心窝，他一时老脸乌紫，嗫嚅道："你，你是个骚狐狸，俺自从沾了你就没的好。"

秉德女人还是笑吟吟的，不紧不慢接着他的话："俺和你是冤家对头，俺是你的克星，俺嫁给秉德，嫁给周庄，就是来克你周成官的，你信不信？"

周成官被噎在那里。他想不到秉德女人会这么恶毒，翻着白眼儿说不出话。

"俺告诉你吧周老爷，你怎么蹦跶都不行了，你碍了黄保长面子不直接整俺，整秉义，整秉义的闺女。可老天长眼，你只要是碰了俺秉德女人的心，倒霉的不是俺而是你，是你，你听着！"

周成官扯了扯衣襟，惊惧地看着秉德女人，那样子好像他眼前是一只疯狗而不是人。然而呆愣片刻后，他开始说话："侄媳妇，你是不是好了伤疤忘了疼啊？你现在是不是日子过得太好了呀？"

"你说对了，俺好了伤疤，俺日子好了，你越欺负俺俺日子就越好，这光景你看清就对了。"说到这里，像一个走山路的人终于爬上一道沟坎，秉德女人大喘一口气，声调突然提高，从炕沿跳下来，一手掐腰，一手指着周成官鼻子，"俺今儿个叫你就是想告诉你，你得看清光景，不要总惦着欺负俺孤儿寡母，也别再打老申家任何人的注意。秉义家的人，秉胜家的人，不管是谁，只要姓申，你都离远点儿。现在，老申家死了的人变成了你老周家的鬼，咱俩两清了。你不能再动俺申家人一根头发了，听见了吗？"

周成官还是出神地看着她，三角眼一眨一眨，可看着看着，不知一种什么样的东西在他心里旋动，突然地，他的三角眼蒙上一层水雾，嘴唇哆嗦起来，不久，就像一个冤屈的三岁孩子，他用两只青筋暴突的手抱着手里的拐杖，呜噜呜噜哭了起来，鼻涕淌进上唇的胡须，像两条爬动的毛毛虫。

秉德女人不为所动，依然挺着腰身站在周成官对面，一个得理不让人的泼妇似的扯着嗓门大声道："别以为你帮了俺就屈得慌，你帮多少老天也都看见了，就是俺忘了，老天也不会忘，俺忘了有老天罚俺，和你八竿子打不着。"说到天罚，秉德女人停下来，竟然也和周成官一样，像有什么东西在她心里旋动，突然地，眼睛里也蒙了一层水雾，扑到柜盖上抽动起身子，边抽边说，"老天罚俺可是太狠了啊，老天你不长眼你为什么不长眼啊，你得好好长双眼啊。"

能如此无所顾忌地大闹，并不是秉德女人真的看到周家有什么衰败迹象，仅仅是一次窝在心里暗火的发泄，就像曾经在娘家兄弟面前的发泄。罗锅哥哥用火罐把她皮肉里的火拔了出去，她就得想办法用恶毒的话，用专往心窝里插刀的话，来把瘀在心窝里的脓水、血水抽出来。可她怎么都不能想到，三年后，当周家真正破败，所有的土地都分给了周庄百姓，周成官被绑在一根木桩上活活埋掉时，她竟然为自己说出的话肠子都悔青了。

其实，能这么有底气地说出恶毒的话，还是因为那轮悬在半空的月亮，虽有乌云不断笼罩，黑暗不断降临，可它在秉德女人的心里一直就没有消失过。只不过她不知道而已。

承玉死后那年的三月和五月，介夫媳妇几乎成了秉德女人家里的常客，每次来，都把介夫寄来的钱和写来的信带来。大姑姐挽救了她的婚姻，她便以从未有过的忠诚和真诚回报着大姑姐。在那些信里，介夫兄弟向她展示的未来光辉而又灿烂，小日本倒了，国民党把八路军"共匪"也撵跑了，承中可以到沈阳当国兵，承信也可以到沈阳铁路当工人。他叮嘱寄来的钱必须专款专用——送承多读书。最重要的内容，是说当有一天国民党接管大连，他可以接姐姐去大连看看大城市里的光景。虽然还不敢把信里的内容公布给村里人，而总能如期收到弟弟的钱和信，照亮秉德女人门楣的就不是月亮，而是热辣辣的太阳了。

村里人不用知道信的内容，也不用知道给了多少钱，单从城里来的亲戚那个排场和秉德女人招待她的排场上，就能看出隐在申家日子后面的火热了。那在旗的女亲戚往往盘腿坐在一辆带挡篷的人力车上，锦缎旗袍的偏襟上掖一条洁白的丝质手绢，手里拿把蓝色的扇子，无论车在洼道上怎么颠簸,她都昂首挺胸脖梗笔直,仿佛她的身体里有一根坚挺的木棍支撑着。村里没出去的人很少见到那种露着大腿的旗袍,往往一窝蜂就包围过来。而这时,秉德女人听到大街上有人喊"来亲戚了",立即让两个媳妇拿条木凳跑到门口,女亲戚在两个媳妇的搀扶下慢慢走下车,她握着围裙站在门口,笑盈盈的眼角和嘴角早已经绽成了花瓣。这之后,无论女亲戚在家里住多少天,她都一日三餐盘来碗去地伺候,从油锅里爆出来的香滋辣味弥漫周庄大街,所有人都止不住吸鼻子吞口水。虽然不再像以前那样盲目地打戒指希望沾她的好运,可人们在大街上见到申家院里出来的人,没一个不点头哈腰的。周成官吃了秉德女人唾沫,回家喝醉酒耍了一次酒疯,把秉德女人骂他那些恶毒的话都吐了出来。克让家的和克真家的一听孬了毛,一人一句骂了半夜,发誓再也不理这个没良心的女人了,可听说秉德家来了个在旗的城里亲戚,会剪裁旗袍,投其所好地从家里拿来各种布料,跟着学习裁起了旗袍。自秉德女人告状挨了父亲打,承欢一冬天一春天不和大妈说话,这时节却像大妈的亲儿子一样,三天两头往家里挑水,隔几天还要往外挑一回粪坑里的粪。这期间,表现最积极的要属承国的丈人黄保长,他已经重病在身,在一个早上,从炕沿往下下时大头朝下摔了一跤,突然半身不遂,居然躺在马车上也要拜访秉德女人的兄弟媳妇。亲眼看见昔日威风凛凛的黄保长如今一瘸一拐地从马车上下来,人们真是觉得好运就像燕子一样跳到了秉德家的墙头。

没有人知道,申家的好运,其实就是周庄除了周成官之外所有人的好运。那一年的七月初九,周庄的人在眼看着节节拔高的庄稼心生忧愁,恐惧又一年的征粮就要到来时,知道了小日本投降的消息。那通报消息的,不是秉德家女亲戚,不是一直和上边保持联系的周成官,也不是在外面做买卖的承国,而是锔锅锔盆的辘轳匠。他在青堆子湾听到消息,立即鼓足了劲儿一路往乡下传播。多年以前,他在周庄打了无数个戒指,赚了一些好粮,成为他难忘的记忆,也成为他永远的伤痕,因为那之后连年粮荒,他打的戒指失去了魔力,再去周庄,人们就骂他骗子。本是他应了人们要求才打的戒指,可当人们转过头来指责他、骂他,他觉得自己真就是个骗子了,每走周庄都要绕道而行。为了不必再绕道而行,为了证明自己不是骗子,在这巨大的好消息到来之后,他的腿像灌了风,他的嗓子像扩音喇叭:"光复啦,小日本投降啦,小日本就要滚蛋啦。"人们吱吱扭扭推开风门,见锔锅锔盆的人不喊锔锅锔盆,愣怔怔地相互看了好久也没人相信。两天后,承国从外面回来,周克真从湾上回来,好消息才得到了印证。

　　小日本投降,不全是国民党的功劳,美国在日本广岛投下了原子弹,南方有一大股被叫着"共匪"的八路军北上抗日,和苏联红军在东北会师,才迫使侵占中国十四年的小日本签下了投降书。可是在秉德女人心里,这全都是国民党的功劳,是她兄弟的功劳。为此七天以后,当十里八村都知道了光复的消息,周成官的孙子周吉家敲锣打鼓在大街上喊他可以回复州城了,秉德女人坐秉胜马车回了一趟娘家,让介夫媳妇以她的名义给介夫写了封长信。她自己能写信,可多年落入荒野已经懒得提笔了。在那封信里,她控诉了小日本在她生活中留下的种种罪行——秉德的死、父亲的死、本家小叔子的残废、亲生女儿的被迫出走以及邻居老三黄的瞎眼。她让弟媳在信的末尾写道:你为王家、申家立了大功,你为周庄的老百姓立了大功,姐姐在这里给你磕头啦。要不是这次回家,还得到了另一个可怕的消息,她真有可能成为国民党在周庄的义务宣传员,给日后留下难以想象的祸患。

那天，介夫媳妇写完信，脸色阴沉着告诉她，有一天她领娘家侄女上照相馆溜达，发现承国和开高桥旅馆的一对日本老两口站在一起，笑眯眯和他们照相。承国和日本人照相，秉德女人听后似惊弓之鸟，一下子跳了起来，恨不能马上就去高桥旅馆找到承国，介翁媳妇和介夫媳妇再三阻拦，说这种时候进日本人旅馆会让人盯上，连曹宇环都不知藏到哪里去了，她才不得不回到周庄。终于等到承国回来，逼到厢房里追问，承国居然轻描淡写，说这对日本老头老太太心眼并不坏，他们是诚信的商人，也喜欢他的诚信，他们不过是朋友。可他们的朋友到底做到什么程度，他只字不提。秉德女人焦急之下，扇了承国耳光，说要不说出实情，她就砸了他的自行车，再也不让他做买卖，他才吞吞吐吐说出实情。原来那次倒大烟被抓，是老两口有意安排，看看他和丁有春是不是守信。他们和青堆子湾的日本当局有勾连，不必在乎商贩是不是守信，可他们和城子坦的当局没有勾连，一旦他们的商贩在那边犯事儿供出他们，事情就麻烦了。见怎么打都没供出高桥旅馆，从此对他们信任有加，丁有春"洗手"之后，货少的时候，他们不给别人，专给承国。为了答谢，承国给老太太带回城子坦的土特产——山药、米糕、水芋头之类，一来二去就有了感情。日本天皇投降，他们担心在中国的生意做不长，非要上照相馆和承国合影留念，说他是曹宇环之外他们最喜欢的小兄弟。

听说成了日本人兄弟，秉德女人心底里的火一瞬间就又蹿了上来，厉害道："小日本完蛋了，都是国民党的天下了，你不能给你舅爷抹黑。"就是这时，从不犟嘴的承国第一次犟了嘴，说了一句让她很长时间都心慌意乱的话。"小日本完蛋了，好人不能完蛋。就是小日本完蛋了，也不一定就是国民党的天下，还有八路军共产党呢。你在家里待着根本不知道，全国有好几个党在争天下，有穷人的党有富人的党,说不定是谁的呢。"

本是不让承国沾上小日本,可承国又说出个八路军共产党,秉德女人一瞬间如临大敌,连连抠问到底听说了什么。承国却摇头晃脑决不回答,逼急了,他用两个拳头敲打泥墙,被捅了的猪似的大叫"俺不知道不知道——",之后,抱住脑袋莫名其妙地大哭起来。

其实承国和高桥夫妇之间的关系,远不止他说的那么简单,他们确实考验了他,可他们的目的绝不仅仅是生意场上的安全。他们以做生意打掩护,瞒过了合伙人曹宇环,在为满洲政府培训秘密侦察员。听说承国是抗日逃兵秉德的儿子,他重返商场不久就被他们相中,秘密召集开过无数次小会了,就是那时,他才知道他们中就有人和周成官是密友。可承国内心一直清醒,既不能得罪,又不能上当。为了骑在墙头,他绞尽脑汁,最后不得不拿出童言无忌的孩子气讨好高桥老太太,发现她对中国民间小吃有超常的兴致,他就以超常的细心四处发掘,算下来几年里给她买的小吃不下上百种。被各种小吃蒙住了眼睛的高桥老太太,早就不在乎他是不是提供民间抗日线索了,唯一例外的是阻止他抽危害身体健康的大烟。有一回,他从岫岩街带回一斤又香又酥的酥饼,她接过酥饼,从眼镜片后面瞪着承国,怪模怪样地说:"我早知道申承国的小把戏。"承国顿时吓得脸色煞白,可这时她又补充道,"别害怕孩子,你是对的,我高桥老太太活了一辈子,什么钱都赚过,什么世面都见过,到老了不稀罕钱,也不想折腾,就喜欢一样,像你这样的仁义和厚道。"从那之后,承国便明白她是情愿被他讨好。广播里广播日本天皇投降,她居然喜极而泣,摆动摇曳的身子跳起了日本舞蹈,并说不管是国民党的天下,还是八路军共产党的天下,她都不能留在中国了。可是,就在秉德女人追问承国的那个白天，高桥夫妇已在渔市街天后宫的戏台上被点了天灯，等承国从大孤山集市骑车赶到，他们和鱼市码头叫鸠三太郎的日本老板已经变成吊在铁丝上的三具烧焦的烂木桩。据围观的人讲，他们要是供出他们在民间发展的秘密侦察员名单，就可免遭一死，可他们咬紧牙关，誓死不供。

虽然承国第二天清早镇静下来，说出高桥夫妇被烧的事，去掉了秉德女人一块心病，半月以后，承中又大包小裹从外面回来，在家没住上三天，介夫媳妇就送来了介夫的信，要承中领着承信，遵照信上的地址上沈阳找他，可秉德女人并不轻松。因为有关八路军的消息已经在村子里传开，周克真跟种地的把头把故事讲得有鼻子有眼儿，说他四爷在信上说，现在，有钱人支持国民党，可穷人希望另一个党来解救，他们是穷人的党，叫共产党，他们拿棍棒当刀枪，打起仗来不要命。周克真也许听到一些有关她兄弟的风头，故意打消她的气焰，他的话并不可信。可有一天，承国媳妇从娘家回来，小声告诉她："俺爹根本没病，他是听说外面还有一个党，比国民党还厉害，闹不准天下是谁的，就猫起来装病。"

糊里糊涂钻出个共产党，秉德女人从此低调做人，不管是在孩子中间还是在村子里，对国民党都只字不提。即使三个月之后，邮递员送来承中信，说他已经在舅爷的帮助下，当上了国民党警备兵，给一个兵站大院站岗，她也没有心花怒放。在念完信的夜里，她关了门，把两个媳妇召集在灯下，悄没声儿地给她们开会，叮嘱她们绝不能把家里的事说出去。

像吃一块香喷喷的鸡肉时扎进嗓子一根骨刺，舒服的滋味遭到破坏，秉德女人从此变得一惊一炸，哪儿人多就往哪里凑。有一回，老三黄组织村里人在井台边议论要在村里合伙凿一个大碾盘，让大家报名，秉胜把秉义的名也报上去，大伙儿不同意，说他烧成那样，就是好了也在外面安了家，不可能回来。正争论着，她半道加入，大伙儿顿时住口，把话题引到别处。她回家好多天心事重重，觉得人们是听说了有关另一个党的消息。

俗话说怕鬼有鬼信神有神，这消息真就在转过年三月传进了她的耳朵。传播消息的，是载了一麻袋过膝袜子的承国。小日本倒台，没有大烟可贩，城子坦日本人的店铺关闭，大批过膝袜子便宜出仓，他只有载过膝袜子在庄河、盖州、岫岩城里走街串巷。一程走下来，多则十天，少则七天，可这一次承国才走了三天就又回来了，并且麻袋沉甸甸的，一看就知道出了什么事。惊虚虚把他迎进家，引进厢房，还不等问，承国就像上次那样，两手握成拳头用力擂墙，擂够了抱住脑袋没头鸡似的蹲到墙角，呜呜大哭，吓得墙角蛛网上的蜘蛛木呆呆一动不动。秉德女人没有逼问，不是怕承国像上次那样呵斥她，而是一种不祥的直觉使她丧失了问话能力，她觉得一定是又有什么人被点了天灯，且这个人是比高桥夫妇更让承国心痛的人，因为他手抓头发，翻地的耙子似的狠狠在那里翻搅，仿佛痛苦钻进了他的每一根发丝。在她眼下的生活中，最让她担心的是承中和承信，她不知道他们是不是安全地待在沈阳。坐在纺花的木墩上，秉德女人已经是一只等待人们拍死的蜘蛛了，因为她傻呆呆的，一动不动。

然而，那拍她的人从承国吞吞吐吐的话语中走出来，既不是承中，也不是承信，而是承民。承民走出来，不是被点了天灯，而是要点别人的天灯。承国告诉她，他在庄河街上看见她时，她正在庄河剧院门口的广场上，一群和她一样的年轻女子挑着大红横幅，摇旗呐喊，就在她们眼前，有一根被架起的木杠，上边绑着一个穿着灰制服的年轻男子，横幅上的字他不认识，可她们喊什么他听清了，打倒国民党反动派，共产党必获全胜。因为围观在广场上的人都在肃静观望，她们的声音清脆而响亮。承国认出承民，是听说绑在架子上的人是国民党，想凑到前边看看，不想承民就映入他的眼帘。她剪了短发，穿一套浅蓝色偏襟褂，肥腿长裤，让他一眼就认出来的，还是她那出众的白净脸盘儿，只是这脸盘儿上溢出的不是她以往惯有的笑，而是被义愤和一种说不清的东西鼓舞起来的激动。他当时彻底蒙了，不知道自己身在何处，他无数次梦见过承民，可从来都不是眼前这个样子。片刻后，他也激动起来，猛力挤过人群，冲过行刑场地和围观人之间的铁丝隔离带，来到挥舞旗子的承民身边，拽住她的衣襟大声喊道："承民，你瞎招呼什么，咱家有国民党……你……你是在打倒咱家。"承民见是承国，脸上的义愤被一丝惊喜替代，可当她转过身来，在注意承国的眼睛时听明白他嘴里的话，那惊喜便迅速消散，随之而来的，是可怕的冷静和坚定。她坚定地告诉承国，用不了多久，这里就是共产党的天下，她参加的妇救会就是共产党的妇救会，妇女就要解放，抓着这个国民党兵，就是她们妇救会的功劳。

  总有一天承民会回来，这是秉德女人一直埋在心底的信念，却怎么也想不到她的回来是以这种方式。虽然明显感到扎到嗓眼儿里的刺在往心窝里走，可当着承国的面，秉德女人并没把痛苦表现出来，她只是收回发呆的眼神，从木墩上颤巍巍站起，推开厢房木门向后屋走去。在她后屋香几上的漱口盂里，有她摘下来的戒指，自两年前在厢房里帮秉义治身子搁下它，她就没再戴过。她不戴它，不是不信它的灵验，而是以为她的生活完全可以自己主宰了。现在，她不再有这样的信心，或者说她对自己有信心，却对外面的世道没有信心，于是她就想像多年以前那样，把它放在炕当央，求他保佑。可是漱口盂里的戒指不见了，全家挨个儿问，没有人发现，从大街上找来承多追问，他瞪着一双滴溜溜的小眼睛,居然从草垛空里翻出一个泥人,戒指戴在泥人手上。扇承多一顿耳光,秉德女人把戒指从泥人手上撸下来,命全家统统跪下,念咒似的念着:"承山,俺知道你应验,你可千万绊住承民的腿,千万绊住承民的腿啊,不能让他们祸祸国民党、祸祸咱家啊。俺求求你啦。"

第三部

第一章

　　自此以后，承多用黄糕泥捏了无数个泥人，每个泥人手上都用须草草梗缠上戒指，它们在草垛空、猪圈墙外、厢房门外、石磨底下、房屋的山墙头，静静地打量着外面的世界，承山的鬼魂可说无处不在了。他本来只在草须缠就的戒指上，可一个个活灵活现的泥人齐刷刷站直，秉德女人觉得那就是无数个活着的承山，因为它们简直太像了！枣一样干瘦的小脸，矮趴趴的鼻子，细挑挑的脖子，鼓得圆圆的大肚子。一开始，看见一个大肚子泥人在草垛空站着，秉德女人很不舒服，想起承山在炕上趴了三天三夜时的样子，就想把它给踢了，可一犹豫没踢，第二天、第三天又钻出两个，她不知怎么就喜欢上了，觉得它倒更像小时候在青堆子湾天后宫庙看见的大肚子弥勒佛。十几天过去，当院子的犄角旮旯到处都站着一个泥人，她的嘴便怎么都合不拢了，一看见，就憋不住想笑。这显然是对承多巨大的鼓励。

　　早在得知妈妈的手上藏着哥哥鬼魂的时候，承多就对戒指产生了好奇。妈妈把戒指放进漱口盂的当天，他把它偷出来，躲在墙角和它说话，叫他"哥哥"，锈迹斑斑的戒指坚决不答应。他又向它默默许愿，让它保佑他在春季能去青堆子湾念书。可春季过了，他的母亲一直不提不念，他又许愿，让它保佑他去河套洗澡时能抓到大鱼。那天他泡在水里一整天，骨头都泡酥了，连个鱼崽都没抓着，他于是再也不信它了。就是那天，他在河沟里捞了把烂泥，捏了个泥人，把戒指戴到泥人手上，向它表示失望后最大的不敬。也是因此，眼看着妈妈带领他们向它下跪，他才又想起捏泥人。在他的想法里，要是戒指里没有哥哥鬼魂，还不如捏造一些哥哥，把无数个哥哥弄到一起，没准就真能生出鬼魂。

家里家外得到卫兵一样泥人的保护，秉德女人暂时安稳下来，她的心思又从泥人那里转到承多身上，因为承多的手实在是太巧了。他手巧，也许得意于他馋嘴时，她把他和一盆黄泥锁进厢房，可眼下秉德女人早把那一出忘到脑后了。她只想起这孩子刚生下就和别的孩子不一样，当天睁开眼，三天能认母亲，五天能护住奶头……多年来动荡的生活，艰难的日子，视线不得不向外转移，她早忘了承多是个多么聪明的孩子，眼下成排结队的泥人唤起她对他的注意，送他念书的事自然就摆在眼前了。不管什么党统治天下，念书总不是坏事，要不是父亲宠她，不爱念书也不逼着念，怎么也不至于被匪胡子掳到乡下。介夫在信中也一再提到这一点，都是她给忘了。虽然想起来已是五月，有些晚了，只能做插班生，但秉德女人异常坚决，插班生也要插。

鬼魂就这么生了出来，保佑了承多的愿望。承多背起二哥、四哥背旧的书包离开院子，在院门口静静地呆立了很久，他一个个打量它们，目光里流露着说不出的感激。秉德女人误以为他还贪玩，厉害道："多大了？还想着玩的事儿！"

承中、承信都上过几天学,秉德女人从没亲自去送,那时她没有条件也没有愿望,不像现在。现在,家里灶坑里的活有了两个媳妇,她可以说走就走;现在,外面的事混乱不清、真假难辨,她要出去探探风向。那天早上,她求秉胜的马车,天刚蒙蒙亮就离开周庄。在清晨越来越亮堂起来的光线里,她对承多千叮咛万嘱咐,她甚至向他讲起她和介夫一个爱念书、一个不爱念书,最终导致的完全不同的命运。她的故事,尤其是介夫酷爱念书的故事,她从没向其他孩子讲过,在介夫第二次回青堆子湾之前,她根本不知道她的兄弟有多么了不起!重要的是,在得知天下有两个党之后,她得向承多灌输对国民党的感情,她并不了解那个穷人的党到底好不好,说起来自己不是富人,可她的亲人在国民党里,她绝不允许承多像承民那样,和整个家人对立。

青堆子湾小学在天后宫庙下渔市码头边儿上,是原来渔市码头货栈改造而成,叫青堆子公共小学。从承中、承信到承多,三次上学经历了三个时期——民国初期、伪满时期、民国后期。可秉德女人并不知道前两个时期真正的学校是什么样子。一个穿着一排盘扣短褂的校长把承多登记在案,没说任何额外的话就打发了秉德女人:"行了,要真像当妈说的那么聪明,落几个月课保准能撑上。"看承多的背影一跳一跳消失在一间木制的平顶矮房里,秉德女人心里有一种奇怪的、说不出的怅惘,仿佛他是一只飞出窝的燕子,一经飞出就再也回不到身边。到承多为止,她所有的孩子都出了窝,离开了她,可在不知道承民那件事之前,她对所有的离开都不在意,不管有多么远的距离。发生了承民那件事,知道一家人之间也会有一道万丈深渊的壕沟,一种从未有过的恐惧箭一样扎在她的后背上。从学校并不宽广的门口出来,好长时间她不敢回头,仿佛只要回头,那壕沟就横在她和承多之间,以至于马车都出了渔市街,就要往周庄去了,她才突然醒悟,让秉胜掉头回一趟娘家。

介翁媳妇和介夫媳妇确实向秉德女人通报了许多有关共产党的小道消息,她们说共产党占领了庄河县里的地盘,已经在那里聚众开了大会,划分了新的管理地界,青堆子湾划归孤山县,并且公布了新的土地政策,听说还要处决大汉奸、大地主。那小道消息的来源,是介翁从盐行老板那里弄来的一张报纸,他念给她们听,却坚决不把报纸交给她们。新的土地政策是什么?什么样的人才算大汉奸、大地主,两个兄弟媳妇谁也说不清楚,但占领县城地盘的是共产党而不是国民党,她们说清楚了。秉德女人从娘家出来,一直沉默,觉得事情实在奇怪,介夫兄弟信誓旦旦地承诺过,怎么到头来像晒干在洗衣盆里的水,点滴不见了?! 然而刚刚走出与渔市街接头的十字路口,她的兄弟介翁又骑车从后边撵过来,把她叫下车,悄声告诉说:"国民党地下组织已经先来到庄河,介夫派人向他报了信,九、十月份,国民党新六军就会解放庄河。"

这时,秉德女人才知道,一些人在地上大张旗鼓闹腾时,还有一些人躲在地下悄悄行动,就像那些专爱挖地洞的蝼蛄。它们悄悄从一个地洞挖到另一个洞,所到之处,地面上的泥土就全部塌陷。为此,回程的路上,秉德女人两眼在山野上不停地扫视,到处寻找那种湿漉漉露着地皮的沟谷,偶有人影在那里晃动,便一阵心惊肉跳,仿佛那里正有一个国民党地下组织隐藏着。带着这样的愿望,秉德女人回家还不等进屋,就在草垛空忙碌起来,她用戴戒指的手抚摸着一个个泥人,一直到猪圈边、厢房门口、屋檐下。她蹲在那里一步一挪的样子,像一只就要下蛋的母鸡。她一边抚摸,一边在心里说:"承山啊承山,妈最信你了,你可要好好保佑你的舅舅,绊住承民那个党啊。"

事情永远是一块钱币的正面和反面，盼着的事没有日期，心就像掉进茫茫黑夜找不到方向，一旦日期确定，惦记的事分分秒秒挂在心头，又觉得日子总是过得太慢。在向九、十月份奔着的这段熬人的等待里，秉德女人迅速消瘦，她原来就空有一副宽大的骨架撑着，下巴颏儿、肩膀、胯骨哪哪都骨刺一样支棱着，现在更是瘦骨嶙峋、形影单薄。就像那些个秉德活着的日子，外面总有一丝不祥的牵挂一样。这牵挂总在深更半夜惊扰睡眠，使她又一次得了失眠症。为了呼唤夜里的睡意，秉德女人白天想方设法让自己劳累，喂完猪鸡鸭，不是帮轮上饭班儿的媳妇烧火做饭，就是帮轮上闲班儿的媳妇推碾推磨，当然更多的时候还是在大田里。承玉死了，承翠又不会干活，秉义家的地需要帮忙；承信走了，承多上学，地里的活儿两个媳妇不会干，她只有像多年以前那样自己承担。庄稼已经齐腰深了，它们经受了一春多雨的浸泡、一夏多虫的考验，在秋风刚刚窜出地垄时，扇动起腰杆上肥盈盈的叶子，秉德女人就和村里人一起，叶子一样扇动在散发着泥土气味的地垄里。自去年秋天小日本倒台，村里人种地的情绪分外高涨，都歇伏了也要趴在地垄沟里拔无碍大局的须草。村人不歇伏，是为了挥洒内心里重新点燃的过日子的激情；秉德女人不歇伏，是为了打发对那个隐藏在地下的等待的煎熬。然而，就在秉德女人和村里人无事找事似的钻地垄沟的日子里，一个让他们早已淡忘的人回到了村里。

他刚进村时，看见的人还以为是秉胜，因为他赶了一挂马车，车上拉了一个穿着旗袍的女人和几个鼓囊囊的包袱。在周庄人的记忆里，从外面来的穿旗袍的女人只有秉德女人的兄弟媳妇，人们以为秉德女人求了秉胜马车，把那总愿在夏天里来周庄展耀的女亲戚拉来了。直到马车停在秉胜家门口，女人下车时抱下一个孩子，人们才惊讶地发现，原来赶车的是秉义。

秉义从外面带回了老婆和孩子，消息一瞬间像夏日田间的蚊虫，漫天飞舞。向秉德女人传递消息的本该是罗锅，想不到变成了承欢。罗锅听说后第一个跑到秉德女人家里，可是已经有了自己女人和孩子的他，对街上的事情再也不像从前那么敏感了，他居然不知道秉德女人此时在山上。而那个自从参加棒子队就学会观察时局的年轻人，一段时间以来对秉德女人的行踪了如指掌，他呼哧带喘一口气就跑到山上找到她："大，大，大妈，俺大爷回来了，还，还领回个穿旗袍的老婆，还，还领了个孩崽子。"

消息里所有的内容都是好的，秉义领回女人和孩子，这意味他的病已经好了。可是听到消息，秉德女人木桩一样长时间钉在那里，脸上的汗就像开闸的水，一瞬间四处奔流。虽然和秉义有过一段无法言说的感情，可此时此刻，她第一个想到的不是自己，而是承玉，她不知道该如何向秉义交代承玉的死。媳妇再丑总要见公婆，在凝神中悟透这个道理，秉德女人猛地从地上爬起，扇动着袄襟，跟着承欢一翩一翩地回到屯街。然而，当她看到满脸精神的秉义和年轻漂亮的旗袍女人，她才发现，让自己为难的不是死了的承玉，而是活着的自己了。因为在秉义向女人介绍她时，脸上涂着淡粉的旗袍女人向她投来了奇异的目光，那目光不过是陌生人之间惯有的一种打量，却深深地蜇疼了她。她觉得自己就像一只从粪堆里钻出来的屎壳郎，顿时矮了半截。她硬着头皮，穿过人们密密匝匝的眼神，大大咧咧朝旗袍女人叫声"兄弟媳妇"，之后把目光转向秉义，带着哭韵道："兄弟，俺对不起你啊，俺没照顾好承玉，她死了都没能见上她爹一面啊！"

不知道是不愿让新上门的媳妇难过，还是不愿让秉德女人难过，秉义并没像想象的那样细问承玉死因，他仿佛早就知道似的异常平静，他说："不能怪嫂子，这都是命，这年头咱有多大本事也拧不过命！俺遇到你兄弟媳妇也是命！"谁知，正是秉义的平静，秉义时刻不忘对新媳妇的提及，使秉德女人心里的妒意得到意想不到的挖掘。后来，抵不过人们好奇的追问，秉义不得不拉开架势请大家坐下，要一五一十讲他外出这些年的遭遇和跟旗袍女人的一段奇缘，秉德女人居然借口上厕所悄悄溜了出来。

这段奇缘听起来确实有些出奇，秉义拉棍领三个儿子要饭，要到一年后只剩下老大、老二，老三在那年冬天过一条大河时掉到冰棱下淹死了。到一年零两个月十三天的一个晚上，他们来到岫岩城一个开石矿的在旗人家，他们刚叩开家门，就看见女主人呜呜哭泣，进屋细一探问，才得知这个人家的男人一早起炕时突然得了偏瘫，动不得身。秉义问女人附近有没有看病的郎中，女人说有，但很远，在二十多里地以外。秉义二话没说，就将男人背上院子里的马车，套上马，一路在女人引领下，和两个儿子一起翻山越岭。郎中给男人灌了一些汤药，对女人说回去吧，他想站起来是不可能的了，你就接屎接尿侍候着吧。回来的路上才知道，这男人有三个兄弟，兄弟三个背着没有孩子又在家里主事的哥哥把祖上留下来的矿山合伙分掉，只留给他二十几亩地、五间瓦房和一挂马车，哥哥气得半个月没爬起炕。这个早上，他听见春天的大雁在外面哇哇地叫，急着要起来种地，刚一欠身又倒了下去。于是秉义答应，只要每天能给他们爷儿仨一碗汤喝，他们愿意帮她把二十几亩地种上再走，结果，这一留，就留下五年。在第二年年尾，男人死了。秉义想走，女人哭了说，你这么好心眼儿，就留下来当俺男人吧。做了在旗女人的男人，给两个儿子娶了媳妇。他告诉女人，在很远的乡下还有两个闺女、一间半房子，女人于是答应跟她回来。

听说秉义媳妇穿了件旗袍，于芝第二天一整天都泡在新的婶婆婆身边，家里曾住过的女亲戚让她对旗袍兴趣大增，细究旗袍布料和针脚的当口，也就把叔公和婶婆的故事烂熟于心了。回家当着婆婆讲出来，秉德女人像遭了冰雹的秋白菜，一脸乱殃殃非哭非笑的表情。那个故事，最让她不平静的不是秉义如何见义勇为、如何帮女人种地，而是在旗女人毅然留下秉义当男人的勇气。秉义走时，她也早已守寡，可是她压根儿就没敢想留他做自己男人。

在旗袍女人目光中矮了半截，其实是矮在了做女人的勇气上，一个寡妇抓住时机要了自己想要的男人，这对任何守寡的女人都是致命一击，更何况她揉搓过秉义的黑苞米。本已矮你半截，你再招招摇摇穿着旗袍在秉义的带领下挨家拜访，那旗袍自然就成了扎向秉德女人眼球的一根刺了。在家里接待了秉义和旗袍女人之后，秉德女人最盼天黑、最怕天亮，因为天一亮必能听到有关旗袍女人的议论，必能看到旗袍女人的身影，它们不是在自家的灶坑里，就是在外面的大街上。可是几天过后，她又最怕天黑、最盼天亮了，因为只有天亮，才有可能等来秉义。随着时光的推移，她发现她在盼秉义，盼望秉义过来跟她说点什么。她不知道他能说什么，但她认为他总该向她说点什么。盼望和害怕锯一样拉在她心里的时候，失眠症更加严重，她一连十几天都闭不上眼睛。白花花的月光在她眼前升起来，秉义就是那月光中闪动的星星；赤条条的日头在天西边落下去，秉义就是那霞光中横躺的山脊。就像多年前她想念秉德，秉德就真的回来了一样，她白天夜里都在盼望秉义，有一天，秉义真的就来了。

那是个正晌午，两个媳妇收拾完碗筷，都上河套洗衣裳去了，家里只剩两个孙子在苍蝇乱飞的院子里玩耍。秉义大摇大摆从门口走进来时，秉德女人正掀开衣襟坐在灶坑里风凉。连续的睡不着觉，使她总是一阵阵发燥发热。看见秉义,她一动没动,就像天天揭热锅盖的手反而不知道烫了,持久的盼望反而使她没有了怦怦心跳和慌乱不安。秉义在门口蹲下来,视线和秉德女人一平,他满眼满脸都是笑,他说:"嫂子,早都想单独过来看你啦,可你家里有媳妇总不方便。"这正是秉德女人希望听到的话,但她紧闭着嘴没有丝毫反应。秉义说:"俺没忘你,俺到什么时候都不能忘了你。"秉德女人侧了一下脸,眼睛看着地上正在爬的一只草虫,心想,光不忘又有什么用呢。秉义好像听到了她心里发出的声音,接着说:"俺想,哪天夜里,你在厢房等俺,俺好好报答你,俺这王八犊子的身子彻底好了,可有力了呢!"

这时,只见秉德女人侧回脸,眼睛里射出一缕和暖的光,但那光在扫向秉义眼睛时,突然由和暖变成愤怒。她慢慢从小板凳上爬起来,向门外移了移,就要移出门槛的时候,她伸出手,啪的一声抽了秉义一个耳光,之后低声怒吼道:"你给俺滚,你把你嫂子看成什么人啦。"

许是她的做法太让秉义意外,他捂住脸长时间没有反应,这时,只见秉德女人猛转身扑向灶台,受屈的孩子似的痛哭起来。

一巴掌扇出去,不但没把心里的委屈扇掉,反而使秉德女人更加委屈,因为秉义自此离开就再也没有登门。无意间挖了自己墙脚,盼望和害怕的大锯再一次拉在她的心里,只不过她盼望和害怕的不再是白天而又是夜晚了,因为只有夜晚,屋里屋外哪哪都静下来,秉义那句话才能清晰地响在她的耳畔。随着这句话,秉义那王八犊的身子才有力地钻进她的身子,使她像一只四腿着地的蚂蚱,在硬硬的土炕上翻云覆雨。到某个时辰她累了,伸手制止他,突然发现不但被窝虚空,整个屋子都一片虚空,委屈于是就像化冻时节河套里的冰排,横冲直撞向她压来,她的脸、脖子、后背顿时冰凉一片。

秉德死后，她从不知道自己需要一个男人，需要一个男人强有力地进入自己身子。她已经五十多岁了，已经是个老太太了，她的奶头已经干瘪，一个奶头干瘪的老太太居然还有这种念想！她往往在屋内一片冰凉时，像多年前那样，狠狠地撕扭自己的身体。多年前她这么做，是因为一个叫秉东的小叔子偷偷占了它；现在她这么做，是因为她想让一个叫秉义的小叔子来占它，这变化让她既吃惊又不解。为了给自己压惊，她不断地骂自己骚货下贱货，骂自己是不知羞耻的臭婊子，直到鸡叫三遍引来破晓的曙光。

为了抵制那些个拉锯一样既盼望又害怕的夜晚，秉德女人开始在白天做起了文章。这文章不是上山干活，而是逼刚刚生了孩子的于芝穿起了旗袍和过膝袜子。于芝想穿旗袍的心思她早就看出来了，之所以不去鼓动，是于芝当过窑姐，穿那种两边露着大腿的衣裳会引来闲言碎语。如今，秉义女人穿旗袍不但没有闲言碎语，反而吸引了大家眼球，秉德女人自然受到鼓惑。她老了，穿不了旗袍了，可她有儿媳能穿！她的儿媳有高高的个头、长长的腿！在她的印象里，穿旗袍得有长腿，长腿上得有过膝袜子，承国贩卖的过膝袜子在厢房里有一整麻袋。把用来换钱的过膝袜子交给于芝的早上，她的目光恣肆而又跳跃，仿佛那是点燃在锅底里的一把柴火。

虽然对婆婆的热情不明真相，可于芝分外受用，穿旗袍的舅婆婆把做旗袍的手艺带到申家，就像抓了一只毛毛虫放在了她的心口，没有人知道她承受了怎样的奇痒。终于把一身草绿色绣花旗袍穿到身上，配着一双丝光闪闪的过膝袜子，于芝觉得时光在倒流。

实际上，那倒流的时光正是秉德女人的时光。多年前她第一次下山进村，就是于芝这个样子，只不过她穿的是夹袄而不是旗袍，只不过那时的她一点也没有展耀自己的念头。日子过着过着，不知怎么就冒出了奇奇怪怪的念头——拿媳妇展耀自己。虽然这念头有些愚蠢了，秉义女人不但没有受到打击，反过来把于芝好一顿打击，"侄媳妇这旗袍可不是过日子穿的呀，俺在家里从来都不穿它"；虽然把过膝袜子分给于芝没分给承国媳妇，让于芝出去招摇不让承国媳妇出去招摇，承国媳妇对她的意见像冬天冰棱上的霜雪，越挂越大，可秉德女人并不在意。只要看到于芝招招摇摇地走出去，心的缝隙里就透出一口气。而于芝把婶婆婆的打击反馈回来，秉德女人听了更是兴高采烈，因为在她看来，不敢再穿旗袍，这正证明秉义女人在侄媳妇面前矮了半截。

天上突然掉下来个秉义女人，九、十月份这个曾经盼望的日子就像沉进海里的一块礁石，早被秉德女人忘在脑后了。她忘了这个日子，这个日子却悄悄地来了，只不过它比原计划推迟了一个月。实际上，在秉德女人为秉义领回的女人承受拉锯一样煎熬的时候，离周庄不远处的庄河一带，国民党和共产党正在进行拉锯战。先是共产党驻进庄河，成立辽南地委、青堆子区委和大孤山区委，后是国民党新十六军四十一、四十二团占领庄河，成立国民党县政府，杀害共产党辽南地委区委成员，之后共产党东北民主联军纵队十二师向庄河包围过来，袭击国民党军队，再之后国民党新十六军特务连深入辽南一带，与共产党游击队作战，直到十一月二十三日，国民党先遣部队窜回庄河，在国民党县政府挂出"三民主义青年团庄河分团筹备处"的牌子。当有人把消息传到周庄，把秉德女人从一场无聊的挣扎中解救出来时，另一个意想不到的消息又把秉德女人拽了进去。

这是一九四六年阴历冬月十六，秉德女人永远记住了这个日子，因为就是这一天，她在介夫兄弟的呼唤下，从青堆子湾上车出发，开始了影响她一生的进军大城市的畅快之旅。这是秉德女人做梦都无法想到的事情，在她活到五十五岁的时候，会有这么一天，在国民党里当官的兄弟会从遥远的沈阳向她发出邀请："姐姐，兄弟请您务必进城一趟。"早在他让媳妇送来的信中，就描绘过把她接到城里见大世面的前景，想不到会来得这么快。介翁兄弟把一封信送到周庄，还领来了一个穿着灰色制服的小矮个儿，声称他是王介夫委员的卫兵，他必须亲自把王委员的姐姐送到王委员身边。有人专门护送，秉德女人多么扬眉吐气啊。她吐出来的最大一口气，是再也不必把穿旗袍的秉义女人放在心上了！她要去的地方跟秉义女人没有一点儿关系，可得到消息的当天下晌，她觉得身前身后站了一圈秉义女人，她们看戏一样向她投来热辣辣的目光。在这目光照耀下，多日来淤积心间的那块东西不但迅速化掉，使她脚底下像踩了棉花，飘飘摇摇，傍黑的时候，她居然以找鸭子为借口，满脸带笑在秉胜家门口喊："他婶子看没看见一只花脖鸭子呀？"住对面屋的秉胜女人和秉义女人一起迎出来，她接着说："你说这死鸭子称心不称心，俺明天上沈阳，它今儿个就不见了，哪有工夫和它周旋啊。"

虽然没有旗袍，但扬眉吐气的秉德女人还是花心思好好打扮了一番，多年来只有出门才穿的白色衬褂和黑色长袄再一次穿到身上，多年来只有出门才别的银制簪锥再一次别在脑后，只是因为常常睡不着觉，头发大把大把掉落，已经不能像以往那样鼓胀胀撑起簪网，走出家门，坐上承国的自行车一颠一颠往青堆子湾去时，后脑勺趴了只小鸟一样轻飘飘的，很不得劲儿。不过，这一点儿也没有影响她的心情，因为刚到青堆子湾十字路口，那个小个子卫兵就恭顺地把她引向一辆破旧的铁皮客车。被搀进一辈子从没走近过的客车，一阵轰隆隆响过后跑动起来，她觉得就像回到童年岁月，因为路边两排杨树砍倒了似的向后倾斜的样子，就像小时候在渔市街疯跑时，看到两边的房子向后倒去。

隆冬的大地像一块块破碎而板结的丝绸，土黄的绸面上有着许多高矮不齐的绣活，它们是褐色的粪包，比褐色要浅一些的房屋，比房屋还浅一些的草垛。长这么大，秉德女人还是第一次走出青堆子湾，那被客车的车头一程程劈开的远方，看上去是远方，可一瞬间又变成了过去，这并不是说，车在遇到山丘时盘来盘去像走了回头路，而是秉德女人奇怪地感到，离家越远，身后的家、过去的苦难离她越近，那情景，就像她小时候在青堆子湾的露天剧院看戏，越是离得远，眼前热闹的场景就越大，只不过那形影和声音要模糊嘈杂，只不过这唱戏的不是戏子，而是她的亲人和熟悉的人。秉德、曹宇环、周成官，死去的二婶二叔、秉东，一经离家再也没回的秉西、承民，远走他乡的承华，半路杀回来的秉义，秉胜，还有克让家的和克真家的，还有罗锅和罗锅哥哥嫂子……他们你方唱罢我登场，向她打开了一个个灾难深重的岁月。奇怪的是，此时看到他们，那深重的灾难丝毫感受不到，能感受到的，只是一种说不出的从泥土里跋涉出来的喜悦，就像一棵从粪堆里长出来的庄稼，绿油油的秸棵和叶片早已脱离泥土的颜色和气味。因为喜悦，她不禁想起一个人——艾迪。认识他时，她就是一个无忧无虑、充满喜悦的孩子，他曾告诉他，地球是圆的，世界很大，除了青堆子湾，还有好多海湾，坐一艘大船就可以哪哪都能到达。她乘坐的虽然不是大船，那崭新的世界里虽然没有海湾，它们是庄河、大石桥，是从大石桥换火车赶往沈阳，可秉德女人后来坐上火车，确实觉得又回到了十几岁的绸缎庄，因为她眼睛看着窗外，心里已经在用想象绣着那张荒弃多年的地图了。它顺火车道的方向，一路不停地着色，等到了沈阳，已经是一个有模有样、灯火辉煌的世界了。

火车到站已经是后半夜两点，虽然没像想象的那样一下车就看到介夫，可秉德女人感到自己就是太上皇的祖奶奶了，因为介夫派来了好多个卫兵。他们前呼后拥,直到把她送到一栋插满百合花的二层小楼。被人侍候,住干净又洒满香气的小楼,被鬼火一样闪烁在半空的电灯照耀,这一切秉德女人从没经历过,可脱下布鞋换上拖鞋,泡在充满香胰子气味的水池里洗澡,用茶叶水漱口,爬上软酥酥的床铺,她居然一点儿都不感到陌生,仿佛她早就在这里生活过。只是一觉醒来,介夫兄弟过来看她,同时领来一个男人一样英武的年轻女人,她才觉得,这里的一切和她想象的其实很不一样。

不一样的感觉,自然是从那个女人开始的。她随介夫兄弟亲亲地叫她"姐姐",她穿着和介夫一样的灰色军服,脑袋上戴着一顶灰色平顶小帽,乍看上去英武,细打量却透着一股娇媚气。她叫完姐姐就挨着她的床边坐下,伸出细嫩的小手,抚弄她粗粗的有些皲裂的手背,那亲昵的样子仿佛她们认识了八百年。这时,瘦削干练的介夫兄弟在他对面的一把木椅上坐下,目光郑重地看着她,少许,语气舒缓地说:"姐,昨天累着了吧?兄弟叫你来,不光为了庆祝国民党取得最初的胜利,兄弟是想,想让你来证婚。"说罢,转向那女人,指着她说:"她叫乔榛桂。"

秉德女人眉头皱了一下,转脸看了看被介夫称作乔榛桂的女人,不自觉地把手从她的手下抽出来,愣在那里。自从接到介夫的信,秉德女人一直都以为他是为了兑现曾经的承诺,以为两个孩子都在沈阳,介夫想让她在见孩子的同时见见世面,从没想过还有这一出戏。

"姐姐,我们是在国民党代表大会上认识的,我俩都是国大代表,我们一见钟情。"说到这里,他停了一下,好像觉得这话太文了,她的姐姐听不懂,可一时又找不到恰当的词,只能接着说,"可是国民党里有规定,任何人不许纳妾。兄弟知道你不同意休妻,可我还是自作主张了。兄弟尊重你,叫你来,是想让你为我们证婚,之后把休书带回去。"

"是的姐姐,介夫非常尊重您,他说父母不在,您就是他的长辈。"

秉德女人还是凝在那里,不知该说什么。她发愣,不是没听懂,她即使不懂什么叫一见钟情,从他们相互的眼神中也能看懂,可正因为看懂了,她才有些为难。在这一点上,她不得不佩服她的兄弟介夫,在没见到乔榛桂之前,她的态度是十分坚决的,决不同意休妻,可是现在,一个娇美的大活人就在眼前,又那么亲昵地看着你,叫你姐姐,那坚决的态度确实难以出口了。她眼皮一眨不眨地盯着乔榛桂,心想,俺压根儿就不认识你,俺怎么真的就打心眼儿里稀罕你呢?

这时,不知是乔榛桂被盯得有些不好意思,还是看出了她的为难,娇羞地笑着说:"姐,要不是这么深地爱上了介夫,我也不会有这个勇气,我还没告诉父母呢。"

听到勇气二字,秉德女人眨了一下眼睛,远在乡下的秉义女人突然浮现在眼前。是的,要是没有勇气,她就不会得到秉义,要是自个儿有勇气,秉义早就是自个儿的了。想到这一节,秉德女人抿了抿嘴,沉思着说:"俺也不是不想证这个婚,俺是乡下女人,俺不知道该怎么证,你和介夫当兵又当官。"

听姐姐这么说,介夫咧嘴笑了笑,朗声道:"兄弟是基督教徒,本想上教堂办个婚礼,可是国民党还没有彻底解放天下,我不想兴师动众。只要你点了头,我和榛桂就算成婚,就在今天晚上。"

秉德女人没有点头,但她把从乔榛桂手下抽出来的手又放到她的手背上,嘟着嘴说:"咱家怎么养得起这么娇贵的媳妇呢?"

第二章

关于这次进城，在后来的申家，流传着好多不一样的说法，有的说秉德女人明知兄弟娶小老婆，是故意前去阻止；有的说秉德女人被兄弟欺骗了，她根本不知还有娶小老婆这码事儿，所以去后就动手打了兄弟，打碎了兄弟大手上戴的手表；也有的说，城里的兄弟根本没叫她去，是秉义领回一个争强好胜的旗袍女人，她不得不故意拉个架势气气人家。到底哪个更接近事实，没有人愿意追问。有一点可以肯定，这些说法全出自秉德女人之口。第一个说法，是秉德女人跟周成官说的，因为她回来第二天，周成官就拖着病怏怏的身子找上门，拐弯抹角向她打探国民党到底能不能统一天下的消息。为了少去触及这一结果并不确定的事情，她必须编造足以说服人的理由。第二个说法，是秉德女人跟介夫家里的媳妇说的，因为介夫媳妇听说男人要让姐姐证婚纳妾娶新女人，看姐姐的眼神顿时掺进疑虑。为了使兄弟媳妇相信她的立场，她只有藏下休书，编造一个充满细节的谎言，只是糊涂中的兄弟媳妇把"打了国大代表"听成"打碎了大手上戴的手表"。第三个说法，是秉德女人跟两个媳妇说的，因为她回来一个月后正赶上过年，两个媳妇在她催促下大年初一就上秉义家给婶婆婆拜了年，秉义媳妇却拜了村里所有人家，独独落了她家。为了给自己找个台阶，秉德女人不得不自编瞎话，向媳妇申明，她和秉义女人之间的不和首先在秉义女人，而不在她。

实际上那一次沈阳之行，秉德女人不但没因为发生一系列和想象不吻合的事情有丝毫怨怼，反而因为不一样，才使她平生第一次尝到了和一个组织，或者说和一个来自上边的某种力量走近之后所获得的滋味，就像一条小溪接通了宽阔的河流，不自觉就跟着汹涌澎湃起来。因为在住下的那一星期，她亲眼看见了介夫兄弟多么威风凛凛，不管走到哪里，士兵全部向他站直敬礼，而她，因为是她的姐姐，在卫兵的陪同下，领着当兵的承中和在铁路上当工人的承信，居然坐着专车逛遍了整个沈阳——大帅府、北陵、东陵，吃了好多家馆子——沈阳大饭店、东北猪蹄城、九三粉丝府。一开始，她担心大家畏介夫，就像乡下人畏周成官，是畏他的霸道，有个晚上，介夫领着脱了军装的新人乔榛桂过来看她，她叮嘱他小时学过的三字经里的一句话："曰仁者，礼智信，此五常，不容紊。"可得知姐姐担忧她的兄弟。第二天，乔榛桂抽时间，专门跟她讲她的介夫兄弟如何了不起，蒋介石如何重视他，为国民党做了多么重要的大事。尽管绕来绕去，她就是不具体讲介夫到底做了什么大事，但这个沾着娇媚气的新兄弟媳妇的话让她很受用，因为她听出来，她讲介夫了不起，主要是为了强调他有本事，大家畏他、敬他，是因为他有本事，是他把国家的存亡当成比自己命还重要的大事，"只有把国家存亡当成比自己命还重要的大事，才会受到士兵的尊重。姐姐你记着，你的兄弟王介夫必将受到一个国家的尊重"。

短暂几天，她还不知道国家到底是什么、有多大，也一直没有搞清介夫到底在做什么有关国家存亡的大事，但她知道受到尊重那种吐口气都顺畅的感觉！她一个乡下女人，也许怎么努力都无法长久拥有这种感觉，但她有义务和能力教会她的儿子们！离开沈阳之前，她把承中和承信叫到跟前，跟他们说了一通作为乡下女人根本说不出来的话："跟你舅舅好好干！舅舅和国家那根粗血管通着，就像咱家门口的水道沟和南甸子上的河套是通着的,咱隆兴了,国家就隆兴了,国家隆兴了,咱血就更汪了。咱得往那根粗血管里流,得变成那血管里的血,记得了吗?!"

可以说,这是秉德女人此次进城的重大收获,也是影响了她和她后人一生的重大不幸。不幸在多年之后才能看到,收获却在她回家的当时就立竿见影。她不遗余力编造谎言、瞎话,对介夫兄弟正做的事情只字不提,正是为了保护从她身下流出的往粗血管里流的血,因为介夫兄弟说过,国民党还没有取得最后胜利。在还没有取得最后胜利之前,她绝不能把自己的亲人暴露出去。

一直以来,因为知道还有一个跟国民党作对的共产党,她都低调做人,可过去低调,仅仅是害怕,现在低调,是想为兄弟做些力所能及的事。这在本质上完全不同。这使从城里回来的秉德女人与临走前判若两人,她不但从不在村人面前提城里的事,还半点看不出她得到过多么隆重的接待和多么高贵的尊重。有一天,罗锅问起城里的电灯到底有多亮,她把嘴唇轻轻一撇,没有好气的说:"就是一些个挂在半空的牛眼泡泡儿,俺一点儿也没觉得亮。"

就像墙上挂钟的钟摆,它往左边摆多高,往右边也同样摆多高,在秉德女人从城里回来的那些日子,她外表上对城市蕴藏的希望越是冷漠,心底里对城市蕴藏的未来越是热情高涨,或者说,正是她要求自己必须做到的冷漠控制了热情,才使那热情更加高涨。从正月到二月,秉德女人发动两个儿媳,把家里的东西打包的打包、装筐的装筐,日落之后,把它们全部拿进厢房。在她看来,说不定什么时候,介夫兄弟就会专车来把他们全家接到沈阳。申家的东西实在没有多少,该扔掉的也一定要扔掉,比如快漏底儿的水缸脸盆、装咸菜的坛坛罐罐、房檐下挂着的锄头扁担,可大人孩子的破衣烂衫一划拉,把厢房都挤满了。她虽然没把美好的未来展示给媳妇，可两个媳妇都心知肚明。于芝是城里人，当然心里乐开了花，只是承国媳妇动不动就掉起了眼泪，抱着大儿子一遍遍嘀咕："家树咱走，扔了你大叔可怎么办啊？"秉德女人见不得媳妇哭丧着脸，厉害道："成天擦眼抹泪的多不吉利，就是走，俺也不能只留下承国啊！"

为了吉利，秉德女人以身作则，不允许家里任何人愁眉苦脸。二月初一，满载面粉等货物的国民党"美龄号"商船，在青堆子湾南边的黑岛海域触礁搁浅，附近百姓大抢出手，国民党政府保安队长曹宇环率队镇压，消息一瞬间传遍十里八村。秉德女人听后心里焦急却面不改色，故意傻呵呵地问："这曹宇环怎么就像披了张长虫皮，动不动就变了色啊，小日本走了又进了国民党，这是真的？"五月末，一批国民党军在城子坦以东地盘遭遇农民组织起来的游击队，有二十多人被打死，县政府又在十九到二十四岁的青年中征集新兵。承国忧心忡忡在饭桌上把亲耳听到的消息说出来，秉德女人一句话就让大家大松口气："两只鸡干仗还流血呢，何况是人。"然而到了六月，国民党县政府在共产党民主联军和游击队的联合进攻中向沈阳仓皇逃窜。原共产党机关重返庄河县城，成立庄河人民政府，在青堆子湾念书的承多把一张小报拿回家，在油灯下一字一顿地念。秉德女人竟再也撑不住了，眼泪顿时涌出，不住念叨："承山，你可绊住他们的腿，帮帮你舅舅啊。"

这眼泪一掉，不吉利的事接二连三就来了。先是听说曾给介翁送信的国民党先遣部队的特务头子张云献在逃跑中被打死，之后又听说有一伙国民党还乡团被全部抓获。八月中旬，一场大雨把所有的泥人都一遭冲毁之后，一个秉德女人这辈子永远不想再见的人突然闯进她的家门，把她肠子拧了千段万段的同时，向她通报了国民党大限已到的结局。

那是一个秋雨凄凄的晚上,因为冷,秉德女人带领两个媳妇,打着灯笼把包进包袱里的衣服、被子又一件件翻出来,锁门要离开的时候,只听门口有自行车链条的响声,念书的承多已经回来,那就一定是承国了。外面时局不太平,他几乎一两天就回来一次,可承国进门,后边居然还跟了个黑乎乎的大个子。两个媳妇小跑着往后屋送东西时,秉德女人惊煞煞冲承国问:"谁呀,承国?"

承国没有吱声,只闷头往厢房推车子,那人也没因秉德女人问而在院子里停下来,他黑熊似的跟在承国身后往厢房里进,一股说不清的烟油子味儿顿时扩散在凉丝丝的雨夜里。回味这雨中的烟油子味儿,她觉得有些熟悉,可一时又想不起在哪里熟悉。在她还不知道该不该返回厢房时,只听承国在里边招呼了一声:"妈,你来。"她只有抹一把脸上的雨水,转回厢房。"妈,俺半路遇上一个国民党朋友,他要来咱家避一避。"

秉德女人赶紧插上厢房木门,划着手上洋火把灯笼点着。这时,她发现,来人不但浑身沾满血迹,那张脸已经被雨水和血水弄得模糊不清,看不见哪里是眼睛、哪里是嘴。听说来人是国民党,也就知道眼前的他为什么会是这个样子了。从刚刚包好的包袱里抽出一件布褂递给他,来人却并没马上接,只是用手抹着脸上的血水,铜声铜气地说:"你要是害怕,我现在就走;你要是不怕,我就在这避避雨。秋雨不过夜,让我洗洗脸换套衣裳,半夜两点,肯定离开。"

秉德女人把擎着布褂的手放下来:"俺不认识你,要留下你,你得告诉俺你是谁,在哪儿入的国民党。"

听秉德女人这么说,承国又叫了一声"妈",像是制止,又像是要说什么,这时,只听来人说:"我,我是曹宇环。"

听是曹宇环，像有人在后背推了一下，秉德女人放下灯笼，一扭身向门口挪开步子。可刚挪到木门外面，又停下来，折回身，迷蒙着眼睛，在灯光一明一灭的闪烁中，去细看那血水流淌的脸。一点儿没错，那浅浅的麻坑里正亮锃锃地汪着一湾湾血水。他曾深深地伤害过她，也曾在危难时刻救过她，他和她，有着说不清道不明的恩恩怨怨，却怎么也想不到会有今天，他一身血肉模糊地逃到她的门下避难。

沉默良久，秉德女人再次擎起手里的布褂，语气冷冷地说："俺只认国民党不认曹宇环，曹宇环是条长虫哪，身上的皮说变就变。"

对方没有吱声，不过，他从她手里接过了布褂，在脸上一阵胡乱地擦着。当他把脸上的血水擦净，露出他刻着一道道伤痕的脸腮，他又一点点低下了头，他说："王乃容，我是披了一张变色的长虫皮。我打一小就不安分，我贪大求变，可变来变去，变到今天，就一样不变：我不喜欢穷人，不喜欢穷人的党。我现在和你兄弟王介夫一样，是属于富人的党，我们是一股子。"

"王介夫和你可半点儿都不一样哩，"秉德女人倚住身边的包袱，语气有些生硬，"他跟随一个党从来就没变过。他要是送了一个人梳妆台，也绝不会再就不承认了。"

在这个不吉利的事情蚊蝇一样到处乱飞的夜晚，秉德女人怎么也想不到自己会翻起了八百年前的旧账，话一出口就有些后悔了。可听秉德女人这么说，曹宇环慢慢抬起头，眨巴着布满血丝的眼睛，沉思片刻，又粗粗地喘息道："不是我变了，是你变了，你变成了穷人。我的梳妆台是送给富人的，我以为你见了它就会离开秉德回你的娘家。你死心塌地当了穷人，我当然不认识了。"

话到这里，就像在秉德女人命运的伤疤上挑开一道口子，一种说不清的感觉使她再也不想在这间屋里待了。她一转身推开木门，冲站在一旁的承国道："走，咱赶紧烧水换衣裳，让曹大掌柜的早点儿离开咱这穷窝。"

那个雨夜，秉德女人再没有向厢房走近半步，曹宇环的话勾起了她太多的回忆，而那所有回忆里，都有一个阴森冷漠的眼神，不管是躲进山腰窝棚那段最早的时光，还是后来在青堆子湾店铺那个向他求救的日子，还是后来在青云楼门口跪在他脚下的瞬间。他不喜欢穷人，可没有哪个人愿意做穷人，她本来不是穷人，是和他一样的富人，可是……回忆使秉德女人手和脚不住地颤抖，心像吊到一个挂钩上似的一阵阵掀动，不过，这一点儿也没影响她支使媳妇们为他做饭烧水。就像当年他在山上弃她而去，她却要把追他的人引到相反方向一样，她把这一切都看成她的命数。她因此让承国用一条麻绳把门口的院门紧紧绑上，在承国一遍遍往厢房端热水，引起街上一阵狗叫时，她让承多从墙头跳出去，到街上为他站岗。直到雨停下来，夜深人静，才把一个布袋交到承国手里，解释道："不管怎么样，他帮国民党打仗，咱得救他，救他就等于救了你舅，所以把家里的钱都给拿上了。"

承国当然没有一点意见，他把他领回家，就是想救他。在高丽城山下的背阴小道上，是他先把曹掌柜认出来的，他说他是和丁有春一起倒买卖的申承国，他才上了他的自行车。当然他救他，跟他是什么党没有关系，他只念及倒过他大烟馆里的大烟。往回走的路上，怕曹宇环不放心，才跟他讲起他的舅舅王介夫，说舅舅就是国民党。只是承国不知道，从母亲手里接过来的那个布袋，正是当年曹宇环送给他们全家性命的布袋。

曹宇环换了承国的一身黑色大袄、灯笼裤子和黑色布鞋，他甚至向承国要了一条毛巾系到脖子上，唯独布袋里的钱他拒不接受："告诉你妈，不要还抱什么希望，国民党真的完蛋了，现在已经是穷人的天下了。我即使活下来，也是一个穷人了。我一个人，拐筐要饭怎么都好对付，说什么也不能连累你们。"

后半夜，当曹宇环拐着一个菜筐装扮成一个叫花子离开。承国把他留下的钱和话一同转给母亲，秉德女人陷入彻底的绝望之中。国民党就要完蛋了，这意味她的兄弟也和曹宇环一样要完蛋了。长期以来一直紧绷着的神经再也绷不住了，当天晚上，她就病倒在土炕上，捧着装着钱的布袋发起了高烧，一连多天都昏睡不醒、梦话连篇。

实际上，承国早在半月前就看到这一步险棋，他在外面，在城子坦渔市街和庄河街头，到处都能听到国民党人被杀被毙和被俘虏的消息。一些天来他骑车到处跑，就是为了打探消息，只是不忍心告诉母亲。在他知道的消息里，不仅国民党要完蛋了，像周成官这样的富人大地主也要完蛋了，过不了几天，地主家的财产都得分给穷人。

在秉德女人深受坏消息煎熬的日子里，乔榛桂曾经说过的话不断在她耳边响起：只有把国家的存亡当成大事，才会受到国家尊重，你兄弟将来一定会受到国家的尊重。他的兄弟完蛋了，再也没人尊重了，可他怎么就能完蛋了呢？他虽不是穷人，可他从来就没嫌弃过穷人啊。她落到周庄，他是娘家上周庄看她的第一个人……她教两个儿子把自己的血流到粗血管里，可国民党完蛋了，那粗血管在哪儿呢，难道在共产党里……来了共产党，天下成了共产党的天下，他们这些通着国民党血管的人会怎么样呢？她想不明白，可越是想不明白越是要想，因为介夫媳妇、介翁、介翁媳妇几天来三番五次来到乡下，话头儿只要往深处一杵，肯定就杵到这里，都以为他们的姐姐去过沈阳，会比他们知道的更多。

不能清清楚楚说出个子丑寅卯，秉德女人在喝了承国从青堆子湾药铺拿来的几服汤药之后,在一个晚上,让承国领着,趔趔趄趄去了下河口黄保长家。

可是,在家装病的黄保长没告诉她任何有用的消息。他手里握着两个圆圆的石球,一边在那里悠闲地转着,一边闭目养神。扁脸小老婆把秉德女人让上炕,说亲家来了。他眼睛睁都没睁一下,念经的和尚似的嘀咕道:"咱一个小老百姓,管他国民党还是共产党谁得天下,谁得天下咱都乐,咱过咱日子,咱就是小老百姓。"

秉德女人不愿看他装疯卖傻,企图激他:"你女婿是国民党舅舅的外甥,他能不能过上好日子,你难道也不管吗?"他仍然闭着眼睛,嘀咕道:"嫁出去的闺女泼出去的水,咱才不管哪!"秉德女人气得穿鞋下地,赶紧离开黄家。

实际上,那段时间,整个周庄都陷入封闭的状态中,听上去,人们都在传讲外面的消息。罗锅嫂子隔着墙头,会抽冷子问:"秉德家的听说没?"秉德女人赶紧侧过耳朵:"听说什么啦?"罗锅嫂子说:"你没听说嘛,换了天下了!"从不出门的王苦匠一瘸一拐突然登门:"侄媳妇听说没?"秉德女人赶紧追问:"二叔听说什么啦?""没听说嘛,共产党掌管天下了。"所有的消息,其实都只是一个消息,可共产党掌管了天下下一步能干什么,没有人知道。

多少年来,周庄的消息,最早大都从周成官家传出来。他家通上,按说国民党败了,周家人可大张旗鼓在她面前招摇,可这次非常奇怪,周家大院静悄悄的,居然没有任何声响。周成官赶车上青堆子湾去了两回,拉了两麻袋谷粮,却怎么拉去又怎么拉回,就有人传说他想跟新政府拉关系,新政府没买他的账。

由于急着知道申家的未来会不会受国民党牵连,承中、承信在外面到底怎么样了,秉德女人想起会算命的承欢姥姥,想让承欢带着承中、承信的生辰八字上姥姥家走一趟。可在大街的草垛边堵到承欢，把想法告诉他，他居然鬼头鬼脑地看了看她，倚着草垛一动不动，那样子像根本不认识她是谁。

在秉德女人还没想好是不是求秉胜马车，亲自去见一次承欢姥姥，让她为申家未来命运预测一番的时候，命运的脚步已经向周庄走近了。那一天天刚蒙蒙亮，村子上空就传来一声惊天动地的呼喊："开会啦——"。接着，所有的鸡、鸭、狗都叫了起来，当秉德女人也被惊动来到大街，发现大街上聚满了人。他们当中除了黄保长的侄子和两个年轻女子是外来人，其他人全都是周庄人：老三黄、秉胜、秉义、罗锅、罗锅哥哥、承欢、狗剩子。晨光里，他们个顶个脑门发亮，脸腮涨红，他们紧紧簇拥着老三黄和外面来的陌生人，当有人发现她走过来，大家又像接到什么命令似的一齐把神秘兮兮的目光移向她。这时，只见站在中央的老三黄扬着胡子拉碴的下巴颏儿，瞪着一只独眼大声喊道："大伙儿听着，共产党来了，咱穷人翻身解放了。下河口、周庄、八里庄、南王庄、徐家炉，变成一个农会了；上边派来工作组，工作组的头头大家都认出来了吧？可她已经不是原来周庄的申承民，她现在是县上的领导，叫史春霞。她带领大家打土豪分浮产来了。"

老三黄还说了很多话，可秉德女人只能看见他张嘴，却听不清他在说什么，她的耳眼儿已经被一阵来自体内欣喜而嘈杂的声音灌满。承民回来了，承民成了县里领导，那无论怎样，申家都有救了！在眼看着承民也仰起那张白生生的脸，跟大家伙儿比比画画说什么时，秉德女人禁不住朝人群里喊："承民，你可回来啦，妈可想死你了呀。"

所有人都转过头，唯承民一动不动，她用手捋了一下耳朵上的头发，目不转睛。她看着拥在她前边的人们，沉着而稳重地挥舞着一只手,在突然的寂静中说了一句惊人的话:"工作组绝不会徇半点私情。"

秉德女人只有傻呆呆站在那里。

实际上,承民头天夜里就住进农会所在地徐家炉了,因为她出生在农村,有丰富的农村工作经验,县妇救会下派基层干部第一个就想到了她,只不过在选点儿的时候,征求了她的意见。听说青堆子湾这一带农商参半,土改是老大难,她主动报名。要不是她一直瞒着自己青堆子人身份,上边绝不会让她来这里;要不是听承国说他们全家都是国民党,她也绝不会选择住徐家炉于洪江家。在外漂泊多年,她实在太想家了。当年在青堆子湾跳下周成官的马车,用母亲给的钱在渔市码头混上一条渔船的瞬间,她不但对母亲的怨恨一扫而光,还发誓要是不死,将来有一天回来必好好报答母亲。想不到她的命运早就有另一只手帮她铺设好了,她下了渔船,在海边遇到一伙焚烧日本鬼子尸体的年轻人。在边儿上惊虚虚地观望时,就有人过来拉她,衣食统统没有着落的她从此就参加了抗日游击队。因为她是这个队伍里唯一能识几个字的人,不久就被吸收进山东省栖霞县妇救会,改名史春霞。一九四五年抗战胜利,胶东根据地根据中央文件,从各区村抽调一批基层干部火速奔赴东北开辟工作,她便在组织安排下随胶东干部大队渡海来到庄河,加入了共产党。这个时候,她才知道她所在的组织有多么光荣伟大,它的根居然在遥远的苏联,她居然和这世界上无数有志气的人一样,为解放全人类而英勇斗争。有了组织,自然就有了组织纪律,一早在母亲的呼唤中喊出自己的誓言,其实是在告诫自己,必须在革命工作中站稳立场。事实也确实如此,她喊完之后,觉得身体里哪哪都是硬邦邦的,充满力量。

承民的声音彻底扫除了秉德女人心头刚刚萌生的欢喜,可事后她并没特别地沮丧难过，因为承民来周庄所做的事，正是穷苦的庄稼人欢呼高兴的事，并不涉及国民党。她只负责领人挨家调查房屋和家产，只负责打开周成官家和南王庄刘大地主家已被农会上了锁的大门和粮仓，把那里的东西和粮食一件件一粒粒清出来分给穷人。倒是周家院子传出来的鬼哭狼嚎的哭声让她听了不忍，有好几次都从外面跑到家里关了屋门，在那里捂着怦怦慌跳的心窝，粗粗喘息。多年前，她曾咒过周成官好日子过到头了，可怎么也想不到会过到被人呜呜嗷嗷五马分尸的地步。在村里人欢呼雀跃往家里搬箱搬柜运粮食的几天里，秉德女人更多的时候是躲在秉义和秉胜家里——因为在承民代表组织给周庄人划分的成分里，除了周成官家，所有人家不是贫农就是贫雇农，只有她和秉胜、秉义家被划成富裕中农。承民手里有一个本本，只要登记和人们举报的事情在调查之后变成事实，每家每户就挂名签一样有了自己的成分。她的妈妈虽房子和地不多，可她家有做买卖经商的承国；堂叔秉胜房子和地更少，可他南河套边有他开出来的桑树林，在西山还有一溜柞树林，人们检举他的马车动不动就往集市上跑；堂叔秉义本来是个穷光蛋，偏偏从外面领回来个富家女人。承民派人上岫岩城去了两个整天，就调查出那边房地产情况的结果，周家清出来的浮产就眼睁睁进了别人家里。同病相怜使天然仇敌的秉德女人和秉义女人不期然成了难姊难妹，扯一床夹被盖住脚，在一铺炕上眼对眼唏嘘叹气。她们在一起，除了唏嘘可怜的周家，感叹世道的变迁，更多的时候是议论承民，奇怪一个小小女子，如何就有了那么大的章程，凭一张嘴就把周庄翻天覆地。秉义女人不了解承民的身世，抱怨起来口无遮拦："嫂子，你怎么能生出这么个铁面无私的崽子啊，像从石窠里蹦出来的。"秉胜女人知道童年的承民多么可爱，说起来还有些嘴下留情，"她早先可不这样，见人从来不笑不说话，都是上外面闯荡的,该不是在外面喝了洋灰汤吧。"

说承民,本是为了发泄心中不满,可说着说着,不知什么时候又转了方向,又一同夸起了承民。秉义女人说:"这小女子可是了得,伶牙俐齿,黑的白的干净脆快,站在一帮老爷们儿堆里,看上去可一点不比老爷们儿差。"秉胜女人说:"那可不是,人家脸能绷住,绷着脸比比画画那样儿,可比男人有当官的派头呢。"。

然而,就像吐出来的丝总要织成硬朗的茧,讲着讲着,一个硬朗的愿望不免从秉德女人心底生出来了。到某个晚上承国回来,说连八里庄的丁有春都知道承民当了县里干部,这一次干好,有可能升更大的官儿,那愿望就促成了一次本末倒置的行动。一个不等天黑霜花就封了玻璃的晚上,秉德女人从锅里捞出一盘现为承民包的酸菜馅饺子盖在钵里,在承国媳妇陪伴下,去了徐家炉于洪江家。之所以是承国媳妇而不是于芝,是承国媳妇此时比任何人更想知道她的爹黄保长算不算土豪。可信心百倍打听到于洪江家院门口,就要揭开屋门,秉德女人突然又折了回来,因为当她听到屋子里承民说话的声音,那天早上的话就又回到她的耳畔,"工作组绝不会徇半点私情"。这时,一股怨怨之气忽然在她的肚子里鼓胀起来,使她无法向前挪动半步。她想,不管你在什么组织,总归是俺的奶水把你喂大,是俺给钱让你逃走,你怎么能住到别人家?住别人家也不要紧,怎么能回来五六天了也不登自个儿家门?

哪承想,秉德女人从于洪江家撤回来的第二天,承民就悄悄离开了周庄,说上边新政策召集开会去了。承民是走了,秉德女人连影儿都没看见,可史春霞留下来了,因为满大街都在传讲史春霞的故事。临来周庄之前,她带领歇马山一带干部群众拦截国民党逃犯,用手榴弹炸死了十几个敌人;临来东北之前,她在山东差七天就要结婚了,因为接到紧急通知不得不与和她一同抗日的未婚夫告别，婆婆听说后找人相求，说结了婚再走，她却说国家不解放坚决不结婚；在认识未婚夫之前，她用牙咬掉过一个日本鬼子的鼻子，在山东传为佳话，两个姐姐都被日本人残杀的未婚夫便感动得主动托人提媒。故事自然是从老三黄那儿传出来的，说那故事里的人是史春霞而不是申承民，是这故事里流露出来的蛛丝马迹跟当年承民的性格完全不搭界。当一个比老爷们儿还刚强的史春霞在秉德女人眼前一程程站起，替代了承民，一种不祥的预感便冬天的冰雪似的铺天盖地飞舞过来。

那个冬天确实多雪，一早起来天还好好的，一会儿工夫，雪花就飘起来，一飘就是三天四天不开晴，使周庄的人们在院子四周和大街两旁堆起一堵又一堵雪墙。周庄人把雪搭成墙，也是因为他们的日子从没这么富足过，有使不完的力气。老三黄的儿子、刘二两的儿子，还有罗锅，都搬到周成官家的厢房和前屋。他们居然在院子里做了一个粮囤子那么大的雪人，招来村里所有孩子，秉德女人的两个孙子从周家大院回来，每每欢天喜地。他们欢喜，秉德女人却一点儿都不欢喜。她不欢喜，除了至今还没有承中、承信的消息，其中重要的一点是因为周家人不欢喜。周成官是有些霸道了，靠和上边关系偷税增租欺压百姓，在村里说一不二，可一下子杀猪开膛一样说分就分了，不是要了命！再说他家有个瘫老婆，还有两个娇里娇气的儿媳妇。当然，秉德女人不欢喜，最重要的还不是这些，而是她的宝贝儿子承国不欢喜。雪太大他出不去，一天天在家愁眉苦脸，一句话都没有。分明是愁眉苦脸，可灶坑或院子里碰到她，又立马装出假笑。她似乎能猜到他的心思：承民回来，没和他说一句话，他也根本没往跟前凑，可他假笑收回的瞬间，又掩不住慌乱，总觉得他心里边有深不见底的忧愁。忧愁着承国不明真相的忧愁，心里发紧控制不住，瞅合适的机会问一句:"你听说什么了吗?"承国立即扔出一句安慰话:"城里还在打仗,还说不定是谁赢呢。"

第三章

看上去是在安慰母亲,可聪明的秉德女人一听就知道是在糊弄她。那年过年,因为心里发虚发空,秉德女人做了一件在此之前想都没想过的大事,让承国上青堆子湾请了宗谱,在老三黄的回忆下,让承多在宗谱上填上祖宗三代的名字,堂堂正正挂在堂屋正中的后墙上,一天三遍烧香磕头。自来周庄有了家,她从没供过宗谱。在周庄,没有谁家不供宗谱的,日子一波三折灾难不断时,一年一度向祖宗祈求保佑是必不可少的环节。她不供,不是手上有承山保佑,祖宗一直没派上用场,而是那时她太年轻,装了一肚子傻胆子,还不懂得随着一年一年岁数的增大,经历事情的增多,胆子会越来越小;还不懂得胆小时,心底里的害怕和孤单会达到什么程度——在媳妇和孙子们都在鼾睡的寂静的夜里,她恨不能把申家祖上所有死去的亡灵都请回来,给她壮胆儿,和她说话,听他们告诉她该怎么度过这没边没沿的黑夜。

谁知宗谱一挂上,就招来了秉义和秉胜。在周庄,宗族之间,只要挂了宗谱,都得挨家磕拜。然而聚到一起才有人发现,申家的祖宗确实有问题,他们没给后人留下更多的房子和地,到头来又分不到别人家的房子和地。发现者是感到委屈的秉义,自从挨了秉德女人巴掌,他一直没和她说话,磕完头,他冲着墙上的名单语调低低地说:"老祖宗,你抽大烟把家抽败亡了,怎么也得保佑后人不败亡啊;你后人成了穷光蛋,怎么也得让上边给分点浮产啊!"秉德女人立即接话:"可不是嘛,咱做买卖也没做大买卖呀,怎么做了买卖就不分浮产了呢?倒也是,你老祖宗保咱后人平平安安,不分也中,不分就不分。"

很显然,在祖宗面前,秉义和秉德女人的态度略有不同,秉义希求祖宗保佑分到浮产,秉德女人不求分浮产只求平安。然而,不平安的日子就像蛰伏在地下的蝗虫,说来眨眼就来了,并且扑闪着它亮锃锃的翅膀。承民开春三月来周庄时细雨霏霏,她披了一件苇草编的蓑衣,在雨雾里亮锃锃闪烁。罗锅在屯街上看到她,就像看到大救星满街吆喝:"史干部来啦,史干部来啦——"史干部自然不是一人,还带了一女一男。不等有人出来喊开会,就听老三黄家的院子里煮沸了开水似的人声嘈杂,"打倒周成官、活埋周成官"的呼声就掠过房屋和草垛。听到呼喊,秉德女人心头猛地紧了一下,之后从炕头往下爬,失声地吆喝承国快出去看看。承国一激灵推开院门,朝外面探了一头又回来了,从厢房里推出自行车,跨上车就冲向了屯街。因为把承国派了出去,秉德女人在炕沿上一直没动,两个媳妇把孩子紧紧抱在怀里凑到她身边。

就在胆小的一家人不出声地等待着胆大的承国回来通报外面消息时,罗锅却鼓着眼珠子,脸色煞白地来了,抖着嘴唇说:"不,不好了!嫂子,要埋人啦,要埋周成官啦。"

"真的要埋周成官?"秉德女人战战兢兢地问。

"可不真的!史干部说他是吃人的大地主,要怎么处罚权力交给大伙。大伙就吵吵要活埋,秉义还揪出周克真,说连他一块儿埋,秉胜正在南河套边挖坑呢,连承翠都去了。"

听说申家人这么踊跃,秉德女人喘一口粗气,立即穿鞋,说:"俺去看看,有谁动手没有咱申家人动手,埋人不是小事,那是条命啊。"

可她刚把鞋穿上一只脚，罗锅又说："不能去啊嫂子。俺来是想告诉你，克真检举承国了，说承国他哥是国民党，要是埋他，就必须埋承国。"

话音刚落，承国媳妇哇一声哭出来，于芝也一脸哭相。见两个媳妇哭，秉德女人反而有了胆儿，大喝一声："哭什么哭，要埋埋当妈的也轮不到儿子。俺去看看，俺叫史干部挖坑把俺埋啦。"她这么说，不但没止住两个媳妇的哭声，三个孙子也哇啦哇啦哭起来。这时，秉德女人手往炕沿一拍，厉声道："给俺穿鞋，俺去看看史干部到底有多大能耐把她妈给埋了。"

当秉德女人顶着细雨来到周家大院，被一股气儿顶出来的胆量，像揭了盖儿的蒸锅似的瞬间消散了。周成官和周克真被五花大绑在粮仓外的木柱子上，承欢和狗剩子摁着周成官的脖子，齐声让他交代，周成官却因喘不上气儿，死人一样无声无息；秉义和刘二两儿子则挽着衣袖，疯了似的一个劲儿地往克真身上挥拳头，克真疼得龇牙咧嘴、呜嗷乱叫；他们的女人，克让家的和克真家的，还有他们的孩子，则像一群刚从水里捞出来的落汤鸡，横着一排跪在地上。老三黄和承民，还有工作组的两个年轻人则站在一边，看戏似的看着他们。这一辈子，秉德女人经历过很多悲惨的事，也听说过很多悲惨的事，可正因为亲眼见过也亲耳听过，她从没像现在这样害怕。尤其当克真那金鱼一样鼓出来的眼泡扫到她，立即止了惨叫，指着她声嘶力竭喊："她儿子申承中是国民党，埋俺就得埋她儿子申承国——"她浑身上下竟然筛筛子似的抖了起来，一瞬间，裤裆下面热湿一片。她下意识夹了夹裤裆，在人群里寻找承国的身影，她没找到承国，却在回转眼神时看见了秉义射过来的惊恐的一瞥。这时，只见秉义噼里啪啦又一阵拳头向克真挥去，正挥着，又不过瘾似的脱下脚上的胶鞋，狠狠砸他的脸，边砸边说:"你再血口喷人,俺砸死你砸死你。"克真的鼻子和嘴顿时血红一片。可秉义的一顿混打不但没止住克真的嘴巴,反而使他更加嘴硬,"要不你史干部派人去查,你为什么不敢去查?"

这当口,只听猛烈咳嗽起来的周成官扯着嘶哑的嗓子有气无力说:"克真,咱不能血口喷人啊,咱谁也没看见国民党的影儿啊。"

克真的嘴硬,自然换来又一阵更猛烈的拳脚,鼻青眼肿的克真接连吐出好几口血水和两颗门牙。不知道是不忍再看下去,还是受了周成官感动,秉德女人一咬牙站出人群,背对秉义冲着承民和老三黄:"你们叫他别再打了,说俺是国民党俺就是啦,想埋就埋俺吧。"这么说,本是一时冲动,可话一经说出,就像扔出去一把石子,心底里原来的害怕蚊蝇似的全不见了,一种天不怕地不怕的血气顿时涨满她的血管。她迅速转身,母老虎似的拽住秉义衣襟,狠命往外推。她想说,你申秉义的仇人是周成官,为什么抓住克真不放松,但她没说,只是死缠滥打地往外推,之后站到周成官和克真之间,语气坚定地对承民说:"史干部,把俺绑起来吧,要打要埋由你们啦。天大的事有俺当妈的顶着,不能找承国麻烦。"

这是一句暗示,她暗示承民坚决不能动承国一根汗毛。院子里顿时一片寂静,人们把目光统统盯到史干部身上。雨雾下,她的脸色有些苍白,嘴唇有些发紫。她抖了抖蓑衣上的雨水,冷静地看了秉德女人一眼,很快又把目光移开,在院子上空一派虚无的地方停下来。可以说,她有着相当丰富的农村工作经验,处理过各种复杂的难题,但想不到会遇到周庄这样的难题。她秉公把自家人划成了富裕中农成分,以为已经平了民心,但想不到堂叔秉义会站出来找周克真的碴儿,偏偏周克真又臭又硬;碰上周克真也不要紧,只要母亲不承认,没有证据,没有血债,又没有民愤,眼前的一关就完全可以过去,偏偏又站出个又臭又硬的母亲。当她从淅淅沥沥的雨丝中移回目光,看定的就不是母亲,而是身边所有的人了。她说:"共产党最重事实,在场的有谁能出来做证,证明申秉德家有国民党,那我们毫不留情。"她的声调泼辣而果决,透着一种坚不可摧的硬朗。空气顿时窒息了,大家面面相觑,承欢在那里不安地挠着头皮,无声的雨丝在阴霾密布的院子里飞翔。见没人说话,史干部调了一下嗓门,把声音略略提了一下,口齿伶俐地说:"没有人证明,那我们就派人去调查,等有了结果再做处理。至于周成官、周克真,统统押到农会,由农会开会决定怎么处罚。"

史干部的果决,让全村人都很服气,只有克真不服。不过到了下午四点,农会决定把他从活埋的名单里清出来,一通下跪之后,他也没什么话好说了。倒是放了他,秉义又不服,吵吵巴火不灭了他心里不甘。秉义把仇恨发泄在周克真身上,是他回村后在大街上遇到他,当他提起承玉的死、吉家的混账,周克真不但没安慰一番,反而没好气地说了一句和他爹一样的话:"母狗不调腚,公狗不上身。"当时就把秉义惹火了,祖宗三代好一顿骂,可怎么骂心里的火也泄不出去,终于有了机会,秉义当然不会放过。只是在周庄,最有民愤的是周成官而不是周克真,他秉义一个人的意见代表不了大家,只有眼睁睁看着当爹的被扔进坑里,当儿的还人模狗样地活着。

在农会里开公审大会时,工作组并没想活埋周成官,他确实有罪,剥削老百姓,高价出租土地,低价雇用把头,还当小日本的狗腿子使人烧过秉义,捅瞎过老三黄的眼睛,但因为没出人命,还不够活埋的条件。刘二两和罗锅,还有一些老辈人都不同意活埋,可义愤的贫雇农的儿女们对地主阶级的觉悟一旦被唤醒,便像干柴烈火,任谁也控制不了局面,到后来,企图阻止大家不要蛮干的史干部和工作组的另两个人，不但声音被群众声势浩荡的声音淹没，夹在义愤的群众中就像三个木偶。人们把周成官拖到南甸子，扔到榆树林边的大坑里，一锨锨往下培土，他们被隔在里三层外三层的百姓外面，连靠近都没能靠近。

因为知道周成官的今天就是她秉德女人的明天，那个下晌，秉德女人关门闭户缩在家里安排自己的后事。她告诉一直哭泣不休的承国媳妇："俺走了，这个家由你来当。承国一早骑车跑了没回来，一定是提前知道什么躲出去了，这些天俺就觉得他心里有事。他是个聪明的孩子，他知道这个家需要他，等什么时候太平了他回来了，当家的事再交给他。"承国媳妇泪人似的跪在她面前，抱住她的膝盖不住地点头。她告诉于芝："不管承中将来是死是活，你都不要离开申家，申家需要你，承多还小，才念小学，他打一小就和你睡过一个被窝，和你亲，俺求你能像当妈的一样好好待他。你也需要申家，倒不是说你生了申家的骨血就不让你走，俺是觉得你外面没有亲人，只有申家人才是你的亲人。"于芝早已泣不成声，握住她的手痛苦地呻吟道："妈你放心，我肯定不走。我生是老申家的人，死是老申家的鬼，你就放心好啦。"可于芝这么说完，又接着说，"妈，你不能死，史干部是你的亲生闺女，她怎么忍心把你活埋呀？"秉德女人却冷笑了两声，蹙着眉头痛苦地说："妈看清楚了，不是她想那么干，她在了共产党，不那么干不行。妈不怪她，这也是命，谁叫俺命里通着国民党呢？咱本来是穷人，偏偏命里通着富人的党，偏偏富人的党又败了，没打成天下，咱有什么法子啊。"说到这里，她喘了口粗气，一个个去看围在身边的孩子，伸手去摸他们的脸，他们是承国的儿子家树、家林，承中的儿子家旺，他们一个个泪眼汪汪、鼻涕邋遢，小眼睛滴溜溜地看着她。她是他们的奶奶，她本该天天跟他们在一块儿，可一些年来忙这忙那，她都没好好哄哄他们、抱抱他们。后来，挨个儿去擦孩子鼻子上的鼻涕时，一直强忍着的秉德女人终于忍不住，流出一串心酸的眼泪。她说："孩子，奶奶这是报应、报应。"她所谓报应，是指自己不好好跟父亲读书进了绸缎庄，成了秉德女人。孩子根本不懂什么是报应，见奶奶哭，一声声哭喊着"奶奶"。

就在这时，只听屋外的风门轰隆一声响，全家人谁也不希望此时看到的承国回来了。他呼哧带喘、满头大汗，推开里屋屋门，片刻不停就声张道："妈，俺想了想还是不能躲，俺躲了他们肯定找你麻烦，要死俺去死。"

秉德女人猜想的一点儿没错，承国是因为早就知道会有这一天才躲出去的，只是他半道担心母亲又杀了回来。看见承国，秉德女人脸上的泪突然止住，一种由恐惧做底的气恼迅速占领了她，她嘴巴哆嗦着，一脸愤怒地厉害道："是个孝子你就快给俺滚，你死了这个家怎么办？"

承国毫不示弱："可没有你哪还有这个家啊，俺不能走，你打死俺俺也不能走。"

这时，秉德女人一程程委下炕沿，打开后墙上的木柜，从那里拿出秉德死时没有用完的一条孝布，往脖子上一搭，系上一个扣子，冲承国说："你要是不走，俺现在就死给你看。"说着，两手狠狠地拽白布的两头。承国只有向母亲告饶，再次出了家门。临走时，他扔下一句在母亲面前已经说过好几遍的话："城里还在打仗，还说不定是谁赢呢。"

为了掩护承国，秉德女人不得不硬着头皮去了南甸子埋人现场。这个时候那里已经层层叠叠被围得水泄不通，南王庄、八里庄、下河口好多外村人都跑来了。战战兢兢站在人群后边的地垄里，秉德女人不知道该怎么办，她不想看到周成官，可她又必须让人们知道她来了，知道申家人并没逃跑。于是承人不备，她抽冷子喊了一嗓子："周成官，俺来看你一眼啊，你当人坏事做得太多，变鬼可得好好修行啊。"

这一嗓子，像挥向麦地的一把锄刀，茂密的人丛突然分出一条道儿来，她一眼就看见了前方挖在外面湿漉漉黏乎乎的泥土。在人们目光的交错辉映中，秉德女人身轻如燕，她觉得自己完全没了重量，而脚下被人们踩得烂酱一样的地垄仿佛是团棉花，又暄又软，当她像弹起来的棉絮似的飘到土坑边儿上，周成官已经被土埋了半截，脸充血的鸡头似的乌紫乌紫。

人们长时间不再培土，分明是故意将大快人心的时刻延缓放慢，可这仿佛是专门为秉德女人和周成官安排的一次告别。发现秉德女人来到坑前，已经奄奄一息的周成官铆足了劲儿喊道："侄媳妇，俺谢你啦，俺当鬼也不忘你啊——"

在周庄人眼里，这是一场花多少钱都看不到的大戏、好戏。它的好看，不在于戏中有两个周庄几十年来不断在屯街上搅起动静的角色，而是在这角色之外，还有一个角色，他不经意一个小小的动作，就向人们泄露并印证了人们猜测已久的秘密——秉德女人和周成官真的有一腿。那个泄密者自然是秉义，在周成官向秉德女人喊出那一嗓子时，他挖出一锨土向土坑上空猛地扬去，骂一句"老流氓"，一回头挤出人群。

早在周成官下狠心放火烧秉义时人们就有猜测，不想这猜测会在周成官死期到来时得到印证。如此以来，随着最后一锨土将周成官埋葬，大戏谢幕，周成官又以另一种方式活了下来，他活在人们的议论里。这议论尾随在秉德女人身后，影子似的，几乎她走到哪里，就跟到哪里。而秉德女人，绝不因为心知肚明这种跟踪而有意躲避，在目光的包围中，从埋人现场回来，她居然越过自家家门，径直去了周家大院。她不躲避，绝不是用出人意料的举动以毒攻毒，而是周成官的话让她想起他瘫在炕上的老婆、家产被分得一干二净的媳妇们。在这万众一心的时刻，有些心一定是被扯断了、揪碎了的，她想去看看她们，焐焐她们的心。于是接下来的故事也就和那场大戏一起，被周庄的后人们多少年来口口相传。虽然和所有流传的故事一样，都免不了被添枝加叶，但它的主干一直没变，那便是，秉德女人在周家待了三天三夜！第一夜，腰捆八尺孝布陪周家儿孙为周成官的尸体守灵——人们将他活埋至死，又把他扒出来送回周家；第二夜，既当爹又当娘地帮终于咽气的周成官老婆料理后事；第三夜，陪身板已树叶一样单薄的克让家的和克真家的一起上周家坟地哭坟。这正是周庄人们传讲这段故事的用意所在，在周庄，有一句嘲弄傻子的俗话：自家的坟都哭不过来，还去哭人家的坟。秉德女人不是傻子，可她自家藏着国民党，居然还有心事去哭人家的坟，足以证明她跟周成官的瓜葛有多深。

没有人知道在这三天三夜里，秉德女人经历了什么。当那一双双魂魄不在了的眼珠因为她的到来而终于开始转动，当向工作组检举她的周克真跪到她的脚下一迭声地喊她嫂子，当克让家的和克真家的先后扑到她的跟前说不想活了，她觉得她就是他们的祖宗，就是支撑周家的一棵顶天立地的大树！正是这偶然获得的角色，才使秉德女人对就要到来的死期忘记了害怕。

从周家回来之后，她死沉沉踏实实昏睡了两天两夜，当第三天早上蒙蒙眬眬从那个世界醒来，看到晨光里围着的两个媳妇和三个孙子，大难已经过去的幻觉便晨光一样铺洒了整个屋子。此后的时光，秉德女人变了一个人似的，整天头不梳脸不洗，木呆呆地朝窗外傻看着，一言不发。

大难确实已经过去,因为分地的事迫在眉睫,工作组根本派不出人去沈阳调查,而村里的人们分文不出就可每人分到二分好地,高涨的热情一点点就取代了对一件悬而未绝的事情的观望。实际上,只要周家人不检举,村里人谁也不希望活埋秉德女人,虽然她攀过周家的高枝儿,身子也不清不白,可她对穷人从不下眼看,即使灾荒年月杀匹老马也不忘全村人。而在周家度过了死而复生的三天之后,周克真哭叽叽当着大家撤回了检举:"史干部俺错了,秉德家根本没有国民党,俺一时吓糊涂了胡说八道,是俺吓糊涂了。"史干部冲他大喝一声:"地主阶级总是改不了吃人的本性。你必须好好认罪,重新做人。"

奇怪的是,没有任何人怀疑秉德女人去周家忙活,正是为了这一结果。

从罗锅嘴里知道这一结果,秉德女人没有丝毫喜悦,她依然木呆呆地看着窗外,像什么都没听见一样,她一点儿都不觉得这结果有什么好。这结果当然没什么不好,其实她在周家时就知道她死不了了,周成官老婆咽气之前握着她的手说:"秉德家的你听着,你心眼好,保准不能活埋,保准不能。"倒是当罗锅满口唾沫地告诉她另一件事儿,她却张大了嘴巴,从牙缝里露出了一丝亮滋滋的欣喜。"嫂子,"罗锅早已经退回到正常的称谓,"分地中农也有份儿,这回按人头分,只要你家地不足一人七分,就补分。"

"真的?你说俺家还能补分?"

"当,当然是真的,秉义大哥、秉胜二哥都有份儿,差不多都能分在南甸子。"

虽然分外高兴,但秉德女人没有出门,她沾满烂泥的鞋已经掉帮,挂不住脚了。即使能挂住,她也没有下炕的意思,只对两个有些喜出望外的媳妇说:"你们去看看。"

平安的生活在秉德家失而复得时，周庄的格局发生了翻天覆地的变化，不但罗锅、老三黄儿子和刘二两儿子从原来狗窝一样的屋子里搬了出去，罗锅哥哥和秉胜居然在分到地的当天，就谋划着在相挨一起的自家地里联手盖房，而这期间，青堆子湾的赵铜匠也申请加入。赵铜匠家产被分光，不想面对空空的屋子，就和闺女女婿交换了居所。他的二闺女女婿在青堆子湾做小买卖，回南王庄时地已经分完，工作组统一调配，就把他们的地分到周庄，于是小的留在了青堆子湾，老的搬到了周庄。三家都要在土地上无中生有地盖房，原本只一条街的周庄就出现了两条街。

虽然申家也分了地，没过多久躲出去的承国就回来了，可秉德女人对周庄全新的格局没有丝毫兴趣，不管媳妇们描述得多么绘声绘色。她一直足不出户，坐在炕上一针针纳鞋底做鞋，捏马蹄针的手指累了的时候，就把承中的儿子家旺抱在怀里，直勾勾地看着天上浮动的云朵，一看就是个把钟头。虽是免了一死，可她觉得自己已经死过一回了。已经死过一回的她，太知道眼下的安宁多么难得了。她看似安宁，实际上内心底并不安宁，远在沈阳的介夫兄弟和承中、承信至今还音信全无哪。当然搅得她最不能安宁的还是承民，承民又一次悄没声儿地离开，让她心头彻底结冰。其实她早就把她看成史干部了，早就知道她和申家没有任何关系了，可她在村时和不在村时的感觉完全不同。她在村时，她把她看成史干部；她走了，她觉得她又变回承民了，因为两个媳妇向她一五一十讲述分地场面时，一口一个"二姐"："二姐一句话都不说，可有她在场，没有一个人捣乱，分地人说谁家分哪里就分哪里了。他们说秉德家先前有地在南甸子，再分地就分到山上吧，咱就分到山上了。"就像当年秉义从外面领回一个旗袍女人，她希望秉义能跟她说些什么一样，承民当了史干部，怎么做她管不着，可总得在临走前回家一趟说些什么。承民终是没有回家,被承民工作组确定下来的周庄的格局,自然就变成了烙疼秉德女人皮肉的火钩。不去理睬外面的一切,坐在炕上一双又一双做鞋,抱起孩子安静地观望天上的浮云,自然就成了她在那个分地的春天最想做的事了。

第四章

实际上,那一年从春到夏到秋,秉德女人一趟大田都没下,连申家的地到底分在哪块山上都不知道。她把山上所有的活都交给了因为局势不稳做不了买卖的承国,像村里所有小脚女人那样,过起了炕头炕梢锅碗瓢盆的日子。只是她只做了三双鞋就不再做了,开春不久,承国媳妇生了第三胎,她穿鞋下地和于芝一起伺候起了月子。这个胎里就惊大的红通通的孩子,一听到动静就抽风不止,不到一个月就抽死了。端午节刚过,于芝得了妇科病,一天天流血,一流就腰疼肚子疼,做饭的灶坑被裤裆里的血腥味充斥时,秉德女人不得不逼她躺到炕上静养,自己顶起了饭班儿。而三个月过后,老三黄眨巴着一只独眼儿,登门告诉她,承民因为包庇她不去沈阳调查,被工作组的人告到上边,上边从此不信任她,让她写了检讨,把她打发到城里去了。听到这个消息,秉德女人一时间冻冰的心骤然化开,她穿上新鞋,大步流星跑到自家分得的田地,去找承民的脚印。这一天,她要寻找的,本是承民的脚印,可山地东边的小道上,走来了承中和承信。从此,她永远地告别了山野土地,成了寄养在儿子们日子里的老人了。

起初,看到山道上走下来两个人,秉德女人以为又来了工作组。

他们俩赤手空拳步履匆匆,在乡下的土道上走动的庄稼人从来都没有这份利落和急促,当然也因为老三黄的说法勾起了她对承民的想念,希望某个时辰她抽冷子重新返乡,让她一述衷肠。在充满青苞米气味的野地边,眯着一双昏花的老眼一眨不眨地看,看出两张灰呛呛的小脸儿,倾述衷肠的就轮不到母亲,而是两个从枪口下逃出来的儿子。

那天晚上,申家院门关得严严的,曹宇环逃来那晚曾经用来绑门的麻绳再次派上用场,聪明的承多不用任何人支使,自动自觉地担起了打更任务,使晚饭后摇曳在屋子里的灯光释放出一种阴森可怖的气氛。讲话的居然是一向话少的承信,他的脸在一身灰色的铁路服的装饰下一扫以往的懦弱,看上去有些神气,全不像承中饿饿着头发蔫头耷脑,一副惊魂未定的表情。承信吐着一口城市腔和听来陌生的名称,改掉了"俺"字,把俺舅叫成"我舅",把沈阳火车站叫成"站上",直呼大妗子乔榛桂,他说,要不是最初我舅把我安排到站上,承中肯定就像我舅那样被逮捕了。八路军封锁了整个站台和飞机场,承中换了我的一套铁路服,在站上公寓里藏了五天才蒙混过关。他说,我舅之所以没有过关,都因为他在机场等待正从大连赶往沈阳的乔榛桂,结果乔榛桂没到,八路军先到了一步。母亲问乔榛桂为什么在大连而不和他们的舅舅在一块儿,承信支吾着说不清楚,只有转头求救承中。承中有气无力地接下话茬儿时,煤油灯灯捻突然迸出一颗火星,吓得全屋人都白了脸。他也把俺舅叫成我舅,也直呼大妗子乔榛桂,只是他的声音更小,咕咕哝哝的样子好像八路军就在窗外。他说乔榛桂就是大连人,她是国民党驻大连特派员,就是特务的意思。她和我舅结婚不久就秘密回了大连,其间我舅秘密去看过她几回,但她再也没在沈阳露面。我舅要是不等她,完全可以逃跑,听说在此之前已经走过好几班飞机了,可他就是不走,他说乔榛桂已经怀了孩子,绝不能扔下她。

那个晚上，因为阴森的气氛和带有特殊意味的语言，秉德女人强烈地感到，她的兄弟是一个多么硬朗的男人，多么有情意的男人。也是这个晚上，她第一次知道，所谓特务，原来就是那种专搞秘密活动的地下组织，王介夫和乔榛桂都是专搞秘密活动的地下特务，而王介夫，是国民党里最重要的特务头子。她第一次知道，当初乔榛桂说的她的兄弟将受到一个国家的尊重，就是指他们所干的秘密的事儿多么危险又多么重要。承中说，除了一个叫瞿秋白的没能劝降成功，他们这个秘密组织已经成功劝降好多回了，他劝对方投降的最好办法，是先劝他们信教。在秉德女人的理解里，要是自己当年信教，承民住进村子期间，悄没声儿地把她拉进国民党，自己也就成了一个特务了。因为种种现实都是秉德女人所无法预料的现实，那个晚上，在做出把承中藏起来，不到平安无事那天，绝不能让村里人知道他回来的决定之后，派承国连夜去青堆子湾娘家报信儿。她却和衣坐在那里一夜没睡，在一家人很晚才响起的鼾声中，望着漆黑的夜空，暗暗地流泪。她想起在沈阳时介夫兄弟端端正正坐在她面前的样子，介夫兄弟打一小就是那种端正的样子；想起乔榛桂白细的手指握住她的手时娇媚的表情，打那时她就看出她不像老王家媳妇，她愣是把她的兄弟引上死路一条。可这么想秉德女人又觉得不对，没准儿，是他的兄弟把她引上死路一条呢……

因为所有的期盼都已落空，第二天早上，趁家里人还没醒来，秉德女人蹑手蹑脚离开家门，踏破一路白霜来到后山沟谷间的坟地，用手指在离茔门口一拃远的地方趴出一个深洞，在日头就要冒出地平线的时候，跪在承山和秉东合葬的坟茔前，撸下右手中指已戴了四十多个春秋的戒指，贴在脸上蹭了蹭，将它扔进深洞，一层层把它埋藏。就要夯实上边的浮土时，秉德女人翘动已经磨出血的手指头，无奈而又坚定地说:"承山,你才是个活了不到九个月的孩子,怎么能看清眼下这世道啊?妈都看不清,你怎么能看清啊?妈不怪你,你太小了,你没那么大本事,没本事咱不逞强,咱好好歇着,啊,天塌不下来,天塌下来有大家伙儿哪。"

有媳妇于芝的被窝相伴,承中藏身在自家里屋最初的日子并不难过,他们几乎是一天天睡在一起,不到吃饭绝不下炕出屋,而刚吃了饭、放了筷子又立即关门上炕,撇下三岁的孩子在屋外抓门挠窗。虽然于芝下体还在轻微流血,可丝毫不影响他们腾云驾雾的欢愉。两个饥饿的身体磁石一样吸到一起时,有好几回于芝都泣不成声,承中不得不拍着她的背哄她说:"我不是回来了吗,你还哭什么呀?"于芝听后哭得更凶。于芝的哭,除了感动身边终于有了男人,还夹杂着一丝做乡下人的不甘,哄个鼻涕邋遢的孩子,一天到晚蹲在灶坑,她实在够了。可承中并不了解这些,翻到她身上时拼尽了身上所有力气,让她在一种见根见底的疼楚中咬着嘴唇呻叫,而从她身上软绵绵翻下来昏睡一场后,又学城里舅舅的样子,披起穿回来的唯一一件属于承信的铁路服,抱着双臂端坐在于芝面前,跟她讲城里的电灯电话、澡堂自来水,讲在舅舅的光辉普照下,别人对自己的高看和敬重。于芝听了更是泪水涟涟,承中于是翻到她的身上更加卖力。他们就像骑上一匹受惊之后急速奔驰的野马,根本无法控制一路跌落又爬起的循环,剧烈的运动使墙壁和炕一起跟着摇晃时,秉德女人为自己的决定深深后悔了。要是有人来家里串门,不用留心就能发现,关键是承国媳妇饭来碗去地伺候,脸上已经一点儿笑面都没有了。可是不藏在家里又能藏在哪里呢,青堆子湾的娘家吗?还是下河口的黄保长家?见哪里都不是安全的藏身之地。秉德女人便只有护着脓包一样小心翼翼地护着，管住家旺不让他聚门趴窗，担起于芝应该担的活路，偶尔有人来，想办法把他截在院里和堂屋。

可是，没有多久，也就七八天的工夫，这个脓包终于鼓破了。它鼓破，并非秉德女人护得不好，而是承中终于耐不住寂寞，自动从里屋钻了出来。

那一天承信要回沈阳，承欢从街上过来相送，他已经过来好几回了，每次来都在院子里吵吵巴火和承信比身上的衣裳。自土改工作组离开周庄，全村年轻人都记住了工作组人穿的那种竖领制服，承欢更是如此。他三十好几了，因为家里只有一间半房子，因为只有一间半房子还要眼光高挑三拣四，一直没有成婚。眼下，父亲秉胜就要在分来的地上盖新房。进了农会的老三黄，居然把农会主任于洪江不到二十岁的闺女于秀英介绍给他，于洪江不同意，两个年轻人却彼此有意。那女子不怎么好看，长了一张枣核脸，门牙挺大，可她性格大方要求上进，跟在史干部前后左右，学她腰板挺直的样子竟也像个女干部，工作组刚走，就穿上了那种竖领干部服，承欢看了特别喜欢。他也说不清是喜欢她那身衣裳还是喜欢她人，当承欢在她的带动下也穿起干部服，他却被她喜欢上了。她觉得承欢是村子里最展扬的一个，田野里一站，绝对就是一个上边派下来的干部了。承欢想不到的是，半道杀出个承信，穿出一身肩膀带着肩牌的铁路服。其实，那天承中、承信刚走上山道，他就看见了，承信非说他看错了人，说他哥跟人去北大荒挖金子去了，早就不和他在一块儿了。于是，承欢以比衣裳为由，来大妈家好几回了。可以说，一开始，他搜寻承中的兴趣远远超出了对铁路服的兴趣，可一遍遍和承信比铁路服，他对铁路服的兴趣又远远超过了对承中的兴趣。到后来，承欢真的相信承中挖金子去了，相信大妈挡着自己不让进，是生他没领她去算命的气。就在他揪着承信肩膀上的牌子就要转身时，承中穿着白布衬衫，端着一副军人的架子从屋子里走了出来。他说："承欢兄弟，你要是稀罕铁路服，我也有一套，就送给你啦。不过我和你不一样，我不稀罕，我当铁路工人可是当够了，再也不想回去了。"

承中的想法是，与其在屋里昏天黑地地藏着，还不如编一个恰当的理由走出来。他相信没有人会从沈阳撵过来，只要没人从沈阳撵过来，也就没有人知道他的底细。可是他和承信说到两岔去了。承欢拿着一套铁路服离开院子时，承信狠狠剜了承中一眼，秉德女人在后边嘟囔道："你疯啦。"

确实如秉德女人所料，承欢回去不多一会儿，农会主任于洪江就和老三黄一起来把承中带走了。十几天后，承中再次从外面回来，他已经是一个肃清了国民党余毒、决心悔过自新的没有问题的人了。只是这十几天的时光，老天在申家播撒了极具破坏力的东西。秉德女人的牙齿一颗又一颗脱落，脸上的皱褶就像犁在大田里的地垄，道道深刻，而于芝，则像一朵一瞬间谢掉的茄子花，蔫嗒嗒枯抽抽，抬眼看人的力气都没有了。

实际上，时光老人早就在秉德女人身上施行了破坏力，她的奶头一天天干瘪下去，她的皮肤一天天失去水分，她的头发一天天见少，并且白了一半，她的手已经长出大大的骨节。原先，她手上有个戒指，心里有个依靠，牙齿还没有松动，或者说，因为心里有了依靠，承受起灾难和恐惧有一份外来的力量，那消耗掉的部分显得少一些。如今，戒指不在，灾难和恐惧点点滴滴入心入肺，那敏感的神经便在所到之处发生了作用。秉德女人并不知道这一点，只是平安再次回到家里后，偶尔来到梳妆台前，才发现，她塌下去的嘴唇已经把她弄成彻头彻尾的老太太了。

能有心情来到梳妆台前,恰恰证明一场汹涌浩荡的洪水已经掠过,它历时多少个年头已经无法计算,它的源头接着另一场洪水,那是秉德活着的时候。因为他的存在,她的日子没一刻安宁,后来他走了,又来了介夫。因为和介夫通着血管,她命运的河床就一程又一程滚过洪涛巨浪。洪涛滚过,总有沙滩和土丘在河床上出现,它们是苍老,是身体的变化,更是一些在此之前不曾见到的石头、瓦块、草梗和藤蔓。在沉淀在申家的石头、瓦块里,最重要的瓦块不是别的,是两个媳妇日益突出的矛盾。自承中回来,媳妇于芝越来越懒,起得晚睡得早,饭班的饭从不及时,闲班时推碾推磨的活路能躲就躲,仿佛有了男人,有了男人在城里几年的经历,就有了懒惰的资本,致使从没停止做饭推磨的承国媳妇,越来越懒得和她说话。只要于芝在饭桌上,承国媳妇就一定把头低到饭碗里;而只要媳妇不吭声,承国也一定是不吭声,上桌扒几口饭赶紧离开。

　　沉淀在申家的草梗、藤蔓里,最重要的藤蔓不是别的,是承中身上那种挥之不去的军人派头,他总是梳着一丝不乱的分头,抱着胳膊,穿一件白布长衫,丢了魂儿似的在屯街上游逛。他早先就是一个大板先生,不爱干活,可现在和早先不同,早先他单枪匹马,现在他有家有口,他需要种地养家,他虽然人不在家没分到地,可只要他在家吃住,就需要把属于他的那份责任承担起来。他和老婆全没这个承担,秉德女人便一日日如坐针毡。要是从前,她会不加思考就把大伙儿叫到一起开会训话,可现在不是从前,现在,承中当过日本兵又当过国民党兵。他当日本兵时过着什么样的生活她不知道,在沈阳当国民党兵时过的生活她是知道的,每天都要上操,每天都要腰杆笔直地站在岗楼门口,长期的横草不拿竖草不捡,肯定是哈不下腰了!她不忍训他最重要的一点,是一些年来,他就像一只漂泊在外的孤雁,无数次地担过惊受过怕，好不容易回到家里，怎么也得让他舒坦舒坦。可正因为他在外面，承信又在外面，挣钱养家的事全担在承国身上，她更不能过分要求承国。为了把自己的两难境地传达给儿子儿媳，秉德女人不得不求助旁人，那首选的旁人必是老三黄。他是村里有名的说事先生，可是想一想又打消了念头。现在的老三黄也不是过去了，现在，他入了农会，那只独眼瞪大了，他雄赳赳当家做了主人，脸上多了威严，一想起他，心里就像盖了蓑衣似的有了层隔膜。要说最亲近的还是秉义，可活埋周成官那天他扬起的那一锹土，到现在还隔在她和他中间，她明明知道他为什么那么做，可他那么做她心里就是不舒坦。最后只有想到秉胜，他虽然从不多言多语，可他毕竟是承中和承国的叔叔，尤其他和承国亲。于是在一个阴风阵阵的冬天的早上，秉德女人换了一身浆好的褪旧夹袄走出家门，于是，那个早上，秉德女人第一次真切地从人们的眼睛里看到，一直尾随在她身后的周成官，把她变成了一个多么可怜的女人。

因为忘了秉胜已经盖了新房，她去了和秉义合住的老房子，早就不穿旗袍的秉义女人见她走进院子，砰的一声把门关上。她在一声响亮的关门声提醒下掉过头，来到新盖起的前街，正在院子里扒苞米的秉胜家的居然头都没抬，冷冷一句"秉胜上山了"，就把她打发了。而从秉胜家转身，遇到也搬了新房、正在往外抬纸活儿的罗锅哥哥，热络络叫一声"兄弟"，他却把脸埋在刚扎好的金银山后边，像没听见一样。当不得不错过金银山转回自家门口，她觉得扑面的风丝里，有针尖一样的东西从脸上划过。

村里人对秉德女人的冷淡，不仅仅因为她跟地主周成官有瓜葛，还因为承中终于承认他当过国民党兵，承认他的舅舅是国民党特务头子。通过农会的宣传，几乎全村人都知道了国民党的可怕，它抗日不坚决，它吃香喝辣浮华腐败，他压榨百姓胡乱收税，当承中整日端个架势在屯街上向人们验证了这一切，远离秉德家人自然就成了全村人的共识了。承国整日无话，正是不断地进出屯街，感受到了这种气氛；承国媳妇整天愁眉苦脸，正是在洗衣裳时听到了闲话。因为不知道家里的气氛来自家外的气氛，秉德女人在没有外人参加的情况下开了个小会。这是这一年的正月初一，见秉胜和秉义都没来拜年，逼承国去叔叔家拜年他又不去，秉德女人就忍不住把所有人都叫到里屋。她坐在炕头，孩子们坐在炕梢，承中、承国一边一个坐在炕沿边儿上，承多和两个媳妇则倚着老柜站着。她下意识撸了一下手，发现戒指不在，就把手握在衣襟里，她说："大家伙儿听着，家里不和外人欺。你妈这辈子摊上老鼻子难事儿啦，可你妈到什么时候都没耍过小性子。你妈跟外人耍过小性子，可在家里从没耍过！古语说得好，好汉有尿往外撒！咱不能天天在家里囟囟个脸，日子不像日子。"承中一动不动，仰着一张青生生的脸对准墙壁，满脸黝黑的承国则眯缝着眼看着破了洞的鞋尖，想说句什么，咕噜一声又吞了回去。见承国欲言又止，秉德女人接着说："你承国一小走南闯北，就该有大肚量，你不能和女人一样，你该在家里带个头儿。妈这么说，一点儿没有偏向承中两口子的意思。承中你回了家，就是个庄稼人了，庄稼人就该有庄稼人的本分，就不能大板先生似的晃悠。舅舅出了事，咱跟不去，咱学他也不成，你得疼疼你兄弟，他十三岁就做买卖养家，容易吗？你看看他头顶上，年纪轻轻的，头发都谢光了。"说到这里，秉德女人嗓子有些哽咽，但她并没就此打住，轻轻咳了一下，又接着说，"你妈这辈子是有污点，你妈也做过亏心事，想必你们在外面什么都听见了，可你妈心眼儿大，你妈知道什么时候该做什么。你妈知道不能背了污点就不过日子。"

听母亲说到污点,承国心里的话再也憋不住,抬起他谢了顶的脑门:"妈,你净说些什么呀?人家外面人都说国民党欺压百姓浮华腐败,你儿子还一天天端个臭架子在大街上晃,谁敢靠近你呀。连秉胜二叔都不理俺啦,你知道吗?!"说罢,承国一个三十多岁的汉子竟呜呜哭了起来。

见承国哭,一直不说话的承中皱了皱眉头,压低嗓音辩解道:"你们以为我爱在外面逛游呀?我是闷得慌、屈得慌,他们逼我说出舅舅是国民党特务,我心里不好受,我对不起舅舅!他不是坏人,你们根本不知道说他是坏人我心里什么滋味!"

其实在沈阳期间,承中和舅舅见面的机会并不多,即使偶尔在站岗时看到舅舅,他也很少和他说话,可他和舅舅有过一个难忘的镜头。那是他和承信刚来沈阳那天,舅舅让一个搞收发的长胡子童大爷领他俩洗了个澡,把他们请到一个单间陪他俩吃了一顿饭。在那顿饭上,他一边嘱咐他们好好学习好好做人做事,一边站起来做了个令他终生难忘的动作,挨个儿拍了拍他们肩膀,摸了摸他们的头。那只大手在头发间痒痒地滑过,他想起多年前,父亲骑车载着他和母亲上青堆子湾,头皮蹭到父亲下巴颏儿时的感受,从那时起,他在心里就把他当成父亲了。

意外地了解到儿子们正在承受一种压力、一种被冷落的孤单,秉德女人再也不说什么了。是的,她也不觉得介夫兄弟是坏人,可是他入了那个党,入了那根血管,委屈是没有用的。在这个风雨飘摇、兵荒马乱的年月,能活下来,能不活埋就已经不错了,还讲什么委屈不委屈呢!但她懂得承中,他的舅舅是唯一让申家人感到自豪的亲戚,突然变成连累申家的坏人,他受不了。

那个全村人都有了房子有了地有了觉悟的正月，秉德女人因为某种觉悟，做了件对申家无比重要的事。她让承国去青堆子湾买回六盒苹果罐头、六包槽子糕，分成三份，分别拜了村里三户人家。老三黄家、秉义家、秉胜家。三四十年来，老三黄也好，秉胜也好，在村里像个便利的板凳，说搬就搬，搬够了送一升苞米、一筐鸡蛋表个谢意也就了事；秉义倒没搬过，上门与不上门都由着他的性情，无论怎样，她从没在正月里登门拜访。三四十年来，她虽日子过得有沟有坎儿，可因为家里有匪胡子秉德，有做买卖的承国，家外有有本事的周成官、黄保长，还有远方的兄弟，她不拜他们，他们也得仰望她。现在，那曾经所有的拥有都变成了往深井里拽的石头，需要仰望的就不是他们而是自己了。

六十多岁的老三黄虽然身板佝偻，蹲在从周家分来的木椅上，苍老的枯叶似的嘴唇上叼着一根木烟袋，没有一点高高在上的感觉，但蟹子洞一样的小眼睛一眨之间，以往的卑微丝毫不见，仿佛周成官死了，某些东西在他身上活了。她叫声"老哥"，在黑乎乎的炕沿上坐下来，对着他枯瘦但有光泽的脸看了很久，他才在头发茂密得仿佛一堆乱草的女人催促下，吧嗒着他吃东西似的嘴巴说："秉德家的，从来咱周庄那天，俺就觉得你和咱穷人不一样，可俺不知道为什么不一样。现在俺弄明白了，咱们从根儿上就不是一个阶级。你不属于农民阶级，就像茄子和土豆，咱不是一个根儿。"虽然恨不能上前把他叼在嘴上的烟袋打掉，让他露出她熟悉的卑微眼神，可是秉德女人还是忍住了，不无诚恳地说："老哥，俺是个女人家，迷路的地方还得请你多多指点啊。"

盖了阔绰房子的秉胜，倒没像老三黄那样和她划开距离，笑眯眯把她迎进堂屋。他的儿子承欢却不一样，秉德女人进门向祖宗跪下，承欢却上前生生拉她的胳膊："大妈，咱不是一个祖宗，俺家的祖宗没有国民党。俺在工作组面前没举报你家有国民党，是看在俺爹的面子上，俺不举，不证明你没有。"虽然从地下爬起来恨不能扇承欢耳光，可秉德女人还是管住了自己的手，把礼物轻轻搁到柜顶，吞下涌在喉口的泪水，冲秉胜说："谢谢兄弟，你对俺的恩情俺永远不能忘。这是承国给你买的礼物，他心里可一直念着他二叔呢。"

最让秉德女人难堪的是去秉义家，因为是大过年的，秉义女人没办法关门闭户，绷着脸把她迎进去，秉义也不得不木呆呆向她点头，站在他身后已长成大姑娘的承翠却对她毫不留情："大妈，咱老申家的人都叫你丢尽了，你还有脸上俺家，俺要是你，早就像俺姐那样找根绳子上吊了。"承翠的情绪毫无疑问来自她姐姐，她认为她的大妈要是不逼姐姐嫁人，她绝不会死，可是能这么放肆地在她跟前讲话，绝对是看她运势不在了。秉德女人心里咕咚咚翻腾，仿佛有血冒出来，可还是抿住了嘴，不动声色地说："俺来没有别的意思，就是想，要是有对不起兄弟家的事，还望多多包涵。"

如果说第一次发现村人不理自己是往脸上扎针，那么这一次发现，便是往心里剜刀子了，它对秉德女人的打击，不在于让她充分看到自己努力的无效，而在于她压根儿就不该做这样的努力。她通了这一根血管，另一根血管就远离了她，如同远在周庄南甸子那条河流之外的河流，任你怎么汹涌都不可企及。她的本意，也许还对通向另一条河流报有希望，结果是，她的心在汩汩流血。

那是秉德女人最最痛苦的一段岁月，她因此不再对儿子儿媳有任何要求，一匹将功补过的老马似的，操劳忙碌在申家的白天和夜晚。白天，哪里的活儿没人干她就奔向哪里，擦门窗框上积下来的灰垢，掘门口水道沟里的淤泥，拾掇草垛空一冬天散落下来的草末儿，而所有的夜晚，她都在灯下熬到后半夜，为家里的大人孩子缝补新一轮的衣裳和鞋子。她不支使任何人，不和任何人说话，无论是儿子儿媳还是她的孙子们。因为她从未有过的默默无声，承中终于在一个雁声阵阵的早上，脱下那件白色衬褂，穿上母亲为他缝补的一件旧袄，下地干活了；于芝也在三月里承国载媳妇回娘家的日子，借机恢复了自己的饭班；而承国媳妇从娘家回来后，有事没事同哥嫂搭话，讲他狡猾的老爹如何听扁脸小婆的话，提前装疯卖傻笼络人心，躲过了一场祸难。就在秉德女人默默地守候着自家日子，不再向外面有任何伸展的时候，一股弱小的溪流向申家伸来，使秉德女人再陷恓惶。

那是这一年的农历八月。那个八月，村农会召集开好几次大会了，组织人上青堆子湾集会游行，庆祝新中国国庆。八月初十早上，老三黄领着几个腰板挺直的年轻人离开周庄不久，克真家的就领着她的侄子吉家来到了秉德家院子。这个曾经担心侄子抢了权力的婶子，居然在权力被埋葬之后牵着侄子的手。她已经相当老，也相当丑了，而害死承玉好几年没在村里露面的吉家，一看到秉德女人就眼圈发红，在嗓子眼儿里嘶哑地叫了声"大妈"，秉德女人禁不住心头一热——她的院子可是好多时日不曾有人来过了。可刚喊出一声"来啦"，就听厢房传来承国的声音——"妈"，不由得愣住，继而明白，要想不背嫌疑，就必须像村人躲她一家那样躲着周家人，一想到老三黄们已经不在村里，还是放松下来，将他们迎进屋子。刚刚进了堂屋，吉家就扑通一声跪下来，扇出灶坑一地尘灰的同时，哽咽着说："大妈求求你啦，俺妈得了火疮，快去救救吧。"不待秉德女人做出反应，西屋里的承国媳妇迅速揭开屋门："妈，你得学学俺爹，得为咱家后人想想啊。"秉德女人迟疑了一瞬，也仅仅是一瞬，就哈腰扶起吉家，仰头拍着他的肩安慰道："别害怕孩子，大妈这就去。"

第五章

　　这是一次极不平常的周家之旅。它不平常，不是秉德女人看到了昔日风光不在的周家如何凄惨可怜，周家也确实凄惨可怜，克让家的躺在一间簇拥着坛坛罐罐的屋子里叫唤了三天，居然请不来会拔火罐的罗锅哥哥，也请不来南王庄的姜水婆。根本不会拔罐的秉德女人笨手笨脚烧了她一身燎泡……一点点缓解了克让家的心底里的火气，又从她嘴里得知吉家远在复州城的四爷家里的悲惨局面。不但家产被分，人被打残，吊在城门上示众三天，在这三天里，他的所有家人都被打得死去活来。吉家也不例外，他大腿根儿上的两个球球已被昔日他管过、打过的一个长工放了血，一辈子别想有女人了。

　　周家的惨状让秉德女人久久不能平静，可最难以平静的，是因为她去了一次周家，遭到全家人的反对。一向对母亲的话言听计从的小儿子承多，居然在她回来的晚上冲她暴跳如雷。他甩着小分头站在地当央，两手掐腰，凌厉的表情完全就是个大人模样，实际上只有十五岁。他说："妈，你是个糊涂人，眼下都什么时候了，还守你那老一套。俺在学校斗了好几回地主了，他们永远改不了吃人的本性，咱得站到农民阶级立场上。"秉德女人一时震惊，她想不到一遇事就帮着站岗放哨的承多会变化这么大，说话的语气会那么像他的二姐承民。他说得也许没错，他们是需要站在大多数农民一块儿，可他不该是那种语气！秉德女人立即火了："你个小五猴子，念了几年书来家跟俺横眉立目，你妈能见死不救吗？你妈蹚过的河比你走的桥还多哪！"承多据理力争，一点儿也没有示弱的意思："你过的河都是老河，俺走的桥是新桥，有桥不走还蹚河就是老糊涂——"

听承多说母亲老糊涂，正在洗脚的承国踩洒一盆水从西屋冲进来，揪住承多就是一个耳光："你个小反上，你说谁老糊涂！"和母亲一样，承国不是不同意承多的看法，而是不同意他的态度和语气，就像他不喜欢承民在村里那些天的态度和语气一样，那时他恨不能揪住承民扇她耳光。

见承国冲她的小儿子动了手，秉德女人真的就糊涂了，一股脑儿又把火气转到承国身上，吼叫道："有俺动手没有你动手，俺小儿子说的也没什么错嘛，咱本来就不能再守老一套了呀。"

见母亲护着，捂住脸的承多终于呜呜地哭了起来，越来越像秉德的厚嘴唇面筋一样抻着。其实他没说一句假话，自从上了学，他对母亲那一套越来越不信服。在没上学的时候，他就因为怀疑过母亲手上的戒指而把它戴到泥人手上，后来一度相信它保佑了他，让他上学，都是受了母亲愚昧思想的传染，每次在听老师讲要相信科学破除迷信时，他都觉得那时的自己多么可笑。同样，受母亲传染，曾一度他那么相信有一天舅舅会撵走小日本，统一天下，把家里人都接到城里去，他因此诚心诚意为这一秘密站岗放哨，结果是共产党统一了天下，自家人受到冷落。在那些个站在操场上无人理睬的课间，他孤独又痛苦，他的痛苦正因为孤独，而孤独使他格外痛苦。他的痛苦在于，他原本就是农民、穷人，一小就看母亲为日子算计，一小就忍饥挨饿，母亲把小米粥和鸡蛋盛到坐月子的三嫂碗里那些日子，他在厢房里不知哭过多少场了，可就因为沾了个介夫舅舅，就被划在河的另一岸了。怎么想都想不明白的时候，他根本无心上课，一上课就在草本上乱画，他画他想象中的介夫舅舅。他从来没见过他，但他觉得他应该有一张门板一样宽的四方大脸,因为母亲说他端正;他画想象中的乔榛桂,他也没见过她,但他觉得她就该有双鸡一样的风流眼,因为母亲说舅舅为了她宁愿被抓。他画他们,是因为对他们有一腔说不清的敌意,觉得他们统统骗了他。他画完后往往在后边狠狠地写上"打倒国民党特务!"谁知就是这几个字,意外地救了他。有一天,歪嘴老师趁他不备没收了他的画,看着看着,恼怒的和嘴一样歪的脸居然一点点正了过来,当着全班人表扬了他,并且下课把他找到办公室,告诉他如果他立场坚定,坚定地站在农民阶级一边,毕业后学校将保送他去安东制镜厂当工人,那里已多次上学校招收有画画天分的学生。

虽然一时护了承多,秉德女人还是感到送他上学那天担心的事情已经发生——承多彻底离开了自己。从三岁断奶开始,一直以来,他都要摸着她的奶头睡觉,他和于芝亲,就因为于芝和她睡一铺炕时让他摸过奶头。即使十几岁分开被窝,他也从没忘把手从另一个被窝伸进来。而吵了一架之后,他再也没有动过她,被窝捂得严严实实,仿佛她帮了周家,就和他不是一个立场,他就必须和她保持距离。这让秉德女人十分难过。她难过,与他和她是不是一个立场没有关系,而是当她干瘪的奶头再也没有一只手来抚摸,她第一次感到了夜晚的苍凉和寂寞。

在周家那股弱小的溪流胡乱撞到申家的夜晚,秉德女人真正的痛苦不是承多如何指责她老糊涂,如何倔强地要求她要有立场,而是他有了立场之后对她身体的疏远,这是完全想不到的局面。多少年来,她一直和他睡在一铺炕上,因为他是她最小的一个,她亲他搂他,让他钻被窝。即使她在灯下做营生,他也不忘把手伸到她的前怀,可以说她恼死了、烦死了,她不知给过他多少白眼,扇过他多少次手背了,可她从不知道这只手对她有多么重要——当它规规矩矩僵在他的被窝里，她会觉得她的觉被活生生抓走了，两眼揉了沙子一样干涩，心一阵阵发空。难熬的时候，她恨不能掀了他的被把他拎起来，把他整个人拎到她的肚皮上、胸脯上……

实际上，那些个夜晚，承多也承受了同样的煎熬。多少年来，不管他白天冷了还是热了、饱了还是饿了，夜晚永远都是他日子中最幸福的时光。他的手每杵到那对软囊囊的宝物，赤条条躺在背窝里的身子顿时就像河里水草似的飘浮起来，尤其当某一天他摸到母亲的奶头，下面的某个地方突然地有了感觉，在捏摸奶头时发泄不可自制的兴奋，便成了他每日里必不可少的功课。他戒大烟一样戒掉自己的快感，不过是一时冲动、使性子，奇怪的是，这性子一旦使出来，居然再难收回了。他收不回，不是因为他说母亲老糊涂，看到母亲真的生了他的气，而是他突然觉得他大了，再也不能去碰母亲的身体了。一场争吵仿佛在他和母亲之间挖了一道深沟，使他再难鼓起跨过去的勇气，因此他总是屏住呼吸，咬紧牙关，努力像潜到深海里的鱼一样，去寻找属于一个大人的睡眠。

然而，事情在某一个雨天有了破坏性进展。那天白天，承多意外地收到同班同学赵彩云的一封信，她就是从青堆子湾搬到周庄的赵铜匠的三闺女。因为下雨不能骑车，赵彩云推车和他在渔市街走了一会儿，快分手时，她塞给他一张叠成燕子似的字条。赵彩云在信上只写了一句话："俺想跟你学画画儿。"他把自己关在偏厦里看了一遍又一遍，居然涌起一阵难耐的躁动，觉得身上所有关节都在顶撞、撕扭，使他不得不把嫂子的纺花车摇得吱吱乱叫。就是这个晚上，随着昏乎乎油灯的熄灭，他的手再次伸进了母亲的被窝。想不到，他的手刚刚碰到母亲，母亲便一头母老虎似的爬起来，连拖带拽将他拽进她的被窝，搂住他无声地抽搐起来。

一场春雨过后，新置了许多耕牛的周庄屯街到处都飘散着暖烘烘的牛粪味儿，南甸子上，在早属于周成官，现在分散给了村里所有人家的那片平坦的土地上，刚刚出土的庄稼闪动着浅绿的叶子，就像一块无边的绸缎，而地势略高的后山腰，刚刚按种的那片沙地，几头耕牛拉着石磙分散在大片地垄里，远看就像一簇簇冒出地皮的婆婆丁。可以说，这是秉德女人几年来看到的最好的春天的景象了，因为她已经好几年没心情远远打量周庄前边的南甸子和周庄后边的山野了。她有了心情，不是发现承多还没走远，而是经过那一夜，她悟得了一个道理，外面人对自己是远是近都是隔靴挠痒，没那么要紧，要紧的是孩子们对自己的远近。家人不和外人欺，这话应该反过来说，家人和了外人欺也不怕。她因此和于芝一道忙活完一顿早饭，给上学的承多装了饭盒，喂了猪鸡鸭，吩咐两个媳妇把她们孩子的衣裳穿利落，关了院门，领一家浩浩荡荡走上了屯街，走向南甸子那块老地和后山腰刚分来的那块新地。她好几年没下地了，她的媳妇更不用说，她此举的目的，不过是想让村里人看看申家人的和睦和团结，看看申家人的精气神儿。因为弄不懂她这做法的用意，一路上，承国一再表示要是地里的活儿没人干，他绝不再做买卖了；承中虽然没说什么，可他一路皱着眉头，流露出古怪的眼神儿，致使秉德女人对着后山腰辽阔的山野，说出一句在大伙儿听来十分好笑的话："咱血管被堵住了，也不能就瘪瘪的没了精气神了，咱到什么时候都得让人家看见咱血管是鼓的。"

　　这自欺欺人的想法，其实只活跃了一年零八个月就烟消云散了。在这一年零八个月的时光里，村里人家的任何事她都不再参与。承欢结婚，承翠嫁人，老三黄抱孙子，罗锅闺女过百岁，上边下来招兵，轱辘匠又一次进村锔锅锔盆，她全像不知道一样。她不关心外面的事，对家里的事却是细察秋毫、点滴不漏，她不再是一匹将功补过的老马，而是一个身份下贱的把头、用人。她除了没日没夜地操劳干活，还不时地察言观色，生怕一事做不好得罪儿子和媳妇。承中好穿又不爱出力，一干活就曲着脸，她就为他做了两件新衣裳，让他干活时换着穿。承国不能跑买卖在家里受窝囊，她攒下三五个鸡蛋也会让他上集市跑一趟。因为上边不断下来征粮往朝鲜前线送，于芝揣了第二个孩子，像一头壳郎猪一样能吃能喝，每每饭盆见底。秉德女人上桌扒上一口就赶紧离席，吵吵道："于芝不嫌妈剩饭你吃了，俺火大吃不下。"不久承国媳妇也揣了孩子，馋酸馋得厉害，动不动就让承国载着回娘家后山去找带酸汁的野物。她也在某个歇晌的时候，颠着一双大脚板，像十六岁那年那样，来到她曾熟悉的另一个山坡。

　　然而，就是这天，攥着一捧野酸姜从西山坡往回走的路上，秉德女人知道她下贱的操劳多么愚蠢可笑。那时正是霞光满天的黄昏，土黄色的山道上飘着一层金色的雾气，在湿漉漉的雾气里穿梭，她听见身后有一团叽叽嘎嘎的笑声随着车轮的吱扭声在滚动。当车轮声逼近身后，叽叽嘎嘎的笑声像被什么东西活活吞掉，一瞬间一点都没有了。她惊讶地回头看，发现原来是老三黄的牛车，上边坐了老三黄、老三黄老婆，还有他从来不怎么说话的儿子，还坐了承国媳妇。车上的人显然很尴尬，尤其承国媳妇，她脸红一阵紫一阵。因为有她在车上，老三黄不得不把车停下来，在那里默默等待秉德女人上车。可秉德女人往车上扫了一眼，立即转头，木着脸向前走去。这时，承国媳妇不得不委下车，用目光打发老三黄牛车先走，错动着小脚，拖着刚刚鼓起的腰身，跟婆婆一颠一颠并肩下山。

　　自然不等婆婆问，做媳妇的就说出了隐情。原来这一天，一度已经奄奄一息的黄保长在家里杀了一头猪，大张旗鼓摆酒席，请农会的所有干部和干部家属，为他上战场的儿子送行。黄保长响应上边号召，带头把才十八岁的儿子送去当兵，到朝鲜去打仗。尽管承国媳妇一再说她爹请的是农会干部，可秉德女人听后还是恼到了脚后跟。黄保长这个老狡猾可以不请她，她的儿媳妇不该瞒她，她的儿媳妇可以瞒他，可她的儿子不可以瞒她。她问承国去没去，承国媳妇支吾着说："去了，他这几天一直在帮忙，他怕俺累着，就让俺跟三黄叔的车先回来。"

原来馋酸只是欺骗当妈的一个借口，秉德女人把手里的酸姜一狠劲儿丢到山谷，骂一声"杂种"，再也没理承国媳妇。当天晚上，当承国带着一身油烟味儿和一群蚊虫从外面回来，秉德女人不顾一段时间精心营造的家里的和睦气氛，点一把艾蒿熏屋里蚊虫的同时，把承国和承国媳妇叫到她的屋子，好一顿放泼，她指着承国："你妈把你当成最孝顺的一个，你却护小头儿，跟你妈撒谎撂屁儿。"转而又指着承国媳妇："老三黄和俺摆谱耍威风，你和他有说有笑，这不是吃里扒外吗，这不是把俺好心当了驴肝肺了吗?!"

承国两口子自知有错，低着头一声不吭。承中听不下去，插嘴道："妈，你小心眼儿了。三兄弟肯定不是有意，人家不叫你，他有什么法子呀？他不告诉你，也是为你好嘛！"

谁知这话让秉德女人更加恼火，竖着眼厉声道："这怎么是小心眼儿，他丈人看不上他妈，他还去帮忙，这不是帮着外人打自个儿吗？"承中立时又缩了回去。

承中为承国说了公道话，承国并不感激。要是他是个肯出力的角色，把种地的事一揽子挡过去，承国完全可以继续出去跑买卖；要是他不梳那种光光溜溜的分头让人看不惯，闲下来时承国也不会去替老婆弄酸果，他替老婆弄酸果，就因为不爱看承中板板正正的样子。哪承想他们回下河口就碰上了这档子事儿。他们碰上，老丈人也没告诉他们，是十一岁时曾在申家住过一段的兄弟非要留下姐姐姐夫，说有他们在，他就像看到了他死去的妈妈。

那个晚上，秉德女人放完泼，显然舒服了不少，就像当年当着周成官放完泼，身体里的脓水就抽出去了一样。可她沉静下来，在充满艾蒿味的屋子里吹灯躺下，把承多伸过来的手放到奶头上，她的耳畔却有一种响铃铃的笑声在滚动，那是承国媳妇的笑声，它曾经滚动在黄昏的山野。她从没听她那么笑过，她回了一趟娘家就笑成了那样！

这个笑声响在晚上，带给秉德女人的不是气愤，而是一个念头，一个如同窗外缓缓升起的月亮一样升起来的念头——明天，俺也要回趟娘家。

回青堆子湾娘家的想法，在她心里打磨得太久了，兄弟出了事，她早就该回家一趟了，可是一直没迈出这一步。她的兄弟等乔榛桂被抓，这结果让她没法向兄弟媳妇交代，尤其她的柜子里还放着兄弟的一纸休书。虽然当年去沈阳证婚是在不知情的情况下，可她毕竟没像介夫那次回来那样大耍姐姐威风，把他制止住。其实介夫出事之后，她一直在等待，等待介夫媳妇亲自上门，把当时的情况告诉她。介夫媳妇一直没来，也就证明即使介夫没休她，她对大姑姐也有了怨气。介夫媳妇一直没来，她也就在自身难保的牵连中把这事儿给忘了。现在，她想起来，她鼓足勇气，都因为她心里太郁闷，太想找个人说说话了。承国媳妇口口声声不稀罕娘家的扁脸小老婆，可回一趟娘家，回来的路上就变了个人似的叽叽嘎嘎有说有笑。想起那笑，原本因为媳妇欺骗了她，她受了刺激，可当她陷进沉郁而寂寞的夜晚，这笑不知怎么就变了味儿，就觉得都是"娘家"的功劳，是女人背后都有的那个"娘家"在为女人打气。

那个早上，秉德女人并不想让承国送，她甚至没把回娘家的想法告诉任何人。上学的承多背书包出来，她就急慌慌把一个包袱递给承多，说"等俺回家换双鞋"，可换了鞋再出来，承国已经推着他那辆旧自行车出来了，把包袱挂住了他的车子上，并什么都明白似的说："妈，俺载你去。"

因为惹了母亲，承国有些低眉顺眼，可秉德女人坚决不坐他的车子，一声不吭又把她的包袱拿下来，这时，承国一把拽住母亲手里的包袱，死乞白赖地说："妈，你怎么啦，就坐俺车怎么啦？"她才曲着脸跟着上路。

然而她怎么也不会想到，在承国媳妇的娘家招招摇摇摆宴请客的时候，她的娘家早已经变成别人的家了。承国把她送到娘家门口，她看到了一个完全陌生的房子和院子。大门过上带银环的木门已经不见，代替它的是两扇又低又矮的铁门。透过铁门上边的空当看进去，院子里堆着一堆破铜烂铁，而在破铜烂铁旁边，有一个一米多高的铁炉正冒着黑黑的浓烟。当一只土黄色的大狗闻着人声汪汪叫起来，后边跟来一个系着脏兮兮大布围裙的男人。她说："这是俺娘家，俺爹叫王鸿膺，你是谁？"男人愣生生看了一眼秉德女人，摇着头。秉德女人紧着追问："俺兄弟叫王介翁。"这时只见男人把大手往铁门上一握，吱一声拉开来，瓮声瓮气道："王介翁两口子早在土改前就跑了，他家有一女人倒是没跑，可她在土改来了那会儿，在大门上吊死了。你问俺是谁，俺是前炉董铁匠铺的后人，公家把房子分给俺，俺就把不吉利的大门给拆了。"因为这结果和秉德女人的记忆完全不符，她立即打断铁匠的话："你胡说，俺兄弟媳妇干吗要死呢，前年俺儿还来过呢。"

听她这么说，铁匠瓮声瓮气的嗓音突然明朗起来，像日光穿过云雾："是死了，一点儿没错，听说是她乡下外甥来收的尸。"

见对方语气这么硬朗，秉德女人蓦地转身，去看自始至终都一声不吭的承国。这时，只见承国阴着黑紫色的脸，嗫嚅道："妈，他说的是，是俺来收的尸。俺当时怕你害怕，就没告诉你。"

"你是说你大妗子真的上吊了？你大舅还没抓以前就上吊了？"

"是，她根本不知道俺大舅的事。"

虽然这是个不错的消息，可秉德女人还是嗷叫一声坐到地上，"妹子妹子"地哭喊起来。

或许这正是上天安排，上天有意让无儿无女、男人又不在身边的可怜女人死有葬身之地，那天正是承国看到土改工作组从外面来，偷偷逃出来的日子。他一时无处可去，上了丁有春家，想让丁有春为他指一条路，他早就从二舅那里知道上边要杀人埋人的事了。瘫痪在炕的丁有春却呜噜呜噜说不出一句清楚的话，他只有再次跑到青堆子湾二舅家。他上二舅家的想法，只是想和二舅搭伴一起逃跑，不等进院儿，就发现二舅家门口围了一堆人。他头皮麻酥酥地往人群里凑，一点点地，就从地上躺着的旗袍女人宽厚的轮廓上辨出是谁了。他于是不顾一切地蹲下去，一边喊"大妗子"一边四下撒目，他希望在人群里发现二舅和二妗子，可是根本没有。这时，一个满头白发的老者蹲下来，沙哑着嗓子对他说："孩子，你是她亲戚就赶紧把她埋了吧。她兄弟和兄弟媳妇都跑了，没有人管她了。"承国大脑顿时一片空白，踟蹰了好一会儿，才想出法子，从衣兜里掏出准备逃难用的六块钱，冲围观的人说："好兄弟帮帮俺，帮俺抬抬尸体。"可人群里没人响应，人们只顾交头接耳,这时,只听蹲在地上的老者说:"大伙儿行行好吧,她是个可怜的女人啊。"又过了好一会儿,只见两个小青年一前一后从人群里钻出来,前边那个抢过承国手里的钱,脆声道:"就俺俩了,不用旁人了。"说罢就一头一脚抬起女人。

承国推车领在前边,根本不知往哪里去,他熟悉的路千条万条,就不知道哪一条是他大妗子回家的路,最后选择了一条他从未走过的路,因为只有这里,远离人来人往的渔市街。它在青堆子湾西边,是一个窑地外面的土坎子。没有人家,上窑地借了铁锨、镢头挖了土坑,埋了大妗子。承国再也不想跑了,大妗子那张埋进土里蜡黄的脸让他想起母亲,他不知道他的母亲会不会像大妗子那样走了绝路。于是才有了回家之后的第二次逃跑。

承国领母亲来到土坎子,大妗子的坟包根本不在,埋尸的荒土已经被掘在土坑外面,它们东一堆西一堆散乱的样子,一看就知道这里曾发生了什么。那两个小伙子把大妗子埋了不久,又回来把尸体掘了出来,脱了她身上的旗袍,撸去她脖子、耳朵和手上所有的金银首饰,之后将尸体喂了野狗。看出这故事的,自然不是承国,而是秉德女人。她见了荒坟,就一程程追问当时的情景。承国说他根本没留心大妗子身上有没有金银首饰,可秉德女人坚持认为有——她是自寻短见,她的身上不但有首饰,或许还有一封绝命信。于是围着土堆的寻找就开始了。结果是显而易见的,三年的风风雨雨,除了金银,任何东西都化成了泥土。那一天,秉德女人在空坟边找够了、哭够了,并没马上回家,而是要求承国载她上渔市街上转一转。

渔市街不是小时候繁华的样子,也不是记忆中变化了的样子,可是秉德女人一定要在那里找到小时候的记忆和上一次的记忆,就像在坟地边对一封猜想的绝命信的寻找。她在一家国营饭店门口站着久久不动,非说这里是双二婶的绸缎庄,那个穿着蓝色印花上衣的女子是双二婶的孙女,承国说不是,她就红着脸冲承国发火"你知道什么呀"。走进天后宫庙对面那家店铺,她非说这是曹掌柜的店铺,人家说不认识曹掌柜,她就跟人描述他的模样:"大高个儿,麻子脸,外表有些凶。"承国说妈,那都是老皇历,别再翻了,她说"翻翻老皇历有什么不好"。在写着"中华人民共和国青堆子湾人民政府"牌子的四间平房外边,她非说这里是高桥旅馆,说着就要拉那新崭崭蓝色的门板。承国拽着她不让进,她推开承国的手,甩着散了腿带子的裤腿儿说:"俺进去看看高桥女人。"找不到高桥女人讪讪地出来,来到旁边许记照相馆,她非说这是承民的姥姥家。一个已经佝偻了的独眼老头迎出来,问她是不是想照相,她居然指着人家一句连一句地盘问:"你知不知道史干部是谁,她是你的外甥女儿哪。"弄得承国在老相识面前很没面子。

在承国眼里,他的母亲疯了,大妗子的死使她记忆错乱,可秉德女人因此充分享受了一次回娘家的感觉。她的娘家没有了,她在记忆里寻找娘家;她的娘家没有了,回到记忆中的过去就是回到了娘家!虽然从青堆子湾返回的路上,她没有像承国媳妇那样嘎嘎大笑,可十天后一个霞光满天的黄昏,承国从照相馆里取出她和承国一坐一站那张笑眯眯的照片,对着院子上空镶着金边儿的云彩,她哈哈哈居然笑出了眼泪。

实际上,秉德女人高兴,还是从娘家回来之后细细冥想的结果。介翁兄弟领着全家跑了,这是一个再聪明不过的选择了,要是留下来,说不定早被活埋了呢。虽然介夫媳妇死得惨,可她在死前并不知道介夫等乔榛桂的事,对一个女人来说,这可是太要紧了,这可以使她在阴间不觉得孤单,她活着时可是太孤单了。当然,让秉德女人真正高兴的，还是承国的懂事，他不但为他的大姈子送了终，一些年来，还在默默替自己担着大事儿。他要是当时就把那些大事儿告诉她，她没准真的疯了。他是一个男子汉，一个申家顶天立地的男子汉！看着他顶天立地地站在自己身后，她怎么能不哈哈大笑呢。

事实检验了她的儿子并不是她放泼时骂的那种杂种、不孝之子，秉德女人心情格外地好了起来。一场雷阵雨过后，风丝里不觉就有了秋天的气象，知了在屯街的槐树上一整天一整天鸣叫，"命——命——"，她就在院子里拉着长韵不时地跟一句："知道啦——什么人就有什么样的命——"。蛐蛐在灶坑的草洞里一晚一晚吟唱，"洗洗浆浆，洗洗浆浆"，秉德女人就在灯影下拖着长韵不时地附和："知道啦——洗洗浆浆，娶个媳妇好上炕——"。她唱戏一样随声附和，不过是一时高兴，就像打场的人看到阴云密布的天空突然转晴。可是晴空万里的日子会发生什么，她根本不知道。

那个晴空万里的日子不是白天，而是一个月光似水的夜晚。承多一边揉着母亲奶头，一边小声说："妈，俺跟你说个事儿。"

"什么事儿？"秉德女人从睡意中清醒过来。

"俺谈对象了，赵铜匠家闺女赵彩云。"

秉德女人心头不禁咯噔一下，奶头迅速有些僵硬，心想真是说什么就有什么，说娶个媳妇好上炕，媳妇就来了。

选择母亲心情好的夜晚亮出想法显然没错，不过承多有些得寸进尺了，他说："俺和她已经自由恋爱了，俺天天都在想她。"

这时，秉德女人突然从被窝里坐起来，甩出承多摸奶子的手，望着月光没好气地说："多大了就想女人啦，告诉你，想女人了就甭想和妈睡一铺炕了，你可想好了。"

承多当然想好了，他已经摸过赵彩云的胸脯了，他就是想让她来代替妈妈的。但是他没有直来直去:"俺和她只恋爱不结婚,俺就是想尝尝自由恋爱的滋味。"

第六章

承多与赵彩云的恋爱,正起始于雨天里在厢房读过的那封信。把因信涌起的莫名的激情泄掉之后,他本以为一切都过去了,就像下过一场急雨,可是第二天骑车上学,渔市街的人群里到处都是赵彩云的身影。那一天,承多一整天都没好好上课,他用铅笔在草纸上胡画乱画,他画的当然不再是王介夫也不是乔榛桂,而是赵彩云。画儿上的赵彩云没有眼睛、鼻子,也没有嘴,只有一个大圆脑袋,只有圆脑袋下面两个圆圆的奶子。他还从没细看过赵彩云的脸,在她塞给他那封信之后,他对她的所有想象,就是她的胸脯上有两个和母亲一样的奶子。其实他最乐于画的还是奶子上的奶头,它看上去是一个点,其实这个点可以滚动,就像他捏奶头的手指在母亲暄软的胸脯上滚动,于是承多笔下的奶头就不是一个,而是无数个。它通过承多的想象落到纸上,根本不是滚动的奶头,仿佛沾满了黑枣的馒头,于是,那一天的课间,从一些画中找出一张最满意的,写上几个大字交给了赵彩云,那几个大字是:"我教你画大馒头。"这近于流氓的语言,赵彩云看了气不打一处来。她的爹把家从青堆子湾搬到乡下,跟一个窑子铺里的女子有关。那女子被一个外地商人领走时,非要和赵铜匠见一面,她满街打听找到赵铜匠的家,撸下手上一对铜镯子,突然哭了,说还他镯子。那商人把镯子打翻在地,女子就要性子坚决不跟他走,结果闹得满城风雨,全街人都知道赵铜匠嫖女人嫖出了事儿。走在渔市街听到有人攫指,赵彩云恨不能回家扇父亲耳光。承多公然用画儿擢自己后背,她把那幅画撕得粉碎,一连多天不理承多,还十分委屈地做了一个重大决定:不念书了。自从搬到乡下那天,赵彩云就不想念书了,都是她的爹死要面子逼她念。在承多因为家有国民党兵受到冷落的那段日子,她暗地里觉得他们已是同病相怜的难友,因此她才在承多受到老师表扬后,冒胆写了那封信。她写信的目的,不过是想向承多靠拢,就像承多向农民阶级靠拢,想不到承多污辱了她。在决定从此告别学校的那个黄昏,赵彩云使出曾被娇宠惯了的娇小姐的性子,在渔市街一条小巷里堵住承多,好一顿耍,她说:"申承多,你太欺负人啦。你凭什么欺负俺,凭什么?""你就看俺穷了,成了穷人,可是你也不富啊,你凭什么?"承多完全没有准备。她一连多天不理他,他的火已蹿上了脑门,在她堵住他那一瞬,他还以为出了什么奇迹,然而奇迹没在上一瞬间发生,却在下一瞬间发生了。承多一慌之间,竟说了大实话:"俺,俺想和你自由恋爱。"赵彩云气急败坏的情绪突然顿住,干黄的瓜子脸凝在半空。这是老师在课堂上刚刚讲的词,老师说,妇女解放了,男女可以自由恋爱。霞光一样的红晕顿时洒满了赵彩云的脸。承多强调说:"真的,俺说的都是真的。"一阵低眉顺眼的羞涩取代了气愤,她迅速转身,涌进人流,笑声已经像风中的铃铛花一样响彻街道的上空了。

  虽说有些出乎意料,但秉德女人还是很快就接受了现实。当然,她接受现实,不是承多只恋爱不结婚的承诺,而是事后不久,一场轰轰烈烈的征粮运动,让赵铜匠这家人在周庄的地位浮出了水面。

  一个村庄的某个时期,总要有中心人物浮出水面,就像一个家庭的某个阶段,总要有个主心骨一样,脆弱的心灵对某种权威的需求是与生俱来的。周成官死后，周庄的中心人物成了老三黄，这是不争的事实。大张旗鼓为抗美援朝征粮，就是在老三黄的带领下。他佝偻着干瘦的腰身，号号嗉嗉喊"打倒美国佬"，他发令让所有人都把自家按人头摊上的那份粮交到赵铜匠家，大家就纷纷响应。然而事情往往就在不知不觉中发生变化，把粮食交到赵铜匠家，不过是老三黄突发奇想，他家有两间刚盖起的空屋子，可以暂时把粮食囤到一起。奇怪的是，当脑瓜灵活的赵铜匠坐在一只木凳上，一手拿着算盘一手握着笔，替老三黄面无表情地算账记账，他在人们心里的位置不知怎么就不一样了，就有了某种比老三黄更让人们信服的东西。人们信服的，不过是他算出来的精确数字和他身上那种乡下人没有的文绉绉的派头。他在本子上记名字时，捏笔的手指啄米的小鸟一样一抖一抖。赵铜匠严肃认真、装模作样，不过是想在乡亲们心中树立新的形象，可谁也想不到，当两股混合的物体铸就出的东西在村子里传播时，秉德女人的心便不由得一阵悸动，某种很久以来被阻挡、被拦截的溪流，突然找到豁口似的奔腾起来。尤其听说老三黄对他百般尊重，张口闭口叫他"赵先生"，秉德女人已经无法拒绝她跟赵家的关系了。

那是一个什么样的日子啊，秉德女人简直不能安静地待在家里，虽然她没能打破很长一段时间不再串门的习惯，可她的心早就飞去了。她在门口草垛旁把一捆苞米秸子打开又捆上，眼睛不时地朝赵家的前街张望，眼看着人们挑挑担担从屯街的四面八方向赵家拥去，她会禁不住热泪盈眶，仿佛他们去的不是赵家，而是自己的家，仿佛他们跟赵家通了，就是跟自己家通了！她跟赵家的关系，不过是通过承多的讲述想象出来的关系，这种想象的关系即使得以确立，也不过是一种简单的亲家关系；还有，十几年前，赵铜匠伤害过她，骂她爹是个疯子，说怎么也不能把闺女嫁给匪胡子后人。由于长久以来被村人冷落，被老三黄和秉义、秉胜冷落,秉德女人根本无法清楚这一点。当她觉得她的血管通了某根更粗壮的血管时,潜藏在心底的某种渴望便被强烈唤醒,亲自拜访赵家,向赵家挑明这门隐藏在孩子们中间的婚事,便成了不可阻挡的事情。

为了这一天,秉德女人从柜底翻出七尺大布和绣花绷,为自己做了一件新夹袄,为未来的儿媳赶做了一双绣花布鞋,把既方便携带又见出功夫的绣花布鞋揣进大襟袄的袄兜,她的心情相当不错。虽然家里没有多余的房子,承多娶亲只能娶在厢房,可她没有丝毫顾忌,因为她已从承多那里抠问出来,他的儿子已经摸了赵家闺女的胸脯。这样不体面的事说出去,就是打倒女方爹妈的一块大石头,况且他们已经是落地凤凰。

其实,还没等秉德女人搬出这块石头,赵家两口子就已经招架不住了。在他们的家被村人围得热热闹闹的时候,只有他们自己清楚内里的虚弱,除了刚刚盖起的四间空荡荡的房子,除了会做做样子拨拨算盘,他们其实一无所有,他们存下的珠宝首饰都被分得一干二净了。他们摆出来空架子不过是为了当兵在外的儿子,当有人为他们才十六岁的闺女亲自上门,心中的欢喜可想而知。

由于对赵家的态度没有防备,秉德女人掏出绣花鞋时,有些难为情,因掉牙而有些瘪下去的嘴唇微微颤动。她直直地看着赵铜匠,看看他的女人,这个曾经财大气粗的黑脸膛男人显得有些疲惫,好像多日来的征粮累着了他,不过他眯成一条缝的小眼睛一转之间透出的沉稳,仍有一种她熟悉的威严。她的女人面容愁苦,有气无力的样子像才从月子里爬起来,可她递过一片凉席慢腾腾的动作,仍有一种乡下人少有的高贵气。这让秉德女人不等说话,就已经感到几分受用了,她把女人递过来的凉席坐到身子底下,一字一板地说"俺是为你们小闺女和俺的小儿子来的",一种比自豪更复杂的东西,立即风似的把她干瘪的嘴唇鼓成了饱满的花瓣,因为赵铜匠看看女人的脸,赶紧应道:"谢谢谢谢,谢谢嫂子对赵家的高看。"

这是一桩对申家影响深远的婚姻。秉德女人在这桩婚姻中找到一种令她自豪的、在周庄东山再起的感觉。多年前,她和周成官结干亲时,就是这种感觉。尽管不是有意攀高枝儿,可你攀了高枝儿,照在高枝儿上的日光就返到你的身上,你和原来的你立即就不一样了。

秉德女人攀高枝儿的消息,很快就在村子里传开,讲得最欢的自然是罗锅嫂子。她是村里的老人儿,保留了许多有关秉德女人的记忆,这不是最要紧的,要紧的是,穷苦人翻身得了解放,她敢于做梦了。赵铜匠搬刚到村里那天,她就惦上了他的小闺女,虽说他不是以前的赵铜匠,可瘦死的骡子比马大,虽说自家穷得叮当响,可贫雇农地位提高了,吃香了,连富裕中农的承欢都娶了农会主任于洪江的闺女,她铁杆的贫雇农更没什么好说的,尤其狗剩子跟着承欢成了村里的积极分子,天天听老三黄吆五喝六。因为自信,她上赵家串过好几回了,每一回都吞吞吐吐、欲言又止,她吐不出那句话。就怨铜匠女人那高贵的眼神,不知为什么一触到那眼神,她肚子里的话就怕见猫的耗子似的顿时没了踪影。想不到让秉德女人抢了先!晚了半拍的郁闷淤积在心底,她就以传播的方式在村子里宣泄。光宣泄还远远不够,因为你就是讲破天也改变不了现状!这时,罗锅嫂子就成了村里几年来第一个走进秉德女人家门的人了。

事情往往就是这样,不断地向左转向左转,最后转到了右边。最反感秉德女人的是罗锅嫂子,结果,最先让秉德女人看到攀高枝儿返回的那缕光的,还是罗锅嫂子。罗锅嫂子转到右边,是想问问秉德女人怎么就抢了先，她的儿子还小，能不能把赵铜匠的闺女让给狗剩子，狗剩子已经三十五岁了。秉德女人迎来罗锅嫂子那天，她正在给坐月子的承国媳妇炖鸡汤，上次对媳妇回娘家的事发了火，她心底里一直窝着愧意，于是就第一次破了规矩，杀了只鸡。只是那鸡汤仅仅是半只鸡的鸡汤，于芝下个月也要坐月子，她把另一半装进坛子腌了起来。虽然家里有坐月子的媳妇，罗锅嫂子走进院门并不尴尬，一句"俺来看欢喜"就把自己弄得很是随意。看欢喜要拿鸡蛋，看欢喜还要进到坐月子的屋子里真的看看孩子。接过鸡蛋，悄悄把罗锅嫂子引进正在睡觉的孩子面前，秉德女人心里头滚烫得就像开锅的鸡汤一样。为了把心底的滚烫揭开来凉出去，她盛了碗鸡汤非逼罗锅嫂子喝。怎么推都推不出去，罗锅嫂子喝了一辈子都没这么捧着碗喝的鸡汤，她来秉德家的初衷已经忘得一干二净。

　　第二个走进秉德家院子的就是老三黄，听说赵家和秉德家联姻，他一连好几天都心里闹腾。他闹腾不是也惦着赵铜匠的闺女，而是心里有一本掰不开的账。他加入了农会，成了周庄的头头，从此不敢接近秉德女人，心里头很不舒坦，深更半夜醒来，眼前常常晃动着秉德女人刚进村时那张年轻漂亮的脸，遇到难事动不动就把他请进家时那种恭顺的表情，那是一辈子低贱的他在周庄看到的最最漂亮、最最柔和的一张脸了。他曾暗暗想过，为这样的女人，他老三黄就是上刀山下火海也在所不辞，想不到一夜之间世道变了，她居然成了国民党家属，成了和自己不是一个阶级的人。坚定不移地站在农民阶级立场上，没有人知道他心底里的别扭，尤其赵铜匠来了之后。赵铜匠曾是青堆子湾小有名气的商人，被分个精光来到乡下，按说也不属于农民阶级，可人家识事物有觉悟，搬到乡下之前，就把儿子送去参了军，来到周庄，更是主动向农民阶级靠拢，让出家里空房，帮打算盘记账，都是他主动提出来的，秉德女人为什么就不能更主动一些呢？动员当兵的事吵吵了满坦，她窝在家里门儿都不出，她三个儿子，把其中一个送出去，也替他解了围。上边正在镇压反革命，清查特务、土匪，要不是他帮她挡了一下，说申承中的事儿已经弄清，把承中打成特务丝毫不成问题。她儿子承中在小日本时期还当过两年伪兵哪！没人检举，他也就压下了，她怎么就一点儿不醒腔呢！她不向他靠拢，却向赵铜匠靠拢，向赵铜匠靠拢不要紧，你登门靠拢说的是儿女婚事！在周庄，自古到今，还没有什么人的儿女婚事不是来找他！要说老三黄掰不开，最掰不开的就是这一点！儿女婚姻的事越过了他，就等于越了锅台上了炕！他背地里帮着她，她还要越了他，他怎么想心里头都过不去。

老三黄走进秉德家院子，没说看欢喜也没拿鸡蛋，他甚至没有进屋，他背着一双粗糙的手在厢房门口喊了一声"秉德家的"，就再没挪步。见好久不登门的老三黄也主动登门，秉德女人欢喜得"妈呀妈呀"的，说不出一句囫囵话，分明想说"老哥进屋坐"，却说成"妈呀老三黄"，羞得脸一阵阵涨红。很快，老三黄总像吃饭似的嘴已经吐出了带味儿的话了："怎么听说你秉德家的还记俺的仇啦？"秉德女人脸更红了，支吾道："没，没有哇。""你秉德家的有能事啊，把俺这个老媒人都不放在眼里啦。俺不是你的贵人，可也不至于是你的小人吧。"秉德女人听出些话味儿，终于知道该说什么了："老哥，俺不是怕瓜连你嘛，俺家有国民党。"这时，老三黄脸上的褶子突然抻开，冲地面呸地吐了一口唾沫，语气重重地说："你秉德家的是聪明一世糊涂一时啊，你没老怎么就糊涂了呢，俺想不到你是个糊涂人！"说罢头都没抬，留下一股汗臭味转身离去。

一股汗臭味扑到秉德女人鼻孔，她身子飘飘忽忽竟有些醉意，仿佛她闻到的不是汗臭，而是一股迷人的香气。在她看来，只要他登了门，只要他在挑她骂她，就说明他在乎她、不嫌弃她了。她再老糊涂，这一点还是清醒的。

尽管没有马上明白老三黄说的糊涂是什么意思，但懂礼节的秉德女人还是给了老三黄一个体面的回应。她回应的方法不是像从前那样拎礼物上门拜访，而是把礼物送给赵铜匠家，让赵铜匠装作在不知情的情况下，请老三黄做媒。老三黄不可能以为赵铜匠真的不知情，可事到如此，他怎么以为都不重要了，重要的是得让老三黄舒舒服服加入进来。

这是一件多么奇妙的事情啊，日子过着过着，那堵挡在秉德家门口的堤坝突然消失不见了，秉德家从此来人不断，有了活络气儿了。掘开堤坝的，看上去是承多和赵彩云，其实是秉德女人；看上去是秉德女人，其实还有赵铜匠。他拎着礼物去请老三黄保媒的那个夜里，从黄家出来不等回家，就冒昧地敲开了秉德家的门，点拨秉德女人，没有老三黄就没有承中的命。当秉德女人第二天拿罗锅嫂子送来的二十个鸡蛋去向老三黄靠拢，把知恩图报的话说得细雨绵绵时，当天下晌，街脖子上就传来了老三黄粗糙的喊声："秉德家的，要俺看，趁清明前闲散，就把亲给订了。俺当媒人就烦拖泥带水，行吗？"

或许，老三黄看重的，仅仅是赵铜匠的面子，他斯斯文文坐在他身边为他记账打算盘，让他这个大字不识的村头儿有了一面靠山，他就欠他一份情了；或许，这件事情的发生，是老天爷有意铺垫在秉德女人面前的一级台阶，反正，这个时期，不但老三黄顺势而下破门而入，秉义家的和秉胜家的也顺势而下破门而入了。

秉义家的破门而入，与秉德女人是不是和赵铜匠联姻没有任何关系，其实她早在一年前就想上大伯嫂子家了。她不理大伯嫂子，不是她家通着国民党,而是她败坏了她男人的名声,破坏了他们两口子的感情。活埋周地主那天,她回家和秉义大闹了一场。她和他闹,并不是真的认为男人和大伯嫂有事儿,只是为了挽回面子,做做样子。她一个在旗女人把自己的家产舍上了来为他当牛做马,他总得给她一点面子!可秉义一声不吭,绝不否定。她伤透了心,发誓夹包袱回岫岩老家,他面无表情地在磨刀石上磨刀,嘟哝一句"想走快走别吓唬人",气得她呀!看透秉义对大伯嫂确有感情,她把包袱扔到炕上,蒙被哭了三天三夜,从此对一个女人的恨便深入了骨髓。她一面恨着,一面任劳任怨地干,为不是亲生的闺女承翠办嫁妆,为三个人的日子起早贪黑,伺候鸡鸭猪狗,仿佛早在上一世就欠了秉义。随着时间的推移,他们渐渐找回了一点儿从前的日子,他隔三岔五睡过她之后,还和她说点儿过日子的话,可有关大伯嫂子的话题绝不能提。承中被抓那会儿,大家都在猜测能不能出人命,她夜里跟他念叨,他立即掀了被窝嘈叫道:"少跟着瞎猜。"后来证明大伯嫂家真的出了国民党,全村人都不再理大伯嫂子,他居然从此哑了口,和她一句话都没有了,好像那国民党的名号是她安的。为此她一天天闷闷不乐,暗里撺掇好几回老三黄了:"三哥,秉德嫂子怪可怜的,咱不能太冷她。"老三黄木讪讪爱搭不理,她就掉魂似的眨巴着眼睛。现在,终于等到这一天了,她心底里乐开了花,她坚信只要她和秉德女人说了话,她的男人就会和她说话。

　　这是二月里一个湿漉漉的早上,秉义女人去找秉胜女人做伴。秉胜女人一听就同意了。她是个粗木头,没有太多心眼儿,老三黄把于洪江的闺女介绍给儿子承欢,她就只知道看老三黄眼色。老三黄都和大伯嫂近了,她当然不能远了。因为雾气刚刚散去,日光探出笑脸,相挨在屯街的草垛泛着温润的光辉,整个村庄都笼罩在祥和之中。秉义家的抓了一只老母鸡，秉胜家的则扛了十二个鸡蛋，她们一前一后走近秉德家门口时，就像两个害羞的小姑娘，脸腮又热又红。当秉德女人听到脚步声从厢房里迎出来，一直走在前边的秉义女人缩了一下，瘸了一条腿的秉胜女人立即冲到前边，大大咧咧喊了声"嫂子哎"。

在秉德家，这是继承玉结婚那回再也没有操办过的仪式，虽然没有杀猪，虽然不过是桩订亲礼，规模仅限于赵姓申姓两家之间，可它在周庄的影响远远超过那场匆忙的宴席。这并不是说人们看到申家的妯娌走到了一起，秉义也进了秉德的家门，多年不上门的老三黄成了秉德女人的座上宾，而是吃了午饭，秉德女人正揭开老柜柜盖，准备向赵家人递交彩礼时，承多从厢房里搬出一个让人瞠目接舌的礼物——一个女泥人像。那泥人光溜溜赤条条，奶子像两个发面馒头一样挂在胸前，奶头坚挺，后屁股蒜瓣一样撅撅着。最最让人震动的，是那光溜溜赤条条的女泥人高鼻梁宽脑门，地包天的小嘴巴，像渔市街渔民从海上挖出来的蛤蜊，竟和赵彩云一模一样。曾沾了妓女污点的赵铜匠一下子就炸了锅，把酒碗往桌子上一蹾，语不成句地嘟哝道："这，这成何体统，这……"秉德女人也愣怔了，老三黄和秉义、秉胜所有人都愣怔了，尤其被老婆怀疑和大伯嫂有一腿的秉义，眼珠转动着都不知该往哪儿放了。承国挤上前去要把它砸碎，承多却早有准备似的把它死死搂在怀里。这时赵铜匠已经穿鞋下地，拽住闺女的手就往外走，可是她的闺女坚决不走，一边往后拽着一边呜呜哭起来，"不，俺不——"。赵铜匠一用力拖到院当央，从后边跟出来的秉德女人突然大喊了一嗓子："赵家兄弟，咱真人能叫泥巴打跑了，至于吗？孩子手巧捏了个泥人儿，俺能把它当成彩礼吗？！"这分明是一句转移方向的提示，秉德女人想告诉他，闺女不想走，你再拖就丢人现眼了。而要想挽回局面，就只有把黑的说成白的，把泥人说成彩礼。赵铜匠一点点转回身，顺着她的思路，给自己解围道："倒不是别的，俺是铜匠，俺摆弄一辈子铜，你使泥人当彩礼，这不是糊弄俺嘛。"见赵铜匠顺过来，秉德女人搓着怀里的衣襟，感激不尽地笑道："兄弟是个讲究人俺知道，可天后宫庙里的观音不也是泥塑的嘛，承多小崽子是想捏个观音菩萨保佑咱们，不也是好意嘛！"这时，赵铜匠眉宇间渐渐闪出一道彩虹，接话道："嫂子说的是，俺眼力不济，俺就没看出是个观音菩萨。"

虽然赵铜匠并没把这个险些为申家出丑的泥人拿走，可这场有关泥人的对话，让在场的人看到什么叫棋逢对手、将遇良才。他们的儿女是不是棋逢对手另说，赵铜匠和秉德女人可是太聪明的一对儿了！连老三黄都甘拜下风，喝多了酒的他嘴角流着口水，端详着老柜上的泥人，痴痴地笑，语焉不详地说："嘿嘿，菩萨，可不是菩萨嘛。"

这场订亲礼之所以让大家铭记，不仅仅是人们看到两个有能力逢凶化吉的人物，人们还有一个全新的发现。秉德女人手上的戒指不见了，当有人发现秉德女人戴了多年的戒指不见了，传播出去，村里人便真的相信那泥人就是代替戒指来保佑申家的菩萨了。其实申家的好事在订亲的当天就发生了。被面、绣花包袱皮、绣花枕顶等一应彩礼摆到桌面时，承多向大家公开了一个令大家备感意外的消息——他已经考进安东制镜厂了，再过十天就去上班。他之所以在订亲这天搬出泥人，是在制镜厂前来招工那天，他凭这个泥人吸引了招考的师傅，那师傅给他一块橡胶泥让他随意捏，他就把它捏成了赵彩云。

为赵彩云塑像，还是跟赵彩云恋爱受阻的结果。他们的恋爱开始一直很顺利，就像一阵旋风卷动一片树叶，他们迅速地就翻卷着升上了天空，飘向了一片虚妄之地。他们说不清谁是风、谁是叶，有时，承多是风、赵彩云是叶，是他把她带到渔市街下游的一片芦苇荡里，以飘动的苇叶为背景为她画像；有时，赵彩云是风，承多是叶，在他给她画像的时候，是她耐不住僵持的动作和飕飕灌到胸脯里的风，撒娇"别画了太冷了"，使跑过来为她暖身的承多，迅即将她抱起来，摁到茂密摇曳的芦苇荡里。这是承多冥想了一夏一秋的举动，把她带到地边写生，正是为了这一时刻。在那个初秋的傍晚，承多就像一个黑夜里钻到地瓜地的小偷，手在垄沟垄台亡命地抓摸，他跟她说："爱情是一艘海上渡船，带我去看无边的海洋。"她说："海洋里有无数暗流，小心把渡船掀翻。"她的意思，只是提醒他不要这么急于得到她的身体，可这句话使接下来的事情不那么顺畅了。他恼了，放开她，说为什么要说不吉利的话。情急之下，她只有一颗颗解开衣扣，乖乖拖过承多的手，谁知，当她主动卷进承多这股旋风，宁愿把贞操献出去时，旋风却自动减弱了。承多停止动作，说"我不想把自己的小船掀翻"，赵彩云于是哭了，一边系衣裳扣子，一边噘着嘴绷着脸，凄楚忧伤的样子仿佛一尊凝固了的雕像。

等待送承多离家的日子，秉德家热闹得像唱大戏，一拨又一拨人来看泥菩萨，看会画画捏菩萨的承多。在人们的记忆里，他是站生，他让当妈的大出血不说，还把家闹得天翻地覆。人们一直都以为他不是秉德的孩子，怀疑是随着他长大后越来越像秉德才消除的。当他再一次成为人们关注的焦点，怀疑又像灶坑里的臭虫一样爬了出来，因为泥人那蓬勃向上的奶头太容易让人想入非非了，他要不是秉义的后人，怎么能有这样的花花肠子。关键是这期间，人们发现秉义脸上有了笑面，偶尔上嫂子家串，手动辄就搭上承多肩头，眼神痴呆呆的，有些发直。而这个脸皮白净、眼神冷峻的小崽子，一靠近秉义，就满脸涨红。

就像染出来的大布在日久的浆洗中总会褪色，人们看出杂质，却早已失去了议论的兴趣，因为人们更感兴趣的，是这个被秉德女人叫成小五猴子的小崽子给家里日子带来的大好气象。

秉德家的好气象开始在承多身上，这是秉德女人这辈子都念念不忘的事实。年老之后，坐在家里土炕上，她常念叨："你说立秋末晚，怎么就生了个小五猴子呢，嗯！"秉德女人指的，是后来他考上大学，进了城，入了共产党，他通了国家的血管。可这里边，绝对包含了和赵铜匠这门婚事，因为她后边往往跟出句"当初，他要是不看好赵铜匠闺女，兴许就没有这一天呢"。秉德女人的意思，是说这门婚事主贵，要是没有这门婚事，承多一辈子也走不出去。可这里边，绝对包含了对和赵家联姻那段美好时光的回忆，因为最后她总要跟出句"你可不知道，赵家把咱家当成香甜饽饽了"。

确实，在那样一段时间，为了这门亲，赵家用尽了心机。他们把家里的老底儿——一枚纯金戒指偷偷送了承多，分浮产时赵铜匠将它藏进萝卜头里。承多走后，于芝的孩子生了一身红斑，奶水不进，他们两口子亲自出马，领着上青堆子湾找大夫；承国媳妇的娘家兄弟上朝鲜打仗，有人传说已经战死，他亲自去渔市街求朋友打听，当确定属实，又亲自陪承国去下河口传信儿；上边号召成立互助组，村里一些人家把地弄到一起互帮互助，在他的倡议下，申姓三家、赵家、老三黄家弄到一起。秉胜想不通，他天天蹲在秉胜家做工作，最后到底合伙置办了一匹马、一挂车、一架犁，他为大家掌边儿记账。赵家用尽心机，不过是为了自家掉了魂儿似的闺女，赵彩云收不到安东方面来信，一天天不吃不喝迅速消瘦；赵铜匠关心承国丈人家的事，不过是黄保长的境遇让他联想起自己的境遇，他也有一个儿子在外面当兵；他积极张罗响应上边政策，是他不会种地使锄，需要大伙儿帮助。可有一个精明体面的亲家在为家里家外的事儿忙活,秉德女人自然就不知道北了,在外人面前,张口赵亲家、闭口赵亲家,仿佛赵铜匠是申家的半拉男人,根本不知道她那以事业为重的儿子会给她惹出什么样的麻烦。

那是承多走后的又一年春天,这个春天,周庄又传来好多稀奇事。新的《婚姻法》颁布,一个男人只准娶一个女人,再也不准纳妾娶小老婆;原来的东北币换成了人民币,九毛五分钱能换一块钱;棉花棉布凭票供应,一绺小小的纸条,上面印些蓝色红色线条,像钱又不是钱,斤斤两两的却比钱还管用;把一根细细的针尖扎到胳膊上,滴进一滴药水,就一辈子不生天花了;八里庄办起了乡村小学,念书的孩子再也不用往湾上跑了,家树、家林一起背上了大布书包;一根电线从南甸子架过来,架到村头一根十几米的水泥杆上,从此就有人的声音在早上和晚上爬过电线,通过茄子花似的喇叭,在村子上空呜哇叫响,仿佛人变成了比蚂蚁还小的虫子,躺在了细细的电线里。那声音有时是歌曲,有时是上边人在讲话。那歌曲还能听懂,"雄赳赳气昂昂跨过鸭绿江/保和平为祖国就是保家乡",一时被孩子们篡改成"雄赳赳气昂昂跨过西厢房/吃豆饼喝菜汤越喝越健康";那上边的话常常听不懂,什么反细菌战,什么三反五反,什么成立初级农业合作社。大家听不懂,老三黄便一次又一次召集人开会讲解,他也讲不明白的地方,就让赵铜匠替他讲。

在稀奇事像山野上的婆婆丁时不时就冒出来的日子里,秉德女人像一只采蜜的蜜蜂,家里家外一派繁忙。她甩着扎了黑色腿带的灯笼裤子,穿着新做的灰色夹袄,一遍又一遍从做饭的灶坑奔向开会现场。那现场就在赵家,承中、承国早都去了,可是她绝不缺席,她每开了会回来都要在全家传达,而某个夜里,她还要偷偷去一趟周家,向克让家的和克真两口子传达。虽然人口的增多和年年大幅度征粮使粮食根本不够吃,每天都像歌里唱的那样吃豆饼喝菜汤,大人肚子哗啦啦响,孩子叽哇哇哭个不停,可那段时间,秉德女人就像一条鱼游进水里,就像一粒风干的种子掉进雨水饱满的土地,她面色鲜润,腰板挺直,她每天都要站在梳妆台前好好照一番镜子。自和赵家联姻,她腰板就挺了起来,可那时的挺和现在的挺是不一样的。那时,只是打通了她和本家、邻居之间的血管以及老三黄的血管;现在,没有人还记挂国民党的事儿,她和贫雇农一样开会,听从上边传下来的声音,她通了上边的血管,她觉得浑身哪哪都舒畅了。

舒畅的感受使她好多个夜晚都难以入睡,在没了承多,身边空空荡荡的夜晚,她想得最多的还是介夫兄弟和乔榛桂。要是国民党胜了,那从线丝里爬过来的声音,就一准儿是他们的声音;要是他们的声音在整个周庄上空轰响,她秉德女人就不是现在这个样子,一准儿像老三黄一样,会是村子里的中心,不知会比现在舒畅多少倍呢。然而,就是这个品味着舒畅、遗憾着没能更加舒畅的日子,一个隐藏在她日子深处极不舒畅的东西崭露了头角。它不是在电线里,而是在一页黄焦焦的宣纸上;它不是声音,而是一笔一画写就的小楷字。眉头紧锁的赵铜匠领着哭哭啼啼的赵彩云,来到家里,把那写在宣纸上的内容告诉秉德女人,她的脑袋瞬间就炸开了。

"你儿子变卦了,你看看吧。"

秉德女人带着惊奇的眼神,接过信慢慢展开。

彩云如面!

　　一别两载,疏于写信,见谅。时光悠悠,我的生活发生巨变,一艘渡船飘进大海,蒙头转向,以为回头是岸,可日久发现,它的岸在世界的另一边。现在,掌船人为它找到了正确方向,它不会回头,它必须一直向前!我们都是新时代的青年,我们要有理想有信念,为了我的理想,我们之间的婚约必须解除,我会将您永远铭记。

春祺!

一个布尔什维克的忠实追随者:申承多
3月28号

这里边有许多字秉德女人不认识,"载、疏、悠悠、婚约、铭记"什么的,她因此没有读出变卦的意思,可她还是相信了读书识字的赵家父女。她直直地看着她们,眼窝里一瞬间旋满了愧意,她想破口大骂小五猴子,可是张了张嘴又紧紧闭上了,因为这时,赵铜匠说话了:"俺赵家闺女虽然不是个人尖子,可怎么也不至于落到一个疯子跟前,有什么姥爷就有什么外孙,叫俺看,他申承多也是个疯子。"

这句话秉德女人太熟悉了,多年前,她在青堆子湾替承中向他的大闺女求婚时,他就是这么说的。眼窝里的愧意在扩散,她却僵着脸,说不出一句得体的话。

第七章

兜头一瓢冷水泼下来,秉德女人蔫了好些时日,经历过风风雨雨的她,不在意承多是不是变卦,而在意他变了卦,还要把追随的新女人写出来。据赵铜匠讲,那布尔什维克有可能是一个老毛子女人。小时候,她在青堆子湾时见过老毛子,鼻子尖得像把锄刀,皮肤白里透红像刚出窝的耗子,承多要是娶了老毛子媳妇,生出的孩子不就是耗子吗?那些天,她夜里不能闭眼,一闭眼就有一窝皮白肉红的小耗子在炕上爬,而白天,一阵阵夹着沙尘的狂风将风门刮开,一些草叶在院子里滚过,她会一阵阵头皮起栗,觉得耗子已经爬满了她的院子。

为了驱赶眼里、心里的耗子,她把那封信打开来让承中看了又看,承中识的字并不比她多多少,说不出个所以然来,就瞎编说:"承多没准儿是追一个外国人,让他送他进城念书呢,舅舅当初不就是外国人送他进京念书的吗?!"这瞎编出来的话还真管用,秉德女人立即就安静了许多。她想起当年一直追着大麦、小麦的父亲,承多有姥爷身上的疯劲儿,没准儿追的真不一定是什么女人。不管是不是女人,结果都是和赵家解除婚约,你必须跟赵家和老三黄有个说法,这让秉德女人十分愁烦。当初她主动求情,她又招招摇摇惊动了老三黄,关键是,一股水流汇入宽阔的河道,流得好好的,眼巴巴要再去堵上,实在是磨不开面子,也下不了狠心。

秉德女人磨不开面子,老三黄却是一转身就把面子磨下了,他来到家里,坐在炕沿,仰着他那张干瘦的脸,冲秉德女人大动肝火:"俺当媒人这么多年,就没干过这等事儿,让一个毛孩子说了算。""当初看他弄出个泥胎就知道没什么正经事儿,能追一个老毛子,老毛子是个什么东西?"弄得秉德女人火气一阵阵往脑门上蹿,赶紧把柜顶上的泥菩萨搬到柜底。老三黄倒没狠心一下子把申家这股小水流堵上,偶尔的,还叼着烟袋上院子里转转,可他转的时候,分明流露着一丝挽回局面的盼头,"再没来信吗?到底是看上老毛子了吗?"奔着这盼头,秉德女人终于决定让承国上秉胜家借钱去一趟安东,亲自向承多讨要说法。

等待说法的日子,秉德女人像一只掉进深井等待有人搭救的鸭子,望着从井口照进来的光亮一头门里一头门外。盼头确实是个好东西,能叫你心里钳开一条缝儿。可有时盼头又会把一个人的心情彻底搞坏,她变得心浮气躁。她下令两个媳妇把两个只差一个月的孙子都抱到她的炕上,看他们相挨着啃指头,听他们咿咿呀呀叫唤。他们啃够指头哭起来时,她又下令两个媳妇赶紧把他们抱走。说到底,还是她对承多没有信心,他还没生下秉德就死了,是个遗腹子,她一直宠着他。在他五岁上,承国媳妇生了孩子,成了长辈,吃用都亏着他,日后他想干什么她从未阻拦过。这么想着,秉德女人就悔不当初,恨不能把两个老哭不止的孙子抓过来当成承多狠揍一顿。

承国是在第三天回来的,结果与秉德女人猜测的没多大区别。承多坚决退婚绝不反悔,可她担心的事也弄清了,那布尔什维克不是什么女人,他确是老毛子不假,但他是老毛子那个国家的一个党的名字,相当于中国的共产党。承国说,中国的共产党政策,都是学老毛子那个国家共产党的政策,他们也闹革命,也搞土改,也打土豪分田地,承多追随布尔什维克,其实是追随共产党。他在安东加入一个组织,那个组织的人都不想被女人捆住,都想追随共产党闹革命。承国还告诉她,承信的火车跑安东,经常和承多见面。

那是一个什么样的时刻啊,秉德女人简直不敢相信自己的耳朵,她问一遍又问一遍,她在乎那布尔什维克不是老毛子女人,她更在乎那布尔什维克是共产党,她家的承多追的不是一个单个的人,而是共产党,这对她可是太重要了!这意味着,她家与赵家解除婚约,把一股通往河道的小水流堵上了,在她的远方,她的儿子正通着更大的河道,没准儿那是一片大海呢!他在信里确实提到了船和大海。

有远方的大海通着，秉德女人再也不必在乎村里这条河流了。第二天早上，日头刚刚爬上墙头，她就踩着一院鸡屎鸭屎来到了老三黄家。她什么礼物也没拿，两手空空地放在大襟袄旁的样子显得那么理直气壮。她走进黄家院子甚至都没进屋，就像当初老三黄不进她的屋一样。她站在一群刚放出来的鸡鸭中间，冲敞开的风门高声大嗓喊道："老哥哎，小五猴子有信儿了，他追的可不是什么老毛子女人啊。他和你一样，追的是共产党。小五猴子追的是共产党哪。"她的声音从未有过地响亮、空阔，仿佛在嗓子眼儿的地方安了扩音喇叭。

老三黄披着补丁摞补丁的单褂，偏着肩膀从风门里走出来，回应道："你的意思是和赵家的婚事儿没变是嘛，那可就好啦。"

"哪里呀，人家讲参加那个党的年轻人都……都……"秉德女人一时语塞，接不上来。

老三黄嚼着嘴巴紧跟上："都怎么？共产党叫他不要老婆？共产党就不下蛋不生崽就不要后人啦？呸！"

虽然一时接不上话，可秉德女人根本不信这个邪，转身就离开了院子。然而她头脚回来，也就不到一个钟头，老三黄后脚就晃晃悠悠跟进院子。这是秉德女人已经预料到的局面，她家外面有了共产党，他老三黄不可能离她远了。可他进了院子，进了屋子，在秉德女人的炕沿上坐下来，点一袋烟慢条斯理说出来的话，却让她张口结舌："秉德家的，俺都跟赵家讲了，儿女大了就长了翅膀，想往哪儿飞当老人的没法子。承民怎么样，人家变成史干部，家都不认，况且一门亲！赵铜匠识时务，还是点头了。俺还跟赵家说，承多追共产党，那是好事儿，咱周庄要是再出一个史干部，可是太光彩了，咱周庄有这个风水，想挡也挡不住。"

很显然，在因为自家水流通了大海而觉得理直气壮的时刻，秉德女人从没想到还有这一层：承多会像承民那样，变成和申家毫无关系的另一个人，这可是太糟心了。那个下晌，秉德女人一直没让老三黄出门，上了年纪的老人似的絮絮叨叨："你说能吗？承多能像承民那样没心没肺吗？"老三黄明知她心里没缝，却没给她一点亮光，"这不是没心没肺，是你家根儿不红，又是土匪，又是叛徒，又是国民党。你秉德家的不想一想，承中还当过日本兵哪。儿女想红，不从根上撅断怎么办，这是你秉德家的命，你的命根子太毒了。"

　　如果说承多解除婚约的信是春天里的一瓢冷水，那么老三黄的一席话就是夏天里的一场霜冻了。不经老三黄点拨，她真就没想过这一层。她命不好，秉德抢了她，牲畜一样生了一大堆崽子，起早贪黑、吃苦挨饿拉扯他们，她怎么就生了毒根，成了一棵有毒的树，到头来长在身上的枝杈都得一根根断掉呢？想不开时，秉德女人挑亮油灯，召集儿子儿媳连宿带夜开会，让承国三番五次重复讲他在安东跟承多见面的前前后后，之后让大伙儿分析那场面里是不是隐藏了不祥的征兆。那里边隐藏了太多不祥的征兆，比如承国在鸭绿江畔跟承多发火，说甭管追什么党都不能扔了赵家闺女，承多看着江水居然哼起了歌儿，根本不理他；比如为了让承国相信他干的是正经事，把他拉到一个黑咕隆咚的水泥屋里，听一些愣头青疯子似的念一些昏了头的诗，他觉得他们就是一些庙堂里六亲不认的和尚在念经。可是懂得母亲用意的承国，就像细心的工匠，把所有不祥的毛坯全都剔掉，留一个圆滑的物体让大伙顺着边缘往上爬。承国说他冲承多发火时，承多更火，说他追随共产党闹革命是为了家人过得更好，凭什么非要一个女人捆住手脚；承国说他们在一块儿念的那些经，多半是关于家乡和妈妈的，他们念够了，一个个都哭泣起来。于是那猜测出来的结果就一定是秉德女人希望听到的结果了。

或许,这连宿带夜的讲述和猜测如同一种咒语,使事情莫名其妙就朝着好的方向发展了;或许,同是闹革命,承民和承多闹革命的时代不同,承民时代国民党还到处乱窜贼心不死,而承多时代国民党已经是一具僵尸、气息全无,承多对身后那个家的立场没有丝毫怀疑;或许,承多和承民同在一个家庭却经历不同,摸着母亲奶头长大的承多已在他的性格里注入了看不见的柔情,无论在何种情况下都不能和母亲划清界限,不像承民,有一个不被关心早早独立的童年,有一个长歪了枝杈的畸形的少年,又不是秉德女人身上掉下来的血肉……反正,没有多久,也就两个月的工夫,一个秉德女人希望看到的美好的结果出现了,承多意气风发地从安东回来了。

说意气风发,是说承多头戴鸭舌帽,身穿一身奶白色制服,双手掐腰,要多精神有多精神。承多其实根本没有回来,回来的是在沈阳铁路当工人的承信,可承信拿回了他的照片,他在照片里冲家里人微笑的样子就像真人见面。那是一个沉闷的蚊虫嗡嗡的夏秋之交,承信走进弥漫着熏蚊子的艾蒿味的院子,已经是晚上八点,他的脚步既没惊起村里狗叫,也没惊动圈里耳朵灵敏的鸭子。当他揭开风门进了里屋叫一声妈,在灯影下缝补衣裳的秉德女人吓了一跳,"承信?!"第一个蹿出来的是承中,他光着膀子穿一条大裤衩,继而像拉了连环雷,承国、承国媳妇、于芝纷纷穿衣裳来到婆婆屋里。承信拿出承多的照片,是喝了三碗承国媳妇现做的面片儿汤之后。因为所有人都从承国嘴里知道他在铁路上和承多有联系,承信把手伸进帆布包里时,屋子里鸦雀无声,当他翻出照片,送到灯影下,一阵长长的喘息才使紧张的气氛缓和下来。秉德女人把照片颤巍巍捏在手里,一双陷进眼眶的小眼睛使劲眯缝着,一程程凑近了看清了,禁不住笑了起来:"他没忘俺，他这不是冲俺笑了嘛。"

　　虽然只是一张照片，但确实，承多从安东回来了，因为那个夜晚，在忽闪忽闪的灯光下，承信讲的所有故事都是有关承多的故事。他说，承多考进了沈阳鲁迅美术专科学校，他替他回来报喜呢。承信说着一口好听的城市话，因为急于表达，屋子又太闷太热，他被城市养的又白又细嫩的手不住抹着脸上的汗，裤腿撸到膝盖上边像蹲着只小鸟。承多的故事确实大快人心，他在画画的考场不画画，拿一块胶泥，只用一小时四十分钟，就塑了一尊活灵活现的列宁头像。因为塑得太像，监考老师当场把承多抱起来在屋里转了好几圈，并破例当场录取。有泥菩萨在前，秉德女人对这一情景深信不疑，只是她不知道列宁是谁，为什么承多不捏泥菩萨要捏列宁。当承信告诉她列宁是苏联共产党的头头，承多捏了一个共产党头头，她眼眶里的眼仁顿时蹿出一缕火花，仿佛已经看见身后的小河流进远方的大海了。那个晚上，最让秉德女人高兴的，是承多流进大海，并没把身后的关系斩断。他让承信带回一封信，在那封信里，他写了一箩筐想念妈妈的话。他说："妈妈，我永远不忘您的养育之恩，没有您在我小时和一盆泥把我关进厢房，没有您后来允我在院子里捏泥人，没有您再后来允我自由恋爱，就没有我的今天！我解除与赵家的婚约，惹您生气，可您的儿子是为了实现更远大的理想，我想成为一个真正的布尔什维克，一个真正的共产主义战士。我现在又是一名大学生了，光辉的前景在向我召唤！妈妈，不管我走到哪里，永远都是您的儿子，我永远爱您。"

　　承多和承民不一样，承多到什么时候都认她这个妈！眼泪在腮上雨水一样滚滚而下时，秉德女人哆嗦着嘴唇一迭声地骂道："这个小五猴子，这个小五猴子。"应该说，那个晚上，秉德女人比以往任何时候都更盼着天亮，因为承多在信的最后还缀了一句话："妈妈，为了让赵彩云忘记我，我暂时不能回家，只有让四哥代我向赵家谢罪了。"一段时间以来，她最愁的事儿就是如何觍着脸上赵家赔不是，现在，有了见过世面的承信挡在前面，她这张老脸再也不怕没面子了。当然，她最想做的事儿还不是这个，而是赶紧把这振奋人心的消息告诉老三黄，在他来家里打击她的时候，他是不会想到这么快就有结果，又是这样的结果的。

盼着天亮天就真的亮了，实际上秉德女人一夜没睡，满脑子都是承多那封滚烫热络的信，在一遍又一遍的鸡叫声中迎来早上第一缕光亮，那热络的话，已经变成她跟在承信后边抖擞的精神和回答问话时响脆的声音了。"老四回来啦？""可不是嘛，到家都点灯以后了。"承信穿一身新崭崭的铁路服，斜挎着装了两包桃酥的帆布包，他在大街上一走，最先迎上来的就是穿着脏兮兮干部服的承欢。对于承欢，铁路服永远比人重要，他大老远地就喊："操，又穿牛逼服眼气俺啦？"不过老三黄就不一样，秉德女人和承信刚刚进屋，他就扫一眼承信说："怎么城里住几年眼窝黄焦焦的？有媳妇了吗？"

在秉德女人急于让承信把承多的好事说出来时，她根本不知道，她的此行还潜伏着巨大的好事。那好事发生在结束了对老三黄的拜访，掏出二斤桃酥，又在老三黄的陪同下一起上了赵铜匠家之后。当承信代表承多，向害了相思、瘦得一阵风都能吹走的赵彩云赔礼说："承多对不起你，他知道你是个好姑娘，可他有了远大的理想，他怕不能给你幸福。"并随手掏出赵家订亲时送给承多的那枚戒指，老三黄居然在旁边紧跟一句，"那怕什么，当兄弟的给不了幸福，当哥的给呗，俺看你这当哥的和彩云就挺合适。"

老三黄这么说，不过是无话找话，替申家的母子解围——你不要人家闺女了，说得再好听都没有用。谁知真魂不在身似的赵彩云听完此话抬了抬头，痴呆呆的眼睛里顿时蹿出一缕光。而见过大城市的承信，此时竟像个害羞的孩子似的，脸腾地就红了，低下头再也不吱声了。秉德女人站出来救场，急慌慌道："瞎扯，年龄差得也太大了，俺承信都二十五了。"坐在木椅上一直没吭声的赵铜匠立即开口，表情沉静地说："赵家不嫌，赵家的名声弄成这样，就不怕再弄坏一回，只要铁路上的年轻人同意，彩云同意，我当爹的没意见。"

替兄弟赔礼道歉的登门拜访，居然成了给自己谈婚论嫁的现场，承信一时间完全蒙了头，他支吾着，脸越憋越红。就在这时，站在炕沿边的赵彩云噘着嘴唇说话了，她闪动着凄楚而忧郁的眼神，看定承中铁路服上的扣子，羞红着脸大胆地说："四哥要是不嫌，俺给你当媳妇。"

这时，承信的脸已经涨成一块红布了。实际上，在他为母亲讲的承多的故事背后，有一部分是关于他的故事，或者说是他的故事促成了承多的故事。要不是他和鲁迅美术专科学校教师的女儿恋爱，他也不会知道沈阳有这样一所大学，并且每年都在安东设考点招生；要不是那女子的父母嫌他性格懦弱又是农村人，坚决反对，他的恋爱失败，他也不会逼承多，让他无论如何考上那所大学替他争气。在他深受伤害写了一摞信无处可寄时，他疯狂地给承多写信，可承多迷上共产主义青年团组织，对他置之不理，他不得不设法把跑长春的线路调换到安东。在鸭绿江畔，他不知给承多打了多少气、鼓了多少劲儿了，他用一个懦弱者的想象把大学里的革命组织描述得绘声绘色，其实他对大学里的一切一无所知。他成就了一个奋斗者的故事，就不知道，这背后，还连带着又一桩故事。当一个失败者被另一个失败者追求，他受伤的心口居然涌上一股莫名的暖流，被暖流包围，他不由自主就点了头。

外面的河流没有截断，家里的河流又接上了脉络，秉德女人别提心里有多么高兴了。在匆忙地为承信准备婚礼的日子里，她乐得根本合不拢嘴。赵家和申家，真是打不开的鸳鸯、分不开的鸟。承中那会儿没成，推到承多，承多没成，又推到承信。说起来也是命里注定，可这命里注定的事给她秉德女人赚足了脸面。赵家怕夜长梦多，急着要在承信休假的十天里把事儿办了，没提任何出格的要求。照理讲，申家对不起赵家，这时候一定百般刁难，可是赵家不但不刁难，还不要彩礼，还坚决不让操办。收拾了厢房，打糨子糊墙借坯盘炕，到承信离家前一天，赵家闺女竟在当妈的陪同下，坐着老三黄赶的马车，晃晃悠悠就来了。虽然为赵家人着想，没把承多考上大学的事说出去，也没把承多那张照片挂出来，把另一份高兴的事深深压在了心底，可亲家母满脸堆笑送闺女上门，小脸蜡黄的新媳妇一进门就干巴巴叫"妈"，从不喝酒的秉德女人居然喝了两大碗烧酒，醉得连睡两天两夜，连承信什么时候走了都不知道。

一个掉进深井的人终于被打捞上岸，从醉酒中苏醒过来的秉德女人精神饱满、气色红润，仿佛一场醉酒后的深睡，把她的体力、心力全养了过来。不过饱满的精神并没使她忘乎所以，相反，她特别低调，承多考上大学的事压在心里一直没说，当有人问布尔什维克到底是什么意思时，她立即转移话题，就像多年前她从沈阳回来那会儿格外低调一样。时代不同了，现在和过去是不一样了，过去，有共产党和国民党两家争天下，说不定谁胜，现在，共产党胜了，得了人心，不会再有什么变化，可是经验使秉德女人不敢有丝毫侥幸。每每有承多来信，冬天戴一顶狗皮帽子、夏天脖子搭一条手巾的邮递员来到门口，吵吵巴火地喊，她都告诉两个儿媳不管谁听见，必须赶紧迎出去，省得轰嚷得全村人都知道。

  实际上,秉德女人低调,一个更重要的原因是那之后的两年里,村里接二连三发生了好多糟心事儿。那些糟心事儿都是别人家的事儿,可正因为别人家糟心了,你才不能表现你的舒心。罗锅瞎子媳妇逼罗锅入老三黄和赵铜匠牵头的互助组,罗锅自觉人贱言轻,不敢吐口,瞎子媳妇一急亲自上老三黄家。可因为她很少出门,小闺女鸭蛋儿发现家里没了妈妈,出来找她,结果一出门就忘了妈妈,跟一群鸭子上了井台,一不小心滑到井里,一个钟头之后把人捞出来,小鸭蛋儿已经变成一只鼓囊囊的死鸭子了。痛心的罗锅无处发泄对自己的怨怒,动辄就到秉德女人家揪着头发呼天号地。秉义在岫岩的大儿子,偷掰互助组地里的苞米被人抓获,差点被打死,秉义趁女人不防,把家里的口粮拿出去救济儿子。女人逼急无奈,不但不避讳男人和秉德女人曾经的好,反而利用他们的好,把屋子腾出来,求秉德女人到家里好好开导秉义。老三黄一向话少的儿子黄老二,居然因为当爹的走哪儿坐哪儿都把承欢叫到身边,像承欢是他爹的儿子,一赌气,不顾当爹的面子坚决站出来闹分家。老三黄断得了别人家务事,却断不了自己家务事,不得不找到秉德女人。在这些糟心事中,最让秉德女人感慨叹气的是周家的事儿。自从被划了地主成分,他们家的儿子根本无人问津,憋屈压抑的克让家的得了肝病,脸黄得像一摊鸡屎,临死之前,让吉家把她叫去,把着她的手央求她:"嫂子,俺不行啦,俺不知道该不该把后人托付给你。俺成分不好怕拖累你,可在周庄俺没人托付,咱在早是干亲家,俺知道那是老皇历,可俺两儿一女一个也没成婚,俺闭不上眼啊!吉家和承中一般大,承中都三个孩子了,他还打光棍,俺怎么能闭上眼啊!"

  这两年里,秉德女人家里一直有好事儿。承信在沈阳铁路局借了房子，把赵彩云接去安了家，给媳妇找了临时工作；小儿子承多在大学里当了学生会主席，经常和校长在一起开会。因为她暗里通了国家血管，多年不上申家串门的黄保长成了家里常客，他活生生把儿子送死在战场上，看不出一点儿打击，他看她那痴呆呆的眼神，流露出对她发自内心的眼气。然而，不管有多少好事，秉德女人一点儿也欢喜不起来。一开始，她也许是压制自个儿不让自个儿欢喜，久而久之，那欢喜便变成一缕烟囱里的炊烟，丝丝袅袅飘离了院子，奔向了遥远的天际。在那样的日子里，她常常在忙活之余，坐在堂屋，用昏花的眼神追着院子上空消失在一孔天际的烟雾出神。在那烟雾里，有许多人的身影——死去的父亲、秉德，逃跑的曹宇环，被抓的介夫兄弟，可这许多人影最后都变成了一个人的身影——周成官，他被活埋等于活埋了整整一个周家，使周庄从此改天换地。周庄的改天换地，是周庄所有人都拍手称快的大好事，可这大好事让秉德女人总有一种说不出的难过，因为她不知怎么做才能对得起克让家的的托付，想当年，她在把多余的奶水喂给吉家的时候，就从没想过会有这一天。

  岁月在苍茫的大地上运行，甩动着一只又一只大脚，说不定把谁踩下去、把谁踢起来。岁月在周庄的日子里运行，就像那股消失在天空里的烟雾，它们在什么时候以什么样的方式结成云、下起雨，你根本无法知道，你能知道的，只有风来了你迎着风，雨来了你迎着雨。在秉德女人为周家的衰落搅起心里层层叠叠难过的时候，她甩动了自己那双还算结实的大脚，积极地行动起来。就像当年到各村为承玉找婆家一样，她偷偷串了下河口南王庄和八里庄，求了黄保长的扁脸小老婆、一口牙全掉光了的姜水婆、被半身不遂的男人折磨得面黄肌瘦的丁有春女人。结果是，即使是瞎子和瘸子，也没人敢嫁地主成分，最后她只有重新回到堂屋的灶坑，望着飘浮在院子上空的那缕炊烟出神。

炊烟飘上了天空，消失了，不见了踪影，却在不久的一天，它聚成了云，变成了雨，落回周庄，落回到秉德家的院子。它落回周庄，只是一场雨，可由这场雨，又带出了另一场雨。那是一场急雨，说下就下，一点儿防备都没给。它是急雨，却听不到轰鸣的雷声，甚至看不见阴云密布，它几乎就是一场太阳雨。因为承信背着惯于斜挎在肩的帆布包，领着大腹便便的赵彩云，哭脸悲悲地穿过周庄屯街，走进申家院子，刮着西北风的天空正挂着清清亮亮的大太阳。可这一天，秉德女人觉得浑身淋湿了个透湿。承信告诉她，因为查出他写给抚顺战犯监狱里介夫舅舅的一封信，他被打成反革命，永远清除出铁路队伍，回家当农民了。

介夫兄弟终于有了音信，秉德女人的心像塞了麻团，他有了音信，他怎么就有了音信呢？！她的脱了铁路服、曾经一口气喝下三碗面片儿汤的儿子，坐在炕沿上，抱着脑袋饭水不进，有好几回她都想问，怎么想起给舅舅写信了呢，想了想还是没问。到了晚上，赵彩云回了娘家，承信来到她发动全家收拾出来的厢房，她才小心翼翼问出了她想问的话："怎么想起给你舅写信啦？"

她的语调又低又轻，尽量显得很不经意，谁知，话刚出口，一直闷不作声的承信蓦地扑到带有土灰味儿的土炕上，哆嗦着肩膀抽泣起来，边抽泣边咕哝说："他是我舅，知道他在抚顺监狱，我怎么能不管不问？"

听承信这么说，秉德女人一时无话。介夫是他的舅舅，他有权给他写信。承信跟舅舅联系，本是应该得到夸奖的，在这之前，她这当姐姐的还从没想到这一层，没想到还应该和他联系。承民跟她、跟家人划清界限她都难过，她和她的后人当然不能让她的兄弟介夫难过。

可是，你和他通了，共产党就不乐意了，介夫和共产党，就像井水和河水，永远走不到一块儿。"俺是想，"秉德女人语调依然很轻，"咱得看看火候，咱得长点脑瓜儿，咱不能盲人骑瞎马，你这不是盲人骑瞎马吗?!"

见母亲指责他，一向没脾气的承信忽地从炕上翻身坐起，瞪着一双哭红的眼睛冲母亲道："妈，我知道你是什么意思。你和承多是一个意思，可是我心没那么硬，不知道便罢，知道我舅就关在抚顺监狱，我狠不下心，我怎么能狠下心呀！我是去看他没看见，才给他写信的。"

秉德女人在黑暗里低下头，看着脚尖，再也接不上话。

第八章

实际上，在秉德女人眼睁睁看着自家院子上空炊烟出神的时候，承信的天空早已阴云密布了，只是她还不知道而已。得知介夫舅舅在抚顺监狱，是一个很偶然的机会。那天承信在铁路公寓门口看人下棋，突然有人拍了拍他的肩膀，回头一看，是当年在国民党警备大院搞收发的童大爷。刚到沈阳，舅舅让他陪他俩到澡堂洗澡时，他下巴颏儿上长长的胡须给了他不同凡响的印象。那时他就跟他们说，介夫舅舅是他最佩服的人，会好几个国家的语言，蒋介石都看重他。他把承信叫到一边，只说了一句话就消失得无影无踪了，他说："知道你舅舅关在哪儿吗，关在抚顺监狱，抚顺，离沈阳很近。"童大爷的话里带着明显的暗示，承信一下子就被鼓动了。对于舅舅，他所有的记忆都只限于洗完澡后的那顿晚饭,可只一顿饭,他就和承中一样,从心底里喜欢上了他。他身材高大,举止端正文雅,他坐在他俩对面看他们时,目光里充满了慈爱。因为他长这么大也没被一个男人这么看过,也因为他生性懦弱胆小,当时他根本不敢看他。那只大手抚过他的肩膀时,他往墙角里缩了又缩直想逃避,可当饭后离开,他派车把他送到铁路上,来到一个完全陌生的地界,他那目光里的温度和手心里的温度便一天天炽烈起来,再次接近这温度,就成了他孤独中的梦想了。休息时想去看他又看不着,他就开始记日记,给他写信,只是那信从没寄出过。因为曾经的感情被点燃,承信当天下午就去学校找到承多。当了学生会主席的承多听说他想去看舅舅,在操场上和他大动肝火:"你长不长脑子啊,他是战犯,我怎么能去看战犯?我刚刚入党,正等待毕业分配,你这不是害我吗?!"承多没见过舅舅,当然对舅舅没有感情。他一转身离开承多,一个人坐车去了抚顺战犯管理所。谁知坐落在抚顺永平街西部的高高的大墙挡住了他,他只有在记住了地址的情况下,写了一封外甥想念舅舅的长信。而穿梭在火车车厢的承信无法知道,他的信经过火车传递,不久就被退回铁路,成了共产党清除反革命余毒的肃反运动的典型。

承信回来不久,承多就从学校来信,说他已经分配到北京外文出版社了。这场急雨并没把秉德女人淋倒浇坏,可她从此知道,她的介夫兄弟并没从她生活中消失,他是她家院子上空永远望不散的一块云。

她为承信的回来编了个令人信服的说法,说赵家姑娘不服城里水土,起一身疙瘩不说,还一喝水就呕吐不止。因此,她一直不能欢天喜地,只是偶尔的离了人群,独自个待在哪里的时候,才细细想一想已经上了北京的承多,长长地吐一口气。可往往那气刚刚吐出,它们又从另一个看不见的方向返了回来，返回到她的心底，让她很长一段时间心绪不宁、忧心忡忡。这时节另一桩大事逼在眼前，暂时压下了它、掩盖了它，使她表面上看不出任何痕迹。

  那逼在眼前的大事，是周庄每家每户都要面临的大事，它不是别的，是盖房分家。只不过各家情况不同，它到来的时间也各有不同而已。承信媳妇就要生产，住进头晌见不到阳光的厢房总不是个事儿，南王庄承华走后，留下三间草房没卖，可那房子雨顺[①]窄得像个窝棚，又多年失修，根本不能住。如果让赵家闺女住厢房，赵铜匠就一定要求闺女女婿搬回去住。她的承信生性懦弱，不可能上人家当养老女婿，即使赵彩云爱住厢房，十几口人的饭也不一定拿得起来。当然最关键的一点，是承国的一句话让她对人多在一块儿过日子有了警觉。承国回家说，自从互助组入了高级社，十几户人家的地弄到一块儿，偷懒耍滑的人越来越多。于是在承信媳妇生孩子之前，她领一家大大小小去了一趟秉德坟地，她把一炷香点着插在茔门口，郑重其事地说："秉德，俺来和你商量大事呢，俺想给儿子们盖房分家了。要是不同意你就把香火吹灭，要是香火不灭俺就知道你同意了，俺可就照你的办了。"香火一直旺旺地燃烧，冒着细细的青烟，她又亲自上门求了老三黄："老哥，俺想把家分了，你要是同意，你得帮俺做主把南甸子的地和东山岗的地换一换，俺想上东山岗盖房。"老三黄说："儿女大了，家迟早要分的，俺就两个儿子都拢不住，何况你那么一窝崽子。不过，你秉德家的眼太毒了，东山岗那块地是块好地，要换不能一亩顶一亩，你得吃点亏才行。"秉德女人自然是认了这一点才上门的，不住地点头。

[①] 雨顺：房子的宽度。

关于盖房，早在承多和赵彩云自由恋爱的时候，她就动过念头了。翻新老房子的当时，就预感肚里揣的是个小子，却因为老房的地基只有三间，她没办法扩展，只有在院子里盖了厢房。事情往往此一时彼一时，承多小时，觉得厢房足够解决问题，承多长大，有了高大的身材，厢房顿时就变矮变小，成了窝棚。那时她就瞄好了周庄地势最高的东山岗了。但是后来承多和赵家的事变了卦，再后来承信又把赵彩云领走，她一时间放下了它。现在，她捡起这念头，说起来根本不是时候，她柜子里没有一分钱，她家里一夜间多了承信两口子和孩子，粮仓里的粮根本不够吃。可她秉德女人是这样的女人，不管在什么样的情况下，只要心里蹿出一个念头，就再难摁下。世界上有的事能等来，比如承中和承信都没花多少钱就能等来媳妇，可房子不同，它站在地上是一个结实的挪不走的物体，你不花钱使力去建，它根本不会自动跑来。于是那个秋天，地里的庄稼刚刚成熟，秉德女人就在老三黄的帮助下，和刘二两家换了地，带领全家，投入到新一轮大兴土木的盖房工程中。

借钱，备石料、木料，脱坯，扎高粱秸笆子，砍房梁，挖地基。早些年月，有承国做买卖，她盖房没用借钱，现在，承信工作期间挣的钱都供承多上了学，承国不做买卖，十几号人的吃喝都靠那点地，秉德女人跑了赵铜匠家、秉义家和秉胜家。赵家虽是亲家，可他在乡下盖房时把钱花个精光；秉义虽是本家，可岫岩的儿子早已把他腰包掏空；最后只有秉胜在达成买她腾出来的老房协议之后，借了二百块钱。无奈之下，承国不得不跑一趟朱隈子水库，去找在那里当技术员的大舅哥。

在黄保长家，有一个人，无论是承国还是承国媳妇都很少见到，秉德女人更不用提，她是承国媳妇的大兄弟。自从他的老婆和他父亲娶来的小婆子合伙气死母亲,他很少回家。他和姐姐虽极少见面,小时候也没像战场上死去的二兄弟那样上过申家,可当承国风尘仆仆找到他,他二话没说,就找会计在公家账面上给承国挪动出三百块钱。因为借钱盖房,不管木工还是瓦工,承国一律不雇,所有的活都自己动手。于是,漫长的工程在申家拉开序幕时,申家除了坐月子的赵彩云,大大小小全都行动起来。男的挑土脱坯拉石料,争取上冻之前从河套拉沙子夯实地基,女人在大门口撕扯买来的高粱秸,争取在上冻之前扎好房顶的笆子。因为工期拖得长,一向不愿干活的承中和已经脱离土地四五年的承信,进进出出总是曲着脸,他们的样子,让秉德女人想起周成官家不愿请人盖房,最后出了两条人命的故事,可秉德女人没让他们有一天的歇息,因为此时,承国需要不断地跑外,他俩不干,就意味着停工。

实际上,那段时间,最让秉德女人受不了的,绝不是承中、承信疲惫不堪的样子,大人再苦再累,他们懂事,不至于哭哭啼啼,孩子不行。因为需要省吃俭用,孩子们一天天吱哇乱叫。早些年月,你省吃俭用,是从自个儿孩子嘴里省,他们是一奶同胞,哪个哭哪个叫你可以不管不顾,现在可倒好,大大小小一共六个,吃三个妈妈的奶,你根本没办法一碗水端平;早些年月,除了周成官家,所有人家都穷,很少有人杀年猪,现在可倒好,不管大小,家家户户都杀,而别人家杀猪,你把猪留到转过年盖房上梁时杀,一个个小崽子趴在怀里要猪肉吃,就成了秉德女人走进腊月每天都要面对的场面了。一双双干巴巴的小眼瞅着她时,她上秉义家借过二斤肉,给大人孩子包了一顿饺子,可这顿饺子,挑起了不该挑起的事端。

那是这一年腊月二十九的夜里,十四岁的孙子家树半夜梦醒,哭叫着要吃饺子,说为什么家旺吃了十个,他才吃了七个。承国掀开他的被窝又捏又掐,家树被掐疼,再也不敢说饺子的事,就一声连一声地向家里人要爹:"呜呜——俺不要大叔俺要爹,都有爹俺为什么没有爹——俺要爹——"他哭喊着要爹,是他没吃够饺子,转移了委屈。可他一遍遍在屋子里喊着要爹时,秉德女人泪湿枕巾,心碎成了八瓣,仿佛他真的是个没爹的孩子。她睡不着穿鞋下地,往家树哭号的西屋走,也许只是想出面哄一哄,可在她揭开风门时,突然发现一只猫蹲下高桌。因为小时最怕猫狗,她从来不让家里养猫养狗,然而不知一股什么样的力量顶着她,她蹿得比猫还快,一猛劲儿向跳到锅台的猫扑去。她的手掐住猫,她的另一只手已经朝相反的方向用劲,嘎巴一声拧断了猫的脖子。

秉德女人当然一夜没睡,她悄没声儿地生了火,烧了水,把毛烫干净,大年三十晌午,一盖帘猫肉馅饺子热腾腾出锅。她把家树叫到身边,当着他的面,一个一个数着,一直捡了十个,而在家旺的盘子里,只捡了七个。

克真家的一天天找猫的日子,秉德女人心里一点儿不比听家树要爹的哭声更好受,尤其当克真家的说,那老猫在周成官死后,上坟地趴过好几回坟了,每回趴完回来,眼角都沾着一堆湿土……所谓一场雨带来了又一场雨,是说如果没有承信回来,她就不会急着在艰难时期盖房;如果不是她急着盖房,她就不可能做下那件令她什么时候想起都觉得亏心的事。正月初三刚过,在一个月黑风高的后半夜,她猫似的窜到周成官坟地,偷偷烧了香、磕了头。从此,秉德女人不能听猫叫,一听猫叫,心口窝就乱翻乱搅、扑扑直跳。

可气的是,那个春天,猫叫得比以往任何时候都欢。上边下来政策大炼钢铁,村里在赵铜匠家建了炼炉,家家户户必须把铁家什、铁锅、铁盆、铁锁送到赵家炼炉里；上边还下来政策大搞农业水利建设，每家每户都要出劳动力到南甸子清理河套。在广播喇叭和老三黄三番五次地鼓动下，一些人没早没晚敲着铁锹、铁盆往赵家走的时候，一些人起早贪黑拖着家什穿过大田的时候，恋爱的猫们无处躲、无处藏，就吼出一种比叫春的音调更粗烈、更嘶哑的声音，令秉德女人出了一身冷汗又一身冷汗。有时，它们不吼不叫，只是躲在草垛空和墙根的某个地方，瞪着一双充满敌意的金黄大眼睛，可那大眼睛轻一扑闪，秉德女人立即头皮发麻、嗓子眼儿发紧。多少年过去，家里人回忆当年盖房的艰难，说了"勒断了裤带抻断了腰筋"的话，秉德女人不屑一顾，淡淡地说："那哪是抻断腰筋，是拽头发提嗓子眼儿。"家里人糊里糊涂眨巴眼睛。多少年过去，村里人回忆那场轰动一时的大炼钢铁和大跃进运动，说了"人就像疯子一样跟风"的话，秉德女人面无表情，淡淡附和道："可不是疯子嘛，疯得人眼就像猫眼。"村里人不明真相地笑一笑。然而，不管是家里人还是村里人，只要有人提到那个年月，她后边肯定还要跟出一句话："小五猴子不就是在那时候回来的嘛。"

在周庄疯了一样一边大炼钢铁，一边大兴水利，旱田改水田的日子里，在秉德家因为村里繁忙而使盖房工程一天天拖下来的日子里，承多意外地从外面回来了。这是他离家之后的第一次还乡，与他的第二次还乡，远隔了六年之久。秉德女人以及她的家人，不知道后边会隔着那么漫长的年月，但他们知道，从他走，到如今已经五年了。他们的高兴显而易见。承多也确实让人高兴，他穿着一身米色制服，脖子上围一条长长的围巾，他脸上褪去一层孩子似的稚嫩，有深沉和严肃在眉宇间显现。他从东山岗一翩一翩走下来时，在房场上垒墙的承信一眼就认出来了，当他转告了承中，人已经窜出房场好几米远了。

因为是兄弟三个一道走进院子,坐在蒲团上哄孩子的秉德女人根本没认出来。承多蹲到她跟前,一边摘她衣襟上的草叶,一边用城里往上扬的口音叫了声"妈",她才幡然醒悟。

本是大白天回来,可全家人围在一起的家庭会还是让秉德女人推到了夜里,这既有好饭不怕晚的意思,也有不耽误工时的打算,当然重要的是承国被抽到南甸子挖河道去了,得晚上才能回来。虽然承中、承信并没因为兄弟回来捞着在家歇息,可因为承多放下背包就跟他们来到房场,在那里比比画画规划房前屋后栽什么树、种什么花,就像在干旱的季节刮来一缕清风,他们疲劳的身心不觉就得到了滋润。不管是承中还是承信,他们都不喜欢乡村生活,命运的车轮把他们碾到乡下,让他们当了农民,心底里的不甘就像埋在树荫下的种子,最怕合适的温度,尤其去年才从城里回来的承信,他看承多的眼神充满忧伤,仿佛心底里已经开出不甘的花朵。在这合适的温度里,承信甚至有些后悔,要是不跟舅舅通信,他差不多就和承多一样了。这时,他才心悦诚服地承认,承多是对的,母亲是对的,心软不得将军做。

承多并不了解承信的眼神,只大步大步地在房场上丈量。他学的专业是装潢设计,他一上房场就讲起对房子的远景规划,这确实是学装潢设计人的通病——总是善于设计,更重要的还是为了掩饰心底的慌乱。事隔五年,他本以为赵彩云早就把他忘了,也是因此他才下决心回来一趟,可是刚才她抱孩子从厢房里迎出来,竟慌乱得不知如何是好,眼皮上像飞了一只蚊虫,不住地抖动。问题是,她不自然,他发现自己更不自然,碰到她的目光,胸脯里竟然揣了兔子似的扑扑直跳。他跟他们来到房场,是为了躲避这心跳的尴尬。然而,正是他们思路的错位,才使哥儿仨在房场上度过了一个饶有兴味的下晌。承多丈量完房前屋后的土地,口若悬河地描绘新房未来的美景,而承信在承多的感染下,眼里的忧伤渐渐散去,陷入了对未来的憧憬中。承中站起来,不无激动地说:"咱周庄屯街上,自古就光秃秃没有树没有花。咱一定要栽树,前后都栽,前不栽杨后不栽柳,咱前边栽柳后边栽杨,在杨树林里,再栽几棵樱桃,种一些花草。"

因为有了这样的下晌,秉德女人多年来惯于召开的家庭会,也就成了栽杨还是栽柳的讨论会了。这既是秉德女人的本意,也是承多的本意。承信两口子受了舅舅牵连从城里回来,秉德女人不想听承多讲他到底多么有出息、多么好,因为只要一讲,就一定会讲到他们的舅舅介夫身上。在到底跟不跟他们的舅舅来往这件事上,她是糊涂的、矛盾的,她不知道自己该是什么态度。当然,也是她相信承多知道该是什么态度,他要是不知道,也不会这么神采飞扬地从外面回来。于是一开始,她就把话题引到房子上。而承多不想在这个会上诉说自己,不是像母亲想的那样,怕牵出舅舅,而是他这几年,并不是一帆风顺。在安东时,被《列宁在十月》《列宁在一九一八》电影鼓舞,一腔热血沸腾起来,他发誓做一个纯粹的布尔什维克。那时,他和安东制镜厂设计室的几个年轻人模仿列宁,总是在屋子里走来走去,总是争论着什么才是农民的真理。考上大学后,以他对布尔什维克神圣而狂热的感情,迅速入党,当了学生会主席。随着时间的推移,他对党的感情发生了微妙的变化。那是他念大二的时候,系党支部开会,动员大家给党提意见,挖病灶,说新中国像红日一样冉冉升起,我们的党肩负实现共产主义的伟大使命,党的肌体哪怕有小小的病灶,也容易导致肌体的毁坏,于是所有党员都行动起来。他率先挖出一个病灶,那是系里那位已经结婚成家的系主任,有一个晚上,他路过他的办公室,发现他正搂着系里最漂亮的美术老师亲吻。他检举出来,是希望他们改正,保持党的纯洁性。不承想,不久,他们就双双被停课批斗。他检举他们，是想把病灶从他们身上挖出来，结果是把他们整个人从队伍中挖了出来。他们在操场前边低着头，成了学生敌人的时候，他最大的感觉是被党欺骗了。随后，这种感觉更加强烈，他最尊重的在法国留过学的孟繁章老师也被揪出来。他的病灶是他在学校推崇凡·高画派，而他申承多，是凡·高画派的疯狂追随者，就像他追随布尔什维克一样。再之后，学校一大批优秀的老师都被挖出来停了课。那段时间，他痛苦又彷徨，他不知道是自己出了问题还是党出了问题，他是在度日如年的情况下盼到毕业的。可分到北京外文出版社，反右斗争已经成为一场运动，出版社几乎天天开会。一位德高望重的老翻译家，因为翻译了一本法国现代派的书被批斗时，他想到了大学里的孟繁章，站出来维护说："我们是不是再冷静冷静。"结果社党委书记拍案而起："你这年轻人也太不冷静了，你难道不信任我们的党？"从此，他陷入更深的迷茫中，因为从此他被出版社冷落。在他痛苦迷茫时，最想做的事就是回一趟远在身后的辽南乡下。

　　虽然没有任何风光和体面的事向家人提起，可是和母亲睡了十几年被窝的承多对母亲的想法心领神会。第二天，他穿着制服，围着围脖，踏着一双亮锃锃的皮鞋，到赵铜匠的炼炉场去了一趟，到南甸子二道河走了一趟。这是目前周庄两个最热闹的现场。在赵家的，多是村里上了年纪的老人和中年人——老三黄、罗锅哥哥、秉胜和秉义。因为是自己甩了赵家闺女，他进门时有些不自在，不过知书达理的赵铜匠并没让不自在在年轻人脸上停留太久，他以跟他年龄不符的热情迎他进院，拿木凳让他坐下。他把他当成见多识广的亲戚，给足了面子："嗨，从京城回来的年轻人最有发言权啦，快给大家讲讲什么时候实现共产主义？"

　　赵铜匠给承多面子，不过是当初承多那封有关布尔什维克的信闹出了笑话,他不想在这年轻人面前再丢面子;当然,他给承多面子,也因为他的女婿立场不坚定丢了工作,他想让村里人看到自己坚定的立场。可这话题恰恰点正了承多的穴位,在周庄人面前,他最能让母亲展耀的,就是他共产党员的身份,他多年来对共产主义的追求。他没有坐下,但他立即接过话茬儿:"诸位大爷、大叔,后生虽然才疏学浅,不知道共产主义到底哪一天能实现,但后生坚信总会有这么一天,总会有!北京正在开会总动员哪。"

后一句话是他编的,但他自信不会有错,党中央一定是天天在开会。谁知这句话让他迎来热烈的赞许:"看人秉德的小崽子多有出息,成了公家人啦!""人家是北京城的公家人哪,胡子秉德哪辈子积的德呀。"

在二道河边热火朝天清理河套的,多是和他相仿的年轻人——他的三哥承国,他的堂哥承欢、承礼,罗锅哥哥家的狗剩子,他们一个个挥着铁锨扬着泥巴,他们一个个挖掘机一样分秒不停。当他们发现有人从老远走来,他们又纷纷泥猴似的蹿上河岸。他们朝他拥来看上看下的样子,仿佛他是另一个地球上的人。他们虽然没像赵铜匠那样,问出有见地的问题,从而发掘他身上隐藏的更深的见地让大家赞许,可承欢用实际行动表示的赞许,让承多已经十二分地受用了。一贯对新式衣裳敏感的承欢,为了试承多身上的制服,居然脱光衣裳,扑通一声跳到还结着冰碴儿的河里。当他跳上河岸,擦净黑红的身子套上承多的浅色制服,缠上浅色围巾,一张紫丢丢的脸突现出来,春意盎然的河套边立即爆出一片欢腾。

这是一个要多温润有多温润的黄昏,早春的大气在晚霞厚重的红晕中一点点聚拢,使站在田野里的承多有一种梦幻般的感觉。一个京城回来的大学毕业生,什么话都不必说,只要往村里一站,就为家争了气，为母亲争了气，这本是再自然不过的事情，可从南甸子回来的路上，站在氤氲和霞光冲突着的广阔之中，承多有种强烈的虚无感、不真实感。在他痛苦迷茫的时候，想不到远离多年的乡村会这么火热地拥抱他的孤独，想不到他很久以来孤独的灵魂被家乡肤浅的快乐拥抱，他居然隐隐地有一种深刻的快乐。他的快乐，来自他曾经的并不快乐。说起来，无论是赵铜匠，还是承欢，他们都无法了解他的不快乐，可正是他们无法了解他不快乐的快乐，一星从草绳一端窜到另一端的火焰似的，点燃了他心底遥远的梦幻般的快乐。那快乐在安东六道沟电影院，在制镜厂职工宿舍仓库小屋，在一捧捏列宁头像捏得发了黑的橡胶泥上……

那个黄昏，为了释放心中那份久违的深刻的快乐，承多又返回河套，找到记忆中有黄膏泥的地方，挖出一捧带着冰碴儿的泥土，回家给每个侄子捏了一个泥像。那个黄昏，因为他的快乐助长了另一个人的快乐，在看着全家人呼噜呼噜喝光一大锅疙瘩汤之后，秉德女人从老柜底下翻出那尊泥菩萨给孩子们玩。翻出泥菩萨，是受承多启发，可她就忘了那泥菩萨是承多捏的赵彩云，眼下，赵彩云已经成了承信媳妇。结果，倚被垛躺在那里的承信突然坐起来，看看泥菩萨，看看赵彩云，这时，正在奶孩子的赵彩云猛地向前一扑，抓起泥菩萨就往地上摔去，孩子们哇啦哇啦大哭不止时，这一母一子正在享受的快乐便不翼而飞了。

快乐原来也是一个有边有岸的河套，不能容纳太急太多的水流，水多了，就容易涨溢出来，漫成灾害。承多走后，承信一连多日不跟家人说话，漫长的马拉松一样地搬石垒墙，他早已经厌倦了，母亲又把那烦恼的事搬出来，他苦抽抽的样子好像所有人都欠了他。而赵彩云更是阴云密布,成天抱着孩子坐在厢房里不肯出来,家里的空气要多沉闷有多沉闷。

还在承信和赵彩云的新婚之夜,两个人就为悬在他们之外的另一个人计较起来了。渴望结婚的赵彩云可以在新婚之夜直勾勾地看他,也不反感他直勾勾地看她,却不喜欢他动她的身子,到后半夜承信强行上身,她居然受欺负的孩子似的嘤嘤哭了起来,毫不避讳她对承多的感情:"俺以为能忘了他,可是俺忘不了。"一急之下把一团黏稠的物体泄在她的体外,承信一夜没睡。实际上他们真正过起夫妻生活,还是在赵彩云上了沈阳之后,孤单想家的赵彩云把钻进承信怀抱当成一天中的盼望,承信才终于获得了随便出入的权利。

不知不觉惹了祸,秉德女人一时间颠倒了辈分,不是多此一举地抢着盛一碗热汤送到承信旁边,就是低三下四上厢房抢赵彩云怀里的孩子哄,让小辈儿的都看不入眼。有一回承国买洋钉从外面回来,发现她抱着孩子趔趔趄趄从厢房出来,大不高兴:"妈,你怎么啦,你多大岁数了,还看当小的的脸色?"

不过这样的日子并不是很长,春天过去,夏天过去,东山岗的房子落成,秉德女人很快又找准了自己的角色。她的角色是一家之主,是拉扯七个孩子的妈妈,是娶了三个媳妇的婆婆,她要给他们分家了。在周庄,每个有儿子的家庭过到一定时候都要分家,就像一棵树长到一定时候总要扩权。在申家这棵树上,秉德女人只有媳妇没有婆婆,她没有品尝过被婆婆分出来的滋味,却要去品尝把儿子儿媳分出去的滋味。然而,在这个马上就要分家的秋天,秉德女人准备分家,似乎没有什么不好受的滋味,她像个没心没肺早就操够了心的老人,痛痛快快地为分家做着各种准备。请谁当分家人,请谁把秤杆,住房的顺序是由她指定还是抓阄,家里的财产承多摊不摊份儿,分家之后她到底跟谁过，等等。秉德女人为此开了两次家庭会，听取大伙儿的意见。在由谁当分家人和由谁把秤杆这件事上，大家很容易就统一了意见。分家人非老三黄莫属，他是村里头头；把秤杆的，肯定是会打算盘的赵铜匠了。虽然赵铜匠的闺女就在其中，应该避嫌，可秉德女人提出来，谁也没有表示反对，似乎大家都知道这是对泥菩萨事件的一种补偿。在住房的顺序上，有个小小波折，但也很快达成一致。承国提出让母亲说了算，承中提出抓阄。承国的想法是出于一片孝心，母亲拉扯他们长大，她应该拥有这个权力；承中的想法是出于一种公平，房子是一样的，可摊到东头还是中间还是西头就不尽相同了。在乡下，东头为大，西头为小，还有，夹在中间，一定是有诸多不便，大家都参与盖房，机会应该均等。听承中这么说，承信又说出第三种意见，就是按长幼排行，大的在东头，小的在西头。他的想法，是出于对二哥的感情，他和二哥在沈阳有过一段出生入死的经历，尤其母亲把泥菩萨搬出以后，承中在房场跟他讲了于芝的故事，他愿意二哥住房子的东头，然而正是承信的意见，让秉德女人看到有可能把简单的事情弄得复杂了，终于按捺不住："那就俺说了算吧。这个家，承国最是劳苦功高，他十三岁出去做买卖，供兄弟念书，没有他就没有现在这个家，他最该住东头。至于中间和西头，承中、承信你俩自个儿商量。"大伙儿立即点头通过。下一个问题，似有些麻烦，就是承多该不该分家产。承多也是申家的儿子，按说家产应该有份，可是他在外面有了出息，根本不可能回来，再说分了家产往哪里放？秉德女人没让这个麻烦浪费大伙儿的时间，主动亮出意见，就是除了房子，其他承多都有份，分到的东西，先放到承中家。她的想法是，承中不会过，多一份东西至少能帮帮他。对母亲的想法，大家心领神会，谁也没有说出什么。最后一个问题，当然是最棘手的问题，老人跟谁过。在这件事上，周庄自古至今没有相同的先例，有的儿女不愿意养活老人，有的儿女争着养活老人。在儿女不愿养老人的人家，这个权利在老人身上，他们想跟谁过，谁就得接受；在儿女争着养老人的人家，这个权利就在一张小小的纸阄上，谁抓了老人就跟谁。申家的情况一定是后者，秉德女人不得不在想了一天一夜之后，开了第二次会。她请来了老三黄，当着分家人的面，磊磊落落告诉大伙儿："谁也别争了，俺跟承国。"承国孝顺、能持家，承国媳妇性格温顺、任劳任怨，她的选择是完全可以理解的。可当秉德女人把自己的想法亮出来，于芝哭了，承信媳妇也哭了——婆婆的选择无疑是对媳妇最真实的评价。老三黄用他的三寸不烂之舌安抚了大半夜，才把两个媳妇安抚停当。

分家的日子定在九月九重阳节。老天好像有意眷顾申家的骨肉分离，天一丝风都没有，日光从东墙头上升起来，温暖又安详。日光温暖又安详，院子里可是乱糟糟的，堆满了各种要分的杂物——粮食、烧草、家什、坛坛罐罐里的咸菜。考虑到要为儿女们分点油水，秉德女人取消了房子上梁时的宴席，把猪留到了分家，所以这一堆杂物中，最显眼的是放在木板上的血淋淋的猪样子。老三黄敞着怀，端端正正坐在院子中央；赵铜匠手里捏着一张草纸，文绉绉站在一旁；而秉义和秉胜则像青堆子湾粮库的公家人，表情严肃、一本正经地圪蹴在墙根。老三黄说"分苞米啦"，赵铜匠看一下手上的纸单，就慢条斯理地说"承中八十斤、承国一百斤、承信六十斤、承多二十斤"，秉义和秉胜就在那里一份份往外称；老三黄说"分家什啦"，赵铜匠看一下手上的纸单，仍然慢条斯理地说"承中一把镢头、一张耙子，承国一把铁锨、一把锄头，承信一把洋镐、一把镰刀，承多一把炉钩子"，秉义和秉胜就一个个往外拣。

分家那天，秉德女人虽然没有动手，可她一直在人前人后忙碌，一遍遍上厢房里查看还有没有遗漏的东西,一次次从人群里往外清她那帮捣蛋的孙子、到处拉屎的鸡鸭们,不时地,还要回堂屋视察饭菜的进程。刚杀了猪,她吩咐媳妇在最后一顿分家饭上好好炒两个杀猪菜。这一天,因为家分得顺利,秉德女人一直都是乐呵呵的,吃晌饭时,她破例脱了鞋上了炕,像一个真正的老人那样盘腿坐在桌子上,和分家人一起等待媳妇们的伺候。虽然她没怎么动筷,只忙着给大家夹菜,可在忙碌中看不出一点异常。那天下晌,人们把院子里的东西分空拿空。老三黄最后吩咐大伙儿,把秉德女人屋子里属于她的不能分的东西搬到新屋,她突然变卦了。她上前阻止说"不,俺的东西先不搬。俺自个儿在老屋里住上一夜,明天再搬",也没有人有什么警觉。她在这院子里住了四十多年,她不愿离开实属正常。儿女们出于理解,轻轻松松就答应了。

然而,这在别人眼里正常得不能再正常的举动,让秉德女人有了一个多么不寻常的夜晚,根本没人知道,她几乎是刚刚入夜,就闩了屋门,把自己关在漆黑的屋子里大哭起来。她的声音粗放、沙哑,但低得只有自己能听见。她在黑暗中从自己的炕沿摸到承中里屋的炕沿,从堂屋的锅台摸到承国西屋的门框,一路跌跌撞撞摸下来,她的心口一阵阵钝疼。早在有了盖房这个决定的时候,她心窝的某个地方,就有人撕扯似的隐隐地疼了,她把疼藏在心底,就像一段时间以来把介夫在抚顺监狱的事藏在心底。她把疼藏在心底,是不想让儿女看到自己的没出息……说起来,她不是个好妈妈、好婆婆,可擦屎抹尿把他们拉扯大,五冬六夏厮守一块儿,已经是难扯难分了……骨肉分离,她最不放心的是承中和承信。承中两口子从不会打算着过日子,承信两口子又太年轻,在她心里边,她最想跟的是他们两个而不是承国,可她又知道他们根本没有抚养老人的能力。她狠心选了承国的那个晚上，她的心不是隐隐的疼，而是剧烈的疼，那时，她就决定分家这天留下来，在眼前没有一个人的情况下，放长声地哭上一场。她憋得太久了，她太想好好地哭一场了。

　　确实，当嘶哑的声音在屋子里低回时，她心里舒畅了许多、松快了许多。后来，摸着炕沿和门框，从西屋一点点返回，返回到灶坑锅台边的时候，她暗哑的哭声才停了下来。她摸到锅台上的洋火，划着火柴点亮了油灯。那个晚上，所谓不正常，是她提着油灯来到老屋之后，她把油灯放在柜顶上，不觉间看到门后的梳妆台，它被一星灯光映亮，贼一样探出了它那张忽闪忽闪的脸。它在门后站了不知多少个年月了，偶尔的，哪天洗脸，她还会照照它。可循着这张脸，她一点点靠近，将一张脸对着另一张脸，她居然下意识地嗷叫起来，镜子里的自己根本不是自己。她披头散发，腮帮上一道道边际不清的灰痕，她的两个眼窝像抽干了水的深洞，腮帮堆满皱褶的皮紧紧贴在尖尖的颧骨上，简直就是一个鬼！她觉得自己像鬼，是灯光太暗，她的脸显得不真实，也是屋子里太静了的缘故，然而，正是这张鬼脸，让她想起遥远的过去，让她又看到了另一张鬼脸——秉德，他冷冷地站在她的身后，瞪着一双黑乎乎的眼睛，而他的身后，层层叠叠还有好几张脸，他们是曹宇环，是她的小叔子秉东，是大地主周成官。在忽闪的灯光下看着他们，秉德女人居然一点点平静下来，不像一开始那样害怕了，因为他们的表情和蔼、亲切。后来，她不但不害怕，还接到什么命令似的一颗颗解了偏襟夹袄上的衣扣，一层层脱了身上的衣裳和裤子，在她把自己全部脱光后，她提着灯，慢慢地上了炕，慢慢地躺到炕上。她赤条条躺在水一样凉的炕席上，没有盖被，她静静地看着窗外闪烁着的星光，它们金豆子似的挂在遥远的夜空，可她觉得它们就在院子里。它们走动起来没有脚步，可她听到门外哗啦哗啦的，她还听到它们打开门闩,这时,秉德女人听到门闩打开的声音。她知道那不是星星,而是秉德,他风一样灌进屋子,就像当年每次从外边回来一样。他在地当央脱了衣裳,着急忙慌地上了炕,爬上她的身子,一阵让人喘不上气儿的憋闷之后,只听他气喘吁吁地喊起来:"俺是秉德,俺是胡子秉德,俺想死你啦。"

第四部

第一章

和秉德鬼魂厮守了一个晚上,秉德女人完全变了一个人,第二天从老房子走出来,战战兢兢、东倒西歪,仿佛秉德抽走了她的筋、带走了她的魂。帮忙搬家的人抬走她屋里的老柜、梳妆台,拿走老柜上的花瓶帽筒和漱口盂,摘下北墙上的相片、挂钟,她无动于衷;在承国的搀扶下走在周庄大街上,有人在草垛旁和她打招呼,她像没看见一样。当承国把她引到新房子东头的新家,让她坐到炕沿,她一再问:"这是哪儿呀,俺这是上哪儿啦。"

搬家之后好长一段时间,秉德女人都魂不附体。上冻之前,她一日日坐在房后还没栽上树的平场上;上冻之后,她又一动不动坐到属于自己那间屋的炕头上。不管坐在哪里,她都袖着手,望着天,眼神呆滞而木讷。正月过后的一个大风天,秉义往东山岗地里挑粪路过新家,进门来看她,瞅身边没人的时候对她小声说:"那天夜里,俺都进院子了,可俺就是没敢……俺把你候老了,还是没胆儿。"

她听了半天，没明白秉义在说什么。秉义又重复一遍，她居然眨巴着呆滞的眼睛，莫名其妙地跟出句"你说俺老了？俺老了吗？"，弄得秉义没滋没味地呆坐一会儿，转身走了。

这是一个漫长的春天，日光在天空中挪动的样子，就像一个上了年纪的老人。它慢腾腾从东山岗升起来，又慢腾腾从西山墙落下去。它升起来时，家里的大人、孩子早已下地的下地，上学的上学，连猪鸡鸭都咕咕呱呱走出了院门；它落下时，承国媳妇圈了畜类，桌子早已放到炕上，筷子也已经摆好，扎着围裙在堂屋里等待承国进院的脚步。觉得时光过得慢，都是秉德女人无事可做的缘故。实际上她有许多活路，她可以像原来那样帮承国媳妇烧火做饭、择菜箩面，可以帮承国媳妇缝缝补补，可是，因为刚搬家那会儿她失魂落魄没有动手，承国媳妇就一直没让她动手。有一天，承国媳妇上外面泼水，灶坑里的火烧了出来，她从门缝里看见，下地去扑，承国媳妇急慌慌从外面跑回来，拽住她的胳膊，"妈呀俺可不用你，你是老人，你该歇着了"。从灶坑站起来，她就发誓不再动手了。

秉德女人虽然老了，可她并不糊涂，她知道不让你干活意味着什么。分了家，当家作主的权力交了出去，你就不要再操心管事儿了。她操了一辈子心，管了一辈子事儿，她早就够了，巴不得坐在那里享清福呢。所以，那个春天，尽管觉得日子漫长，秉德女人还是稳稳当当地坐住了。百无聊赖时，她可以上房后去看哥儿仨栽在那里的树和种在那里的花：从西大山挖来的杨树苗直挺挺的，活像刚刚会站的孩崽子；才出土的夹桃花绿茵茵的，就像扣在盆里的黄豆芽。她可以坐在房后看大道上来来往往的行人——因为房子盖在进出周庄那条道的道边，坐在房后，大道上来往的行人可尽收眼底。偶尔的，也可以上西院承信、承中家串串。天暖了开了后门，往西一拐，第一扇木门，就是承信家，第二扇木门，就是承中家。因为西墙外还有一小溜地，承信主动把西边的房子让给了孩子多的承中。承信媳妇赵彩云见婆婆来，嘟着小嘴儿并不热情，她结婚时间短，又住了一段城市，和婆婆没什么感情，当然也因为娘家就在本村，一迈腿就回了娘家，很难把感情从娘家移植过来。于芝就不一样，她的感情早从没有娘的娘家拔了根，她们一铺炕上睡过，她宠她穿过过膝袜子和旗袍，又救过她的命，见婆婆来，她不但热情，而且往往一说话就眼圈泛红。于芝从没操心过日子，她操心的日子不过是在有婆婆挡着外面大事儿的情况下轮一轮饭班、做做饭，现在，两儿三女七个人的日子突然压下来，做饭不是偶尔轮一次，而是一条永远缠在身上的裤带，她又不会算计着过，才分家四个月，仓里的粮食就见了底，坛子里的咸肉就只剩两块，见了婆婆不免要擦眼抹泪。见媳妇哭，婆婆自然要问，媳妇可怜巴巴说出真相，秉德女人第一次尝到手里没权的滋味，因为当她回家商量承国媳妇把粮和肉借出一半时，承国媳妇结婚以来第一次当她拉下了脸，绵里藏针地说："妈，过日子得精打细算，不打算着过怨谁呀，再说分了家，谁好谁坏都是自个儿的。"

关于分家交权，她是用心想过了的，当老的不能一辈子跟着当小的，她选择跟承国过，其中很大成分就因为承国两口子有能力又会过，可就是想不到，你身在有能力的儿子家里，看到没有能力的儿子又帮不了，心里是什么滋味。那滋味几乎就是肠子拧了十八道结，每道结都钉了一根钉子的滋味。被钉子钉得木胀胀疼着的时候，趁承国媳妇上河套洗衣裳，她扒开坛子，从里边捞出两块咸肉，卷在袄襟里送到承中家，结果，承国媳妇发现咸肉少了，一连多天曲着脸不和她说话。结果，那滋味也就和偷猫做了亏心事的滋味没什么两样。在那段日子里，秉德女人像一棵遭了霜冻、堆了帮子的白菜，走哪儿坐哪儿都苦抽抽的没有笑脸。偶尔有赶集的老人儿从东山岗下来，看见她坐在房后，冲她喊老嫂子看什么哪？她往往憋闷好一会儿才答话："没，没看什么，看燕子哪。"

燕子是周庄春天的信使，只有燕子一趟趟飞来，房后新栽种的杨树和夹桃花才会一点点返绿开花。在秉德女人拿燕子搪塞问话人时，谁也想不到，属于秉德女人的又一轮春天真的就大张旗鼓地来了。说大张旗鼓，是说消息的传播先通过广播，广播喇叭呜呜嗷嗷响起来听不清楚，老三黄才在村里开大会，宣布说上边要拆散各村的高级社，成立人民公社。周庄要归大堆儿，划为生产队，地弄到一起种，牲口弄到一块儿养，还要在秉德家的房子西面，盖一个十几间的牲口棚和一个共产主义大食堂。

说起来真是奇怪，秉德女人把大家分成了小家，国家却要把小家弄成大家，同劳动、同生产、同一个锅里吃饭。承国开完会回家说，秉德女人坚决不信："胡扯吧，怎么可能哪？"可她真的就看见生产队的房子一天天神奇地拔地而起了，"啧啧，这人的本事有多大，盖鸡窝也没这么快呀。"所谓秉德女人的春天，并不是说她不必再为儿媳没粮没油操心，而是生产队的房子落成，共产主义大食堂开始启动，她因为小儿子是京城里的共产党员，又是村里最有见识的女人，老三黄居然让她当了管理食堂的头头儿，把守食堂的菜粮，专门掌勺给大家伙儿盛饭盛汤，当了一个一共有一百八十多号人的大家。

就像当初入互助组、初级社总有人不情愿一样，听说成立生产队，不会过的承中两口子高兴，能过日子的承国两口子就哭脸悲悲大不高兴，日子过得比一般人家殷实的秉胜，居然不顾承欢阻止，到老三黄家门口静坐，坚决表示反对，和秉德女人的反应完全不同。

没有了在一个小家当家作主的权力，却拥有了在一个大家里当家作主的权力，秉德女人由一棵散了帮的秋白菜一夜之间变成了蓬勃开放的老姑花了。她穿上好多年没穿过的白衬袄，虽然白领白袖早已泛黄，可露在黑袄罩外边，一如既往鲜亮耀眼。她虽腰身有些佝偻，可她的脖子是直的，脸是昂扬着的，一大早天还没亮，她就在大孙子家树的搀扶下，深一脚浅一脚从前院绕过公家的牲口棚，来到秉义已经点亮了马蹄灯的大食堂。因为家树睡在她的炕上，送奶奶是他义不容辞的责任。因为是他送了奶奶，奶奶在凉森森的早上开怀的笑声便永远刻进了他的记忆。所谓花一样开放，是说在食堂里跟大家说话，她的声音开阔又敞亮："早饭添十二瓢水少了，再加两瓢。"时光磨损了她的声带，使那音质有些粗粝、沙哑，可正因为如此，黎明前的黑暗才被一波一荡地荡动。

所谓花一样开放，当然是在天亮之后，那些系着围裙上班的女人纷纷喊她"嫂子"的时候。女人们的领地不期然从自家的灶坑解放出来，愁烦的眼泪变成一种声音，呱呱呱呱，放出圈的鸭子似的叫个不停，然而她们一迭声地喊她嫂子，绝不仅仅是一种释放，还有溜须拍马的意思，因为秉德女人握在手中的大勺子轻轻一晃，那盛到盆里八个人的汤就有可能变成七个人的。人们拍她，当然要拣她最爱听的拍，而她最爱听的，当然就是她远在北京的小儿子承多了："嫂子哎，你说你立秋末晚，怎么就生了这么个宝贝疙瘩，还当了公家人。"关于承多，一些人一向认为是秉义的孩子，有人这么说，有心眼的人怕把话说走了味儿，赶紧接茬儿："还不是人家秉德积了德，他当匪胡子从没抢过咱穷人呀。"而这么说，有的人觉得并不够劲儿，会再在后边紧跟一句，"秉德积的可是大德呀，人家儿子在京城里是党员，比老三黄那个党还大。"要说爱听，这是秉德女人最爱听的话了，他的儿子是党员，通着国家血管！没有他通着国家血管，就不会有她秉德女人的今天！今天，老三黄用她来为生产队这个大家掌勺，她这根老血管也通了国家的血管啦！要说积大德，这才是秉德积的最大的德呢。虽然没像早上那样开怀大笑，可她那舒展的眉宇间，闪着露珠一样晶莹的羞怯。她羞怯，是因为人们喋喋不休地提到秉德时，她想起他最后一次回到家里把她关了一天的情景。

秉德女人根本无法知道，在她沉浸在通了国家血管的快乐的时候，在周庄外边更远的城里发生了什么。共产党最高层的领导在庐山开会，纠正正在全国兴起的三风五气，"共产风、瞎指挥风、浮夸风"，"官气、骄气、娇气、暮气、阔气"。就像她无法知道，在她以小儿子承多为骄傲，天天挓挓挲挲抖擞在人群里的时候，承多已经是一个被打到北大荒原始森林的"右派"，正戴罪立功，一程程从850农场往外挣扎呢。秉德女人不知道上边什么人开了什么会，却在五个月以后，被告知大锅饭散伙儿，各人回到各人家里；她不知道她的儿子如何戴罪立功，却在那一年八月，也就是她回到家一个月以后，接到儿子从北京寄来的一封信，说他正在北京设计刚刚竣工的人民大会堂黑龙江厅。

实际上，承多那次刚回出版社，就因为他的过激言论被打成"右派"，随一帮老"右派"去了北大荒原始森林。为了不让母亲牵挂，他没有往家写信，那时他彻底心灰意冷，不知道该跟母亲说什么。他一天天囚在老林深处，像一头野兽，那时他最想当一头野兽，随时随地大吼大叫。那时他孤僻、孤独，总是单个人行动，要不是掉到冰窟时遇到被他挖了病灶、从此被打成反革命的鲁美老师，他真不知道能不能被大森林吞没。在一个木刻楞里，他的老师生一堆火把他烤暖，在他心里点燃了一缕不灭的理想之火——当他清醒过来，哭着向老师跪下。老师怒着胡子拉碴的脸，把他推倒，从被子下面翻出一本土黄色封皮的新书扔给他——《马雅可夫斯基选集》。

在他还不了解马雅可夫斯基是谁的时候，他慢慢翻开，他看到了令他心灵燃烧的题目《列宁》，他一瞬间热泪盈眶。很显然，他的老师了解他并原谅了他！很显然，他的老师在告诉他，要像列宁那样对布尔什维克充满信心。从此，他振作起来，回到人群，他不但用马雅的诗鼓舞自己，还用树胶把树皮粘到一起，办起了宣传板报。在板报上，他画伐木工人如何与老虎搏斗，他抄写马雅《列宁》里的诗句，"党／是工人阶级的脊梁／党／是我们事业的永生／"。于是，凭着出色的表现，凭着一手好画和一手好字，他一步步走出森林，从虎林县850农场被抽调到郊区林场，又从郊区林场被抽调到哈尔滨工艺美术研究所。这时，恰逢人民大会堂在北京落成，每个省建有一个展厅，每个省的展厅都要从本省抽调美术工作者参与设计，黑龙江厅就找到了凭一手好画好字从森林里挣扎出来的申承多。

一封报喜不报忧的长信飞到周庄，老姑花一样开放着的秉德女人已迎来了凋谢时期。大锅饭解散，当家作主的权力再一次失去，她一连十几天不知道该怎么办。她总是在天不亮就穿戴停当，她总是在刚迈出门槛时又想起什么似的立即返回，而白天孤闷，想上生产队的房子转转看看，又打怵路过于芝的后门。家家又过起了自个儿的日子，连承国媳妇都对分回来的那点粮发愁，更不用说于芝了。这似乎是一条逆行的路线，在春天之前，她是因为帮不了于芝才尝到丢权的滋味，而现在，她是在丢权之后，才又回到帮不了于芝的困难上。过去她帮不了，还有偷偷从坛子里翻咸肉的愿望，现在，她坐在炕上，一动都不想动了，因为她知道，这么折腾一下，大家把东西都共出去，承国媳妇的坛子里也光光净净了。于是,重新坐回炕头的秉德女人不但面色灰暗,比春天之前还要苍老,而且老猫似的,一天天头抵被垛,动不动就打盹睡起觉来。当承国把承多的那封信拿回家中,说"妈,承多来信了"时,她眯缝着掉进深洞似的干眼,好长时间回不过神儿。

承多在信里夹了一张照片,衣裳扎在裤腰里,两手掐腰,显出一种少有的和以前不大一样的干练。他的身后,是一排宽阔又笔直的土黄色高楼。信自然是承国找承信过来念的,大会堂是怎么回事,黑龙江厅是怎么回事,她问了又问。前一个问题承多在信上写得很清楚,就是今后党中央开大会的地方,可党中央是什么意思秉德女人不清楚,这词广播喇叭里说过,那时她一只耳朵听一只耳朵就冒了。现在,它出现在承多的信里,便怎么都冒不出去了,可承信的解释驴唇不对马嘴,一会儿说就好比周庄的生产队,一会儿又说就好比周庄的老三黄。后一个问题,承多没多写一个字,可承信上口就能说个明白,他说全国有二十九个省,周庄是辽宁省,在辽宁北边,隔着吉林省还有个黑龙江省,就好比隔着周庄,西边有个下河口,东边有个八里庄。可说到这儿,另一层问题出现了,要按出生地,承多是辽宁人,要按工作地,承多是北京人,他为什么要到黑龙江厅设计,这事承信就怎么说都难说明白了。也正是承信越说越糊涂,才使秉德女人一点点从枯萎中活了过来,陷进深洞里的瞳仁闪出疑虑而神秘的光亮。

从枯萎中活了过来,秉德女人并没像想象的那样,把承多的事儿张扬满坦。说起来,这样的机会实在是有的,大食堂解散了,生产队没解散,几乎每天早上和午后,人们都要在一声哨响之后到生产队上工。老三黄吹不动哨了,就把这出力的活儿交给了一向积极的承欢,在大家闹闹哄哄聚到一起时，只需上房后跟走在道上的人提上一句，立即就会传播出去。可是秉德女人坐在炕头一直没动。她不动，不是不想动，而是她已经饿得动不了了。在此之前的所有年份，她都从没真正吃饱过，吃大食堂也不例外，可因为一直在为日子操心，为生活忙碌，她从没觉得饿过，即使觉得饿，也没觉得饿得挪不动腿。现在，大食堂解散回到家里，不知怎么她天天都觉得饿得不行，天天能听见肚子咕咕咕叫。肚子咕咕咕叫，那么盼着一顿晌饭，到了晌午，饭桌上却只有一盆菜汤，没有干粮，倒是她的汤碗里有几个面疙瘩，可家森一双馋猫一样的小眼睛溜着她的饭碗，她根本吃不下去。她把碗里的疙瘩挑给家森，家森狼吞虎咽，承国媳妇嫌家森不懂事大打出手，最终她连喝汤的心情也没有了。几天下来，她就觉得腿脚发软，头昏眼花了。

　　实际上，一段时间以来，秉德女人动不动就大白天打盹睡觉，是突然地闲下来，也是因为饥饿耗掉了她身上的能量。在那场没有钢铁却非要炼出钢铁的折腾中，庄稼人不安心种庄稼，周庄的好多田地都被荒废，新开的水田因为无人灌水，稻秧干死在田池里，当年只收了两成；在那场共产主义大食堂的折腾中，各家的存粮存油交到集体，集体那一点粮食又要被上边征收，一场多年不遇的粮荒导致的饥饿不只袭击了周庄，也袭击了周庄外面的所有村庄，只是秉德女人不知道而已。她不知道，就在接下来的时光里，尽量用承多带来的骄傲抵挡身体的虚弱，比如她没完没了看承多那张掐腰的照片，不厌其烦地和挂在墙上的那张鸭绿江岸的照片对比；比如饭桌上喝那空寡寡的菜汤时，她总是喋喋不休地给孙子们讲他们叔叔小时候的故事，为了不让看见他们的妈坐月子吃的鸡蛋，她如何和一盆泥把他关在厢房里，结果凭手艺就有了出息。一天晚上，家森让奶奶重讲一遍鸡蛋的故事，承国媳妇撅了脸子:"妈,当时俺坐月子有鸡蛋吗,俺怎么不记得有鸡蛋啊?"

承国媳妇撅了脸子,是不愿婆婆在孩子们饿肚皮时提到鸡蛋。大食堂把鸡都交了公,院子里可是一只鸡都没有了,家森已经钻了好几回鸡窝了。可因为她话语间否认了一个事实,这事实又清晰确凿地留在婆婆的记忆里,秉德女人发了分家以来最大的一次火。她把筷子往桌子上一摔,抻着款款的脖子,高音大嗓喊道:"你是说俺说了瞎话吗?俺伺候你鸡蛋都伺候黑影了吗?你怎么连这事儿都能忘了呢?怎么当了家,连早先的事都不认了?你当了家,俺就得看你脸色是不是,等承国回来咱好好讲讲。"

为了日子,有的晚上,承国从生产队的地里回来就骑自行车走了,又开始偷偷跑起买卖。承国媳妇当然不能让婆婆等到承国回来,从地上拾起筷子,赶紧赔不是:"妈,你别生气,俺是不——"她想说她是不想说鸡蛋的事,可为了让婆婆知道她的难处,她半道改了口,"俺这不是穷急眼了吗,咱家现在,一粒粮都没有了。"

"穷也不能拿婆婆撒气,把黑的说成白的!俺这辈子没有功劳还有苦劳。"

承国媳妇顿时手绞围裙,嘤嘤地哭了起来。要想拿婆婆撒气,早在她把承多分的那份家产给承中时就撒了,早在她背着自己往承中家里偷咸肉时她就撒了,何苦等到现在!然而,当婆婆后边又跟出句话:"你哭什么,俺屈了你吗,俺伺候你鸡蛋伺候到黑影了吗?"承国媳妇还是不由自主撒了一通气:"妈,你伺候过俺不假,可是,可是你也想想你怎么对俺。在这个家里,俺当牛当马,可是过膝袜子、旗袍哪样有俺的份儿,俺——"

见老实巴交的承国媳妇要和自己算老账,秉德女人更不让伐,她不让饻，不是继续和媳妇争执，而是迅速穿鞋下地，拖炕上行李，边拖边说："俺看错人了，俺又不是就一个儿子，俺养这么多，就是用铁锨扬，也能扬出一个好的。"

承国媳妇先是傻了，不知道怎么就把事情弄到这步田地。她冷静地在地上站了一会儿，突然又疯了一样抱住婆婆，哭喊道："妈，你不能走哇，想打想骂由你，你打俺好啦，你可不能走啊！"

媳妇干瘦的脸蹭到她粗糙的脸上，秉德女人腿一软，扑通一声坐到了地上。

第二章

饥饿使沉积多年的矛盾恶化，婆婆和媳妇都没有准备。不过说出了要说的话，看到了婆婆的决绝，就像一个鼓出在腰眼上的脓包被捅破，它淌出了脓水，反而使承国媳妇再也不摆脸子了。而秉德女人，气缓下来，细细一想，在这个家里，无论在什么样的情况下，承国媳妇都从没说过熊话，不但没像他爹当初站在院子里警告她不能怠慢那样，而且一些年来，为日子担待得确实太多，得到的确实太少……这么想来，秉德女人再也不挑媳妇的脸色了，媳妇汤汤水水的再端到眼前，她常常露出愧疚的笑意。而看见婆婆愧疚的笑意，一向性情温和的承国媳妇不觉更加温和殷勤。承国倒腾猪崽赚了点钱，从外面买回点苞米，不用婆婆说，赶紧舀一瓢送给于芝。

可是，对于那场饥荒，不论是婆婆还是媳妇，她们都把它看小了。她们之间的关系迅速缓和，是以为挺一挺，吞几口酸水，就可以扛过去，就可以像老三黄一而再再而三说的那样，实现共产主义。她们根本不知道那不过是一场梦！她们不知道，要抵抗这场旷日持久的饥饿，还需要付出什么。

那是刚下来的土豆被大伙儿一轰吃光，地瓜还在地里慢腾腾长着的干旱的七月，家树和家旺纷纷卷入一场抢挖野菜的战争中。战争的双方，是周庄和南王庄。这两个生产队的田地隔着二道河，家树却带着家旺和周庄的孩子们，蹚过二道河进了南王庄的田地。南王庄的半大小子为保护他们的领土不受侵犯，在齐腰深的苞米地里手持锄刀英勇奋战，周庄的半大小子却在暗中备好了长短不齐的炉钩子。因为长时间挨饿，他们根本没有多少力气，也是因为没有力气，他们谁也不肯正面强攻。大家藏猫猫一样藏在地垄沟里，专趁对方不备时出击，结果，一不小心，南王庄姜水婆孙子的脑袋，在家旺的手下开了瓢。姜水婆的儿子姜大嘴抬着她的孙子来到承中家，承中两口子慌乱中不得不过来找承国，因为领头儿的是家树，承国只有迎出去送孩子上青堆子湾医院。可伤口清理包扎好，姜大嘴绝不回家，非要把孩子抬到申家，结果，于芝堵在门口坚决不让进。包着脑袋的半大小子进了承国家，躺到秉德女人的炕上。秉德女人不得不站出来，在承国的搀扶下，挪动着那双有气无力的大脚，上南王庄求姜水婆。

通往南王庄的沟谷小道，秉德女人好多年没有走过了，南甸子、二道河，这片土地发生了太大的变化。河道加宽了，原先秉胜栽的那片桑树林和活埋周成官的地方，被开成一马平川的水田，一些没有见过的矮矮的禾苗在烈日下耷拉着脑袋，而二道河南边那片属于南王庄的庄稼地里，一些新的农作物秉德女人根本不认识，什么谷子、糜子、蓖麻子，又细又矮的身条让人看了不免丧气。当然最丧气的还是姜水婆,她已经瘫在炕上不能动了。和秉德女人一样,她也不再当家作主了,跟大儿子姜大嘴过,这个儿媳,就是当年秉德女人名声响时,请来坐她结婚喜床的那个。她长了一双金鱼眼,那神情里却早已不再有当年的光亮。她见秉德女人,明白来意,立即指着骨瘦如柴的婆婆:"家里都揭不开锅了,你个老没用的要是同意把孙子抬回来,俺就去死。"秉德女人和承国什么话没说又悄没声儿返回了,可是他们前脚回来,后脚南王庄就来了报丧的。姜水婆用布条把自己拴在窗台上,人滚下炕沿,把自己勒死了。

一个半大小子睡在秉德女人炕上的日子,承国媳妇再也不能不撂脸子了,人分明是家旺刨的,却住进了她的家!想去找于芝论理,承国又坚决不让。有火发不出去,从没打过孩子的承国媳妇一气之下把家树关到西屋,用烧火棍往死里抽。倔强的家树一动不动等着母亲打,让母亲发完火,当天夜里就拖着伤跑了。秉德女人大吵大嚷,发誓不把家树找回来,她就也和姜水婆一样,把自己绑在窗台上勒死。

家树跑了,承国找了五天五夜没找到,这时,从没对哥嫂发过火的承国,上西院哥嫂家好一顿蹦跶。他不会骂人,只反反复复说一句话:"二哥二嫂也太不像话啦,就是做做样子,也得过去问一声啊。"可一连多天,大人孩子连野菜都吃不上,承中两口子直瞪瞪看着承国,任他怎么骂都不回话。

家树一跑两年没有回来,但秉德女人并没把自己勒死,原因很简单,她又重新拾起了当家作主的权力。在家里人和周庄人都陷入饥饿看不到希望的时候,她想起当年上周成官家偷草的夜晚,想起一咬牙回娘家向父亲借钱的晌午,想起当年在青堆子湾向曹宇环下跪的黄昏,她因此头再昏腿再软也不在炕头躺着了。虽然周庄不再有周成官大地主,青堆子湾不再有父亲和有钱的曹宇环,她没了偷东西的本事也没了要东西的力气，可她在京城里有设计人民大会堂的儿子，他是公家人！她颤巍巍穿鞋下地，扶着墙摸到西院，要承信帮她给承多写信。她信中的口气相当硬气，几乎就是威胁，她说："承多，共产主义还没来到咱周庄，家里过不下去了，妈只有求你。你在京城，你离共产主义近便，请务必寄些钱来，务必！妈想活着等你。"

在等钱的日子，秉德女人已经提前进入角色，把大伙儿召集在一起三番五次开会。她说：等有了钱，让承国先上渔市街买一个猪头，烀烂了咱大伙儿好好吃一顿，要买肥的，一咬满口流油；等有了钱，家旺、家林吃壮了身板，一块儿上青堆子湾去找家树，他走不远，没准儿帮哪家店铺打杂呢；等有了钱，咱把姜顺子养胖了送回去，他妈要是认不出来，咱就领回来当咱孙子。

有了有钱的盼头，孩子们豆绿色的小眼睛都从空荡荡的饭桌转向了外边，一日三餐好过多了。给大伙儿指出钱的盼头，秉德女人走动在屋子里的身影就带了光环，她要是串动在房后，还不等推开屋门，就听孙子在屋里喊："奶奶来啦，奶奶来啦。"姜顺子倒是一阵欢喜一阵忧，他欢喜能吃上一顿流油的猪头肉，却不愿意养胖了妈妈认不出："秉德奶奶，俺吃一顿肉就走，俺不想当你孙子。"

信是在一个月之后才来的，那是大伙儿盼了一天又一天，天天落空，最后不得不把目光寄托在后山岗那片地瓜地的日子。那一天，村里每人分了不到五斤地瓜，跑动在屯街上的人们疯了一样，承信就是这疯人当中的一个。他从山地上跑回来，把地瓜往地上一倒，上边露出土黄色的信封，赵彩云抢到手里，顿时就在院子里喊起来："来信啦来信啦——"虽然好事总是在你不盼望时到来，可它一点儿也没减弱申家人的兴奋之情。承信念完信，大家知道京城的承多从邮局寄来了五百斤全国粮票、三百块钱，整个屋子简直像炸开了一样。就在这时，秉德女人要过信封，把它死死攥在手里，仿佛那就是钱和粮票。她抿了抿干裂的嘴唇，将下唇咬住，挨个儿扫了一下大伙儿，一字一顿地说："咱得细水长流，咱不能买猪头。从现在起，钱在俺手里，由俺来花，咱也吃几天大锅饭，什么时候日子好了，俺再交权。姜顺子，你不想当俺孙子俺不留你，给你十块钱、十斤粮票，拿回家交给你爹妈，和他们一块儿过几天好日子。"

像生产队的大锅饭时期一样，秉德女人再次拥有了至高无上的权力。她把着钱，把着一日三餐的饭勺汤勺。家里人不像生产队，不用溜须拍马，可孩子们端着饭碗走到她身边，还是一声连一声地叫着"奶奶"。为了不至于坐吃山空，那年秋冬，在村里所有女人都拥到周庄和周庄以外种了水稻、黄豆的大田里，去捡落在那里的稻粒豆粒时，她把从不下田的三个媳妇统统撵到田地，一个人承担了烧火做饭的活路。身体累得虚弱时，黄鼠狼又来打灾，附了她的体，使正在灶坑里烧火的她突然扑倒在干草里打滚，一边哭一边喊："王乃容，你不听俺的，早晚要吃亏，你为什么不留个媳妇在家做饭，你抻断腰筋没人能管你。"家森吓得跑到生产队粪场，找回正在沤粪的承国。承国在自己娶亲那天亲眼见过母亲犯病，伸手一摸，她的腋下有个鼓溜溜的包，就知道是老黄干的，老黄借他父亲秉德的嘴说话。学罗锅哥哥一顿刀斧剪子咔嚓咔嚓吓唬，没一会儿就把它撵跑了。秉德女人停止哭声，睁开眼，发现自己躺在灶坑干草里，自言自语道："俺怎么睡了一觉。"

把三个媳妇都派出去，是秉德女人一念之间做出的选择。那天，两个多月不见音信的家树突然有信儿了，说两个月前他一气之下跑到朱隈子水库舅舅那里。舅舅让他回家，他坚决不回，舅舅就给他钱和粮票，让他上沈阳找他的朋友去了。承国回家说，她一高兴浑身有了劲，就说"你们都上山吧，家里有俺哪"。

看到母亲累倒在灶坑里，承国忧虑地说："妈，留一个在家做饭吧。"

秉德女人一板一眼地反问："你说留一个做饭的留谁？"

"轮班呗。"

"你傻啊你，现在是什么时候，人见了吃的都没有命了，留哪个俺能管得了她们的手，有一个在家做饭，哪个在山上能安心？"

可是，秉德女人根本想不到，这并非一念之间做出的决定，给她带来什么样的麻烦。这麻烦首先是心理上的麻烦，是自己和自己的麻烦。她一行七八个孙子孙女中，承中的大儿子家旺最能吃也最有心眼儿，他在外面刈草回来往往踩着点儿，只要她锅里的饼子烀好，他一准儿从后门进来。他进屋不像承国的老二家林，一头拱到炕上躺下，而是眼巴巴看着大锅吞着口水。最初她装作看不见，到院子里去干别的，可她分明感到身后的目光穿透了她的后背。有一回一转身家旺叫了声"奶奶"，她再也忍不住，一冲动掀开锅，揪了一块饼子给他，不想他跑到门前野地里吃，被赵铜匠看见了，心里的麻烦于是也就变成身外的麻烦。一小从没受过委屈的赵彩云不让饿了："妈，你不信俺，可你怎么才能让俺信你呀？凭什么家旺吃饼子跑到野地里？俺可不是计较的人，俺把孩子送到了娘家，再计较没意思，俺是图个公平！"见媳妇当着全家人抢白自己，秉德女人脸子一绷，一种少见的婆婆的霸气显现出来："承信家的，还轮不到你教训俺哪，俺活了一辈子什么光景没见过！等你将来当婆婆，你就知道什么叫公平。"虽然赵彩云再没吭声，可日后家旺再蹲灶坑，秉德女人再没揭过一次锅盖，只把麻烦留在心里。

然而没了家里的麻烦，却又来了家外的麻烦。那是过了正月二月，秋天分的那点粮食大都吃光了的三月，那时山上的米粒早已光光净净了，她的媳妇们还要去抢地皮上刚刚钻出来的草芽野菜。一天晌午，她掺了野菜的饼子锅刚刚灭火，前门就走进来一个人，是克真家的。自那次她家丢猫，她还是第一次来家里串门。她一进门就跪了下来，蓬乱着头发，扫帚似的不住地点地。秉德女人明白她的来意，揭开锅就铲了两个饼子塞到她的怀里。可她把饼子掖进衣襟刚走出不一会儿，光棍儿吉家又一步一晃进了院子，铲两个饼子让他拿走，这个晌午的饭自然就缺了一个窟窿。饭桌上向儿媳儿孙们交代原委，秉德女人正言厉色："在咱周庄，不帮谁也不能不帮周家。他们在早过过好日子，一下子穷了，受不了，他们过好日子时，帮过咱家，咱得记人家的好。"说得所有人都没了脾气，可是到另一个晌午，她锅里的饼子烀好，从灶坑里爬起来，刚刚抬头，一个场景吓得她头发立即竖了起来。她风门外的院子里居然拥进黑压压高矮不齐的脑袋，呆立在地当央，她的心一下子就哆嗦了。显然，是克真家的的举动启发了大伙儿；显然，她的这锅饭将等不到儿女们回来了。看了看冒着热气的木锅盖——如果说是她看它，还不如说是它在看她，因为它湿漉漉的样子就像一个等待结果的判官。不知过去多久，她转过身，慢慢推开屋门，这时，家旺早已横眉立目堵在门口了。眼前的孩子，她都认识，在生产队盛大锅饭时，她对视过他们的小眼睛，罗锅的儿子、狗剩子的儿子、秉胜的孙子，还有周克真的儿子——这个周家一串光棍中最小的一个，已经是二十四五岁的大小伙子了，有一双星星一般活络的眼睛，只是眼下，他跟他们一样，眼神儿昏黄而死寂，就像那只被她打死的老猫。因为家旺太用力了，她推开家旺时，险些把自个儿晃倒。接下来的事情显而易见，和生产队吃大锅饭时一样，她为每人分一小块饼子、盛半碗汤，直到两口大锅全空下来。接下来的事情显而易见，这个响午，外面的儿子媳妇回来，秉德女人任何言辞都没有了。她没了言辞，儿孙媳妇们的言辞却比连珠炮还要激烈，"现在不是大锅饭时期，咱家也不是生产队"，"日子都是自个儿过自个儿的，这年头你对旁人菩萨心对自个儿就是狠心了"。因为大伙儿说的都是事实，秉德女人只有悄悄接受。可是儿孙们吵吵出的结果，她却无法接受，那就是，从此把前院的大门锁上。秉德女人不能接受，是想起四十多年前闹灾荒时的情景，那时，周成官把大门锁上，烟火味在大院里缭绕，造成全村人的民愤。她仓里的粮食虽和当年的周家不能比，可现在，她似乎能够体谅当年周成官为什么锁起门来。她虽没有像周成官那样剥削过别人，可现在，只要锁门，她就变成了周成官。现在是新社会，她通了国家的血管，要不是承多在外面通了国家的血管，就不会有她眼下的日子，她有了眼下的日子，怎么能狠心切断村子里这根血管？！麻烦在秉德女人心里纠缠时，她一宿没睡，第二天早上，当灰蒙蒙的日头从东边冒出来，她终于想出一个两全齐美的办法。她拖着沉甸甸的腿去找老三黄，让他把村子里上她家吃饭的孩子们记下来，算生产队欠她家的债。

在生产队欠下申家一笔债务时，秉德女人也欠下了她儿孙们一笔永远也还不清的债务。家里很快断了粮，大大小小不得不像村里人一样靠吃秕糠吃树皮过日子。承国媳妇揣了五个月的孩子饿死在肚子里，于芝得了肾病全身浮肿，赵彩云揣了孩子病倒在娘家。

实际上，生产队从来就没有还回申家的债。那年秋天，倒是个好年景，家家户户分了几年来最多的粮，可老三黄以刚刚好转为由，把还债的事儿给推了，"等等吧老嫂子，让大伙儿吃个踏实饭吧"。而第二年秋天，家树从外面回来，学成修车手艺进了公社拖拉机站，成了工人。得病躺在炕上的老三黄，气息奄奄握着秉德女人的手央求道："老嫂子，你家有了工人，就再将就一年罢。"第三年，老三黄死了，一笔账目落到赵铜匠手里。赵家和申家是亲戚，手里的账没人相信，接任队长的承欢又因某种说不清的情绪，坚决不承认有这笔债，"谁说的，俺怎么不记得"。

　　承欢的情绪，自家树从外面回来那天就已经有了，或者说从当年他挨父亲打时就已经有了。在秉德家这些堂兄弟中，他最看不上的就是承国。他和他，可以说是完全不同的两种人，承国喜欢跑单帮做买卖，他喜欢凑大堆儿随大流。那年他随大流混进棒子队打了承华女婿，回家遭到父亲打，父亲总拿他跟承国比，"看人承国，十三岁就自个儿跑买卖"。从那时起，他就对承国有了抵触。土改时要不是父亲压着，周克真检举承中是国民党，要活埋承国，他早就站出来做证了。承国应该感谢他救了他的命！他不但不感谢，后来不跑买卖回到村里，全村小青年都敬他这个队长，唯有他对他视而不见。挖河套那会儿，承多从外面回来穿回制服，他张张罗罗套到身上试，激起全场哄笑，承国在那里冷眼旁观。他从没对承国说什么，可在心底里，他已经和承国叫劲比上了。他不在乎承国怎么冷淡他，因为在他看来，他是一个胜利者，他娶了农会主任于洪江的闺女，他当了队长，管着村里人出工的工分儿。他唯一比不上的是娶亲晚孩子小，头一个孩子又是丫头片子。在这一点上，直到承国的大儿子家树出了事，才让他心里取得一些平衡。也是因此，承国偶尔偷空跑买卖，动不动上工晚了，他才强忍着没把记工分的笔头往外勾。可是家树突然从外面回来，他的平衡一下子被打破了，家树居然学了技术！他即使学了技术，进公社拖拉机站，没有大队主任的同意也不好使。可承国居然无视他的存在，越过他，直接找到他的丈人于洪江，他丈人看在承国是闺女大伯子的分儿上，又顺利地签了字！

　　承欢的不悦是顺理成章的，他不悦，当然就彻底否认了那笔账。

　　承国越了承欢，其实丝毫没有无视承欢的意思，他虽也看不上这个舞舞扎扎、积极上进的本家兄弟，可他知道人不能一样，没有他的积极上进，申家就出不了一个队长。他越了承欢，是因为那年夏天他太高兴了，他被高兴冲昏了头脑。家树从外面回来，学了技术不说，进门见他，瓮声瓮气地大声叫爹："爹，我回来了。"这声爹，他盼望得太久了，盼了整整十八年！当年丈母娘说算命先生让第一个孩子叫他大叔，他没觉得怎么样，以为反正孩子是自个儿的丢不了，叫什么无所谓，可当家树会说话时真喊他"大叔"，心里比挨了刀子还难受。一些年来，他常常半夜里爬起来，去摸他露在被子外面的头发和脸，而到了白天，又故作视而不见。如今儿子终于叫了声爹，如今儿子在叫了声爹之后，告诉他只要大队书记签字，他就能在公社拖拉机站当上工人，一股血立即就冲进了他的两腿。骑车往于洪江家里去时，他觉得浑身鼓胀得就像海上的风帆。

　　当年，申家冰窟一样的屋子里杵进了一架天梯，踏着天梯，有一个经商的承国向家人走来。现在，在一场长时间的灾荒过去之后，申家的屋子里同样杵进一架天梯，踏着天梯，走来的是在拖拉机站当工人的家树。所不同的是，当年发现承国，是一个冰冷的冬天，如今走来家树，是骄阳似火的七月天。如果没有姜水婆儿子把孙子送到家里，家树就不可能挨妈妈打，要是家树不挨妈妈打，他就不可能萌生逃跑之念，就不可能有今天。家树的今天是这样的，在舅舅朋友的帮助下，他念了沈阳农业机械化学校，他不但长了技术，还长了高高的个子、棒棒的腰板儿。他不但像承国当年那样往家里挣钱，下乡到周庄附近的村子翻地，还动不动就开来了拖拉机。当一台拖拉机从东山岗突突突开下来，队长承欢承不承认那笔账，实在是算不得什么了。

　　对于秉德女人，家树的今天和承国的当年是不一样的。承国当年，带来的快乐属于秉德全家，现在，她分了家，家树只属于承国这一份子人，不属于承中也不属于承信。然而因为她跟承国过，她是申家的芯子，一身机油味的大孙子睡在她的炕上，宽宽的酷似秉德的肩膀，上班下班都在她眼前晃动，她心底里的欢喜就一点儿也不亚于当年了。秉德女人欢喜，不是因为家树通了秉德血脉，而是他通了国家血脉。他开拖拉机到各小队翻地，都是被安排在公家吃住；他走村串乡，常常从外面拿回一些花生梨果。没多久，他又从外面买回一台半导体收音机。开关一打开，就能听到唱戏的、说相声的，还能听到来自北京的声音。到了晚上，全村老少都拥进家里，申家几乎成了周庄的中心。

　　虽然家树当工人和承国经商不是一个时代，可他们都是升起在夜空中的一颗星，只不过承国当年只升起在申家，仰望他的只有他的同胞兄妹，而家树是升起在周庄，仰望他的是全村人。他们一到夜里，就聚到一块儿叽叽喳喳，他们望着闪烁的星光，猜测着家树几年来的成长。他们当中极少有人见过他的舅舅，这舅舅躲家里的童养媳，十几岁就出去了，在周庄很少露面。老辈人都说他和黄保长不一样，嘴笨话少，是个地道的老实人，可是年轻人并不相信，能把一个农民弄成拖拉机手，还是让人觉得有几分神奇。

　　虽然家树当工人和承国经商不是一个时代，可他们都是普照在白天里的一轮太阳，只不过承国当年只普照申家，承民、承华、承信天天在大街上盼，而家树普照的是整个周庄。周庄人一天天脸朝黄土背朝天时，他们脑袋里一直响着收音机里侯宝林和马三立的相声、《唐伯虎点秋香》的歌声、中央人民广播电台的话语声。当然，不管是当年的承国还是现在的家树,他们真正影响的还是秉德女人。当年,家里有了一个顶天立地的儿子,秉德女人从此不再顾及秉德死活;现在,家里有了呼风唤雨的孙子,秉德女人从此有了营生,几乎每天,她都要坐在树荫下——周庄闹饥荒,栽在房后的杨树却在疯长,树叶已经有了一轮遮光的树荫。日影打在小树林的树干上,她总是目送家树穿过树林向东山岗走去,到了下半晌,落日的霞光打在树叶上,她总是第一个把家树从东山岗迎回来。到了晚上,屋子里挤满人,大家一边吃花生一边听收音机,没人顾得她,她往往自己插话道:"要不是俺家树,你说咱怎么能离北京这么近?!"

第三章

秉德女人怎么也想不到,日子过着过着会有这么一天,她的儿子承多在北京通着国家的大血管,她的孙子家树在公社通着国家的小血管!九月份的一个晚上,收音机里重播毛主席当年在天安门广场上喊的话:"中国人民从此站起来了——"她热泪盈眶,村里人散去,她哆嗦着嘴唇跟家树说:"你好好干,你通了国家血管!俺在早就说过,咱家门口的水道沟和南甸子上的河套是通着的,咱隆兴了,国家就隆兴了,国家隆兴了,咱血就更汪了。"这是二十年前,她在沈阳当着承中、承信说的话。二十年过去,她重复这句话时,早已经忘了先前指的国家是由国民党掌权,现在指的国家是由共产党掌权。

家树虽然不懂这句话的真正含义,可他还是十二分的受用。记事以来,他最崇拜的人就是奶奶。她虽是和妈妈一样的妇道人家,却像男人一样主持着家事,她一次次给家里人开会的时候,他总是躲在旮旯偷偷地看她。他崇拜她说话干脆利落,处事开明果断;崇拜她不管遇到什么大事都总有办法;他最崇拜她在周成官活埋那会儿不怕死的胆量,她穿鞋下地跟他们告别时,好像死不过是出一趟远门,一点儿都不知道害怕。因为崇拜奶奶,他一小就爱开家庭会,会上的奶奶像个了不起的君主,说话有板有眼、一言九鼎。在他一出生就没有爹只有大叔的日子里,他觉得生活中最大的补偿就是得到奶奶重视,那天少吃三个饺子,难受的不是肚皮,而是奶奶对他的忽视。后来奶奶为他重新包了饺子,别提心里有多舒服熨帖啦!挨母亲打逃走在路上,他最大的愿望就是像小叔承多那样有出息,回来让奶奶欢喜。如今奶奶跟他说了这样的话,证明奶奶已经相当欢喜了。

在那个烈日炎炎的夏天和秋风习习的秋天,秉德女人掩饰不住心底的欢喜,动辄就坐在房后小树林里。她的样子,就像一个按时上班的生产队社员。她戴一顶苇篾草帽,穿一身家树为她买的灰色法兰绒夹袄,东山岗下来的过路人看见她,随口问:"望什么哪秉德奶奶?"她不说望燕子,却说道:"望家树哪。"确实,家树是申家报喜的燕子,那些日子,他给申家带来太多的好事儿了。秋天刚到,小树林在秋风中摇摇荡荡,那摇荡的树影里,就走来了一个树枝一样摇曳的女子。她跟在家树后边,一跳一跳朝秉德女人奔来,脆生生地喊她奶奶:"奶奶,俺来看你啊!"和家树对眼神时那羞答答的样子,一看就知道和家树是什么关系。而秋天的末梢,严霜把树叶打红,风刮起来,红色的树叶哗啦啦飘落,随着风声,东山岗响起拖拉机的突突声。当拖拉机在后道上停下来,踩着沙沙响的树叶,又走来另一个树枝一样摇曳的女子。她冲在家树前边,带着小跑跑过来,响铃铃喊的不是奶奶,而是大姑:"大姑,能不能认出我是谁?"细细端详,却怎么也看不出她是哪个。家树于是介绍："奶，她是介夫舅爷的闺女，就是你常说的那个乔榛桂，她的闺女。"忽然冒出个侄女，秉德女人愣怔片刻，眉梢一下子就笑弯了："你说你是乔榛桂的闺女？"

"是，妈妈留给我地址，让我来看您了。"

家树领回来一个自己相中的媳妇，是拖拉机站的学徒工，叫曲平梅，她在家里只住了一个晚上就走了。家树又领回了他舅爷的闺女，叫乔榆，她并没马上就走，她在奶奶的炕上住了一个月。谁知，就在这个月里，家树又用拖拉机送回了第三个人，他不是女人，却比女人更让秉德女人惊喜，他是她的小儿子承多。他回来时，已是初冬，后门已经挤上，她坐在炕头并不知道。当承多悄没声儿来到她的眼前，瓮声瓮气叫一声"妈"，她愣怔片刻，猛地就朝承多肩膀推了一下："你个小五猴子，妈可是活着把你等回来了！"

申家日子的好，是好事与好事加起来的好，它们除了曲平梅，其实跟家树是不是当了拖拉机手没有任何关系，可因为乔榆和承多在青堆子湾下车都找到家树，就仿佛有了关系。乔榆找到家树，是她说出自己是王介翁的侄女后，董家铁匠铺的人送去的；承多找到家树，是承信在给他写的信中提到家树已在公社拖拉机站上班。在秉德女人享受着侄女和儿子围绕身边的日子里，她往往一遍遍充满不解地问："家树从哪儿把你们弄回来的？"

秉德女人的不解实在太正常了，有关乔榛桂怀孕的消息，还是承中从沈阳逃回来时随口说的。在她的记忆里，只有一个像男人一样英武的年轻女人乔榛桂，她是她兄弟的小老婆，她兄弟要不是为了等她，绝不会被抓。因为等她，她的兄弟被抓，她就仿佛一片飘落的树叶，永远消失在记忆的泥土里，当她的家一点点与共产党的血管通络，她几乎把她忘得一干二净。乔榆是她介夫兄弟的骨血，承信就因为跟介夫舅舅通信才被从城里打回来，可是因为此时申家冒出来的好事太多了，也因为连续几年天下太平，秉德女人对乔榆的到来没有丝毫戒备。也是这个侄女实在太招人稀罕了，她细高挑儿，大眼睛，她说话细声细气，走路文绉绉的，她既像她的妈又像她的爹，一招一式都透出一种端正和高贵。关键是，她从不提及她爹妈的过去。秉德女人偶尔在私下里问到她的妈妈，她只淡淡一笑，说"姑姑你放心她挺好的"，再就是亲昵地偎在她的身旁，仿佛她在大连拥有一个幸福美满的家，仿佛在那个家之外，姑姑就是她最亲的亲人。

秉德女人的不解还在于，承多和他的表妹居然一见如故。承多只在第一天问了一下家里如何扛过那场饥荒，解释一下他当年寄钱之所以那么慢，是因为那时他已经离开北京，回到哈尔滨工艺美术研究所，再就天天领乔榆到山野里逛，到青堆子湾逛。他骑着承国除了铃不响哪里都响的破自行车，载着笑声比自行车铃声还响的表妹，一天天也不着家。秉德女人不解的是，这一对表兄妹从没见过，一见了就这么亲，这血缘的力量实在叫人惊奇。

这就是所谓命运的安排。秉德女人根本不知道，在她的儿子进了家门，瓮声瓮气叫她那声妈时，他的内心在经历什么，闪烁在旁边的一双眼睛，已经使另一种声音在他心里嗡嗡作响了。在嗡响声中慌乱地转动眼球，一个少女娇媚多情的眼神钳住他，他觉得他一直在等待的那个女人就是她——他的表妹——这个叫乔榆的女子。而这个出生三个月母亲就被关押至死的乔榆，在姥姥家长大，很小就萌生了下乡认亲的念头，魂牵梦萦等到十七岁，私自从家里逃出来，竟然是为了早已离开家乡的表哥。

两个生命在周庄相遇，焕发了怎样的激情只有老天知道。他们一个二十八岁，一个十七岁，一个风度翩翩，一个气质高贵，他们走到哪里都吸引着众人的目光。可是他们处处躲避别人的目光，因为他们已经控制不住身体的吸引了。他们在青堆子湾的电影院里，在渔市街南边的芦苇荡里，已经无数次地搂抱、无数次地亲吻了。和赵彩云剪断婚姻关系后，承多从没和任何女人亲近过。他追随革命的脚步，多年不近女色，以为自己和女人早就没有关系了，想不到欲望之火在出生地周庄被熊熊点燃。同样，一直被窝藏在姥姥家捡煤渣的乔榆，因为出身不好饱受歧视，曾发誓一辈子也不嫁人，可在芦苇荡里与表哥的热烈亲吻中，她居然主动要求以身相许。

发生在表兄表妹之间的激情，别人不曾察觉，正在恋爱的家树却隐隐地察觉，和承多恋爱过的女人赵彩云也隐隐地察觉。因为有一天，家树开拖拉机上渔市街南边接他们，发现两人从芦苇丛里钻出来，身上沾满了泥土和草叶。而赵彩云，从承多看表妹的眼神儿就看出什么了，到有一天，从不进她屋子的承多带着表妹上了她的屋子，她知道曾在他们身上发生过的许多事情已经发生在这对表兄妹之间了。

这是一段谁也无法控制的日子，为了让很少回来的承多和从没来过的乔榆高兴，秉德女人和承国商量，非要在他们在家时操办家树的婚事。这显然有些急了，承国有些犹豫。当年他结婚就有些急，可现在不比当年，当年老丈人娶了小老婆，嫌闺女在家碍事儿，现在新社会，没有谁家会娶小老婆急着打发闺女。谁知把想法说给家树，家树去找对方商量，反馈回来的意见是没有意见。曲家没有小老婆，可曲家有一个生了一大堆儿女的大老婆。她把七个崽子生在大孤山东边一个穷山沟里，求爷爷告奶奶托人把老大弄出来，急着攀上申家的高枝儿，改变一家人日子的心情，便是要多急有多急了。因为箱子、柜子和被褥之类物品都买了现成的，也因为有承多和乔榆帮着裱墙糊棚，一场简单又张扬的婚礼便准备就绪了。

那是一个风丝里有些冷意的十月二十八,才六点多钟,帮忙的人就陆续地来了。饥荒解除,家家日子都有了好转,大家个个面带微笑,精神头十足。男的借盘子借碗借桌借凳,女的刷盘子刷锅淘米切菜,而不管男女,都由一个人指挥——秉义。老三黄死了,村里的头头是承欢,可是在秉德女人眼里,他还太年轻。

承国并没把酒宴弄成十个盘子八个碗,只是酸菜炖粉条和白晶晶的大米饭——为了让家树把地翻得深透,大米常常是生产队取悦他的礼物。曲平梅变成家树媳妇,穿一身红制服,坐的不是马车,而是拖拉机。多年前承国结婚,看光景的人们看的是黄家的闺女和嫁妆,现在,黄家也来了人,家树那神奇的舅舅就站在人群当中,可人们根本顾不得看他,人们看的是红彤彤的拖拉机,是站在拖拉机旁迎亲的承多和乔榆。虽然新娘没有多少嫁妆,在乔榆的对比下,皮肤也显得有些黑,可当她从拖拉机上下来,承多当着参加婚礼所有人的面,送给她一个沉甸甸的礼物——泥人头像,那泥人既不是新郎也不是新娘,而是他的母亲。

霎时,院子里爆发出热烈的轰鸣声。

承多捏出母亲头像,不过是一时冲动,他冲动,绝不是参加家树婚礼过度高兴,也不是想向他热恋中的表妹显摆自己的手艺,而是走过一段坎坷,终于踏上坦途之后的一次释放。可以说,从接到母亲让承信写来的求救信那天起,他就积蓄了一腔火热的衣锦还乡的激情。他要告诉母亲,他参与设计、在人民大会堂黑龙江厅的壁画足有几十米长,拍成照片在《黑龙江日报》上发表,他在研究所迅速成了名人,连收发室的大爷都喊他才子;他要告诉母亲,从北京回哈尔滨,他受到了省、市领导层层接见，那个眉心长了颗豆粒大黑痣的研究所党委书记找他谈话，称他是德才兼备的优秀党员；他还要告诉母亲，能够一次性从单位同事那里借来三百块钱、五百斤粮票，都是因为他的名气和影响，虽然他的迷惑还没有完全消除，他的孟老师还在北大荒伐木，可小环境的改善让他对自己、对党的未来充满信心。想不到的是，一进门就遇上表妹，身不由己地飘上爱情的渡船，积蓄的热情被另一股热情阻挡，他与家人渐行渐远了。一些天来，他焦急又不安，因为他不知道该怎么办，不知道怎么才能回到家人的港湾，让家人问起他的城里生活。从南甸子捞回一堆泥土故技重演，不过是为了让家里人想起他的手艺，从而对他城里的生活发生兴趣。可是，就是这尊泥像，在他离开不久，打开了申家灾难的缺口。

这个缺口，其实从老三黄埋入黄泉那一天就已经打开了。一向有威望的老三黄走了，承欢成了一村之首，他的身份感在一日日上升。他的身份感在上升，却没有年龄赋予的威望。承国家买了收音机，没有人想起请他来听；家树结婚，也没有人想起请他去当主持。秉德女人是长辈，承欢不敢指望她登门请他，至少承国应该亲自登门。他承欢可以对承国有看法，可承国不该对他有看法；他承欢即使对承国有看法，可他对收音机没有看法，对承中、承信没有看法，对承多更是如此。在他看来，谁不来请他，承多应该来请他，周庄自古以来红白喜事都是打一声招呼，大家都去凑热闹，可他不同，他是党员！承多是公家人，他应该知道老三黄死了，他是村里唯一的党员！结果是，他摩拳擦掌在家白白等了一头晌，眼见吃饭时间已到，无奈之下只有打发老婆于秀英去了。当于秀英在某种情绪作用下，夸张地描述了那尊泥像，承欢肚子里的气就不打一处来了——这个申承多，他也太狂了！

这个缺口，其实早在于秀英还没参加家树婚礼之前就已经打开了。家树的工作是她爹签字盖的章，家树结婚最该请的人不是别人，而应该是她爹于洪江。那天她回娘家说到家树结婚的事，她爹眨巴着薄薄的单眼皮，蛮有把握地说："申承国不连请三次，俺绝不能去。咱是党员，咱不能和老百姓一样吃吃喝喝。"说是不去，可这话一听就知道她爹想去，只不过要个面子，要申承国连请三次。可是办事儿前一天，她回家去问，她爹却吵吵巴火骂开了："你老申家是些什么鸟人，忘恩负义！""他秉德家的还见过世面哪，呸！"于秀英晌午歪了才去现场，是憋了一肚子气实在咽不下，是想冲到人群里骂人，把她爹于洪江骂他们的话骂出去。可想是一回事儿，做又是另一回事儿。当真到了现场，看见满脸喜庆的人们，她居然怎么都张不开嘴了，尤其看到亮晶晶的大米饭。然而，当承多捧出一个秉德女人的泥像时，她还是忍不住"呸"地吐了一口，转身走了，把大米饭晾在背后。

灾难的缺口在向申家洞开，秉德女人没有丝毫察觉。她不察觉，是被幸福冲昏了头。要是承多、乔榆不回来，秉德女人就不能一时兴起逼家树结婚，要是她不逼家树仓促地结婚，有充裕的时间做准备，请于洪江这一出就不能忘，即使一时忘了，没准儿哪天也会想起来。事后想想，秉德女人还是不解。她和家里人昏了头，赵铜匠不至于昏了头吧，老三黄死了，没人提醒她，那么赵铜匠为什么不能提醒一下呢？

几年后，秉义来家里串门，秉德女人问他，他一句话就把她噎得喘不过气："老东西你可真是老糊涂了，俺问你家树是谁的儿子？"

"承国的呗！"

"赵铜匠是谁的丈人？"

"承信的呗！"

"这不就结了,你承国家的事儿跟赵铜匠有什么关系?"

"话怎么能这么说哪,他赵铜匠和俺是亲家,他得看俺面子啊。"

"你——"秉义想说,你跟了承国过,早就驳了他闺女的面子,他怎么可能给你面子,想了想还是没说。

他没说,秉德女人也没问。倒是后来灾难铺天盖地地来了,洪水一样淹没了整个申家,那一个小小的缺口,早已经不见了踪影,那些由缺口引出的疑惑,也早被秉德女人遗忘。

实际上,那年,承多走了,乔榆走了,笼罩在申家的幸福感并没消除,那幸福感不是前边留下的余韵,而是接二连三又有新的好事。那年初冬,家树以拖拉机手的方便条件,往家里买了三大马车稻草。那稻草里藏着那么多没打干净的稻穗,和承国媳妇坐在稻草堆里,翻金子似的翻捡金灿灿的稻穗,年轻时从没吃过大米的秉德女人别提有多高兴了。刚进冬月,草里的金子翻完,坐到炕头,又有一个金灿灿的孙媳妇在眼前晃动——那年冬天,孙媳妇自动辞掉拖拉机站临时工的工作,穿一身金黄色衣裳回到家里做饭。这一辈子,秉德女人家里不断进来新人,她也早已经不再做饭,按说多一个做饭的新人并没有什么新奇,可这个叫曲平梅的孙媳妇和申家上辈儿的所有新人都不一样。她性格爽朗、活泼大方,她不嫌弃老人,就爱和她说笑,为逗她高兴,天天扒拉她的头皮找虱子,还给她买来一把细齿篦子,刮那些沾在头发上的虮子,带着一身雪花膏味儿转悠在她身边,她稀罕死了。这时,她才知道,隔辈人要是稀罕上了,那是真稀罕。

那段时间,可以说秉德女人这辈子都没这么幸福过,家里有粮,外面有人,堂间有孝顺的儿媳孙媳,炕上有有意思的活路——后来,在孙媳妇的鼓动下,她重新开始刺绣,为未来的重孙子绣老虎兜兜。

她虽眼睛有些花了,手指也有些硬了,纫针时对着针眼挺长时间纫不上,可纫深色线就对着浅色布底,纫浅色线就对着深色布底,磨磨蹭蹭总能穿过去。从冬天的炕头绣到春天的房后,到一只小老虎瞪出一双眼睛,就已经现出虎生生的模样了。

那是一个傍近下晌三四点钟的时候,日影渐渐西斜下去,光线有些暗淡。秉德女人不得不停下来,揉揉发涩的眼睛,可她揉完眼睛,突然发现远处有几个人虎生生朝小树林走来。起初,她以为是眼睛揉花了,把绣花绷上的东西带了出来,定睛细瞅一会儿,那些人越来越近,每人手里拿着一把锯,他们虎生生的样子让她想起当年的棒子队。新社会了不可能有棒子队,把花绷放在腿上,细细辨认。不等认出谁是谁,这些人就把住冒着嫩芽的树枝哗啦哗啦锯了起来,白色的锯末随风抖落时,秉德女人脑瓜子一片空白,看了好久才喊出一嗓子"谁锯树呀"。

没有人接话,树在一棵棵倒下。秉德女人于是爬起来,嘴里一迭声地喊着:"老三黄,俺找你评理,凭什么锯俺家的树呀?"

听她喊出老三黄,带队的承欢一下子就火了:"秉德大妈,别想老皇历了,那一页早就翻过去了,现在周庄是你侄子说了算。"

见是承欢,秉德女人放起泼来:"你这孩子怎么能活生生把树给砍了啊,你给俺长上啊。"

秉德女人当然阻止不了承欢,即使她呜呜嗷嗷地吵叫,惊动了屋子里的儿媳妇和孙媳妇,一排树林该掉脑袋还是掉了脑袋。到了晚上,承国、承信他们回来,家树回来,家旺和家林、家茂也从外面刈草回来。秉德女人向他们描述当时的场景,一家大大小小七八个男人一齐闯到承欢家,找承欢算账,反而让承欢好一顿上课:"说过多少遍了,这是复辟资本主义,你们自己不动手,生产队当然要动手。"

关于资本主义的说法，承国他们早在二月初就知道了，那时于洪江到周庄来开大会，说在整个社会主义历史阶段，资产阶级仍然存在，资本主义大有复辟的危险。村里人不明白什么是资本主义，也不明白什么是复辟。于洪江就一边抽着烟，一边眨着单眼皮说："打个比方就明白了，就比方申承国家，他家房后是耕地，可是他们种什么了，种花种树，这就是资本主义。复辟是什么？就是冬眠的蝗虫又苏醒过来。想一想周大地主吧，他当初不就是一寸一寸这么占地的嘛！"点的是承国，可是承中、承信都坐不住了，因为房后的树他们人人有份。承中站起来说："于书记，那地是俺家当年换的，俺家当年没占别人的地呀。"

于洪江听后吐出烟圈，朗朗笑起来："听听这就是嘛，咱现在是集体化，咱哪里有个人的地？你还念着个人，这就是企图复辟资本主义。"

于洪江话虽说得重，可坐在中间的承国并没在意。他兄弟是党员，儿子是公家人，他的翅膀是硬的，说谁资本主义也说不到申家。所以他既没跟于洪江争，也没回家跟母亲讲。结果他们真的就把树给砍了，这是承国怎么都想不到的局面。家树依仗自己在公社工作，直吵吵明天上公社去找人说理，可是听出点头绪的秉德女人坚决不让："上边叫咱砍，就定是有砍的理儿，咱不能和上边对着干。"

话虽这么说，淋了一辈子雨水的秉德女人第二天还是迈动了她那双不很灵敏的大脚板，去了赵铜匠家。她要去的本来是老三黄家，可一想老三黄死了，就只有去找赵铜匠。赵铜匠见到她并不热情，不但不热情还话里有话："嫂子怎么想起上咱这小家小院串门来啦？"秉德女人没有马上应他，她长时间住在三儿子承国家里，对这门亲戚也确实有些疏远了。这话也让她想起，亲家还一回也没上家里听过收音机呢。

"想起俺是不是有什么事儿啦？"

秉德女人于是开门见山："大兄弟，俺房后的树叫承欢领人砍了，俺看这里有事儿，你说俺是不是得罪谁了？"赵铜匠扶了扶戴在眼眶上的老花镜，慢悠悠说："老嫂子，你是聪明人，家里日子再好，也得夹着尾巴；家里日子再好，也不能忘了咱是谁，归谁领导，咱家孙子的工作是谁签字同意的。"

"于洪江呗。"

"那你为什么办婚事不请他到场？"

秉德女人登时哑了口，这事儿真是再明显不过了，怎么就想不到呢？

"咱村里队长是谁？是你侄子承欢，你孙子办喜事怎么能越了承欢，他就是周庄的老三黄。"

秉德女人布满皱纹的老脸一下子就僵住了，心里想："他一个毛头小子，怎么能是老三黄？"可她支吾着没说出来。

锯锯在树上，却疼在人的心里，在申家，最疼的肯定就是秉德女人了。除了冬天，她春、夏、秋三个季节都要坐在树林里，也就是她天天坐在树林里，发现夹桃花水土不服，只开了一年再就不开了，她才让家树媳妇从娘家弄来了鸡冠花、土豆花。虽然树没了，花还在，可此后好长一段时间，秉德女人不能上房后，哪怕是一小会儿。眼看着那些白生生的树头孩子一样仰着脸望着天，秉德女人的心像抹了辣椒面，火辣辣地疼。对老三黄的怀念，就是从这一时刻开始的。

这个穷苦人出身的老三黄，不过是个靠耍嘴皮子混吃混喝的人，在周庄，他和周成官是完全相反的两种人。周成官有钱有势，在世面上霸道；他没钱没势，却在人心里霸道。谁家男婚女嫁、儿女分家，再乱再糟的摊子，只要他到场，一定就顺溜了。自她来到周庄，她就和村里人一样，把他当成招手即来的依靠。周成官死了，他在村里有了权威，凡事也像周成官那样添了霸气，因为是村里老人儿，有几十年来来往往的日子，你觉得他霸也霸得着。他外表再霸，心地善良，临死时，央求欠申家的债让她暂时缓一缓。他握着她的手，泪蛋蛋滚珠子一样，他说"老嫂子咱行行好吧，咱行好定有好报"。他得胃病死了，一直病病歪歪的老婆还活着，他老婆说都是他把东西省给她吃才饿出病来的。送他走时，她跟村里人一起出殡，哭喊着走了个大好人，就想不到一个大好人走了，会给她的生活带来什么样的麻烦！要是他还活着，请于洪江的事儿他就包办了；要是他还活着，家树结婚他是座上宾，承欢就没什么想法了；要是他还活着，房后的地是他批的，他绝不能让人把树砍掉！

老三黄虽然不是申家人，他却是垒在申家墙壁上的一块土坯，他搬走了，原来结实的墙壁自然就松动了。看到申家的日子在周庄有了某种松动，儿孙满堂、不必再操心的秉德女人在谁也没告诉的情况下，瞅人们歇工的正午偷偷上了承欢家，上了于洪江家。承欢是他的侄子，是小字辈儿，她七十多岁的老人犯不上去求他；于洪江家在徐家炉，需要走很远的山路，一脚踩不好就摔了跟头，可是她义无反顾。

承欢早就和爹妈分家另过，搬进她住过的老房子。因为是搬走后第一次回来，她走进院门时，心口呼啦啦掀动了几下。见秉德大妈走进门来，倚在被垛上的承欢欠了欠身子，没动，正在喂孩子的于秀英往炕里边挪了挪，连声"大妈"都没叫。秉德女人迟疑着，独自往炕沿边凑了凑，大襟袄扇到炕面上时，她说："大妈来给你赔不是来了。家树办事没找你，都是大妈的错；大妈老把你当孩子，老觉得老三黄还在。老三黄死了，你也不是孩子了，你是咱申家有出息的一个，大妈来给你赔不是了。"

秉德大妈上门不是为了要树，而是道歉，于秀英一下子不好意思了，支吾道："不，不，大妈，在你面前，他不就是个孩子嘛。"

"侄媳妇这是说懂事儿话呢，队长就是队长，不是孩子，大妈现在也不是老脑筋了。"秉德女人说着，嘿嘿地笑了起来，"史干部刚来时穿那件制服俺当时看不惯，可后来你穿上，看着看着俺也看惯了。你们年轻人就得给俺这老脑筋灌灌水，你说是不是？"

说到制服，于秀英也立时咧开嘴，嘿嘿地笑起来。

可秉德女人并没就此停止，接着说："大妈从没上你娘家串串门，说起来也是亲家，哪天领俺去拜拜，行吗，侄媳妇？"

"行！"

虽然承欢一直没插话，但秉德女人已经心满意足了，因为从屋里出来时，他下地把她送到了院门外，还说了句"大妈再来"。

上于洪江家是第二天正午，秉德女人谎称上罗锅家串门，和承欢媳妇一块儿走出周庄。这个当了多年干部的于洪江，没像小辈人那么无礼，热情地迎出来，推秉德女人上炕，在她说出"赔不是"这样的话时，他还一再说"老嫂子用不着，咱们是亲戚，俺叫承欢砍了树，俺得代表组织向你赔不是呢。"在她好话说得差不离儿，就要出门时，他冷不防向她提出一个要求："嫂子，家树是好样的，给老申家争了光彩，能不能让老申家有更多的人有光彩啊。听说拖拉机站还招临时工，承欢那个大闺女也十五了，就让家树带她去学徒呗。"

尽管弄出个麻烦心里没底，可她还是相当满意，因为在于洪江提醒下,接着他的话,她把这个球又踢了回去:"真是的,还是兄弟聪明,有你在这儿顶着,咱为什么不多办几个出去,俺回去就跟家树说。"

因为带回一个麻烦,秉德女人没法为自己保密,只有如实相告。得知奶奶找承欢说小话儿,在拖拉机站一天比一天有权威的家树大为不满,抖着一身机油味跟奶奶说:"奶奶,俺找公社书记了,他都说砍树没道理,赔不是的应该是他而不是咱,咱怎么能去赔不是!再说你多大岁数啦!"承国也不高兴,承欢是她的本家侄子,一笔写不下两个姓,就是树真该砍,他也得护着。就是承欢年轻不懂事,没能护着,他爹秉胜也该过来赔个礼。从小到大,他最敬的人就是秉胜叔叔,母亲却把事儿做反了。

老天搬掉了老三黄这块土坯,你就得想办法把承欢这块土坯垒进来,这是秉德女人说服家树和承国的道理。然而,真正把承欢这块土坯垒进来的,并不是她一番苦心说出的小话儿,也不是家树听了她的话,把承欢的闺女安排进拖拉机站,而是紧接着发生了一件事儿,冥冥之中起了作用。那件事儿谁也想不到,承欢和赵彩云在承信厦屋的秕糠囤里野合,被于秀英抓着。于秀英受不住委屈,揪着承欢哭哭啼啼找到赵铜匠。赵铜匠安抚不了,就连夜找到了秉德女人。

如果于秀英揪住的是赵彩云而不是承欢,如果她揪住承欢当时就上隔了一个屋门的承国家找秉德大妈,这事一瞬间就传遍周庄了,因为当时有好多人在承国家听收音机,承欢窜进承信家,钻的就是承信去听收音机这个空子。于秀英没把承欢揪到人多的场合,绝不是为男人名誉着想,而是她把男人揪出后门时,她反过来被男人揪住。男人死拖硬拽揪住她上了赵家,使事情的发展有了一个秘密通道。这秘密通道是:因为这丢人的事没有大白于天下,赵铜匠才有周旋的余地,秉德女人在承欢那里的作用才能得到淋漓尽致的发挥。

　　承欢和赵彩云的丑事，早在家树买回收音机，成了村里人聚会中心时就埋下了种子。承欢作为一队之长掌控不了中心，又碍于身份和自尊，不能迈进承国家门时，他像一条寻屎吃的狗，常常在本家兄弟的房前屋后溜达。有一天溜达到承信家后门，被赵彩云看见，喊了一声"大哥进来坐坐"，他就随意地进去了。当时赵彩云对承信半夜半夜不回来一肚子气，一边在灯影下奶孩子，一边发牢骚："天天听戏，老婆孩子都不管了。"第一天承欢没说什么，坐一小会儿就离开了，因为赵彩云一说听戏，他心里就发闹。后来来过几回，情况似乎不一样了。不一样的不是他，而是赵彩云，她居然打扮起来，头发梳得锃亮，衣裳板板正正，两人默默坐一会儿，她羞答答地看着他，什么话也不说。不知多少回之后，她终于在送他出门时吐出一句话："大哥，俺明天傍黑到南河套洗衣裳。"可是承欢一直装听不懂，他是党员，他绝不能乱来。直到家树那场张扬的婚事挑起他心底的不平，一股恶念才在心底生起。到承信跟着承国一帮大大小小来到他家质问为什么砍树，一个声音已经震聋了他自己的耳朵了，"俺不光砍你的树，还要砍你的威风——"。就这样，一个就要插秧的初春的夜晚，他从前门来到赵彩云的家，小坐一会儿出来，趁她送他的时候，猛牛一样掳过她，把她拖进她家偏厦。他的报复一开始并不顺畅，厦屋太小，一不小心把她弄翻到秕糠囤子里，怎么拽都拽不出来，让他不得不跳进去，而跳进去撕了她的衣裳，把硬起来的宝物送进她的深处，赵彩云又一迭声重复说："大哥，你掐死俺吧，俺和承信过够了。"他登时清醒，往外挣脱道："你这个妖精不稀罕承信就拉俺下水，俺可是党员。"赵彩云当了真，生气松开手，往外推他，这时，他像一条就要丢了野味的狗，带着一身谷糠反扑过来，钳住她的膀子，抱着她滑溜溜的身子再也控制不住自己。那是他长这么大从没尝到的滋味,在厦屋的秕糠囤里,她简直就像饥饿的猪,张着那张地包天的小嘴儿,伸着那条长虫芯子一样的舌头,在他的身上又咬又拱。贪恋这张小嘴儿,他早忘了他的初衷,猪一样隔三岔五就钻到秕糠囤里,致使于秀英循着他身上的秕糠活活抓住。

不用细问来龙去脉,秉德女人就知道赵彩云肯定是主动的一方,她不稀罕她的四儿子承信!基于这一点,秉德女人替侄子承欢说了太多的好话。那是两家的大人孩子都睡了之后,秉德女人在承国媳妇的搀扶下来到承欢家。为了给承欢留面子,承国媳妇没有进院,秉德女人进了院,却没进睡觉的里屋,把于秀英叫出堂屋,声音压得非常低:"侄媳妇,你可千万不能怪俺侄子啊!听俺的,一准儿不是他主动。他是党员,你要是吵吵出去,咱还当不当队长啦。"于秀英根本不服气,哭泣着说:"他一个党员还耍流氓,他叫俺和俺爹怎么做人。要是叫俺爹知道,不把俺领回家才怪呢,还当个屁队长。"说到做人,秉德女人更有了话:"侄媳妇,人活一辈子刮风下雨,谁也不保准不往泥坑里踩。咱要想好好做人,咱就得把人从泥坑里往外拽,咱就不能把事儿闹大。可万万不能告诉你爹啊,侄媳妇。咱侄子不过是一时失足,只要你这边稳住,俺儿媳妇那边,有她爹和俺。你就放心,绝不会再有下一回,俺就谢谢侄媳妇了。"于秀英还是哭着,嘟嘟囔囔说:"大妈,你也是女人,你说俺怎么能吞下这口气啊,大妈。"这时,秉德女人停顿下来,清了清嗓子,小声说:"侄媳妇,人没有吞不下的气。你胡子爷爷当年把个野崽子都抱回家了,俺不是一样把她养大,叫她成了史干部嘛。"

因为秉德大妈的话句句在理,也因为秉德大妈道出一个无人知晓的秘密,于秀英不再哭泣,感动地握着秉德大妈的手,细声细语道:

"放心吧大妈，俺肯定不闹了，你就放心。"

那个晚上，最感动的人是承欢，躲在里屋，秉德大妈的话他字字句句都听到了。他被抓了现形，不得已跑到赵铜匠家，任赵铜匠怎么安抚，于秀英都不肯放过他。他以为他的前程从此完蛋了，他以为他的堂兄弟们，尤其是秉德大妈，恨不能他的前程从此完蛋了，想不到她会这么替他说话，想不到她为了替他说话，不惜说出自己的秘密。他虽然没有出来送她，可风门"砰"的一声关上那一刻，他已经扑通一声跪到地上，在心里默默念道："秉德大妈，谢谢你啊！"

第四章

一场险些烧掉婚姻的大火被秉德女人扑灭，承欢从此说话做事蔫巴了许多，早先上班，吹完哨往生产队门口一站，人不到齐他绝不分派活儿。无论冬夏，他总是穿着卡其布的干部制服，那制服不管是棉是单，他总是敞着怀，总是一手掐着裤腰、一手拄着铁锹，在那里大模大样等所有人都到来再分派活儿。现在不同了，现在，几乎是来一个就分派走一个，他根本不让大伙儿聚堆儿。而遇到堂兄弟承中、承国和承信时，不但小心翼翼赔着笑脸，还特意分给一些好活儿，比如上冻时大多数人都在粪场刨粪，他却让他的堂兄弟们在生产队屋子里搓草绳，当然他会把话说得冠冕堂皇："承国兄弟，咱手有劲儿多出点力，领哥儿几个搓几桄草绳，过年春天育苗用。"最要紧的是，第二年春天，当房后的树头发出新芽，他再也不提资本主义的事儿了。

这结果令秉德女人满意，也令知情的承国满意，只要不把事情闹大，承欢又知道自个儿错了，不那么拿自己的官儿当官儿，也就没有什么好说的了。可承信不满意，他是受害者，在他的想法里，不管是不是赵彩云主动，他承欢都不该冲她下手。她是他的兄弟媳妇，兔子还不吃窝边草哪！你吃了窝边草，你欺负本家兄弟，不但不过来下跪，还像没事儿一样，承信一天天就灰着脸生闷气。当然赵铜匠更不满意，老三黄死后，他管着村里账目，不管是春种还是秋收，几乎就像当爹的一样给承欢掌着边儿，他却不念恩情，上他的槽子里打食。赵铜匠不满意，不光是冲承欢，还有秉德女人。她帮他把事情安抚下来，按说应该感谢才是，可她却对承欢老婆说都是自己的儿媳妇主动。赵彩云有一天哭丧着脸回家，当着他说出婆婆原话，赵铜匠一听就火了：当婆婆的不保护媳妇，胳膊肘还朝外拐，太不像话！可想一想都是自己闺女不守规矩，闹大了容易让人想起他早先在渔市街上的污点，也就把一口气咽了下去。

别人满不满意，秉德女人根本不管，不是她老糊涂了，猜不透儿子承信的心思，不懂得女人嘴里没有藏得住的话，而是她不想去猜，也不想去懂了。她这辈子，经历了太多的事儿，要不是命大，死也死过好几回了，这点小事儿实在算不得什么！当然也是这时节孙媳妇生了孩子。那年腊月，一个满头黑发的小崽子呱呱落地，扥挲着他那嫩生生的小手，她的心窝子一下子就被添了重孙子的欢喜填满了。她愿意听收音机里唐伯虎点秋香的歌，就为重孙子取了名叫永虎，满月之后的正月和二月，她像一个抱窝的老母鸡，清早一醒就在东屋咕咕叫："快把永虎抱给俺看看。"承国媳妇把孩子抱过来，不管天多冷，她都要掀开被子，用嘴去拱孩子的小鸡鸡，舌尖发出的吸溜声，就像喝什么鲜汤。她从没想过抱重孙子是什么滋味，这滋味就是一天看不见都想得头疼的滋味。然而,在她一天天吸溜溜喝着重孙子裤裆里的鲜汤,以为有关承欢和承信媳妇的事已经过去了的某个日子,她在那件事里留下的话柄在村子里传开了。

这似乎是一个必然的过程,当承欢和赵彩云的秘密成为春天里压进地里的粪土时,另一个秘密,就通过于秀英的嘴,从粪土里长出了嫩芽。那其实根本不是嫩芽,而是炸弹,因为那个领村里人打土豪分田地的史干部给周庄人留下的印象太深了!人们一直以为她六亲不认是因为她当了干部,不能回有国民党兵的家,原来她是这个家里的野种!原来,秉德女人跟周大地主好,跟本家小叔子好,是匪胡子秉德对她不忠。人们在草垛、空野地里叽喳着这个秘密,秉义女人最为兴奋,她不是个愿意喳喳话的女人,可一些年来秉义一见嫂子就眼珠子放亮的熊样实在让她心里憋气。她愿意秉德嫂子家里有好事,她有好事欢喜了,她家秉义就欢喜了,只要秉义欢喜了,她的日子就见了亮。可秉德嫂子家出了坏事,她又掩饰不住心里的欢喜,就因为欢喜,在街门口拿草时惹恼了承国。承国从老井台挑水吱扭吱扭走过来,她就吱扭吱扭倚着草垛说:"承国侄子耶,你老妈可真有肚量啊。你爹在外面把个野种抱回来,她也能悄悄把她养大,你妈可真行耶。"承国没听懂,放下水桶反问:"大婶,你说什么?""家去问你妈吧,她自个儿说出来的,说史干部是你胡子爹从外面抱回的野种。"

承国恼怒,没冲婶子去,而是冲着南甸子的野地去了。他把水挑进家里倒进水缸,扔了扁担就顺沟谷小道上了南甸子,在那里一脚一脚踹地垄上的泥土。早些年月,他一直怀疑承民是被母亲逼走的,他因此一直对母亲有看法,后来承民回来,在村里不认他,也不认任何家里人,他一点点淡泊了对承民的感情,也淡泊了对母亲的怀疑,可现在,他的怀疑得到了证明!早些年月,人们喳喳母亲跟周大地主有事,跟秉义叔叔有事,他一直不信,可现在,你不想信她却逼着你信!关键是,由谁说也不能由你自个儿说出来呀!父亲当胡子又偷又抢,名声不好,可就是没有搞女人的名声,申家老辈子男男女女都这么乌七八糟,叫孙子媳妇听了像什么!叫家树公社上的人知道像什么!在南甸子蹲了大半天,越想越觉得不像真的,便回家把话问出来:"妈,你说承民不是你生的,是真的?"

怀里正抱着重孙子的秉德女人一时转不回神儿,傻呵呵地望着承国的脸。承国于是又重复句:"外面人都在吵吵承民不是你生的,这事儿是真的?"

这时,秉德女人听明白了,晃悠着腿上的孩子,平静地点了点头。

承国被什么东西蜇疼似的,脸抽动了一下,光秃秃的脑门迅速暗了下来:"妈,你为什么不早跟俺讲?你不跟俺讲,为什么要跟旁人讲?"

秉德女人没有接话,依然傻呵呵地看着承国,一晃一晃颠着腿上的孩子。关于承民,离她已经太遥远了,她怎样早就不关她的痛痒了,就因为没有痛痒,她才在劝侄媳妇时随口说了出来。

"妈,咱家树在拖拉机站工作,在方圆好几百里的土地上翻地,好事不出门,坏事行千里。你说要是传到十里八村,对孩子影响多不好!"

对承民没有痛痒,承国的反应却叫秉德女人有了痛痒。她的话会影响孙子前程,她一下子就慌了,停止晃动的腿,板起满是皱褶的脸,惊虚虚地看着承国。

为了堵一个漏洞,却弄出又一个漏洞,惊虚虚的眼神从此闪烁在秉德女人下陷很深的眼眶里。说起来,只要往深处想一想,也就知道根本不会有什么影响。爷爷生了一个野种,抱回家叫奶奶养大,那养大的闺女后来当了干部，能怎么样？可是秉德女人真的老了，她已经不会往深处想了，她因此最害怕也最盼望的就是傍晚了。每天傍晚，家树下班从外面回来，她都惊虚虚地无话找话："又下乡翻地了吗？"家树要是笑着说，"下了，下八里庄了"，她的眉头一下子就舒展开。要是家树脸上没有笑面，或者说，"这几天拖拉机坏了，在家修理"，她的眉头登时就聚成一个大疙瘩。有一天，日影刚刚转出房后墙角，家树就风风火火从东山岗回来了，坐在屋檐下风凉的秉德女人看到家树，心咯噔一下揪紧：这么早就回来，莫不是真被人家打发了！她手绞衣襟耐心等待，紧抿嘴唇，眼睛直勾勾盯着推车向她走来的家树，这时，只听家树瓮声瓮气喊："奶奶，俺叔来信了，你看。"

原来家树提前回来是叔叔来了信，她揪紧的心顿时松了一下。当家树打住自行车，从衣兜里掏出一个白色信封，来不及念信就说出信上的内容时，秉德女人眼角顿时淌出混浊的老泪。"奶奶，叔叔说要我送你上哈尔滨，他想你啦。"

要不是随意抖搂出那句话，使本来平静幸福的生活不复存在，秉德女人会不会接受承多的想法实在难说。早先，她腿脚灵便，介夫兄弟一叫她就去了；早先，从介夫兄弟那里回来，她天天都盼望从乡下拔出根来，包裹都打好了，等着领全家人进城。现在，她老了，不愿意动了，现在，她整整一大家子都深扎在周庄这块土地上，她有了一大帮儿孙嫡女，她有了一天看不见都想得发慌的重孙子……可是，接到承多那封信后，秉德女人还是痛痛快快就答应了："俺什么时候走？"

七十多岁的老人离开乡下老窝，没人敢保证她还能回来。消息传出去，所有人都表示反对。承国阴沉着脸，一遍遍重复："太没正相了，老了老了进什么城？"承信在城里住过，知道房子的艰难，更是百般阻拦："妈，城里房子小，承多又刚结婚，两辈人搅在一块儿根本不行！"最着急的是承中两口子，虽不在一块儿过，可有老人在身边，心里似乎就有了底——在住家过日子这件事上，他们永远是长不大的一对，他们永远觉得当家的还是他们的妈妈，"想换地方住，就上俺这儿好了，何苦去那么远？"可是，就像有什么东西在城里勾着，无论谁也改变不了她的注意。临走的早上，承国媳妇站在门口抹着眼泪，秉德女人不但视而不见，还满脸带笑，仿佛美好的生活正在城里等着她。

哈尔滨市南岗区文昌街，李范五花园西侧，圣·尼古拉教堂前边，黄色墙壁的俄式单体小楼。秉德女人跟着手捏承多信的家树，扒葱皮一样一程程打听，还以为承多的家是一个多么气派多么豪华的地方呢，原来只是一个平房连成的大杂院，大杂院里镶了窄窄窗户的黑漆漆的屋子。承多的房子确实很小，没有乡下一间屋子大，不过这一点儿也没有影响秉德女人心情，因为进院，迎接她的是一棵硕大无朋的丁香树。丁香花虽已凋谢，枝头上颤动着一个个硬籽儿，一树湿漉漉的叶子冲她点头，她觉得离乡下老家并不遥远；走进屋里，迎接她的是嘴巴上长了颗黑痦子的儿媳妇，虽然她没过来搀扶她，可儿子的屋子里有了女人，她还是有种回家的感觉。

承多的妻子是个纺织女工，他并不爱她。他和她火速结婚，都是和乔榆赌气的结果。两年前，他和乔榆在乡下车站分手，一路倒车换车，人回到哈尔滨，魂却早跟乔榆去了大连。多年后，承多七十多岁还独身一个，他的侄女——承国最后生出的小闺女问他："叔，你喜欢乔榆什么？"他把眼上的花镜摘下来，看着墙壁，想了好一会儿，最后说："说不清，她就是给人拥抱感，她让人时时涌起拥抱的欲望。"

想拥抱而没人拥抱，承多像掉进泥潭的马驹，整天拼力跋涉气喘吁吁，要不是回周庄把钱花光并且超资，在城里等不上一个月他就去了大连。等到第五个月把借的钱还上，握着仅剩的十五块钱在大连火车站下车，他已经像一头受到惊吓的疯牛了。他对着乔榆留下的门牌号码横冲直撞，街坊邻居全被惊动了。这一次，他不但拥抱了她，他们还赤身裸体地在小木屋待了一天一夜。这时，他才知道，乔榆原来是国民党舅舅的女儿，她的母亲早在解放前就死在狱中。然而在这个时候知道这些，对他没有丝毫妨碍，因为他已经失去理智，因为这个可怜的人儿让他可怜的同时，给他提供了极大的方便。这方便不是他可以肆无忌惮地搂她抱她亲吻她，和她一起在欲火中燃烧，而是他可以挡了窗帘，不分昼夜在灯光下静静地画她。她的裸体比他在大学里画过的模特儿要美过一百倍，她的乳房紧致而蓬勃，坚挺的样子仿佛里面装着一股散不完的蒸汽，她的屁股饱满而圆润，高高翘起的臀部仿佛蕴藏着无限的秘密。然而这个可怜的人儿也终是可怜，就因为她可以独自拥有一个世界，给了那个疯狂得爱她的人以想象的空间。当承多一年后第三次来到她家，看到她和一个男人（她的舅舅）隔着窗帘小声说话，她便成了一个遭到抛弃的可怜女人了。当然在承多看来，被抛弃的是他而不是她。从竹林街十三号返回火车站，爬上火车坐进车厢，他就像一个打了败仗的士兵，头发蓬乱、一脸沮丧。哈尔滨下了火车，就去纺织厂找到正上白班的耿凤莲。

纺织厂就在工艺美术研究所对面，这个端壮、大方、一脸正气的耿凤莲，在他上了报纸之后已经在研究所门口塞给他好几封信了。她在信上大谈社会主义建设，话语里常常夹杂着"肩并肩"的字样，虽然他对共产党忠贞不贰，热爱任何一个积极上进的人，可是和一个积极上进、一脸正气的女人"肩并肩"，他没有想过。就像有矮房比着才会显出高楼的高，有乔榆表妹见异思迁的不正派比着，耿凤莲的积极正派此时显出了耀眼的光辉。可是结婚后就不一样了，她坚决不让他看她的裸体，承多想从她身上找出表妹的模样，抽冷子掀开被子，她嗷叫一声围住被子，大骂承多："你哪里是个党员，你是个流氓！"就是这个时候，承多想起母亲——既然他和老婆没有意思，那么他必须让这份婚姻有它的意思，它的最大意思，也许就是把母亲从乡下接来，让她过过城市里的生活。

秉德女人在城市里的生活不是享福而是战斗，这也许不是耿凤莲的本意。她的本意，也许只是想让在街道卫生所工作的母亲来教教乡下老人怎么烧煤球做饭，怎么刷牙洗头洗澡讲卫生。她在婆婆头上看到好几只正在爬行的虱子了，她是一个新媳妇，不好意思冲婆婆指指点点。可是她太不了解自己的母亲了，或者说她太不了解母亲在一个乡下老太太面前会是什么样子了。她穿着卫生所里的白大褂，一身的来苏水味，她给亲家母买来一瓶灭虱子的药不说，教亲家母烧煤球时往往话里有话："你得戴手套，城里可不是乡下，乡下人带着大黑指甲还能做饭，城里可不行。"秉德女人开始还带着笑，一边抓煤球一边接话道："俺一辈子也没戴过手套，俺乡下人都说不干不净吃了没病。"这话让亲家母不高兴了，捡起炉台上的白线手套往炉台上重新扔了一下："人不是畜生，只有畜生不讲卫生，乡下人把自个儿当畜生了啊。"听亲家母骂乡下人畜生，秉德女人立即火了："亲家母，你说谁哪？你是不是以为俺没见过世面，俺兄弟在国民党那会儿俺世面见大了，你有本事甭叫闺女嫁乡下人啊，你有本事不登乡下人的门啊！"

要说不了解，耿凤莲最不了解的还是婆婆。她的婆婆见过世面，多年前在沈阳被前呼后拥地伺候过，她独自洗过大浴盆呢！他的兄弟介夫要她讲卫生，是悄悄地把什么东西都准备好了，让她自己领会。你要是把一双白手套放在炉台上，她会自己慢慢领会，可你让你的妈妈来指手画脚，还说风凉话，做婆婆不服输的心气儿自然就被撩拨起来了。

本来，秉德女人打算住到半月就走的，可有这股心气儿作怪，她丝毫没有走的意思；本来，耿凤莲母亲打算住一两天就回道外大街自己的家的，她家里还有七岁的外孙子要她伺候，可是，遇到一个又臭又硬的乡巴佬，对闺女的日子从此放心不下，她毅然留了下来。她们在暗斗，耿凤莲母亲的想法是，要把她逼走，可一个月下来，秉德女人没有走的意思。她再也抻不住，就把事情端到桌面。当时承多和耿凤莲都在场，耿凤莲母亲说："女婿，我有话说在明里，你还是把你妈送回乡下吧。她不适合在城里生活。捡煤球不戴手套，光漱口不刷牙，头来了才洗过两回，家里的卫生她根本管不了。我不能老在这儿监督，我也不想监督，你们要想好好生活，还是送她回去。"

要说不了解，也是丈母娘太不了解女婿了。他虽起行坐卧完全是个城里人的样子，可他骨子里是个乡下人，他从没嫌弃过母亲！关键是，他当过右派，被别人监督过，他讨厌"监督"这个词，他不允许有人监督他的妈妈。承多文绉绉回他的丈母娘："谁嫌弃谁就走，包括耿凤莲，你要嫌弃，也可以走。这个家只要有我在，我的母亲就不能走。"

承多一句话，就结束了秉德女人多日来的战斗生活，在工厂里从没被人说过不字的耿凤莲骂了一句"臭流氓"，当晚就跟母亲回了娘家。她以为她给母亲面子，第二天承多会再给她面子，到厂子里去把她找回来。要是不骂那一句，也许还有戏，一直是母亲骄傲的承多成了臭流氓，承多不原谅，母亲更不原谅。她们走后，秉德女人眼泪吧嗒握着承多的手:"你爹那么混,俺没骂过他一句。她还是个党员哪,她怎么能骂人?!"

真正属于秉德女人的城市生活,还是在耿凤莲和她的妈走后开始的。这时,她不但戴起了手套,还每隔两天洗一次头,每隔一周在家里烧热水洗一次澡。承多给她镶了副假牙,她还开始学习刷牙。她虽不是城里人,可她曾是青堆子湾的大小姐,五十多年来,她确实就像牲畜一样活着,可她知道人的生活是什么样子。小时候在青堆子湾,父亲只教她漱口没教过刷牙,可她知道百货店里有卖牙刷的,那些牙刷都是卖给从渔船上上岸的洋人。现在,她老了老了,都七十多岁了,还当起了洋人,刷完手里的假牙,再把牙刷伸到腮帮的那几颗实牙里,不由得就把沫子笑喷出来。而承多,看着母亲一天天变样,身上有了香胰子味儿,手和脸的皱纹里就像清理出来的河道,有了白色的纹路,心里别提多么高兴,他每天向她汇报他一天的设计时,母亲脸上的纹路简直就像太阳放射出来的金光。他一高兴,当然就忘了并无多少感情的耿凤莲,完全不知道这将导致怎样的后果。

这还是他们母子在单位分给的小屋里过了一年之后的日子,这期间耿凤莲回来过几次,往回拿她的行李和衣裳。每一次,秉德女人都往回劝她:"凤莲你回来吧,你不回来俺就走不了,俺都急死了。"随着时间的推移,做婆婆的已经忘了"臭流氓"这句话,当然也因为耿凤莲已经揣了孩子,肚子明显鼓出来。随着时间的推移,秉德女人开始想家,金窝银窝不如自己家的灰窝。这里没有节气,丁香树倒是一会儿绿了一会儿黄了,可是看不到大田里种的庄稼;这里没有草烧,生炉子烧煤,煤气一天到晚在屋子里转悠,她熏得头疼。可是耿凤莲的表情一次比一次冷,最后那次,她竟气呼呼地说:

"妈好，就叫他跟妈过一辈子吧。"这话的意思很明显，只要当妈的走了，她就会回来，还不等她做出走的决定，一件意想不到的事情发生了。

  那是一个傍晚，风一阵阵穿进庭院，摇晃着丁香树的树枝。秉德女人出门拿蜂窝煤，几次被风眯了眼，进屋对着镜子揉眼睛，突然听到有人敲门。把门打开，只见承多单位看门的老程头一头拱进来，秉德女人刚来时在单位门口见到过他。他有一双和善的眼睛，他的样子很像当年管收发的童大爷。秉德女人让他坐下，他却不坐，秉德女人于是说："你来是不是有什么事儿？"他咬着嘴唇不说话。见他的样子有些奇怪，秉德女人一下子紧张起来："是不是承多出了什么事儿？"

  这时，老程头点点头，松开被自己咬红了的嘴唇，支吾道："承多被勒令，不让回家了。"

  "勒令？勒令是什么意思？"

  "就是停止工作反省罪行。"

  "他是党员，有什么罪行？"

  老程头吹出一口气，没有往下回答，只低声说："他是个才子，可千万不能毁了前程啊。"

第五章

  那天，所里学习了一下午毛主席最高指示"千万不要忘记阶级斗争"，散会之后，党委书记说："申承多到我办公室来一下。"承多进来坐下时，他接着说，"申承多，毛主席发动无产阶级文化大革命，你是优秀共产党员，你得带头揭盖子，阶级敌人就在我们身边。"他有些飘忽，我们身边？我们身边怎么会有阶级敌人？他没说什么，但以往的经验让他觉得有些不妙，被打成右派之前，鲁院的系党委书记、外文出版社的党委书记，都跟他说过同样的话——"党内有病灶，我们必须把它挖出来"，受过伤害，他不会再踊跃站起来去揭盖子挖病灶，可他隐隐地有些不安了。

承多的预感一点没错，没出两天他就被揭了盖子。只是那揭开的不是他的右派经历，而是他家的国民党家史；只是揭盖子的人不是单位的人，而是他的妻子耿凤莲。当他被第一批宣布勒令，所革委会的人就开始审他："你家是不是有国民党？"他渗出一身冷汗，耳朵嗡的一声就响了起来。他虽和国民党舅舅没有联系，可他和舅舅的闺女有过致命的联系，他不知道那发生在心底的联系如何会被别人知道。沉思良久，他还是压往了心底的火气，并隐瞒了真情："我，我和他从来没联系过，我都没见过他的面儿。"年轻人李建刚立即绷起脸，冷冷地说："你老婆总不能说假话吧，要是你不提国民党，她怎么会知道？"听是妻子说的，承多有了底气，开始辩解："我从没跟她说过，你们不信就把她叫来当面对质。"没多久，一脸正气的耿凤莲就推门进来了。她微微仰着脸，冷冷地看着承多，一字一顿地说："是你妈当着我妈面说的，她说她见过国民党的世面。你要是不信，就把她也找来。"

承多当然不必惊动母亲，就相信了消息的来源，这反而使他的心情宽松了许多，因为只要没人知道他和乔榆的关系，他的清白就有指望。这期间也确实没把他怎么样，他以各种不同的方式回答了组织的审讯，而每一种回答都确凿无误地重复着一个事实：他和国民党舅舅王介夫从未联系过,所里开始让他回家。可是,刚回家不到两个月,新一轮揭盖子又把他揭了进去。

那揭盖子的,不是耿凤莲,而是他乡下的二哥承中。这个正派的女人还是相当正派,她没编造出半点儿与事实不符的谎言加害他。他二哥编出理由,不是不正派成心害他,而是他在家森婚礼上捏出的母亲头像让二哥陷入泥潭。

那是承多怎么也料想不到的事情,在他被勒令停止工作时,"文化大革命"的熊熊烈火已经燃到乡下。赵铜匠当兵的儿子退伍转业,被上边派进工作组,住到周庄。他住到周庄,不光带来了毛主席的伟大指示,还带回一尊毛主席的石膏头像,聚众开会,把毛主席头像放在前边,让大家伙儿对着他老人家深挖阶级敌人。承欢欺负过赵彩云,吓得赶紧表现,检举出的头一号阶级敌人,就是和毛主席有着一样头像的秉德女人。按说秉德女人救过承欢,他没有检举之理,可是承欢心里有一个更大的理,你一个乡下女人怎么能把自己当成毛主席!为了在赵大志面前积极表现,他还带着军宣队的人到承国家抄家,搜出秉德女人头像。当时,承国没有阻拦,他经历过风雨,知道在摸不清底细的时候,最好不要乱动,可平常很少管闲事的承中上前把他们拦住了。他拦住他们,是母亲走后,承中把老柜上的泥像当成母亲,每天晚上都顺房檐溜过去看她一眼。他突然发现母亲头像抱在承欢手里,一种说不清的愤怒就顶进了他的心窝,他一边责怪说"承欢你干什么",一边上前去抢。结果,一守一抢,本就干裂的泥人哗啦一下就变成了泥渣。证据毁坏,承欢不得不朝思暮想新的证据,终于,一个早上,他想起了承中早些年当伪满洲国兵时曾拿回家一把枪。

那是一个什么样的夜晚啊!承欢在赵大志的指导下,把自己深挖出来的阶级敌人申承中押到大队让他交代。他交代不出，说那是一把假枪，就把他弄到各生产队挂马笼子批斗游街。批到周庄时，承欢问："你想一想，这枪是不是放在你哪个兄弟家了？"承欢这么说，是对承中有些感情，在他的堂兄弟里，他最想整的人不是承中，而是承国。承中说："没有，根本没有，那就是一把假枪，日本造的玩具枪。"见他不老实交代，承欢就带领群众喊："坦白从宽，抗拒从严。"这一喊，几个外村来看光景的人就冲了上去，动用了腰上的皮带。这时承欢又问："你想一想是不是给你的哪个兄弟拿走了，承国，或者承多？"承中支吾着没说是，也没说不是，承国就在第二天也被拉到生产队批斗。承国非常坚决，不管怎么打，都一口咬定从没见过枪。他不承认，就意味着承中说了谎。一个晚上，红卫兵就把承中和老婆于芝一块儿弄到生产队，挂了装着石子的马笼子，抽了皮带。承中听于芝的第一声惨叫，就顺着承欢诱导的方向全部招了："别打了，我交代，在哈尔滨承多那里，他上次回来拿走的。"

一个电报拍到哈尔滨，承多毫无疑问又一次被关了禁闭。听说亲兄弟检举他手里有把枪，所里人看他的目光，自然就有了一种尖刀样锐利的东西。党委书记找他谈话，眉心那颗痣一抖一抖，仿佛不光他的眼睛，就连他的痣都不敢相信他是一只披着羊皮的狼："你，申承多，隐藏得也太深啦。"敏感的承多预感到事情的严重性，第一次挨李建刚打，就在晚上上厕所时央求老程头放他出去，回家见母亲一面。用一分钟五百米的速度穿越胡同跑回家，他根本说不出话来。儿子急躁躁、气呼呼的样子，一看就知道没什么好事。她握住承多的手，让他慢慢喘息，她说："别着急儿子，咱相信党，天塌不下来。"承多看着可怜的妈妈，不得不如实相告："妈，党不信儿子啦，党这一回真的不信啦，党不信儿子也不会信你了，你必须赶紧逃走。"听说让她逃走,秉德女人扑哧一声笑了:"胡说什么哪,它信不信妈妈都在这儿顶着。妈才不逃,活埋周成官那会儿要活埋俺俺都没逃。"秉德女人这么说,显然不了解承多的个性。他和承国不一样,他一听妈不走,立即耍起了性子:"妈,你要是不走,儿就撞墙死给你看。"说着,就猛地转身朝墙壁撞去,头皮在无数次的撞击中渗出红红的血丝,这时,秉德女人不得不哭喊着答应说:"你个小五猴子,妈听你的还不行吗?妈明天就走。"

承多让母亲逃,自然不是逃回乡下,他不会让母亲回到火坑里去。他让母亲去的地方,是沈阳,她让母亲去找的人,是他的二姐——后来成了史干部的承民。他向母亲说出承民的名字,母亲眼睛里涌出一丝不可名状的惊恐,她退到走廊根儿上,远远地打量着承多:"你怎么知道她?"承多于是不得不简单地说出一直隐瞒母亲的真情。那还是他在沈阳念书的时候,有一天老师领他们上大帅府写生,画着画儿有些口渴,上附近的街委会找水喝。结果他一进门,就看到了一个熟悉的面孔。她坐在一把椅子上,正专心致志看报纸。承多盯着看了一会儿,脑袋里闪现出一个年轻女干部披着蓑衣走在周庄大街的场景,于是他止不住大叫起来:"二姐。"要是还在周庄,他不可能喊出二姐,那时他还没有现在这样的自信。现在,他是共产党员,是布尔什维克的追随者,和二姐属同一条战线。可承民根本不认识他是谁,蹙着眉左看右看,承多说:"二姐,我是周庄秉德女人的小儿子呀,我考上鲁美出来的,我也是党员了。"承民不认识秉德女人的小儿子,可提到秉德女人还是让她震惊,她忽地站起来,脸上闪出一丝笑:"家里都好吗?"承多说了一些家里的情况,又问她怎么到了沈阳,可不待承民细说,里屋就有人出来喊她:"史主任开会。"她虽然没叫他弟弟,可她对他相当热情。她拍着他的肩膀,端着一张生满雀斑的脸细细地打量他，临走时写下一个地址交给他，说："这是家里地址，有空到家里去。"可他走后再也没去，一开始没去，是在铁路上工作的承信不让去，"她都不认我妈，我们为什么要认识她"。后来，学校搞起反右斗争，他心情迷茫，不愿意让革命的二姐看到，也就止住了他的脚步。

听说承民见到承多忽地站起来，脸上还闪出笑，还问家里情况，秉德女人一时间眼泪爆滚。要不是这意外的热情诱惑了她，她也许只是口头应承，根本不会动身。一个多年不认母亲的女儿释放出的一丝温情，没有人知道它生成的力量到底有多大。秉德女人不但按承多的指点，头天晚上就叫来邻居休息在家的小串子，叮嘱第二天送她起程的时间，还连夜给承民包了酸菜馅饺子。多年前承民回乡下，她为她送饺子没能送出去，现在，她要用饺子打开心窝，说出她多年来窝在心里的话。要说温情有力量，绝不是秉德女人觉得终于找到一个可以藏身躲避的地方，而是她终于可以把藏在心里多年的话说出去。她想告诉承民，一个当妈的不该和闺女计较，闺女当了史干部，当妈的应该通情达理；她还想告诉承民，当年逼她离开周庄，都是小日本的事儿，绝不是她当妈的心狠。在一股力量推动下，秉德女人一路上总是尿急，一遍又一遍上厕所，都出了站台，她又来了大便，小串子不得不领她重新走进候车室找厕所。激动使老来的秉德女人丧失了自制力，激动也使她一时间丧失了反应能力。他们找到大东区钟楼街五十八号，敲不开门，又去了钟楼街道革委会，终于见到当了街道革委会主任的女儿，哆哆嗦嗦叫一声"承民"。承民板起面孔，厉声叫道"谁是承民，你认错人了"，她居然傻呵呵打开印花布包，拿出包在格布手绢里的饺子，说："承民，俺给你送饺子了。"

秉德女人被驱逐的命运显而易见，从钟楼街道革委会出来，她傻子一样一步三回头，直到回到火车站的时候，才突然醒悟过来，从布包里拿出饺子，交给小串子说："大娘有东西不给人吃怎么能喂狼，快吃，这是俺给你包的。"而在哈尔滨车站下车，她坚决不让小串子和她上同一趟电车。他的爹妈都有体面工作，她得让他清清白白回家。"串子，大娘不能拖累你，你告诉俺哪一站是家门口就中了，俺认识家门。"愣头愣脑的小串子不听，非要和她一块儿上车，她却一转身又下去了，笨手笨脚地差一点绊倒。

秉德女人能如此果断，就因为她是老人，有多年前在周庄被冷落的经历。可是她再老，再有经历，有些东西她也没经历过，比如耿凤莲听说承多成了家里有枪的阶级敌人，自己是在替阶级敌人抚养后代，居然让母亲把刚出生一个月的孩子送了回来；而孩子刚刚抱来半个月不到，家里居然来了一个穿军装的陌生人，说要押她回乡下去。

那一天，一早起来秉德女人就有一种不祥的预感。挂在墙上的列宁画像突然掉下来，相框全部摔碎，拾起相框，拿笤帚扫地上的碎碴儿，一不小心又碰碎了隔在厨房和走廊之间的玻璃，种种迹象似乎都在表明：承多要出事了。党不信他了，她不知道会不会像活埋周成官那样把他活埋，用面糊糊喂孩子时把孩子呛哭，一股酸水顿时涌上她的嗓子眼儿，她也跟着哭了起来："孩子你命苦啊，一生下就没有爹妈。"就是这时，咚咚咚有人敲门，心惊肉跳打开来，一个小白脸后面闪出一双黑黪黪的眼睛。不等小白脸开口，那双眼睛就盯住了秉德女人的手，仿佛她手上有什么东西是作为秉德女人的印记。秉德女人不明所以，扫了眼自己青筋突起的老手，这时，只见这双黑眼睛抬起来，锥子一样冲着她："俺是赵大志，青堆子湾革委会让俺来押你回去，收拾收拾走吧。"

秉德女人不知道赵大志是谁，可她知道青堆子湾是哪里。见到家乡人，她把孩子放下，朝半空伸了伸手，仿佛想抓住什么，很快又把手缩回来，泪眼模糊地看着对方："小兄弟你看，俺有刚满月的孙子，俺儿需要俺。你就行行好，俺不能走。"

见秉德女人叫自己小兄弟，赵大志原来就很鼓的眼珠子鼓得更厉害，怒气冲天道："我不是你兄弟，这也不是我自己的决定，这是组织的决定。赶紧收拾走，孩子扔不下就抱着，抱回乡下去伺候。"

回乡的路程短暂而又漫长，说短暂，是说秉德女人还没有做好准备，她还不知道把家远怎么办——孩子离家越来越远，她路上现为孩子起了名叫家远。若把家远带到承国家，承国的压力就太大了，养了老的还得养一个小的，可要是分开，她又不知道把他送给谁，于芝和赵彩云都不是伺候孩子的料儿。说漫长，是说家远一路大哭不止，小手在奶奶脸上又抓又挠，并且一会儿拉一会儿尿的，折腾得秉德女人困乏不堪、筋疲力尽，连一直横眉立目的赵大志都生出同情，在后半夜向她伸出援助之手。秉德女人没有用他，人家是公家人，她不能让臊烘烘的孩子弄脏人家的手。一路上一个人托着孩子，又腾不出手来吃喝，盼望到家的心情便要多急切有多急切了。当然，她盼家心切，还因为家远哭累不哭了，偶尔歇息下来，她把目光移向了窗外，看到了一片片平整的辽阔的土地。在跟小串子去沈阳的路上，她也看到过土地，可是因为那时没有回家的想法，土地就僵尸似的死板板横在窗外，没有一点热络气儿。不像现在，它一片片从遥远的地方伸过来，就像一个大人向孩子张开双手、敞开怀抱。

觉得时间过得慢，都是大地向她敞开了怀抱，让她太急于回到周庄的家了。在她心里，只要回了家，只要把家远好模好样放上炕头，只要再看上一眼重孙子永虎,是死是活,她都没有一点怨言了。活到如今这把年纪,她已经很知足了。可是,这个穿着一身绿军装的人压根儿就没想让她回家。从青堆子湾下了汽车,她又被一辆灰绿色车接到一个又矮又黑的土房里,她在土房的炕沿上刚刚坐下,一个一身生土味的女人就推门进来,冷冷地端量了一会儿,硬声硬气地说:"孩子得抱走,你看送给你哪个儿子家。"

秉德女人一路都没想好这个问题,现在又不让她回家,她更是蒙了,寻思了好久,才吐出两个字:"承国。"

秉德女人住进的土房,是周庄大队革委会所在地,它坐落在离徐家炉很近的一块平场上。那个从她手中抱走孩子的女人,是大队书记于洪江的表妹——新培养的赤脚医生,被临时抽到革委会,负责监督刚从哈尔滨挖出来的阶级敌人。实际上,当她的二儿子承中咬出她所有的儿子,他所有的儿子都一口咬定从没见过这把枪时,她这个母亲就已经被定性为特大号阶级敌人了。当锁定目标,认定她就是特大号阶级敌人,关于她的材料已经相当丰富翔实了。这个让儿子捏泥菩萨又捏自己头像的女人,曾是匪胡子老婆,她的二儿子当过伪满洲国兵,又当过国民党兵,她的兄弟是国民党特务,她的四儿子给她的特务兄弟写过信,大地主活埋时,她还在她家守过灵,而很早以前,她手上还戴了枚戒指,引逗全村人搞迷信,上她家招魂。

有关承信在沈阳的事儿,村里其实没人知道。承信说出来,并不是经不住皮带抽打,有他的舅哥赵大志在上边袒护,年轻人没敢动手。可正因为有舅哥袒护,他觉得该对得起舅哥,该进一步澄清事实,才使他交代起来更加细致:"我从没看见过枪,要不你们上沈阳铁路去查我跟我舅的通信,要是有枪,我信上早就告诉他了。"关于到大地主家守灵的事儿,秉义老婆不提,也没人想起。秉义老婆提,并不是嫂子和秉义好的事让她耿耿于怀，而是一天夜里，在批斗承国的大会上，她小声跟罗锅瞎子老婆议论说："妹子，俺怎么想也想不通，你说全村人都仇恨大地主，秉德家的不仇恨，她一连三天在人家守灵，你说这是咋回事儿呢？"谁知瞎子旁边坐着于秀英，就毫不费事儿地走了出去。关于戒指招魂的事，罗锅嫂子不提，也没人想起。罗锅嫂子提，并不是也想积极表现，而是火烧到她男人身上了，她必须把火从他男人身上引开。男人扎了一辈子纸活，一辈子在村子里扎神扎鬼的，批斗他时，人们把他刚扎好的一头毛驴架在后背上，非让他学驴叫。他不学，年轻人就拳打脚踢。罗锅嫂子看不下去，就冲到人群里喊："秉德家的弄戒指招魂都没事，扎纸活能有什么？"

罗锅嫂子敢于喊出，也是因为秉德女人不在家，以为即使喊了也祸害不到她。可她不知道，正是这一声响脆的喊，才使赵大志在哈尔滨见到秉德女人时，第一眼就注意她的手，并在没有发现戒指时，在心里坚定了正确的斗争方向。他的方向是，阶级敌人是阴险狡猾的，必须严加惩罚。也正是这一声喊，才使在赵大志带领下的对秉德女人的批判，有了一个切实可行的物质性内容，那内容是：狡猾的阶级敌人到底把戒指藏到哪里了？她为什么要把它藏起来？

因为秉德女人年龄太大，不便于各村游斗，也因为她罪大恶极，不把整个大队的人集中起来聚到一起，不足以造出声势。批斗秉德女人的大会在大队的平场上召开，那平场用木板搭了一个偌大的台子，台子两侧架了两根木杆，一条绳子联结木杆，上边挂了五盏马蹄灯，使全大队五个小队的群众都聚到一起的夜晚像唱大戏一样。一场大戏有主角就总有配角，舞台上的主角是秉德女人，配角则是她的三个儿子——承中、承国、承信。秉德女人跪在中间，三个儿子左一右二跪在两侧。这是一场绝不亚于活埋周成官的好看的大戏。它的好看，不仅因为秉德女人刚从城里回来，面色养得白白细细，戴了假牙，和在乡下时大不一样；还因为把妈妈送上批斗台的，居然是自己的亲骨肉；还因为带头批秉德女人的人，一个是她亲家的儿子，一个是她的本家侄子。人们要看一看这亲骨肉见面是一个什么样的场景，会不会哭；人们要看一看亲戚批亲戚是什么样子——他们批斗她的儿子时大伙儿看见了，有轻有重，对承信轻，对承中、承国重，他们怎么来批他们的长辈——申家有威望的秉德女人，大伙儿没看到。当然大家更想看的不光是台上，还有台下，台下有赵铜匠、秉胜，还有秉义，他们都是老辈人，和秉德女人沾着亲戚。比如秉胜，他一面是秉德女人的小叔子，一面又是承欢的亲爹，而赵铜匠，他一面是秉德女人的老亲家，一面又是赵大志的亲爹，他们怎么忍心看他们的儿子冲秉德女人下手。还有秉义，谁都知道他对本家嫂子有不一般的情意，他怎么忍心看他心上的女人遭到批斗。

　　亲骨肉见面还真是让大家有些意外，谁都以为秉德女人见到儿子们会放声大哭，可她不但没哭，还扭过头冲他们泰然地笑了笑，倒是承中见到母亲，眉头颤抖了两下，脸一扭嘴一咧低下了头。赵大志和申承欢在第一次大会上也没有动手，他们只是把一件件事实拿出来和秉德女人核实。所有的罪行秉德女人都点头，包括戒指，她说："在坟地前埋着呢，你们可以去挖。"只有枪的事她坚决不认，"没有，俺对天起誓，光复时俺儿从沈阳回来什么都没拿。"她不知道是承中咬出的大伙儿，还接着说："要不就问承中、承信，他俩一块儿回来的。俺那天在后山上遇到他俩，都穿铁路服，光溜溜的什么也没拿。"赵大志于是就喊："申承中你再说一遍，枪到底在哪里？"承中要不是乱咬，分散了注意力，他早就被人打死了，可是从死亡线上挣扎过来的他见到母亲，陡增了勇气，被批斗以来第一次改口说："俺没有枪，俺那年拿回来的是把玩具枪,俺发誓。"即使谁都能看出来是秉德女人这个老东西在指导儿子怎么说,赵大志也没让任何人动手。他没在周庄住过,和秉德女人没有交情,可他的父亲和秉德女人有交情。虽然后来赵彩云和秉德女人分了家,他父亲和秉德女人有些疏远,可父亲告诉他:"当年咱分了家产来到周庄,秉德女人是和老三黄一样瞧得起咱的人,咱再革命,也得手下留情。"可是第二天,局势有了意外的改变,改变局势的导火索不是枪,而是戒指。那一天,军宣队的人在秉德女人带领下,穿过弯弯曲曲的沟谷来到秉德坟前,指挥人到她记忆中埋戒指的地方去挖,结果快挖出又一个坟堆了,什么也没挖出来,军宣队小王和红卫兵们枉出了一身臭汗。第二天晚上,一直就手脚发痒的小王终于动起了手脚。小王动的是脚,他一开始没有踢人,踢的是台子上的木板,他一边用脚把木板踢得砰砰响,一边审问道:"你个老东西还不老实,你为什么要欺骗人?"要是秉德女人不吱声,他的动作也许还会迟缓一些,可秉德女人没有欺骗,就一字一板地说:"年轻人,老天在上,俺没说半句假话。"这时,小王的脚踢的就不是木板,而是人了。只是小王踢的人,不是秉德女人,而是她的儿子,因为他知道在她面前打她的儿子比打她更有力。他几脚就把承中踢倒在地。见小王动了脚。承欢也动了脚,承欢动脚,不光因为受到小王激励,而是在秉德女人冲小王喊那一嗓子的时候,他突然想起当年她上他家找父亲告状,父亲拿五尺棒子在院子里追打他的情景,想起她跟他说过国民党就要来了的话。他的这个大妈,其实在很早的时候就和共产党作对,是隐藏最深的阶级敌人,不踏一只脚让她永世不得翻身是说不过去的,只不过念着她救过自己,他把那只脚踏到了承国身上。赵大志没有动脚也没有动手,但他做的事儿比动脚动手更有力量,他在台上领大家振臂高呼:"再踏上一只脚,让阶级敌人永世不得翻身——""坚决将无产阶级文化大革命进行到底——"呼声一起,一些小青年纷纷拥向台上,包括罗锅,这个一辈子都对秉德女人信任有加的罗锅居然扒拉着人群,一条被追赶的野狗似的跑上台,和小青年一起伸出了他的那只脚。

整个批斗现场战场一样叫声惨烈,狼烟一片,秉德女人看到打手纷纷冲她的儿子们扑过去,被摁住脑袋的她只有呜嗷惨叫:"打俺啊,是俺的错,为什么不打俺啊——"

也许是心太疼了,疼到后来就像抽了筋扒了皮,反而没有感觉了。那个晚上,一场批斗会结束,回到屋子里的秉德女人竟然像个傻子,木呆呆坐在炕沿上毫无痛苦的表情。于洪江表妹逼她睡觉,她傻呵呵地看着她,一迭声地重复道:"党不信俺了,党怎么不信俺了呢?"

于洪江表妹没好气地说:"想叫党信你,你得说真话,你不说真话,党怎么能信你?"

于洪江表妹的意思,是说她没把真埋戒指的地方说出来,可因为秉德女人根本没说假话,那个夜晚,就变成了铸就她又一灾难的夜晚。为了说出真话,让党从根儿上信她,天刚蒙蒙亮时,她叫醒于洪江表妹:"闺女,你能把俺的话告诉党吗?"

于洪江表妹睡眼惺忪:"你说吧。"

"戒指的事俺真没说假话,要是说假,天打五雷轰。"

"你还是这态度?"于洪江表妹脸上生出厌恶的表情,"早交代早家去,就这态度,你就让你的儿子去死吧。"

"闺女你别急,俺这不是正说着嘛,俺夜里想了一宿,想有什么事没向党坦白,俺可是想起来了。你知道当年青堆子湾有个曹大胡子曹宇环吗?"

于洪江表妹忽地爬起来,眼睛突然放光,在公社为秉德女人整好

379

的材料里，确有曹宇环一笔，说他和申秉德有瓜葛，可赵大志和承欢对老早的事儿、老早的人不感兴趣。她眼睛放光，并不是她对曹宇环有多少兴趣，而是她以为这个胡子跟秉德女人手上的戒指有关。

于洪江表妹没有吱声儿，但她的目光鼓舞了对方。秉德女人抿了抿松弛的嘴角，生怕惊动什么似的轻轻咳了一下，一字一句地说："闺女，要说俺还有什么事儿瞒了党，就一件，当年曹宇环是俺把他放走的。那天夜里，他在俺家猫到后半夜两点，穿了俺给他找出来的衣裳、裤子，还有鞋，装扮成穷人，往北边去了。"

发现曹宇环和戒指无关，于洪江表妹的眼皮迅速耷拉下来，缩了缩肩膀又躲到被窝里，嘟囔道："陈芝麻烂谷子，没有用！"

于洪江表妹的反应，让秉德女人非常失望，她能说出这一出，可是经过了一长夜的考虑。早在哈尔滨承多说党不信他的时候，她就想找件什么事儿说出来，只是赵大志路上的样子让她脑袋发空。现在，埋下的戒指没能如期找回，她脑袋不知怎么就有了空当，整晚上都转着曹宇环临逃那晚血肉模糊的脸。这事儿对上边重不重要她不知道，对她可是太重要了，因为她的所有罪行党都知道，唯有这一桩党不知道，要是这事上边不在意，她可是没有救儿子的法子了。

为了让于洪江表妹在意，她又补充道："当年曹宇环逃走，上边可是找了好些时候呀。"

秉德女人的强调仍没引起于洪江表妹的兴趣，然而那天早上，当这个女人有一搭没一搭把她交代的事说出来，赵大志和承欢不但大感兴趣，脸上还放出几天以来从未有过的光，尤其是赵大志，没有挖出应该挖出的戒指，斗志没有消失，可心底里还是有些沮丧，想不到无意中会有新的突破！他原来不在意曹宇环，是以为曹宇环已经死了，即使不死，他只跟死了的秉德有瓜葛，跟她也不可能有什么瓜葛。当他知道秉德女人窝藏并放走了当年朝共产党打枪的曹宇环，为党立功的念头充斥了他的每一根神经，没出五分钟，他就往公社要了电话。

公社的人相当重视，当天就派人下来审讯。被一帮人围着，秉德女人无数次地重复曹宇环从家里逃走的情节。她如何开门把他迎进厢房，如何给他烧水，如何送衣裳和鞋子，甚至不得不讲出当年秉德如何当他的喽啰，小时候如何和他结过娃娃亲，因为如果没有这些，在这些年轻人的脑袋里，曹宇环为什么要躲到她家而不是别人家就是个疑问。虽然后边的话她没有准备，可坚决不能提儿子一个字她早有准备，公社的人几次都往儿子身上引："是不是你儿子把曹宇环领回家的？"她毅然摇头。天黑之后，当平场上人头攒动，批斗大会再次开始，秉德女人的心情相当不错了。就像多年前为掩护儿子赶往活埋周成官的现场那样，她穿过为她辟出一条道的人群，毫无畏惧之色，在通往台上的阶梯上，于洪江表妹要拽她一把，她坚决不用，她两手往台上一举，动作灵活又麻利。可是，当主持人赵大志把她新交代的罪行隆重公布时，保护儿子的梦想真就成为一个梦想了。承国听到母亲交代出曹宇环，一下子就把火引了过来："和俺妈没有关系，人是俺领回家的，俺把他送走的。"结果，这个夜晚，被打得屁滚尿流的就不是秉德女人而是承国了。只是当这一残酷的现实来到秉德女人面前时，她没有束手就擒，她像一头发疯的老狼一样扑到承欢身上，在他背上、腿上拼命撕扯。

见阶级敌人反扑过来，一直不忍冲她下手的承欢终于下了手，回过头冲她后腰狠狠就是一脚，结果，这一脚踢出去，躲在人群里的秉义突然嗷叫起来。他大张着嘴，横冲直撞的样子比秉德女人还疯。他冲上台子，脱了扇乎在肩膀上的汗褂，他先是摁住承欢后背，从后边扇他的耳光。摁他个嘴啃泥之后，又向赵大志扑去，抓住他的胳膊狠抓狠挠，直到挠出一胳膊血，止住他的呼喊才放下手。

可以想见，这样的结果，不但救不了秉德女人，反而让她陷入更大的灾难之中。这也许正是秉德女人希望看到的场面，挨打的是自个儿而不是她的儿子。两天后，当她苏醒过来，能够说话时，召开的第三次批斗大会的配角里，就多了一个角色——秉义。多年前，在埋周成官时，他只是做了一个小小的配角，在秉德女人的诸多罪行中，赵大志最不忍心揭发的，或者说赵铜匠一直在旁边压着的，就是她和小叔子秉义的流氓罪行。现在，秉义打了革命干部，本身又是和阶级敌人耍流氓的大坏蛋，自然而然也就上升为主角了。革命干部有着超人的革命智慧，秉义上台，有和别人完全不同的待遇，他头上戴一顶高高的大纸帽子，帽子上写着黑黑的大字："打倒大流氓申秉义。"秉德女人上台，他们在她脖子上挂了一双破鞋。他们让他和秉德女人跪在一起，膀对着膀——其实这时的秉德女人已经跪不下去，只是蜷着腿坐在那里。这一次，台下所有人都害怕了，觉得秉德女人今天肯定是没命了。从不敢到现场的承国媳妇，在家林的搀扶下到了现场，哆嗦着躲在人群后面，来见婆婆最后一面。

然而，老天没让这个晚上成为秉德女人最后的晚上。他们上台刚刚跪下，天空就有响脆的雷声，之后就一阵紧似一阵地下起了瓢泼大雨。当一场大雨下过，逃到屋檐下避雨的人们等待重整旗鼓，一声震撼天宇的哭声冲进人群："狗杂种承欢，还不快回家看看，你爹在门框上吊死啦。"

在门框上吊死，是秉胜头天夜里在承欢面前发下的毒誓："你要是再敢动你秉德大妈一根手指，我就死给你看。"当时批斗会刚刚结束，他不忍看秉德女人被打的场面，咳咳嗽嗽先一步从大队摸黑回来，等在承欢家门口。在等待中，他的肺都气炸了，他觉得有一股气在心口窝窜，窜着窜着变成一只手，抓挠着让他咳嗽不止。可是这毒誓就像耳旁风，承欢理都没理："别拿死吓唬俺，共产党员谁还怕死，快回家睡觉吧。"

话虽这么说，可当真听说自家爹上吊死了，承欢还是无比震惊，傻呆呆地愣在台上。不只承欢震惊，赵大志、小王，还有一直以长者身份坐在台后的于洪江，统统惊呆了。因为此时，随着那声喊划过一道闪电，一个火球一样的东西突然滚到大队前边的平场上，在人群里蹿了几个个儿后，咔嚓一声炸开，吓得所有人都匍匐在地。没有人知道这是天的神威还是秉胜的神威，但确实有关秉德女人和秉义的批斗会从此停止。赵大志当晚给出的理由堂堂正正，他让小王点上浇灭的马蹄灯，正了正他那顶被雨淋湿的绿军帽，大声说："为了保护好革命群众，我们不能在雨天开会，等天好了，再召集大家。"而雨过天晴，周庄人把秉胜出殡发送，哨声再次响彻村庄上空，人们一个个提拎着小板凳被召集到大队，发现台上批斗的主角换了，不是秉德女人，也不是秉义，也不是秉德女人的儿子们，而是秉德女人的老亲家——在下河口猫了好几十年的黄保长。

实际上，对改换角色起主导作用的，除了死鬼秉胜、穿天响雷，还有于洪江。他当天夜里就往县里挂了电话，说要是再斗，群众革命热情上来，就有可能把秉德女人和申承国打死，把他俩打死，等于断了调查曹宇环的线索。上边觉得言之有理，就指示改变方向。实际上，要不是秉德女人供出曹宇环，他早就想改变方向了。批斗申家人，于洪江既没动过嘴也从没动过手，不管在哪儿开会，他总是默默坐在会场侧面。他是老党员，他响应党的号召带领群众搞土改搞大炼钢铁，可就是对"文化大革命"有自己的看法。都是好模好样的人，突然就变成了阶级敌人，他想不通！尤其女婿承欢检举出来申承中的那把枪，即使他当兵时拿回来过，可小日本光复了，上边不可能让他再拿回来，他胡咬乱咬明显是扛不住打。要是没有以赵大志为代表的军宣队，他早就制止承欢了，他不能制止，一段时间以来心急如焚，没想到一声响雷终于给他带来机会。找出理由制止批申家人，不意味着不搞"文化大革命"，在他看来，在周庄大队，隐藏最深的阶级敌人不是别人，而是黄保长。他曾和周成官合伙为日本人做事，他虽没有周成官那么多土地，可他一些年来欺男霸女，影响极坏。他的母亲就被黄保长吸过奶头，当年他的父亲给土门沟一个安姓的大地主当把头，不小心掉到深沟摔死，家里没钱发送。母亲到黄家借钱，他居然把老婆支走，明目张胆就把母亲摁到炕上。他的母亲回来一边哭一边诉说，以为只有三岁的他什么都听不懂。他把母亲哭诉的话记在心里，当上大队干部之后，报仇的念头在心里鼓胀好多年了。狡猾的黄保长混过了土改，一是他地少，不符合打击的政策；二是他装病，听小老婆的话笼络乡亲，后来又把儿子送上战场。要是他儿子像赵大志那样活下来，进了军宣队，这一次他也保准蒙混过关了。很不幸他的儿子死了，这正是老天给他于洪江的机会。说起来，不是于洪江不饶他，而是老天不饶他，也是群众不饶他，因为把黄保长押上台时，不用于洪江和军宣队多说什么话，一些群众自己就拥了上来。

黄保长成了秉德女人的替罪羊，秉德女人并没有减轻痛苦，因为她就住在大队后边的平房里，人们扑通扑通在院子里踢打时，她以为被打的人是他的儿子或是秉义，她因此心疼得趴在炕上浑身抽搐，恨不能也像秉胜那样把自己吊死，她把腿带子解下来比量好几回了。之所以没下狠心，是想到承多的儿子。她把他从哈尔滨抱回来，还不知落在哪里呢，即使是死，也要把他有所安置。而不能去死，她故技重演，像多年前在周成官面前干过的那样，一个劲儿抽自己嘴巴，直抽得面色血污，浑身没了一点力气。

实际上，没出四天，她就知道批斗的人是谁了。因为第四个晚上，黄保长被活活打死，伺候她的于洪江表妹掩饰不住兴奋，回来大呼小叫："这把可替俺姨报仇了，他到处哑女人奶子，让他多活这么些年算他高寿了。"秉德女人最初以为说的是秉义，听说哑女人奶子，就抬起头来问："你是说黄保长？"于洪江表妹尖着嗓子说："可不是这老东西，生生叫徐疤瘌眼儿给打死了。"

黄保长的死，并没给秉德女人带来多少震动，在她的心里边，他也确实是该死。可半个月后回到家里，听说他在朱隈子水库的儿子也被打死，她就知道这世道根本没有什么该死不该死的。

秉德女人得以回家，并不是秉胜的死和雷声真的制止了赵大志们的脚步，而是毛主席又发表了最新批示："要文斗不要武斗。"把被打得不能动弹的秉德女人关在大队文斗，伺候她的于洪江表妹坚决不干了："拉屎拉尿俺可背不动，她一个老人也跑不了，还是抬回家伺候吧。"

那是一个初冬的早上，因为承国、承中和承信还被关在牲口棚，只有承国媳妇和家林来到大队，带来了家树媳妇。在黑暗的小屋里乍一见面，承国媳妇叫一声"妈"，哇的一声就大哭起来。她看到，眼前的婆婆和离开乡下时完全不是一个人了，白苍苍的头发乱蓬蓬地罩在脸上，眉心、额头、脸腮到处都是血污，嘴唇瘪进嘴里就像塌陷的深洞。她哭，秉德女人却异常平静，她睁着一双红肿的眼看着她，木僵僵地听从儿媳妇和孙媳妇的帮持，一寸一寸委到炕边，伸开两臂趴到家林背上。出屋，上车，躺下，她默默无声，马车走上大田边沟谷小道的时候，她挣扎着支起胳膊，抻头朝旁边的田野望去。那里的庄稼长势正好，绿油油的叶子闪着刺眼的光亮，而它们的上空，是飘浮着云朵的湛蓝的天，一阵风从天空刮过来，带来一股熟悉的醉人的气息。这时，秉德女人放下支着的胳膊，慢慢地闭上了眼睛。

第六章

像一架在秋雨中风干枯烂的瓜蔓，秉德女人摸到家里炕沿，已经彻底堆萎，下巴颏儿像马上就要脱落的瓜叶，斜斜地下倾着，一双老腿像断了筋骨的老藤，硬撅撅、木僵僵地佝佝着。承国媳妇帮她脱了鞋，放开被褥，费力把她翻到褥子上，她整个人就像夯进地里的石头，在睡眠的泥土里越沉越深。响午都谁来喊她吃饭，夜里都谁来看过她，一概不知。两天后的早上睁开眼睛，活动一下疼痛的腰板，伸手摸着硬得有些硌人但热乎乎的火炕，看见倚在被垛上听收音机的承国，她凝神半天，突然喊出句："给俺漱口盂。"

听母亲有了声息，承国一愣神，跟着大喊："娇她妈，妈醒了，快来看看。"

承国一辈子称老婆都是"他妈"，老来生了宝贝闺女家娇，就改成"娇她妈"。可是"娇她妈"并没马上就来。全家被揪斗后，承国媳妇得了一种怪病，没完没了地拉稀呕吐，尤其爹爹被打死、兄弟跳了水库之后，她就像故事里吞了孙猴子的妖怪，肚子一疼，就扡挲着小脚往茅坑跑，承国喊她时，她正蹲在茅坑上。

秉德女人喊一嗓子，并不是真的想要漱口盂，她好几天饭水没进，无须漱口，她只是想向自己证明，她已经回了家，回了自己乡下的老屋。见长时间没有反应，承国就磨蹭着下地，向老柜顶摸去，他很顺利地摸到漱口盂，很顺利地把粗硬的食指钩进盂鼻子。因为转身有些急了，碰到了旁边的座钟，啪嚓一声，漱口盂掉到地上，碎成无数快乐的碎片。

说快乐，是说在承国听来，它们在地面上滚动的声响仿佛在故意笑话他，响脆无比。漱口盂快乐，躺在炕上的秉德女人不快乐，她不但不快乐，心被碎片剐破，一阵刺疼，因为她发现承国眼睛出了问题，禁不住大声喊道："承国，你怎么啦，你的眼？"从茅厕里回来的承国媳妇更不快乐，埋怨道："瞎么糊眼的老实坐着得了！"

承国的两眼，早在闹饥荒家树被打跑那年，就模模糊糊看不清东西了。那时他偷空出去做买卖，曾上县医院看过。面黄肌瘦的大夫告诉他，是小时候生天花落下的病根，没有三百块钱是不可能治好的。三百块钱，不仅能救一个申家，一个周庄也救了，他即使有，也不可能拿来治病。发现眼病重了，还是被揪斗之后，那天听承中承认他有枪，并说叫哈尔滨的兄弟拿走，他当晚就一抹黑就什么都看不清了。被提前放出牲口棚，是沾了眼睛的光。

这一切秉德女人无法知道，就像家里人无法知道承多媳妇怎么就能把月子里的孩子扔了不管一样。秉德女人向自己印证了眼前的家是她乡下的家，本是想要承多的孩子看看的，当发现承国眼睛瞎了，她一时盯住承国媳妇，居然什么都忘了。

承国媳妇了解婆婆心思，立即从堂屋搬过一个稻草筐，当看见两只嫩嫩的小手在筐梁上抡掌，秉德女人眼角溢出泪花，接着，脸深深地扭曲了。

回家半月之后，秉德女人才像经历一次退却的洪水一样，一点点看清了眼前的现实。这现实是,承国的眼确实瞎了,人就在对面,他却看不清,在院里走动,动不动就撞了正在玩耍的孩子。当然,摆在她眼前最重要的现实是,她的儿子都被戴了四类分子帽子。他们同因为一把枪被揪斗,定罪却略有不同:承国因为做过买卖又送过曹宇环,被定罪为投机倒把和现行反革命双料坏分子;承中因为当过伪满洲国兵又当过国民党兵,被定罪为历史反革命分子;承信因为和身为国民党特务的舅舅通过信,被定罪为坏分子。为了保护少有的技术工人,家树被禁在拖拉机站,暂时不让回家。

秉德女人不知道这些帽子意味着什么,也没人详细跟她讲,可一个月后,家树第一次回家那个晚上,她做了一件有悖常理的事——召集全家人开会。所谓有悖常理,是说她不知道,因为大土匪头子曹宇环还没抓着,她已经是所有孙子划清界限的对象了。公社保护家树最重要的一点,是要他和家里人,尤其和奶奶划清界限,而承中的大儿子家旺和承国的二儿子家林,在她离开乡下那年,和大队书记于洪江的儿子一起,被家树弄到拖拉机站当了临时工,一时间遇到"文化大革命"被打发回家,心是不甘的,要不是想和家里人划清界限,承欢打他们的父亲时,他们早就冲上去了。秉德女人因为不知道,就从被窝里爬起来,戴上批斗时一直被她藏在包袱里的假牙,吩咐家树:"帮奶奶把二妈、二大、四婶、四叔都找过来,把你那些兄弟姊妹一个不少地都找过来。"家树是一个仁厚的孩子,狠不下心不理奶奶,在下一辈当中又有号召力,他一呼喊,一大帮兄弟姊妹呼啦呼啦就来了。可他能召集来兄弟姊妹,能召集来二大、二妈和四叔,召集他的姊子赵彩云就没那么容易。他连请了三次都没请来,最后是承信小辣椒一样厉害的闺女放了泼,在地上打滚,赵彩云才不得不过来。

这样的会,在申家不知开过多少回,他们的参加者先是秉德女人的儿子们,后来扩展到媳妇们,现在,又扩展到孙子和孙媳妇们,还有重孙子。一场暴风雨中有了不同经历的一家人围在一起,屋子里顿时就有了一种复杂的令人压抑的气氛。承中、承信进屋都低着头,灰呛呛的脸冲着墙壁。母亲回来,他们还没过来看过呢,某种难以言说的疼痛阻止了他们的脚步。承国倒是和母亲住在一个屋檐下,可自母亲回来,他连句话都没跟她讲过,仿佛那话是铁屑铜圈,锈在了嗓子眼儿。或许正因为如此,秉德女人才非要开会。因为腿还在疼,她不能盘也不能伸直,只有费力地车着身子,活动着被假牙撑紧了的嘴唇对大家说:"俺对不起大家伙儿,对不起承国,俺让大家伙儿跟俺遭罪了。"因为戴了假牙,她的声音听上去有些收音,不那么阔畅,"可俺今天开会,不是想向大家伙赔不是。你们记着,你们的妈妈、婆婆、奶奶、奶奶婆,做过很多错事,但到今儿个,俺想告诉大伙儿,俺不管做错了什么事儿,从没想反对国家、反对党。你介夫舅舅要是共产党,咱就什么事儿都不会有了,咱根儿上就通错了血管!这些年家里没什么事儿,承多又当了党员,俺以为党把咱家根儿上的事儿都给忘了,党记性好着哪,根本没忘!眼下,俺看明白了,咱不管说什么,党都不会信咱了。承中、承国、承信,都戴上帽子,打上了记号,咱都是臭水沟里的水,国家不会让咱臭水沟里的水往国家里流了。可俺想告诉大伙儿,咱不能死心,咱不是没成心反党吗?咱没反党,就到什么时候都不能死心!"说到这里,她停了一下,看了看赵彩云,"咱承信媳妇娘家不是通着党嘛,咱还有救!咱承信媳妇还会帮咱!还有家树,你不说公社还保你吗?你得叫公社知道,咱心没坏,你奶奶心也没坏?咱确实没有枪,你奶奶确实把戒指埋了,你奶奶也确实打发了曹宇环,咱没撒谎。曹宇环救过咱家,按说俺不该供他,俺以为说了真话,就救了大伙儿,可俺见识短了,这是教训……说到枪,俺也想告诉承中,你不必后悔,妈生你没给你硬骨头,怪不得你。你爹当匪胡子,也是个胆小的匪胡子,要不他也不能叫日本人割了舌头。咱家遭这一劫,都是命定,可咱要是不信咱,咱不能甘心,咱得好好做人。俺这辈子最大的念想,就是咱水道沟里的水,往河套里流,往海里流,咱不能臭在沟里,干在沟里。"说到这里,她又把目光转向家树、家林和他们身后的一帮兄弟姐妹,"你奶和你秉义叔叔的事,肯定叫你们觉得丢了脸。今儿个,俺也想跟大伙儿说一说,你奶心里确实惦记过他,你爷活着的时候,成天不着家,俺心里没个依靠,他天天帮咱家挑水,就成了俺心里的依靠。可你奶奶不后悔,事到如今,俺不后悔。"

虽然参加会的人看的不都是秉德女人的面子,可她的会开得还算成功。第一,她没让大伙儿插话,这让她想说的内容连贯有序。第二,她高看了赵彩云和家树,这一点对家树已经不那么重要,但对赵彩云相当重要。她之所以不来开会,是以为她的婆婆会指着她的鼻子骂她赵家的哥哥,婆婆挨了她哥的打,一定是仇恨入心,可她不但不记仇,还高看她的哥哥,这让她非常意外。第三,她挑明了她和秉义之间的关系,那本是一桩丑事,可一经挑明,不知怎么就不觉得丑了,不但不丑,还让他们觉得秉义叔叔是勇敢的,还让他们觉得他们的奶奶是敢作敢当的。当然,最重要的一点,是她说到了水道沟里的水和河水、海水之间的关系,这话承字辈的人都听到过,家字辈的人除了家树,没人听到。他们听到的最大好处在于,他们为不仇恨打他们父亲和奶奶的人找到了理由,家旺会后找到家林,在房后小树林里小声说:"俺现在明白,承欢叔叔打俺爹时俺为什么没上去揍他,俺原来是水道沟里的水想往河套里流。"

然而，事情并不像想象的那么简单。家树去找公社革委会的头头讲，刚上冻就戴上军绿棉帽的头头立即拍起了桌子："你自个儿说没反党好使吗，事实胜于雄辩！我告诉你申家树，你要想进步，就必须和家里人划清界限。"而赵彩云回娘家跟哥哥讲，赵大志更是满腔怒火："她阶级敌人还想通国家血管，真是笑话！我说过一千遍了，阶级敌人是狡猾的，咱不能上当。老太太回家这才几天，你就没了立场，你这是上了阶级敌人的当。咱人嫁了申家没有办法，咱心不能嫁，咱心得向着党！"

虽然家树和赵彩云都没当着她说什么，但他们的表现秉德女人是看得出来的。家树十天八天不回来一回，而每回回来都愁眉不展、闷闷不乐。那年正月，上边烧了宗谱不让请神拜年，承中两口子和承信都悄悄过来问了声好，赵彩云连影都看不见。秉德女人看出来，也没多说任何话。自从开完那次会，她很少说话。因为她知道，在事情的转机没有到来之前，你必须耐心等待。多少年前，她家因为有个国民党兄弟，村里人和她疏远，她一趟又一趟登门拜访，先后去老三黄家、秉胜秉义家串了两回，都没能改变疏远的局面，最后是和赵铜匠联姻结亲，才有了起色。这结果充分表明，凡事需要耐心，需要在日子里一天天苦熬。

在秉德女人苦熬的时光里，承国的眼睛成了她最大的一块心病。承国模模糊糊看不见，可他必须上生产队干活，因为不能上山下田，他就只有推车挨家挨户出粪。每天早上，看到承国推着小推车往外走，不是磕了院墙，就是撞倒正蹲在院子里拉屎的孩子，晚上回来，浑身上下到处都是泥浆粪土，像一头掉进泥塘里的毛驴。一天天见好的秉德女人坐在炕头，忍不住要唉声叹气。

为了让憋闷的心情钳开一道缝隙，那年冬天，能活动腰身，下地走路能踩硬实时,她套上两件厚棉袄,拄拐杖走出院子,趔趔趄趄转上通向后山岗的小道。

还是在哈尔滨的大杂院里,她就想念家乡的田野了,只不过她想念的那块田野不是这里,而是早先买在周成官家地边南甸子那块地——她年轻时的真正生活,是从那里开始的。如今,南甸子那块老地已经改成水田,她便只有一路踩着沟谷上的枯草,磕磕绊绊来到那片初冬的山野。来到山野,仰望着灰蒙蒙的天空和大地,她一腚蹲儿坐下来,竟孩子一样无声地痛哭起来。她哭,不是觉得憋屈、难过,而是觉得舒坦、高兴,是闻到了泥土的香气。因为好多年没有来到满是泥土气味的大田,秉德女人哭够了,贪婪地张着嘴巴,那样子就像一个害口馋酸的女人,不住地吸着,痴痴地四下张望。她的眼前空空荡荡、一望无际,收光了庄稼的地垄赤条条伸向远方,仿佛一条条相挨紧密的小道,而在小道尽头,是漫过去又漫回来的一个又一个山岗。风从山岗那边荡荡地吹来,胸窝里要多舒坦有多舒坦……然而,望着望着,她眼前闪现了一个人——曹宇环,他站在她的对面,冷冷地看着他。他的眼皮黑幽幽的,像揉碎了的野葡萄,可她眨眼细细端详,他又消失得无影无踪了。

悔恨的冰霜,就是这时挂上初冬的山野的。要不是她把曹宇环供出来,承国就不会遭到毒打;要不是她撕扯了承欢,秉义就不会上台,秉胜就不会上吊。在大队的那天晚上,她压根儿就没想把曹宇环供出去,她早就把他忘了,她把他忘得连影儿都没有了,可她后半夜打了个盹,居然做了个清晰的梦。在那梦里,曹宇环穿了她在那个雨夜送他的衣裳和布鞋来到她家,进了老房子的厢房,他把穿着布鞋的脚抬起来,瞪着一双阴森森的眼睛跟她说:"这双鞋底真结实,走了好几百里地都没磨碎。"她一早决定把他供出来,以为他是托梦让她供,以为他是在暗中救她——早些年月他就救过她。谁知道他是藏在申家这个粮仓里的耗子，他钻出来，并不是救她，是来祸害她这个家的。

在这苦熬的日子里，因为曹宇环的浮出，秉德女人觉得家里所有人都在埋怨她！给大伙儿开会那天，她捂锅盖一样紧紧捂着这个梦，就是怕大伙儿埋怨她老糊涂，竟然相信一个梦。可她不知道，越是这么严严实实捂着，曹宇环越变成了她身体里的耗子，咬得她心窝吱吱作响，她只有一天天走向山野。

这一天，她刚刚来到后山小道，就被一辆马车堵住，抬头去看赶车的人，居然是后背弯成弯弓一样的罗锅。他把车停下来，噘着下巴示意她上车。在她的理解里，罗锅是觉得心里有愧，想用马车往山上捎她一程，于是情愿给他弥补的机会。可是她爬上车，罗锅一鞭杆子抽下去，喔喔哒哒一阵呼号，车居然掉过头，朝周庄返回了。秉德女人咳一嗓子，疑惑道："你这是……"罗锅根本不理她，直到返回东山岗，下了岗梁，把车停下来，他才贴近秉德女人大声道："老嫂子，俺是为你好。你这时候往外走，对你儿女不利，你得老老实实待在家里。"

这时，秉德女人才朦胧知道，她已经是被队里人看管的没有自由的人了。从此，秉德女人再也不上山了，在炕头上老老实实坐了一冬天。转过年春天，后门打开，房后杨树林冒出新绿，她才偶尔拖着蒲团，上小树林里坐上一会儿。这是这一年春夏之交的下半晌，她在屋子里睡了晌觉，刚刚来到后院没一会儿，就见一辆马车停在后道上，用手遮住光线觑着眼去望，只见罗锅大步流星朝她走来。她奇怪地看看罗锅，她想说俺坐在自个儿家里还不行吗，可还没等说，罗锅就亮着他尖尖的嗓子道："上边叫俺来拉你上青堆子湾，干什么，俺也不知道。"

那一天，秉德女人没来得及进家换衣裳，就上了罗锅的车。他把车赶得燕儿飞一样快，在一些沟坎上，车颠起来，把她的骨缝都颠酥了，一路不住地央求道："兄弟，你慢点啊慢点。"

罗锅把她拉到的地方，是公社革委会。她刚进院，就有一个年轻人走过来，把她扶上一辆深绿色铁皮车，就像当年她被介夫兄弟的护卫扶上去沈阳的铁皮车一样。秉德女人知道陪她的不是介夫兄弟的护卫，他穿着一身和赵大志一样的绿军装，可上车的一瞬，她还是有一种错觉，觉得时光在倒流，又回到了从前。因为感到时光在倒流，一路上秉德女人并没怎么害怕，只是在心里嘀咕：难道她的介夫兄弟回来了让她去见他？她一路不敢舒展地喘气，不敢活动身子，仿佛老老实实地守着，会守出什么好事儿。然而，当她因为一路不敢动弹，浑身像散了架的机器似的被拉到一个宽敞的院子，颤着麻酥酥的老腿进了一间屋子时，她见到了一个和她命运怎么掰都掰不开的人。

他不是她的介夫兄弟，而是曹宇环。他从一间泥墙垒就的屋子里出来，拖着沉重的脚镣。她根本不认识他，印象里的他高大魁梧，不像现在又矮又瘦。关键是她根本无法想到，她一些天来鬼神搓搓似的甩不掉曹宇环，曹宇环真的就活生生地来了。扶她的人把她送到一把椅子上坐下，就见她认识的赵大志精神抖擞地从另一个屋里走进来，朝她看了一眼之后，指着曹宇环问："你好好看看，认不认识他？"

秉德女人抬头看看，发现不是介夫兄弟，就毫不犹豫地摇摇头道："不，俺不认识。"

可她的话音刚落，赵大志就怒起了脸："你怎么还不老实，好好看看，到底认不认识。"

这时，她把目光抬起来，扫向这个黑乎乎的小老头，她的目光和小老头的目光刚刚相撞,他就和蔼地冲她笑了,多年不见的老邻居似的说:"认识,我认识你。你是秉德女人,我是曹宇环。"

听是曹宇环,秉德女人就像在平坦的野地里突然看到豺狼虎豹,惊慌得脸顿时煞白,"你——"

"是我,我是曹宇环,我认识你男人秉德,你当年上湾上为秉德的事求过我。"

秉德女人眯起耷拉的眼皮,尽量用目光把他推远,这时,她确实认出来了,他黑黑的脸上有浅浅的麻子,他虽秃了顶,表情也不像从前那么阴森,可那眼窝里的黑葡萄不经细看,细看还是看得出来,它们被晒黑的皮肤遮掩了。认出是他,她便知道找她来这里是干什么的了,她供出了他,要她来做证。可是她不明白曹宇环的意思,他为什么要主动认她,为什么认出她,却避过她在周庄送他那一回。因为一时搞不懂,她下意识地摇了摇头,可是赵大志误解了她,厉声道:"还不老实?不认识?"

秉德女人恍然大悟,立即点头道:"是,是他,他是曹宇环。"

听秉德女人说出是曹宇环,看守立即冲曹宇环喊道:"好啦,回去!"

第七章

实际上,自从秉德女人供出曹宇环,成了她一段时间以来每天都要面对的令她心绪不宁的大事,追捕曹宇环便成了庄河县革命委员会政治生活中的一件大事。它不仅是庄河县一个县的大事,还成了东三省各地、市、县革委会政治生活中的一件大事。这个曾被国民党重用的保安大队长,在庄河一带杀害了二十多名共产党员,解放前后一直都在追捕之中,只是时间久了,人们以为他已经死了。当听到周庄军宣队汇报他还活着,当年装扮成叫花子逃到北方时,一纸撒向东北各地的秘密传单便布下了天罗地网。那传单公布了曹宇环的身高、长相,公布了他的穷人身份,于是不久,吉林榆树县小林公社下坡大队就有目标出现。他是一个无儿无女的穷老头,住在一座旧庙里,每天除了上山打柴开荒种地,从不和人交往。村里民兵天天在山上练习打枪,他就在山坡上静静地看。有一天,他见一个民兵一上午都没打中一次靶子,突然急了,一跃冲上去,连打数枪百发百中,他的枪法把在场的民兵全惊呆了。他们惊呆不光因为他枪法准,而且他举枪时根本不用眼睛瞄准,于是一瞬间就在十里八村传开了。传归传,大家谁也没有引起特别注意,直到那纸传单传到小林公社,公社武装部想起这个老头,领人到庙里辨认,这个神奇的老枪手才被顺利抓获。

那天晚上,秉德女人被安置在县武装部招待所住下之后。赵大志陪县里的领导到房间里看她,脸上露出从未有过的笑容:"申王氏,领导来看你了,你为咱县里做了件大事。你检举揭发了与人民不共戴天的头号阶级敌人。明天,县里开公判大会,你要到场,你还要再立新功。"

那是一个寒风中蕴藏了某种杀机的冷飕飕的晚上,这个晚上,招待所里的人为了照顾已经年迈的秉德女人,为她铺了厚厚的褥子和被。可是躺在床上,秉德女人一直抖动不止,觉得自己待在了一个四面透风的冰窖。垒起这冰窖的,分明就是她自己——是她把曹宇环供出来才抓着的……他犯过人命,抓着他也许是理所应当的事,可是如果没有他当年的那一袋银钱,就没有申家这一大家子人的命啊。

秉德女人半宿没睡，她一阵阵恶心，晚饭时吃下的那口馒头像大闹天宫的孙猴子，在她胃里上下翻腾。被一种就要呕吐的感觉折腾，她不得不颠着脚板，穿过长长的走廊和阔敞的院子，来到招待所西侧弥散着六六粉味的厕所。在往厕所去的路上，孙猴子本来就要翻腾出来，就差她大张着嘴巴了，可是当她张开嘴，闻到呛人的六六粉味，那孙猴子霎时又缩回去了，折腾到第三回时，她不得不伸出指头向嗓子眼儿抠去。

后半夜，该吐的吐了出来，她才在床上安稳地躺了下来，她安稳地躺下来，发现一弯月牙静静地吊在窗外。这里哪哪都是陌生的，屋子、走廊、院子、厕所，唯有这月牙是她熟悉的。可这个晚上，月牙透过窗户亮晶晶照进来，她恍惚看见曹宇环的眼睛，因为它笑了，它弯弯地笑着的样子那么像白天里见到的曹宇环。他虽然笑了，可是她觉得他是一个贼，一个打一小就偷了她的贼，两岁时和他结了娃娃亲，就一辈子没让她得到安宁，这是为什么啊？！

或许是不断地追问让她看到自己的无辜，在暗中为她鼓了劲儿，或许挖心掏肝地吐了出来，某些污浊之物离开了她的躯体，使她只剩下一个空空的躯壳。第二天早上，当随一辆铁皮车来到审判现场时，她已经只是一个一身轻松的看客了。

这是一个大好的晴天，阳光早早就悬在了剧院的广场上，这个当年承民和妇救会的人一起烧死国民党兵的巨大的广场，聚集了一万多民众，"打倒曹宇环"的呼声在人群里升腾，卷起了巨大的声浪。为了使此次公判大会具有震慑人心的力量，县革委会决定大会之后立即执行枪决，于是广场四周停了数十辆"大解放"，解放军和警察围满四周。秉德女人从没见过这么大的场面，被扶着走进人群时腿脚发飘。她被安排在离公判人最近的第一排，这似乎也是隆重示众不可或缺的一个环节。当年和曹大土匪结了娃娃亲的女人,如今是把他从山沟里揭发出来的头号人物!她刚刚坐到被指定的那张长椅上,就有一群人向她拥来。他们嘴里喊着什么,瞪大的眼睛里闪着莫名的好奇,直到戴着脚镣的曹宇环被两名解放军架扶着押上现场,人们才调整了目标,转向大会主席台。

这是一九六七年冬月二十四,庄河县许多民众都记住了这个日子,因为这个一直以来被人们传讲的神秘人物终于现身,浮出水面。他和人们传讲的那个人可完全不同,一身穷破的农民装束不说,胳膊弯曲,手指骨节粗大,半点儿看不出神枪手的灵活,尤其是他的眼睛,那隐在一双乌眼圈里的眼睛,盛了一湾死水似的没有一点光亮。这似乎让大家有些失望,不但口号声弱了下来,攒动的人头也一点点趋于平静。只是当公判人通过广播正式公布了他的滔天罪行,并宣布会后就地枪决时,口号声才又一次升腾,人头才又一次攒动,整个广场才洪水一样涌动起来。

自始至终,秉德女人都平稳如常,她安然地坐在曹宇环对面,他们之间,只有一丈远,她直直地看着他,毫不回避他的眼神。她希望他能看她,是那种阴森的冷漠的目光,因为只有这样,才会激起她心中的愤恨。现在,秉德女人最想要的,是找到曾经有过的愤恨。可是他仰着脸,目光一直对着远方,直到公判人公布他的罪行,并讲到他隐于吉林大山里的时候,他才把目光落下来,落到她的脸上,和她长时间地对视。这时,他目光释放的不是阴森和冷漠,而是死灰一样涣散的寂灭和空无。突然,秉德女人再也不能安静了,心底有一丝说不清的隐隐的疼涌出来,这疼不是遭了耗子咬似的疼,而是那种母亲被孩子咬了奶头似的疼。在瞬间的慌乱之后,秉德女人从人群里站起来,蹒跚着一步一步走到台上,凑近他。她在曹宇环跟前站稳,像当年活埋周成官时那样,她大声喊道:"你做人干的坏事太多,做鬼可得好好修行啊——"

曹宇环没有像周成官那样回她的话,寂灭的眼神突然闪了一下,之后冲她有力地点了点头。

第五部

第一章

送秉德女人去的路上，罗锅把车赶得飞快，一直没和秉德女人说话。回来却不一样，他把鞭子扬在手里，鞭梢总是绕过马背抽在半空，一辆马车就像牛车一样，慢悠悠晃在山路上。

一直以来，罗锅都想跟秉德女人说点什么，可因为承欢和上边信任他这个铁杆贫农，他只有把话憋在肚子里。批斗会上打了承国，过后心底闹腾了好久，他对申家任何人都没有仇恨，可是那天不知怎么就冲了上去，看到很多人都冲上去，脚跟不知怎么就有东西往上顶。他冲上去，伸出那只脚的一瞬，觉得一辈子的窝囊、委屈全都挥了出去，觉得自己腰杆有生以来第一次硬了、直了，觉得自己根本不是罗锅！可当天回家他就后悔了，就觉得自己的腰杆比原来又矮了半截，因为他的哥哥找到他把他好一顿臭骂，骂他是混账王八蛋、狼心狗肺。那天在后山坡遇到秉德女人，他多么想拉上她，无拘无束地向她说点什么啊，因为她还在被监视中，不得不放弃想法。现在，枪毙了曹宇环，秉德女人被解放出来，罗锅终于有了机会："老嫂子，你一辈子命不好，可老天还是照应你，又过了一道坎儿。"

秉德女人眼睛瞅着沾了泥土的马背，一时间没有反应。

"老嫂子，俺成了铁杆贫农，这些年离你远了，可心里边从来就没远过，那一时都是俺犯糊涂。"

秉德女人把目光移向山野，还是没有接话。

"人这一辈子，谁也走不到头里看。在早周成官当道时，俺做梦也想不到像俺这样的穷苦人能翻身得解放，能像他那样赶上马车，能赶上马车过上好日子，俺从心里感谢共产党。可是俺也有数，你不是坏人，俺从来没把老嫂子当成坏人。"

罗锅这么说，秉德女人好似听明白了什么，他的意思，是说党不信她，他还信她。然而秉德女人舔了舔因呕吐而发干的嘴唇，还是没有接话，因为这时，她被眼前天空中的奇观吸住了眼睛。一片霞光绸缎似的穿过云缝，翻卷出漫天火红，而在红彤彤、恍如炭火似的绸缎下面，红色的炊烟在大地上一柱一柱往上升，整个周庄都笼罩在一团烈焰般的火红中。秉德女人多年没有看到这样的景象了，这一刻，她那么想回到家里，回到她热乎乎的炕头，于是她说了回程以来第一句话："兄弟，车快点赶啊。"

那天下晌，不只秉德女人，就连承国和承国媳妇，也以为曹宇环挨了枪子儿，申家的日子从此就霞光满天了。广播把公判大会现场录音播出来，在罗锅哥哥家出粪的承国，激动得接二连三往粪坑里掉，傍晚天空出现火烧云，一段时间以来一抹黑的眼前冒出一片锈斑斑的红，他直招呼"看见啦，看见啦"。他拖着一双湿淋淋的粪脚回到家里，承国媳妇不但没让他在院子里脱鞋，还冲正在院子里玩耍的孙子说："还不快把爷爷领进屋。"看到儿子和儿媳脸上都有了笑面，秉德女人在饭桌上狼吞虎咽,活动着动辄就离开牙床的假牙,吃了一段时间以来最饱的一顿饭。

因为有了某种期盼,秉德女人回家仍然无觉。她睡不着觉,心底却是踏实的、安稳的,仿佛曹宇环现身在她的生活中,是他的命数已到,是老天有意的安排。因为随着那声枪响,他魂飞烟灭,一眨眼那耗子从她身体里窜了出去,消失得无影无踪了。她没有觉,是她在盼望家树的回来。要说在苦熬中有什么盼望是重要的,那么就是家树的笑脸了。他有技术,公家看重他。可是从冬月到腊月,秉德女人始终没从家树脸上看到起色。大年三十晚上,她再也忍不住,把家树叫到堂屋,对着没有宗谱的空空荡荡的墙壁问道:"家树,奶奶想知道,咱把曹宇环供出去了,党还不信咱?"她气喘吁吁,仿佛爬过一座高山——在她等待某种属于申家的美好前景时,她觉得问出这句话,就是爬过一座山。可是她爬过去了,家树并没向她展示美好的风景。家树对着墙壁,长久地沉默不语。秉德女人不甘心,又接着说:"奶奶老了,不懂世上的事,可奶奶知道话是穿石的水,想叫党信你你得说话,你这么闷葫芦似的不说话,谁知道你怎么想啊?党就是不信俺和你爹帮过曹宇环,可你得叫党信你呀。你还年轻,你得跟党说,你根本不认识他呀!"家树不得不开口,闷声闷气道:"奶奶,咱家根儿上不好,和认不认识曹宇环不是一回事儿,俺递过好几回入党申请了,都被顶了回来。俺也想开了,党不信咱咱也不入党了,咱好好钻研技术,好好做人就行了。"

根儿上不好,如果说走向黑暗还有通道,那么这句话就是通向秉德女人黑暗日子最笔直的阶梯了,因为这话让她懂得,曹宇环的死并没帮上她什么忙,他不过是申家这条根上的一根小小的须杈,打掉他,还有许多别的须权，打掉他，还有粗壮的根呢！在申家，所谓根儿，指的肯定不是老祖宗，申家的祖上出过贞节女人；也肯定不是秉德的二叔二婶，他们虽没创下什么家业，可也没留下什么恶名。这根儿，显然指的就是她了。

在一望无际的黑暗里，秉德女人的耐心在渐渐失去。她容不得任何一个孩子来到她的身边，有时刚刚会爬的家远爬到她怀里，她会没好气地把他推出去，仿佛她根本就不认识他是谁。

当然，秉德女人没有耐心，也是身边的人对她没有耐心，身边的人越来越忽视她的存在。承国白天挨家挨户出粪，夜里就陷在收音机里，他眼睛看不清眼前，耳朵反而听得遥远，或许是黑暗遮住了他的眼睛，才使他的耳朵伸向了远方。那远方的声音来自北京，来自敌台美国。党是否还信申家人，他不必看任何人眼色，只要听听收音机里党中央怎么说，就大体知道了。当夜里来自北京的声音强调说"必须将无产阶级文化大革命进行到底"，他一听就知道没有指望，这时，他就在更深的夜里听"美国之音"。那声音远在地球的另一边，却分外亲切。它亲切，不光是讲中国的事就像讲家里的事，而是讲中国一个国家的事好像只对着他一个人讲，那话语好像道出了他的一些心声。每当那时，他的心都怦怦直跳，浑身的血都直往脑门儿涌。他因此每天夜里既兴奋不已又提心吊胆，兴奋的是它发出了自己的心声，提心吊胆的是偷听敌台要犯重罪。被兴奋和害怕交替占领时，他根本顾不得身边的母亲。承国媳妇不关心婆婆，是把心思用到了承多的孩子家远身上。转眼间成了领导两个儿媳的婆婆，因为家树媳妇温和善良又能干，凡事谦让着家林媳妇，她这个婆婆当得并不艰难。艰难的是家远会爬了，不好管。放到炕上，他往婆婆怀里爬，婆婆不喜欢；装到草囤里放进灶坑，他往火里爬，两个媳妇又不喜欢。而要是把他送到房后或院子里，只要听到哪里有声音，他就不顾一切往哪里爬。在无时无刻不在警觉着家远的声音时，她根本顾不上婆婆。孙子不关心奶奶，是因为在他们的奶奶心里漆黑一片时，他们不断迎来照亮他们生活的光明。那光明先是公社有了走街串巷的放映队，他们无论大田里的活儿多忙多累，到了晚上，扒几口饭，就疯了一样抄山谷便道去看露天电影。不久，又有一帮电工住进周庄，在街脖子上埋水泥杆，在每家墙上打眼儿穿线，一些电线通过水泥杆引进房屋，黑暗的世界顿时被电灯照亮，一些更热闹、更有意思的人和事明晃晃地照进他们的生活。年轻的他们，根本无法知道他们奶奶的心里是否黑暗，缘何黑暗。

近在眼前的儿孙忽视秉德女人，远在天边的承多倒是百般关心。又一年三月，房后的土豆花开始放苞儿，他从城里寄来一封厚厚的信和一个大大的包裹。信里，字字句句都饱含着对母亲的感情，他说妈老了，可一定要保重身体啊；他说闲时不要老在炕头儿坐着，要多上两个不在身边的哥哥家串串；他说他睡不着觉时，家乡的街道、草垛、大田、河道常常就在眼前。他虽然在包裹里装了满满十袋麦乳精，可他信里没提孩子一个字，仿佛他的心里只有母亲。

可是秉德女人并没因此而打起精神，要说在苦熬中盼望和等待，其实有一丝盼望最真实也最真切，那就是承多的消息。知道党不信申家人了，都是承多告诉她的，她盼承多消息，其实是盼望承多告诉她他的情况有所改变，是盼望他有一天回到家里接走家远。他在信中不提党也不提家远，秉德女人眼前的黑暗越发深不见底了。

在所有指望都不复存在的日子里，家远，这个大脑壳小眼睛、一天到晚哭叫不休的孩子，在秉德女人眼前越发清晰了。如果说那些指望里有什么是现实的，那么对秉德女人而言，最近的现实就是家远了。

他在这个家里已经待了一年多了,他和家树的儿子永虎、承国的小闺女家娇在一块儿,给这个家带来了太多的麻烦。承国看不清,也许不觉得麻烦,承国媳妇一定是觉得麻烦,两个孙子媳妇一定是觉得麻烦。如果知道哪一天能接走,麻烦也就麻烦了,可是这麻烦就像二道河里的水,哗啦啦流淌着根本没个边际,这时,不被大家留意的秉德女人便留意起大家来了。起初,她只留意家远是不是在哭,他一哭,她就警觉地打量四周,看是不是有人打他了。时间一长,她确实有所发现。家远把水道沟里的烂泥拍到猪背上,用小手在那里乱画,承国媳妇喊他不听,就冲他拍了一巴掌。有了这一发现,她并没马上恼怒,人家替你伺候孩子,没有功劳还有苦劳,可当有了另一个发现,她便再也沉不住气了。这一发现不是承国媳妇烦家远,而是承国媳妇烦承国,比如承国眼睛看不见,承国媳妇总是吆五喝六,他进屋撞了孩子,她没好气地说:"看看你,就不能用脚蹬着走?"饭桌上夹菜夹不准,动不动就掉到桌子上,她没好气地说:"看看你,哩哩啦啦的就不能用饭碗接着?"在秉德女人看来,她看上去冲的是承国,实际冲的是家远。当然一开始她并没点破,只是当着一家人的面埋怨道:"承国眼不好你又不是不知道,怎么能像喝呼孩子似的喝呼他?"

谁知,就像一场旱天里的雨,这话正中承国媳妇下怀。也就是说,承国媳妇并不愿意那样,她是怕两个媳妇嫌弃,是为了不让媳妇嫌弃,才主动表现出嫌弃的,这么做其实她心底很难受。婆婆给了她台阶,借这个台阶,她迅速校正自个儿,不但再也不喝呼,见承国进门,还上前扯他的衣袖引着他走,吃饭时,同样的菜,她还要单独盛一碗放到他的跟前。这也许是承国媳妇最愿意做也最想做的了,从嫁到申家,不是跟婆婆、哥嫂在一起,就是跟婆婆、儿媳在一起,她从没单独伺候过承国,承国也从未单独吃过小灶儿。可如此一来,事情便往更坏的方向发展了,秉德女人居然从中发现了媳妇对自己的忽视。这是一个奇妙的变化,她原来觉得承国媳妇冲承国发火是在冲家远发火,可她不发火了,对承国好了,心底又有说不出的滋味泛出来。天地良心,她一点儿也没有跟儿子争什么的意思,没有承国,可以说就没有申家这一大家子人的现在,可是这想法一点儿也控制不住那滋味泛上来。那滋味泛上来,一个晨光里饱含着某种愁绪的早上,秉德女人蘸水梳了梳头发,戴上承多从城里买来的丝线簪网,穿上承多从城里买来的涤卡夹袄,轻手轻脚走出后门,绕过屯街,向后山山野走去。

虽然已是深秋,可因为生产队的社员还没来得及把镰刀挥向后山,被苞米秸挡住视线的秉德女人动辄就迷了路,须不断停下来前后张望。她歪扭着僵硬的老腿,磕磕绊绊上气不接下气,她一路哆哆嗦嗦,大汗淋漓,终于摸到长满蒿草的荒坟跟前,竟然不顾湿漉漉的露水,扑通一声坐到地上。她坐到地上,大张着嘴喘息着,从喉咙里发出来的声音像灶坑的风箱。一点点平静下来,她才开始寻找秉德的坟。

秉德女人出来找秉德,是想和秉德说说话,她太孤单了。她想问问秉德,她这个根儿怎么就不好了,是从什么时候开始不好的,怎么所有人都嫌弃她、不搭理她了……眼前这些坟堆儿,有秉德二婶二叔的,有秉东、承山的,还有承玉的。因为她领人过来挖过,石板垒起的茔门掘在一边,根本认不出谁是谁的。挖出的深坑里,一群蚂蚁在爬上爬下,坟头的蒿草间,几只蜻蜓在飞来飞去。为了使视线更加开阔,有一个时辰,她慢慢跪起来,从坟堆远处往近处看,这时,就在她的目光一点点从坟堆上的蒿草移到坟前矮趴趴的须草时,她看到一个奇怪的东西。它像一条卷着身子的蚯蚓,挂在土堆边的一根须草上,它的身上沾着泥土,可隔着泥土,有一星光亮,眼睛一样冲她眨巴着。

秉德女人心口突然抖索起来，某个地方像被马蜂蜇了一下，有一种尖细的疼，霎时，脸膛就呼啦啦热了起来。她伸出发颤的右手，一点点接近了那条闪着光亮的"蚯蚓"，顺着须草的茎梗，慢慢往下撸，当她把它撸下来，握进掌心并猛地搂到怀里时，她沙哑的嗓子里发出一声震天动地的哭喊："承山啊，你可回来啦，你怎么回来了啊！"

这实在是太意外的时刻啦，这枚带着承山鬼魂的戒指，她领人来翻天覆地地扒都没能扒到，这会儿，她把它忘了，它却神奇地来到身边。因为这欢喜太巨大，也因为一直以来太孤单，秉德女人呜呜地哭一阵，又哈哈地笑一阵。哭时，她把它握在掌心，觑着眼盯着指缝看，好像一打开它就会自动跑掉；笑时，她又把握着的手送到耳边，好像它在和她说话，好像她听懂了它说的话。

那个早上，因为一枚戒指的失而复得，秉德女人不但再也不想跟秉德说话了，而且仿佛板结的土地突然渗进雨水，皱纹纵横的额头和抽抽巴巴的脸腮立即舒展开来，有了血色。因为第一反应告诉她，承山是来救她的——有了戒指，把戒指交到大队，党就信她、信申家了，党信了她，信了申家，儿孙嫡女就不至于不搭理她了。于是她再也坐不住了，把戒指握在掌心，慢慢爬起来，趔趄着去找通往徐家炉的沟谷小道。迈开第一步时，她觉得僵硬的老腿比原来好使多了，那里的筋骨像发好的面一样有了弹性。走着走着，突然地，她又停下来，觉得有些不对。这个宝物，在她最需要时没有现身，现在现身，是不是承山不愿意落到公家人手里呢？他在她身边守了大半辈子，她和他说了大半辈子的话，现在现身，他是不是想听她说话，或者也和她一样太孤单了，太想找个人说说话呢！这么一想，秉德女人折回身，顺来时的小道又返了回去。不但如此，她下了山坡，看到自家房后那片杨树林，往后门口瞅了一眼，迅即又扭过身，趔趄着向东山岗走去。

秉德女人的想法非常简单，她要带承山上青堆子湾逛一逛，散散心，她要和承山在一起多待一会儿，好好说说话。这个日子的天气实在是太好了，不但一丝风都没有，日光在通向东山岗的土道上跳跃，就像有无数个承山的影子在跳跃。也是蹊跷，刚下东山岗，拉碱泥的罗锅就从后边跟了上来。上了马车，看着被日光染红了的尘土，秉德女人和承山说了一路的话。她说话，当然没有出声，只在心里说，可是因为秋天的山野太静，砍倒没砍倒的庄稼都沉睡了一般，她觉得她的话满世界都听见了。她说承山，都是妈不好，妈不该扔了你啊；你没让外人找到，又回到妈身边，你是有灵神的啊！她说承山，家里活着的人都嫌妈根儿不好，就你不嫌，你可真是妈的好孩子啊！她说承山，党不信咱家了，承多到现在连封信都没有，可是妈没死心，家里人都死心了就妈没死心，你说妈怎么就不死心呢？！

这么一路不停地说着，车很快就到了青堆子湾。走到十字路口，罗锅问："嫂子，你想上哪儿？"

秉德女人愣怔一会儿，随口说："拖拉机站吧。"

她这么说，只因为眼前有一台拖拉机，可当罗锅把她送到拖拉机站门口，下了车，在那里慢慢站直身子，她竟哪儿也不想去了。她看到了家树！他们不是一个，而是无数个，他们穿着油脂麻花的衣裳，有的躺在车底下，有的站在车斗上。她虽然认不出哪个是，可正因为认不出，觉得哪个都是，心里才泛出一种说不出的喜悦。他们所在的院子很阔敞，里边有一堆堆破铜烂铁，有一台台大卸八块的拖拉机，还有一间间没窗没门大敞着的屋子。那大敞着的屋子顶上，有一条长长的红布做成的横幅，上边写了一些金黄的大字。它挂在上边，就像人长了眼眉，使那下边的屋子、屋子外面的院子统统有了精气神儿。当然，在秉德女人眼里，最有精气神儿的不是这些，而是一个黑脸包公一样的汉子。他站在大门口,守着一条铁链子,一有车来,就把铁链子放下,车走了,再把铁链子挂起,一看就知道是看大门的。凡是公家,都要有看大门的,当年介夫兄弟在沈阳时有,后来承多在哈尔滨时也有。看着家树在有看门人看护的院子里忙碌,秉德女人心里边不知怎么就亮堂起来。

一开始,她这么看着,并没想往里进,看着看着,她不知不觉挪动了脚步,一边挪一边说:"承山,家树是个好孩子,俺反正来了,就把你交给他吧。他把你交了公社,他就得好了,咱申家就得好了。"可是挪了两步,刚刚挨进铁链子,她就觉得胸口发闷,握着戒指的手心就有汗沁出来。她于是停下来,往后退了两步,觑眼去看自己的拳头。握拳的手又麻又酸,不得不把戒指倒到另一只手里,平稳一会儿,她又说:"承山,去吧,妈对不起你,可妈没有办法。"又往前挪动,然而当她就要迈过铁链子,要冲黑脸包公打听家树时,她的胸口不是闷,而是猛烈地疼了起来,疼连着肚皮,连着后背,像有人在那里抽走了一根筋。这时,秉德女人立即停住,转身,因为转得太急,她感到一阵昏天黑地的眩晕。她努力使自己站稳,定住神,便偷东西的贼似的朝人多的地方走去,直到消失在人来人往的人流中。

第二章

秉德女人丢失的消息当天晚上就在周庄传开了。虽然婆婆很少上承中、承信家串门,可吃晌饭时,发现炕上的婆婆不在,承国媳妇以借东西为由,上承信家和承中家找过一遍。在担心的事情还没有确定之前，她没惊动任何人，她不想让外人怀疑自己做媳妇不孝，她甚至都没告诉承国。她悄没声儿地告诉两个儿媳，她们的一句话又让她放了心："好像坐罗锅叔的车走了。"可是晚饭时分还不见回来，家远饭桌上哭着找奶奶，承国媳妇不得不颠着小脚去询问罗锅。询问的结果，不由得让她出了一身冷汗，立即通报了承国、承中和承信。于是，长期忽视奶奶的孙子孙女们，在承国、承中和承信的催促下纷纷向青堆子湾方向找去；时刻把握阶级斗争新动向的承欢和大队领导，则吩嘱民兵在周庄一带撒下天罗地网。

将消息从申家泄露出去的，当然是赵彩云，她泄露出去，并不是像她哥希望的那样，提高了阶级警惕，而是她从心底不舍承多的孩子家远。奶奶不见了，家远大哭不止，稚嫩的哭声穿破厚重的夜幕，像锥子一样扎着她的心。不知为什么，这个孩子一进申家，隔着墙头刚见第一面，她就喜欢上了。他的眉毛、额头、厚嘴唇宽下巴，和承多一模一样。看见他，十几岁和承多恋爱时节涌动在心底的春水不知不觉就涌动出来，仿佛又回到了潮湿的青春岁月。一段时间以来，她夜里总是无觉，总是在无觉的夜里焦急地盼望天亮，而只要天亮，小猪崽一样哇啦哇啦的声音从东院传过来，一种说不出的喜悦就涌遍全身。这喜悦冲淡了她在申家的孤独感的同时，也悄悄修复着她和承信之间的关系——每当她隔着墙头看家远，每当从后门爬进来的家远被她抱起，承信系在眉头的大疙瘩都迅速解开。赵铜匠见闺女急得在炕上打滚儿，找承欢动用民兵的想法一下子就涌上了脑门。所以民兵们撒下天罗地网，与其说是寻找阶级敌人，毋宁说是帮赵彩云找寻她最心疼的孩子的奶奶。民兵们按目击者的指点，先上秉德坟地，之后在每一个沟坎和深凹的地方驻足，找遍方圆四五里山野还是找不到，就拿罗锅撒气，揪住他异口同声地问，到底把秉德女人拉到哪里去了。罗锅磕磕巴巴说出拖拉机站，民兵们又去找家树。这时，家树早已被家里的兄弟们围住，他一遍又一遍重申："我从没见过奶奶。"

秉德女人是在所有人都不抱希望的第五天黄昏才回到周庄的，那时的她坐在罗锅拉碱泥的车二板上，怀里抱着两个白花花的大馒头，脸上笼罩着晚霞铺照过来的祥光，从房后小树林下车。家里人和村里人围上来，她茫然不觉地看着大伙儿："怎么啦，怎么来这么多人？"仿佛她不过是走了一趟亲戚。

秉德女人从没想过以走丢的方式找回在申家的地位，确实，回家那一刻和此后两三天里，她经历了在此之前好多年不曾有过的前呼后拥，先是儿子们，之后是媳妇、孙媳妇们，再之后是孙子、孙女们，就连最不喜欢奶奶的承中的大闺女家凤也来了。赵彩云虽没过来，可承信把她在娘家打滚哭的事重复了两遍，比亲自过来还显得关心和重视。奇怪的是，秉德女人不但对人们的关切无动于衷，而且自始至终也没说出个子丑寅卯，被人们问急了，她不得不开口，就随便应付说："哪儿也没去，上干姊妹家了！"之后两手握成拳头，紧紧地抱在怀里，仿佛那干姊妹是谁，只有拳头知道。

实际上，那天秉德女人离开拖拉机站，根本不清楚自己要上哪里，也不清楚她所在的大街，就是她小时候每天都要走的渔市街。因为街两旁又新建了纺织厂、轴承厂、纸箱厂，到处都有机器嗡嗡嗡的声音和熏鼻子的机油味，她很快就转了向。她转了向，不清楚前边是南是北，不清楚脚下的道通着哪里，但有一点是清楚的，那就是，绝不能把戒指交出去，绝不能让承山再离开自己。因为深深地清楚这一点，她的僵腿就越走越有力，越走越轻飘。她的夹袄被汗水湿透，她的脚板被石板道硌疼，她的眼睛在穿梭的人流中有些迷乱，须不断地停下来揉搓。就在她停下来退到街边，倚着身后的墙壁揉搓眼睛时，身后的墙壁哐当一声倒下,她四仰八叉地摔倒在地。

原来她倚的不是墙壁,而是住家的木门,当她从一刹那的昏厥中清醒过来时,她已经躺在一盘硬邦邦的土炕上了。

这是一间黑乎乎的屋子,木门偏在门轴上,门轴后边挂着一绺灰网。老柜顶上挤满坛坛罐罐,没有炕席,替代炕席的是袼褙一样厚厚的硬纸壳。墙皮上的糊纸像挂了抹布,破烂不堪,那抹布上爬满了黑黑绿绿、大大小小的蛾子。秉德女人清醒过来,从炕上一点点爬起,未经允许就脱了鞋委到炕里边。她稀罕这里,也许是这个脏兮兮的小屋让她觉得安全,在她不想把戒指交给公家时,她希望能有一个隐蔽的、安全的隐身的地方;她稀罕这里,也许因为房屋的主人,她虽像个疯子似的披头散发,可她看她的眼神里有一种孩子似的欢喜,仿佛她是她得到的一件宝物;关键是,她有一盘热乎乎的火炕,她做饭的炉筒直通火炕,坐在炕头儿,不一会儿乏乏的老腿就酥软过来了。

那一天,不知不觉走进这间屋子,秉德女人自始至终都觉得是承山的作用,是他在暗中保佑她。因为这之后,疯婆子把墙上的蛾子搅起来,让它们闪着黑绿色的翅膀在棚子上呼啦啦飞动,她像进了又一个热闹的世界。这世界不但热闹,疯婆子还在搅飞蛾子之后,揭开炉子上的蒸锅,露出又白又细的发面饽饽……

吃了疯婆子的饽饽,疲惫的她便再也不想走了。

在这间破烂不堪的屋子里住下的五天,秉德女人度过了神仙一般的日子。她看热闹的飞蛾,吃香喷喷的饽饽,看够了吃够了,就听疯婆子讲古事,讲渔市街上的杂货铺、绸缎庄,讲渔市街上的大染坊、照相馆,讲男人梳在后脑勺上的辫子,讲骑着大马的匪胡子……因为她讲的古事她都熟悉,听起来就有滋有味,脑袋里就有声有色。有一个时辰,疯婆子还讲起了她的爹,说她爹外号叫许独眼,十分霸道,生生把她和一个匪胡子的婚姻给拆散了。她怀了匪胡子的孩子,生下那天,她爹骗她找人喂奶给抱走了,就再也没有抱回来。她年年都在等孩子回来,为了等孩子回来,她一到初秋就在外面买一瓢大茧,让它们出蛾……

这时节,秉德女人眯起眼皮儿,盯住疯婆子细细地端详,痴痴地看,看着看着,就把戒指揣到怀里,向疯婆子伸出那双青筋暴突的手。可是疯婆子并不让她握,慢慢委下炕打开老柜,从柜里拿出一颗毛茸茸的大茧,孩子似的看着她:"你看这是什么?"她把它放在耳畔,静静地听一会儿,再让秉德女人听,"你听你听,里边叽叽喳喳的,它们能变出真正的蛾子。"说着,她指着墙上的蛾子,嘟着干瘪的嘴唇道:"这些小杂种,全都是虫子变了。大茧才不是呢,它们是茧蛹,能变出真蛾。它们变成真蛾飞出来,胡子就把孩子送回来了。"为了向秉德女人证明,她还用剪子把它铰破,露出里边黑紫色的茧蛹。这时,秉德女人干枯的老眼顿时涌出混浊的泪花……

不知是一种什么样的念头作怪,看到大茧露出黑紫色的茧蛹,秉德女人居然伸进手指把它拽到炕上,之后从袄兜里掏出戒指,把它放进去,再之后,让疯婆子找到一块布绺,用水化开一小块饽饽,把布绺粘到大茧上,一边摇晃一边放在耳边听。

把装有戒指的大茧摇在耳畔,秉德女人已经深深地陶醉了。她干瘪的嘴唇仿佛盛开的槐花一样微微泛绿,她混浊的瞳孔点燃了柴火一样在呼呼窜红。因为那黑暗中的声音好听极了,像风,又不是风,空空的,却又叽叽喳喳、踢踢踏踏,听起来像有无数匹马在老远的野地上奔腾。它们上了一个坡又上了一个坡,它们发出的声音既不阔畅又不尖细,正因为不阔畅、不尖细,才有一种隐隐的正在赶路似的急促。

虽然无论谁问,秉德女人都没说出自己住在哪里,可是两天以后,她和当年许记照相馆的疯闺女在一块儿的传讲，已经家喻户晓、人人皆知了。因为如果不是罗锅不厌其烦地赶着马车在渔市街上走来走去，终于在街道暗下去的日光里发现窗玻璃里那张熟悉的脸，她不知还要住上多少天呢。关键是，疯婆子多年来在青堆子湾后山上买茧养蚕养虫蛾，早已是家喻户晓的人物了，人们叫她许蛾子。罗锅把许蛾子屋里的景象描述出来，把秉德女人和许蛾子一起跪在炕上，痴呆呆摇晃一只大茧傻笑的景象描述出来，没有人不认为她也疯了，被家里一堆愁事逼疯了。

在被村里人认为和许蛾子一样疯了的时候，秉德女人获得了多年来从未有过的自由。不管拉碱泥还是交公粮，只要罗锅上青堆子湾，她都可以毫无顾忌地跟着，因为和许蛾子在一块儿，没有人会怀疑她搞什么破坏活动。由此，她再也不必腻腻歪歪地待在家里了。为了不让家远离开她哭哭咧咧，再去时她带上了家远。家远害怕乱飞的蝴蝶，去一次就再也不去了，她不得不当天回来，或者顶多住两天就得回来。因为每次回来，总能拿回两个白面馒头，孩子们总是争先恐后，迎接她的便再也不是嫌弃了。

要不是因为生气上了秉德坟地，在坟地上发现戒指，她怎么都不可能有这一天！这一天，她独自拥有了两个秘密；一个，是她遇到了干姊妹；一个，是她有了和承山厮守在一起的机会，有了总能听到踢踢踏踏声音的机会。本是因为有了前一个秘密，才有了后一个秘密，可说来奇怪，她把戒指藏到茧里，居然再也不为是否把它交出去而烦恼而犹豫了，似乎她认定，它就该像蚕蛹一样待在茧里，在黑暗中发出声响，到时辰到来，再像蛾一样破壳而出。这一天，她和疯婆子就像两个贪玩的孩子，一遍遍摇晃着大茧，一遍遍倾听着里边叽叽喳喳、踢踢踏踏的声音，摇累了，听累了，再把被垛高高垫起，趴在被垛上往外看。渔市街的白天实在是太好看了,赶集的、上班的、上学的,隔着厚厚的玻璃,看外面的车水马龙,就像早先在天后宫庙戏台下看戏。他们水一样流淌着,叮叮咚咚哗哗啦啦。他们分明就在眼前,她却觉得回到了遥远的过去,因为疯婆子动不动就大声招呼:"胡子来了,胡子来了——"有一天,不知道是什么日子,男女老少都上了街。他们敲锣打鼓,有的腰系红绸带扭秧歌,有的在竹竿上挑着红布呼呼号号,忙活了整整一天。她们看入了迷,晌饭都没吃,到了傍晚,人流散去,疯婆子转过身问她:"你看到胡子了吗?他们怎么不骑马哪,这帮浑小子俺怎么一个也不认识哪?"

就像掉进池塘的老马,在它抽出腿来摆脱泥淖的同时,也不再了解池塘的深度一样,在秉德女人一日日和疯婆子混在一起,远离身边现实的日子里,身后的家里,有一桩大事儿春天的蚕蛾一样破壳而出了。因为成分不好,承中一直找不到对象的大闺女家凤动了婚事,对方是周克真的小儿子周吉明,举国欢庆的"九大"过后,他们要举办婚礼。结婚那天早上,于芝怕婆婆又跟罗锅上车走了,天刚蒙蒙亮就过来报信儿。说第一遍,秉德女人没听懂,说第二遍,她还是没听懂,于芝又一字不差地重复了第三遍,于芝说:"咱成分不好,铁杆贫农不要咱,咱只有鱼找鱼虾找虾了。咱家凤给了周克真小儿子了,今儿个办事儿。"这时,正在洗脸的秉德女人停下来,眼神钉在盆沿上,瞬时,她把脸盆里的水掀到地上,扯着沙哑的嗓子大叫道:"申家的水已经臭了,还要往臭水沟里流,寻思什么哪?"

谁都以为,秉德女人和疯子在一起,是她乐得清静再也不想操心,再也不想管身后的闲事,想不到她会如此大怒。承国听到于芝躲水的叫唤声,皱着眉头冲母亲喊:"家里的闲事你就不要管了,多大岁数了还管闲事?"

秉德女人像一头从睡梦中醒来的雄狮，抻着松垮的脖子，把衣袖往胳膊上一撸，转向承国："咱稍等一等就过去了，咱怎么能眼看着往臭水沟里嫁人？你眼睛看不见还听不见吗，你没听见大老远有什么声儿吗？踢踢踏踏的？俺耳背都听见了！"

见母亲越说越离谱，于芝住了口，承国也住了口，可是秉德女人绝不住口，一再吵吵不能往臭水沟里嫁人。不但在家里吵吵，早饭后，她还拄着木棍，一步三晃地来到周庄大街，来到周家大院门口。

那天早上，秉德女人向大街走来，就像六十多年前从荒野走来，虽然当年那些老人大多过世，可周庄的年轻人和当年一样，还是口口相传着从院子里跑出来，个个闪动着疑惑的眼神。自从挨批，老申太太可是好几年没上屯街了，承欢媳妇于秀英站在门口，满脸涨红，不知道本家大妈出来要干什么。在本家大妈供出曹宇环，逼承欢动了手，导致她的公公上吊之后，在本家大妈上县里把曹宇环送下地狱，接着又和许蛾子混到一起之后，她对这个老人已经充满恐惧了，觉得她就像藏在周庄大街草垛里的黄鼠狼，说不定什么时候就会钻出来打灾，上大队把承欢和赵彩云的事儿供出来呢。然而，这个夏天的日子，她的本家大妈驱赶着粪场上的蚊虫一路急匆匆走来，奔的不是大队，而是周家大院。她的腰板不再挺直，她的衣裳不再平整，可她的脸是仰着的，气是粗的，她捯动着大脚板在院门口站稳，越过门洞里走出来看光景的人们，指着周家最里边的院子放泼："你以为咱们是一条藤上的瓜呀，你老糊涂了！你周克真是老糊涂了！你得叫儿子明白，申家的水就是臭了，也绝不能再往臭水沟里流！申家的水就是臭了，和周家也是不一样的，总有掘开那一天！俺耳背都听见了，踢踢踏踏的，你听不见吗？"

做奶奶的冲到周家门口大闹，承中两口子还是受了不小的震动。那天头晌，把老人弄回家后，于芝把穿了一身新婚衣裳的家凤叫到房后，愁眉苦脸道："你奶奶的话兴许有些道理，咱挺一挺，就挺过来了，咱不能往臭水沟里流。"谁知家凤一听就炸了锅："她一辈子流这流那的，有用吗？承民二姑还流好了哪，还不是变成史春霞家都不回了，俺偏不信这个邪！"被闺女干脆利落地顶回来，于芝得到解脱。承中仍不踏实，再一次把家凤叫到房后，磕磕绊绊道："要不，要不咱再缓两天，再想一想，两家都戴帽，确实不怎么好。"家凤不忍心冲父亲吵叫，可语气里依然有着锋芒："爹，周吉明是个好人，俺不看重门户，只看重人，他心疼俺，这就够了，别听俺奶那一套。"一句"心疼"，承中也彻底解脱了，因为没有谁比他更知道心疼人的滋味，要不是心疼于芝，他绝不会在被打时乱咬。

周吉明确实心疼家凤，在家凤父母挨批，许多人都远离家凤的晚上，只有他默默陪着流泪；在每人一条垄耪地，所有人都比她耪得快，耪完了就蹲到地头抽烟时，只有他雷打不动帮家凤接头，接到对面，又悄悄离开。他很少说话，也从没向家凤表达过什么心思，有一天家凤主动向他表达心思，约他看电影，他却拒绝了："你别找俺，你该找那些铁杆贫农，俺帮你是心疼你，没有别的意思。"家凤火了，在电影还没上演之前找到他，众目睽睽之下挽起他的胳膊，故意大声道："你没别的意思，俺有别的意思，你就是俺心中的党代表，怎么啦！"见家凤把自己一个地主后代比作共产党员洪常青，他吓得一撒腿从人群里跑出去。就是这次，两人跑到电影幕后的平地上，隔着一米远的距离，开始了他们真正的恋爱。刚开始，是周吉明不让家凤靠近，说你走近一步，俺就再不理你，家凤于时往后退着。见家凤退，周吉明往前挪了一步，这时，家凤说，你要是走近一步，俺就再不理你。他们就这么一进一退，直到某一次周吉明往后退时，家凤哭起来，周吉明也站在原地，嘤嘤地哭了起来。

由距离作成的爱情，不是任何人能阻止得了的，因为这其中包含了各自对出身、家境体会出来的全部滋味。秉德女人不知其中滋味，也就白闹了一场。然而，事情过后不出一星期，秉德女人一直反对的这场婚姻，闹出一场悲剧。悲剧的发生和秉德女人没有半点关系，五十多岁、从复州城回来时就已经成了废人的周吉家，不堪忍受东屋里一对新人欢愉的折磨，把街门口好几家相挨一起的草垛点着，人滚在草里，和草一起烧成了灰烬。火光映红周庄的第三天，秉德女人在许多人不知情的情况下，做了一件跟此前的她完全对立的事。她不但跟此前的自己对立，也跟"文革"形势对立，跟申家所有年轻人的意愿对立。

那是一个阴云密布、风里头夹着雨丝的晚上，秉德女人在承国媳妇搀扶下，顶着雨丝悄悄来到承欢家。她出门没告诉承国媳妇要干什么，只在堂屋悄悄抓住她胳膊，使着暗劲儿一程程往外拽。跟着走到承欢家门口，承国媳妇不得不停下来，用倒退的脚步表示着迟疑。这时，秉德女人松了她的手，独自朝院子里走去。正在灯影下扫地的承欢媳妇见门缝里露出秉德奶奶的脸，吓了一跳，直着嗓子喊："承欢、承欢，秉德大妈来啦。"承欢于是瞪着惊虚虚的眼睛迎出堂屋。

动手打了本家大妈之后，承欢还从没和本家大妈打过照面。县里开曹宇环公审大会，赵大志本是叫承欢一路陪她上县的，他愣说村里工作忙走不开，搪塞过去。他不敢面对她，并不是良心发现，受到良心折磨，而是父亲上吊死后，他心中有了无形的压力，他常常在睡梦中突然呜嗷大叫："爹，爹你别抓俺，俺不干了——"被媳妇推醒，问他怎么了，静静一想，是做了个梦，梦见父亲变成一只老鹰，在黑暗的天空下朝他扑来……媳妇听了安慰他，"文化大革命"都破除迷信了，不该迷信梦。可她嘴上这么说，心里也有些胆怯，尤其那天在街上看到秉德大妈在周家院门口吵叫。

秉德女人并不知道年轻小两口儿的软肋，她只是觉得承欢是队长，老三黄死了，不能越了锅台上了炕。和多年前来帮承欢那回一样，她没进里屋，只在堂屋灯影下直盯盯看着承欢，开门见山说："侄子，俺来求你一个事儿。俺想做媒，把死鬼承玉许给周吉家，搞个婚葬。你是周庄的官，俺得告诉你一声儿。俺知道上边不让搞迷信，可这事俺就迷了，俺不做心里过不去。为这，你批俺斗俺打俺，俺都没怨气。"

听到死鬼，承欢的膝盖立即就软了，承欢媳妇也嘴唇哆嗦，比两个年轻人更害怕的是从后面跟进来的承国媳妇，她贴婆婆耳边阻止道："妈，你这是干什么呀？你不是反对申家水往臭水沟里流吗，家凤嫁周家你都不让！"可秉德女人厉声道："那不一样，活着的人和死了的人不一样，阴间里是又一个世道。"承国媳妇惊恐地看着承欢，张张嘴还要说话，却被承欢阻止。他一扬手，苦脸悲悲地说："秉德大妈，你说阴间里真的是又一个世道吗？要真是，你就办吧。可这事儿必须保密，必须偷着办，就咱四个人知道。阶级斗争一抓就灵，捅出去，俺可不负责任。"她愣怔着没听真切，承欢媳妇又贴她耳根说了一遍："办就办吧，就是不能叫旁人知道。"

顺利地得到允许，秉德女人欢喜，可苦了承国媳妇，她要偷偷为吉家和承玉做嫁衣，她要偷偷上周家门口拾掇烧焦的骨灰。阴间的嫁衣和阳间的不一样，只巴掌那么大的就可以了，做起来并不费事儿，可拾掇骨灰就没那么容易，那骨灰和草灰早都被大伙儿推到前街粪场里了，夜里踩着星光到粪场拾找，差一点儿掉进粪水里。

举行婚葬的夜晚满天星斗，承国媳妇对两个儿媳谎称和她们的奶奶上于芝家串门就走了出来。承玉的坟地在秉东坟地的边儿上，被翻找戒指时掘出来的土给压上了，要不是承玉死前住在承国家，承国媳妇和承国参与了埋她的丧事，她根本不能这么轻易找到坟地。也许正因为这样，婆婆才没有通过秉义——承玉是秉义的孩子，可她死时他根本不在眼前。一对嫁衣并排烧掉，烟灰一缕缕在星光的照耀下升天时，秉德女人泣不成声，边哭边叨念道："吉家呀、承玉呀，今儿个是你们大喜的日子啊，秉德大妈给你们证婚来了，你们结婚啦。结了婚，可要好好过日子呀，承玉要好好待公婆，他们可都是苦命的人啊。"

这桩秘密婚葬，除了四个当事人，按说不该有人知道，可没过几天承中的儿女们就都知道了。他们知道，承国的儿子们也就知道了。吉家死后，家凤不敢住在周家，一到夜里就跑回来，于芝发愁跟承国媳妇唠叨。为了让家凤知道她的奶奶已经为她安抚了吉家鬼魂，承国媳妇就掐头去尾把秘密讲出来。可这一来，家凤好了，住回了婆家去，她的哥哥、兄弟不高兴了。他们的奶奶口口声声反对和周家联姻，背后却搞这种荒唐事儿，关键这是在搞迷信！要是这事儿被上边知道，又不知会带来什么灾祸呢！

为了在父亲面前保护参与做蠢事儿的母亲，家树倒是忍住了，并摁住两个兄弟，可承中至今没结婚的大儿子家旺忍不住，一天，秉德女人上西屋串门被他遇上，他放牛小子似的冲奶奶好一顿蹦高儿："奶奶，你这不是给后人惹祸嘛，你还嫌给后人惹祸惹得少吗？现在是什么世道，你知不知道?！"秉德女人强调阴间是又一个世道，他支吾着对不上话，门一摔气呼呼跑了。

虽然在孙子辈里已经威风扫地，可是秉德女人再也没有离家。她不离家，并不是担心家里再发生类似家凤嫁周家这样的事，而是夜里去为承玉证婚受了风寒，腰酸背痛浑身哆嗦。承国让家森上青堆子湾买来一包安痛定逼她吃了，她白天昏迷不醒，到了夜里又咳嗽不止。一场风寒把她囚在家里，以为用不了多久就会好起来，可是白露过去，大寒到来，一直不见好转。因为必须待在家里，偶尔清醒时，她为大茧缝制了一只小小布袋，封口后把它揣在夹袄的内兜，眼前有人时握着它，眼前没人时就拿出来在耳边摇晃。尤其吭吭喀喀咳嗽得怎么也睡不着觉的晚上。那个时候，家远在身边睡着，承国和承国媳妇睡着，她就支起胳膊从被窝里爬起来，一边晃着大茧，一边透过暗淡的月光往窗外张望，望着望着，月光投在院墙下的黑影里，就有一个人迈着大步从院门口走来。他是承多，他穿着米白色制服，脖子上搭一条黑乎乎的围巾。他趴在窗上张大了嘴巴和她说话，她一句也听不见，可他的脸是笑着的，嘴角上的纹线是弯着的。

一个大雪纷飞的夜晚，她这么朝外面看着，真就有一个人的身影晃进了院子。他穿的不是制服，而是一件厚墩墩的大衣；他脖子上没有围巾，脑袋上却戴了一顶黑乎乎的棉帽。他进了院子，在雪地里站了一会儿，就慢慢向窗前走来。那一刻，秉德女人的心提到了嗓子眼儿，可来人刚迈出两步，又停下，之后像被吓着似的转回身，秉德女人禁不住在屋子里大喊起来："承多——承多回来啦——"

承国媳妇以为婆婆说梦话，呼隆一声爬起来，看婆婆还坐在炕头，不免有些惊慌，随婆婆指的方向往外看，于是看见一个黑乎乎的人影在晃动。他似乎想退出院子，但又返了回来，直奔风门。这一回，承国媳妇、承国，还有没睡沉的家树媳妇、家林媳妇，都听见了"嘭嘭嘭"的敲门声。

下地开门的自然是承国媳妇，她的第一反应顺应了婆婆的呼喊，认为来人定是承多。在这个孤寂而寒冷的冬夜，只有把孩子扔在乡下的承多，才有可能下这么大的苦力。门闩打开，承国媳妇热腾腾喊着"承多，你可回来啦！"，可是来人没应，在门口迟疑了一下，迅速把门带上。当一股寒气被严严实实挡在屋外，承国的两个儿媳妇都起来了，并打开了堂屋的电灯。灯光昏暗而羞怯，它精灵似的铺洒开来时，寒夜里的堂屋顿时冻雪一样凝住了。眼前这个人谁也不认识，白口罩遮住了他的脸，挂着雪花的眼睫毛下，一双抠进去的眼眶里那点儿亮光游移不定，像担心走错门似的慌里慌张。他慌张地打量着迎接她的三个女人，气喘吁吁道："我，我是申承民的同事，就是秉德家的闺女申承民，她让我来看看家人。"

申承民，这个名字实在是太陌生了，它像遮在冬夜云层里的星空一样遥不可及。愣怔一会儿，承国媳妇还是有所醒悟，立即推开里屋屋门，噤声地叫道："承国承国快起来，承民二姐派人来看咱啦，快起来。"

屋子里的空气顿时流动加快，家林、家森虽然不知道他们母亲喊的二姐是谁，可母亲岔了的嗓音让他们再也躺不住了。

秉德女人自始至终都没听清对方是谁，眯眼看着他，一边咳嗽一边摇头："你，你是谁呀，你怎么认识承民呀，俺怎么没见过你哪。"来人似乎并不着急，摘下口罩，露出光秃秃的没有一根胡楂儿的嘴唇，目不转睛地看着秉德女人。

这时，秉德女人像遭到野蜂围攻的孩子，瑟缩着肩膀直往墙角缩，激动地一再重复道："你是说史干部？你认识史干部？史干部不是俺家人，你弄错了呀。"

来人无奈地愣怔了一会儿，把戴手套的手伸到大衣里，掏出一个压扁了的布包放到炕上，自我解嘲似的面朝承国说："没什么，大妈可能是记恨闺女……她，她是史干部，可她还是申承民，我是替申承民回来的。我下来搞外调,她就叫我替她来家看看老人,还有她的兄弟申承国,她老念叨他。"

多年前,申家人就希望承民不管是不是史干部,回到家里就是承民的,可是……这个晚上,对这个不速之客的说法,围着被坐在炕梢一直没说话的承国拒不接受。他干咳了两嗓子,什么都能看见似的把目光调准来人的方向:"俺们不认识申承民,俺就认识史干部。史干部不是来周庄打土豪分田地了嘛,史干部不是干革命六亲不认嘛。俺们老申家没有申承民,俺老申家就出了个六亲不认的史干部。你回去告诉她,她没有这个家,她永远也别想登老申家这个门。"

第三章

就像冰冻三尺的河套,一盆热水的浇淋并不能将它化开。那天夜里,那个远道而来的陌生人替承民留下的五百块钱,除了让承国气咻咻一夜没睡,没给申家带来任何喜悦。因为一夜的大雪早就覆盖了院子里的脚印,第二天讲出来,不在场的家旺听了,一撇嘴道:"编瞎话讲故事吧,承民是哪一辈子的人啦,怎么可能派人回来!"当重新钻出乌云的阳光把大雪一点点晒化,就连秉德女人也觉得是做了一场梦:"俺怎么觉得夜里来人了,有这事儿?"

然而,几天后,当秉德女人打开那个装钱的布包时,她不但确认了有人来过这一事实,还确认了来的人确实和承民认识这一事实。因为那包钱的布包,正是当年承民离家时她为她赶绣出来的布兜兜,上边的戏水金鱼虽已褪旧,可那一对金闪闪的眼泡还活灵活现。不过,确认这一事实,秉德女人没有告诉家里任何人。地里积雪融化,东山岗的山道上露出土黄色车辙的一个早上,她穿上厚棉袄棉裤,穿上棉靴,非要承国媳妇去跟罗锅说,在后门口停下来等她一下,她要去看看干姊妹。因为还在咳嗽,嗓子呼隆呼隆的像拉风箱,承国不让媳妇去找罗锅:"别听妈的,天这么冷看什么干姊妹?"秉德女人却木着脸一声不吭从前门走出来,独自从东墙外绕到房后小道等罗锅的马车。

秉德女人的想法是,既然真是承民捎回来的钱,那么就必须送给疯婆子一半儿。她是承民的亲妈,承民是她的孩子,她望孩子望得可是太苦了。可是一路被冷飕飕的西北风刮透了、冻僵了,好不容易敲响疯婆子的木门,一个长着长胡子的老头从里边走出来,告诉她疯婆子已经闭眼走了,他是她的堂兄弟。捏住袄兜里的钱和大茧,冲着光秃秃没有一只蛾子的墙壁低下头,她什么话都没说。从青堆子湾回来,默坐一个冬天,刚刚化冻,她就陷入一件没完没了的事情中去,她开始在院子里捏起了泥人儿。

秉德女人从没捏过泥人儿,让永虎帮忙铲回的一锨土也不是南甸子的黄膏泥,用水和好,渣巴啦砂很粗糙,根本捏不成个儿。勉强捏出一个,鼻子不是鼻子眼不是眼的,跟承多十几岁时捏的没法儿比。不过秉德女人绝不气馁,亲自拿烧火的铲子到院门口草垛空去挖细土,挖完了用袄襟兜回家,再和上水。这一回,她的泥人就有模有样了,就结结实实地长了精神。那个春天,她和承多一样,把院子里的边边角角全都捏满了,猪圈边、屋檐下、山墙根、草垛旁,它们个顶个腆着肚子、仰着笑脸,不但吸引了申家的孩子,还吸引了屯街上的孩子。他们围着她问,老奶奶捏泥人干什么,她扯着粗咧咧的嗓门儿大声道:"送给干姊妹的,老奶奶叫她有数不过来的孩子。你们数数看,根本数不过来。"

秉德女人给干姊妹捏了孩子，却不知道怎样才能让她收到。按乡间礼俗，该用马车送到疯婆子坟地烧了才行，可是她根本不知道疯婆子坟地在哪儿，即使知道了，罗锅也不可能帮她送。正当她一筹莫展，眼看着泥人都摆到了院墙外，再也无处可摆时，天突然阴了，雷声和黑云从天边翻卷着包围过来，一场瓢泼大雨哗啦啦下了起来。雨水从东山岗鱼贯而下，房前屋后的泥人瞬间被淹到雨水里，泡成一堆烂泥后，汹涌着向院外的野地流去。孩子们心疼得在雨水里吱哇乱叫"不好啦不好啦"，秉德女人却坐在炕头上哈哈大笑，一再说："老天有眼，老天有眼啊！"

这就是那场多年不遇的洪水，它没用上几小时就吞噬了周庄，造成了一场洪灾。它不但冲垮了南甸子上的河堤，还使周庄前街的房屋统统淹没在大水之中。然而，没有人知道，这场水灾，在为秉德女人的干姊妹送去了数不清的孩子的同时，还给她带来了什么。

其实早在秉德女人埋头捏泥人的春天，一户城里人就来到周庄了，他们响应毛主席伟大号召，下乡走"五七"道路，村里来不及为他们盖房，让他们暂时住在了赵铜匠的两间闲屋。大雨使前街上的赵铜匠家、秉胜家和罗锅哥哥家一瞬间陷入汪洋之中，一场救水的战争在周庄打响了，地势高的秉德家自然就成了屯居淹没户的中心地带了。赵铜匠搬到了闺女赵彩云家，方姓下房户就搬到了秉德女人家。大雨过后的早上，方家低眉顺眼的母亲看到残存在水道沟里四仰八叉的泥人，奇怪地问承国媳妇："嫂子，这是什么呀？"承国媳妇热气腾腾说："俺婆婆闲来无事，捏着哄孩子的泥人，人家小儿子当年就是捏泥人捏到城里去的。"听说秉德女人儿子是城里人，并且是捏泥人捏到城里的，那母亲不住地冲三个女儿咂舌："呦呦，这老人可真了不起呀。"某一天见秉德女人来到院子，三个女儿就纷纷围过来："老奶奶这么巧，教儿子捏泥人！"

她从没教过儿子，要说手巧，最巧的是她的刺绣，恰好承民包钱的布兜兜揣在衣兜里，就顺手掏了出来。

看到布兜兜上有一对活灵活现的金鱼，最小的女儿冲她的妈妈喊："妈妈你看，老奶奶肯定不是一般人家出身，还会这手艺！"

听有人看出自己不是一般人家出身，秉德女人乐得合不拢嘴，但她并没马上向方家人展示自己身份，因为方家闺女说完话，一忽儿就散了，上工去了，而她们的妈妈，为不会拉风箱向承国媳妇求教去了。展示身份，还是那之后的第二天。她一早醒来，不顾身后吵闹不休的孩子，下地翻开了老柜，找出家树结婚时穿过的灰衬袄穿上，在承国媳妇的镜子前一遍遍照着，觉得灰衣裳并不好看，又再翻老柜，换上那件已经发黄的白色衬袄，到镜前再照，还是不觉得好看，就再翻老柜，直到翻出最底下那件第一次进村穿的蓝色印花布袄。这件布袄，穿过那回后就再也没穿过，它压在箱底儿有六十多年了，都被虫子咬了好几个窟窿了，那年全家挨冻她都没舍得拿出来，自己都说不清是为了什么。当她把它再次穿到身上，衬出和多年来的她完全不同的模样时，她朦胧知道自己是为什么了，原来是为了有朝一日向外人证明，在她十几岁的时候，还是个城里人。

见老奶奶兴冲冲来到厦屋，喊"闺女啊，起来了吗？"，三串银铃一样的笑声一下子就把申家的院子灌满了，一齐大声道："哎呀，老奶奶这么漂亮，这是哪个年月的衣裳啊？"

"哪个年月，俺也忘啦，那时俺还在青堆子湾哪。"

"是嘛，这花儿是您老自己绣的？"

"当然是啦，你们不信？俺柜里还有个大绣活呢！"

她穿出衣裳，并没想到柜里的绣活，可是当她的印花衣裳捅了燕儿窝似的在偏厦门外搅出一阵欢腾，她一下子就受了鼓动——她的儿孙嫡女们对她忽视得太久了，她们对她的兴趣，就像春天里从地腹深处涌出来的暖流，在最深处融化了她心底的冰冻。把三个闺女领进家，秉德女人不但脸上，颤巍巍的下巴颏儿上都泛出了红光。从老柜里翻出刺绣地图，在炕上一层层铺展开来，跟他们讲起两个丹麦人的故事，那下巴颏儿上的红光已经洇到了脖子上，整个人都变得明亮起来、灵光起来。这故事在申家，她没跟任何人讲过，在申家，没有任何人想听她的故事，申家的后人最怕听到那根儿上的故事。可有话讲给知音听，有饭送给穷人吃，这故事讲出来，三个城里闺女眼睛一闪一闪放光："奶奶真是了不起呀，还知道丹麦，还知道世界？！"

三个闺女在院子里惊奇得大呼小叫，不免要吸引承国十八岁的三儿子家森，他也凑进来，抻着脖子去看奶奶绣的地图。谁知就这一凑，某种说不清的气息一下子就掀动了他那青春的心。方家的三个闺女，要说好看，老大和老三都好看，老大像《红灯记》电影里的李铁梅，老三像《白毛女》电影里的喜儿。家森不喜欢老大却喜欢像喜儿的老三，因为李铁梅除了仇恨入心要发芽，没有爱情，大春把喜儿从山洞里救出来，两个人发生了美好的爱情。虽然家森不是大春，他也没有救出喜儿，可那个早上，为了让家森能找到一个正面的位置看地图，方家的喜儿拽住他的胳膊往前推，家森不由得就把自己看成电影里的大春了。

要不是奶奶的一张地图吸引了一窝凤凰，家森就是有天大的胆儿，也不敢往她们身边凑。就因为这一点，大水退去，方家需要回迁的那天，从不靠近奶奶的家森不但靠近奶奶，还满眼喜气地大声问："奶奶，你觉得老方家的三闺女怎么样？"

秉德女人一下子喜上眉梢："那赶着好啦，人家是城里人啊！"

秉德女人喜，包含多重的喜，既为孙子看上方家闺女，更为孙子和自个儿说话，更为展示出来的手艺和地图吸引了方家，因为方姓人家搬回去不久，他们的爹妈就找到秉德女人，表示愿意把他们的三女儿嫁给家森。

秉德女人的手艺和地图，对乡下人也许一文不值，对祖上在城里曾经拥有两个店铺的方家人可是价值连城，因为这让他们在穷乡僻壤看到门当户对的希望，就像当年秉德女人下山时看到周成官家大门上的铜环。尽管如此，秉德女人没让任何人张扬地图的事，订亲那天，方家非要把地图挂出来给大伙儿看。她坚决不让，连戒指都有了罪，谁敢保证这六十多年前的东西没有罪？！没向外人展示，这件事在家里的影响可是非同小可，那天中午，当一个喜儿一样招人喜爱的新媳妇响铃铃地叫着奶奶，秉德女人得到了一段时间以来从未有过的尊重。申家所有孙子辈的目光都聚集过来，他们在偷看新媳妇的当口，总要聚精会神偷看一会儿奶奶，尤其家旺，他的婚事一直没成，以为都是申家这棵树根儿不好，想不到正是这根儿上的故事，为申家引来了凤凰，成全了一桩婚事。长期不理奶奶的他，竟然站在奶奶旁边，冲方家的闺女们大喊："看俺像不像奶奶，村里人都说俺像奶奶。"

秉德女人拍着他的肩膀，泪流满面，哆嗦着嘴唇道："这是俺大孙子啊，他像他爷，大高个儿。"

不管秉德女人让不让张扬，只要方家人和申家人结亲，就已经很是张扬了。大队上安排方家住在赵家，是有想法的，是想让方家好好接受改造。赵铜匠就是一个被改造过来的最成功的典型。人家土改时被分了家产，来到乡下，一直和穷人、和上边保持一致；人家把儿子送去当兵，出息成一个优秀的共产党员，公社和大队的人提起，没人不哑舌。谁知方家住进赵家不出两个月，一场大水就暴露了他们的灵魂，就和戴帽分子结了亲。为此赵铜匠和承欢向于洪江检讨过好几回了。赵铜匠说都是他不好，发水的晚上他不该住到闺女家，把方家推到秉德女人家；承欢说都是他不好，他压根儿就不该让他们往申家的房子里搬，后街地势虽然不高，但雨水也没进家。当然，这件事真正地张扬，是家森要结婚，家里的房子不够住，家树要在村子里盖房。

上边要求家树和家里划清界限，他半月也不回家一次，可他在心里绝不让自己成为不孝之子。他把盖房的想法说出来，兄弟们全都震惊了。父亲戴帽，是阶级敌人，上边根本不能批给建房的地，可家树胸有成足，于洪江的儿子就在他手下学徒，他有百分之百的把握。当房场上叮叮当当响起凿石砍檩子的声音，昔日挨整的这一家人自然就成了人们议论的对象。"有老申太太在，申家的气焰就灭不了，这不又抬了头。"

家树之所以有把握，是和于洪江商量，用四间新房换三间旧房，在村西头盖四间新房，让他的承信叔叔搬出去，他相信，赵铜匠早就希望赵家的闺女女婿从申家搬出去了。由于家树了解自家处境，不公平条约递到大队，没隔两天就被批准了。所以，这看上去简简单单的一场婚事，实际上使周庄的格局发生了变化。这变化是，赵铜匠没能及时改造方家，却要及时把闺女从申家房子里搬出来，免得被申家改造。既然承信和赵彩云都搬出来了，为什么生产队不出钱盖房，把方家也从赵家搬出去呢，反正他们也是改造不好了。

家森的婚姻使周庄的格局发生变化，也使申家的格局发生变化，周庄的大街有了三条街——赵铜匠家和秉胜家的前街、原来的老街、新盖的后街；承信搬走，腾出三间，承国家有了六间房子，宽裕起来，秉德女人自然就要和承国两口子分开住了。

和老人分开住,是承国和承国媳妇早就有的想法。他们多年和老人在一起,夜里的事可是太不方便了。承国虽然眼睛不好使了,可那方面还是好使的,他甚至比一般人都强烈。也许力气在人身上就像一湾水,你干不了重活操不了更多的心,力气闲下来,这湾水就都往下流了。承国媳妇夜里被承国搬动时,心里别扭死了,她常常因此和承国叽咕:"妈还没睡,你干什么?"最后都因为可怜他瞎眼顺从了他。可到了白天,她出来进去都在婆婆眼皮底下,根本不敢看婆婆,觉得她和承国那点事儿都被婆婆看见了。可是,兴冲冲把行李搬到西屋的第三天早上,承国摸索着过来吃饭,秉德女人就可怜兮兮地央求道:"承国,俺想,想你们回来睡。"

承国眨巴着混浊的眼神看了看,没有说话。

秉德女人还是坚持说:"俺没别的意思,就是害怕。俺老了老了,不知怎么就觉得害怕。"

秉德女人并不是不知道自己的要求无理,可没有办法,她就是害怕,尤其天黑之后,当承国和孙子们在她房间吃完饭纷纷离开,家远也跟着离去时,她就有一种被抛到荒郊野外的感觉了。她一辈子夜里睡觉都没插过门,外面有什么声音,她从没怕过,现在耳朵聋了,什么声音也听不见了,应该更不怕了才是。恰恰相反,当摇晃着手里的大茧什么也听不见了时,她动辄就一身冷汗。

也许,正因为什么都听不见,才需要看见;也许,害怕不过是老年人的生理现象。她耳朵听不见,眼前的世界又格外狭小,思想活动被隔离在现实生活之外,一个巨大的不为知晓的空白,汹涌成包围过来的洪水,对身外和身后的恐惧也就浩浩荡荡淹没过来了。尤其所谓的听不见,又不是一点儿都听不见,她听不见摇晃大茧的声音,某种声音太大太响或者太脆太亮,耳膜被震得轰隆隆响,那种响就变成阴天就要炸开的惊雷了。这时节,要是夜里,她绝不让自己最后一个睡去,她必须在承国还在听收音机、承国媳妇和孙媳们还在灶坑忙着什么时赶紧躺下。在村里人热火朝天备战备荒的年代,即使她不早睡,也没人能睡在她的前边,因为几乎每隔几天,周庄的年轻人就要在承欢带领下搞防空演习,一阵敲锣打鼓之后,男人们往防空洞里跑,家里的女人根本睡不着。要是白天,她绝不老老实实坐在炕头儿,她必须来来回回在堂屋和院子里走动,皱着眉头,觑着她那双日渐干枯的眼睛,四处捕捉轰隆隆声音的源点。

那声音的源点,不过是刚嫁过来的方丽美受不了男尊女卑传统势力在申家作怪,逼家森在她的饭班上帮她洗碗,家森坚决不洗,两个人夜里厮打起来,打碎了墙上的镜子,哗啦声从西屋里溜进来;不过是家旺年龄太大,追方家的大闺女没成,终于不得不娶姜水婆家的丑孙女,可那丑孙女要的彩礼太过火了,非要一台缝纫机,气得家旺砸碎了院子里的破缸发泄,轰隆声从西院传过来……因为没人愿意大声地详细地向她讲述,她只能像受惊的潮虫一样,不得不把眼睛盯在穿梭了声音的犄角旮旯。结果,她没弄清发生了什么,却在一个白天,在一缕光线映照下意外地看到,就在后门口镶着门框的墙缝里,有一些东西在活动。初看,它们像一些滚动的红色的小米粒,觑着眼仔细看,才发现它们长着红红的脑袋、红红的身子,是一些红色的蚂蚁。顺着墙缝追踪它们的足迹,秉德女人的脑袋瞬时涨大起来,它们纷纷扬扬成群结队,它们不只在门框边的墙缝里,屋子里所有墙缝、地缝都有。有了这一发现,秉德女人再也不去追逐声音的源点了,她发动孩子们,拿着笤帚一程程打扫,从墙缝扫到地缝,从里屋扫到堂屋,再从堂屋扫到孙子们的西屋。红蚂蚁就像包围申家的士兵,隐藏在申家的任何一个角落，它们隐藏在角落里，绝不是按兵不动，它们大摇大摆四处乱爬。它们甚至爬到了承信搬走后空下来无人居住的土炕上。老辈人都知道蚂蚁聚堆，是引来灾祸的前兆，可秉德女人绝不让孩子们打死它们，承国媳妇从茅坑里拿来灭蛆虫的敌敌畏往墙缝洒，她上前一把拽下来："它们不过是来报信儿的，该来的总是要来的。"

"该来的总是要来的"，这句话一经说出来，秉德女人便再也不领孩子四处打扫了，不但如此，她老老实实坐在炕头儿，再也不说害怕了。仿佛反正该来的总是要来，打扫也是没有用的；仿佛反正该来的总是要来，害怕也是没有用的。那段时间，她老老实实坐在炕头儿，瞪着一双花眼看着窗外。该来的事儿真就来了，几个月后的一个下晌，承信夹着行李，灰头土脸回到了他原来的老屋。原来，搬家之后，赵彩云在一个樟木箱子里发现了他写给舅舅王介夫的一摞信，于是在赵大志的积极主张下，赵彩云和承信离婚了。当时，中央发生了"九一三"林彪事件，毛主席最亲密的战友都存了歹心，谁也不能保证反革命分子不生歹念。两年之后，又有一桩大事儿在申家发生。国家往公社拖拉机站分配了一帮城里下乡青年，家树被检举和其中的一个有不正当关系，侵犯了上边保护知识青年上山下乡的政策，判了两年徒刑。

承信夜里写信，其实是在沈阳失恋时养成的习惯，在他和哥哥们不能沟通，和赵彩云没有热情沟通，又不喜欢和赵家人沟通时，就没完没了地跟那个遥远的记忆中的舅舅沟通。如此一来，被赵彩云发现，离婚也就成了他无法抗拒的命运。

实际上，家树和那个下乡知青，连手都没握一下，他们之间根本谈不上不正当关系。他们被检举出来，是家树和一个男人有不正当关系，那男人是拖拉机站比他大十几岁的党委书记，姓鞠。他不懂技术，就把懂技术的家树看成宝贝疙瘩——在青堆子湾拖拉机站，家树的存在就像一个神话，可以说没有他，就没有拖拉机站。拖拉机在道上跑，他只需听听声音，就知道机体里哪个零件儿坏了。鞠书记爱护家树，就像爱护自己的眼睛。家树屡次申请入党都不让过关，是他希望磨砺家树锲而不舍的耐心和意志，是想从根儿上把家树从反动家庭的关系中拔出来。谁知家树只写了三封申请就再也不写了，不写不要紧，竟然连他的办公室都不进了，不进办公室也不要紧，在外面见他还大老远躲着。鞠书记是老党员，是宽容之人，他知道家树躲他，是家树还太年轻，把组织和个人关系混淆了，不知道他卡住他入党的道路，代表的是组织。然而时间一久，混淆组织和个人关系的就不是家树而是鞠书记了。有一天，鞠书记把刚分来的下乡女知青分给了家树当徒弟，一直躲着他的家树很快和漂亮的女知青形影不离，他的宽容便像垒在河套上的沙塔，一下子坍塌下来。

　　说起来，家树并不想带这个知青徒弟。这个名叫冯燕子的知青就像她的名字，燕子似的十分风张，不但一进站就在台上挥舞两只长长的手臂领大家跳忠字舞，谈学习毛泽东思想的体会时还浪声浪气、尖声细语，恨不能把整个礼堂都扎透个眼儿。家树身后的一大家子人都被划成阶级敌人，自己永远是会场上的边缘人，他对积极上进的人有种本能的防范。他在人多的会上捧着《毛选》，会后翻开的却是《拖拉机的维护和修理》。他私藏着这一细节就像私藏着枪支弹药，享受某种说不出的快感的同时，也无比的谨慎。在车间里，他总是把《拖拉机的维修和修理》放在《毛选》的下面，有人时他翻开《毛选》，没人时他翻开的就是《拖拉机的维修和修理》。有一天午休，他分明眼看着冯燕子离开了机修车间，打开书刚看一行字，她又蝴蝶似的呼啦啦飞了回来，"申师傅，这回可叫我抓着了"。他慌乱得一下子不知所措，这时，冯燕子扬着她那张燕子样短短的下巴颏儿，咯咯咯笑了起来，笑够了，翕动薄薄的嘴唇对他说："申师傅，别害怕，我不会举报你，你不要把我当成积极分子防着。我积极都是假积极，我爸爸就是工程师，因为家里成分不好被下放到盘锦五七干校了，我们是一样的。"

虽然家树一时反应太慢，没说出什么，可从此，在拖拉机站，他就觉得多了一个贴心人、一个同病相怜的人。在车间里捧着一本《毛选》时，他知道全拖拉机站的人只有她知道他是假的；她在台上大讲特讲时，她知道在场的人只有他明白她是装的。有了某种默契，再在一起修车时，两个人必然就有了探讨双方家境的共同愿望和语言了，而把长久积郁在心中的压抑苦闷抒发出去，两个人的心必然就贴得近了，必然要拖延下班时间，或者干脆无事找事地在车间里加班。某个日子，当检查工作的鞠书记在灯光里看见两个人，尤其家树，脸上荡出那种少见的开心的笑，某种从深渊中挽救年轻人的想法，使他不得不把年轻的家树推到了又一个深渊。

那是一个什么样的年月啊，那年月毛主席已经发表了很多伟大指示，对鞠书记来说，最重要的指示是严厉打击破坏知识青年上山下乡坏分子的指示。因为只有这个指示，在拯救家树时，还拯救了他自己。看家树一天天和冯燕子形影不离，他夜里睡不着觉，满眼都是两个人的身影，他们就像他的一块心病，无时无刻不在折磨他。当然，他打击家树有着确凿证据，他问冯燕子："申师傅对你到底怎么样？"她直言不讳说："申师傅对我很好，就像亲人一样。"他问家树："冯燕子说你们是亲人，亲人是什么意思？"家树想了想说："亲人，亲人就是两个人根儿上连在一块儿吧。"

冯燕子之所以那么说，是她认为自己是学习毛泽东思想积极分子，说和师傅亲，会替师傅解围，想不到成了置师傅于牢狱的供词。当然鞠书记之所以如此果决，也是因为找家树核实，家树的一句话惹恼了他。一开始，家树并不想说话，可鞠书记一句连一句地问他亲人是什么意思，他终于忍不住。家树的意思是，冯燕子要求进步，他也不可能要求退步，他们是一条根儿上的进步青年，想不到被鞠书记误解成身体上的事儿了。

第四章

　　为了不让年老的秉德女人更加害怕，家里人为承信和家树编造了谎言，说赵彩云坐月子把丈母娘接了去，承信不愿和丈母娘住一块儿，就回来了。说家树上外国修铁路去了，一年半载回不来。一九七〇年，中国外派一百名技术工人上坦桑尼亚、赞比亚修铁路，名单上就有家树，结果政审时家里成分不好没能通过，这个事实就在聪明的承国主张下派上了用场。奇怪的是，秉德女人不但从未以此为骄傲，端午节那天，承国媳妇和家树媳妇眼泪吧嗒，她居然在一旁说："哭什么哭，天塌不下来，塌了天还有大家伙儿哪。"

　　很显然，秉德女人已经知道她的孙子摊上了塌天大祸，因为就是这个时候，她把一直深藏的秘密公布于众了。她把大茧从衣兜里掏出来，又把戒指从大茧里掏出来，把它放在炕当央，冲它一遍又一遍磕头之后，明目张胆地戴到了右手中指上。见当年找翻了天的戒指根本没丢，是秉德女人私藏了它，家里的空气顿时紧张起来，反应最激烈的就是承国。他绝不信死了的人还会有什么神灵，从小到大，他随母亲给戒指下跪,可该摊上的灾难一样也没落下,要不是母亲一些年弄个戒指鬼啊神的,她"文革"挨打也不至于挨得那么重。为了表达他焦急的心情,夜深人静,媳妇孩子都回屋睡觉时,他摸着炕沿来回走动,往返了几个来回后,终于忍不住,让老婆把母亲叫醒,瞪着一双混浊的眼珠直愣愣盯着母亲:"妈,听俺的,你千万不能戴它,眼下正闹运动,你可千万不能戴啊。你势必想戴,也得再等等啊。"

为了不让儿子着急,秉德女人答应绝不戴它,可是她并没让它离身。一向喜欢奶奶的孙媳妇方丽美为了让她拿出来,哄她说:"奶奶还有这等东西呀,拿出来给俺看看?"她紧握拳头一脸肃穆,仿佛它是她心中最神圣的宝物:"奶奶就迷信了,奶奶就信承山保佑咱老申家了,谁想抓就来抓吧,俺和孙子一块儿坐牢。"

她从哪里获得了家树的信息,她又从哪里获得公布秘密的勇气,没有人知道。在所有人都胆战心惊的日子里,秉德女人还是把戒指戴了出来,一遍遍和承山说话:"承山,你有灵神,你可保佑咱家呀,你是妈的好孩子。""承山,你是妈最懂事儿的孩子,你可保佑家树早点儿回来啊!"倒是那之后亮闪闪的戒指戴在手上,她大门不出二门不迈了,只在炕头儿上嘟嘟囔囔。她的声音在屋子里低徊,听到的人没一个不手心汗湿。

倒是秉德女人这么嘟嘟囔囔念着,房后杨树林里的土豆花、鸡冠花被她念开了,院子里的冰霜被她念化了,真就有人被她念了回来。

那是一个冬春交际的时刻,一场地震,把周庄的人们都从屋子里撵到新搭的窝棚里。秉德女人和周庄人一样,被鲤鱼在地底下翻身的说法惊呆了。正月、二月,一直躲在窝棚里迷迷瞪瞪数着鲤鱼翻身的次数,惊恐着一次大的翻身的来临,结果,那大的翻身没来,一天早上,承国说出了一件比鲤鱼翻身更让她震动的消息:"妈,俺舅舅放出来了，战犯都放出来了。"

这是一九七五年三月十九日凌晨六时三十分，中央人民广播电台全文广播了释放战犯的新闻："第四届全国人民代表大会常务委员会第二次会议，决定特赦全部在押战争罪犯。"

承国的舅舅是谁，秉德女人一时间没反应过来。见母亲不吱声，承国又大声补充一句："王介夫——舅舅王介夫，放出来啦——"

秉德女人听明白她的介夫兄弟出来了，陷在深井里的眼仁活动了一下，没一会儿，那早已干枯的深井汪出浑黄的泪水。虽然这泪水在她的深井里储藏得太久，可它和她的介夫兄弟没有半点关系，介夫就像一片落在泥土中的叶子，早就在一年又一年的风雨中变质腐化，变成了又一种泥土。秉德女人听说他出来了，第一个想到的，是她的孙子会不会也关这么多年。她的眼泪，看上去是因为兄弟，实则是因为孙子……

因为王介夫给这个家带来的灾难太多，从没见面却深受牵连的孙子们对他是否释放毫无兴趣，感兴趣的只有承国、承中和承信，尤其是承国。承国从收音机里听说政府给战犯的政策特别优惠，想回台湾的发给路费，想回老家的可在老家安排工作，就跟承中、承信说，舅舅肯定能回来一趟。为了迎接舅舅回归故里，承国发动媳妇们搞了一次大扫除。地震使家里的坛坛罐罐全乱了套，炕席被褥全不在该在的地方，当然针对的主要对象，是在墙缝、门缝里泛滥成灾的红蚂蚁。奇怪的是，在墙缝里爬行了两年多的红蚂蚁，居然一只也不见了，墙缝、地缝光光净净，只有一些耗子洞在犄角旮旯洞开着。虽然扑了个空，可女人们四处寻找，里外忙碌，申家还是有了一些多年来不曾有过的活泛气象。秉德女人也在忙，可她并不是帮忙干活，而是一遍遍蹲茅坑。在等待她的介夫兄弟回来的日子里，像几年前送曹宇环见阎王爷的头天晚上那样,她居然不敢去想与介夫兄弟见面的场景,一想,就禁不住小肚子绞劲儿,就想拉稀。她几乎每一天都要拖着她那僵硬的老腿,在家里和茅坑之间往返。

那是春天里的一个雨天,在秉德女人一遍遍拉稀淋湿了衣裳的下晌,一个斯文的老人被一辆车送到周庄,在大队书记于洪江陪同下,来到申家。一开始,看见有人从门口走来,秉德女人以为是王介夫,小肚子又开始绞劲儿,默声念叨让承山保佑,不要让她在兄弟面前丢人现眼,可是来人进了屋,坐到炕沿,细一打量,根本不是。他个子矮小,嘴巴尖细,头也不是介夫那样的平头。小肚子倒是立马停止了绞劲儿,可来人说出来的话,让她心口窝有一股劲儿,突然往上返。他告诉她,王介夫早在一九七二年就因心脏病突发死在监狱里了,他死前没有留下任何话语。他说因为他和王介夫是最要好的狱友,常听他讲起辽南乡下有个姐姐,出狱之后,就惦着前来拜访。

当得知她的兄弟再活三年,就能被释放回家,当得知她的兄弟在监狱里一直念着姐姐,一种深深的惋惜和悲恸替代了一段时间以来的紧张的同时,阴雨一样淋透了她的心窝。要不是一个月后,家树减刑从外面回来,她真不知道会不会郁闷而死。

家树减刑,归功于劳改大队一个和鞠书记一样重视爱护他的大队长。大队长翻看了他的材料,发现一个技术员只因为和一个所谓城里女人有不正当关系,就被判刑,正抽着烟的他顿时就掐了烟头,站起来狠狠朝桌子腿儿踢了两脚。当家树把监狱里坏了三年多的拖拉机一个个修好,并在获得队长欣赏之后告诉他,自己从没握过那个女人的手,为"多、快、好、省建设社会主义"提供改造好的人才,便成了队长帮家树减刑最理直气壮的理由了。

也许在此之前秉德女人偷偷地哭过，也许家树挺直的腰杆、昂扬的精气神儿，让她看到从自己身上流出的血脉，家树进家时，她没掉一滴泪，她甚至不允许承国媳妇和家树媳妇掉泪："好事儿，别哭哭啼啼的。"

确实，家树的回来是申家近年来比任何事情都重大的好事，没有他，承国夜里再也不听收音机了，瞪着他那双什么都看不清的眼睛，在炕梢一坐就是半夜。承国媳妇和家树媳妇一日日以泪洗面，尤其家树媳妇，院里院外干活总是低着头——秉德女人正是从中揣摩出什么，才在家里没人的时候，逼家树媳妇说出实情。没有家树在公社、家里两面的搅动，申家这条臭水沟里的水是静止不动的，没有任何指望。虽然他回来了，但公家人的身份已被取消，以一个临时工的身份继续担任拖拉机站技术员，可像以往一样每天骑车上班下班，申家的日子确实重见了阳光。

感觉申家日子重见了阳光，并不是家里人不知道家树不再是公家人，而是在过了激动人心的几天之后，秉德女人意外地发现，申家的好事是成双成对的："怎么这么巧，你介夫舅爷没事了，家树也没事了。"就像磕开一个鸡蛋的蛋壳需要另一个鸡蛋的蛋壳，对介夫兄弟没事了这件事的认识，其实是靠家树没事了这件事磕开的，也就是说，是家树没事了，才使秉德女人想起介夫兄弟也没事了。一旦她意识到一个关了这么多年的国民党都没事了，那顶戴在儿子们头上、像石头一样压在她心上的帽子顿时也钳开了一道缝隙。

几年前从大队回到家里，秉德女人爬起来给家里人开会，告诉大伙儿不要死心，绝不是为给后人打气，故意硬着头皮说大话。那时，因为有赵彩云，有家树，有远方的承多，她确实对未来充满希望。后来，希望的线索就像抖在风中的丝线，一条条断掉。赵彩云不但不帮她，还和她的承信离婚；家树不但没入党，还出了事儿；承多不但不回来接孩子，写过那封信之后，再连一封信都没有了——一点点地，她真是有些死心了。现在，希望的线丝上，抽冷子飞来了一个遥远的介夫，她的梦想在迅速复苏。因为稍稍一想就能想到，他才是申家希望的根源，要是上边连国民党这件事都不追究了，她的儿子们头上的帽子肯定就轻了。虽然她也说不好它们为什么会轻了，可某种预感告诉她，挡住臭水沟和河道之间的淤泥就要掘开了，只不过掘它的人，不在下边，而在上边。于是她再也无法安静地坐在炕头儿，动不动就穿鞋下地，领着家远到两个儿子的屋子里串，每串到一家，她都重复道："快了，肯定快了，毛主席把你介夫舅舅都放了，也肯定能来救咱。"

尽管家旺娶来的姜淑花是个粗野的女人，有了孩子，累急了动不动就指鸡骂狗，家凤嫁了周家，女婿倒是疼她，可做一大家子男人的饭，又怀孕生了个调皮小子，累得一天天回家哭，已成定局的坏事使承中对生活不抱任何希望，天天急鼻子酸脸对任何人都没有好脸色，可他还是爱看母亲的脸色。秋天过去，挤了后门，母亲来须走前门，他一早起来第一件事就是把院子里的鸡屎鸭屎都捡干净，似乎母亲的脚步已经成了他每天的期待。

尽管和赵彩云分开，重新过起光棍的日子，每天上工下工走进空荡荡的屋子，承信已经深深地绝望，在夜里又给死去的舅舅写了好多绝望的信，可有了母亲的话，他居然再也不写信了。秋天过去，挤了后门，母亲过来不方便，他竟自动迈开脚步，推开自"文革"之后很少推开的哥哥家的门，似乎母亲的声音已经是他活下去最想听的声音了。

怀着莫名的希望一天天过着，冬天的积雪被春天的阳光晒化，夏天的闷热被秋天的流风吹散。过到又一年的九月，他们不但没有像母亲说的那样，等来毛主席救他们，毛主席他老人家反而甩了大伙儿，先走了。因为是下午两点，不是广播的正常时间，刚把社员分派到山上的承欢，正懒懒地蹲在生产队门口抽着旱烟儿，突然翻着白眼儿，支棱着耳朵，狐疑地瞅着挂着广播喇叭的电线杆子，仿佛那是一个突然从地里长出来的怪物。每天都要留在生产队记一会儿工分的赵铜匠，迈着碎步急匆匆走出来，狐疑的目光瞅的不是电线杆子，而是承欢。这时，家森媳妇甩着婚后一直留着的长辫子从东院跑出来，噤了声地喊着："队长队长不好了，毛主席逝世了，毛主席他老人家走了。"承欢狐疑，是听不懂"逝世"这两个字的意思；赵铜匠听懂了，可他不敢相信。家森媳妇煞白着脸把一个事实再次说出来，承欢忽地站起来，扭曲着脸大吼道："不可能，根本不可能。"随后猛一转身抓住家森媳妇的衣领："准是你这种阶级敌人在广播里搞破坏，伟大领袖毛主席怎么能——？"他虽语气坚定，可说到半道又突然停止，因为这时赵铜匠上前拉住他，低低地重复道："承欢你听，你听听，是真的。"他停下来，侧耳倾听，广播里不祥的声音还在重复，这声音分明就是党中央的声音，承欢于是两手捶墙，大声号哭起来。

在申家，要说有谁和秉德女人一样，每天都在指望毛主席来救她，那便是家森媳妇方丽美了。她嫁了大春的日子和还在山洞里的喜儿没什么两样，她根本担不起这么繁重的家务活儿。她要求妇女解放不断地和家森动手打架，喜儿似的俊模样在申家也就一点点失去了吸引力，除了奶奶婆，没有谁的眼珠子跟着她转。为此，她早、午、晚天天盯着广播，广播没了，又偷偷打开公公的收音机。她觉得要从这山洞里爬出来，只有指望毛主席。毛主席把知青放下来，又把许多知青招回城里，毛主席能把知青招回去，就有可能再把下放户也招回去。虽然她还不知道她回了城，要不要像婶婆赵彩云那样和家森离婚，但回城是她从山洞里爬出去的唯一指望。

在往生产队跑之前，家森媳妇在家里已经喊出一嗓子了，轮上她的饭班，两个嫂子也像男人一样在集体里干活，她传播消息的渠道只有婆婆和奶奶婆，见她们木呆呆的没有反应，就一急从房后小道冲到了生产队。从生产队回来，她反而平静了，仿佛承欢的激烈反应替代了她的激烈反应。她平静下来，再一次告诉婆婆和奶奶婆，婆婆没有反应，奶奶婆却像承欢似的，哇的一声大哭起来。

虽然和承欢不是一个阶级，可秉德女人的悲痛丝毫不亚于承欢。承欢悲痛，是觉得天塌下来没人顶了，他捶墙时一遍遍喊着，"老天爷可怎么办呵可怎么办！"。秉德女人悲痛，是觉得刚刚看到的那星光亮又灭了。她年岁大了，知道没有永远的当家人，没有永远的天。老三黄死了，不是又来了侄子承欢嘛，总有人会替换上去，正因为要来一个人替换，她才格外难过。因为承欢替换了老三黄，把欠她的债务都一笔勾销了；新人替换毛主席，能不能忘了给他儿子戴的那顶帽子呢？要是忘了，这一辈子可怎么能闭上眼啊！即使没忘，把她儿子们头上的那顶帽子摘下来，党终于信了她和她的后人，可毛主席永远看不见了呀！毛主席死了，就等于她在毛主席面前背了一辈子黑锅，在毛主席面前背一辈子黑锅，她可怎么能闭不上眼啊！

那个下晌，秉德女人哭够了，从被垛上抬起头，揉了揉眼，冲着屋子咳了两声，沙哑着嗓子说："毛主席，你要是有神灵你可听着，俺不是坏人，俺全家都不是坏人。俺根儿不好，儿女受牵连，那是俺对儿女有罪，对你可没有罪呀。这话咱哪说哪了，俺是去看过介夫兄弟，可俺根本不知道国民党是个坏党，俺也不知道还有这个党那个党。俺一个农村女人见识少,你大人海量,可不能和俺计较哇。"说完之后,秉德女人依偎被垛,闭眼睡了一场长觉,仿佛跟毛主席说出心里话,终于可以闭上眼了。

第五章

那个下晌,秉德女人睡得实在是太沉了,承国媳妇舞弄不住家林媳妇、家森媳妇才生的小崽子,把他们放到炕上,他们在老奶奶背后吱哇乱叫,她毫无知觉。而永虎、家远和家娇放学从外面回来,吵吵巴火毛主席死了,见奶奶没反应,一齐爬上炕拽她衣襟,她仍是没有知觉。吃夜饭时,桌子拿到炕上,承国媳妇上炕扳住她的肩膀,大声喊:"妈、妈,吃饭啦。"她还是一动不动。这可把承国媳妇吓坏了,她是一个只管过日子从不问外面事的女人,她想不明白毛主席死了,婆婆怎么能那么难过。毛主席死了,她难道也要跟他去了不成!这么一想,喊妈的声音就撕布似的难听,惊得刚放下自行车的家树,急慌慌上西屋找来承中和承信,还有堂兄弟们。当她在乱嘈嘈声音的呼喊中终于在被垛上动了动,抬起她那因深睡而有些浮肿的脸,张开她那因没戴牙而显得空洞的嘴,在场的大人都惊呆了。他们发现,他们的妈、奶奶,一转脖凝固在那里的样子,和多年前被承欢抢走最后又打碎了的那尊泥像没有任何两样:毛主席走了,她的泥像又回来了,这多么奇怪!那一瞬,屋子里没有一点声音,连家森媳妇仅有六个月的孩子都停止了吵闹。这时,只见秉德女人张开嘴巴,畅快地打了一个哈欠,之后,呜噜呜噜说:"俺看见死鬼秉德了。"

在秉德女人沉睡的时候，她去了一个地方。那里既像当年拆了房子的房场，横七竖八堆满了泥瓦，又像当年渔市街上的绸缎庄，呼呼啦啦到处都飘着波浪一样的绸缎。那里没有电灯也没有油灯，阴森森的漆黑一片，可是她能看见一张张白生生的脸，他们是秉德二叔二婶，是秉胜、秉东，还有承玉。他们都面黄肌瘦，穿着破衣烂衫。他们哆嗦着，看上去非常冷，却相互离得大老远。她先走近秉胜，问他到处都是绸缎，为什么不扯下来做件衣裳穿，秉胜阴着脸根本不理她。又去问秉德的二叔二婶，两个老人还没等说话，头发湿漉漉的秉东向她走来了，他走近她，不说秉德在哪儿，却扑通一声冲她跪下，哭脸悲悲地说："嫂子，你把承山送回来吧，承山是阴间的人，你为什么要领走他？俺想他呀，你快把他送回来呀，呜——"因为找秉德心急，她一时没听明白秉东是什么意思，只紧着问："秉东快告诉俺，秉德在哪儿，他为什么不和大伙儿在一块儿？"这时秉东站起来，朝黑乎乎的远方指着："他抢东西去了，他叫大伙儿在这儿等他，等了好几年也没回来。"就在这时，身后起了风，大风夹着泥沙横扫过来，眯了她的眼睛。一阵风过去，她睁开眼，发现眼前所有人都没有了。秉德却来了，他的穿戴是给曹宇环当保安时的穿戴，长布大褂，腰上挎着长刀。她看见长刀吓坏了，以为秉德生她的气要杀她，可退后一步发现，他不但不生气，反而把刀扔到破烂泥瓦里，上前抱住她，撕弄她的衣裳。他像从前一样有的是力气，他把她的身子都快撕扯烂了……自分家做过那个梦，她已经多年没尝过做女人的滋味了，她哭了起来，她说俺就跟你过，俺不回周庄了。听说她不想回周庄，秉德突然火了，从她身上翻下来，大声呵斥道："承多孩子还在乡下，你不回去怎么能放心，你想来也得把孩子交给承多再来呀。"说罢，一转眼，秉德影儿都没有了。

那天晚上，秉德女人并没把梦里见到的事儿说出来，可当着所有后人的面，她还是提出了一个要求："你们夜里上坟地去一趟，去给你爹和秉东他们烧烧纸，俺梦见他们了。"

可是谁也没动，毛主席他老人家刚走就闹迷信，大伙儿还是心有余悸。恰好这时广播再次响起，那低沉的乐声在屋子里回荡，胆小的承中阻止道："等等再说吧。"

秉德女人虽没听见承中说什么，但大家的反应她似乎猜到了。然而第二天，承欢从大队上拿来一束束小白花，让周庄所有人都戴上它，站在毛主席像前向他一遍遍低头。家树下班回来，她再也忍不住："毛主席死了都能戴孝，咱去看看死人怎么就不行?!"家树不得不去串通大伙儿。

可是这一天，申家承字辈儿的，承中、承国都没去。承国没去，是眼睛看不见；承中没去，当然因为害怕。承信妻离子散光棍一条，再怕也没什么好怕的，家树过去一招呼，他披着衣裳就跟出来了。他虽然不记得父亲模样，可在他看来父亲是坚强勇敢的，成天打打杀杀闯江湖，怎么说都不是件容易事儿。在被赵彩云翻出来的那些信里，有好多封是他写给父亲的，在他看不上自个儿懦弱却又坚强不起来的时候，就给父亲写信。母亲说父亲为回家丢了舌头证明他胆小，他绝不这么看，在那些信里，他把父亲写成英雄好汉，他早就想找机会上坟地告诉父亲了。家字辈的，只家树、家森去了，承国的老二家林，承中的老大家旺、老二家茂都没去。他们没忘奶奶说过的水道沟里的水要往河里流的话，他们的奶奶老糊涂了，他们没糊涂，尤其家林和家旺，他们还梦想着进公社拖拉机站呢。家树也没忘奶奶的话，但他还是去了，因为在申家，只有他知道，想往哪里流，不取决于你怎么想怎么做，而取决于老天想不想加害于你，取决于你的命！他的命运不期然走了反道,他最难过的事儿就是自己没做对不起祖宗的事,却没机会告诉祖宗,现在,机会终于来了。家森和祖宗没有契约,是媳妇方丽美非逼他去的,"这个家就奶奶对我好,你得听奶奶的话"。永字辈的,只去了永虎,他还小,还不知道自己该不该去,是他的妈妈逼他去的。妈妈逼他,是希望他有机会和爸爸亲近。家树的事让永虎受过歧视,他回来永虎一直躲着,为了给这父子创造机会,当妈的就拿秉德女人做挡箭牌:"老奶奶去,你是重孙子辈儿最大的,你扶着她。"

秉德女人去,自然是为了梦里秉东那句话,只是家里人不知道而已。家里人以为是发现很多人不去,她才带头,所以承国媳妇和于芝也在后边跟上了。那是一个火烧云布满了半边天的傍晚,他们没有回避屯街上的人们,他们先是到生产队里去给毛主席默哀,之后径直穿过屯街往后山走去。秉德女人手里拄着木棍,一步一趔趄,一路气喘吁吁。她来到坟地,不烧纸不磕头也不说话。家树在青堆子湾买了一打装蛋糕的黄表纸,把坟地燎得一片火红,可她连看都不看,坐到火光荧荧的坟头,全力贯注去扒眼前已经成形的一个土坑。当扒出又一层湿土,她把手上的戒指撸下来,扔进土坑,这时,只听她沙哑的嗓子里传出了令所有人都感到陌生的声音:"孩子,这回你可该好好歇一歇啦。咱家日子就要好起来了,你就放心去吧。你好好陪秉东叔叔玩,俺再也不惊动你了。"

埋掉戒指,秉德女人心里彻底透亮了。想想看,申家遭难时,秉东从没托过梦。介夫和家树放出来,家里的好事一桩接着一桩,他又出来托梦要承山回去,这说明什么,说明鬼神也通人性,知道人世间的事儿。

没有任何人知道秉德女人会这么想，不久以后，有两个人以实际行动来证明秉德女人这么想的正确。那两个人一个是秉义，一个是赵铜匠。自被批斗，秉义再也没来看过秉德女人。他不来，不是没脸见侄子侄媳们，他那点事儿在周庄早都不是秘密了，就是没脸，也早就没脸了，而是没脸见老嫂子！要不是他一时冲动，她怎么挨打，脖子上都不会挂上破鞋，一个女人被挂了破鞋，这是乡村千百年来对女人最大的羞辱！他帮不了嫂子，却羞辱了嫂子，跪在台上那一瞬，他是希望被赵大志他们打死的，可天公不作美，下起了大雨……带着悔恨活下来，是老天对他最大的惩罚……从那之后，他几乎每天都在骂自个儿，下决心再也不见嫂子。可是一天天局势发生变化，好好活着，临死前再去看一看的心情不知怎么就抬了头。

秉义来时，秉德女人正依偎被垛睡觉。自那个下晌她死沉沉睡了个长觉，大白天她总愿意睡觉。被承国媳妇叫醒，转身看着秉义，她眯着眼根本不敢认。当他叫一声"老嫂子"，终于认出来是秉义时，她的眼突然窜出亮光，抖着腮帮粗粗咧咧道："怎么是你啊，俺还以为再也看不见你了呢。"虽然他们只面对面静静地坐了一会儿，什么话也没说，可秉义走后，秉德女人伸出空荡荡的手看了又看，仿佛都是埋掉的戒指暗中起的作用。

自儿子成了军宣队干部，赵铜匠从没到申家串过门，发大水那天住到西院闺女家，和秉德女人隔墙见过一面，可某种说不清的原因，他终是没越过这堵墙。可以说，从那时起，他就想单独过来看看秉德女人了。一些年来，在他的儿子回到周庄大行其道时，没人知道他的痛苦。他当初让儿子当兵，是为了土改不挨打，躲掉祸难；他隐到周庄，向农民阶级靠拢，站到农民阶级一面，只为不遭祸难。哪承想他自己躲掉了祸难，他的儿子却又回来给别人制造祸难。那些场批斗会，他一次都没去过,听说于洪江不打人,他以此为例多次要求儿子,可儿子脑袋灌了铅一样坚决不听,仿佛当初把儿子放出去,就是把水放出去,再也收不回来。儿子逼赵彩云和承信离婚那阵儿,他和儿子第一次发了火,大叫道:"你这是造孽!"可儿子的声音比他还大:"谁叫你送俺当兵了,俺战场上差一点被打死你知道吗?俺跟毛主席出生入死打天下,俺不忠于毛主席谁忠于,俺不忠于毛主席才是造孽啊!"他无话可说时,只有一天天往离了婚的闺女家跑,给她挑水搂草当男人。毛主席去世,隐藏在他老人家身边的"四人帮"一个个被揪出来,他虽猜不透上边这葫芦里卖的什么药,他儿子是不是跟错了人,跟的不是毛主席而是"四人帮",但对政治一向敏感的他,已经觉出世道的变迁了。那天秉德女人领一家人上后山乱葬岗,他和承欢都看见了,承欢过后不提不念,他就摸准了脉搏,就想选个时辰结束他挨累的日子了。

赵铜匠来那天,秉德女人睡觉刚醒,正在看抱在承国媳妇怀里的孩子,看着看着只见承国媳妇抽冷子放下孩子,轰隆隆往屋外跑去,她再进门,就带进了冷飕飕的风和一脸苦相的赵铜匠。因为是醒着,也因为在发大水时隔着墙看见过他,她一下子就认出来了:"你可是稀客呀,怎么想起看俺来啦?"

分明是话里有话,可赵铜匠并不在乎,自顾自叹息道:"嗨,俺当老的无用,管不了年轻人,这些年得罪老嫂子了,你可千万别往心里去啊。"

他的声音太低,秉德女人听不见,直愣愣地看着他。见她没有反应,赵铜匠凑到她跟前,冲她大声喊:"俺是来和你结亲家的,俺想让彩云和承信复婚,你看怎么样?"

秉德女人掩饰不住笑开了,下意识捏了捏右手食指,大声回道:

"那可赶着好啊，兄弟又怎么想开了呢，俺可是一家子戴帽分子啊。"

虽然承信复婚秉德女人没去，只有承中的两个儿子帮着把行李送回去，可家旺回来说，婶子叔叔见面都哭成了泪人儿。于芝把话传过来，又倚着被垛睡了一小觉的秉德女人眯着睡眼惺忪的眼睛，沙哑着嗓子说："等着瞅吧，咱家的好事才开头儿呢。"

申家的好事确实开了头，转过年三月，因为上边号召为实现农业机械化而奋斗，公社拖拉机站又买了五台拖拉机。驾驶员人手不够，新当选拖拉机站站长的老技术员想起曾经有过一年驾龄的家旺和家林，就通过公社到大队，把家旺、家林招了出去，于洪江病病歪歪躺在炕上，二话没说就签了字。而当年七月，承信的大闺女家玲在全国恢复高考的第一次考试中考上了大学，在上边下来审查社会关系时，承欢什么也没写，让她顺利过关。再一年的六月和八月，承中的儿女们纷纷动婚。二儿子家茂和八里庄丁有春的侄孙女谈上对象，二闺女家琴被下来翻地的一台拖拉机手看中。然而，对秉德女人来说，申家真正的好，还是从两年之后的又一个春天开始的。这好，不是她侄子承欢被定为"三种人"的一种，当着全村群众检讨并下台；也不是赵大志跟错了人，在县里边一撸到底，人没回来，他的老子赵铜匠代表他，痛哭流涕地向申家人谢罪；更不是这年二月，于洪江得肝病死了，临终前让儿女向秉德女人捎信儿，说他这辈子最对不起的人就是秉德女人，分明知道她没罪，却没能阻止大伙儿打她……而是这年三月，上边派人来生产队开了一次大会，把压在她的儿子们头上那顶沉重的帽子统统搬掉了。她虽没去开会，可开会的承国被家森从外面领回来，刚进屋就在她身边喊："妈，这回好啦，咱没罪啦，咱和大伙儿一样啦。"

那个夜晚，秉德女人高兴，却没有任何异常反应。即使家凤抱着孩子从周家回来，来到她的面前，告诉她周家也摘了帽，她也没说任何话。她迷迷瞪瞪看一会儿承国，看一会儿家凤，又悄悄躺下来。然而到了第二天，就不一样了，对着承国媳妇每早都递过来的洗脸水，她把上衣披在肩上，把毛巾铺在盘着的腿上，洗脸的同时，大张旗鼓地洗起脖子和身子，洗完之后，用已经掉齿的篦子在已经没几根头发的头上没完没了地刮，仿佛那上边长满了虱子和虮子——从城里回来，她的头上总有生不完的虱子和虮子。刮完头发，下地翻开老柜，换上家树媳妇用缝纫机为她做的的确凉衬褂、蓝灰涤卡大襟衣裳、比蓝灰更深的涤卡裤子，扎上同样是家树媳妇买来的黑色棉布腿带，刚吃了饭，就从门后出去了。

那天早上，秉德女人将一口漱口水啐到地上，摸着屋檐下的墙壁，不用任何人搀扶。她走上屯街，所有人都以为是上承中、承信家串门，她的儿子摘了帽，她得去分享他们的欢喜——承中的二儿子结婚，房子不够住，把三间房子卖给从庙里返俗的老三黄堂姐，挨着承信，又在后街西头盖了五间草房。可走上屯街，走到老井台边上，她居然走着走着直起腰，再也不动了，一尊泥人似的站在那里。当一些聚在井台上洗洗涮涮的年轻媳妇围拢过来时，她映满霞光的脸上顿时泛出了一种老年人少有的红晕。村里人有多少年不再亲近她，不再和她说话了呀！要说这些年来有什么是最盼望的，那就是像一滴水一样和大伙儿淌到一块儿！

可是，这样的时刻并没有坚持多久，在她被一些年轻人围住时，她看到了一些躲在草垛后边灰秃秃的眼神儿，她们是秉义家的、秉胜家的，还有周克真。她秉德女人扬眉吐气了，总有人不扬眉吐气……于是，秉德女人再也不上街了。她不上街，也绝不坐在家里，她往往拖着蒲团来到房后。她来到房后,也绝不坐在杨树林里,而是坐在房东头的小道上,仿佛压抑了多年的心情得到释放,如果不能走上屯街、走到人群中,那么她需要看到开阔的天、辽阔的地,需要在开阔的天地之间好好地喘喘气。另一个人,另一个在她生活中消失十年之久的人,就是这时,在一尺高的苞米地上空出现的。

他一开始出现,只是一个蚊子样的小黑点儿,之后变成麻雀,再之后就是一棵会走道的树了。她坐在能望见东山岗的小道上,那里下来的所有的人都是由蚊子变成麻雀,再由麻雀变成树的。奇怪的是,唯有这只麻雀变成树时,她的心口扑扑慌跳。当这棵树一跳一跳朝房后拐过来,大步流星地奔向她时,她的身子竟不由自主地抖动起来。

实际上,是坐到房东小道的那天,秉德女人才想起远方的承多的,才觉得用不了多久他会回来的。承多跪下来,搂着她的肩膀大声喊"妈——妈——"的时刻,她得了疟疾一样浑身发抖,手脚抽筋。有一股水从很深的地方钳动她,一锹一锹直奔她的嗓子眼儿,当她用力咳出一声,放出那股水,她便再也止不住号啕的哭声了。"呜啊,你还好吗?""呜啊,妈都回来十年了。""呜啊,孩子这么些年都没见到爸爸呀啊——"

第六章

这才是秉德女人最最高兴的日子。得知儿子们摘帽,她一直没有哭过,那股汹涌在地下的水,就像家树打在院子里的压水井,似乎需要一瓢水的引动。说起来,并不是承多把地下水引了上来,而是承多的回来，使申家的好事终于见了底。虽然那底的最底部，是家远坚决不认他的爸爸，吸着他那像极了妈妈的朝天鼻一味瞅着脚尖儿，怎么逼他叫爸就是不叫，引出一屋子人的眼泪。毕竟，儿子在她还没死之前回来了，她在活着时，看到这对父子见了面。

  这是秉德女人一辈子开的最后一次家庭会，其实那天晚上，没有任何人召集开会，只是家远不愿在有个陌生爸爸的家待着，一急跑到住在后街上的二大爷和四大爷家，惊虚虚地喊："不好了，俺爸回来了。"一支浩浩荡荡的队伍便陆陆续续地来了，就连赵彩云也趁机踏出与婆婆间的破冰之旅。为了使屋子里更加明亮，家树换了一只一百瓦的灯泡，这使承国、承中、承信都有些不适应。承国不适应，是觉得有什么东西在刺他的眼球；承中不适应，是觉得在承多面前一下子把多年前胡咬乱咬的错误照了出来，让他无地自容；承信不适应，是他和赵彩云复婚后第一次成双成对，在侄子侄媳们面前不好意思。当然最不适应的要数赵彩云了，一些年来，她把申家的日子搅得乱七八糟，一忽儿跟了大伯子，一忽儿又闹离婚。虽然追究起来承多不无责任，要不是承多最初甩了她，就不会有她的后来，可正因为如此，她才不愿意把自己暴露在有承多在场的灯光下，她那张脸已经老得看不得了。或许是灯光太明亮的缘故，大家浸泡在眼泪里的时间并不长，当然也是某种意会而不能言传的东西主宰了大家的眼泪，那东西不是别的，是所有人都想知道承多在外面的十年到底是怎么过来的。承多很清楚这一点，一个个认清了长大了变了模样的侄子，弄清了哪个是哪个的媳妇和孩子，说十年了变化太大了，便话锋一转进入了他的十年。他在牛棚里蹲了两年，被批斗了十几场，被造反派打昏过好几次。两年后戴一顶"现行反革命"的帽子出来，就成了工艺美术研究所里的清洁工。他往家里写信，就是刚出来那会儿，可由承信执笔回复的那封信，彻底切断了他和家人联系的愿望，因为那封回信落到他的手里，居然是被打开的。他人虽出来，可行动并没摆脱上边的监视，担心总爱写信的承信在信里发牢骚，就再也不敢写了。

　　承多的讲述自然经过了精心的删节，因为他不能让承中二哥知道就因为他的乱咬，他的门牙被打掉了两颗；他也不能让母亲知道，在他最孤独最凄惨的时候，曾上耿凤莲家找过她，可她把他堵在门外，横眉立目告诉他，她已经和一个造反派头头结了婚。他更不能让他的儿子家远知道，他的母亲和那个造反派头头结婚生了两个孩子后又离了，在后来形势好转，研究所让他回到设计室，参加中日建交宣传画创作时，又托人找他和他复婚，他坚决没答应。

　　承多讲完，自然就轮到家里人讲了。只是好长时间没人出来代表，承中、承国、承信，包括家树，所有人都有一肚子苦水，可是他们东张西望一会儿，谁也没有说话的意思。长时间冷场，就连什么都看不见的承国都把目光转移到母亲身上。她耳朵聋了，承多的话她一句也听不见，只能从承多的手势和表情中猜出一部分意思。比如，他一只手握住抹布在炕上蹭，她就知道他和他的哥哥们一样，干过一些脏活累活。他把一幅画打开来给大家看，她就知道那是他工作的成绩。正因为猜出点意思，当大家把目光转向她时，她也就明白自己该做什么了。

　　和承多一样，她不可能把所有的经历都说出来。要是承多知道承中最初被斗都是他捏的那个泥像惹的祸，他会扇自己耳光；要是他听说赵彩云的哥哥给他的母亲挂了破鞋，他不上赵铜匠家掀桌子，至少也要把赵彩云从屋子里赶出去；要是承多知道家树和一个女人手都没握就被抓进监狱，他没准儿能站起来骂人。因为删节，她说说停停，故意把假牙摘了再戴上，还不住地挠着头皮。然而不该删节的她一样也不删节，比如大雪天里来到家里的承民的同事，闹地震时从承国嘴里得知介夫放出来的口信儿，比如秉东让她埋掉戒指的那个梦，最让大伙儿惊奇的是，临到结束，她居然盯着承多，放开一直收着的嗓子，大声问："你告诉妈，党信你了吗？你还是党员吗？"

听母亲这么问，一晚都克制感情的承多眼圈突然放红，贴着她的耳朵眼儿大声喊道："信啦——儿现在又是一个共产党员啦——"

说起来这是既让承多高兴又让承多心酸的事了，他十几岁就追随布尔什维克，他自以为是最忠诚的共产党员，他的党龄却挂了三十年！虽然他的心还没彻底热过来，可乡下老母和他的心这么息息相通，承多不由得泪流满面。

要说见底，这是秉德女人最想见到的底了！臭水沟里的水不再臭了，流进了大海，远比她这滴水滴进村里更重要！然而那个晚上，由承多掘出来的底远不只这些。他告诉她，这一次，从根儿上平了反，他又回到了北京外文出版社，成了京城的公家人了，还分了房子，她的孙子家远将是申家下一代中的北京人了。这次回来，他要把家远带走。

为了让母亲高兴，让家人高兴，之后承多还从大旅行包里抽出一个纸卷慢慢打开。这是一幅大约五尺长、三尺宽的画儿，画儿上画了一只巨大的和平鸽。在它的身体里，有日本的樱花、中国的梅花，有日本的富士山、中国的五指山，托住它身体的，是一道赤橙黄绿青蓝紫七色彩虹。那是中日建交那年承多参加全国百名画家的比赛作品，获了大赛一等奖。承多向兄弟嫂子、侄子侄媳讲解，一双双大眼瞪着小眼，小眼瞪着承国深井一样的眼，个顶个的脸都熠熠生辉。承多大声向母亲讲解，自豪感在母亲眼里，顿时就交织出一股炽热的炭火，和画上的彩虹辉映开来。秉德女人欢喜，自然不是中国和日本好了她高兴，她根本没听懂中日建交是什么意思；也不是鸽子身体里的山水多像周庄的山水，在她看来，那鸽子不过是只燕子，那肚子里的东西，不过是些肠子下水五脏六腑，外面的彩虹，不过是一条条绸布。她欢喜，只因为这幅画得了国家的奖，得到了国家表扬。她的儿子得到国家的表扬，这太叫她欢喜了。这个时候，屋子里就像飘进了棉絮，一股暖意在无意间一层层堆积，因为当母亲脸上溢出幸福的笑容，承多从脸到脖子到手指关节，也开始释放出热烘烘的暖流——在他失去人身自由，天天像牲口一样活着不能创作时，没人知道他心底里多么恐惧，让母亲看到囚禁了十多年的他没有荒废，一股暖流在他身体的毛孔里横冲直撞。在这股暖流烘托下，就连对爸爸充满敌意的家远，小脸儿上也泛出一星绯红，小小的朝天鼻一张一翕时，仿佛这才是他最愿意看到的东西。

　　事情就是在这一刻发生的。这个晚上，为了使申家等待已久的欢畅没有死角，为了自己多年来的劳动成果得到完美的呈现，承国媳妇一直在观察家远的变化，当一直缩在后边的家远在看画时从后边挤出来，凑到画前，并开始正眼去看他的爸爸时，承国媳妇不失时机地拉住他的胳膊，大声说："家远，叫爸爸，快叫爸爸呀。"家远看承多一眼，立即往后缩，缩到赵彩云身边。同样也观察了一晚上家远的赵彩云于是附和道："快叫啊家远，这是爸爸，快叫爸爸。"家远小脸顿时涨红了，一棵挂在枝头的山枣一样孤零零摇晃着，满眼疑惑地看着承多，仿佛在说："你是爸爸吗？"这时，只见承多一转身拽过他，一推一搡之后，猛地就是两个耳光。父与子的肉皮撞击出了响亮的啪啪声，所有在场的人都慌了手脚，女人们纷纷护住家远，男人们纷纷揪住承多。当家远委屈的哭声放浪在每一寸空间，秉德女人仿佛石人一样凝在那里。

实际上，早在承多从牛棚里出来，在所里打扫卫生的时候，他的焦急和暴躁就暴露出来。有的女人把月经纸扔到下水道，害得他不得不趴在马桶上去掏那些带着血水的粪浆。夜里回家，他冲着挂在墙壁上的列宁画像大呼小叫："伟大的列宁，您告诉我啊，知识分子，为何如此丑陋——"虽然没有在公开场合发泄，他的政治身份没有进一步恶化，可当形势有些宽松，私底下和一些人有了接触和交往，他冲着具体个人的发泄时有发生。比如有一天上食品店买饼干，他说要梅花饼，营业员给他拿来方块饼，他强调说他要的是梅花饼，营业员坚持说你刚才说的是方块饼。他一下子就火了，把饼干一下掀到柜台外面踩碎，还扬言找店领导告状。比如在胡同里，被曾经帮过自己的小串子堵住，要他帮忙刻一个能把毛主席语录印到煤球上的模子，好向他上边的煤炭公司表功："你帮我刻，你到底能不能刻好啊？"让他刻，却还怀疑他，他一声不吭地看着小串子，看着看着抽出手来，猛地就是一拳："小爬虫，你什么意思？"虽然过后有些后悔，觉得自己忘恩负义，并真的给他刻了模子，可再面对具体的人和事，他还是控制不住。他不愿意把话说两遍，那意味着他在被审查；他不愿意有人跟他说话时用问号，那意味他还在被怀疑中。不管是谁，一旦对他的语言和行为表示怀疑，他顿时暴跳如雷。

这是个叫秉德女人伤心欲绝的晚上，她把承多撵到承信走后空下来的西屋，决不让他靠近家远一步。她和承国媳妇把家远护在身边，愣愣地看着漆黑的窗外出神，她迷瞪的目光就像一匹走进山谷的老马突然不认识身边的马驹。眼前的承多，分明是她的儿子，她养出来的小马驹，可是现在，她根本不认识他，他一眨眼就变了脸的样子就像一头不通人性的野兽，虎毒还不吃子哪。在家远仿佛一只受惊的猫，缩在自己小小的被窝里一抽一抽哭泣时，秉德女人把手插进他突着一根根肋骨的后背，上下轻轻地捋着揉着。捋着揉着，想起孩子一出生就远离爹妈的可怜，一股无名火随之就顶到脑门儿，这时，她从家远后背抽出手，委到炕沿，穿上鞋，摸黑推开屋门，就上了西屋。她的想法是，她要好好放一回泼，她要让她的儿子知道，他要是再打家远，她就和她拼老命。可是气呼呼推了门，看到眼前的承多，她突然哑了口，他的一只手上正擎着一个头像。那头像从窗玻璃上反射过来，和他在家树婚礼上捏的她一模一样。在发够了火、得罪了她和家远之后，她的儿子在捏她的头像！她说不出话来，一股由疼痛搅起的心酸一下子就蒙住了她的眼睛。这时，看见母亲进来，承多放下胶泥头像，一转身就把母亲抱住，孩子似的哭哭咧咧道："妈，都是儿不好，儿不该惹你生气。"

虽然盼望已久的欢乐时刻被承多打碎，可是承多的亲人们并没放弃对欢乐的找寻。这之后，承国家备了酒席，请秉德这一支的所有后人吃了一顿。之后承中、承信纷纷备酒请客，秉德女人也表现得特别积极，似乎让欢乐延续是她义不容辞的责任。因为所有人都小心翼翼，吃饭时不让家远上桌，说话时也不提家远的事，家里的氛围一直不错。当然，为了抹平自己给家里造成的不快，承多也努力控制自己，比如他上承中二哥家，故意热腾腾跳到炕上，用带回来的胶泥教承中的孙子捏泥人；上承信家，他进门就系上围裙，帮赵彩云切菜切肉。见承多对承中当初胡咬乱咬毫不记恨，于芝在吃饭时掀着自己的大襟衣裳，嘎嘎笑着回忆承多小时钻她被窝那一出；见承多热情洋溢地和自己忙活在灶坑里，赵彩云热辣辣的眼神中，有一种和年龄不相符的羞臊，似乎曾经相好的过去，使他们比别人都更亲一层。为了表示亲近，为了表示她的亲近是正常的、干净的，赵彩云还在饭桌上关心起他的婚烟,问他为什么至今没有成婚？那时承多已经喝多了酒,停下来一支接一支地抽烟,他寻思了一会儿,突然掐了烟头,有些伤感地说:"妈的,我身边根本没有好女人,我没遇到一个好女人。"

见老婆的多嘴惹起了兄弟不快,懦弱的承信在一旁解围:"找女人急什么,承多这么有才,想找还不是挑着样儿找。"

不承想,这话像捅了承多心窝。他蓦地从炕上跳到地上,对着承信瞪眼说:"有才有什么用,这年头有才根本没用！我他妈是挑样儿找了,可就是找不着！"

承信吓得再也不敢吱声,秉德女人却恼了,放下筷子大声道:"怎么了你,怎么说说话就瞪起眼了,你冲谁瞪眼啊——"

见母亲发火,承多缓了一口气,又慢慢坐下来,可是这时,饭桌上的欢乐气氛再也无法继续了。

平反之后,承多看了三个女人了。第一个女人是出版社外文室一个姓程的老编辑介绍的,是他朋友的女儿,刚死了丈夫。可两个人刚见一面就闹翻了,原因很简单,这个在王府井书店卖书的女人,像查询图书编码一样非要查问承多,当年年纪轻轻的怎么就被打成右派了。承多说就为一句话,她表示质疑:"是吗,这可能吗？"承多耐着性子说:"就是这样,在当年,什么都是有可能的。"可这女人像走进了死胡同:"就一句话,这不可能！"承多脑门忽地一热,推开屋门,大声呵斥道:"不信就请走开。"售货员用奇异的眼光看了看他,转身就走。第二个女人是发行部刘师傅介绍的医大外科医生,她是个品貌端庄的老姑娘,两个人见了面都有不错的感觉。她不关心承多的过去,只关心承多墙上的画和没有女人却一点也不零乱的家。第二回见面,就帮承多打理起家务,擦玻璃擦地板,可等到夜晚混混沌沌倒到承多怀里,他刚上手揽,又反过来把她推了出去,他闻到了耿凤莲身上有的那股来苏水味。当他用不能接受前妻身上的气味作为理由打发了外科医生,他是个神经病的说法立即就在社里传开。第三个女人是宣武门西大街87号张叔介绍的,她的父亲被打成右派,要求进步的丈夫就和她离了婚,她便带孩子跟父亲回到河北唐山老家插队。因为有过共同的乡村经历和受迫害的经历,两人见面不用交谈,就有了息息相通的感觉。当承多告诉她,他在冰天雪地的北大荒伐木,靠马雅可夫斯基的诗歌《列宁》中的诗句激励自己时,她告诉他,在乡下时,她是靠伏尼契《牛虻》中的主人公牛虻激励自己,两个人便在寂静的屋子里有了一个贴心贴肺的长吻,可是,没有人能想到,当承多饥渴的身体风卷残云似的裹挟着纤弱的女人上了床,手忙脚乱脱了衣裳,承多刚才还疯头疯脑的宝贝却吃了迷魂药似的软了下来。她是个有修养又有耐心的女子,一次不行两次,一个晚上不行再来一个晚上。她把孩子送到母亲家,一连五个晚上都没下承多的床,愣是没尝到做女人更深刻的滋味,最后不得不闪着幽幽的泪光遗憾地离去。承多的想法,是谈成一个带回老家给母亲看看,见终是不成,他便只有独自回乡。然而在回程的路上,他绕远去了一趟大连。在和那个喜欢牛虻的女人在床上失败之后,他经常做梦,每一次在梦里都是快乐的成功的,可那个让他成功快乐的对象总是乔榆。其实一些年来,和乔榆在一起的梦他常做,只是那梦又总被一丝嫉恨搅醒。这一回,了解自己病因的承多不顾心底的嫉恨,在大连冒昧地给记忆中的竹林街打了电话。当找到乔榆,说他是承多时,她立即哭了:"五哥,我太想你了,我心里只有你。"

约会在中山区招待所里,承多只为拯救自己的身体,确实没想让她留下,还在电话里,他就知道了她的丈夫瘫在床上,需要天天端屎端尿的现状。当她让他终于坚挺地做了男人,并能使他长时间发疯发狂，当她告诉他，除他之外，她从没和任何人好过，当年上她家的男人是一直关心她的舅舅，是因为等不来他，才不得不含恨嫁给染织厂的工人，承多便觉得再也离不开她了。送走乔榆，他觉得生活中的全部都被她带走了。

不能很好地控制自己，承多特别沮丧，从承信家回来的当天晚上，他握着母亲的手，做错事儿的孩子似的低眉顺眼地看着她。这时，秉德女人盯住他的目光，只重复说一句话："妈最不放心的是孩子。你把孩子接走，可千万不能打他呀，他是个可怜的孩子。"

为了帮承多和家远建立感情，那天晚上，一直躲着承多的家远上炕睡觉时，秉德女人让家森从西屋搬出承多捏的胶泥像。这确实吸引了家远，他抱着奶奶头像在屋子里转圈，转够了捧着不住地亲吻，亲够了就坐到炕头上，一只刚出窝的小燕子似的，仰望着被承多挂在墙上的那幅得了大奖的画儿，望着望着，小脸一程程就红了起来。这时，秉德女人跟他讲起了承多小时候的故事，如何在父亲出殡那天出生，如何三天就睁眼五天就知道护她奶头，又如何守一盆泥打发了挨饿的童年，得知爸爸一小和自己一样没有父亲，家远孤独的心灵似乎得到了少有的慰藉。

了解了爸爸的秘密，家远对爸爸的感情在一天天改善，比如他能够和爸爸同桌吃饭了。在饭桌上，很少注意爸爸的他，还常常偷偷盯爸爸的手看。当发现儿子在留心自己的手，承多饭后便拍着他的肩膀，把他领到他住的西屋，从旅行包里拿出又一块胶泥，教他如何拿捏。为了表现自己的耐心，承多让家远挽了衣袖，手把手教他。由于从没和爸爸靠得这么近，近得都听到他粗粗的喘息，家远的手被爸爸握住时，紧张得一动也不敢动。承多不断提醒家远要放松，别紧张，可他越说家远越紧张。当家远的手像木桩一样不动，身体却在一程程往外移,表示出一种倔强的拒绝时,承多终于忍不住,把胶泥摔到地上,气愤道:"笨死了笨死了,我可没耐心教你——"

其实那天晚上,承多笑眯眯握上家远手的那一瞬,家远差点儿就叫出"爸爸"了。可他终是没能等到那一刻。这之后,许多晚上,虽然承多以最大的耐心压抑着没有发火,可家远终是断了叫他"爸爸"的念头,因为他知道这个男人的身体里揣了只猛兽,说不定什么时候就会蹿出来疯狂地撕咬他。

承多身体里的野兽再一次蹿出来,是在他临走之前的头几天。那天,因为要离开,他领家远在村子里挨门挨户串了一下,秉义叔叔家、秉胜婶子家、赵铜匠家、老三黄的儿子们家,还有娶了申家闺女的周克真家。为了表示对承多的感激,每到一家,人们都愿意多逗家远几句,可是不管谁逗,家远都低着头,绝不看对方的眼睛。从秉胜叔叔家走出来,承多就教育他,说和人说话要懂得看对方眼睛,可是到了下一家,他还是不看。一天串下来,承多已经是忍无可忍了。吃过晚饭,他就故意找麻烦,非要家远看他的脸:"家远,看着爸爸。"家远抬头,可刚把目光对准他又赶紧低下去,这一来,像给承多往外跳蹿的猛兽开辟了一条宽阔的大道。承多揪住家远,猛地就是一个耳光。难以想象的是,这个耳光扇出去,仿佛把猛兽扇进了家远的身体。他摸摸红起来的脸,眼睛迅速竖起来,一咬牙向爸爸撞去,撞了两个来回,见他爸爸的眼珠子闪出一丝可怕的猩红,又迅速转过身,冲出院子,朝大街跑去。

承多在家远冲出家门不到五分钟就消了气,因为这时承国大骂不止,身后的母亲气昏在炕上,他不得不去掐母亲的人中。母亲在那个晚上活了过来,家远却没有回来。第二天、第三天、第五天,他一直没有回来。村里男女老少在周庄找,家树领一帮兄弟上南王庄找,顺着河套往青堆子湾找，终是没有找到。在承多假期已到，不得不离开周庄的头一天晚上，秉德女人用枯瘦的双手拍着炕沿，扯破嗓子号叫道："小五猴子，你到底想干什么，你说呀！你跟俺说说，你到底想干什么？屁大点儿事也值得打孩子，你还是个人吗？党信咱了，咱过上好日子了，可咱怎么就这么不争气呀，啊？"

承多看着可怜的母亲，什么也说不出来。

见怎么说承多就是不吱声，她趴到被垛上，绝望地哭了起来，边哭边说："俺指望好日子来了，可你把好日子弄哪儿去了呀？"

第七章

实际上，承多离家第二天，家远就找到了，他哪儿也没去，而是藏在四大娘赵彩云家。没让他在承多在家时露面，是赵彩云自作主张。那个晚上，家远小狗一样钻进她家猪圈里的样子实在太可怜了。实际上在她心里，早就把他当成自己儿子了。搬家之后，她最痛苦的事就是看不见家远，偶尔在大街上看到，无论如何她也要把他拽到家里，他已经在她家吃过好多次饭、住过好多个晚上了。看到承多打他，她的心已经疼得不行，她知道把一个半大小子留在身边要付出多少辛苦，可她绝不愿意家远再次挨打。她的想法很简单，她要收养家远，等他长大再送给承多。

虽然没能及时把家远领出来，使秉德女人病倒，使家里多少天里一片慌乱，可是申家没有任何人埋怨赵彩云，包括承国媳妇。在她早就盼望承多回来领走家远，却又发现爷儿俩毫无感情的时候，她愁烦得一夜一夜睡不着觉，不想让他领走又受不了继续操心受累的矛盾一直折磨着她，赵彩云为她解决了麻烦，她欢喜得恨不能上前抱她一下。

这也许是赵彩云嫁到申家以来做的最漂亮的一件事了，可是这并不能使秉德女人虚弱的身体有所好转。有一天她从睡梦中醒过来，看到承国苦抽着脸坐在那里，以为家远又跑丢了，喊着家远的名字往炕沿上爬，不小心摔到地上，就再也爬不起来了。

在秉德女人瘫在炕上的时光里，承国那张苦抽抽的脸是她一直都想摆脱的恶魔。因为腿不好使，只能在屋子里拉屎撒尿，他的样子，怎么看都是对自己的厌恶。她和承国在一块儿生活了一辈子，早先是他跟着她，后来是她跟着他，他们吃了很多苦、遭了很多罪，可不管是什么时候，他都从没厌恶过她。为了不看承国的脸，秉德女人动用了她老来之后，所有智慧。要是还能爬起来在枕头上车着，就一定去看柜上的座钟，眼睛跟着钟摆来回晃动；要是车累了躺到炕上，就一定仰脸去看棚顶在日影中忙碌着织网的蜘蛛，因为只有钟表和蜘蛛不停地来去，才能使她的孤寂里有一丝活泛的气象。

钟摆和蜘蛛一天天忙着，日子一天天过去，秉德女人的身体还是得到了恢复。一天早上，承国媳妇送来尿盆，她往旁边一推，穿鞋就下了地，承国媳妇上前搀扶，她坚决不让："俺好了，你看看俺这不是硬实了。"从此，她不但摆脱了在屋子里大小便的噩梦，还摆脱了承国那张恶魔一样苦抽抽的脸。承国坐在屋子里，她就一定下地到房后坐着；承国耐不住，到房后小树林里搓草绳，她就宁愿院子有鸡屎鸭屎，也要躲到院子里去。到了冬天，前院后院都去不得，她就套上两件厚棉袄，拄拐杖走出院子，绕过生产队前边的小道转到屯街，往承中家和承信家走去。

这个冬天，秉德女人在周庄的屯街上往返，成了人们眼中最难忘的风景。她和两年前判若两人，她佝偻的腰像遭了风的稻穗，她藏在一顶黑绒帽下深不见底的眼睛发呆发直。她的衣裳再也不像从前那么干净了，衣襟上或裤腿上，不是沾着饭粒就是汤疙瘩。人总是要老的，她已经快九十了，可她的儿子回来一趟这么快就老了、堆萎了，村里人不免有些可怜。可她似乎并不需要谁可怜，她只需要挪动着苍老的脚步。

和两年前一样，她走到两个儿子家并不拐进去，只在他们院子门口停一会儿，向里边望望，就回转身。要是被媳妇发现，出来喊她留下吃饭，她赶紧挪动脚步往回走。她挪动脚步，并不满足于在老井台边晒水洗菜的人群里站一会儿，而是每家门口都要看一看。住了好几户人家的周家大院，她亲自主持盖的、如今已被承欢和儿女们住着的老房子，儿子结婚、又从前街搬回老房子边上的罗锅嫂子，还有一直住着二叔二婶老房子的秉义……秉义摘帽之前就得了中风，瘫在炕上，秉义家的战战兢兢推了推门，有好几次都想迎出来，可寻思一会儿又缩了回去；罗锅嫂子为救自己男人，在"文革"时检举过秉德女人，躲在门里下了好几回决心要出来扶扶她，终是没有出来。然而她根本不管谁出来谁回去，站够了，又挪动脚步往回走。谁都以为，她看够了、站够了，就会往家里走，可是她返回井台，在冻着冰碴儿的井台上坐下来，莫名其妙地朝井里久久地看着。洗菜的媳妇们开她的玩笑："老奶奶可别跳井啊，你跳井俺就吃不了井水了。"她咧了咧嘴，呵呵笑两声，说了一句莫名其妙的话："还是井水好哇，井水哪儿也不流，可井水养人啊。"她来到井台边坐下，谁都以为不过是凑在热闹的人群里歇歇脚。可第二天和第三天，来到屯街，在大街上转一会儿，她还是拐到井台边坐下来，还是说着同样的话，让人们觉得她确实老糊涂了。

不老老实实坐在家里,承国和承国媳妇很是生气,尤其听说她老往冻冰的井台边凑。腊月的一天,外面北风呼啸,秉德女人磨蹭到炕沿正往脚上穿鞋,坐在一旁的承国听见动静,手掌啪啪拍着炕沿,凶着脸跟母亲道:"妈,你能不能不上井台,你弄不好摔了怎么办?"

儿子拍了炕沿,秉德女人有些发愣,但愣了一会儿,她朝地上呸了一口,也拍了炕沿,边拍边大叫道:"俺听不见你还不让俺看啊,俺就是稀罕井台怎么了?井水就是比水道沟里的水好嘛。它哪儿也不流,可它养人,活了一辈子俺才明白。"

见母亲这么激动,承国立时呆住。他呆住,不是想不到母亲也拍了炕沿,而是母亲说了"井水比水道沟里的水好"这句话。她一辈子都教家里人做水道沟里的水往河里流,怎么老了老了变卦了?承国摊开两手直盯盯看着母亲,木头人一样再也说不出话来。

不知道是关于井水的说法启发了她,还是承国瞪着一双瞎眼的样子让她心疼,秉德女人居然再也不上街了。她趴在炕头被垛向外望,不失时机地向承国报告着她眼里的景象。在这个冬天里,她看到的景象是这样的,家树的道永远朝着外面,天刚放亮就大摇大摆推着自行车离家,膀大腰圆的样子特别像他的爷爷秉德,而晚上回来,自行车上的帆布包总是鼓的,后座上不是载着麻袋就是面袋,就像他的爷爷总能给家里带来吃的用的;承国媳妇的道从没离开院子,从猪圈到鸡窝,从鸡窝到鸭窝,再从鸭窝到磨房,她往年轻里打扮,穿着新式的短式大襟棉袄和袄罩,梳着让媳妇给铰短了的直头发,人却已经老了,肩膀往前佝着,走起路来一跩一跩;下田干活的家树媳妇的脸越来越紫,她好穿鲜艳的衣裳,可那粉头巾系在紫脸上,有一种不讲理的蛮悍气,好像家树回来了,她就变得有理气粗……承国听了,夜里被窝里去问娇她妈，家树媳妇是不是真的有了蛮悍气，得到娇她妈的印证，承国便对母亲白天里的言语，有了相当的重视了。

一开始，承国重视母亲的话，只是觉得母亲让自己变成了对这个家有用的人，而冬去春来，不出家门的承国了解到窗外的微妙变化，承国便再也离不开母亲了。他看不见，母亲能看见，通过母亲的嘴，他的眼睛似乎又睁开了，他不但了解了国家大事，还了解了家里的小事，这对他实在太重要了。为此，他曾试图把听到的事情告诉母亲，这并不是说他看不见，母亲帮他看见，母亲听不见，他要帮母亲听见，一报还一报，而是母亲能帮他看见这件事，让他想到了他可以帮母亲听见，让他想起是他阻止了母亲去屯街的脚步。有一天，他从收音机里听邓小平在上边开大会，包产到户，允许一部分人先富起来，又让大家做买卖了。他激动地跟母亲说，要是还年轻，他完全可以重新骑上自行车。可是扯破了嗓门冲母亲喊，母亲"啊啊"的根本听不懂，也就作罢。他虽然没跟母亲说什么，但表情有了很大改观，眉头的疙瘩不自觉打开，嘴角也有了一丝笑意。

秉德女人晚年的美好时光，就是从这一丝笑意开始的。有一天傍黑，她拖着蒲团来到房东头的小道上坐着等家树，承国也跟她来到小道。家树从东山岗冒头，她发现他的自行车后边载了个大箱子，随口说出句："家树买什么了，那么大个箱子？"家树一早走时就念叨要买电视，周庄还没有任何人家有电视。听家树真的买回电视，承国急忙从石头上站起，嘴唇一张一合地说着什么，说着说着就笑了。知道是自己的话让承国高兴，她走到哪里就把承国带到哪里，"今儿个偏北风，上前院吧"。"今儿个西南风，上后院吧。"只要坐下来，她看见什么就说什么。要是在前院，就是哪只掉了一冬毛的鸡扎群要下蛋了，哪只刚出窝的小鸡崽儿被老母鸡甩了要飞出了；要是在后院，就是哪棵树吐了叶发芽了,哪株鸡冠花放了花苞要开花了,谁家孩子光了脚丫子往树根上撒尿了……承国痴痴地听着,仿佛看见了一个春天正在势不可当地到来。

能够代替儿子的眼睛,秉德女人特别高兴,那时,她就像年轻时候一样,一早起来,满眼都是活儿。她的活儿就一样,看身边发生了什么,把发生的事情即时说出来。然而,她和儿子之间的默契,并没长久地持续下来,这并不是说日子久了,身边的事情总有说穷了的时候,春变夏夏变秋,鸡生蛋蛋生鸡,身边的事情是没有穷尽的,而是有一天,家里来了一个人,这个人在她和承国在屋里打盹的晌午,被家树用拖拉机送了回来。他一进门就喊她"姥姥",她支着耳朵听了半天,才听明白是承华的二儿子。大闺女承华,她早就把她忘了,她以为她和那个把头鞠老二早就死了,可他们不但没死,还养大一个有模有样的儿子。那些天,家里香滋辣味地招待了这个从外面回来的外甥,像承多回来时那样。他挽着她,一家家吃请,每顿饭,他都在把脸喝得红扑扑之后,喋喋不休地讲着什么。他讲什么,她听不见,可热络络地把他送走了,承国不但再也不跟她前院后院地转了,而且脸子比原来难看时还要难看。

她不知道她的儿子为什么变了,但她知道一定跟这个外甥说了什么有关,不过她什么也没问,要是躲之不及,她就任由那张难看的脸在眼前不断地闪烁。

那个外甥,不过是说出了一个申家人,包括周庄人谁都不知道的故事。那个在一九六七年把曹宇环认出来交到当地派出所的人不是别人,而是他的妈妈。当时他的哥哥在村里当民兵,说公社下来一个告示,要抓一个叫曹宇环的大土匪,五丈山庙里的麻脸和尚会打枪被怀疑。他妈一听曹宇环，非说她认识，说当年他们的姥姥还领她去找他借过钱，要儿子领她去看，一看，就认定了是他。这个故事并没有什么，不过是他的姥姥在乡下把曹宇环供出来，他的妈妈又在吉林把他认出来。承国不高兴，是外甥的这个故事后边，还跟了一个故事。他说他上北京开会，在报纸上看到五舅发表在报纸上的画，通过报社找到五舅。一直独身的五舅看到外甥高兴得不得了，可夜里和他聊天说话，说着说着就发火骂人，骂单位领导是玩弄权术的小人，骂和他相对象的女人是图钱图利的妓女，骂够了就把自己关到房间里画画，把他扔在一边不管。提起承多，承国不免想到丢在乡下的家远，一小就有才的兄弟把日子弄到这步田地，他听了当然难过。然而，这并不是他最难过的，最难过的，是他的外甥在这两个故事后边还讲了一个故事。他说为了哄他的五舅，第二天不再和五舅喝酒，而是引他回忆往事，跟五舅讲他的妈妈，讲他妈晚年抽大烟，直抽得瘦成一副骨架，老死在村子的草房里，全身都是乌黑的。听外甥讲起大姐，他突然想起沈阳的二姐，又破口大骂狼心狗肺的二姐。外甥从五舅嘴里知道沈阳还有一个姨姨，回程就去了沈阳，在大东区钟楼街找到了她。谁知这个二姨见了外甥，和五舅描绘得完全不一样，她不但不是狼心狗肺，而且软弱善良，握着他的手一直哭泣不止。她跟他说，她没有一天不在想家，想辽南乡下的家，想母亲和承国三哥；说她前些年想家心切，趁下乡外调，女扮男装夜里回家一趟，被三哥一顿臭骂撵了出来，现在她肝病晚期，这辈子再也不能回家了。听到那年回来的人是承民二姐，听到二姐得病再也不能回来，承国便怎么都无法让自己的脸放晴了。

　　然而，远处的亲人，再苦再难，不在眼前，难过一些天，也就过去了，让承国长期无法开晴的还是眼前的家树。十八岁跟他叫了"爹"

之后，他很少和他说话，他想干什么，只需和他打声招呼，从不商量。外甥从外面回来那天，表兄弟一块儿喝酒，他才从家树嘴里得知他正在准备自己搞单干，承包拖拉机站。他赞赏邓小平说的让一部分人先富起来的话，也妄想自己如果年轻还去跑买卖，可家树不同，他是公家人，几年前平反，他又恢复了公职，就像他奶奶说的，他已经是河里的水、海里的水，是国家的人啦，不能再返回水道沟！问题是谁也不知道邓小平在台上能待多久，要是换了别人，会不会再有土改，再有"文化大革命"？他在饭桌上强调几句，家树一句话就把他顶了回来："不要总想成为国家的人，咱天天听国家大事，关心国家大事，就是国家人了。国家把地都分了，主张发展个体，咱有手艺，怎么就非得在集体里混。"虽然母亲说过井水更好，能自个儿养自个儿，可不能阻止儿子成为井水，恐惧还是乌云一样笼罩了他的世界。

　　见儿子阴沉着脸再也不跟着自己，秉德女人开始在她有限的思维里默默猜测。她在想，承国是不是知道了承华是她和曹宇环生的呢？用力往深处想想，觉得不可能，这件事她从没跟承华说过，承华不知道，她的外甥就不可能知道。她在想，是不是承国看到外甥，想起大姐、二姐，想起小时她对他和承民的管制呢？秉德女人这么猜着，没有一个确切的答案。猜着猜着，不自觉地，就走进了一条记忆的隧道。在那隧道里，有她的介夫兄弟，有乔榛桂和她可怜的闺女乔榆，有年轻时可怜兮兮从外面回来的承中和承信，还有野兽一样动不动就发火的承多……想起他们，不禁又想起她的父亲，想起当年来渔市街上的一父一子，想起那儿子在渔市街吊桥下边打开来的世界地图……这么一程程想着，一个场景便浮现出来，一个遥远的明亮的世界便一荡一荡地向她展开了。

　　那是一个水的世界，这水，不是井水，也不是水道沟里的水，而是青堆子湾前边大海里的水，因为她记得那个儿子说那水里能跑船，人坐在船上，就能到很远很远的地方，离天上的星星很近。这是一个金灿灿的秋天的晌午，秉德女人在炕头上看着绸缎，满眼都是蓝汪汪的水，它们一起一伏冲荡在炕席的席缝里、老柜的柜腿边儿、灶坑的锅台旁、隔着风门只能望见一角的后门口的杨树林里。她这么看着，觉得自己和屋子就一晃一晃坐船似的摇晃起来。整个一下午，她就这么摇晃着、飘着，满心的欢喜。不但她自己摇晃、自己飘，承国还和她一块儿摇晃、一块儿飘。虽说承国并不欢喜，脸上还带着愁苦，可他混浊的眼睛，一直望着窗外，好像他也看到了汪洋大海。

那个下午和晚上，一切都平平常常，她在炕头上静静地坐着，一直坐到日影黑下来。承国媳妇把桌子拿到炕上，和家里人一起吃了饭，漱了口。她漱了口，就两手插进被垛底下，偏着头看着老柜电视里忽闪忽闪的人影，看着在电视前忽闪忽闪看电视的人影。在她眼里，他们不管是电视里还是电视外，都是在浩浩荡荡的水里。因为他们的身边一浪一浪闪起了水花。她这么看着，有些眼晕，就在被垛上打一个盹，醒来再看。水花还在，还有些眼晕，她又趴到被垛上，又打了个盹。再次醒来时，屋里灯灭了，人影不在了，可窗口晒进一缕月光，那月光反射在水花上，家里家外亮成了一片。于是她慢慢挪出炕头，穿上鞋，摸索着一程程走出堂屋，打开后门，走上房后屋檐下的那条小道儿。小道儿的一半在黑影里，一半在明晃晃的月光下。可在她眼里，没有这一半，也没有那一半，全淹在一片汪洋的水里……她走在水里，身子轻飘飘，一颤一颤，顺生产队西墙头缓坡下到屯街，她一脚踩空绊倒，但绊倒的滋味很特别，像倒进暄乎乎的棉花里……月光似水，秋风似水，秉德女人从地上爬起来咳个不停，仿佛嗓子里也呛了水，直到来到周成官家门口的那眼老井，她才渐渐停止了咳嗽。她停止咳嗽，缓缓地在井台边蹲下来，趴向井台，探头往井里看。这时，她嘿嘿地笑了起来，她抿抿嘴想说句什么，可是她什么也没说，只静静地往井里看着。她看见了比身外的水更深更远的井水在井下闪着亮儿，她看见那亮儿里有一些星星。看到这些星星，她便像钻出硬壳的蚕一样往井台上涌了涌，随后，一用力松开了手，随后，身子就悬了起来、轻了起来。这时，她听到身体扑通一声撞了星星似的巨大的声响，再之后，她就变成了水里的星星，在水的世界里闪出一片宝石一样的碎光。

2009 年 6 月 4 日初稿

2009 年 10 月二稿

2009 年 12 月三稿

2010 年 4 月四稿

2010 年 5 月五稿

2010 年 11 月六稿